STEPHANIE LAURENS

Meisterin der Verführung

Buch

Westafrika 1824. Der britische Kapitän Caleb Frobisher muss sich als Seefahrer in der Dynastie seiner Familie erst noch beweisen. Seine Zukunft sieht vielversprechend aus, bis er auf einer geheimen Mission die attraktive Engländerin Katherine Fortescue kennenlernt, die von Soldaten aus ihrem Heimatland entführt wurde und sich seitdem in Gefangenschaft befindet. Die junge Frau hat inzwischen all ihre Hoffnung verloren, als Caleb unvermittelt in ihr Leben tritt und ihr sofort verfällt. Er verspricht, die schöne Katherine zu befreien, und setzt dabei nicht nur seine Stellung innerhalb der Familiendynastie aufs Spiel, sondern auch sein Leben – und sein Herz ...

Autorin

Stephanie Laurens begann mit dem Schreiben, um etwas Farbe in ihren wissenschaftlichen Alltag zu bringen. Ihre Bücher wurden bald so beliebt, dass sie ihr Hobby zum Beruf machte. Stephanie Laurens gehört zu den meistgelesenen und populärsten Liebesromanautorinnen der Welt und lebt mit ihrem Mann und ihren beiden Töchtern in einem Vorort von Melbourne, Australien.

Von Stephanie Laurens bereits erschienen

Ein feuriger Gentleman · In den Armen des Spions · Eine stürmische Braut · Ein süßes Versprechen · Ein widerspenstiges Herz · Stürmische Versuchung · Ein sinnliches Geheimnis · Triumph des Begehrens · Duell der Sehnsucht · Eine ungezähmte Lady · Gespielin der Liebe

Stephanie Laurens

Meisterin der Verführung

Roman

Deutsch von
Christiane Meyer

blanvalet

Die Originalausgabe erschien 2016 unter dem Titel
»The Daredevil Snared« bei MIRA Books, Canada.

MIX
Papier aus verantwortungsvollen Quellen
FSC® C014496

1. Auflage

Redaktion: Margit von Cossart
Umschlaggestaltung: © Johannes Wiebel | punchdesign, unter Verwendung von Motiven von Shutterstock.com (Paul Nash; RCPPHOTO) und Romancenovelcovers.com
JF · Herstellung: sam
Satz: Vornehm Mediengestaltung GmbH, München
Druck und Bindung: GGP Media GmbH, Pößneck
Printed in Germany
ISBN 978-3-7341-0484-8

www.blanvalet.de

Kapitel 1

Juli 1824
Östlich von Freetown, Westafrika

Caleb Frobisher bewegte sich ruhig und gleichmäßig durch den schattigen Dschungel. Die Manner, die ihn begleiteten, folgten ihm im Gänsemarsch. Niemand sprach ein Wort. Das Schweigen war unheimlich und nervenaufreibend. Unter dem dichten Blätterdach war die Luftfeuchtigkeit so hoch, dass sich jeder Schritt anfühlte, als würde man sich unter Wasser bewegen. Die bedrückende Stimmung legte sich schwer auf die Schultern der Männer.

»Herrjemine!«, wisperte Phillipe Lascelle, der Caleb auf dem Fuße folgte. »Viel weiter kann es nicht sein.«

»Es ist erst Vormittag«, erwiderte Caleb genauso leise. »Du kannst jetzt nicht schon schlappmachen.«

Phillipe schnaubte.

Caleb ging weiter den schmalen Pfad entlang, der anscheinend sonst nur von Tieren genutzt wurde. Ständig mussten sie sich ducken und Palmblättern, tief hängenden Zweigen und berankten Ästen ausweichen.

Irgendwo vor ihnen befand sich das Lager der Sklavenhändler, das sie finden sollten – zumindest hoffte Caleb inständig, dass ihnen das gelingen würde. Seine Brüder Declan und Robert hatten die Mission begonnen, und er würde sie weiterführen. Trotz seiner Entschlossenheit, sich strikt an den Plan zu halten, um Gott und der Welt und vor allem seiner Familie zu beweisen, dass man auch ihn mit bedeutenden Aufgaben betrauen konnte, erwies sich sein Instinkt – der sich allerdings als unbesonnener Impuls tarnte – ab und an als zu stark, um sich gegen ihn zur Wehr zu setzen.

Die handgemalte Karte seines Bruders Robert beschrieb den Standort des Lagers der Sklavenhändler, Kales Lager, wenn man sich aus westlicher Richtung näherte. Wie auch immer ... Caleb hatte genau studiert, wo es sich befand, und sich entschieden, von Norden zu kommen. Nach allem, was er dank Roberts Notizen wusste, vermutete er, dass die Sklavenhändler am Westeingang Wachposten aufgestellt hatten, sodass der Westen nicht die beste Richtung war, aus der man vordringen sollte, wenn man vorhatte, das Lager einzunehmen.

Was offen gesagt ihr Plan war. Warum sonst sollten fünfundzwanzig starke Männer, die bis an die Zähne bewaffnet waren, an einen solch gottverlassenen Ort gehen?

Drei Nächte zuvor war Caleb mit seinem Schiff *The Prince* mit der nächtlichen Flut unerkannt in die Meerenge gesegelt – gefolgt von seinem Kameraden Phillipe, mit dem er schon viele Abenteuer bestanden hatte, und dessen Schiff *The Raven*. Weitab von den Schifffahrtswegen des Hafens von Freetown waren sie am nördlichen Ufer entlang durch den Bucht nach Tagrin Bay gesegelt. Damit hatten sie die Gefahr gebannt, von Schiffen der Marine entdeckt zu werden, die sich ständig aus dem Hafen und wieder hinein bewegten. Laut Roberts Informationen war die Kompanie Westafrika jetzt im Hafen, und Caleb wollte vermeiden, sich Vizeadmiral Decker erklären zu müssen.

Sie hatten in der Bucht an einer Stelle geankert, von der Caleb glaubte, dass sie nördlich von Kales Lager lag. Laut Roberts Karte waren zwischen dem Lager der Sklavenhändler und dem Ankerplatz der Schiffe mehrere Meilen Dschungel zu überwinden. Caleb hatte nicht gewusst, wie gut der Dschungel zu passieren war, doch seine Zuversicht war durch die Information gestärkt worden, die sie von Einheimischen aus einem Dorf in der Nähe bekommen hatten. Phillipe war ein Sprachtalent – noch ein guter Grund, ihn mit auf die Reise genommen zu haben –, und er hatte sehr schnell ein gutes Verhältnis zu den Dorfältesten aufgebaut. Die Dorfbewohner kannten das Lager der Sklavenhändler, mieden es aber mit beinahe religiösem Eifer. Über eine Mine oder ein ähnliches Unternehmen in der näheren Umgebung, das es angeblich gab, hatten sie nichts berichten können, doch sie hatten ihnen gern einen schmalen Weg gezeigt, der, wie sie behauptet hatten, mehr oder weniger direkt zum Lager der Sklavenhändler führte.

Den Namen des Anführers der Sklavenhändler hatten sie bedauerlicherweise nicht nennen können. Caleb klammerte sich an die Hoffnung, dass er und seine Männer nicht auf ein ganz anderes Lager von Sklavenhändlern treffen würden. Sie waren am Morgen zuvor aufgebrochen. Auf den Schiffen waren Notbesatzungen zurückgeblieben, die stärksten und erfahrensten Männer waren mit ihm gekommen. Das Lager von Sklavenhändlern einzunehmen war bestimmt keine einfache Aufgabe – vor allem nicht, wenn sich auch noch Gefangene in der Gewalt dieser Männer befanden.

Caleb dachte darüber nach, was er tun würde, wenn es tatsächlich so wäre, und führte die Truppe weiter. Er traute seinen Augen kaum, als er durch den dichten Vorhang von Bäumen, Palmen und Ranken eine Lichtung erblickte. Sonnenstrahlen vertrieben dort das Dunkel des Dschungels. Der schmale Pfad, auf dem sie liefen, endete und ging über in einen besser erhaltenen Weg, der offenbar häufiger genutzt wurde.

Caleb blieb stehen und hob eine Hand. Die Männer hielten ebenfalls inne und erstarrten. Er schärfte seine Sinne und lauschte. Gedämpfte männliche Stimmen waren leise, aber doch erkennbar zu hören.

Phillipe beugte sich zu Caleb herüber und flüsterte: »Wir sind zwanzig bis fünfundzwanzig Meter von der Grenze zum Lager entfernt.«

Caleb nickte. »Der breitere Weg hier muss das Lager und die Mine verbinden.« Eilig ging er im Geiste die Möglichkeiten durch. Obwohl Phillipe der erfahrenere Anführer war, wartete er ab und trat hinter Caleb zurück – das hier war Calebs Auftritt. Noch ein Grund, warum Caleb gern mit dem Mann zusammenarbeitete. Schließlich murmelte er: »Gib den anderen Bescheid. Wir schleichen uns näher heran und beobachten die Lage aus dem Dickicht des Dschungels. Sie dürfen nicht bemerken, dass wir hier sind.«

Phillipe drehte sich um und gab den Befehl an die anderen weiter. Von der Gruppe gehörten dreizehn zu Calebs Crew, zehn stammten von *The Raven*. Die Männer hatten bereits bei früheren Unternehmungen miteinander gearbeitet. Caleb wusste daher, dass sie wie eine Einheit operieren würden.

Nach einem letzten aufmerksamen Blick trat Caleb

auf den breiteren Weg. Mit Bedacht setzte er einen Fuß vor den anderen. Vor einer Abbiegung blieb er stehen, denn dahinter würden sie von der Lichtung aus wahrscheinlich zu sehen sein. Er schlug sich ins schützende Dickicht des Dschungels weiter zur Lichtung. Caleb bewegte sich vorsichtig und wachsam von Norden nach Westen. Irgendwann erreichte er die westliche Seite und duckte sich unter eine Palme, deren riesige Blätter ihm Sichtschutz boten. Ein flüchtiger Blick nach hinten zeigte ihm, dass Phillipe ihm folgte; ihre Männer hatten sich ins Unterholz gehockt, die Augen auf das Geschehen im Lager gerichtet.

Caleb wandte sich erneut der Lichtung zu und erkannte die Aufteilung im Lager dank Roberts Aufzeichnungen wieder – den hufeisenförmig angelegten Platz mit der großen barackenähnlichen Hütte und den vier kleineren Hütten. Caleb und seine Leute befanden sich sozusagen am offenen Ende des Hufeisens, gegenüber der Haupthütte. Laut Roberts Zeichnung musste der Weg von Freetown also irgendwo zu ihrer Rechten liegen. Caleb sah sich um und entdeckte ihn tatsächlich. Der Pfad, dem er und seine Männer kurz gefolgt waren, führte links von der Hauptbaracke direkt auf die Lichtung, während ein weiterer, der Roberts Meinung nach ungenutzt war, rechts von der Hütte im Dschungel verschwand.

Caleb versuchte, sich auf die Menschen zu konzentrieren, die in die Haupthütte hineingingen und wieder herauskamen, und die, die um die Feuerstelle in der Mitte des Platzes herumsaßen. Phillipe hockte sich neben ihn, und sie lauschten den gedämpften, zwanglosen Unterhaltungen.

Nach einer Weile beugte Phillipe sich zu ihm herüber.

»Der Riese da ... Er benimmt sich wie der Anführer«, flüsterte er, »aber laut Roberts Beschreibung kann das nicht Kale sein.«

Caleb richtete den Blick auf den Mann, auf den Phillipe wies. Er war korpulent und groß und bewegte sich sehr selbstsicher und arrogant.

»Ich glaube«, antwortete Caleb leise, »dass er der Mann ist, der Kales Männer in der Siedlung anführt.« Kurz darauf fügte er hinzu: »Interessant, dass er hier ist.«

»Praktisch, dass er hier ist«, korrigierte Phillipe ihn. »Wenn wir alle Männer beseitigen, stehen die Chancen gut, dass Kales Unternehmen nicht einfach unter einem anderen Anführer weiterläuft.«

Caleb nickte. »Das stimmt.« Er beobachtete weiter das Gelände und die Gebäude. »Es sieht nicht so aus, als wären im Moment Gefangene da. Die Türen der kleineren Hütten stehen offen, und ich habe keinen Hinweis darauf entdecken können, dass sich jemand darin befindet. Es ist weder jemand hineingegangen noch herausgekommen.«

»Stimmt.«

Caleb verzog das Gesicht. »Kale ist nicht hier draußen. Er ist vielleicht im Lager, aber dann vermutlich in der Haupthütte. Und daraus ergibt sich die Frage, wie viele Männer bei ihm sind.«

Phillipe zuckte mit den Schultern.

In dem Moment hob ein Mann, der sich über einen großen Topf über dem Feuer gebeugt hatte, den Kopf und rief: »Der Eintopf ist fertig!«

Caleb grinste, als ein Mann mittlerer Größe und drahtiger Statur aus der großen Hütte trat. Eine Narbe entstellte sein Gesicht. Laut Roberts Unterlagen musste es sich um Kale handeln. Drei Männer folgten ihm.

»Wie hilfreich«, murmelte Phillipe.

Ein weiterer Mann kam vom Weg nach Freetown ins Lager. Caleb stieß Phillipe an und wies mit einem Kopfnicken in Richtung des Neuankömmlings. »Sie hatten einen Wachposten auf dem Weg.«

Phillipe sah den Mann an, der zu seinen Kameraden lief. »Es sieht nicht so aus, als würden sie sich Sorgen über möglichen unerwünschten Besuch machen. Die Chancen stehen gut, dass es nur den einen Wachposten gab.«

»So sehe ich es auch.«

»Alles in allem macht das dreizehn Mann.«

Den Blick auf die Szene an der Feuerstelle gerichtet, nickte Caleb wortlos. Sie beobachteten, wie sich Kale, dem einer seiner Schergen einen Blechteller mit Eintopf reichte, auf einen der Holzstämme setzte und zu essen begann. Seine Leute taten es ihm gleich, sie nahmen ebenfalls auf den Holzstämmen Platz, die im Kreis um das Lagerfeuer angeordnet waren.

Sie hatten kaum die ersten Bissen genommen, als gedämpfte Schritte zu hören waren. Alle – Kale und seine Leute sowie Caleb, Phillipe und ihre Männer – blickten zu dem Pfad in nördlicher Richtung. Der Pfad, von dem Caleb glaubte, dass er zur Mine führte. Der Pfad, auf dem sie vor gerade einmal fünfzehn Minuten selbst ein paar Meter zurückgelegt hatten.

Vier Männer erschienen, bei denen es sich angesichts der Kleidung um Sklavenhändler und angesichts ihrer Gelassenheit um Kales Leute handelte. Sie begrüßten Kale und auch die anderen Männer der Gruppe.

»Also, habt ihr unsere letzten Gäste untergebracht?« Kales Stimme war unverkennbar rau, ein weiterer Beweis seiner Identität.

Der Mann, der die Gruppe angeführt hatte, grinste. »Aye. Und Dubois lässt seinen Dank ausrichten. Abgesehen davon hat er noch einmal bekräftigt, dass er mehr Männer braucht. Betonung auf ›Männer‹. Er meint, er bräuchte mindestens fünfzehn zusätzliche Leute.«

Kale fluchte unflätig. »Ich würde ihm ja gern mehr Männer schicken, wenn die Nichtsnutze in der Siedlung uns nur tun lassen würden, was wir am besten können.« Er grunzte, schüttelte den Kopf und widmete sich wieder seinem Essen. »Leider sind sie diejenigen, die den Rattenfänger bezahlen. Und sie bezahlen auch Ihre Hoheit Dubois, also wird er sich mit dem begnügen müssen, was wir ihm geben können.« Kale bedeutete den Neuankömmlingen, sich zu ihnen zu gesellen. »Setzt euch und esst. Ihr habt es euch verdient.«

Die vier nahmen dankbar neben den anderen am Feuer Platz.

Während die Männer aßen, sprach kaum einer ein Wort. Caleb wäre hungriger gewesen, wenn er nicht darauf bestanden hätte, dass seine Truppe vor dem Aufbruch von ihrem provisorischen Übernachtungsplatz am Morgen ein anständiges Frühstück zu sich nahm. Er hatte noch nie gern mit leerem Magen gekämpft, und er war sich relativ sicher gewesen, dass sie Kales Lager an diesem Tag erreichen würden.

»Das macht dann siebzehn Männer«, murmelte Phillipe. »Das ist nicht ganz so leicht.« Er klang dennoch zufrieden.

Caleb stieß ein Brummen aus. Er dankte zum wiederholten Mal dem Impuls, der ihn dazu getrieben hatte, Phillipe und seine Crew zu dieser Mission hinzuzubitten. Sie waren gerade eine Tagesreise von Southampton entfernt gewesen, als einer der Hauptwassertanks von *The Prince* leckgeschlagen war. Entschlossen, dem Motto *Keine unnötigen Risiken eingehen* treu zu bleiben, hatte Caleb den kleinen Umweg über die Kanarischen Inseln genommen. Noch bevor er im Hafen von Las Palmas vor Anker gegangen war, hatte er den unverwechselbaren schwarzen Rumpf von *The Raven* gesehen. Während der Wassertank repariert und neu aufgefüllt worden war und seine Männer weitere Vorräte an Bord genommen hatten, hatte Caleb einen Abend mit seinem alten Freund verbracht. Und als er erfahren hatte, dass der Kapitän von *The Raven* mitsamt seiner erfahrenen Crew gerade ohne Auftrag war, hatte Caleb Phillipe dazu eingeladen, an der Mission teilzunehmen. Er hatte klargemacht, dass es keine Bezahlung oder eine sonstige Belohnung dafür geben würde, doch ebenso wie Caleb war Phillipe süchtig nach Abenteuern. Gelangweilt hatte er die Gelegenheit, etwas zu erleben, beim Schopfe gepackt.

Phillipe war ein Freibeuter, der allein kämpfte. Ursprünglich war er für die Franzosen unter Bonaparte gesegelt, nun war unklar, für wen genau er in See stach. Allerdings war der Krieg mit Frankreich schon lange vorbei, und auf dem Wasser galt eine nachklingende politische Loyalität nicht so viel wie eine langjährige Freundschaft.

Caleb war der Auffassung, dass fünfundzwanzig Mann gegen siebzehn Sklavenhändler an diesem Ort und zu dieser Zeit genau richtig waren, um Kale und sein Unternehmen auszulöschen. Die Sklavenhändler würden um Leben und Tod kämpfen und alles tun, um zu überleben. Caleb wollte keinen seiner Männer und auch keinen von Phillipes Leuten verlieren. Fünfundzwanzig gegen siebzehn … Das sollte gelingen.

Als er vor Las Palmas vor Anker gegangen war, hatte er bereits den Plan verworfen, Kale unbehelligt weitermachen zu lassen, und stattdessen beschlossen, den Weg nördlich des Lagers zu nehmen und direkt die Mine anzusteuern. Das war immerhin seine Mission: die Mine zu lokalisieren, dort möglichst viel in Erfahrung zu bringen und mit diesen Informationen dann nach London zurückzukehren. Doch nach Norden zu gehen, während Kale und seine Leute ihm praktisch im Nacken saßen, war ihm nicht gerade wie eine gute Idee vorgekommen. Mehr noch: Nach London zurückzukehren, ohne Kale und seine Mannschaft ausgeschaltet zu haben, würde bedeuten, dass der Nächste, der nach Freetown segelte, um die Mission zu Ende zu bringen, diese Aufgabe übernehmen müsste. Kein Mann, der etwas taugte, würde versuchen, die Mine zu erreichen und einzunehmen, während Kale in seinem Lager war und somit den Söldnern, die bereits in der Mine waren, zu Hilfe kommen konnte.

Doch Kale musste auf eine Art und Weise beseitigt werden, die weder die Verbrecher, die hinter dem Unternehmen standen, noch diesen Dubois oder sonst jemanden, der in der Mine etwas zu sagen hatte, in Alarmbereitschaft versetzen würde. Das war die erste Hürde, die Caleb nehmen musste – die erste Herausforderung auf seiner Suche.

»Wenn wir früher gekommen wären«, murmelte Phillipe, »hätten wir sie gut angreifen können, während sie zusammensitzen und vom Essen abgelenkt sind.«

Caleb zuckte mit den Schultern. In früheren Zeiten hätte er sich, ohne nachzudenken, hineingestürzt und die Chance ergriffen, doch für den Moment und für die Zukunft war er entschlossen, an der Rolle des verlässlichen und verantwortungsvollen Missionsleiters festzuhalten. Er konnte die Stimmen seiner Brüder beinahe hören, die ihn ermahnen würden, sich Zeit zu lassen, sich einen Plan zurechtzulegen und für seine Männer alle Vorteile im kommenden Scharmützel zu sichern, das gewiss in einem Blutbad enden würde.

Er, Phillipe und jeder der Männer, die sie begleiteten, wussten und akzeptierten, dass sie jeden Sklavenhändler in Kales Lager würden töten müssen. Dass Kale und seine Leute mit dem Leben anderer Menschen, die sie entführten, handelten – mit dem von Männern, Frauen und sogar Kindern –, hatte ihnen allen die Entscheidung leichter gemacht. Die Männer, die sich um die Feuerstelle versammelt hatten, gehörten zum absoluten Bodensatz der Gesellschaft.

Kale löffelte den Rest seines Eintopfs aus, kaute, schluckte und blickte dann über die Feuerstelle hinweg zu einem hünenhaften Mann, den Phillipe schon früher bemerkt hatte. »Rogers … Du und deine Leute, ihr könnt euch ausruhen und am Nachmittag in die Siedlung zurückkehren. Wenn euch dort keine Nachricht von Muldoon erwartet, also kein Vorschlag, wen ihr euch als Nächsten schnappen könntet, trefft ihr die Entscheidung selbst. Schaut, ob es noch mehr junge Seeleute gibt, die wir nehmen könnten. Wenigstens Dubois wird dann zufrieden sein.«

Rogers grinste und salutierte. »Wir werden mal sehen, was wir finden.«

Phillipe drehte sich leicht, um Caleb etwas ins Ohr zu flüstern. »Wir müssen angreifen, bevor Rogers aufbricht.«

Caleb nickte. »Sie haben gerade die Hauptmahlzeit des

Tages gegessen, und es war ein Eintopf. Schwere Kost.« Er sah Phillipe an. »Bei dieser Hitze werden sie bestimmt bald schläfrig werden.«

Phillipe blinzelte mit seinen dunkelblauen Augen, dann lächelte er finster und wandte sich wieder dem Lager zu.

Kale zog sich mit drei seiner Leute in die Haupthütte zurück, die anderen Männer hatten sich in kleinen Grüppchen zusammengefunden und unterhielten sich mit gedämpften Stimmen. Caleb tippte Phillipe auf die Schulter. Vorsichtig bewegte er sich zu der Stelle, an der ihre Leute sich versteckt hielten.

Phillipe folgte ihm. Auf Calebs Zeichen hin zog die Gruppe sich noch weiter zurück. Sie schlugen sich in die Schatten des Dschungels, weg vom Lager.

Sie kamen an eine Lichtung, die groß genug war, um ihnen allen Platz zu bieten. Die meisten Männer hatten Seesäcke und Beutel dabei mit Zelten und Vorräten. Caleb wartete ab, bis sie ihre Sachen abgelegt hatten, und bedeutete ihnen dann, sich in einen Kreis zu hocken. Er blickte in die Runde und sah die erwartungsvollen Gesichter und die Zuversicht in ihren Augen. Sie glaubten an ihn und seine Fähigkeiten als Anführer. Sie alle hatten schon unter ihm gekämpft, seine eigenen Leute begleiteten ihn bereits seit Jahren.

»Hier ist der Plan für unser weiteres Vorgehen.« Und dieser Plan war nicht leichtsinnig, sondern verantwortungsbewusst – mit aller nötigen Sorge um die Sicherheit seiner Leute und mit dem potenziellen Erfolg im Blick. Klar und knapp legte er die einzelnen Schritte dar. Im Wesentlichen ging es darum, sich aufzuteilen, die Gruppe der Gegner aufzuspalten und das Lager so zu erobern. Er war offen für Anregungen, und Phillipe und einige andere machten ebenfalls Vorschläge, die er bereitwillig annahm. In weniger als einer halben Stunde hatten sie so einen soliden Schlachtplan ausgearbeitet – einen Plan, den alle voller Begeisterung unterstützten. »Also gut.« Er sah wieder in die Runde und blickte jedem Einzelnen in die Augen. Dann nickte er entschlossen. »Lasst uns loslegen. Auf die Positionen, und wartet dann auf mein Zeichen.«

Die Männer gingen in Zweier- und Dreiergruppen los. Einige liefen nach Westen, andere nach Osten. Sie hatten vor, das Lager zu umstellen.

Als alle anderen aufgebrochen waren, neigte Phillipe anerkennend den Kopf. »Gut gemacht.«

Caleb wusste, dass Phillipe nicht darauf anspielte, wie er den Plan präsentiert hatte, sondern auf die Art und Weise, wie er die weniger erfahrenen und schwächeren Kämpfer unter ihren Männern aufgeteilt und gestärkt hatte. Fünf seiner Leute und fünf von Phillipes Männern sowie er selbst und Phillipe waren in der Lage, mit jeder Herausforderung zurechtzukommen – selbst gegen Männer der Sorte, von der Kale und seine Leute waren. Sie würden sich mit Sicherheit und ohne jeden Zweifel als brutale Kämpfer entpuppen. Brutal und verzweifelt, denn ihnen würde schnell klar werden, dass sie unterlegen waren.

Caleb zuckte die Achseln. »Ich will nur, dass wir das alles hier überstehen. Und angesichts des Klimas mit so wenigen Blessuren wie möglich.« Sie hatten zwar Salben und andere Heilmittel dabei, aber in der Hitze, die gepaart war mit hoher Luftfeuchtigkeit, bestand immer die Gefahr, dass eine Wunde sich schnell infizierte.

»Wir begeben uns besser mal auf unsere Posten.« In einer so engen Umgebung waren Schusswaffen nutzlos – es war viel zu riskant, denn man konnte leicht einen Freund anstelle des Feindes treffen. Sie würden mit Klingen kämpfen. Caleb und Phillipe griffen nach ihren Schwertern und lösten sie aus den Scheiden. Anschließend überprüften sie noch einmal den Sitz der Messer, die sie in Taschen an ihren Unterkleidern, in ihren Stiefeln und an Gürteln verborgen hatten.

Zufrieden, dass sie gut vorbereitet waren, wies Caleb auf die Stelle, von der aus sie kurz zuvor das Lager ausgespäht hatten. Er und Phillipe nahmen selbstverständlich die gefährlichste Position ein. Sie würden die Führung übernehmen und von der offenen Seite der hufeisenförmig angelegten Hütten ins Innere stürmen. Dabei würden sie versuchen, die größtmögliche Wirkung zu erzielen.

Zwei weitere Männer sollten zu ihrer Rechten und Linken ins Lager einfallen. Andere Kämpfer würden von den Wegen kommen, die die Haupthütte flankierten, sowie zwischen den kleineren Hütten eindringen und angreifen. In der Zwischenzeit würden ihre Bootsleute Carter von *The Prince* und Reynaud von *The Raven*, die zwar beide stark, doch zu langsam waren, um auf freiem Feld mit dem Schwert zu kämpfen, die Männer in der Haupthütte daran hindern, sofort zum Kampfgeschehen zu stoßen.

»Es ist sehr hilfsbereit von Kale, drei seiner Leute mitzunehmen«, murmelte Phillipe, als sie ihre Posten hinter den großblättrigen Palmen bezogen.

»Er muss nichts weiter tun, als noch ein paar Minuten in der Hütte zu bleiben …« Caleb spähte ins Lager und grinste. »Carter ist bereit.«

»Reynaud ebenfalls.« Phillipe sah Caleb an. »Ich wäre dann so weit.«

Caleb spürte, wie sich ein sündiges Grinsen auf seinem Gesicht ausbreitete. »Jetzt.«

Gleichzeitig sprangen sie auf und stürmten ins Lager. Sie stürzten sich auf die ersten beiden Männer, die auf den Baumstämmen am Lagerfeuer hockten, und töteten sie, noch ehe diese die Chance hatten, sich zu erheben. Keine Gnade, kein fairer Kampf – nicht bei Verbrechern wie diesen.

Die anderen Sklavenhändler sprangen auf, doch bevor sie Caleb und Phillipe angreifen konnten, wurden sie von Calebs und Phillipes Männern abgelenkt und herausgefordert.

Caleb richtete sich auf und versicherte sich, dass alles so lief wie geplant.

Lange bevor der erste Schrei erklungen war – bevor Kale etwas von dem Angriff mitbekommen hatte –, hatten Carter und Reynaud und zwei weitere ihrer Männer einen Haufen Äste vor den Eingang der Haupthütte gelegt. Nun verharrten sie mit dem Rücken zur vorderen Wand der Hütte auf der Veranda neben der Tür. Als Kale und seine Leute nun aus der Hütte stürmten, stürzten sie über die rollenden Äste.

Caleb fluchte, als einer der Sklavenhändler auf ihn zugerannt kam und ein Buschmesser schwang, denn damit war er gezwungen, den Blick von der Veranda zu wenden, sodass er alles verpasste, was dort geschah.

Klirr!

Calebs Schwert traf das Buschmesser des Sklavenhändlers. Er schlug den Mann zurück und griff ihn schwertschwingend an. Sein Gegner war kleiner als er und obendrein klapperdürr. Caleb setzte dem Übeltäter schon bald ein Ende. Dieser ging zu Boden und verdrehte die Augen.

Caleb zog sein Schwert aus der Brust des Mannes und drehte sich um.

Im Lager herrschte Chaos. Der Kampf war wild und genauso erbittert, wie Caleb es vorhergesagt hatte. Viele Männer lagen auf dem Boden, doch soweit Caleb es überblicken konnte, handelte es sich dabei ausschließlich um Sklavenhändler. Der Kampf vor der Haupthütte war heftig, aber seine und Phillipes Männer hatten die Veranda eingenommen.

Nur Kale konnte Caleb nicht entdecken.

Ein weiterer Sklavenhändler stürzte sich auf ihn, und er musste sich wieder umdrehen und sich um den Kerl kümmern. Das dauerte länger, als ihm lieb war – der Mann hatte offenbar eine Kampfausbildung genossen und war auch größer und stärker als seine Kameraden. Es gelang ihm sogar, Caleb am Unterarm zu treffen, was Caleb daran erinnerte, dass er hier nicht gegen einen Gentleman kämpfte. Er holte mit dem Stiefel aus, überraschte seinen Widersacher und trat ihm mit voller Wucht in den Bauch. Der Mann krümmte sich vor Schmerz, und im nächsten Moment war er tot.

Instinktiv wirbelte Caleb herum und zählte die Männer – prüfte verzweifelt, ob etwas schieflief.

Sein Blick fiel auf Phillipe, der sich einen grimmigen Kampf mit dem Mann namens Rogers lieferte. Phillipe war groß, aber er hatte die Statur eines Fechters – geschmeidig und drahtig. Jeder seiner Hiebe erfolgte schnell, die meisten waren tödlich. Im Augenblick kämpfte er mit dem traditionellen Schwert, das die meisten Kapitäne bevorzugten. Die Klinge blitzte auf, als er Rogers' Angriffe abwehrte.

Doch Rogers war stärker, kräftiger gebaut und hatte

eine größere Reichweite. Und er schwang eine viel schwerere, gebogene Klinge. Der fieberhaft erwartungsvolle Ausdruck auf Rogers' Gesicht zeigte, dass er glaubte, Phillipe besiegt zu haben. Phillipe war tatsächlich in Bedrängnis, aber er erwiderte die Hiebe noch immer mit flüssigen Bewegungen. Sein Gesicht war wutverzerrt, und er fletschte die Zähne.

Caleb hütete sich davor, seinen Freund in dieser Situation abzulenken.

Im nächsten Moment schien Phillipe kurz die Deckung fallen zu lassen. Mit einem triumphierenden Knurren holte Rogers aus, schwang die Klinge und traf ... Luft. Phillipe war nicht einmal annähernd an der Stelle, an der Rogers ihn erwartet hatte. Er stand hinter ihm und schlug dem Mann den Griff seines Schwerts in den Nacken, dann stieß er ihm ein Messer in den Rücken, das aus dem Nichts aufgetaucht zu sein schien.

Rogers keuchte und sackte in sich zusammen. Phillipe wirbelte herum, sah, dass Caleb ihn beobachtete, und salutierte. Das alles hatte nur Sekunden gedauert.

Gleichzeitig wandten sie sich der Haupthütte zu und stürzten sich erneut in die Auseinandersetzung. Sie halfen ihren Leuten, während sie in Richtung Veranda stürmten, und ließen nichts als tote Männer hinter sich.

Caleb tippte zweien ihrer Leute auf die Schultern und wies sie mit einem Handzeichen an, die Seiten zu sichern, damit ihnen keiner der Gegner, die ihren nahenden Untergang ahnten, entwischen konnte. Es war sehr wichtig, dass niemand in Freetown vom Schicksal Kales und seiner Leute erfuhr.

Rogers' Tod hatte den Wendepunkt markiert, doch Caleb und seine Männer waren zu erfahren, um jetzt nachlässig zu werden. Während Caleb und Phillipe weiter nach vorn stürmten, kamen ihnen einige ihrer Männer zu Hilfe. Zusammen löschten sie alle Sklavenhändler aus. Alle – bis auf Kale.

Kale kämpfte wie ein wilder Derwisch. Er hielt etliche von Calebs und Phillipes Leuten, die einen Halbkreis um ihn bildeten, mit zwei blitzenden Klingen in Schach. Mit Roberts Warnung im Hinterkopf, nämlich dass dieser Mann eine echte Gefahr darstellte, hatte Caleb seine Leute ermahnt, Kale nur zurückzuhalten, aber nicht anzugreifen, solange sie nicht die Möglichkeit zum Todesstoß hatten.

Als Caleb und Phillipe dazustießen, zog sich der Halbkreis ein kleines Stück zurück, sodass die beiden Anführer Schulter an Schulter vor Kale standen. Sie hielten einen respektablen Abstand. Kale beobachtete sie prüfend. Er hatte noch immer die Waffen erhoben, kämpfte jedoch nicht mehr.

Der Anführer der Sklavenhändler war kleiner als Caleb, kleiner als Phillipe, aber sehr geschickt. Er hatte sein Gewicht lässig auf seine Fußballen verlagert, offenbar jederzeit bereit, mit seinen Doppelklingen loszuschlagen. Diese waren leicht gebogen und ähnelten lang gestreckten Krummsäbeln. Er hielt sie fest und perfekt ausbalanciert, an seiner Haltung erkannte man, dass er eine tödliche Reaktionsgeschwindigkeit besaß.

Schnell, schnell, schnell.

Der Blick aus Kales eiskalten Augen war leer. Er wirkte, als hätte er schon so oft getötet, dass es ihm bereits in Fleisch und Blut übergegangen war. Das Töten war ein Teil seines Wesens, ein Teil von ihm geworden.

Aus den Augenwinkeln bemerkte Caleb, wie Phillipe

die Zähne zusammenbiss. Dann streckte er die Hand aus. Reynaud, der die unausgesprochene Aufforderung verstand, legte seine geladene Pistole in Phillipes Hand.

Kale hatte die Bewegung verfolgt. Er lächelte höhnisch. »Was? Kommt euer Streben nach Gerechtigkeit ohne Ehre aus?«

Er spuckte das Wort »Gerechtigkeit« beinahe aus. Allerdings blickte er dabei nicht Phillipe an, sondern Caleb. Die Herausforderung galt ganz offensichtlich ihm.

Caleb erwiderte Kales Blick. In der Kunst der Manipulation konnte er den Sklavenhändler ohne Zweifel übertreffen, aber darum ging es hier nicht. Er wusste, dass er provoziert wurde, dass Kale gegen ihn antreten wollte, weil er glaubte, gewinnen zu können, und weil er meinte, so seine Freiheit zu erringen – zumindest nicht sofort getötet zu werden. Zu überleben, auch wenn es sich nur um eine weitere Stunde handelte, bedeutete in solchen Situationen für Männer wie Kale, dass immer noch die Chance zur Flucht bestand.

Oder dass sich immer noch die Gelegenheit bot, andere mit in den Tod zu nehmen.

Wenn Caleb so gehandelt hätte wie sonst, hätte er augenblicklich reagiert, er und Kale hätten gegeneinander gekämpft. Er war einer Herausforderung noch nie aus dem Weg gegangen. Und auch keinem Kampf. Doch dieses Mal …

Was war die richtige Entscheidung?

Mit geneigtem Kopf musterte Caleb den Sklavenhändler, während er über das Für und Wider nachdachte. Er hatte seinen Männern eingebläut, keine unnötigen Risiken einzugehen. Sollte er sich dann nicht selbst daran halten? Auch wenn Kale ihn herausforderte?

Doch das Heikle an der Sache war sein Status als Anführer der Gruppe. Was würde daraus werden? Wie er sich in dieser Situation verhielt, würde unweigerlich seinen Stand bei seinen und bei Phillipes Leuten beeinflussen. Mehr noch: Kale hatte die Gerechtigkeit infrage gestellt. Und schlechtgemacht. Nicht Calebs Auffassung davon, sondern das Konzept von Gerechtigkeit, dem sie hier dienten.

Forderte das nicht eine Reaktion, eine Antwort? Nicht nur, was ihn, sondern was die ganze Truppe betraf? Zog Kale mit seiner Provokation nicht die Berechtigung für ihr Erscheinen in Zweifel? Und vor allem auch die Rechtfertigung für ihre Taten – für die Leben, die sie bereits ausgelöscht hatten?

Neben ihm rührte sich Phillipe. »Caleb ... Wir sind hier die Richter und Geschworenen. Hundesöhne wie er haben keinen Anspruch auf einen gerechten Kampf statt einer Strafe.«

Wer sagt, dass ich vorhabe, gerecht zu kämpfen? Kale wird es ganz sicher nicht tun.

Kales Blick war auf Calebs Gesicht gerichtet. Er zuckte nicht mit der Wimper. Phillipe hätte genauso gut nichts gesagt haben können.

Doch Calebs ruhige Erwiderung seines Blickes war etwas, das Kale nicht lange hinnehmen konnte. Er verzog den Mund zu einem spöttischen Grinsen.

»Was, Junge? Hast du deine Zunge verschluckt?«

Caleb lächelte. »Nein. Ich denke nur über die Ironie nach, mit Gesindel wie dir über den Wert von Gerechtigkeit zu diskutieren.«

Kale blinzelte. Und plötzlich passierte alles ganz schnell. Mit wirbelnden Klingen stürzte er sich auf Caleb.

Phillipe fluchte. Mit einer fließenden Bewegung brachte er die Pistole in Anschlag. Überrascht wichen die anderen Männer zurück.

Doch Caleb hatte sehr wohl mitbekommen, wie Kales Muskeln sich kurz vor dem Angriff angespannt hatten. Er riss sein Schwert und eine kürzere Klinge hoch und parierte Kales Angriff.

Dann ging es los. Caleb konnte die Augen nicht von Kale abwenden – er wagte es auch nicht. Er schätzte ab, wohin der Mann als Nächstes schlagen würde, indem er die winzigen Veränderungen in seinem Blick genau beobachtete. Caleb versuchte nicht, beide Klingen Kales gleichzeitig im Auge zu behalten, es würde ihm nicht gelingen.

Nach weniger als einer Minute wünschte er sich, es Phillipe erlaubt zu haben, den Mistkerl zu erschießen. Kale war ein mörderischer Gegner – und er konnte besser mit seinen Waffen umgehen als jeder andere.

Leider war der Zeitpunkt, um mit der Pistole für Gerechtigkeit zu sorgen, bereits verstrichen. Er und Kale bewegten sich zu schnell, als dass selbst ein brillanter Schütze wie Phillipe einen Schussversuch hätte wagen können.

Obwohl Kale sich dessen bestimmt bewusst war, wusste er auch, dass er angesichts der Tatsache, dass Phillipe mit der Waffe ganz in der Nähe stand, den Ring nicht lebend verlassen würde. Er hatte nichts zu verlieren. Diese Erkenntnis stand ihm ins Gesicht geschrieben. Sie durchdrang seinen Kampfgeist mit einer animalischen Wut. Sie führte dazu, dass es schwierig war, seine Schläge vorherzusehen, geschweige denn zu erwidern.

In der Defensive zu sein war nicht gerade Calebs

Stärke, aber er zwang sich dazu, es so hinzunehmen. Er konzentrierte sich darauf, Kales Klingen abzuwehren. Er repräsentierte die Gerechtigkeit, und Kale konnte versuchen, seine Verteidigung zu durchbrechen und zu siegen. Doch es würde ihm nicht gelingen. Caleb würde das nicht zulassen.

Caleb war größer, stärker. Und was noch viel bedeutsamer war: Er war jünger als Kale.

Irgendwann würde die Gerechtigkeit siegen.

Er wartete auf den Moment, in dem auch Kale zu dieser Erkenntnis kommen würde.

Dann kam dieser Moment. Kale blinzelte, und in der nächsten Sekunde holte er mit dem Stiefel aus und zielte auf Calebs Leistengegend.

Aber Caleb war schon leichtfüßig zur Seite gesprungen.

Bevor Kale sich wieder sammeln konnte, ergriff Caleb die Chance und trat ihm mit voller Wucht gegen ein Knie.

Kale schrie auf und taumelte.

Caleb bewegte sich wie ein Tänzer, machte eine Drehung und stand plötzlich hinter Kale. Schonungslos hieb er mit dem Schwert zuerst auf das eine, dann auf das andere Handgelenk des Sklavenhändlers. Erneut schrie Kale auf und ließ beide Waffen fallen.

»Zur Seite!«

Caleb warf sich auf den Boden, als Phillipes Pistole auch schon losging. Kale sackte in sich zusammen und fiel.

Als Caleb wieder auf die Beine kam, sah er das Stilett, das Kale aus der leblosen Hand glitt. Er schnaubte verächtlich. »Ich glaube«, sagte er, während er sein Schwert und sein Messer nahm, »dass der Gerechtigkeit Genüge getan worden ist.«

Phillipe sah ihn kopfschüttelnd an und gab Reynaud die Pistole zurück. Er bückte sich, hob Kales Klingen auf und präsentierte Caleb mit einem formvollendeten Diener die Griffe.

»Und für den Sieger, die Beute.«

Caleb grinste. Er schloss die Hand um einen der Griffe. Mit einem Kopfnicken bedeutete er Phillipe, den anderen Griff zu nehmen. »Ich glaube, das hier ist für uns beide. Danke, dass du eingeschritten bist.«

Phillipe nahm das andere Schwert, ließ die Klinge durch die Luft zischen, um die Balance zu testen, und zuckte mit den Schultern. »Es schien an der Zeit. Du hattest schon lange genug mit ihm gespielt.«

Caleb lachte. Sein Lächeln erstarb, als er zu ihren Leuten blickte. »Verletzte?«

Überraschenderweise gab es mehr als nur ein paar Schnitte und Wunden, auch Caleb und Phillipe hatten einiges abbekommen. Doch nur drei Verletzungen waren so ernst, dass sie versorgt werden mussten. Sie hatten keinen ihrer Männer verloren, und dafür war Caleb dankbar. Das Feuer war erloschen. Gemeinsam trugen sie die Toten weg, entfachten das Lagerfeuer wieder, kochten Wasser und kümmerten sich um die Wunden.

Nachdem das erledigt war, stieg Caleb auf die Veranda der Haupthütte und ließ, die Hände in die Hüften gestemmt, den Blick über das Lager gleiten. Er verzog das Gesicht.

»Ich sage es ja nicht gern, aber wir müssen hier aufräumen.«

Phillipe stand auf einmal neben ihm. Auf der Reise nach Freetown hatte er Roberts Tagebücher gelesen und so verstand er, worum es Caleb ging. Er seufzte. »Leider stimme ich zu. Wir müssen Kale und seine Leute verschwinden lassen.« Phillipe machte eine entsprechende Handbewegung. »Puff ... Spurlos verschwinden lassen.«

»Und ohne jeden Hinweis auf einen Kampf.« Caleb sah die Männer an. Sie würden die Auswirkungen des Kampfes noch spüren, doch im Augenblick hatten sie noch Kraft, die sie einsetzen konnten. »Also gut. Wir werden das Lager so hinterlassen, als wären Kale und seine Leute einfach aufgebrochen und verschwunden. Ran ans Werk.«

Vier Stunden lang arbeiteten sie hart, schließlich war das Lager wieder ordentlich aufgeräumt. Es war seltsam ruhig, als würde es auf neue Bewohner warten. Sie hatten die Leichen auf einem Karren über den unbenutzten Weg Richtung Osten in den Dschungel gebracht und sie auf einer Lichtung vergraben. Jetzt war alles getan.

Caleb nahm Roberts Tagebuch und Aileen Hopkins' Zeichnungen aus seinem Bündel und warf noch einmal einen Blick hinein. Aileen, die Schwester eines der Entführten, hatte Robert auf der Mission unterstützt und Zeichnungen von einigen der Sklavenhändler angefertigt. Caleb hatte die Skizzen mit den toten Männern verglichen und war sich nun sicher, dass sie nicht nur Kale, sondern auch Rogers, den Anführer der Sklavenhändler in der Siedlung, sowie den Mann getötet hatten, den Aileen den »Rattenfänger« genannt hatte. Er hatte mit seiner melodiösen Stimme die Kinder der Ärmsten mit Versprechungen von gewinnbringender Arbeit von ihrem Zuhause weggelockt.

»Mit etwas Glück haben wir dieses Gesindelnest vollständig ausgerottet«, sagte er.

»Alles in allem ein guter Arbeitstag«, bemerkte sein Freund.

Caleb stimmte ihm zu. »Also ist Kale auf rätselhafte Weise verschwunden, und niemand wird dahinterkommen, wohin er gegangen ist oder warum.«

Mit einem letzten Blick auf das Lager drehte er sich um und ging mit Phillipe zusammen los. Sie liefen in den Dschungel hinein. Niemand hatte auch nur den Vorschlag angebracht, die Nacht in der Nähe zu verbringen. Sie hatten einen provisorischen Übernachtungsplatz auf der Lichtung errichtet, wo sie zuvor ihr Gepäck und die Vorräte gelagert hatten.

Als er und sein Freund dort ankamen, sah Caleb, dass die Männer bereits einfache Zelte aufgestellt hatten. Unter einem riesigen Kochtopf brannte ein Feuer. Der Rauch trug Aromen mit sich, die viel verlockender waren als der Gestank des Todes. Alle setzten sich, versorgten erneut ihre Wunden. Und als das Essen fertig war, langten alle ordentlich zu.

Während der Mahlzeit sprach kaum einer ein Wort. Um das Lagerfeuer herum ertönten keine Lieder, und es wurden keine Geschichten erzählt. Sie alle hatten an diesem Tag getötet. Zwar waren sie daran gewöhnt, dass eine Existenz von einer Sekunde auf die andere ausgelöscht werden konnte, aber wenn die Energie des Kampfes nachließ und alle erschöpft waren, musste jeder von ihnen sich mit seinem eigenen Gewissen auseinandersetzen und sich beruhigen.

Das Feuer brannte schwach. Mit einem gemurmelten »Gute Nacht!« auf den Lippen, machten die Männer es sich auf ihren Decken bequem und versuchten zu schlafen.

Am folgenden Tag würden sie den nächsten Schritt ihrer Mission in Angriff nehmen.

Am folgenden Tag würden sie sich auf den Weg zur Mine machen.

Kapitel 2

»John hat mir beim Frühstück erzählt, dass er nicht weiß, wie lange er die Eröffnung des zweiten Tunnelganges noch hinauszögern kann.«

Katherine Fortescue sah ihre Freundin Harriet Frazier an. Die beiden hatten beschlossen, sich während ihrer Vormittagspause von ihrer Arbeit in der Reinigungsbaracke die Beine bei einem kleinen Spaziergang über das Gelände der Mine zu vertreten.

Natürlich war der wahre Grund für ihren Spaziergang die Möglichkeit, sich unterhalten zu können. Während sie gingen, konnten sie ungestört reden, ohne dass jemand hörte, worum es ging.

Der John, von dem Harriet sprach, war ihr Liebster Captain John Dixon, ehemaliger Ingenieur der Armee, der als Erster von ihnen aus Freetown entführt worden war. Dubois, der Anführer der Söldner, hatte ihn aufgefordert, den Bau einer Mine zu planen und durchzuführen, um eine neu entdeckte Diamantenader zu Geld zu machen. Die Hintermänner waren den Enführten nicht bekannt. Soviel Harriet und Katherine wussten, wurden die Rohdiamanten jedoch von Freetown aus nach Amsterdam verschifft. Als Dixon sich geweigert hatte, Folge zu leisten, hatte Dubois nur kalt gelächelt. Als Nächstes hatte Harriet ihm in seiner Gefangenschaft Gesellschaft geleistet.

Die Drohungen, die Dubois ausgestoßen hatte, um Dixon dazu zu zwingen, sich seinen Forderungen zu beugen, waren, gelinde gesagt, unaussprechlich. Harriet hatte eine feine Narbe auf der Wange, die Dixon noch immer mit Traurigkeit und Schrecken betrachtete. Doch Harriet trug die Narbe mit Stolz. Ihrer und der Meinung aller Gefangenen nach hatte Dixon nur getan, wozu er gezwungen gewesen war, um sicherzustellen, dass er und Harriet überlebten.

Wenn sie nicht überlebten, konnten sie nicht fliehen. Trotz des sorgsam gepflegten äußeren Anscheins, sich in ihr Schicksal gefügt zu haben, hatten sich alle Männer, Frauen und Kinder zusammengetan. Sie waren allesamt fest entschlossen zu entkommen.

An erster Stelle stand die Flucht. Die Rache würde später kommen.

Katherine hatte sich schon lange daran gewöhnt, sich äußerlich nichts anmerken zu lassen. Sie und Harriet wahrten nach außen hin Mienen der Gleichgültigkeit, als sie nun langsam im Uhrzeigersinn durch das Lager schlenderten. Der Weg führte sie an der Reinigungsbaracke vorbei, wo sie vorsichtig Erz und Gestein von den Rohdiamanten aus der schließlich doch gebauten Mine schlugen. Dann kamen sie an der Hauptbaracke vorbei, in der Dubois und seine Bande von Söldnern arbeiteten und schliefen, wenn sie nicht gerade Wache hielten – an den Zugängen zur Lichtung und am See, zu dem sie Gruppen von Gefangenen begleiteten, die dort Wasser holten, oder auf dem hohen Turm, der am Ende des Hauptgebäudes aufragte.

Katherine beschattete mit der Hand ihre Augen und sah hinauf zu zwei Söldnern, die gerade Dienst auf dem

Turm hatten. »Angesichts der Tatsache, dass die Produktionsmenge abgenommen hat«, murmelte sie, »kann ich John verstehen. Leider.« Sie sah Harriet an. »Wir sollten uns heute Abend treffen und mal in Erfahrung bringen, was die anderen denken und fühlen. Wir können Dubois nur eine begrenzte Zeit hinhalten, ohne unserer eigenen Position zu schaden.«

Die »anderen« waren de facto die Anführer ihrer kleinen Gemeinschaft – die Offiziere, die entführt worden waren. Katherine war mitgenommen worden, weil sie als Gouvernante Erfahrung darin hatte, Kinder zu betreuen. Eine weitere ihrer Fähigkeiten war das Geschick bei der Handarbeit. Dubois hatte schnell erkannt, was für einen scharfen Blick sie hatte und was für gute Arbeit sie bei der Reinigung des Gesteins leistete. Er hatte sie praktisch zur Sprecherin und Anführerin der Frauen und Kinder gemacht. Auch Harriet und die anderen Frauen waren entführt worden, weil sie perfekt für die feinen Arbeiten eingesetzt werden konnten.

Während sie und Harriet ihren Spaziergang in ihren graubraunen, formlosen Kleidern, die man ihnen zum Anziehen gegeben hatte, fortsetzten, dachte Katherine laut über etwas nach, das sie und die anderen schon seit geraumer Zeit beschäftigte.

»Ich wünschte, es gäbe einen leichteren, einen offensichtlicheren und weniger strapaziösen Weg, um mit der Situation umzugehen.«

Harriet verzog das Gesicht, im nächsten Moment wirkte sie wieder vollkommen ungerührt. »Es ist ein ständiger Kampf. Ich weiß, wie sehr es John belastet.«

»Und er macht das großartig. Wenn er nicht wäre, gäbe es keine Hoffnung für uns.« Katherine legte ihre

Hand auf Harriets Arm und drückte ihn leicht. »Wir verstehen alle die Zwickmühle, in der wir stecken. Wir müssen Dubois genügend Diamanten liefern, damit er seine Auftraggeber zufriedenstellen kann – wer auch immer die Schurken sind –, und hoffen, dass die Quellen nicht so schnell versiegen. Dann nämlich wird die Mine geschlossen, und wir sind unserem Schicksal ausgeliefert.«

Keiner von ihnen machte sich irgendwelche Illusionen darüber, was passieren würde, wenn die Entscheidung fiel, die Mine zu schließen. Man würde sie alle umbringen. Man würde sie in eine Reihe stellen und erschießen. Oder Schlimmeres.

Angesichts der Grausamkeit, mit der Dubois und seine Männer zu Beginn des Projekts eines der jungen Mädchen misshandelt hatten, und angesichts der Drohungen, die Dubois hin und wieder ausstieß, wenn er eine der Frauen oder eines der Kinder benutzte, um seine Kontrolle über die entführten Männer wieder zu stärken, würde »Schlimmeres« etwas Entsetzliches bedeuten. So entsetzlich, dass keiner von ihnen über diese Aussicht nachdenken wollte.

Das war ein weiterer Grund, warum Dubois auch Frauen und Kinder in der Mine arbeiten ließ. Einmal abgesehen von ihren Fertigkeiten bei der Feinarbeit, waren sie das perfekte Druckmittel, um die Männer zur Kooperation zu zwingen.

Dubois ging es vor allem um Effektivität und Kontrolle – er war kaltherzig, skrupellos und schien in seinem hünenhaften Körper keinen Funken Anstand oder gar ein Gewissen zu haben. Weil die Mine auf dem Grund und Boden eines einheimischen Häuptlings lag, wagten er und seine Auftraggeber es nicht, Einheimische zu entführen – von keinem der ansässigen Stämme. Also wurden als Arbeitskräfte Europäer gesucht. Da Freetown nicht weit entfernt war, suchte man dort. In Freetown lebten viele Engländer, die sich zudem besonders gut eigneten, weil sie Qualifikationen mitbrachten, die für die Arbeit in der Mine von Vorteil waren.

Captain John Dixon war ausgesucht worden, weil er ein erfahrener Pionier war – ein Ingenieur, der Tunnel konstruieren konnte. Einige der Männer hatten handwerkliches Geschick, andere waren Arbeiter, die eine Spitzhacke schwingen konnten. Die Frauen hatten unterschiedliche Talente, die Dubois oder seinen Auftraggebern wichtig erschienen waren. Kinder hatten kleine Hände und scharfe Augen. Es gab genügend Arbeit, für die man sie brauchte.

Sie hatten sogar einige Männer und Frauen mit medizinischem Hintergrundwissen entführt, was sich bei der Versorgung von Verletzten bereits als hilfreich erwiesen hatte. Die Arbeit in der Mine war gefährlich, und es hatte einige Unfälle gegeben, doch im Lager befand sich eine gut ausgerüstete Krankenstation.

Katherine musste sich niedergeschlagen eingestehen, dass Dubois bei seinem Streben nach Effektivität immer darauf achtete, dass seine Arbeitskräfte gesund und leistungsfähig waren. Das war sowohl in seinem eigenen als auch im Interesse der Auftraggeber.

Und so sorgte er trotz der ständigen Drohungen – die er mit Sicherheit, ohne mit der Wimper zu zucken, wahrmachen würde, sollten die Gefangenen ihn dazu zwingen – dafür, dass ihre körperlichen Bedürfnisse wie trinken, essen und schlafen erfüllt wurden, damit sie weiter gute Arbeit leisten konnten.

Sicherlich wurde Dubois sehr großzügig entlohnt.

Wer seine ominösen Auftraggeber waren, wusste bisher niemand. Allerdings waren sich alle Gefangenen in einem Punkt sicher: Obwohl Dubois, so vermuteten alle, Franzose war und die Söldner aus unterschiedlichsten Ländern stammten, waren die Schurken, die hinter allem steckten, Engländer.

Katherine dachte darüber nach, bevor sie den Gedanken beiseiteschob. Es würde noch Zeit genug sein, die Schuldigen auszumachen, wenn sie erst einmal alle geflohen waren.

Sie und Harriet gingen um den Turm herum und an der Hütte mit den Vorräten sowie der großen Küche vorbei, die sich daneben befand. Vor der Küche war ein breiter, mit Palmwedeln bedeckter Überbau, unter dem sich drei kleine Feuerstellen befanden. Die Kochtöpfe, die darüber hingen, wurden von Dubois' riesigem Koch bewacht. Der Mann war das mürrischste Individuum, das Katherine je über den Weg gelaufen war. Er blickte alle grimmig an – sogar Dubois.

Sie gingen weiter und kamen an der Baracke der Söldner vorbei und an den Schlafstätten der Frauen und Kinder. Dann erreichten sie das Tor des Lagers, das wie immer weit offen stand. Zwei Wachleute standen davor.

Das Gelände war von einem einfachen, aber wirkungsvollen Zaun umgeben. Die Holzplanken waren mit Ranken und Draht zusammengebunden worden. An einigen Stellen wirkte der Zaun etwas wackelig –, es schien nicht unmöglich, ihn zu durchbrechen. Doch wenn sie fliehen würden, in welche Richtung sollten sie sich wenden?

Keiner der Gefangenen hatte eine Ahnung, wo genau sie sich befanden und wie weit sie von einem sicheren

Hafen entfernt waren. Außerdem waren sie sich bewusst, welch grausame Rache Dubois zweifelsohne an denjenigen nehmen würde, die zurückblieben, falls es nur einem Teil von ihnen gelänge zu entkommen. Das war der Grund dafür, dass sie erst einmal scheinbar ergeben in ihrer Gefangenschaft ausharrten.

Was nicht bedeutete, dass sie schicksalsergeben waren, die Umstände und Dubois zwangen sie lediglich dazu, pragmatisch zu sein. Sie konnten nicht fliehen, bevor nicht sichergestellt war, dass sie alle zusammen entkommen würden, dass sie in die richtige Richtung flohen und dass sie wussten, wie lange es dauern würde, bis sie in Sicherheit sein würden.

Katherine und Harriet umrundeten den Platz, an dem sich die Sklavenhändler oft zusammenfanden – eine Feuerstelle, um die herum Baumstämme als Sitzgelegenheiten lagen –, und gingen langsam an dem großen Gebäude vorbei, in dem die Männer schliefen. Sie kamen am offenen Zugang zur Mine vorbei. Der Tunnel, in dem die Gefangenen schufteten, war inzwischen knapp fünfzig Meter lang. Er war Stück für Stück in einen hohen Hügel geschlagen worden, der sich so unvermittelt mitten im Dschungel erhob, als hätte ihn eine Urgewalt dort aufgetürmt.

Als sie und Harriet an der Mine vorbeigingen, warfen sie beide einen Blick hinein. Obwohl an den Wänden Laternen hingen, die Licht spendeten, das von den rauen Felswänden zurückgeworfen wurde, konnten sie keinen der Männer sehen. Sie waren offenbar weiter hinten im Tunnel oder mit Dixon zusammen dabei, eine Gesteinsformation zu untersuchen, die dieser in der Nähe der ersten Diamantenader entdeckt hatte, die fast erschöpft war.

Dieser Fund hatte ihnen allen neuen Auftrieb gegeben, denn Dixon hatte auch hier Diamantgestein entdeckt. Das gab ihnen Zeit, ihren Fluchtplan in die Tat umzusetzen.

Dass sich sich nur selbst retten konnten, hatte mittlerweile auch der Letzte von ihnen eingesehen. Zuerst hatten sie noch darauf gewartet, dass Hilfe aus der Siedlung kommen würde, und einfach nur versucht zu überleben. Es war ihnen schlichtweg unvorstellbar vorgekommen, dass so viele Erwachsene – Frauen und Männer, von denen einige in der Gemeinde gewisse Positionen innegehabt und somit gute Verbindungen gehabt hatten, sowie eine kleine Armee von Kindern von einem Ort verschwinden konnten, ohne dass irgendjemand Zeter und Mordio schrie.

Doch die Wochen und Monate waren ins Land gezogen, und niemand war ihnen zu Hilfe gekommen.

Da ihre Hoffnung zunichtegemacht worden war, waren sie eine Zeit lang entmutigt und verzweifelt gewesen. Doch sie waren Engländer. Also hatten sie sich wieder gefangen. Und ihre Entschlossenheit, zu überleben und irgendwann zu fliehen, war immer größer geworden.

Zwar wussten sie noch nicht, wie sie es anstellen sollten, aber sie würden es schaffen.

Katherine hielt an dieser Überzeugung fest und geriet nicht ins Wanken, denn wenn sie zweifeln würden, dann gäbe es auch keine Hoffnung mehr – weder für sie noch für die bunt zusammengewürfelte Schar von Kindern, für die sie die Verantwortung übernommen hatte.

Die Aufgabe der Jungen und der jüngeren Mädchen war es, in die Mine zu gehen, die Steinbrocken, die von den Wänden geschlagen wurden, aufzusammeln und in geflochtene Körbe zu füllen. Dann zerrten sie die vollen Körbe nach draußen und kippten sie aus.

Die älteren Mädchen hockten vor der Mine im Schatten unter einem aus Palmwedeln erbauten Sonnendach, das Dubois ihnen auf Katherines Drängen hin zur Verfügung gestellt hatte, und arbeiteten sich durch den Haufen von Gestein und Erzbrocken, den die anderen ihnen zum Sortieren herausgetragen hatten. Sie untersuchten jeden Klumpen danach, ob er Diamanten enthielt. Man hatte ihnen erklärt, wie man erkannte, ob das Gestein einen der kostbaren Edelsteine verbarg. Sie klopften es ab, lauschten dem Klang und suchten dann nach den charakteristischen feinen Linien, wo die Diamanten auf das Erz trafen. Die Mädchen reichten die Brocken, in denen sie Diamanten vermuteten, dann an die Frauen weiter. Diese bearbeiteten jeden Fund behutsam mit kleinen Meißeln und Hämmern, schlugen die Verkrustungen ab, sodass am Ende die Rohdiamanten blieben, klein und leicht genug, um sie zu transportieren.

Die Steine, die die Mädchen als unbrauchbar aussortierten, landeten auf einem anderen Haufen in der Nähe des Lagers, der mittlerweile beachtlich groß war.

Katherine und Harriet blieben vor den Mädchen stehen und schenkten ihnen ein freundliches, aufmunterndes Lächeln.

Eines der Mädchen deutete auf einen großen Haufen bereits ausgemusterter Steine. »Wir werden heute eine ganze Menge schaffen.«

Katherine nickte. »Ich komme heute Nachmittag wieder.«

Es war ein Teil ihrer ihr von Dubois auferlegten Pflichten, die aussortierten Erzbrocken noch einmal daraufhin zu prüfen, ob die Mädchen auch nichts übersehen hatten.

Der Klang sich nähernder Schritte ließ Katherine und Harriet aufhorchen. Sie drehten sich um, um zu sehen, wer da kam. Hillsythe, ein großer, drahtiger, braunhaariger Mann, und Jed Mathers, einer der Zimmerleute. Hillsythe war ein Gentleman und trotz der abgewetzten Kleidung, die er nun trug, noch immer eine eindrucksvolle Erscheinung. Er war einer der Anführer in ihrer kleinen Gemeinschaft und einer derjenigen, die ein bisschen medizinisches Wissen besaßen und sich um die Kranken und Verletzten kümmerten. Jeds Handgelenk war verbunden.

Hillsythe blieb bei Katherine und Harriet stehen. Er nickte Jed zu. »Belasten Sie die Hand für den Rest des Tages nicht mehr. Schnappen Sie sich einen der Jungen und bitten Sie ihn, Ihnen zu helfen.«

»Aye. Wird gemacht.«

Jed neigte respektvoll den Kopf, als er Katherine und Harriet anblickte, und ging dann weiter zum Eingang der Mine.

»Wir werden schon bald mit der Arbeit in der zweiten Ader beginnen müssen«, sagte Hillsythe.

»Das sehe ich auch so«, erwiderte Katherine.

Hillsythe nickte – sowohl ein Zeichen seiner Zustimmung als auch ein unbewusst eleganter Abschiedsgruß. »Also dann bis heute Abend. Wie immer nach dem Abendessen.«

Katherine beobachtete, wie Hillsythe Jed zur Mine folgte. Dixon war der einzige Offizier gewesen, den Dubois und seine Auftraggeber, die die Ausführung des Plans überwachten, von Anfang an hatten entführen wollen. Wegen seiner Kenntnisse und Kompetenz war es absolut notwendig gewesen, Dixon dabeizuhaben. Was die Hintermänner nicht bedacht hatten, war, dass andere Offiziere geschickt werden würden, um Dixon zu suchen. Zuerst war ein Lieutenant William Hopkins gekommen, dem dann noch Lieutenant Thomas Fanshawe gefolgt war – beides waren Mitglieder der Marine. Und schließlich war Hillsythe entsendet worden, der keinen Rang hatte, weder der Armee noch der Marine angehörte und doch ganz offensichtlich mit einem militärischen Hintergrund aufwarten konnte.

Zunächst war Dubois außerordentlich unglücklich darüber gewesen, dass ihm weitere Offiziere aufgedrängt worden waren. Er war kein Dummkopf – er erkannte die Gefahr, wenn er sie sah. Allerdings hatte sich die Ankunft von Hopkins, der als Erster geschickt worden war, um Dixon zu suchen, aus Dubois' Sicht am Ende doch als Glücksfall herausgestellt. Der zusammengewürfelte Haufen von Männern, von denen viele Seeleute oder Hilfsarbeiter waren, die im Hafen entführt worden waren, hatte die Autorität erkannt, die Will Hopkins darstellte. Obwohl er erst Ende zwanzig war, hatten die Männer ihn akzeptiert und ihm von Anfang an gehorcht.

Und Will war klug genug gewesen, um zu erkennen, dass es für die Gefangenen von Vorteil war, wenn sie Dubois' Vorliebe für Effizienz und reibungslose Vorgänge entgegenkommen würden.

Das war der Startschuss für die Scharade gewesen, die sie alle wegen Dubois zu spielen begonnen und die sie immer weiter ausgebaut hatten. Darauf, wie viel Dubois von ihrer wohlüberlegten und sorgsam aufrechterhaltenen Fassade aus Unterwerfung und Ergebung tatsächlich glaubte, wagte keiner von ihnen zu wetten, doch solange alles im Lager glattlief und er die Forderungen seiner

Hintermänner erfüllen konnte, schien Dubois damit zufrieden zu sein, sie einfach machen zu lassen.

Laut Hillsythe war Dubois der Inbegriff eines erfolgreichen Söldners. Er hätte niemals diese Kontrolle und diese offensichtliche Autorität über seine Leute ausüben können, wenn er nicht wissen würde, wie man eine Operation wie diese am besten organisierte und steuerte. Leistung und Erfolg war alles, wonach Dubois strebte. Und solange die Arbeit in seinem Sinne erledigt wurde, war ihm alles andere egal.

Die männlichen Gefangenen waren in vier Einheiten aufgeteilt, je eine war Dixon, Hopkins, Fanshawe und Hillsythe zugestellt. Hillsythe war darüber hinaus der Stratege in ihrer Runde. Nachdem er im Laufe der Zeit alles über das Lager und Dubois in Erfahrung gebracht hatte, war er es auch gewesen, der wegen der abnehmenden Fördermenge aus dem ersten Tunnel Alarm geschlagen und angeregt hatte, dass Dixon in einem weiteren Radius graben und nach einer zweiten Ader suchen sollte.

Wenn Hillsythe nicht so weitsichtig gewesen wäre, dann würden sie jetzt schon in ernsten Schwierigkeiten stecken.

Nachdem Dixon erfolgreich gewesen war, hatten sie alle erleichtert aufgeatmet, und wieder war es Hillsythe gewesen, der die Chance gesehen und empfohlen hatte, dass Dixon sich Dubois gegenüber von sich aus »hilfsbereit« zeigen solle. Er hatte erklärt, er glaube, dass dieser – denn der Ingenieur war mit einer wahren Leidenschaft für seine Arbeit dabei – ihm dann mehr und mehr Vertrauen entgegenbringen würde.

Dixon hatte zuerst gezögert, doch sie alle hatten den möglichen Nutzen für sie gesehen und ihn dazu gedrängt, es zu versuchen. Unter Hillsythes Führung hatte Dixon sein Verhalten geändert.

Das Ergebnis war, dass Dubois inzwischen an Dixons »Wandel« glaubte und ihm nun auch in Fragen vertraute, die die Mine betrafen. Das war enorm hilfreich für das Hinauszögern der Eröffnung des zweiten Tunnelganges. Zu diesem Zeitpunkt konnte Dixon noch nicht mit Sicherheit sagen, wie ergiebig die zweite Diamantenader sein würde, also hatten sie gemeinsam beschlossen, den Abbau in der ersten so lange wie nur irgend möglich in die Länge zu ziehen.

Dixon hatte ihnen Zeit verschafft, indem er behauptet hatte, die zweite Ader erst sorgfältig und sehr genau prüfen zu müssen, damit sie, wenn sie mit dem Abbau beginnen würden, nicht den Berg über ihnen zum Einsturz bringen würden. Dubois hatte die Überlegung akzeptiert und die damit verbundene Verzögerung gestattet. Dubois und seine Auftraggeber würden es nicht gutheißen, wenn die Ausbeute an Diamanten zu gering ausfallen würde, und niemand wollte riskieren, dass Dubois am Ende den Befehl erhielt, ihre Gemeinschaft zu verkleinern, weil nicht mehr so viele Arbeiter in der Mine gebraucht werden würden.

Das war die Art von grauenvoller Tat, zu der Dubois, wie ihnen allen bewusst war, durchaus fähig wäre.

Während alle anderen die Hoffnung, dass irgendjemand sie retten würde, längst aufgegeben hatten, glaubte Hillsythe noch immer daran, dass ihnen jemand zu Hilfe kommen, dass am Ende Unterstützung auftauchen würde – in welcher Gestalt auch immer. Mittlerweile redete er nur noch sehr selten darüber, doch Katherine spürte, dass diese stille, unausgesprochene Zuversicht in ihm überlebt hatte.

Und das war der Grund dafür, dass sie oft über etwas nachdachte, was Hillsythe nie erklärt hatte: Wer hatte ihn geschickt, um Fanshawe zu suchen?

Als Hillsythe nun in der Mine verschwand, lenkte das Geräusch schneller Schritte ihre Aufmerksamkeit auf einen kleinen Jungen, der aus Richtung Küche auf sie zugestürmt kam. Mit einem warmherzigen Lächeln wandte Katherine sich ihm zu.

»Diccon.« Als er vor ihr zum Stehen kam, strich sie ihm mit den Fingern das blonde Haar aus der Stirn. »Gehst du jetzt los?«

»Aye.« Diccon hielt den Korb in die Höhe, den er dabeihatte. »Und ich bin vor Sonnenuntergang zurück.«

Sie bemerkte den Schatten, der über Diccons Gesicht huschte. »Das weiß ich doch. Dann lauf mal los.«

Der Kleine rannte mit einem letzten flüchtigen Lächeln auf den Lippen zum Tor des Lagers. Diccon war erst sieben Jahre alt, doch schon recht groß. Mit einer Gruppe anderer Kinder war er aus den Armenvierteln Freetowns zu Dubois geschafft worden. Aber Diccon hatte den Staub in der Mine nicht vertragen. Er hatte schlimme Hustenanfälle bekommen und immer mehr abgenommen. Gesundheitlich war es mit ihm stetig bergab gegangen.

Als Dubois daraufhin gesagt hatte, er werde den Jungen töten lassen, weil er nur eine nutzlose Last sei, hatte Katherine ihm erklärt, Diccon sei alles andere als nutzlos, er könne nur nicht in der Mine arbeiten. Sie hatte Dubois erklärt, er müsse dafür sorgen, dass die Gefangenen, Kinder und Erwachsene, mehr Früchte aßen, damit sie ihr Bestes gaben und nicht unnötig krank wurden. Und sie hatte ihm gesagt, dass es im umliegenden Dschungel genügend Früchte gebe. Früchte, die Diccon sammeln könne. Dubois hatte darüber nachgedacht und dem Kleinen aufgetragen, jeden Tag frische Früchte zu holen. Er musste nur vor Sonnenuntergang wieder zurück sein.

Dubois hatte Diccon tief in die Augen geschaut und gesagt, dass er Diccons beste Freunde töten würde, wenn Diccon nicht rechtzeitig wieder zurück sei.

Es machte dem Jungen Spaß, durch den Dschungel zu streifen, und er war inzwischen gut darin, Früchte, Beeren und Nüsse zu finden, doch er machte sich ständig Sorgen darüber, dass ihm etwas zustoßen könnte, was ihn daran hinderte, rechtzeitig ins Lager zurückzukehren. Dann nämlich würde er für den Tod seiner Freunde verantwortlich sein.

Es passte zu Dubois, dass er einem leicht zu beeindruckenden kleinen Jungen unnötigerweise drohte. Niemand, der auch nur einen Funken Verstand besaß, konnte sich vorstellen, dass Diccon, der alles andere als dumm war, versuchen würde fortzulaufen. Wohin sollte er auch laufen? Er würde im Dschungel sterben, wenn er nicht zurückkehrte.

Den Blick auf Diccons schmalen Rücken gerichtet, seufzte Harriet. »Was würde ich dafür geben, wenn ich ab und zu mal einen Tag draußen im Dschungel verbringen dürfte.«

Katherine überlegte und zog die Augenbrauen hoch. »Ich könnte Dubois fragen …«

Harriet sah sie an. »Glaubst du, es besteht die Möglichkeit, dass er zustimmt?«

»Das wäre durchaus denkbar, wenn ich die Bitte richtig formuliere.« Katherine machte eine kleine Pause, ehe sie weitersprach. »Mir ist aufgefallen, dass er diese großen Nüsse, die Diccon manchmal mitbringt, ganz besonders liebt. Dubois behält sie alle für sich.« Die beiden Frauen liefen zur Reinigungsbaracke. Es war an der Zeit, zu ihrer Arbeit zurückzukehren. Als sie die Treppe erreichten, die zum Eingang führte, hatte Katherine eine Entscheidung getroffen. »Ich sehe keinen Grund, ihn nicht zu fragen. Ich werde ihm vorschlagen, dass einer von uns Diccon regelmäßig in den Dschungel begleitet und dass wir im Gegenzug täglich eine halbe Stunde länger arbeiten, um die Zeit auszugleichen.«

Harriets Miene hellte sich auf. »Das klingt sehr gut. Und Dubois weiß, dass keiner von uns so dumm ist, einen Fluchtversuch zu unternehmen.«

Katherine verzog das Gesicht, öffnete die Tür und ging hinein. Harriet folgte ihr. Sie nahmen auf ihren Hockern an dem langen, erhöhten Tisch Platz, der mitten im Raum stand.

Mary Wilson blickte von dem Steinbrocken auf, von dem sie gerade vorsichtig das Erz schlug. Sie warf Katherine und Harriet ein Lächeln zu und widmete sich dann wieder ihrer Arbeit. In der Reinigungsbaracke arbeiteten insgesamt sechs Frauen, die jetzt alle anwesend waren. Sie hatten sich zu einer verschworenen Gemeinschaft zusammengefunden, in der jeder jeden unterstützte. Während Katherine im Umgang mit Dubois am souveränsten und sichersten war, hatten die anderen ihr schon mehr als einmal den Rücken gestärkt. Die Frauen waren ganz unterschiedlicher Herkunft. Katherine war Gouvernante. Harriet war eine junge Frau aus gutem Hause, die Dixon nach Freetown gefolgt war und dann eine Stellung gesucht hatte. Mary war Verkäuferin und Teilhaberin an einem Geschäft. Ellen Mackenzie war ebenfalls eine Frau, die auf der Suche nach anständiger Arbeit nach

Freetown gekommen war. Annie Mellows und Gemma Halliday waren erfahrene Schneiderinnen, die aus den Armenvierteln stammten. Sie alle hatten sich aneinander gewöhnt und mochten sich.

Und sie vertrauten einander.

Kurz bevor Katherine und Harriet zu ihrem Spaziergang aufgebrochen waren, war ein Wachmann hereingekommen. Der Wachmann war noch immer da, lehnte gelangweilt an einer Wand und beobachtete sie träge.

Jetzt rührte er sich. Woher er ursprünglich stammte, konnte man nicht erkennen. »Bis später, Ladys.« Damit ging er zur Tür und verschwand.

Die sechs Frauen blickten hoch. Nachdem sie noch einen Moment angestrengt gelauscht hatten, nickte Katherine Mary zu. Die stand auf, ging zur Tür und öffnete sie vorsichtig einen winzigen Spaltbreit, um hinauszuspähen.

Mit einem Lächeln in der Stimme erklärte sie: »Er schlendert zu den Wohnhütten.« Sie wussten nie, wann einer der Wachleute kommen und sie beaufsichtigen würde – und sie trauten keinem von ihnen, dass er, wenn er ging, auch wirklich verschwand und nicht stehen blieb, um zu lauschen und möglicherweise etwas aufzuschnappen, was er Dubois berichten könnte. Nachdem Mary die Tür geschlossen hatte, kehrte sie zu ihrem Hocker zurück und hüpfte wieder hinauf. Sie sah Katherine an. »Gibt es Neuigkeiten?«

»Ich habe beschlossen, Dubois zu fragen, ob eine von uns – wobei es jeden Tag eine andere sein kann – Diccon auf seinen Streifzügen durch den Dschungel begleiten darf. Nur um auch mal etwas anderes zu sehen.«

»Oh!« Gemma grinste. »Das hört sich gut an.«

Im nächsten Moment diskutierten sie darüber, wie man Dubois diesen Vorschlag am geschicktesten unterbreiten könnte. Katherine warf Harriet einen verstohlenen Blick zu. Doch wie sie wollte die Freundin die Eröffnung eines zweiten Tunnelganges ebenfalls nicht erwähnen.

Dazu würde später noch Zeit genug sein. Zuerst wollten sie abwarten, bis sie es von dem Anführer ihrer Gruppe erfuhren.

Charles Babington stand auf den abgenutzten Holzplanken der Government Wharf. Im Schutz eines Stapels Baumwollballen, die gerade von einem anderen Schiff abgeladen wurden, beobachtete er, wie der Kontrolleur der Handelsfirma Macauley und Babington, dessen Juniorpartner er war, und der Zollbeamte des Hafens in die offene Luke von *The Dutch Princess* schauten, einem Handelsschiff, das unterwegs nach Amsterdam war.

Ungeduld, vermischt mit Verzweiflung, trieb ihn an. Seine Auserkorene, Mary Wilson, war schon vor viel zu vielen Wochen verschwunden, und es schien nichts zu geben, was er tun konnte. Robert Frobisher hatte ihm Hoffnung gemacht, doch der war so überstürzt aufgebrochen wie sein Bruder Declan zuvor und mit Sicherheit schon lange wieder zurück in England. Ob Robert seine Mission erfolgreich vorangetrieben hatte – die möglicherweise darin mündete, Mary zu finden und zu ihm und ihrem Onkel zurückzubringen –, wusste Charles nicht. Ihm blieb nichts anderes übrig, als Frobisher zu schreiben, um mehr zu erfahren.

Allerdings hatte er keine Ahnung, wo die Brüder lebten. Ein Brief an die Reederei in London oder Aberdeen mochte Robert irgendwann erreichen. Vielleicht.

Doch Charles hatte sich freiwillig gemeldet, sein Möglichstes zu tun, damit keine Diamanten im Frachtraum irgendeines Schiffes aus Freetown gebracht wurden. Oder Gold. Er und die Frobishers tippten auf Diamanten. Er hatte die Berechtigung, Durchsuchungen der Laderäume jeglicher Schiffe anzuordnen, die nach England oder in nahe gelegene Häfen aufbrechen wollten. Amsterdam, wo lange der Welthandel mit Diamanten abgewickelt worden war, war ein solcher Hafen. Also wurden *The Dutch Princess* und andere Handelsschiffe, die in Richtung Amsterdam oder Rotterdam segelten, von einer Gruppe Kontrolleure überprüft.

Charles' Anwesenheit war nicht erforderlich. Genau genommen hatte er nichts mit den Überprüfungen zu tun. Nur seine Hilflosigkeit, die ihn in jedem wachen Moment überfiel, hatte ihn zum Hafen getrieben – für den Fall, dass die Suchtrupps über einen geheimen Lagerraum mit Rohdiamanten stolperten.

Der Kapitän, ein kräftiger Mann, der eher wie ein Engländer als wie ein Holländer aussah, stand neben der geöffneten Ladeluke, die Arme vor seiner stattlichen Brust verschränkt. Er ließ die Kontrolleure nicht aus den Augen, aber als hätte er Charles' Blick gespürt, sah er nun zu ihm.

Nachdem er ihn einen Moment lang gemustert hatte, ließ der Kapitän die Arme sinken, sprach mit dem Kontrolleur und ging zum Landungssteg. Er stieg auf den Kai hinunter und kam auf Charles zu.

Charles blieb lässig im Schatten der Baumwollballen stehen.

»Babington, habe ich recht?«, fragte der Kapitän jetzt.

Charles nickte. »Damit sind Sie im Vorteil … Ich kann

mich nicht entsinnen, dass wir je einander vorgestellt worden wären.«

Der Kapitän grinste. »Ich bin der Kapitän des Schiffes, das Sie hier aufhalten.« Er sah zu der hektischen Betriebsamkeit an Deck und ließ den Blick dann über den Hafen schweifen. »Ich bin mir nicht sicher, ob ich jetzt rechtzeitig auslaufen kann.« Er blickte Charles wieder an. »Also, wozu soll diese Durchsuchung gut sein?«

Charles lächelte schmallippig. Gelangweilt erwiderte er den Blick des Mannes. »Das ist reine Routine. Macauley bekommt manchmal solche fixen Ideen, und dann hilft es nichts: Wir müssen raus und die Burschen schnappen, von denen er meint, sie würden unsere Lizenz missachten.« Macauley und Babington hatte die exklusiven Rechte, Waren von Freetown nach England zu verschiffen.

Der Kapitän schnaubte. »Ein verdammtes Ärgernis, das ist es.« Er blickte zu seinem Schiff.

Charles folgte dem Blick des Mannes und sah den Kontrolleur und die Zollbeamten, die zum Landungssteg gingen. Die Steuereintreiber folgten ihnen.

»Endlich!« Der Kapitän sah Charles an. »Mit Ihrer Erlaubnis würde ich mich dann jetzt auf den Weg machen.«

Charles verbiss sich eine Grimasse und nickte. »Schönes Wetter und guten Wind.«

Der Kapitän salutierte zynisch und stapfte zurück zu seinem Schiff.

Charles sah ihm hinterher und fragte sich nicht zum ersten Mal, seit er die Befugnis hatte, solche Durchsuchungen durchzuführen, ob Frobishers Informationen korrekt gewesen waren. Ob es tatsächlich eine illegale

Diamantenmine gab und wenn ja, ob sie nicht vielleicht an einem ganz anderen Ort war als vermutet. Dann wurden die Edelsteine gar nicht aus Freetown verschifft. Bisher war bei keiner Durchsuchung auch nur ein bisschen Schmuggelware gefunden worden.

An Deck brüllte der Kapitän nun Befehle. Matrosen sprangen auf die Kaimauer und lösten die Taue. Charles sah ein Mitglied der Crew, das zum Kapitän ging. Ansonsten war nichts zu sehen. Charles stieß sich von den Baumwollballen ab, an die er sich gelehnt hatte, und richtete sich auf. Er starrte auf die abgenutzten Holzplanken, ohne sie wirklich zu sehen. Stattdessen sah er Marys Gesicht vor seinem inneren Auge. Gedankenverloren folgte er dem Kontrolleur vom Anleger und machte sich auf den Weg zurück in sein Büro.

An Bord von *The Dutch Princess,* wo nun hektische Betriebsamkeit herrschte, um die Segel zu setzen, warf der Kapitän einen Blick über seine Schulter. Er sah zu, wie Babington den Anleger verließ, und wandte sich dann mit einem Schnauben um.

Sein Erster Offizier kam zu ihm. »Also, worum ging es? Gibt es irgendetwas, worüber wir uns Sorgen machen müssten?«

Der Kapitän zögerte und sagte dann: »Babington meinte, es sei reine Routine, aber ich bin mir nicht sicher, ob ich ihm das abkaufen soll. Nicht, wenn er dabei ist, um zuzusehen.«

Der Offizier wippte auf den Fußballen auf und ab. »Glauben Sie, sie wissen Bescheid?«

»Nein. Wenn sie Bescheid wüssten, würden wir in echten Schwierigkeiten stecken.« Der Kapitän blickte sich um, doch es war niemand da, der sie beobachtete. »Es ist nicht schwierig, einen Kutter hinterherzuschicken, um uns im Auge zu behalten, aber ich bezweifle, dass sie das tun werden. Seien Sie aufmerksam – nur für den Fall …«

»Aye, aye.« Der Erste Offizier dachte kurz nach und fragte dann: »Also werden wir die Ware trotzdem an Bord nehmen?«

»Ganz sicher. Wir verlassen den Hafen und segeln am nördlichen Ufer entlang. Wir werden noch ein paar Stunden warten, bis die Tide sich ändert und bis wir sicher sind, dass uns niemand ausspäht. Dann segeln wir in die Bucht.«

Der Erste Offizier nickte und rieb sich die lange Nase. »Ich habe mich immer gefragt, warum Sie es so eingerichtet haben, dass wir die Ware auf unserem Weg hinaus an Bord nehmen sollen – vor allem, weil wir wenden müssen, um das tun zu können.« Der Offizier grinste. »Ich schätze, ich verstehe es jetzt.«

Der Kapitän ging zum Steuerrad. Ein paar Minuten später legte *The Dutch Princess* ab und segelte aus dem Hafen von Freetown.

Kapitel 3

Caleb blieb stehen, um sich das Halstuch abzunehmen und den Schweiß von der Stirn zu wischen. Es war der zweite Tag, an dem sie den Weg entlanggingen, der nördlich aus Kales Lager führte. Sie waren den gesamten vorherigen Tag in Richtung Norden gelaufen, doch in den letzten paar Stunden hatte der Weg eher nach Osten geführt.

Und sie waren auf primitive Fallen gestoßen.

Phillipe hatte die Gruppe angeführt, als sie die erste Falle entdeckt hatten – es war eine einfache Grube gewesen. Sie waren an der Grube vorbeigelaufen, ohne die Abdeckung zu zerstören. Danach hatten sie noch drei weitere Fallen gefunden, die die Unachtsamen in Angst und Schrecken versetzen sollten. Es war allerdings ganz leicht gewesen, ihnen auszuweichen.

Wenn sie eine Bestätigung gebraucht hatten, dass sie sich auf dem richtigen Weg befanden, so hatten sie diese mit den Fallen gefunden.

Caleb sah sich um und konnte nichts als dichten Dschungel entdecken. Seine innere Uhr sagte ihm, dass es fast Mittag war. Er konnte den Himmel nicht sehen, weil das verfluchte Blätterdach zu dicht war. Da er die Weite der offenen See liebte, hatte er die Enge des Dschungels und die schlechten Lichtverhältnisse allmählich satt. Und ihm fehlte die frische, kühle Luft.

Phillipe hatte mit Reynaud zusammen die Nachhut gebildet. Nun kam er nach vorn und blieb neben Caleb stehen. »Es ist Zeit für eine Rast.« Phillipe wies durch die Bäume. »Da hinten ist eine Lichtung.«

Caleb folgte seinem Freund, und ihre Männer kamen ihnen hinterher. Sie schleppten sich noch hundert Meter weiter. Der Weg wurde offenbar noch immer benutzt, er war ausgetreten. Die Männer traten auf die Lichtung. Nachdem sie ihre Seesäcke, Beutel und Waffen abgelegt hatten, legten sie sich auf den Boden oder setzten sich auf umgefallene Baumstämme und streckten die Beine aus. Mit ihren Wasserschläuchen löschten sie ihren Durst.

Glücklicherweise spendete der Dschungel Wasser im Überfluss. Außerdem fanden sie essbare Früchte und Nüsse, und sie hatten genug Dörrfleisch für mehr als eine Woche dabei. Wenn die Luftfeuchtigkeit nicht so hoch wäre, dachte Caleb, dann wäre diese Wanderung geradezu angenehm.

Phillipe nahm neben Caleb auf einem Baumstamm Platz. Mit einem Kopfnicken wies er auf den Dschungel. »Wir sind die letzte Stunde am Ausläufer des Berges entlanggelaufen. Der Weg steigt noch immer an. Und wenn man dem Gedankengang der guten Miss Hopkins folgt, denke ich, dass die Mine nicht mehr weit entfernt sein kann. Die Kinder, die entführt worden sind – also, zumindest die jüngeren –, hätten gar nicht viel weiter laufen können.«

Caleb trank einen Schluck Wasser und nickte. »Ich frage mich die ganze Zeit, ob wir eine versteckte Abzweigung übersehen haben. Aber der Weg ist ausgetreten, er muss noch benutzt werden.«

Sie hatten leise gesprochen, und auch ihre Männer

unterhielten sich nur im Flüsterton. Phillipe sah sich um und murmelte: »Wenn wir weitergehen, sollten wir die Gespräche auf ein Minimum reduzieren.«

Caleb verschloss seinen Wasserschlauch. »Zumindest, bis wir die Mine gefunden haben. Der Dschungel ist hier so dicht, dass wir jederzeit da sein könnten. Und wir dürfen auf keinen Fall irgendjemandes Aufmerksamkeit auf uns lenken.«

Phillipe lächelte schief. »Auch wenn wir es uns wünschen würden.«

Caleb stieß einen knurrenden Laut aus und erhob sich. Phillipe stand ebenfalls auf, und ein paar Minuten später war die Gruppe wieder unterwegs. Sie waren noch leiser als vorher.

Und dann zeigte sich, dass ihre Vorsicht angebracht gewesen war. Caleb sah, wie sich ein Schatten über eine Lichtung bewegte, nicht weit weg von dem Weg, auf dem sie sich befanden. Den Blick darauf gerichtet, berührte Caleb den Arm seines Freundes und hielt ihn zurück. Die Männer bemerkten, dass die beiden stehen geblieben waren, und verhielten den Schritt.

Caleb konnte nicht genau benennen, *was* er da sah – ein heller Schimmer, wie ein Blitz von ... was?

Dann bewegte sich das Etwas, und Caleb konnte endlich erkennen, was es war. »Das ist ein Junge«, wisperte er. »Ein blonder, hellhäutiger Junge in zerrissener Kleidung.«

»Er sammelt Beeren«, flüsterte Phillipe. Nach einem Moment fragte er: »Was hast du jetzt vor?«

Caleb sah sich aufmerksam um. »Soweit ich es überblicken kann, ist er allein. Ich kann sonst niemanden sehen. Und du?«

»Nein. Ich kann auch nichts Verdächtiges hören.«

»Wenn wir alle zu ihm gehen, erschrickt er sich und rennt weg.« Caleb dachte nach, legte dann das Bündel ab, das er getragen hatte, und reichte es Phillipe. »Bleib mit den anderen hier, bis ich euch ein Zeichen gebe.«

Phillipe nahm das Bündel entgegen und nickte.

Caleb schlich um Bäume herum und achtete behutsam darauf, den Jungen nicht aufzuschrecken. Der Kleine war höchstens acht Jahre alt und unglaublich dünn – nur Haut und Knochen. Er trug eine zerlumpte kurze Hose und ein locker hängendes Oberteil in der gleichen Farbe und aus dem gleichen groben Stoff und war barfuß. Sein heller Blondschopf, der in der Sonne schimmerte, deren Strahlen durch das Blätterdach fielen, hatte Calebs Aufmerksamkeit erregt.

Der Junge ging um eine Schlingpflanze herum zu einem Busch, der im Wurzelgrab eines riesigen Baumes stand, der umgefallen war. Er trug saftige dunkelrote Beeren. Caleb und seine Leute hatten bereits herausgefunden, dass die Früchte essbar waren und wundervoll süß schmeckten. Der Junge konzentrierte sich voll und ganz auf seine Aufgabe, pflückte die Beeren und legte sie vorsichtig in einen geflochtenen Korb.

Caleb vermutete, dass der Kleine von irgendjemandem in den Dschungel geschickt worden war. Seine Gesichtszüge ließen darauf schließen, dass er Engländer war.

Er musste aus der Mine kommen …

Caleb erreichte den Rand der Lichtung. Er zögerte, bevor er anfing zu sprechen. »Hab keine Angst … Bitte lauf nicht weg«, sagte er leise.

Der Junge zuckte zusammen und wirbelte herum. Er umklammerte den Griff seines Korbes so fest, dass seine

Fingerknöchel weiß hervortraten. Mit weit aufgerissenen Augen starrte er Caleb an.

Caleb rührte sich nicht. Er streckte nur ganz langsam die Hände zu beiden Seiten aus, um zu zeigen, dass sie leer waren.

Der Junge war bereit loszustürmen.

Wenn das Kind floh, hatten sie keine Chance, es zu schnappen – nicht im dichten Dschungel. »Ich bin geschickt worden, um nach Leuten zu suchen – Engländern, die aus Freetown verschleppt worden sind.« Er sprach langsam, deutlich, ruhig. »Wir glauben, dass sie als Arbeiter in einer Mine gebraucht werden. Wir suchen nach der Mine.« Er hielt inne und fragte dann: »Weißt du, wo die Mine ist?« Als der Junge nicht antwortete, fiel Caleb wieder ein, dass die Mine bisher ja nicht mehr als eine Vermutung war. Also formulierte er seine Frage anders: »Weißt du, wo die Leute sind?«

Der Junge fuhr sich mit der Zungenspitze über die trockenen Lippen. »Wer sind Sie?«

Er würde nicht weglaufen – zumindest noch nicht. Caleb konnte ganz entspannt mit Kindern umgehen, er spielte gern mit ihnen und wusste, dass es ratsam war, Kindern die Wahrheit zu sagen, wenn man sie zu irgendetwas überreden wollte. Sie schienen es zu spüren, wenn jemand die Tatsachen verdrehte und Ausflüchte suchte.

«Ich bin aus London gekommen. Es waren schon andere vor mir hier, die nach den Verschwundenen gesucht haben. Aber wir müssen Schritt für Schritt vorgehen. Ganz vorsichtig. Um sicherzustellen, dass die bösen Menschen, die hinter den Entführungen stecken, keinen Wind davon bekommen, dass wir den Opfern zu Hilfe kommen.«

Und dass wir die Entführer umbringen wollen.

Diese Tatsache sprach er nicht aus.

Der Junge starrte ihn noch immer an, doch sein Blick wurde neugierig. Er wanderte von Calebs Gesicht über seine Kleidung, sein Schwert und bis hin zu seinen Stiefeln.

»Ich werde mich mal hinhocken.«

Langsam ging Caleb in die Hocke. Wenn er sich dem Jungen genähert hätte, dann hätte er über ihm aufgeragt, und das wäre viel zu beängstigend für das Kind gewesen. Aus der hockenden Position heraus Hand an den Jungen zu legen wäre viel schwieriger – und das wusste das Kind mit Sicherheit.

Als Caleb sich in die Hocke begab, entspannte sich der Junge sichtlich, dennoch blieb er wachsam. Er spähte in das Dickicht hinter Caleb. »Sie sind nicht allein, oder? Es sind noch mehr Männer da, stimmt's?«

»Ja. Ich habe sie gebeten, sich zurückzuhalten, damit wir dir keine Angst einjagen.« Caleb hielt kurz inne und fuhr dann fort: »Es sind noch vierundzwanzig weitere Männer auf dem Weg.«

Der Junge blinzelte. »Also sind Sie insgesamt fünfundzwanzig? Und alle bewaffnet?« Caleb nickte. Der Junge runzelte die Stirn. Er schien seine Angst vor Caleb verloren zu haben. Nachdem er eine ganze Weile nachgedacht hatte, schüttelte der Kleine allerdings den Kopf. »Das wird nicht reichen.« Er sah Caleb an. »Es sind viele Söldner in der Mine, und sie sind furchtlose Kämpfer.«

Also gibt es die Mine tatsächlich. Und sie ist ganz in der Nähe.

Caleb unterdrückte seine Freude. »Wir sind nicht die Rettungsmannschaft. Wir sind die Vorhut. Unsere Mission …«, er konnte seinen ältesten Bruder Royd beinahe aufstöhnen hören, weil er einem Jungen, über den er überhaupt nichts wusste, solche bedeutsamen Details erzählte, »… besteht darin, das Lager und die Mine auszukundschaften und herauszufinden, wie viele Übeltäter hier sind. Diese Informationen werden wir nach London übermitteln. Daraufhin wird die Rettungsmannschaft entsandt. Und die kann den Leuten dann endgültig das Handwerk legen.«

Der Junge musterte Caleb ganz genau. Er sah ihm offen in die Augen, als wollte er herausfinden, ob Caleb die Wahrheit sagte. Plötzlich lächelte er. »Teufel noch mal … Sie werden mir das niemals glauben, wenn ich es ihnen erzähle, aber die anderen werden außer sich vor Freude sein! Wir haben so lange auf jemanden gewartet, der uns zu Hilfe kommt.«

Die Aufregung und Begeisterung in seiner Stimme waren ansteckend, trotzdem hob Caleb beschwichtigend die Hände. »Bevor du es irgendjemandem erzählst, darfst du nicht vergessen, dass unsere Mission *geheim* bleiben muss. Die Söldner in der Mine dürfen auf keinen Fall erfahren, dass wir hier sind.« Caleb sah den Kleinen eindringlich an. »Wenn ihnen klar wird, dass Hilfe unterwegs ist, könnte es für die Entführten und auch für uns sehr gefährlich werden.«

Die Freude des Jungen erstarb, doch nach einem kurzen Moment nickte er. »Also gut.« Er sah Caleb an und wandte seinen Blick dann wieder in den Dschungel. »Was werden Sie jetzt machen, nachdem Sie uns gefunden haben?«

»Ich hoffe, du kannst uns näher zur Mine bringen – an einen Ort, von wo aus wir alles sehen können, aber selbst nicht gesehen werden. Kannst du das machen?«

»Klar!«

»Aber bevor wir dazu kommen, möchte ich hören, was du mir ... was du uns über die Mine und das Lager erzählen kannst.« Caleb drehte sich um und warf einen Blick hinter sich, ehe er den Jungen wieder ansah. »Wie heißt du?«

»Diccon.«

»Ich bin Caleb, der Kapitän eines englischen Schiffes. Und wenn du damit einverstanden bist, Diccon, dann würde ich jetzt meine Leute näher heranholen, damit wir alle hören können, was du zu sagen hast.«

Diccon nickte.

Caleb erhob sich langsam und gab seinen Männern ein Zeichen, zu ihnen zu kommen. Sie stapften den Weg entlang, den Caleb genommen hatte, um so wenig Spuren wie möglich zu hinterlassen. Alle nickten Diccon zu, als sie auf die Lichtung kamen. Sie achteten darauf, Diccon nicht zu bedrängen. Einige von ihnen hockten sich auf den Boden. Auch Phillipe kniete sich hin.

Caleb ging ebenfalls in die Hocke, um mit Diccon auf Augenhöhe zu sein. »Also gut. Diese Mine ... Ist das Gelände von einem Zaun umgeben?«

Mehr musste er nicht sagen, um Diccon zum Reden zu bringen. Der Junge lieferte ihnen eine bemerkenswert klare und detaillierte Beschreibung des Lagers, das auf dem Gelände errichtet worden war, das den Eingang der Mine umgab. Es gab einen groben, aber wirkungsvollen Palisadenzaun und Hütten für die unterschiedlichsten Bedürfnisse und Zwecke.

»Und dann gibt es noch eine Krankenstation«, endete der Junge.

Caleb und Phillipe wechselten einen überraschten Blick.

Diccon war im Geiste durch das Tor ins Lager gekommen und war dann im Uhrzeigersinn an allen Baracken entlanggegangen, um sie ihnen zu beschreiben.

»Das war sehr hilfreich«, sagte Caleb und meinte es auch so. »Also … Wie viele Söldner befinden sich auf dem Gelände?«

»Hm.« Diccon zog die Stirn kraus. Er hatte seinen Korb abgestellt, und an der Art, wie er die Finger bewegte, konnte man ablesen, dass er zählte. Dann erhellte sich seine Miene. »Im Augenblick sind vierundzwanzig Männer da. Dann noch Dubois. Und sechs weitere Leute sind unterwegs und bringen die letzte Ladung Diamanten zur Küste, damit sie abgeholt werden kann.«

Caleb blinzelte. »Sie bauen tatsächlich Diamanten ab.«

»Aye«, bestätigte Diccon. »Ich dachte, Sie wüssten das.«

»Wir haben es angenommen, aber bis jetzt waren wir uns nicht sicher.« Caleb legte den Kopf schräg. »Du hast gesagt, dass die Söldner die Diamanten zur Küste bringen, damit sie dort abgeholt werden? Sie schaffen sie nicht nach Freetown?«

»Nein. Zumindest glauben wir alle im Lager, dass sie die Kiste mit den Diamanten in die Siedlung bringen, aber die Übergabe findet irgendwo in einer Bucht statt. Auf diese Weise erfährt niemand in Freetown davon.«

Phillipe verlagerte das Gewicht auf sein anderes Knie und zog Diccons Aufmerksamkeit damit auf sich. »Die sechs, die zur Küste aufgebrochen sind … Nehmen sie den Weg dort hinten?« Er zeigte auf den Pfad, den sie genommen hatten und der nicht weit entfernt war.

Ein wichtiger Punkt. Caleb sah Diccon an und war

erleichtert, als er bemerkte, dass der Junge den Kopf schüttelte.

»Der Weg führt nur in Kales Lager.« Diccons Blick war mit einem Mal leer, seine Miene verschlossen. »Da wollen Sie nicht hin …«

»Kale ist nicht mehr dort«, wandte Caleb ein. »Er ist … gegangen. Zusammen mit all seinen Leuten.«

»Ja?« Diccon musterte Calebs Gesicht. Seine Augen wurden rund, als ihm die Bedeutung der Worte klar wurde.

Bevor er die Fragen stellen konnte, die ihm ganz offensichtlich auf der Zunge lagen, schritt Phillipe ein. »Welchen Weg nehmen die Söldner dann zur Küste?«

»Es gibt noch einen anderen Weg … Genau genommen führen einige Wege aus dem Lager. Einer führt zu dem See, an dem wir unser Wasser holen. Dann gibt es diesen Weg hier, auf dem wir alle ins Lager gekommen sind. Ein Weg teilt sich kurz vor dem Tor zum Lager in zwei Pfade auf. Diejenigen, die die Diamanten abliefern, nehmen die nordwestliche Route – und wir nehmen an, dass der Weg am Ende nach Freetown führt. Sie könnten auch durch Kales Lager nach Freetown gelangen, aber Dubois, der Anführer, trägt seinen Leute meistens auf, gleichzeitig Vorräte zu besorgen, wenn sie die Diamanten wegbringen. Und wir sind uns sicher, dass diese Vorräte aus Freetown stammen.«

Caleb nickte. Vor seinem geistigen Auge nahm eine Karte Gestalt an. »Du hast gesagt, dass sich der Weg in zwei Pfade teilt … Wohin führt denn der zweite Pfad?«

»Soweit wir wissen, führt er in den Norden. Wir glauben, dass dort bis zur Küste nur Dschungel ist.« Diccon überlegte kurz und fügte dann hinzu: »Vielleicht leben dort Einheimische. Es gibt einen Häuptling, dem das

Land gehört, und Dubois zahlt ihm Geld, damit er und seine Leute die Mine in Ruhe lassen. Wir denken, dass der Häuptling dort lebt – darum gibt es den Pfad überhaupt. Niemand aus unserem Lager benutzt ihn je.«

Phillipe fing Calebs Blick auf. Caleb nickte beinahe unmerklich. Der wenig benutzte Pfad schien der beste zu sein, um sich zurückzuziehen.

Er richtete den Blick wieder auf Diccon. »Erzähl uns mehr über die Söldner.«

»Also, wie ich schon sagte, gibt es insgesamt dreißig. Und dann gibt es noch Dubois. Er trägt die Verantwortung, ist der Anführer, und alle haben Angst vor ihm. Er hat zwei … Stellvertreter. Arsene – er ist Dubois' rechte Hand – und Cripps. Die Söldner sind alle groß und brutal. Sie tragen alle Schwerter, viele Messer, und einige von ihnen haben sogar Pistolen. Die Wachen auf dem Turm und am Tor haben Musketen.«

Caleb nickte langsam. Es selbst sehen und beobachten zu können wäre das Beste. Aber zuerst … »Wie kommt es, dass du allein das Lager verlassen darfst? Du bist doch allein unterwegs, oder?«

Diccon wurde ernst. »Aye. Ich kann nicht in der Mine arbeiten. Ich huste und huste. Dubois wollte mich töten … Er meinte, ich wäre nutzlos, und er wolle mich nicht durchfüttern. Doch Miss Katherine hat sich für mich eingesetzt.« Diccon straffte die Schultern. »Sie sagt, ich bin nicht nutzlos. Sie sagt, ich kann helfen, Früchte, Beeren und Nüsse zu sammeln, sodass der Koch uns Kinder damit versorgen kann. Und auch die Erwachsenen. Sie sagt, so würden wir alle gesund bleiben und besser arbeiten. Und Dubois hat es ihr geglaubt.«

Caleb ging im Geiste die Liste der Verschollenen durch

und fragte: »Miss Katherine … Handelt es sich bei ihr um Miss Fortescue?«

»Aye. Das ist sie. Aber wir Kinder nennen sie nur Miss Katherine. Sie kümmert sich um uns.« Und sie war offensichtlich eine Löwin, wenn sie sich erhoben, für Diccon eingesetzt und ihm so das Leben gerettet hatte. Diccon seufzte niedergeschlagen. »Ich wünschte, ich könnte weglaufen, aber Dubois hat gesagt, dass er, wenn ich nicht jeden Tag bei Sonnenuntergang wieder zurück wäre, zwei meiner Freunde umbringen würde.« Das Gesicht des Jungen wurde bleich. »Also traue ich mich nicht einmal, zu spät zurückzukommen. Dieser Dubois ist ein Teufel.«

»Du glaubst ihm?«, fragte Phillipe sacht.

Diccon sah ihm direkt in die Augen. »Wir alle glauben Dubois' Drohungen. Selbst Mr. Hillsythe. Er sagt, Dubois ist einer dieser Verbrecher, dem es Spaß macht zu töten. Keiner von uns soll je daran zweifeln, dass er genau das tun würde, was er uns androht.«

Caleb fing Phillipes Blick auf. Hillsythe war einer von Wolverstones Männern. Der Duke of Wolverstone war Kommandant der britischen Geheimagenten. Wenn das Hillsythes Einschätzung von Dubois war, dann taten sie gut daran, sie zu beachten.

»Also gut.« Caleb stand auf. »Ich glaube, es ist an der Zeit, dass wir uns das Lager einmal ansehen. Aber zuerst …«, er warf einen Blick in die Runde, dann sah er Diccon an, »… müssen wir einen Platz finden, der nahe genug beim Lager ist, damit wir es beobachten können, aber weit genug entfernt, damit keiner aus dem Lager zufällig über uns stolpert. Ich dachte, dass es vielleicht an dem Weg Richtung Norden eine geeignete Stelle gibt – an dem Weg, den keiner benutzt.«

Diccon nickte. »Ich kenne die Gegend. Dort gibt es eine Lichtung, die groß genug ist.«

Caleb legte dem Jungen die Hand auf die Schulter. »Können wir dorthin gehen, ohne vom Lager aus gesehen zu werden?«

»Klar … Ich kann Sie hinführen.« Diccons fröhliches Lächeln kehrte zurück, und er schnappte sich seinen Korb. »Ich kenne die Umgebung sehr gut. Ich darf mich im Umkreis des Lagers frei bewegen und hingehen, wo ich möchte. Die Beeren und Früchte und Nussbäume wachsen überall.«

»Könnte es sein, dass uns jemand aus dem Lager hört?«, fragte Phillipe.

»Nein.« Als Caleb die Hand von Diccons Schulter nahm, drehte der Junge sich um und lief los. »Wir sind noch ein gutes Stück entfernt, und die Bäume und Blätter halten die Geräusche zurück. Oft kann man andere Menschen erst hören, wenn sie ganz nahe sind.«

Caleb gab seinen Leuten ein Zeichen zu folgen. Mit Phillipe zusammen ging er Diccon hinterher.

Als sie den Weg zu Kales Lager erreichten, signalisierte Diccon ihnen weiterzugehen. »Ich werde Sie weiter führen, bis wir den anderen Weg erreichen.«

Er hielt Wort und bedeutete ihnen, leise und vorsichtig zu sein. Als sie an eine Weggabelung kamen, berührte Caleb Diccons Schulter, beugte sich vor und flüsterte dem Jungen ins Ohr: »Was ist?« Der Kleine legte seinen Kopf in den Nacken und erwiderte genauso leise: »Das ist der nordwestliche Weg, den sie benutzen, um nach Freetown zu gehen. Ich glaube nicht, dass sie schon auf dem Rückweg sind, aber …«

Caleb klopfte ihm noch einmal auf die Schulter und

ließ die Hand dann sinken. »Guter Junge. Du bist immer vorsichtig. Das ist richtig.«

Sie lauschten angestrengt, konnten jedoch nichts hören. Eilig passierten sie den ausgetretenen Pfad und schlugen sich wieder in die Büsche. Zehn Meter weiter warf Caleb einen Blick zurück, konnte aber außer dem dichten Blattwerk des Dschungels nichts erkennen. Einen Führer gefunden zu haben war ein Glücksfall gewesen. Ohne Diccons Hilfe wären sie rat- und ziellos durch den Dschungel gestolpert – und den Söldnern wahrscheinlich direkt in die Arme gelaufen.

Das Schicksal war ihnen gewogen gewesen, es hatte ihnen den Jungen geschickt.

Den nächsten Weg betrat Diccon selbstbewusst. »Die Stelle, von der ich Ihnen erzählt habe – die schöne Lichtung –, liegt ein Stück dort hinunter.«

Er führte sie einen Pfad entlang, der ganz offensichtlich nicht so oft benutzt wurde. Kleine Bäumchen wuchsen auf dem Weg, Schlingpflanzen rankten sich darüber. Philipe murrte und wies die Männer an, darauf zu achten, möglichst wenig Spuren zu hinterlassen. Und so passten sie auf, die kleinen Bäumchen nicht umzuknicken und sich unter den Schlingpflanzen hindurchzuducken, um die Diccon leichtfüßig herumeilte.

Dann bog er in einen schmalen Pfad ein, der anscheinend nur von Tieren genutzt wurde. Fünfzehn Meter weiter mündete der Weg auf eine Lichtung, die – wie Diccon versprochen hatte – ganz genau ihren Vorstellungen und Bedürfnissen entsprach. Sie war groß genug, um ihnen allen Platz zu bieten, ein kleiner Bach plätscherte hindurch.

»Da wären wir.« Mit ausgestreckten Armen drehte der Junge sich im Kreis.

Caleb erwiderte sein Lächeln. »Danke. Das ist genau das, was wir gesucht haben.«

Phillipe lächelte Diccon ebenfalls an und klopfte ihm im Vorbeigehen auf die Schulter. »Du bist ein exzellenter Pfadfinder, mein Freund.«

Die anderen Männer brummten zustimmend, als sie nun auf die Lichtung traten.

Diccon strahlte.

Es dauerte nicht lange, bis Caleb und Phillipe die Errichtung des Übernachtungsplatzes organisiert und die Aufgaben verteilt hatten. Dann riefen sie ihre Quartiermeister Quilley und Ducasse herbei und stellten sie Diccon vor. Der Junge sah die Männer erwartungsvoll an.

»Erste Frage«, begann Caleb. »Hast du genügend Früchte in deinem Korb, um den Koch zufriedenzustellen?«

Diccon hob den Korb, schlug den Deckel zurück und betrachtete die Früchte, die darin lagen. »Fast.« Er blickte auf und sah sich um. Dann wies er auf einen kleinen Baum, an dem gelbe Früchte baumelten. »Wenn ich noch welche von denen bekomme, habe ich genug.«

Im nächsten Moment sammelten zwei Kapitäne und zwei Quartiermeister pflichtbewusst einige Handvoll der reifen Früchte ein.

Diccon lächelte, als sie ihre Ausbeute in den Korb legten. Dann schloss er den Deckel und sah Caleb an. »Das ist mehr als genug.«

»Gut. Als Nächstes«, fuhr Caleb fort, »musst du uns an den Ort bringen, von dem aus wir das Lager beobachten können, ohne die Wachposten auf uns aufmerksam zu machen.«

Diccon salutierte. »Ich kann Ihnen die perfekte Stelle zeigen, Sir.«

»In dem Fall ... bring uns hin.«

Diccon tat, worum Caleb ihn bat. Er führte die beiden Kapitäne und die zwei Quartiermeister erst wieder über den überwachsenen Weg und bog dann in den undurchdringlichen Dschungel.

»Das hier ist der sicherste Weg«, flüsterte er. »Wir bewegen uns weg von den anderen Pfaden und in das Gebiet zwischen dem nordwestlichen Weg und dem, der zum See führt. Die Söldner nehmen jeden Tag einige der Männer mit zum See, um Wasser zu holen, aber das machen sie für gewöhnlich morgens. Jetzt sollte niemand dort sein.«

Caleb nickte, und sie kämpften sich weiter voran. Sie wurden immer langsamer, weil Diccon sich den Befehl, vorsichtig zu sein, sehr zu Herzen nahm. Wie ein Aal schlängelte er sich ihnen voran durch die Schatten und bedeutete ihnen dann, sich hinter einer Baumgruppe zu verstecken.

Caleb sah sofort, warum. Der Zaun des Lagers war nur knapp zehn Meter entfernt. Rund um den Zaun war das Dickicht weggeschlagen worden, damit sich niemand ungesehen im Schutz der Bäume und Büsche dem Lager nähern konnte. Das Tor zum Lager befand sich rechts von ihnen. Und es stand offen. Caleb sah zwei bewaffnete Wachposten. Sie beobachteten zwar das Treiben im Lager, aber jedes unerwünschte Geräusch hätte sie aufgeschreckt.

Da das Tor offen war, vermutete Caleb, dass die Wachen und der Zaun, das Tor und der Wachturm in der Mitte des Lagers eigentlich nur dazu da waren, um die

Leute daran zu hindern, das Gelände zu verlassen. Die Söldner waren so von sich eingenommen, dass sie nicht erwarteten, dass sich eine Bedrohung aus Richtung des Dschungels nähern könnte.

Schweigend beobachteten sie das Lager mehr als eine halbe Stunde lang. Caleb fiel auf, dass ab und zu schwer bewaffnete Männer durchs Lager patrouillierten. Allen stand die Langeweile im Gesicht geschrieben. Sie waren alles andere als wachsam oder gar alarmiert. Sie vermittelten den Eindruck, dass sie sich absolut sicher waren, dass niemand sie angreifen würde.

Caleb sah auch, dass einige der Gefangenen – sowohl Männer als auch Frauen – sich frei im Lager bewegten. Sie unterhielten sich, ohne die Aufmerksamkeit der Wachen zu erregen.

Interessant …

Dann fiel ihm auf, wie Diccon zum Himmel hinaufschaute. Die Sonne stand im Westen. Caleb erinnerte sich daran, dass der Junge sich Sorgen machte, rechtzeitig zurück zu sein. Er tippte ihm auf die Schulter, sah Phillipe und die anderen beiden Männer an und wies dann mit einem Kopfnicken zum Gelände hinter ihnen, wo es relativ sicher war.

Diccon zog sich zuerst zurück. Dann folgte ihm einer nach dem anderen. Sie sammelten sich außer Hörweite der Wachen am Tor. Caleb legte Diccon die Hand auf die Schulter und sah den Jungen an.

»Danke für deine Hilfe. Jetzt müssen wir behutsam vorgehen. Wer ist der Mensch, dem du im Lager am meisten vertraust?«

»Miss Katherine.«

Caleb blinzelte. Eigentlich hätte er damit gerechnet,

dass der Junge einen der Männer nennen würde, doch seine Antwort war so schnell und so bestimmt gekommen, dass er diese Wahl nicht infrage stellen wollte. Langsam nickte Caleb.

»Also gut. Ich möchte, dass du Miss Katherine alles sagst, was wir dir erzählt haben. Kannst du dich an die wichtigen Dinge erinnern?«

Diccon nickte eifrig. »Ich kann mich an alles erinnern. Ich bin gut in so was.«

Caleb musste lächeln. »Sehr schön. Also sprich mit Miss Katherine, aber mit niemandem sonst. Und hör dir an, was sie dazu sagt. Wenn du das Lager morgen verlassen darfst, dann such die Früchte in der Gegend zwischen unserem Übernachtungsplatz und dem See. Benimm dich wie immer – wir kommen dann und finden dich. Wir warten darauf, was Miss Katherine und alle anderen, denen sie sich damit anvertrauen will, dazu zu sagen haben.«

Diccons Miene erhellte sich. »Dann bin ich also ... Was bin ich? Ein Kurier?«

»Ganz genau.« Phillipe lächelte den Jungen an. »Aber vergiss nicht: Einen guten Kurier erkennt man daran, dass er nur denjenigen etwas sagt, für die die Informationen auch bestimmt sind. Kein Wort über diese Sache zu irgendjemand anderem, ja?«

Diccon nickte. »Nichts verraten ... nur Miss Katherine.«

»Gut.« Caleb ließ den Jungen los. »Ich würde vorschlagen, dass du noch eine kleine Runde drehst und dann aus einer anderen Richtung ins Lager zurückkehrst.«

»Ich werde zum See laufen und von dort ins Lager gehen. Wenn Sie mich beobachten, werden Sie sehen, wo der Weg herauskommt.«

Calebs beifälliges Lächeln war echt. »Du bist ganz in deinem Element.« Er nickte ihm zum Abschied zu. »Dann lauf mal los.«

Mit einem forschen Salut und einem Lächeln für die vier Männer verschwand Diccon im Dschungel. Innerhalb von Sekunden hatten sie alle ihn aus den Augen verloren.

»Er ist sehr gut.« Phillipe wandte sich Richtung Tor um. »Aber ich bin erst beruhigt, wenn er wieder im Lager ist, wo er hingehört.« Mit einer Handbewegung deutete er zu ihrem vorherigen Versteck. »Sollen wir?«

Sie kehrten an die Stelle zurück, von wo aus sie das Lager im Blick hatten. Fünf Minuten später trat Diccon zu ihrer Linken aus dem Dschungel. Er warf keinen Blick zu ihnen herüber, sondern hüpfte mit dem Korb in der Hand durch das Tor, verschwand dann in einem Bereich des Lagers, den sie nicht einsehen konnten.

Caleb versuchte, sich zu erinnern. »Er ist bestimmt zum Koch gegangen, um seine Ausbeute abzuliefern. Er hat gesagt, dass sich die Küche dort befindet.«

Er hatte die Worte geflüstert. Phillipe nickte nur.

Tatsächlich sahen sie Diccon zehn Minuten später ohne Korb wieder. Er durchquerte das Lager und drehte sich im nächsten Moment abrupt um, als hätte ihn jemand außerhalb ihres Blickfeldes gerufen.

Selbst aus der Entfernung konnten sie erkennen, wie seine Miene sich aufhellte. Diccon war sichtlich unruhig, er wartete offenbar auf jemanden …

Eine junge Frau erschien. Sie hatte braunes Haar und blasse Haut und bewegte sich mit einer Anmut, die zeigte, dass sie aus gutem Hause stammte. Lächelnd ging sie auf Diccon zu. Diccon legte die Hände in ihre.

Die Frau ging wie Caleb zuvor in die Hocke. Sofort fing der Junge an zu reden.

»Das ist anscheinend Miss Katherine.« Caleb sah sich den Bereich um die beiden herum ganz genau an, doch er konnte keine Wachen oder sonst irgendjemanden entdecken, der das Gespräch hätte belauschen können.

Während Diccon der Frau die Neuigkeiten mitteilte, betrachtete Caleb sie. Sie war jünger, als er erwartet hätte nach Diccons Erzählungen. Die Frau lauschte dem Jungen und wirkte mit einem Mal angespannt. Offenbar hatte sie die Tragweite dessen begriffen, was der Kleine ihr erzählte.

Dass sie ihm glaubte, wurde durch ihren Blick zum Tor bestätigt. Zwar sah sie nicht direkt zu ihnen, aber kurz in ihre Richtung. Sofort sammelte sie sich wieder und richtete ihre Aufmerksamkeit erneut auf Diccon.

Caleb war der Ausdruck auf ihrem Gesicht nicht entgangen. Auch wenn er noch so flüchtig gewesen war, war dieser Blick ein stummer Schrei nach Hilfe. Aber er hatte noch etwas gesehen – etwas sehr Wertvolles: Hoffnung.

Vielleicht war es nur eine optische Täuschung, ein Spiel des Lichts gewesen, doch für einen Moment hatte er gespürt, wie diese Hoffnung – zerbrechlich, aber real – die Arme nach ihm ausgestreckt hatte. Es war etwas so unbeschreiblich Wertvolles gewesen, dass er instinktiv danach hatte greifen wollen. Er hatte es halten und schützen wollen.

Dann hatte sie ihre Gefühle rigoros unterdrückt, doch er hatte nicht mehr den geringsten Zweifel daran, dass die Erwachsenen im Lager Diccons Geschichte glaubten. Sie – Miss Katherine – glaubte ihm jedenfalls. Und obwohl Caleb bisher noch nicht mit ihr gesprochen hatte, war er sich sicher, dass eine Frau, die mutig genug war, sich gegen den Anführer einer Gruppe von Söldnern zu stellen, damit sie so das Leben eines Jungen retten konnte, genug Rückgrat hatte, um sich gegen die englischen Offiziere im Lager durchzusetzen.

Diccon beendete seine Geschichte. Den Blick auf sein Gesicht geheftet, richtete Miss Katherine sich langsam auf. Dann ließ sie eine seiner Hände los, hielt jedoch die andere weiter fest. Sie drehte sich mit dem Jungen zusammen um und ging forschen Schrittes in Richtung Mine. Nach ein paar Schritten waren sie und Diccon aus ihrem Blickfeld verschwunden.

Sie beobachteten das Lager noch ein paar Minuten länger, aber es wurde nicht Alarm geschlagen, und es war auch nichts Interessantes mehr zu sehen.

Caleb runzelte die Stirn. Er beugte sich zu Phillipe hinüber und flüsterte: »Wir müssen *in* das Lager sehen, wir brauchen einen umfassenderen Blick hinein.«

»Ich habe gerade das Gleiche gedacht. Und zufälligerweise …«, Caleb folgte Phillipes Blick, »… schmiegt sich das Lager an den Felsen dort …«

»Perfekt.« Caleb grinste. Er sah zu Quilley und Ducasse. »Uns bleibt noch Zeit genug, dahin zu gelangen, bevor das Tageslicht schwindet.«

Die vier gingen los. Als sie angekommen waren, fanden sie heraus, dass es die perfekte Stelle war, um das Lager auszuspähen. Der Felsen hatte einen Vorsprung, der breit genug war, sodass sie alle dort Platz fanden. Die Blätter der Bäume ringsum schützten sie vor den Blicken der Leute aus dem Lager. Sie verbrachten noch eine weitere halbe Stunde damit, die Bewegungen der Wachen und der Gefangenen zu beobachten, prüften noch mal die Zahl der Gebäude im Lager und machten sich mit der Funktion der unterschiedlichen Hütten vertraut, von denen der Junge ihnen erzählt hatte. Diccon hatte ihnen ein sehr genaues Bild vermittelt, doch es schien, dass die meisten der Männer in der Mine und deshalb im Moment nicht zu sehen waren.

Auf der Fläche zwischen dem Eingang zur Mine, der barackenähnlichen Unterkunft, in der laut Diccon die Männer schliefen, und der großen Haupthütte, in der die Söldner untergebracht waren, befand sich eine riesige Feuerstelle, die weit genug von der Mine und den Gebäuden entfernt war. Um die Feuerstelle herum lagen Baumstämme, die als Sitzgelegenheiten dienten. Ein kleines Feuer brannte. Die Frauen hatten sich um das Feuer versammelt. Sie erkannten Miss Katherine mit fünf anderen weiblichen Gefangenen. Caleb nahm an, dass Miss Katherine ihnen noch nichts von Diccons Neuigkeiten erzählt hatte. Sie blickte hin und wieder zum Eingang der Mine.

»Sie wartet darauf, dass die Männer sich zu ihnen gesellen«, sagte Phillipe. »Sie wartet darauf, dem die Neuigkeiten mitzuteilen, der Verantwortung für die Gruppe trägt.«

Caleb nickte. »Ich wünschte, wir könnten bleiben und denjenigen sehen, aber wir sollten jetzt nach unten klettern und zu unserem Übernachtungsplatz zurückkehren, bevor die Nacht hereinbricht.«

Die Nacht im Dschungel war der Inbegriff von Finsternis. Und im Dunkeln einen unbekannten Hügel oberhalb eines Lagers von feindlich gesinnten und schwer bewaffneten Söldnern hinunterzuklettern war der Inbegriff von Verantwortungslosigkeit.

Phillipe verzog das Gesicht, nickte jedoch, und die vier erhoben sich und schlichen den Hügel hinunter. Sobald sie wieder unten waren, machten sie einen weiten Bogen um das Lager und kehrten zurück zu ihrem provisorischen Übernachtungsplatz.

Kapitel 4

Am nächsten Morgen gingen Caleb, Phillipe und zwei von Calebs Leuten – Ellis und Norton – im Morgengrauen zurück zu dem Felsvorsprung. Das Licht reichte gerade aus, um den Weg zu sehen und auch die Aktivitäten im Lager zu beobachten.

Caleb machte es sich auf dem Vorsprung bequem. »Lasst uns mal schauen, ob wir einen festen Tagesablauf erkennen können.« Aus der Tasche seiner Kniehose zog er einen Stift und ein Stück Papier hervor.

Phillipe, der kein Morgenmensch war, brummte nur. Doch er ließ sich neben Caleb auf dem Boden nieder, zog seine Knie an, legte sein Kinn darauf und richtete seinen schläfrigen Blick auf das Lager unter ihnen.

Im Laufe der folgenden Stunden sahen sie zu, wie es zum Leben erwachte. Die Wachleute wurden um sechs Uhr ausgewechselt. Kurz darauf kamen die Gefangenen aus den Baracken, in denen sie geschlafen hatten, und wuschen sich in einem Anbau neben den Gebäuden. Einige hängten gewaschene Kleidung auf Leinen, die hinter den Hütten angebracht waren. Irgendwann gingen alle zu der Küche, die sich am anderen Ende des Lagers unter einem Vordach befand, holten sich ihr Frühstück und trugen dann ihren Teller und den Becher zu der großen Feuerstelle, wo sie sich auf die Holzstämme setzten, um zu essen.

Die Söldner frühstückten ebenfalls. Sie saßen allerdings unter einem mit Palmblättern gedeckten Vordach vor dem Wachturm in der Nähe der Küche. Von ihrem Platz auf dem Felsvorsprung aus konnten Caleb und seine Leute die Söldner nicht genau erkennen.

Caleb seufzte. »Ich würde gern diesen Dubois und seine Stellvertreter sehen.« Sie alle wussten, dass die Söldner nur Mitläufer waren. Die Anführer unter den männlichen Gefangenen waren, so vermuteten sie, die Offiziere.

»Dieser Hopkins ... das ist der Mann, der sich gerade zu den drei Männern dort gesetzt hat ...«, Caleb wies auf die vier Männer, die auf den Baumstämmen an der Feuerstelle saßen, die der Mine am nächsten war, »... ich habe seine Schwester in Southampton kennengelernt. Sie haben beide die gleiche außergewöhnliche Haarfarbe.«

»Ich bin mir recht sicher«, sagte Phillipe und sah mit zusammengekniffenen Augen ins Lager, »dass der schlanke, braunhaarige Mann dieser Hillsythe ist. Er sieht genauso aus, wie ich mir einen von Wolverstones Leuten vorstelle. Dann müssen die anderen beiden Fanshawe und Dixon sein.«

»Das würde zu ihrem Verhalten passen«, sagte Caleb. »Ihre Körperhaltung lässt darauf schließen, dass sie entweder Mitglieder der Armee sind oder der Marine.«

Sie beobachteten das Lager weiter, gewannen jedoch keine neuen Erkenntnisse darüber, wer unter den Entführten wer war. Caleb schrieb sich auf, wie viele Gefangene im Lager waren. »Ich zähle insgesamt dreiundzwanzig Männer, sechs Frauen und vierundzwanzig Kinder.«

Phillipe rührte sich. »Die meisten Kinder sind noch sehr klein, jünger als zehn Jahre.«

»Ich glaube«, entgegnete Caleb und betrachtete ein blondes Mädchen, »dass sie diejenigen sind, deren Entführung Robert und Aileen zulassen mussten.«

Phillipe nickte. »Ich habe in Roberts Tagebuch davon gelesen.« Nach dem Essen zerstreuten sich die Gefangenen. Die Männer gingen in Gruppen zur Mine. Die meisten Kinder folgten ihnen. Ein paar andere liefen zu einem Arbeitsbereich, der sich im hinteren Teil des Lagers ebenfalls unter einem Vordach befand. Der Bereich war ganz in der Nähe des Felsvorsprungs, von dem aus die Männer das Lager beobachteten. Die Mädchen nahmen sich kleine Hämmer und begannen, Steine von einem Haufen zu nehmen, sie abzuklopfen und dann auf zwei weitere Haufen zu verteilen, von denen einer viel größer war als der andere. Nachdem Phillipe sie eine Zeit lang bei ihrer Tätigkeit beobachtet hatte, sagte er: »Ich glaube, sie sortieren die Erzbrocken aus, in denen sich Diamanten verbergen könnten.«

Caleb stimmte ihm zu.

Die Frauen verließen die Feuerstelle und brachten die Blechteller und Schüsseln zurück zur Küche. Danach zogen sie sich in eine Hütte zurück, die sich direkt hinter der Hauptbaracke befand, in der die Söldner untergebracht waren. Eine bewaffnete Wache patrouillierte vor dem Eingang. Wie alle Wachen wirkte der Mann äußerst selbstsicher, er rechnete offenbar nicht mit einer Bedrohung.

Norton schnaubte. »Es sieht fast so aus, als würden die Wachen nur da sein, um einen bestimmten Anschein zu erwecken.«

Miss Fortescue war die letzte der Frauen, die die Baracke betrat – das Gebäude, das Diccon als »Reinigungsbaracke« bezeichnet hatte. Die Art, wie die junge Frau den Kopf hielt, vermittelte sehr wirkungsvoll ihre Geringschätzung den Männern gegenüber, für die sie alle zur Arbeit gezwungen wurden. Es war keine Verachtung, aber eine Art subtiler Ungehorsam.

Obwohl er damit beschäftigt war, alle möglicherweise hilfreichen Details über das Lager zu notieren, wurde Caleb immer wieder durch die, wie er fand, reizende Miss Fortescue abgelenkt. Trotz der Entbehrungen, die sie während der Gefangenschaft hatte erleiden müssen, wirkte sie bezaubernd. Ihr braunes Haar glänzte, sie war sehr attraktiv. Und was ihre Figur betraf … Nicht einmal das formlose Kleid, das sie tragen musste, konnte ihre wundervollen Kurven verstecken.

Caleb konnte sein Interesse an Katherine Fortescue nicht leugnen, es war sehr viel stärker und unstillbarer, als er sich zugestehen mochte. Weshalb eine junge Frau, die er noch nie persönlich getroffen hatte, so mühelos seine Aufmerksamkeit erregen konnte und seine Sinne verwirrte, war ihm ein Rätsel.

»Ich konnte die Söldner noch nicht zählen«, sagte Phillipe, »aber Diccon scheint recht zu haben. Es könnten um die dreißig sein.«

Zögerlich schob Caleb seine Gedanken an Katherine Fortescue beiseite. Dann blickte er wieder ins Lager.

Vier der männlichen Gefangenen waren am Eingang zur Mine stehen geblieben. Dann kamen zwei mit Pistolen bewaffnete Söldner aus der Haupthütte und schlenderten zu ihnen. Sie näherten sich den Gefangenen, einer von ihnen winkte die Männer zu einem Karren, auf dem zwei riesige Wasserfässer und vier große Kannen standen. Die Männer nahmen die Achse des Karrens und rollten den Wagen quer durch das Lager zum Tor. Caleb beobachtete, wie sie in Richtung See gingen.

Wenn man dem Pfad, der anscheinend nur von Tieren benutzt wurde und über den sie zu dem Felsen gegangen waren, in die entgegengesetzte Richtung folgte, kam man direkt zum See. Am Tag zuvor war ihnen die Nähe zum See nicht aufgefallen, aber am Morgen hatte sich die Sonne im Wasser gespiegelt, und der Schimmer hatte sie alle aufblicken lassen. Sie hatten einen kleinen Umweg gemacht, denn sie hatten nicht da sein wollen, wenn die Gefangenen mit den Wachen kommen würden, um die Fässer für das Lager zu füllen. Sie waren nur lange genug geblieben, um sich alles anzusehen. Der See wurde von einem Fluss gespeist, der den Hang hinabfloss. Er war klein, doch die intensive Farbe ließ vermuten, dass er tief war. Ein kurzer schmaler Steg ragte an einer Uferseite, die nicht so dicht bewachsen war, ins Wasser.

Caleb, Phillipe, Norton und Ellis beobachteten weiter das Lager, aber die Gefangenen und Söldner schienen sich ihren morgendlichen Aufgaben zu widmen. Die einzigen Menschen, die kamen und gingen, waren die Kinder. Einige kamen aus der Mine und zerrten geflochtene Körbe mit Steinbrocken heraus. Diese warfen sie dann auf den Haufen, den die Mädchen sortierten, bevor sie zurück in die Mine gingen, um Nachschub zu holen.

Caleb schob die Gedanken an den See beiseite und nahm sich Zeit, eine detailliertere Karte des Lagers anzufertigen. Er zeichnete die Gebäude ein und notierte, in welcher Hütte welche Aufgaben erledigt wurden sowie welcher Weg wo lag und in welche Richtung führte. Auch den Felsvorsprung zeichnete er ein. Außerdem skizzierte er noch die Stelle, an der sie ihren provisorischen Übernachtungsplatz errichtet hatten, und den See.

Eine Weile betrachtete er die Zeichnung, ehe er zu Phillipe sah. »Die Waffen, die wir Kale und seinen Leuten abgenommen haben ... Es sind viel mehr, als wir gebrauchen können. Was hältst du davon, wenn wir irgendwo eine geheime Vorratskammer einrichten – irgendwo, wo die Leute aus dem Lager hingehen und sich eindecken können, wenn die Zeit für den Kampf gekommen ist?«

Phillipe zuckte mit den Schultern. »Warum nicht? Besser, als sie einfach zurückzulassen, wenn wir gehen.« Er blickte Caleb kurz in die Augen und grinste dann. »Wo willst du dieses geheime Versteck anlegen?«

Caleb grinste zurück. »Am See. Ein Stückchen hinter dem Steg gibt es einen kleinen Hügel.« Er wies auf seine Zeichnung. Phillipe, Norton und Ellis beugten sich vor, um besser sehen zu können. »Wenn wir hier das Waffenlager anlegen, können die Leute aus dem Lager ganz leicht hingelangen. Und sie schicken nur zwei lustlose Wachleute mit den vier Männern zusammen los. Die Chancen stehen also nicht schlecht.«

Phillipe nickte. »Man kann den Leuten im Lager die Stelle auch leicht beschreiben.«

»Und da wir von höchstens zwei Monaten sprechen, bis die Rettungstruppe kommt«, sagte Caleb, »sollte das Schießpulver noch funktionstüchtig sein.«

Norton deutete in das Lager. »Da sind die Männer, die die Wasserfässer bringen.« Sie beobachteten die Männer, die den nun voll beladenen Karren durchs Tor zogen.

»Die Wachleute sind ebenfalls zurück«, bemerkte Phillipe. »Wenn wir Diccon glauben können, sollte es nun für den Rest des Tages sicher für uns sein, dem See einmal einen Besuch abzustatten.«

»Perfekt.« Caleb warf Ellis einen Blick zu. »Gehen Sie zurück zum Übernachtungsplatz und sagen Sie Quilley, dass er die überschüssigen Waffen und die Munition einpacken, zum See gehen und sie dort an dem Hügel am Ende des Anlegeplatzes vergraben soll. Er kann sich drei Männer mitnehmen, allein wird er es nicht schaffen. Begleiten Sie ihn und stellen Sie sicher, dass er auch die richtige Stelle wählt.«

»Sagen Sie Ducasse, dass er auch zwei meiner Männer mitnehmen soll«, ordnete Phillipe an. »Mehr Hände bedeuten, dass sie schneller fertig werden.«

Caleb bestätigte den Befehl mit einem Nicken.

Ellis salutierte und kletterte vom Felsvorsprung. Dann lief er los.

Caleb, Phillipe und Norton machten es sich bequem, um wieder das Lager zu beobachten.

Nach einiger Zeit sagte Phillipe: »Ich nehme an, dass wir beobachten wollen, wie Diccon das Lager verlässt?«

Caleb nickte. »Wir haben ihn um die Mittagszeit getroffen, und da war sein Korb schon halb voll, also denke ich, dass er ziemlich früh aufbricht.«

»Ich habe gesehen, dass er zur Küche gegangen ist«, sagte Norton. »Er hat den Frauen geholfen, die Teller und Schüsseln zurückzubringen, aber er hat die Küche seitdem nicht wieder verlassen.«

»Ah, da kommt er gerade.« Phillipe setzte sich auf und wies mit einem Kopfnicken Richtung Lager.

Caleb beobachtete die schmale Silhouette Diccons. Sie erkannten den Jungen an seinem hellen Haarschopf. Der Kleine trat unter dem mit Palmblättern gedeckten Vordach der Küche hervor. Er hatte jeweils einen Korb in jeder Hand. Doch statt zum Tor zu gehen, lief Diccon um den Wachturm herum.

Caleb runzelte die Stirn. »Warum hat er zwei Körbe? Und wohin geht er?«

Im nächsten Moment bekamen sie ihre Antwort. Diccon ging zur Reinigungsbaracke. Er stieg die Stufen zur Tür hinauf und klopfte an. Die Tür wurde geöffnet, und er wartete einen Moment lang. Dann lief er die Stufen wieder hinunter, Katherine Fortescue folgte ihm.

Caleb blinzelte verwirrt. Er sah, wie Miss Fortescue einen der Körbe nahm und Seite an Seite mit Diccon in Richtung Tor lief.

Die Wachleute sahen sie kommen. Doch sie reagierten nicht. Sie beobachteten, wie die beiden das Lager verließen und im Dschungel verschwanden.

Caleb runzelte die Stirn. »Das erscheint mir zu gut, um wahr zu sein.«

Phillipe wirkte etwas grimmig. »Der Junge hat nicht erwähnt, dass jemand ihn begleiten würde.«

Es fiel Caleb als dem Anführer der Mission zu, jeden Faktor abzuwägen, der ihren Leuten gefährlich werden könnte. Dass Miss Fortescue Dubois erzählt haben könnte, was Diccon ihr gesagt hatte … Er wollte nicht daran glauben, aber …

Caleb verzog das Gesicht. »Lasst uns abwarten und mal schauen, ob ihnen jemand folgt.«

Doch niemand folgte den beiden. Niemand schien sich im Geringsten dafür zu interessieren, wohin die beiden gingen, die vermutlich auf Nahrungssuche unterwegs waren.

Phillipe räusperte sich. »Ich würde zu bedenken geben, dass Frauen exzellente Verräterinnen sein können, aber ... Wer weiß?«

Caleb brummte etwas Unverständliches. Er steckte sein Notizbuch wieder ein und kam auf die Beine. »Ich glaube nicht, dass Miss Fortescue eine Verräterin ist. Aber so, wie die Dinge liegen, fällt mir nur ein Weg ein, es herauszufinden.«

Als Katherine genug von den großen Nüssen gesammelt hatte, die sie für Dubois und seine Männer mitbringen sollte, waren ihre Nerven zum Zerreißen gespannt. Seit sie die Bedeutung dessen begriffen hatte, was Diccon ihr erzählt hatte – nämlich, wen er am vorherigen Tag im Dschungel getroffen hatte –, war sie hin- und hergerissen zwischen den unterschiedlichsten Gefühlen. Sie schwankte zwischen Ungläubigkeit und dem Aufkeimen von unerwarteter Hoffnung. Auf und ab – fast im Rhythmus ihrer Atmung.

Trotz der Entschlossenheit, einen Weg zu finden, um zu entkommen, hatten die anderen die Zuversicht verloren, dass jemand aus der Siedlung eine Mission organisieren würde, um sie vor dem Schicksal zu bewahren, das sie alle irgendwann ereilen würde. Niemand machte sich etwas vor – sie kannten das Ende, das Dubois und seine Hintermänner für sie im Sinn hatten.

Doch Diccon hatte gesagt, dass die Männer – der geheimnisvolle Kapitän und seine Crew – direkt aus London gekommen waren, und wenn Diccon richtig verstanden hatte, waren sie Teil einer bereits über einen langen Zeitraum laufenden Befreiungsaktion für diejenigen, die entführt worden waren.

Sie hatte herausgefunden, dass es sehr verwirrend sein

konnte, wenn man plötzlich von einer Chance auf Befreiung erfuhr, obwohl man schon geglaubt hatte, dass es keine solche Möglichkeit mehr gab. Tatsächlich war es sogar nervenaufreibend.

Sie legte eine weitere Nuss in ihren Korb. Unfähig, dem Impuls zu widerstehen, blickte sie sich suchend um. Allerdings konnte sie niemanden hören oder sehen, der sich näherte. Diccon hatte darauf beharrt, dass sie in diesen Teil des Dschungels gingen – den Bereich zwischen dem See und dem Weg nach Norden –, um dort Früchte und Nüsse zu sammeln. Die Männer würden dann kommen und sie finden.

Am Tag zuvor hatte sie nach Diccons Erzählung die mögliche Gefahr sofort erkannt und ihn beschworen, niemandem etwas zu sagen. Doch sie hatte erfahren, dass Kapitän Caleb ihr zuvorgekommen war. Sie war sich nicht sicher, ob sie durch dieses vorausschauende Denken ermutigt oder besorgt sein sollte. Hatte er Diccon aus demselben Grund gebeten, vorerst zu schweigen wie sie? Oder hegte er Hintergedanken?

Trotzdem hatte sie Diccon sofort zu Dixon und Hillsythe, den Anführern der Gefangenen, bringen wollen, damit er ihnen alles erzählen konnte. Aber da Diccon nicht in die Mine gehen konnte und am Eingang Wachposten standen, hatte sie bis nach dem Abendessen warten müssen, um ein ungestörtes Treffen arrangieren zu können.

Dixon und Hillsythe hatten ihrer zusammengefassten Version von Diccons Geschichte gelauscht und dann Diccon zu sich gerufen. Nachdem sie den Jungen davon überzeugt hatten, dass Kapitän Caleb – der einzige Name, den man Diccon genannt hatte – nichts dagegen hätte, wenn er die Geschichte auch Dixon und Hillsythe erzählen würde, hatten sie dem Kleinen Fragen zu seinem Bericht gestellt. Vor allem Hillsythe, von dem Katherine bis jetzt nicht einschätzen konnte, welchen Hintergrund er hatte, hatte sich für den Kapitän interessiert. Mit unterdrückter, aber steigender Aufregung hatte Hillsythe Diccon gebeten, den Mann zu beschreiben. Nach Diccons Antwort war Hillsythe geradezu wie ausgewechselt gewesen. Er hatte Will Hopkins und Fanshawe zu sich herübergerufen und Diccon aufgefordert, den beiden den Mann noch einmal zu beschreiben.

»Frobisher …« Will hatte den Namen nur gehaucht und dann zu Fanshawe geblickt. »Ein Kapitän Caleb, der so aussieht und der eine Mannschaft auf eine geheime Mission hierher geführt hat … Das *muss* Caleb Frobisher sein.«

Mit leuchtenden Augen hatte Fanshawe genickt. »Und wenn er es tatsächlich ist … Verdammt. Es ist also wirklich wahr.« Begeisterung hatte in seiner Stimme mitgeschwungen. »Es ist wirklich Hilfe unterwegs.«

Hillsythe hatte ihn zurückgehalten. »Wir müssen das alles für uns behalten. Zumindest bis wir mehr wissen.« Er hatte Diccon angesehen. »Du auch, Diccon. Nach der Lage der Dinge bist du ein wichtiges Zahnrad in dieser Sache, mein Junge. Du bist der einzige Kontakt zu den Leuten außerhalb des Lagers.«

Das war Katherines Stichwort gewesen. »Genau genommen«, hatte sie begonnen, »habe ich Dubois heute Morgen gefragt, ob abwechselnd eine der Frauen Diccon begleiten könne. Wir haben verhandelt … Sie wissen ja, wie er ist. Aber das Ergebnis ist, dass er zugestimmt hat, es versuchshalber zu erlauben, Diccon in den Dschungel zu begleiten, jedoch nur mir. Und ich muss ihm dafür die Nüsse mitbringen, die er so gern isst.«

Dixon hatte gelächelt. »Es scheint, als wäre das Glück endlich auf unserer Seite. Ausnahmsweise laufen die Dinge einmal zu unseren Gunsten.«

Hillsythe hatte genickt. »Das ist großartig – ein unverhoffter Vorteil.« Er hatte Diccon angesehen. »Das schmälert deine Rolle in dieser Angelegenheit keineswegs. Miss Fortescue kann dein Sprachrohr sein. Sie kann dem Kapitän vielleicht besser erklären, was er wissen muss. Aber sie und wir alle sind abhängig davon, dass du sie zu ihm und seinen Leuten führst und auch wieder zurückbringst. Niemand kennt den Dschungel in der näheren Umgebung so gut wie du.«

Katherine hatte Hillsythe angelächelt. Er hatte genau das Richtige gesagt.

Sie hatten einen glücklichen Diccon zurück zu seinen Freunden geschickt. Die vier Männer hatten einander angesehen. Dann hatte Dixon gesagt: »Frobisher – wenn er es denn tatsächlich sein sollte – und seine Leute sind der Aufklärungstrupp.« Er hatte Katherine angeblickt. »Katherine, meine Liebe, Sie müssen für uns rausgehen und herausfinden, was nun wirklich los ist, bevor Hoffnungen geweckt werden, die sich vielleicht niemals erfüllen.«

Sie hatte verstanden. Die Hoffnung erst verloren und sie dann wiedergewonnen zu haben, um sie schließlich wieder zu verlieren ... Das wäre zu viel. Sie hatte genickt. »Natürlich. Ich werde Diccon morgen begleiten und mich mit ... Kapitän Frobisher treffen, um möglichst viel in Erfahrung zu bringen.«

Da war sie nun also und sammelte Nüsse, aber ... »Wo zum Teufel steckt Frobisher?«, murmelte sie.

Sie bückte sich, um eine weitere Nuss aufzuheben, im selben Moment stellten sich ihr die Nackenhärchen auf. Sie hatte das Gefühl, beobachtet zu werden. Abrupt richtete sie sich auf und sah sich um, spähte in die Schatten unter den Bäumen.

Und plötzlich war er da. Er trat aus den Schatten, materialisierte sich aus der Dunkelheit. Sie wirbelte herum und nahm mit einem Blick in sich auf, was sie erkennen konnte – alles, was ihre Sinne aufnehmen konnten. Seine Selbstsicherheit, der lässige Gang, die scharf geschnittenen Züge, sein kantiges Kinn und die dichten dunklen Locken, die ihm in die breite Stirn fielen, seinen entspannten Gesichtsausdruck, der im Kontrast zu dem Schwert stand, das an seinem Gürtel hing. Er war über eins achtzig groß und breitschultrig und muskulös ... männlich. Dann fielen ihr die kleinen Fältchen um seine Augen auf, die so viele Seeleute hatten. Sie betrachtete seine ausdrucksstarke Nase und hielt an seinem Mund inne, an seinen Lippen, scheinbar bereit zu ...

Der Mann blieb nun vor ihr stehen.

Hör auf, ihn anzustarren!

Mit größter Mühe gelang es ihr, den Blick seinen Augen zuzuwenden. Die Fältchen kräuselten sich, als er lächelte.

Sie fühlte, wie ihr die Hitze ins Gesicht stieg, und fürchtete, dass sie erröten könnte. Grundgütiger! Ein Lächeln wie seines sollte verboten werden.

»Guten Morgen. Miss Fortescue, nehme ich an?«

Seine Stimme war tief und berührte ihre Sinne wie eine unsichtbare Hand.

Sie schaffte es zu nicken. »Äh ... ja ... Katherine ... Ich ...«

Sehr eloquent!

Sie hätte beinahe den Kopf geschüttelt, um wieder einen klaren Gedanken fassen zu können. Stattdessen zwang sie sich, Diccon anzusehen. Er war weitergegangen, um nach Früchten und Beeren zu suchen. Als er Frobishers Stimme hörte, kam er angerannt.

Sie zog den Jungen zu sich heran und legte ihm beschützend den Arm um die Schultern. »Diccon hat uns erzählt, dass Sie kommen, um mehr über das Lager herauszufinden ... damit die Rettung organisiert werden kann.« Sich an den Grund für Caleb Frobishers Erscheinen zu erinnern half ihr dabei, sich zu sammeln und die Schultern zu straffen. Sie hob den Blick und sah ihm wieder in die Augen. »Ist das wahr?«

Er nickte. Mit undurchdringlicher Miene löste er den Blick von ihr, dann sah er sie wieder an, und jede Spur des unbeschwerten Gentleman war verschwunden. »Vergeben Sie mir, dass ich Ihnen die Frage stelle, Miss Fortescue, aber ich muss es tun. Zerreißen Sie mich bitte nicht in der Luft.« Er senkte die Stimme. »Sind Sie wirklich frei von Dubois? Frei zu reden, frei, Ihren Kameraden in der Mine die Informationen, die ich Ihnen gebe, zu übermitteln?« Er hielt kurz inne und blickte sie mit seinen blauen Augen eindringlich an. »Kann ich Ihnen vertrauen?«

»Ja.« Die Antwort kam wie aus der Pistole geschossen, und ihr wurde klar, dass sie es in jeder Hinsicht so meinte. Wie seltsam. Sie traute anderen Menschen nicht so leicht. Das Schicksal und die hart erworbene Erfahrung hatten ihr bittere Lektionen erteilt, die sie nie vergessen würde. Doch er hatte etwas – dieser Mann, der wider Erwarten aus dem Dschungel getreten war, um sie zu treffen –, das sie ansprach und das ihr auf eine Art, die sie nicht verstand, Sicherheit gab. Sie nickte und wiederholte: »Ja. Sie können uns allen trauen.« Mit einer Handbewegung wies sie in Richtung Lager. »Wir arbeiten seit Monaten zusammen. Wenn es jemanden unter uns geben würde, der versucht wäre, mit Dubois und seinen Leuten zusammenzuarbeiten, wäre uns das schon längst aufgefallen.« Sie sah zu Diccon, und ihr dämmerte etwas. »Aber wenn der Grund für Ihre Sorge ist, dass ich hier mit Diccon zusammen aufgetaucht bin, kann ich das erklären. Ich habe Dubois gebeten, den Frauen abwechselnd zu erlauben, mit Diccon in den Dschungel zu gehen. Dubois hat einem Versuch zugestimmt – allerdings darf nur ich gehen und nicht länger als eine Stunde fortbleiben, und ich soll diese Nüsse hier für ihn sammeln ...« Sie wies auf den Inhalt ihres Korbes. »Die Nüsse mag er besonders gern. Er hofft wahrscheinlich, dass seine Bedingungen einen Keil zwischen mich und die anderen Frauen treiben, weil es so wirkt, als würde er mich bevorzugen.« Sie lächelte traurig und sah Caleb Frobisher an. »Das ist seine Art zu denken. Pech für Dubois, denn es war die Idee einer anderen Frau. Ich habe nur angeboten, ihn zu fragen.«

Er runzelte die Stirn. »Sie müssen mir alles über Dubois erzählen. Darüber, wie er das Lager führt und wie er Sie alle kontrolliert.«

Den Blick auf sein Gesicht gerichtet, zögerte sie. Es war wirklich ein hübsches Gesicht, doch dieses Mal sah sie an der Schönheit vorbei. »Zuerst einmal ... Würden Sie mir bitte Ihren Namen verraten?«

Er erwiderte ihren Blick, machte einen Schritt zurück und verbeugte sich. »Kapitän Caleb Frobisher von der Reederei Frobisher aus Aberdeen.« Trotz seines ruhigen

Tonfalls zog er die Augenbrauen hoch, als er sich nun wieder aufrichtete.

Sie hätte vor Überraschung beinahe gelacht, warf ihm stattdessen jedoch einen gespielt missbilligenden Blick zu. Aber das alberne Spielchen beruhigte sie. »Hopkins und Fanshawe haben gleich gedacht, dass Sie es sind.«

»Ach, natürlich. Ich kenne die beiden zwar nicht persönlich, aber sie kennen wahrscheinlich einen meiner älteren Brüder.«

Sie spähte in die Schatten hinter ihm. »Diccon sagte, Sie hätten noch einige Männer dabei.«

Caleb lächelte Diccon zu, der neben Katherine stand und ihn mit gespannter Aufmerksamkeit ansah. »Das ist richtig, und ein paar von ihnen sind gerade damit beschäftigt, Waffen in einem Versteck am See zu deponieren, andere beobachten das Lager oder bewachen unseren Übernachtungsplatz. Ich habe nur einen weiteren Mann dabei – einen Freund, der auch Kapitän ist und der es glücklicherweise für angebracht hielt, mich auf dieser Mission zu begleiten.« Er richtete den Blick wieder auf Katherines Gesicht. »Gestatten Sie?«

Als sie nickte, winkte er Phillipe zu sich heran.

Phillipe trat zwischen den Bäumen hervor. Caleb stellte Miss Fortescue und Phillipe einander vor. Und er musste feststellen, dass er nicht allzu glücklich darüber war, als sein Freund sich über Miss Fortescues Hand beugte und ihr einen Kuss daraufhauchte. Er wusste, dass es einfach Phillipes Art war, aber trotzdem …

Miss Fortescue jedoch schenkte Phillipe nur ein höfliches Lächeln und wandte ihre strahlenden braunen Augen dann wieder Caleb zu. »Waffen?«

Er fühlte sich seltsam besänftigt. »Genau.« Er sah Diccon an. »Vielleicht sammelst du noch ein paar Früchte, damit du mit Miss Fortescue zusammen ins Lager zurückkehren kannst. Ihr bleibt nicht mehr viel Zeit.«

Diccon warf Caleb ein flüchtiges Lächeln zu. »Also gut. Sind Sie dann noch hier?«

»Ja.« Caleb sah sich um und entdeckte einen umgefallenen Baumstamm. Er wies darauf. »Wir werden dort warten.«

»Alles klar!« Diccon grinste Miss Fortescue an. »In der Nähe des Sees gibt es einen großen Busch mit Beeren, den ich gestern entdeckt habe. Ich bin gleich wieder zurück.«

»Bis gleich.« Miss Fortescue sah zu, wie Diccon davonrannte. Dann blickte sie Caleb an. »Es ist tatsächlich nicht nötig, ihn zu beschützen. Er hat uns erzählt, dass er glaubt, Sie und Ihre Leute hätten Kale und seine Sklavenhändler umgebracht. Stimmt das?«

Caleb hielt den Blick auf Diccon gerichtet, der im Dschungel verschwand. »Wir haben nicht nur Kale und seine Männer getötet – wir haben jede Spur, die sie hinterlassen haben, von dieser Erde gefegt.« Er sah wieder zu Miss Fortescue und erwiderte ihren Blick ohne die geringste Spur eines schlechten Gewissens. »Daher kommen die Waffen.«

Sie richtete die Augen ganz ruhig auf sein Gesicht. »Sobald die Nachricht im Lager die Runde macht, werden Sie als Held gefeiert. Für uns alle war Kale der Initiator der Sache.«

Caleb zögerte und sagte dann: »Er mag derjenige gewesen sein, der die Entführungen organisiert hat, aber die Drahtzieher … Ich fürchte, sie sind uns näher, als uns lieb sein kann.« Er sah den fragenden Ausdruck in ihren Augen, doch er zwang sich dazu, die Fragen erst einmal beiseitezuschieben. »Sie haben nicht mehr viel Zeit, und wir benötigen viele Informationen, die wir übermitteln sollen.«

Sie nickte. Er ergriff ihre Hand und spürte die zarte Haut, die Zerbrechlichkeit, die Verletzlichkeit unter seinen großen, starken Fingern. Er hielt sie behutsam fest und führte sie zu dem Baumstamm. Sie hob ihr Kleid leicht an und nahm mit einer Anmut Platz, die jedem Salon in der feinen Gesellschaft Ehre gemacht hätte.

Statt sich zu ihr zu setzen, ließ er sich auf dem Boden nieder – denn ganz unabhängig von Phillipes Anwesenheit war er sich nicht sicher, ob es eine gute Idee sein würde, ihr so nah zu sein. Phillipe setzte sich neben ihn.

»Was müssen Sie wissen?«, fragte sie.

Caleb dachte an alles, was sie gesehen hatten und was ihnen an den Gefangenen aufgefallen war. »Wie führt Dubois das Lager?«

Sie erwiderte seinen Blick. »Mit Drohungen und Einschüchterung.«

Phillipe runzelte die Stirn. »Wie das? Uns ist nicht aufgefallen, dass er sich den Gefangenen gegenüber aggressiv verhalten hätte.«

»Er muss uns von nichts überzeugen.« Miss Fortescue verschränkte ihre schlanken Finger ineinander. »Lassen Sie mich Ihnen eine Geschichte erzählen. Ich kenne sie von denjenigen, die zuerst ins Lager verschleppt worden sind.« In ruhigem Ton erzählte sie ihnen von einem Akt der Gewalt und der Bösartigkeit einem der Mädchen gegenüber, der sie beide unter ihrer Sonnenbräune erblassen ließ und ihnen die Kehle zuschnürte. Caleb spürte, wie ihm übel wurde. Sie beendete ihre Erzählung. »Dieses Mädchen ist der einzige Mensch, den wir zu beklagen haben.« Sie holte tief Luft und fuhr dann fort: »Captain Dixon, eine junge Frau namens Harriet Frazier, Lieutenant Hopkins und Lieutenant Fanshawe sowie einige der anderen Männer und die meisten der Kinder waren zu dem Zeitpunkt schon im Lager. Seitdem sucht sich Dubois, wenn es nur die Spur von Widerstand gibt, einen Sündenbock aus und spricht Drohungen aus – leise, ruhig, doch absolut kaltblütig. Und jeder von uns weiß, dass er die Drohungen wahrmacht, wenn man ihm nur einen Grund dafür liefert. Hinter seiner kontrollierten Fassade lauert ein Monster.«

Mit leerem Blick sah sie Caleb an. »So behält er uns unter Kontrolle. Er droht nicht demjenigen, den er einschüchtern will, sondern der Person, die demjenigen seiner Meinung nach am nächsten steht. Der emotionalen Achillesferse der Person.«

»So, wie er Diccon droht, seinen Freunden etwas anzutun?«, fragte Caleb.

Sie nickte. »Ganz genau. Also tun wir, was wir tun müssen, um zu überleben. Wir tun, was er uns befiehlt. Und zwar ganz genau so, wie er es will … Mehr allerdings nicht.« Sie straffte die Schultern und hob das Kinn. »Aber das bedeutet nicht, dass wir uns nicht aktiv gegen ihn wehren – auf unsere Art und Weise.«

Caleb bewunderte ihre stille Würde. »Wie das?«

»Wir haben versucht, einen Fluchtplan zu entwickeln, damit wir alle zusammen entkommen können, aber die Frage, wie wir mit den Söldnern umgehen sollen, konnten wir bisher nicht beantworten. Bis wir die Lösung für dieses Problem gefunden haben, lassen wir Dubois in dem Glauben, dass er die Mine und alles darum herum im Griff hat. Die Wahrheit ist, dass wir ihn in dieser Hinsicht im Griff haben. Er ist sehr zufrieden mit sich selbst, weil er glaubt, uns zu kontrollieren – und wenn man seine Art zu denken so betrachtet, kann man das verstehen. Er ist schlau und daran gewöhnt, Erfolg zu haben. Doch wie so viele Menschen, die sich ihrer Sache sicher sind, schenkt er dem, was er *nicht* weiß, viel zu wenig Beachtung.«

»Was weiß er nicht?«

Sie wandte den Blick Caleb zu. »Dubois weiß zum Beispiel nicht, wie eine Mine tatsächlich funktioniert. Sein Verständnis und sein Wissen darüber sind sehr begrenzt. Nachdem Hillsythe hier ankam … Er hat diese Schwäche sofort erkannt und uns erklärt, wie wir Dubois' mangelndes Wissen gegen ihn verwenden können und so selbst in der Hand haben, wie schnell die Diamanten abgebaut werden.« Sie holte erneut tief Luft. »Uns allen ist bewusst, dass die Mine geschlossen wird, sobald die Diamanten abgebaut sind – und dann erwartet uns der Tod. Selbst die Kinder wissen das. Sie mögen noch jung sein, aber sie kommen aus den Armenvierteln, und wenn es ums Überleben geht, sind sie sehr klug. Also manipulieren wir die Produktionsmenge der Mine so, dass der Vorrat so lange reicht, bis wir einen durchführbaren Fluchtplan überlegt haben.«

Caleb nickte entschieden. »Das passt zu unserer Mission. Wir sind hier, um das Lager zu lokalisieren und sicherzustellen, dass die Informationen nach London gelangen. Alles, was wir sonst noch über die Mine, über Dubois und seine Leute und das ganze Unternehmen herausfinden können, trägt dazu bei, eine praktikable Rettungsaktion zu erarbeiten. Diese Rettungsaktion wird dann der nächste Schritt sein.«

Sie runzelte die Stirn. »Die Rettungsmannschaft kommt aus London?« Als Caleb nickte, fragte sie: »Warum? Warum ist niemand aus der Siedlung gekommen, um nach uns zu suchen? Warum können keine Soldaten aus dem Fort oder Männer von den Marineschiffen kommen, um uns zu befreien?«

Caleb verzog das Gesicht. »Das habe ich vorhin gemeint – die Verbrecher, die so nahe sind. Wir wissen, dass es in der Siedlung einige Personen gibt, die dort Positionen mit Entscheidungsgewalt bekleiden und aktiv in diese Angelegenheit verwickelt sind. Lady Holbrook war zum Beispiel eine von ihnen. Sie ist inzwischen aus der Kolonie geflohen, aber wir wissen, dass noch immer Hintermänner hier sind. Der Marineattaché Muldoon spielt zum Beispiel eine Rolle in der Sache. Wer jedoch die Mitverschwörer sind, ist bis jetzt unbekannt. Das bedeutet also, dass wir keine Truppe aus der Siedlung anfordern können. Um ehrlich zu sein, täten wir das, wäre es wahrscheinlich, dass alle Gefangenen getötet würden, jeglicher Hinweis auf ein Lager beseitigt würde und Dubois und seine Leute längst geflüchtet wären.«

Katherine Fortescue wurde blass, doch sie nickte entschlossen. »Ich verstehe. Das erklärt die Zurückhaltung, das Schweigen.«

Caleb beeilte sich hinzuzufügen: »Das bedeutet nicht, dass diejenigen, die verschleppt worden sind, von ihren Freunden in der Siedlung vergessen wurden. Vielmehr konnten besagte Freunde aufgrund der Aktivitäten der Verbrecher und ihrer Komplizen nichts unternehmen. Die Sherbrooks haben Sie zum Beispiel nicht vergessen, doch ihre Anfragen und Bittgesuche bei Gouverneur Holbrook wurden ignoriert – Holbrook wurde von seiner Frau hinters Licht geführt.« Kurz und knapp gab er ihr eine Zusammenfassung von Declans sowie von Roberts Missionen, vom Ergebnis ihrer Recherchen und den Schlussfolgerungen, die sie daraus gezogen hatten. »Sie sehen also, dass es zwingend notwendig ist, dass wir möglichst viele Informationen über Dubois' Operation sammeln und nach London übermitteln, damit von dort aus so schnell und gut, wie es geht, die Rettung organisiert werden kann.«

Sie nickte wieder. »Ich kann Ihnen gar nicht sagen, wie … ermutigend es ist zu wissen, dass es Menschen gibt, die sich um uns sorgen und die daran arbeiten, uns zu befreien. Dass jemand … dass eine Gruppe die Situation versteht und sich wirklich und wahrhaftig engagiert, um uns lebend aus diesem Dschungel zu holen.« Sie zögerte und sagte dann noch leiser: »Wir hätten die Hoffnung fast aufgegeben, aber diese Neuigkeiten werden alle wieder aufmuntern.«

»Das ist natürlich von Vorteil«, sagte Caleb, »aber bitte sorgen Sie dafür, dass alle begreifen, dass, auch wenn wir sofort nach London segeln, um Meldung zu machen, ein paar Wochen vergehen können, bis die Rettung kommt.«

»Wie lange wird es genau dauern?«

Er runzelte die Stirn. »Ich nehme an, mindestens noch einen Monat. Glauben Sie, dass Sie und die anderen den Abbau der Diamanten so lange manipulieren können?«

Sie setzte sich auf. »Offenbar bleibt uns ja nichts anderes übrig. Ich bin mir sicher, dass wir es mit der anstehenden Rettung im Hinterkopf irgendwie schaffen werden.«

Phillipe sah Caleb an. »Du solltest die Liste der Vermissten abgleichen.«

»Ach ... ja.« Caleb holte seinen Notizblock aus seiner Tasche und schlug ihn auf. »Das sind die Menschen, von deren Verschwinden aus Freetown man weiß. Wir haben augenscheinlich nicht alle Namen, und umgekehrt wissen wir nicht, ob all diese Menschen entführt wurden, um in der Mine zu arbeiten.« Er las vor.

Katherine bestätigte jeden einzelnen Namen. Als er zum Ende kam, bekräftigte sie: »All diese Menschen arbeiten in der Mine und sind noch am Leben. Wie schon gesagt, war die Einzige, die wir verloren haben, das junge Mädchen. Es hieß Daisy. Keiner der anderen Verschleppten kannte ihren vollständigen Namen. Natürlich gab es bei uns auch Unfälle mit Verletzten, aber Dubois liegt daran, dass wir gesund und arbeitsfähig sind, damit wir so schnell wie möglich arbeiten können. Und die augenblicklichen Schwierigkeiten, mehr Leute heranzuschaffen – geschweige denn Ersatzleute zu finden –, sind der Grund dafür, dass er uns weiterhin gut behandelt.« Sie zuckte mit den Schultern. »Im Grunde genommen kann er es sich nicht leisten, uns schlecht zu behandeln.«

Phillipe warf Caleb einen Blick zu. »Das ist der Grund für die Krankenstation.«

Als Katherine nickte, sagte Caleb: »Diccon kommt jeden Moment zurück. Gibt es noch irgendwelche Einblicke, die Sie uns geben könnten und die uns helfen, besser zu verstehen, was im Lager vor sich geht?«

Sie zögerte nur einen Herzschlag lang und sagte dann: »Im Augenblick herrscht eine Pattsituation, die alles in Schach hält. Dubois steht unter immer größer werdendem Druck. Wir glauben, dass die Hintermänner so schnell es geht den Befehl erteilen wollen, uns alle zu töten, um sich so vor der Enttarnung schützen zu können.«

Caleb verzog das Gesicht. »Das ist wahrscheinlich richtig.«

»Dagegen – Sie müssen übrigens wissen, dass es ihm nichts ausmacht, wenn wir die Gespräche mit seinen Leuten mit anhören können – wissen wir, dass Dubois daran gehindert wird, die Sache voranzutreiben, weil ihm die nötigen Leute dazu fehlen. Er fordert seit Wochen neue Männer an, aber Kale hat nicht geliefert, was Dubois braucht.« Sie verzog zufrieden die Lippen zu einem Lächeln. »Und jetzt wird Kale ihm überhaupt niemanden mehr liefern.«

Phillipe zog eine Grimasse. »Wir müssen abwarten, wie sich die Sache weiterentwickelt. Dubois macht auf mich nicht den Eindruck eines Menschen, der sich von Kales Verschwinden lange aufhalten lässt.«

»Nein«, erwiderte sie. »Aber es wird die Sache verlangsamen, und das kommt uns zugute. Dubois wagt es nicht, die Arbeiter zu sehr zu drängen, weil er Angst vor Unfällen hat, die die Produktion drosseln würden. Also sind ihm die Hände gebunden. Er muss einfach auf weitere Leute warten. Das hilft uns, über die Zeit zu kommen.«

Diccon trat zwischen den Bäumen hervor.

Alle erhoben sich. Caleb spürte den Impuls in sich aufflackern, Katherine Fortescues Hand zu ergreifen. Doch stattdessen schob er die Hände in die Hosentaschen. »Letzte Frage … Ich nehme an, dass die Gefangenen einen Anführer gewählt haben. Wer ist es?«

»Genau genommen haben wir zwei Anführer: Dixon und Hillsythe. Dixon kümmert sich um alles, was die

Mine betrifft, und Hillsythe plant, wie wir uns verhalten. Die anderen – ihre Stellvertreter – sind Lieutenant Hopkins und Lieutenant Fanshawe. Ich bin die Sprecherin der Frauen und Kinder.«

Caleb warf Diccon ein Lächeln zu, wandte sich dann jedoch sofort wieder Katherine Fortescue zu. »Wenn es irgendwie möglich ist, hätte ich gern jeweils einen schriftlichen Bericht von Dixon sowie von Hillsythe. Sie werden wissen, was gebraucht wird. Solche Berichte können von unschätzbarem Wert sein.«

Sie nickte. »Ich werde sie fragen.« Sie hielt kurz inne und sagte dann: »Da die Berichte im Geheimen geschrieben werden müssen, werden sie wahrscheinlich mehr als einen Tag brauchen. Ich werde Diccon übermorgen wieder in den Dschungel begleiten. Falls Dixon und Hillsythe die Berichte dann schon fertiggestellt haben, werde ich sie mitbringen.«

»Danke.« Caleb bückte sich, hob ihren Korb auf und reichte ihn ihr. »Eines noch: Bitte machen Sie allen Beteiligten unmissverständlich klar, dass sie unter keinen Umständen Verdacht erregen dürfen.«

Sie nickte und ergriff Diccons Hand. »Danke.« Ihr Blick fiel kurz auf Phillipe, ehe sie die Augen wieder auf Calebs Gesicht richtete. »Wir sehen uns in zwei Tagen.«

Sie drehte sich um, und sie und Diccon gingen in Richtung Lager davon.

Caleb und Phillipe blickten den beiden hinterher. Sobald sie einen genügend großen Vorsprung hatten, folgten sie ihnen. Sie hielten sich tief in den Schatten des Dschungels, gut geschützt vor den Blicken der Wachposten am Tor, und beobachteten, wie Katherine Fortescue und Diccon ganz ruhig zurück in die Gefangenschaft spazierten.

Nach einer Weile regte Phillipe sich. »Sie hat uns einiges erzählt. Dubois klingt … gefährlich.«

»Hm. Und diese Zwickmühle, in der er steckt … Höhere Produktion auf der einen Seite und die fehlende Möglichkeit, diese Vorgabe zu erfüllen, auf der anderen. Das muss frustrierend sein, und dennoch scheint er nicht die Nerven zu verlieren und um sich zu schlagen.«

»Was nur wieder meinen Einwand bestätigt«, knurrte Phillipe. »Gefährlich. Jeder kann einen Tyrannen spielen. Ein sadistischer Tyrann allerdings, der sich selbst so unter Kontrolle hat … Das ist noch einmal etwas ganz anderes.«

Caleb brummte und drehte sich um. »Lass uns zurück zu unserem Übernachtungsplatz gehen. Ich fange besser damit an, meinen eigenen Bericht zu schreiben, denn … Bei Gott, diese Leute müssen unbedingt so schnell wie möglich gerettet werden.«

Nachdem Katherine den kleinen Diccon mit seinem Korb voller Beeren zur Küche gebracht hatte, zügelte sie ihre euphorischen Gedanken, sammelte sich innerlich, nahm ihren Korb und stieg die Stufen zur Unterkunft der Söldner hinauf.

Sie ging die schmale Veranda entlang zur Tür, die offen stand. Dubois' Bürobereich befand sich am Ende des Raumes. In der Mitte gab es einen Gemeinschaftsbereich mit Hockern und niedrigen Tischen, an denen die Söldner saßen, die gerade keinen Dienst hatten, an den Seiten standen Doppelstockbetten. Aus einer tief verwurzelten Höflichkeit, die ihr anerzogen worden war, klopfte sie an den Türrahmen, wartete einen Moment lang und ging dann langsam und ruhig hinein. Sie würdigte die anderen Söldner, die es sich bequem gemacht hatten und Karten spielten, keines Blickes, sondern hatte die Augen fest auf Dubois' Schreibtisch und den Mann dahinter gerichtet. Er saß zurückgelehnt auf seinem Stuhl.

An einer Seite der Hütte war ein großes Fenster. Durch das Fenster konnte Dubois den Eingang zur Mine sehen. Er schien missmutig dorthin zu starren, doch als sie sich näherte, drehte er sich um, um sie anzusehen.

Dubois war von kraftvoller Statur, hatte dichtes dunkles Haar und ebenmäßige Züge. Er hatte seltsam hellbraune Augen. Sie dachte oft, dass sich auch die Farbe von kaltem Stahl in den Ton gemischt hatte. Braune Augen waren für gewöhnlich nicht kalt – aber Dubois' Blick war es.

»Miss Fortescue.« Dubois lächelte nicht, doch sie bemerkte die Belustigung in seinem Tonfall. Wie eine Katze, die eine Maus beobachtete. Sein Blick fiel auf den Korb. »Ich nehme an, dass Ihre Nahrungssuche von Erfolg gekrönt war?«

»Das stimmt.« Sie stellte den Korb auf den Schreibtisch. »Hier sind die Nüsse für Sie. Ich habe den Ausflug in den Dschungel genossen, aber ich muss zugeben, dass ich nicht damit gerechnet hätte, dass die Luft unter den Bäumen so drückend ist.« Sie runzelte unzufrieden die Stirn. »Vermutlich sollte ich morgen besser nicht wieder mit hinausgehen – nicht so bald schon.« Sie zwang sich dazu, ihm in die Augen zu blicken. »Vielleicht könnte doch mal eine der anderen Frauen meinen Platz einnehmen und die Nüsse für Sie holen?«

Dubois entspannte sich ein wenig. Er zog den Korb zu sich heran. »Ich glaube nicht, dass das notwendig sein wird. Ich denke, ich gebe mich damit zufrieden, wenn Sie nur alle zwei Tage gehen.« Er sah sie ruhig an. »Danke, Miss Fortescue. Das wäre dann alles.«

Katherine unterdrückte ein verächtliches Schnauben. Sie gab sich mit einem winzigen arroganten Kopfnicken zufrieden, drehte sich um und verließ die Hütte.

Der Mann jagte ihr ein Schaudern über den Rücken. Seine Angewohnheit zu versuchen, sie und auch die anderen Gefangenen aus gutem Hause zu quälen, indem er sich ihnen gegenüber ganz subtil als Herr aufspielte, machte sie noch wütender auf ihn.

Aber sie hatten sich alle schon lange darauf verständigt, auf solche Provokationen nicht zu reagieren – sie weigerten sich, für die Katze Dubois die Maus zu spielen. Da er die Jagd so sehr mochte, neigte er dazu, sie gehen zu lassen, um sie dann bei nächster Gelegenheit zu demütigen.

Sie stieg die Treppe hinunter. Endlich ließ sie zu, dass all das, was sie während ihres Ausflugs in den Dschungel erfahren hatte, in ihr Bewusstsein drang.

Rettung ist unterwegs. Wir sind nicht vergessen worden.

Sie empfand Hoffnung – echte Hoffnung. Es war ein überraschendes, unerwartetes Aufwallen eines Gefühls, das sie längst verloren geglaubt hatte.

Katherine blieb, wo sie war, und starrte aus dem Tor in den Dschungel, ohne wirklich etwas zu sehen. Sie grübelte darüber nach, mit wem sie als Erstes sprechen sollte, was das Wichtigste war, das sie vermitteln musste, und wie sie es am besten anstellen sollte.

Über all diese Gedanken hinaus war ihr klar, dass sie und die anderen Gefangenen – egal, welche Schritte auch immer sie unternehmen würden – sicherstellen mussten, dass sie absolut nichts taten, was die Sicherheit von Kapitän Caleb Frobisher und seinen Leuten gefährdete. Um ihrer aller willen.

Kapitel 5

Katherine sprach während des Abendessens mit Hillsythe. Die Blicke Dixons, der ihnen gegenüber auf der anderen Seite der Feuerstelle saß, ließen keinen Zweifel daran, dass er es kaum erwarten konnte, sich zu ihnen zu gesellen und mit ihnen zu reden. Doch Harriet hatte sich neben ihn gesetzt, und wie Hillsythe Katherine erzählt hatte, hatten er und Dixon sich verständigt, dass es besser wäre, wenn sie nicht zu offen miteinander redeten. Die anderen Gefangenen könnten es bemerken und darauf beharren, informiert zu werden.

Sie hatte mit Sicherheit nicht vor, die beiden wegen ihrer Vorsicht zu tadeln. Sie mussten mit den Informationen, die sie mitgebracht hatte, sehr behutsam umgehen.

Nichtsdestotrotz konnte Hillsythe, nachdem er alles erfahren hatte, was sie zu berichten hatte, seine Aufregung anscheinend nur mit Mühe verbergen.

»Ich hatte auf etwas dergleichen gehofft. Nachdem Sie nun bestätigt haben, dass es tatsächlich Frobisher ist, der uns gefunden hat ... Tja!« Hillsythe starrte auf seinen Teller, um seine Begeisterung zu verstecken.

Katherine suchte nach den richtigen Worten, um zu fragen, was sie unbedingt wissen wollte. »Ich muss zugeben, dass ich nicht genau verstehe, warum Sie und die anderen so viel Vertrauen in einen Namen haben.« Als Hillsythe aufblickte, sah sie ihn mit großen Augen an.

»Bedeutet und verspricht der Namen ›Frobisher‹ wirklich so viel?«

Hillsythe grinste. Es war ein flüchtiger Gesichtsausdruck, der ihn um Jahre jünger erscheinen ließ. Von ihnen allen hatte die Gefangenschaft der Gruppe und vor allem die Verantwortung, seinen Mitgefangenen zu helfen, das alles zu überstehen, am schwersten auf seinen Schultern gelastet.

»Die Frobishers sind in bestimmten Kreisen sehr bekannt. Ihre Reederei ist ein privates Unternehmen, aber die Familie hat eine lange – soweit ich weiß generationenlange – Verbindung zur Krone und ihren geheimen Behörden. Darum haben Fanshawe und Hopkins, die zur Marine gehören, den Namen und den Mann wiedererkannt. Dixon jedoch, der in der Armee ist, nicht. Ich habe ihm die Verbindung dann erklärt.«

»Sie haben den Namen auch wiedererkannt.«

Hillsythe nickte. »Obwohl sich unsere Wege vorher nicht gekreuzt haben, habe ich von den Heldentaten anderer Familienmitglieder der Frobishers gehört.«

Katherine schürzte die Lippen. Hillsythe hatte niemandem von ihnen je gesagt, für welchen Zweig der Regierung er arbeitete. Allerdings waren sich alle Gefangenen einig, dass seine Vorgesetzten wohl eher in Whitehall zu finden waren.

Hillsythe fuhr fort: »Der entscheidende Punkt ist, dass wir uns einer Sache jetzt sicher sein können: Durch die Ankunft eines Frobisher ist die Familie involviert, und das bedeutet, dass unsere Misere nun in den höchsten Kreisen der Regierung bekannt sein dürfte. Er hat bestätigt, dass er geschickt worden ist, um das Lager ausfindig zu machen, es zu beobachten und die Informationen nach London zu übermitteln, damit geeignete Rettungsmaßnahmen eingeleitet werden können. Und angesichts der Ebene der Macht, für die die Frobishers arbeiten, heißt das, dass eine perfekte Rettungsaktion arrangiert werden wird.« Hillsythe seufzte. »Wir können endlich daran glauben, dass Hilfe unterwegs ist.«

Katherine hörte die Zuversicht in seiner Stimme. Sie wollte die Neuigkeiten genauso annehmen und sich darüber freuen wie er. Doch die Sicherheit, die der warmherzige Ausdruck in Caleb Frobishers blauen Augen ihr vermittelt hatte, und die tröstliche Stärke seiner Gegenwart waren plötzlich verblasst. Sie fragte sich, ob es eventuell ein bisschen zu naiv war, so rückhaltlos an seine Fähigkeiten und die derjenigen zu glauben, die ihn gesandt hatten, um sie alle zu retten.

Als hätte er ihre Zweifel gespürt, fuhr Hillsythe fort: »Dass dieser Caleb der dritte der Brüder ist, der, wie Sie uns sagen, daran arbeitet, uns zu finden, ist ermutigend. Das bedeutet, dass diejenigen, die diese Rettungsaktion organisieren, die Gefahr sehen – dass es, wie wir vermuten und wie Caleb nun bestätigt hat, in der Siedlung Verbrecher gibt, die führende Positionen innehaben, sodass sie von jedem ›offiziellen‹ Rettungsversuch erfahren, die Mine schließen und uns loswerden würden, noch ehe ein Hilfstrupp uns erreichen könnte. Unsere möglichen Retter haben die nötige Vorsicht walten lassen. Der Name Frobisher verspricht, dass es Menschen mit der Fähigkeit und den Mitteln sind, eine solche Mission auch erfolgreich durchzuführen.«

Hillsythe richtete den Blick auf die Flammen des kleinen Feuers, die fröhlich in der Feuerstelle flackerten. »Vertrauen Sie mir. Wir haben jetzt jeden Grund, daran zu glauben, endlich gerettet zu werden. Deshalb müssen wir uns jetzt erstens darauf konzentrieren, Frobisher und seinen Männern jede Unterstützung zu geben, die uns möglich ist, und zweitens zu überleben, bis die Rettungstruppe auftaucht und uns befreit.« Hillsythe hob den Blick, um Dixon auf der anderen Seite des Feuers anzusehen. »Ich werde Dixon, Fanshawe und Hopkins alles erzählen. Wir sollten es auch Harriet sagen. Könnten Sie das übernehmen?«

»Ja, natürlich.« Katherine zögerte kurz und fragte dann: »Und was ist mit den anderen?«

Hillsythe wägte die Frage ab. »Das alles sollte zuerst unter uns sechsen bleiben. Und Diccon weiß natürlich Bescheid. Das sollte so bleiben, bis wir sicher sein können, dass die wichtigsten Informationen auf dem Weg nach London sind und nicht mehr abgefangen werden können. Warten wir ab, bis wir erfahren, wann die Rettungstruppe tatsächlich kommt. Werden es wirklich nur ein paar Wochen sein, oder könnte es auch länger dauern? Frobisher ist der Einzige, der uns eine vernünftige Einschätzung geben kann. Dann werden wir uns eine Strategie zurechtlegen müssen, um den Betrieb der Mine so lange aufrechtzuerhalten.«

»Ich habe Dubois dazu gebracht, mich nur noch jeden zweiten Tag rausgehen zu lassen«, sagte Katherine. »Ich dachte, wenn ich jeden Tag gehe, wird er misstrauisch. Dann würden wir uns auf Diccon als Kontaktperson zu Frobisher verlassen müssen, und das könnte sich als unklug erweisen, wenn es wichtige Informationen gibt, die nicht kindgerecht sind.«

Hillsythe nickte zustimmend. »Guter Gedanke. Und wenn wir an den Tagen Kontakt zu Frobisher aufnehmen müssen, an denen Sie nicht in den Dschungel gehen, haben wir noch immer Diccon als Kurier.« Er dachte kurz nach und fügte dann hinzu: »Diese Berichte, um die Frobisher gebeten hat ... Dixon und ich werden sie fertigstellen, sodass Sie sie bei Ihrem nächsten Ausflug in den Dschungel mitnehmen können. Und wir können uns Gedanken darüber machen, welche Fragen Sie Frobisher von uns stellen sollen.« Katherine nickte. Ihr fiel nichts ein, was sie dem noch hätte hinzufügen können. Hilfe musste kommen, bevor der Vorrat an Diamanten zur Neige ging. »Ich frage mich ...«, Hillsythe starrte ins Nichts, wirkte beinahe verträumt, »... ob man den ältesten Frobisher-Bruder Royd bitten wird, die Rettungsmannschaft anzuführen.«

Katherine musterte Hillsythe. »Wäre das denn gut?«

Hillsythe verzog den Mund zu einem seltenen Lächeln. »Das wäre großartig. Ich habe Royd Frobisher nie persönlich kennengelernt, aber in meinen Kreisen erzählt man sich Geschichten von seinen zahllosen Heldentaten. Wenn er es mit einem Menschen wie Dubois aufnimmt ... Das wäre schon etwas.«

Es war spät geworden. Die Kinder waren in die Hütte geschickt worden, die sie sich mit den Frauen teilten. Katherine erhob sich. Sie fühlte sich ... *anders*. Lebendiger. Entschlossener, am Leben zu bleiben. Durch die immer größer werdende Woge der Hoffnung optimistisch gestimmt.

Hillsythe stand ebenfalls auf. »Vergessen Sie nicht: Kein Wort zu irgendjemandem, außer zu Harriet.« Er sah den anderen hinterher, die nun gingen, und seine sonst so ernste Miene wurde weicher. »Das ist eine frohe Botschaft, und ich würde es gern sofort jedem erzählen, aber das dürfen wir nicht riskieren. Ich nehme an, solche Ermessensentscheidungen zu treffen ist wesentlicher Bestandteil einer Führungsposition. Sobald wir die Bestätigung haben, dass die notwendigen Informationen unterwegs nach London sind, werden wir die guten Nachrichten teilen.«

Sie warf ihm ein beruhigendes Lächeln zu. »Gute Nacht!«, flüsterte sie.

Caleb saß mit Phillipe und all ihren Leuten auf Baumstämmen, die sie kreisförmig in die Mitte ihres Lagers gezogen hatten. Eine kleine Lampe, die nur schwach brannte, stand auf einem flachen Stein an der Stelle, an der normalerweise ein Feuer gebrannt hätte. Da die Mine sich ganz in der Nähe befand, war das Risiko, ein Feuer zu entfachen, einfach zu groß. Selbst ein kleiner Windhauch hätte den Geruch von Qualm zu den Wachposten wehen können, und sie wären möglicherweise gekommen, um nachzusehen.

»Also.« Phillipe warf eine Nussschale auf den immer größer werdenden Haufen geknackter Schalen, der sich um die Lampe herum auftürmte. »Wir werden morgen die Mine observieren, und ich werde einen Bericht darüber verfassen, von wo aus sich die Rettungsmannschaft am besten dem Gelände nähern kann. Du schreibst einen Bericht über das Lager selbst, über die Gefangenen und mögliche Erwägungen, einen Angriff und gleichzeitig eine Rettungsaktion zu starten. Übermorgen wird Miss Fortescue uns die Berichte aus dem Lager bringen. Und *dann* …«, Phillipe warf Caleb einen Seitenblick zu, »… werden wir uns auf unsere Schiffe zurückziehen und die Informationen nach London bringen …«

Caleb spürte Unbehagen in sich aufkommen. Trotzdem … Das war genau die Aufgabe, die er angenommen hatte.

Verantwortungsvolle Kapitäne befolgten Regeln, befolgten die ungeschriebenen Anforderungen, die für die Mission nötig waren.

Verantwortungsvolle Kapitäne formulierten ihren Auftrag nicht einfach um, weil es ihnen besser passte.

Und dennoch …

Er hob den Blick und musterte die Gesichter von seinen und Phillipes Männern. Das Licht war schummrig, aber er konnte dennoch ihre Unzufriedenheit darüber erkennen, im Moment nicht mehr tun zu können.

Denn sie *könnten* mehr tun.

Caleb musste Phillipe nicht ansehen, um zu wissen, was sein Freund dachte. Er konnte Brief und Siegel darauf geben, dass Phillipe genauso dachte wie er.

Genauso fühlte wie er.

Genauso handeln würde wie er.

Phillipe und seine Leute würden genau wie Calebs Mannschaft Calebs Anweisung uneingeschränkt befolgen.

Es war seine Entscheidung. Seine Verantwortung.

Er schloss die Augen und suchte nach innerer Hilfe, nach Führung – und erinnerte sich an einige Geschichten, die er über Royds Heldentaten gehört hatte.

Was würde Royd tun, wenn er mit dieser Situation konfrontiert werden würde?

Die Antwort auf diese Frage kam ihm im nächsten Moment.

Caleb spürte, wie er sich entspannte. Er schlug die Augen auf, sah in die Runde und dann Phillipe an. »Unser Auftrag lautet, die Informationen nach London zurückzubringen. Aber wir müssen nicht *alle* nach London zurückfahren, um das zu tun.« Phillipe zog nur wortlos die Augenbrauen hoch und forderte Caleb damit auf, den Gedankengang weiterzuverfolgen. Caleb sah seine Leute an und fuhr fort: »Nachdem wir alle Informationen gesammelt haben, die London braucht, wird es noch mindestens zwei Tage dauern, die Informationen zu unseren Schiffen zu bringen. Ein Segler braucht ungefähr zwei Wochen, um nach London zu segeln. Die Rettungsmannschaft benötigt dann noch einmal dieselbe Zeit, um hierherzukommen – und das auch nur, wenn sie in See sticht, sobald Whitehall unsere Informationen bekommen hat.« Er betrachtete die Gesichter der Männer. »Das heißt, es dauert vier bis fünf Wochen, vielleicht sogar mehr, bis unsere Aufgabe endlich zur Gänze erfüllt werden kann. So lange werden die Gefangenen im Lager noch überleben müssen.« Unterschiedliche Szenarien und unterschiedliche Argumente gingen ihm durch den Kopf. »Ich schlage vor … *The Prince* ist das schnellere Schiff. Also sollten die Berichte mit *The Prince* weggebracht werden. Es gibt allerdings keinen Grund, *The Raven* folgen zu lassen.«

»Das stimmt.« Phillipes dunkle Augen funkelten zustimmend und ermutigend.

»Dagegen lässt sich sagen«, fuhr Caleb fort, »dass wir nicht wissen, was in diesen entscheidenden Wochen mit der Mine passiert. Miss Fortescue hat uns erzählt, dass Dubois bereits unter großem Druck steht, Nachschub zu liefern. Wahrscheinlich ist der Plan, die Mine, wenn sie nichts mehr hergibt, zu schließen und die Gefangenen zu eliminieren, um so alle Spuren dieser Operation zu beseitigen.

»Und sicherzustellen, dass die Identitäten der Drahtzieher nicht bekannt werden«, fügte Phillipe hinzu.

Caleb nickte und atmete tief durch. »Eine Eskorte wird also dafür sorgen, dass die Informationen in London ankommen. Die anderen können hierbleiben – bereit, einzuschreiten, falls in der Mine etwas schiefgehen sollte und die Gefangenen unsere Unterstützung brauchen. Wenn nichts Unerwünschtes geschieht, werden wir hier sein, um uns der Rettungsmannschaft anzuschließen, wenn sie hier ankommt.«

Zustimmendes Gemurmel ertönte.

Phillipe grinste. »Eine exzellente Zusammenfassung der aktuellen Sachlage. Und wie wir alle wissen, sind diejenigen, die überleben, auch immer diejenigen, die sich gut an neue Umstände anpassen können.«

Phillipes Quartiermeister Ducasse, der sich angeregt mit Calebs Bootsmann Carter unterhalten hatte, wandte sich Caleb zu. »Der Junge hat gesagt, dass es nur um die dreißig *canailles* im Lager gibt. Wir sind fünfundzwanzig Mann. Warum können wir das Lager nicht stürmen und die Gefangenen selbst befreien?«

Carter beugte sich vor, um zu fragen: »Müssen wir wirklich auf die Rettungstruppe warten?«

Caleb war mit einem Schlag wieder ernüchtert. »Ja. Wir müssen warten. Wenn es nur wir gegen die *canailles* wären …«, er benutzte Ducasses durchaus angemessene Beschreibung dieser Leute, »… und wenn die Gefangenen vor einem Zusammenstoß in Sicherheit wären, dann wäre das eine Sache. Aber nach allem, was wir über diesen Dubois gehört haben, wird er beim ersten Anzeichen eines Angriffs die Frauen und Kinder als Geiseln nehmen und uns dazu zwingen, uns zu ergeben.«

Caleb schüttelte den Kopf. »Dieses Risiko dürfen wir nicht eingehen.«

»Dem stimme ich zu.« Phillipe sah Ducasse an und blickte dann in die Runde. »Nach allem, was wir gehört haben, ist dieser Dubois ein Anführer, den man auf keinen Fall reizen sollte.«

Caleb nickte. »Zum Beispiel werden wir, auch wenn es verlockend ist, die Gruppe von sechs Männern nicht angreifen, die unterwegs ist, um die Diamanten zur Küste zu bringen, und die demnächst zurückkehren wird. Sie zu beseitigen würde Dubois nur verraten, dass jemand hier draußen ist, der über die Mine Bescheid weiß. Er wird es seinen Hintermännern sagen, und sie entscheiden dann möglicherweise, die Mine zu schließen. Und das ist das genaue Gegenteil von dem, was wir wollen.«

Ducasse runzelte die Stirn. »Aber ist die Lage später, wenn die Rettungsmannschaft eintrifft, nicht genauso?«

»Sobald wir mehr Leute und Mittel haben, werden wir auch mehr Möglichkeiten haben. Aber Sie haben recht damit, dass wir, um das Lager einzunehmen, ein überzeugendes Ablenkungsmanöver brauchen, um zwischen Dubois und die Gefangenen zu kommen.« Caleb verzog das Gesicht. »Ich habe keine Ahnung, wie ein solches Ablenkungsmanöver aussehen könnte, aber darüber können wir nachdenken, während wir hier sind und warten.«

»Im Augenblick ist es wichtig«, sagte Phillipe, »dass wir dafür sorgen, dass alles so bleibt, wie es gerade ist. So lange, bis die Rettung da ist.«

»Also müssen wir uns gedulden und beobachten.« Caleb ließ diese Worte wie einen Befehl klingen. »Wir greifen nur ein, wenn etwas passiert, das die Gefangenen in Gefahr bringt.« Er blickte in die Runde und sah das Verständnis und die Zustimmung in den Gesichtern der Männer. »Wir werden weiterhin das Lager ausspähen, um uns auf die Stürmung vorzubereiten, in der wir als die bestmögliche Verteidigungslinie für die Gefangenen dienen.«

Am folgenden Morgen kletterten Caleb und Phillipe und zwei ihrer Männer wie schon am Tag zuvor, bevor das Lager erwachte, auf den Felsvorsprung.

Caleb schrieb alles auf, was er beobachtete, und vervollständigte die Zeichnung des Lagers.

Nach einer Weile stieß Phillipe ihn an und wies mit einem Kopfnicken auf das Tor zum Lager. »Der Junge geht tatsächlich ganz allein.« Sie beobachteten ihn noch zehn Minuten länger, aber niemand – weder die Söldner noch einer der Gefangenen – machte Anstalten, Diccon zu folgen. Phillipe fing Calebs Blick auf. »Sollen wir?«

Caleb nickte, steckte sein Notizbuch ein und erhob sich. »Er hat vielleicht Neuigkeiten für uns.«

Sie fanden Diccon in dem Bereich zwischen ihrem Übernachtungsplatz und dem See. Er ging um einen riesigen Busch mit Beeren herum und pflückte flink die Früchte. Seine Miene erhellte sich, als er sie erblickte.

»Ich habe gehofft, dass Sie kommen würden. Ich wollte nicht zu Ihrem Übernachtungsplatz gehen, falls dort Wachen stehen.«

Caleb lächelte und zerzauste dem Jungen das Haar. »Sie wissen, wer du bist.« Er ging in die Hocke und sah Diccon in die Augen. »Hast du irgendwelche Nachrichten für uns?«

Diccon nickte. »Von Captain Dixon und Miss Katherine. Der Captain sagte, dass er und Mr. Hillsythe noch bis morgen brauchen würden, um die Berichte für Sie zu schreiben. Sie müssen Vorsicht walten lassen, beim Besorgen des Papiers, doch er meinte, sie hätten morgen dann alles fertig.«

Caleb nickte. »Und Miss Fortescue?«

»Sie sagte, dass sie Ihnen die Berichte morgen bringen würde ... Sie wird mich begleiten, wie sie es schon gestern getan hat. Dubois hat ihr erlaubt, morgen wieder Nüsse zu sammeln.«

Caleb legte eine Hand auf Diccons Schulter und stand auf. Er wechselte einen Blick mit Phillipe und lächelte Diccon dann an. »Es ist fast Mittag, und in der Nähe unseres Übernachtungsplatzes gibt es jede Menge Früchte. Warum kommst du nicht mit uns und isst etwas?« Der Junge war nur Haut und Knochen, und sie hatten einen großen Vorrat an Dörrfleisch dabei.

Diccon grinste und nickte. Er lief zwischen Caleb und Phillipe zum Übernachtungsplatz. Dort angekommen, machten Caleb und Phillipe es sich bequem und stellten ihre Berichte fertig. Diccon unterhielt sich mit den Männern, die sich in kleinen Grüppchen zusammengefunden hatten. Einige von ihnen reinigten Waffen, andere bereiteten verschiedenste Früchte vor, die sie später mit dem Trockenfleisch zusammen essen würden.

Nach einer Weile blickte Phillipe von seinen Unterlagen auf. »Sobald Dubois' Männer von der Küste zurück sind«, murmelte er, »sollten wir den Weg selbst mal abgehen. Wenn der Pfad tatsächlich irgendwann zur Siedlung führt, wie die anderen glauben, können wir uns von dort weitere Vorräte holen.«

Caleb brummte zustimmend. »Wenn wir die kommenden Wochen hierbleiben, dann brauchen wir mehr Nahrungsmittel – vor allem, weil wir kein Feuer machen und auch nicht auf die Jagd gehen können.«

Calebs Steward Hornby war für die Zubereitung der Speisen verantwortlich. Er rief sie alle zum Essen zusammen, das er und einige andere gemeinsam vorbereitet hatten – Früchte, Nüsse und getrocknetes Hammelfleisch.

Caleb kaute auf einem Stück Fleisch herum und nuschelte: »Wenigstens gibt es hier drin keine Käfer.« Er lächelte selig und nahm sich noch etwas von dem Fleisch.

Zwei Stunden später erklärte Diccon, er habe genügend Früchte gesammelt. Nachdem er sich von den Männern verabschiedet hatte, wanderte er los, um ins Lager zurückzukehren.

Einige Zeit später tauschten Caleb und Phillipe ihre Berichte aus. Caleb las Phillipes präzise Beschreibung der möglichen Zugänge, die das Rettungsteam zum Lager nehmen könnte, und ihrer Tücken oder Vorteile.

»Das ist sehr gut geworden. Mir fällt nichts auf, was du vergessen haben könntest.« Caleb legte den Bericht auf die Umhängetasche, in der er alle Dokumente sammelte, die nach London gebracht werden sollten. »Ich bin gespannt, wie die Truppe aussieht, die sie schicken, und ob die Leute mit Decker zusammenarbeiten werden oder nicht.«

Phillipe nickte und gab Caleb den Bericht über das Lager zurück. »Das ist sehr genau. Allerdings gibt es noch etwas, das ein anderer Kommandant bestimmt wissen will: die Bauweise des Palisadenzaunes und die Stärke des Tores.«

Caleb verzog das Gesicht. »Ich habe daran gedacht,

aber ich kann nichts Genaueres dazu sagen. Kannst du das?«

Phillipe schüttelte den Kopf. »Wir haben ja noch etwas Zeit.« Er stand auf. »Und ich kann nicht mehr sitzen. Lass uns gehen und sehen, was wir noch herausfinden können. Wenn es dämmert, können wir es wagen, etwas näher an den Zaun heranzugehen, um zu schauen, wie die Pfähle genau zusammengehalten werden.«

Sie nahmen zwei von Calebs Leuten mit und kehrten an die Stelle zurück, die Diccon ihnen zuerst gezeigt hatte und die nur unweit vom Tor entfernt war. Aus dem Schutz der Palmen heraus sahen sie sich an, wie die Pfähle miteinander verbunden waren, und spähten nach den Angeln.

Phillipe deutete dann auf die Wachen, die lässig an beiden Seiten des Tores lehnten, und signalisierte Caleb, dass sie noch warten sollten, bis es dämmerte, ehe sie sich dem Zaun weiter näherten.

Als das Tageslicht zu schwinden begann, strafften die Wachen am Tor die Schultern, schlangen ihre Musketen über die Schultern und schlossen schließlich sichtlich angestrengt das Tor.

Caleb wartete noch ein paar Minuten. Dann schlüpfte er in gebückter Haltung hinter den schützenden Palmen hervor. Er huschte in den Schatten des Zaunes, hielt kurz inne, um sich anzusehen, wie er aufgebaut war, und bemerkte, dass die Pfähle, wie sie schon vermutet hatten, mit Seilen aus Schlingpflanzen zusammengebunden waren. Es gab keine Nägel oder andere Befestigungen aus Metall. Nur hin und wieder hatte man zwei Pfähle mit Draht verbunden. Die Seile waren dick und fest gebunden. Sie mit einer Machete zu durchtrennen, damit man einen Zugang durch den Zaun bekam, würde Zeit kosten – und es würde Lärm verursachen. Die Seile mit einem kleineren, nicht so leicht zu erkennenden Werkzeug zu durchtrennen würde eine Ewigkeit dauern.

Phillipe schlich zu Caleb zurück. Er betrachtete die Seile, auf die Caleb zeigte. Missmutig verzog er das Gesicht und bedeutete Caleb dann mit einem Kopfnicken, zum Tor zu schleichen.

Sie bewegten sich vorsichtig vorwärts, um kein Geräusch zu verursachen. Schließlich erreichten sie den ersten Torpfosten und hockten sich daneben auf den Boden. Beide untersuchten sie die Verbindung zwischen dem Tor und dem Pfosten. Ein langes Stück soliden Bambusholzes war als Angel verwendet worden. Das Holz war mit einem Seil aus Ranken so umwickelt, dass man es kaum noch sehen konnte. Es wirkte vielleicht nicht so stabil wie eine Angel aus Metall, doch es würde trotzdem Sprengstoff nötig sein, um das Tor zu durchbrechen, wenn es geschlossen und mit einem Querbalken gesichert war.

Während sie noch die Angeln studierten, waren auf der anderen Seite des Tores Schritte zu hören, dann ein Knurren und Brummen und schließlich ein lautes Geräusch. Das Tor erbebte, ehe es wieder ruhig wurde.

»Das wäre erledigt«, murmelte eine der Wachen. Jemand schlug auf solides Holz.

Phillipe sah zum Tor, dann zu Caleb und formte mit den Lippen: »Zwei Querbalken.«

Caleb nickte. Bei Nacht in das Lager einzudringen würde nicht leicht werden – außer er und seine Leute würden den Weg bereiten. Glücklicherweise hatten sie Zeit. Sie hatten herausgefunden, was sie hatten wissen wollen. Bereit, in den Dschungel zurückzuschleichen, drehte Caleb sich um.

»Ich wünschte, Dubois wäre nicht so besessen davon, dass alles so läuft, wie er es will«, hörten sie eine der Wachen sagen.

Caleb legte sein Ohr an das Tor. Auf der anderen Seite schienen noch immer zwei Wachen im Dienst zu sein. Sie unterhielten sich.

»Hm. Ich habe lange genug mit dem Teufel zusammengearbeitet, um zu wissen, dass man darum nicht herumkommt. Entweder man macht es so, wie er es will, oder man ist raus.« Der zweite Wachmann klang älter, erfahrener.

»Ich verstehe ihn nicht. Warum ist er so kleinlich? Es ist ja nicht so, als würden die Frauen oder Mädchen nachts arbeiten ... Sie könnten uns doch ein bisschen unterhalten.«

»Denk nicht einmal daran. Der letzte Mann, der so gedacht hat ... Zweifelsohne haben die Leoparden mittlerweile seine Knochen abgenagt.«

»Aber warum? Ich sehe den Sinn dahinter nicht.«

»Dann hör zu. Diese Frauen und Kinder ... Sie sind nicht nur wegen der Arbeit hier, die sie verrichten. Sie sind hier, um uns allen das Leben zu erleichtern. Sie sind hier, damit die Männer nicht aus der Reihe tanzen.« Nach einer kleinen Pause fuhr der Ältere fort: »Wenn wir auch nur eine von ihnen benutzen, dann verliert Dubois sein Druckmittel – das Versprechen, dass den Frauen und Kindern nichts passiert, solange die Männer sich ruhig verhalten. Es wird einen Aufstand geben. Und wenn du derjenige warst, der es getan hat, wird Dubois, wenn die Männer in der Mine dir nicht schon die Kehle durchgeschnitten haben, diese Aufgabe höchstpersönlich übernehmen. Nachdem er dich bei lebendigem Leibe gehäutet hat. Ich habe ein Mal miterlebt, wie er die Beherrschung verloren hat … und ich will es nie wieder erleben.« Er hielt kurz inne, bevor er weitersprach. »Glaub mir. Dubois und seine Entscheidungen zu hinterfragen und zu missachten ist keine gute Idee. Das ist es nicht wert. Ich habe bei mehr als zehn Unternehmungen mit ihm zusammengearbeitet, und jeder dieser Aufträge war ein Kinderspiel. Leicht verdientes Geld. Wenn du so lange in diesem Geschäft bist wie ich, weißt du Anführer zu schätzen, die Aufträge wie diesen an Land ziehen können. Dieser Job mag unglaublich langweilig sein, aber er ist ganz leicht, und es lohnt sich.« Er lachte durchtrieben auf. »Den Spaß hat man am Ende, wenn Dubois geht und uns mit den Gefangenen, die er nicht mehr braucht, tun lässt, was wir wollen.«

»Das macht er?«

»O ja. Warum sollten sonst so viele von uns immer wieder mit ihm zusammenarbeiten wollen?«

Der jüngere Mann lachte gackernd. »Das wusste ich nicht. Dann gibt es ja doch etwas, auf das man sich freuen kann.«

Caleb und Phillipe wechselten einen grimmigen Blick. Mit einem Kopfnicken wies Caleb auf den Dschungel. Ganz leise zogen sie sich zurück und verschwanden zwischen den Bäumen. Sie sammelten ihre Leute ein, sagten jedoch kein Wort, bis sie fast zurück an ihrem Übernachtungsplatz waren.

»Zusätzlich zu der Beschreibung des Aufbaus des Zaunes und des Tores«, sagte Caleb über die Schulter hinweg zu Phillipe, der ihm auf dem schmalen Weg zu ihrem

Lager folgte, »werde ich meinem Bericht noch einige Zeilen über die Notwendigkeit hinzufügen, Dubois am Leben zu lassen, damit er das Lager so lange führt, bis wir angreifen können.«

»Leider bin ich gezwungen, dir zuzustimmen«, erwiderte Phillipe seufzend. »Und wir sollten auch unsere Leute darüber in Kenntnis setzen, dass wir Dubois nicht töten. Selbst wenn sich die Gelegenheit bieten sollte.«

»Erst einmal nicht.«

Calebs Ton signalisierte, dass er bereits Pläne für einen Kampf machte, sobald es nicht mehr notwendig sein würde, Dubois am Leben zu lassen. Sobald die Rettungsmannschaft da sein und die Kontrolle über das Lager übernommen haben würde.

Während er allen anderen voran zur Lichtung und zu ihrem provisorischen Übernachtungsplatz ging, unterdrückte er ein Seufzen.

Phillipe spürte seine Unzufriedenheit und warf ihm einen fragenden Blick zu. »Was ist?«

Caleb verzog das Gesicht. »Ich wäre viel lieber nicht an Weisungen gebunden, sondern frei, um Dubois zu erledigen und das Lager zu stürmen. Aber da man mit so vielen Leben jonglieren muss, die auf dem Spiel stehen, und versuchen muss, die Lage zu verbessern, ohne alles noch schlimmer zu machen, ist diese Mission«, er atmete tief durch, »viel komplizierter, als ich geglaubt hätte.«

Als Katherine am nächsten Morgen an Diccons Seite in den Dschungel trat, war sie wieder einmal hin- und hergerissen zwischen widersprüchlichen Gefühlen. Die Angst, die sie verspürt hatte, als sie mit Diccon zusammen zum Tor gegangen war – die Angst davor, dass Dubois oder seine Leute irgendetwas ahnten und von den Berichten erführen, die sie in einem eilig zusammengenähten Säckchen in den Falten ihres Kleides verborgen hatte –, verflog, als die kühlen Schatten des Dschungels sie umgaben.

Ungeduld ergriff sie.

Sie wollte Caleb Frobisher und seine Freunde finden und ihnen die Dokumente so schnell wie möglich übergeben.

Und trotzdem …

Im Gegensatz dazu fühlte sie sich, als würde sie eine Chance verpassen, als würde sie sich etwas, das sie nicht einmal benennen konnte, zwischen den Fingern hindurchschlüpfen lassen, wenn sie Caleb Frobisher und seine Männer verabschiedete.

Wirklich dumm.

Sie hatte ihn vor zwei Tagen zum ersten Mal getroffen. Sie hatte nicht mehr als eine halbe Stunde mit ihm verbracht.

Doch er hatte ihr Hoffnung gegeben. Er hatte ihr das Gefühl gegeben, dass ihre Rettung kurz bevorstand und dass ein freies Leben auf sie alle wartete, sobald sie das Lager verlassen hätten.

Dieser Glaube an eine Zukunft war wertvoll. Auch wenn sie nicht wusste, was ihr die Zukunft bringen würde. Allein die Überzeugung, noch auf dieser Welt zu sein, um es zu erleben – um Fehler zu machen genauso wie Triumphe zu feiern, während sie dieses Leben lebte –, war ein Geschenk von unschätzbarem Wert.

Sie ließ Diccon den Vortritt und folgte ihm nur. Hier und da blieb er stehen und sammelte Früchte und Beeren.

Als sie einen Baum mit den Nüssen sah, die Dubois so mochte, blieb sie stehen.

Plötzlich raschelte es, und Katherine schnellte herum.

Caleb Frobisher trat aus dem Dschungel. Sein Freund, Phillipe Lascelle, war bei ihm. Frobisher nur zu sehen zauberte ihr bereits ein Lächeln auf die Lippen.

»Ich habe die Berichte«, beeilte sie sich zu sagen. Sie wandte ihren verzauberten Blick von seinem lächelnden Mund und griff in die aufgetrennte Naht in ihrem Kleid, wo sie das Säckchen mit den gefalteten Papieren versteckt hatte. Sie sah, wie Caleb Frobishers Augen sich weiteten, und fügte hinzu: »Sie haben uns zwar noch nie durchsucht, aber wir wollten kein Risiko eingehen.«

Er grinste. »Genial.« Rasch nahm er ihr die Unterlagen ab.

Als er den Blick auf die Papiere richtete und sie auseinanderfaltete, trat sie an seine Seite. »Dixon meinte, er habe alles, was seiner Meinung nach über die Mine für Sie wichtig zu wissen wäre, notiert. Hillsythe – er hat die schönere Handschrift – sagte, sein Bericht sei situativ ... Sie wüssten schon, was das bedeutet.«

Sie betrachtete Caleb Frobishers Gesicht, als er die Dokumente prüfte, sie dann Lascelle reichte und sie ansah.

»Danke. Und danke auch an Dixon und Hillsythe. Das hier und unsere Informationen ist genau das, was London braucht.« Er zögerte, ehe er fortfuhr: »Wir haben noch eine Frage, die wir vergessen haben zu stellen: Weiß irgendjemand, wo an der Küste sich die Söldner, wenn sie die Diamanten fortbringen, mit dem Schiff treffen?«

»Sie gehen nach Westen«, entgegnete sie. »Hillsythe hat einmal mitbekommen, dass sie sich in einer Bucht, in die ein Fluss mündet, mit einem Begleitboot treffen.«

Lascelle hatte sich die Berichte inzwischen näher durchgelesen. »Hier steht es ... in Hillsythes Bericht.« Er sah seinen Freund an. »Das muss der Fluss sein, den Robert und seine Frau genommen haben. Unsere Segler liegen eher östlich vor Anker, sodass sie von dem Schiff mit dem Begleitboot nicht entdeckt werden können.«

»Das ist gut, das ist wirklich gut.«

Caleb blickte in Miss Katherines braune Augen. Sie lächelte, doch hinter diesem Lächeln lag eine Zerbrechlichkeit, die von etwas heraufbeschworen wurde, das er nicht benennen konnte. Doch er wollte es herausfinden. Das Lächeln schwand, als sie sagte: »Sie müssen erpicht darauf sein, bald zu Ihrem Schiff zurückzukehren und nach London zu segeln.« Caleb hielt inne ... zögerte. Es ging hier nicht um Vertrauen, sondern darum, dass etwas tief in seinem Innersten diese Frau beschützen wollte. Er warf Phillipe einen kurzen Blick zu. Sein Freund nickte beinahe unmerklich. Caleb sah Katherine wieder an. »Wir werden die Berichte zusammen mit unseren Karten auf unserem schnellsten Schiff nach London schicken.«

»Was *sein* Schiff ist«, warf Phillipe hilfsbereit ein. Er reichte Caleb die Berichte, die er wieder zusammengefaltet hatte.

»Das stimmt.« Caleb sah seinen Freund mit einem Blick an, der sagte, dass sein Verhalten nicht gerade hilfreich war. Dann nahm er die Unterlagen entgegen und erwiderte Katherines fragenden Blick. »Aber wir und etliche unserer Leute haben beschlossen hierzubleiben.«

Ihre Augen weiteten sich. »Sie bleiben?«

Er nickte. »Unser Auftrag war es, die gewünschten Informationen nach London zu übermitteln, dazu braucht die Crew uns nicht. Sobald mein Schiff unterwegs ist, ist unser Teil der Mission sozusagen erfüllt. Also haben wir Zeit zu tun, was auch immer wir möchten, und wir haben beschlossen, dass es keinen Grund gibt, nicht in Ihrer Nähe zu bleiben – nahe genug, um Ihnen im Lager zu helfen, falls bis zum Eintreffen der Rettungsmannschaft irgendetwas passieren sollte.« Er zuckte mit den Schultern. »Falls nichts passiert, dann werden wir hier einfach warten, um dann die Truppe zu unterstützen, die das Lager stürmen wird. Wer auch immer als Anführer hierherkommt, wird sich über die zusätzlichen Männer freuen – vor allem, wenn diese Männer bereits die Zeit hatten, sich mit dem Gelände vertraut zu machen.«

Wenn ihr Gesicht, ihr Ausdruck, ein Hinweis war, dann dachte sie gerade offenbar darüber nach, ob sie die Arme um seinen Hals schlingen und ihn küssen sollte ...

Er hoffte, sie würde sich dafür entscheiden. Doch es gelang ihr, ihr Hochgefühl im Zaum zu halten.

»Sind Sie sich sicher, dass Sie es riskieren wollen? Sie müssen das ja nicht tun ...«

»Ja, das ist uns bewusst«, erwiderte Phillipe. Er grinste. »Aber wir leben gern gefährlich.«

Treffender konnte man es nicht ausdrücken.

Katherine Fortescue erwiderte das Grinsen nicht. Sie musterte Phillipe und richtete ihren seltsam forschenden, durchdringenden Blick dann wieder auf ihn. Die Art ihres Blickes erinnerte Caleb daran, dass sie eine Gouvernante gewesen war.

»Ich werde nicht versuchen, Sie davon abzubringen, da es keine Worte dafür gibt, was die Tatsache, dass Sie beschlossen haben hierzubleiben, um uns zu beschützen, für eine Wirkung auf alle Gefangenen im Lager haben wird. Wir hatten angenommen, dass Sie abreisen würden. Das war einer der Gründe, warum wir – Dixon, Hillsythe, Fanshawe, Hopkins, Harriet und ich – entschieden haben, den anderen nichts von Ihnen zu erzählen. Die Hoffnung bedeutet uns so viel. Der Gruppe zu sagen, dass jemand gekommen ist und Informationen nach London übermittelt hat, damit unsere Rettung organisiert werden kann, hätte sich schon positiv auf die Stimmung ausgewirkt. Doch zu wissen, dass Sie und Ihre Männer beschlossen haben zu bleiben, um uns zu helfen? Das wird jedem von uns unglaublichen Auftrieb geben. Wenn wir das erzählen, haben wir endlich nicht mehr das Gefühl, ganz allein zu kämpfen.«

Ihre Miene wirkte mit einem Mal etwas traurig. »Vor allem, da wir uns ernsthaft sorgen, dass der Abbau der Diamanten nicht mehr so weitergehen wird wie bisher.«

Caleb runzelte die Stirn. »Hat sich, seit wir uns zuletzt gesprochen haben, etwas verändert?«

»Ja und nein. Doch der Druck, unter dem Dubois steht, scheint zu steigen. Wir fragen uns übrigens, ob die Hintermänner des Unternehmens, wie er sie nennt, in der Siedlung sind. Sie könnten auch ganz woanders sitzen.«

Caleb warf Phillipe einen fragenden Blick zu.

Phillipe nickte. »Hillsythe hat das Thema in seinem Bericht behandelt. Er denkt, dass die Leute in der Siedlung nicht die Hintermänner sind, sondern dass es sich bei den eigentlichen Drahtziehern um eine ganz andere Gruppe handelt.«

Caleb zog die Augenbrauen hoch. »Leute mit Geld. Das würde auch mehr Sinn ergeben, da es doch mit ziemlichen Kosten verbunden sein muss, Dubois und seine Mannschaft anzuheuern.«

»Und das monatelang«, fügte Phillipe hinzu.

Caleb sah Katherine an. »Wegen der Frage, ob Sie den anderen von uns erzählen sollten ... Sagen Sie auf jeden Fall den drei Offizieren und Hillsythe Bescheid, dass wir bleiben, und weihen Sie auch die Frauen ein, von denen Sie sicher sein können, dass sie die Information für sich behalten. Sagen Sie ihnen, dass wir auf Abruf bereitstehen, falls irgendetwas passieren sollte und unsere Hilfe gebraucht wird.«

Sie betrachtete ihn und sagte dann: »Wir, die Gefangenen im Lager, stehen uns mittlerweile sehr nahe und sind sehr vertraut miteinander. Wir sind inzwischen eine große Familie. Das ging gar nicht anders, um zu überleben. Und Vertrauen ist wichtig, wenn man sich in so einer Situation befindet. Also werde ich mit denjenigen sprechen, die Sie erwähnt haben, und dann werden wir gemeinsam entscheiden, ob wir der Gemeinschaft davon erzählen oder nicht. Wie ich schon erklärt habe, verkörpern Sie und Ihre Leute die Hoffnung – wahrscheinlich kann jemand, der eine solche Gefangenschaft, wie wir sie erdulden müssen, nie erlebt hat, das nicht nachvollziehen. Den anderen Hoffnung vorzuenthalten ...«, langsam schüttelte sie den Kopf, »... das wird uns kaum gelingen. Wenn Hillsythe, Dixon und die anderen denken, dass wir die Information weiterhin zurückhalten müssen, werde ich meine Meinung für mich behalten, aber ...«, ihre Miene wurde weich, »... ich glaube nicht, dass sie sich so entscheiden werden. Wir wissen, dass wir jeden bedenkenlos einbeziehen können. Wie ich gestern schon erwähnte, gibt es keine Abtrünnigen unter uns. Niemand, der sich auf die Seite unserer Entführer stellt oder ihnen hilft.«

Sie bat mit ihren Worten nicht um Erlaubnis, doch nachdem er die ruhige Sicherheit in ihren Augen erkannte, die ruhige Beharrlichkeit, die sie ihm zu sehen gestattete, nickte Caleb. »Also gut. Wir werden die Entscheidung Ihnen und den anderen überlassen. Wir sitzen, wie Sie es schon gesagt haben, alle im selben Boot.«

»Was ist mit den Kindern?«, fragte Phillipe. Mit hochgezogenen Augenbrauen sah er Katherine an. »Einige von ihnen sind mit Sicherheit zu jung, um das alles zu verstehen.«

Katherine verzog die Lippen. »Sie wären überrascht, wenn Sie mitbekommen würden, was die Kleinen alles verstehen.«

Obwohl er die ganze Zeit Beeren gesammelt hatte, horchte Diccon auf. Er drehte sich um und sah Phillipe an. »Ich werde es nicht weitererzählen. Und die anderen auch nicht. Nicht einmal die jüngsten von uns Kindern würden das tun. Wir wissen alle, dass die Wachleute im Lager schlechte Menschen sind – verdorben bis ins Innerste. Wir erzählen denen überhaupt nichts.« Er schüttelte den Kopf. »Um ehrlich zu sein, glauben die, dass wir sowieso nichts wissen, also fragen sie uns auch erst gar nicht.«

»Also«, sagte Phillipe, »dann muss ich mich wohl korrigieren.« Er blickte Caleb an. »Katherine sollte allen – auch den Kindern – sagen, dass wir hier draußen sind. Und sie müssen wissen, wo unser Übernachtungsplatz ist.«

Caleb dachte noch einmal nach, verstand und verzog das Gesicht. »Du meinst, falls etwas passiert, können wir ja vorher nicht wissen, wem genau es gelingen wird, zu fliehen und uns zu benachrichtigen.«

»Oder um bei uns Unterschlupf zu finden«, sagte Phillipe.

»Ganz genau.« Katherine nickte. »Falls etwas passiert und einige der Gefangenen entwischen können und in den Dschungel flüchten, sollten sie zu Ihnen und Ihren Leuten laufen können.«

Caleb seufzte schwer. »Also gut. Ich bin überzeugt.« Er erwiderte Katherines Blick. »Sagen Sie es allen – jedem Gefangenen.«

Sie lächelte. »Das werden Sie nicht bereuen. Jeder von uns weiß, dass unser Leben in dieser Situation davon abhängt, wie lange die Mine noch in Betrieb bleibt. Dass Sie und Ihre Leute hier sind, gibt uns die Hoffnung, dass, falls das Schlimmste passiert, trotzdem die Chance besteht, dass einige von uns überleben. Und keiner von uns wird irgendetwas tun, um diese Chance zu gefährden.«

Er musste das akzeptieren.

Er half ihr, ihren Korb mit den großen Nüssen zu füllen, die sie für Dubois sammeln sollte. Phillipe unterhielt sich mit Diccon und pflückte ihm die reifen Früchte, die der Junge nicht erreichen konnte.

Dann begleiteten Caleb und Phillipe Katherine und Diccon ein Stück zum Lager. Katherine und Diccon bestanden darauf, dass Caleb und Phillipe sie nur bis zu dem Weg begleiteten, der vom Tor des Lagers nicht einzusehen war. Von dort blickten sie Katherine und Diccon, die Hand in Hand weitergingen, so lange hinterher, bis sie nicht mehr zu sehen waren.

Katherine trug den vollen Korb mit Nüssen in Dubois' Schreibbüro. Ihre Gedanken kreisten um Caleb Frobisher, Phillipe Lascelle und ihre Leute und um ihre Entscheidung, im Dschungel zu bleiben. Sie blieben, obwohl die Bedingungen alles andere als gut waren. Sie blieben, um eine Gruppe von Gefangenen beschützen zu können, von denen sie außer Diloccan und ihr selbst keinen einzigen je persönlich getroffen hatten.

Einige Menschen hatten Ehre. Einige Menschen hatten Mut.

Einige Menschen traten vor, um instinktiv Frauen, Kinder und diejenigen zu verteidigen, die schwächer waren als sie selbst – diejenigen, die bedroht wurden und in Gefahr waren.

Dubois stand hinter seinem Schreibtisch und war in eine Diskussion mit seinem zweiten Stellvertreter Cripps vertieft. Sie konnte sich ein abfälliges Schnauben gerade noch verkneifen. Sie hatte keine Lust, stehen zu bleiben und mit den beiden zu reden, also nutzte sie Dubois' Ablenkung, um den Korb auf seinen Tisch zu stellen, ihm knapp zuzunicken und dann wieder zu gehen.

Als sie den Raum verließ, spürte sie Dubois' Blick im Rücken. Und wie immer lief ihr ein eisiger Schauer über den Rücken.

Dubois lauschte Cripps' Argumenten, während etwas anderes seine Neugier weckte. Etwas an Katherine Fortescues Verhalten war anders gewesen, und er versuchte herauszufinden, was es gewesen war – und was es bedeutete.

»Ich habe die Männer in der Mine beobachten lassen, wie Sie es angeordnet haben. Und es scheint wirklich keinen Weg zu geben, die Produktionsmenge zu erhöhen, solange sie nicht zusätzliche Arbeitskräfte bekommen.«

Cripps schnaubte. »Erwachsene Arbeitskräfte. Die älteren Kinder, die Kale uns geschickt hat, sind zwar besser als nichts, können aber die Hacke nicht so schwingen wie ein erwachsener Mann.«

Dubois brummte unverbindlich. Er war sich bewusst, dass eine seiner größten Stärken seine Beobachtungsgabe war – seine Fähigkeit, die winzigen Zeichen zu bemerken, die die wahren Gedanken und die tiefsten Ängste eines Menschen verrieten. Gedanken und Ängste, die er dann ausnutzen konnte. Doch er konnte sich nicht vorstellen, was passiert sein könnte, dass Miss Fortescue plötzlich so verändert wirkte. Dass sie anders empfand. Vielleicht war es auch übertrieben von ihm, so viel hinter ihrem Verhalten zu vermuten. Vielleicht hatte sie einfach nur ihre Frauengeschichte, das, was die Frauen jeden Monat bekamen.

Er richtete seine Aufmerksamkeit wieder auf Cripps.

Der große, stämmige Engländer sagte gerade: »Also, da wir die Produktionsmenge erhöhen müssen, müssen wir weitere Männer heranschaffen. Was sollen wir tun?«

Dubois kniff die Augen zusammen. »Gehe ich recht in der Annahme, dass Sie einen Vorschlag haben?«

»Es ist eine Woche her, dass Kale zuletzt geliefert hat. Lassen Sie mich zu ihm gehen und herausfinden, was da los ist.« Cripps ließ die Fingerknöchel seiner linken Hand knacken. »Dann kann ich ihm auch gleich ein bisschen Druck machen. Er soll endlich seinen faulen Arsch in Bewegung setzen und uns die Männer besorgen, die wir brauchen.«

Dubois dachte nach. »›Faul‹ ist nicht gerade ein Begriff, den ich mit Kale in Verbindung bringen würde. Allerdings scheint es tatsächlich so, als würde ihn irgendetwas daran hindern zu liefern. Also ... Ja.« Er ließ sich auf seinen Stuhl fallen. Dann sah er Cripps an, der sich rotgesichtig und begierig darauf, etwas zu tun, vor seinem Schreibtisch aufbaute. »Sie können allerdings erst gehen, wenn Arsene zurück ist.« Dubois hatte nicht vor, ein Lager wie dieses ohne einen seiner Stellvertreter an seiner Seite zu führen. Arsene hatte die letzte Lieferung Diamanten zur Küste gebracht und sollte anschließend noch nach Freetown gehen, um verschiedenste alltägliche Vorräte zu besorgen.

»Er sollte stündlich zurück sein«, sagte Cripps.

Dubois nickte. Er legte die Unterarme auf den Schreibtisch, verschränkte die Hände und dachte wieder an Kale. Was ging dem hinterhältigen Bastard bloß im Kopf herum? Spielte Kale ein Spielchen, oder steckte hinter dem fehlenden Nachschub etwas, das nicht in der Hand des Anführers der Sklavenhändler lag?

»Sobald Arsene zurückkehrt«, sagte er, »nehmen Sie sich drei Männer und statten Kale einen Besuch ab.« Dubois lehnte sich auf seinem Stuhl zurück und sah Cripps an. »Ich möchte, dass Sie ihn *höflich* fragen, wo das Problem liegt.«

Cripps runzelte die Stirn. »Höflich?«

Dubois lächelte schmallippig. »Genau. Zumindest zu Anfang. Es ist durchaus möglich, dass es nicht an Kale liegt, dass die ganze Sache verschleppt wird. Er muss seine Mannschaft bei Laune halten – ich bezweifle, dass es seine Entscheidung ist, im Dschungel zu sitzen und Däumchen zu drehen.« Dubois machte eine Pause. Als er fortfuhr, klang seine Stimme kalt. »Es ist denkbar, dass der stockende Nachschub an Leuten aus Schwierigkeiten resultiert, die von denen aus der Siedlung verursacht werden. Falls das so sein sollte, will ich das wissen.«

Cripps sah ihn gespannt an. »Und wenn es der Fall ist?«

»Dann«, sagte Dubois, »könnte es nötig sein, den Druck auf ganz andere Leute zu erhöhen.«

Kapitel 6

»Passen Sie auf sich auf, alter Kauz.« Caleb schlug seinem Steward Hornby auf die starke Schulter. »Und sagen Sie Fitz, dass ich darauf zähle, dass er Sie und die Informationen, so schnell es die Winde erlauben, nach London schafft.«

Lieutenant Frederick Fitzpatrick war Calebs Erster Offizier und stellvertretender Kapitän auf *The Prince.*

»Aye, Käpt'n.« Hornby trat zurück und salutierte. »Ich werde es ihm sagen. Und Sie können sicher sein, dass ich diese Papiere in London in die Hände Ihres Bruders übergeben werde, so wie Sie es angeordnet haben. Aber wenn es darum geht, auf sich selbst aufzupassen, sollten wohl eher Sie und die Leute hier besonders auf sich achtgeben.«

Mit einem Kopfnicken wies der grauhaarige Hornby auf die Leute, die sich hinter Caleb und Phillipe versammelt hatten – die Männer, die sich freiwillig gemeldet hatten, bei ihnen zu bleiben und ein Auge auf die Gefangenen im Lager zu haben.

Caleb hatte Hornby, der seit fast zehn Jahren zur See fuhr, beauftragt, die wichtigen Papiere auf seinen Segler zu bringen, seine Befehle zu übermitteln und schließlich mit den Dokumenten an Bord nach London zu segeln. Calebs Bootsmann Carter und einer seiner Kadetten – ein angehender Matrose namens Johnson – kehrten ebenfalls heim. Sie wurden an Bord von *The Prince* gebraucht, damit das Schiff unter vollen Segeln so schnell wie möglich nach London gelangte.

Phillipe schickte seinen Bootsmann Reynaud und vier seiner Matrosen mit. Phillipe segelte mit einer kleineren Mannschaft als Caleb, und sie hatten besprochen, dass sein Schiff *The Raven,* das als Fluchtmittel vor Anker liegen bleiben würde, unbedingt ausreichend bemannt sein musste, damit es im Fall eines unerwarteten Angriffs verteidigt werden konnte.

»Wir werden vorsichtig sein.« Grinsend schlug Phillipe Reynaud auf den Rücken und sah dann zu Caleb. »Na ja, so vorsichtig, wie wir immer sind.«

Hornby schnaubte, als er sich umdrehte und den Weg entlangstapfte. »Gerade das macht mir ja solche Sorgen.«

»Auf Wiedersehen!«

»Adieu!«

»Gott sei mit Ihnen!«

Die Verabschiedung kam mit verschiedenen Akzenten aus unterschiedlichen Kehlen.

Die Hände in die Hüften gestemmt, stand Caleb da und beobachtete, wie die kleine Gruppe den Weg nach unten entlanglief. Auch Phillipe sah zu, wie die Männer in Richtung der Bucht, in der *The Prince* und *The Raven* vor Anker lagen, verschwanden.

Calebs Quartiermeister Quilley sowie Phillipes Quartiermeister Ducasse gingen mit ihren Seeleuten zurück zu ihrem provisorischen Übernachtungsplatz.

Als sie allein waren, murmelte Caleb: »Es war viel unkomplizierter, als ich gedacht hätte. Trotzdem ist die Situation sehr komplex.«

»Und es ist noch lange nicht ausgestanden«, erwiderte Phillipe.

Caleb ließ erneut seine Gedanken schweifen. Er versuchte, die Lage einzuschätzen. Sie hatten einen Dienstplan eingerichtet. Jeweils zwei Männer sollten tagsüber das Lager vom Felsvorsprung aus beobachten.

»Lass uns zum Felsen gehen und die Aktivitäten im Lager beobachten«, sagte er zu seinem Freund.

Das taten sie. Ab und zu machte jemand eine Bemerkung oder deutete auf etwas, das von Interesse sein konnte.

»Sie arbeiten so langsam wie möglich und so schnell wie nötig, um Dubois zufriedenzustellen«, bemerkte Phillipe.

»Oder um erklärbar zu bleiben, was die fehlenden zusätzlichen Arbeitskräfte angeht.« Caleb hielt kurz inne und fuhr dann fort: »Es gibt einige wirklich seltsame Vorkommnisse dort.«

»Was meinst du?«, fragte Phillipe prompt.

Caleb ordnete seine Gedanken, die langsam immer klarer wurden. »Zum Beispiel, dass Dubois sich so gut um seine Gefangenen kümmert. Die Krankenstation, die Tatsache, dass es bei ihm keinen physischen Zwang gibt, keine Schläge, damit härter gearbeitet wird.«

»Das liegt daran, dass sie ihn glauben machen, dass sie schon so hart arbeiten, wie sie können.«

»Nein … Nicht so hart, sondern so *effizient*, wie sie können. Dubois ist darauf angewiesen, dass die Leute Tag für Tag arbeiten. Er kann es sich nicht leisten, sie zu mehr zu drängen und zu riskieren, dass sie kollabieren, denn er hat keine Ersatzleute.« Caleb machte eine Pause, ehe er weitersprach. »Und das beweist, wie schlau

Dubois ist – obwohl er seine Gefangenen sicherlich nicht so nett und schonend behandeln will, hält er sich strikt an das, was nötig ist, um seine Ziele zu erreichen. Um den Vertrag zu erfüllen, den er mit den Drahtziehern abgeschlossen hat.«

»Und«, fügte Phillipe hinzu, »er ist stark, er ist mächtig genug, um seine Anweisungen gegenüber seinen Leuten durchzusetzen. Nach allem, was wir gestern erfahren haben, ist es ja wohl nicht im Interesse von Dubois' Leuten, die Gefangenen gut zu behandeln.«

Eine weitere Stunde beobachteten sie das Lager. Alles, was sie erkennen konnten, bestätigte nur ihre Schlussfolgerungen. Die Gefangenen vollführten einen Drahtseilakt, doch bisher war es gut gegangen. Solange das Gleichgewicht bestand, solange die Gefangenen die Produktionsmenge der Diamanten auf einer Stufe hielten, mit der die Hintermänner Dubois' zufrieden waren, gab es keinen Grund, dass die aktuelle Situation nicht so bleiben könnte, bis Hilfe eintreffen würde.

Der einzige Haken an der Sache war die Forderung der Drahtzieher, die Produktionsmenge zu erhöhen.

Irgendwann kletterten Caleb und Phillipe den schmalen Trampelpfad hinunter zum See. Dort badeten sie im kalten Wasser und gingen dann erfrischt zurück zu ihrem Übernachtungsplatz im Dschungel. Sie achteten darauf, einen weiten Bogen um das Lager zu machen.

Caleb warf einen Blick in Richtung Mine. »Ich habe nachgedacht. Falls einer von uns von einem Wachmann erwischt werden sollte, sollten wir eine gemeinsame Geschichte haben, die genau erklärt, warum wir alle hier sind.« Er sah Phillipe an. »Die einzige Gefahr hierzubleiben besteht darin, dass einer von uns gefangen genommen werden könnte und Dubois herausfindet, warum wir uns hier aufhalten.«

Phillipe duckte sich unter einer tief hängenden Ranke hindurch. Er nickte. »Dass wir geschickt worden und nicht nur zufällig auf die Mine gestoßen sind.«

»Wir können es nicht riskieren, dass der Mistkerl herausfindet, dass London irgendetwas über ihn oder die Mine weiß.«

»Das sehe ich genauso.«

Am Übernachtungsplatz angekommen, fiel Caleb auf, dass einige der Männer fehlten. Er blickte Quilley an. »Wo sind die anderen?«

Quilley grinste. »Martin hat seine Armbrust mitgebracht. Er hat eine Ziege erlegt. Er, Ducasse und drei der anderen haben sie den ganzen Weg zurück zu der Stelle geschleppt, an der wir uns von den anderen verabschiedet haben. Wir haben gedacht, dass ein Feuer in so weiter Ferne vom Lager kein Problem sein dürfte. Sie werden das Tier zerlegen, das Fleisch zubereiten und es dann hierher bringen.« Quilleys Miene erhellte sich vor Vorfreude. »Sie sollten zum Abendessen zurück sein.«

»Sehr gut!« Phillipe rieb sich die Hände. »Wir könnten ein bisschen frisches Fleisch vertragen.« Caleb nahm auf einem der Baumstämme Platz und streckte seine langen Beine aus. »Mit der Vorfreude darauf könnten wir ja noch eben die Köpfe zusammenstecken, um uns eine Geschichte zu überlegen.«

Phillipe ließ sich auf den nächsten Baumstamm fallen. »Stimmt. Du hast recht. Das ist keine Situation, in der ein kluger Anführer irgendetwas dem Zufall überlassen sollte.«

***

Spät am Nachmittag fanden sich in Freetown drei Männer an einem Tisch in der hintersten Ecke einer Taverne zusammen. Sie hatten sich in den vergangenen Monaten so oft hier getroffen, dass die anderen Stammgäste sie nun ebenfalls als regelmäßige Besucher betrachteten. Als der Barmann sie durch die Tür kommen sah, nahm er sofort die Krüge zur Hand, aus denen sie so gern tranken.

Wie immer war Muldoon der Letzte, der am Tisch Platz nahm. Er stellte seinen schäumenden Trinkkrug auf die zerkratzte Oberfläche des Tisches und sah den Mann an, der stets als Erster erschien. »Haben Sie irgendetwas von Kale gehört?«

Der Angesprochene runzelte die Stirn. »Nein. Warum?«

Muldoon warf dem anderen Mann in ihrer Runde einen fragenden Blick zu, doch Winton schüttelte den Kopf. »Weil …« Muldoon richtete die Augen wieder auf den ersten Mann. »… ich versucht habe, ihn zu erreichen. Oder wenigstens seinen Stellvertreter hier.«

»Rogers?« Als Muldoon nickte, verfinsterte sich der Blick des ersten Mannes. »Er ist beinahe immer in der Siedlung, es sei denn, er liefert Leute an Kale aus.«

»Was er eigentlich gerade nicht tun sollte, weil wir ihn ja nicht auf neue Opfer angesetzt haben.« Muldoon stieß angespannt den Atem aus. »Und nachdem wir nun neue Opfer hätten, kann ich ihn nicht erreichen. Gestern kam ein Handelsschiff mit vielen helfenden Händen. Der Kapitän will mindestens vier der Leute loswerden – alle jung und stark. Alle bestens geeignet für Dubois' Bedürfnisse.«

»Können Sie Kale keine Nachricht schicken?«, fragte Winton.

»Das habe ich versucht, aber in dem Haus im Armenviertel ist keiner der Sklavenhändler. Der Junge, den ich hingeschickt habe, meinte, das Haus sei, soweit er es überblicken könne, verlassen.«

»Das ist ja seltsam.« Der erste Mann hob seinen Trinkkrug und nahm einen großen Schluck.

»Sehr seltsam sogar«, stimmte Muldoon ihm zu. »Und verflucht unpassend. Dubois *braucht* mehr Leute, und wir *haben* diese Leute, aber Kale ist nicht da, um sie zu holen.«

Es folgte ein langes Schweigen. Schließlich sagte der erste Mann: »Ohne Kale können wir es nicht schaffen. Zumindest nicht so leicht und unkompliziert.«

»Ich weiß.« Muldoon starrte in seinen Becher. Nach einigen weiteren Sekunden sagte er: »Einer von uns wird in sein Lager aufbrechen müssen, um herauszufinden, was los ist.«

Der erste Mann stellte seinen Krug ab. »Ich kann nicht gehen. Holbrook würde einen Anfall bekommen.«

»Tja, ich kann es auch auf keinen Fall tun«, erwiderte Muldoon. »Nicht, wenn Decker zurück im Hafen ist.«

Er und der erste Mann wandten sich Winton zu, der am Ende des kleinen Tisches saß und in sein Bier starrte.

Winton spürte ihre Blicke auf sich und sah auf. Er wirkte entsetzt und rang die Hände. »Sehen Sie mich nicht so an. Mein Onkel würde mir die Leviten lesen – und das können wir, wenn ich Sie daran erinnern darf, überhaupt nicht gebrauchen. Nicht, wenn wir wollen, dass Dubois stets die Ausrüstungsgegenstände bekommt, die er braucht.«

Muldoon verzog das Gesicht. »Das stimmt.« Er sah auf den Tisch vor sich. Mit einer Fingerspitze zeichnete er die Kratzer auf der Oberfläche nach. »Also, was machen wir nun?«

Einige Sekunden verstrichen. Dann sprach der erste Mann. »Undoto hat vielleicht eine Idee, wo Kale stecken könnte, oder er weiß, ob er fortgegangen ist und wie lange er wegbleiben wird.«

Muldoon sah den ersten Mann an. »Bieten Sie damit an, Undoto zu fragen?«

Der erste Mann lächelte schmallippig. »Ich werde ihn fragen.« Er trank sein Bier aus und stellte den Becher ab, ehe er Muldoon anblickte. »Sie behalten die vier passenden Männer im Auge. Ich werde Undoto kontaktieren und mal schauen, was ich herausfinden kann.« Er sah Winton an und wandte den Blick dann wieder Muldoon zu. Schließlich klopfte er mit der Handfläche auf den Tisch. »Treffen wir uns doch morgen wieder hier und schauen, wo wir stehen.«

Am Abend saß Katherine mit den anderen Anführern der Gefangenen an der Feuerstelle, um die neuesten Entwicklungen zu diskutieren und zu entscheiden, wie sie nun weiter vorgehen wollten. Der Rest der Gruppe saß ebenfalls um die Feuerstelle herum. Die Gesichter wurden von den flackernden Flammen erhellt. Die meisten der Leute unterhielten sich angeregt und hatten ein Lächeln auf den Lippen.

Katherine hatte kurz zuvor in kleineren Grüppchen mit ihren Mitgefangenen gesprochen und die Nachricht von der bevorstehenden Rettung und der kleinen Schutztruppe, die ganz in ihrer Nähe kampierte, mit ihnen geteilt. Die Wirkung auf jeden von ihnen war ganz genauso intensiv gewesen, wie sie es erwartet hatte –

Hoffnung war ein berauschendes Elixier. Nach so langer Zeit der Entbehrungen und der Angst waren alle fast ein bisschen trunken vor Freude.

Auf ihren Vorschlag hin hatten sie sich überlegt, falls Dubois und seine Leute fragen würden, als Grund für ihre offensichtliche Freude anzugeben, dass sie die Verlobung von zwei Menschen aus ihren Reihen feiern würden, Annie Mellows und Jed Mathers. Diese Geschichte war nicht ganz gelogen. Das Paar hatte tatsächlich beschlossen zu heiraten, und selbst wenn es jetzt nicht ging, wollten sie zumindest ihre Absicht erklären – eine Verkündung ihrer Zukunftspläne und zugleich die Tatsache, dass sie unbedingt daran glaubten, dass sie die Gefangenschaft überleben würden, um diese Zukunft auch gemeinsam zu erleben. Annie und Jed hatten zugestimmt, dass ihre Neuigkeit als Ausrede dafür genutzt wurde, die Hochstimmung der Gruppe zu erklären.

Hopkins, der seinen jungenhaften Charme dazu eingesetzt hatte, um sich mit einigen der Wachen anzufreunden, brachte die Geschichte in Umlauf. Danach hörte man die Wachen zynisch lachen, doch soweit Katherine es beurteilen konnte, war die Ausrede von ihnen geschluckt worden. Weder Dubois noch seine Leute schienen misstrauisch geworden zu sein. Sie lauerten den Gefangenen nicht auf, um herauszufinden, ob es vielleicht noch einen anderen Grund für den plötzlichen Stimmungswandel gab.

Hillsythe, der neben Katherine saß, betrachtete die Leute, die sich fröhlich unterhielten. »Lassen wir ihnen diesen Abend. Morgen ist noch Zeit genug, um sich wieder ins Zeug zu legen.«

Fanshawe, Hopkins und Harriet nickten zustimmend.

»Das stimmt«, sagte Dixon. »Aber wir müssen heute Nacht noch entscheiden, ob wir den zweiten Tunnelgang eröffnen oder nicht oder ob wir es alternativ riskieren, noch mehr Verzögerungen zu arrangieren.«

»Können Sie uns noch einmal die Argumente darlegen?«, bat Fanshawe. »Die Dinge ändern sich so oft, dass ich für meinen Teil den Überblick verloren habe.«

Dixon brummte zustimmend. »Im Moment sieht es so aus, dass die Produktionsmenge aus der ersten Ader abnimmt. Wir bauen zwar noch immer Diamanten ab, aber es reicht nur knapp. Und da die Hintermänner Dubois unter Druck setzen, die Produktionsmenge zu *erhöhen,* können wir uns nicht erlauben zuzulassen, dass die Gesamtmenge abnimmt. Kurzum, wenn wir genügend liefern wollen, um auf der sicheren Seite zu sein, müssen wir bald beginnen, den zweiten Gang zu öffnen.«

»Gehe ich recht in der Annahme«, sagte Hillsythe, »dass wir, wenn wir jetzt handeln, genug Diamanten aus dem ersten Tunnel abbauen können, um uns über die Runden zu helfen, während wir den zweiten eröffnen? Und dass wir damit einen plötzlichen Abfall der Produktionsmenge umgehen, die Dubois nur wütend machen und die Aufmerksamkeit der Hintermänner erregen würde?«

Dixon sah zu Fanshawe und Hopkins. »Wir sollten genügend Erz in unserem Versteck gelagert haben, um den Wechsel vom ersten zum zweiten Stollen zu überbrücken.«

Fanshawe wirkte nicht gerade begeistert, aber er nickte.

»Um uns alle einmal an den Zusammenhang zu erinnern …«, begann Harriet. »Wenn wir den zweiten Stollen früher eröffnet hätten, wäre die Produktionsmenge sehr schnell stark angestiegen. Deshalb haben wir damit gewartet, bis die Menge der abgebauten Diamanten aus dem ersten Gang allmählich anfing abzunehmen.«

Dixon nickte. »Eine sprunghaft angestiegene Produktionsmenge hätte Dubois und die Drahtzieher für ein paar Wochen sehr glücklich gemacht, danach hätte sie ganz sicher wieder abgenommen – vielleicht sogar so dramatisch, dass der Gedanke, die Mine zu schließen, aufgekommen wäre. Solch ein Szenario zu verhindern muss auch weiterhin unser oberstes Ziel sein. Und der einzig sichere Weg, das zu erreichen, ist es, dafür zu sorgen, dass die Produktionsmenge möglichst gleichmäßig und auf einer Stufe bleibt, die Dubois und seine Hintermänner so akzeptieren.«

»Das ist wahr.« Hillsythe sah zu seinen Mitgefangenen, die sich noch immer gut gelaunt unterhielten. »Unser wichtigstes Ziel ist es, den Minenbetrieb so lange aufrechtzuerhalten, bis Hilfe kommt. Dass Frobisher und seine Leute aufgetaucht sind, hat uns einen enormen, ja, einen entscheidenden Ansporn gegeben.«

Die anderen murmelten zustimmend.

»Was weiß Dubois über den zweiten Gang?«, fragte Hopkins.

»Zu diesem Zeitpunkt weiß er nur, dass es eine andere Diamantenader gibt«, erwiderte Dixon. »Ich habe ihm nicht erzählt, dass sie ergiebiger ist als die erste. Um den Beginn des Abbaus der neuen zu verzögern, habe ich alle möglichen bautechnischen Hindernisse erfunden.« Er zuckte die Achseln. »Einige waren echt. Die meisten jedoch nicht. Sie haben allerdings alle ihren Zweck erfüllt.« Der erste Stollen führte mehr oder weniger gerade ins Herz des Berges. Er hatte lediglich das obere Ende einer Diamantenader gestreift, und sie hatten tief graben müssen, um die von Erz verkrusteten Steine hervorzubringen. Der zweite Stollen würde tiefer verlaufen. »Alles, was ich bisher getan habe«, fuhr Dixon fort, »ist, einen Erkundungsschacht zu graben. Ich habe Dubois davon überzeugt, dass wir die Diamanten aus dem zweiten Stollen schneller abbauen können, wenn wir erst kleine Bohrungen machen.«

Fanshawe nickte. »Sie haben ihn davon überzeugt, dass Sie jetzt erst mal langsam und bedächtig arbeiten müssen, um die Diamanten später schneller abbauen zu können.«

Katherine blickte Fanshawe und Hopkins an. Beide führten eine Gruppe von je sechs Männern an. Diese zwei Gruppen leisteten den Großteil des Abbaus, sie schwangen den ganzen Tag über die Spitzhacken. Hillsythe führte eine Gruppe von vier schmächtigeren, sehnigeren Männern an, die die Kinder überwachten und kontrollierten, wie viele Erzbrocken die Mine verließen. Er leitete auch die drei kräftigen Zimmerleute in Dixons Mannschaft an, wenn sie dem Ingenieur nicht gerade bei seinen Bauten helfen mussten. Die Zimmerleute hatten ständig ein Auge auf die Balken, die die Tunneldecke abstützten und so für die Sicherheit aller dort Tätigen sorgten.

»Es ist offenbar an der Zeit, dass wir den nächsten Schritt unternehmen.« Als sie alle zustimmend nickten, sah Hillsythe Dixon an. »Also, was brauchen Sie, um den zweiten Tunnelgang zu schlagen?«

Dixon blickte in die Runde. »Wir brauchen mehr Leute und noch weitere Ausrüstungsgegenstände – mehr

Holz, mehr Nägel und so weiter. Die Ausrüstung kann Dubois zweifelsohne besorgen, aber die Leute …«

Sie wussten, dass Dubois seit Wochen darauf drängte, weitere Männer zu bekommen. Katherine sah sich um und vergewisserte sich, dass kein lauschender Wachmann in der Nähe war, ehe sie hinzufügte: »Da Kale nun verschwunden ist, sehe ich schwarz …«

Hillsythe erwiderte ihren Blick. »Kales Verschwinden wird die Lieferung neuer Arbeitskräfte verzögern. Dubois muss sich einen anderen Weg überlegen, um zu beschaffen, was er braucht. Und das wird Zeit kosten.«

»Ganz genau.« Dixon sah grimmig in die Runde. »Das wollte ich sagen.«

Hillsythe wirkte betroffen. »Ich verstehe …«

Sie alle verstanden. Dubois mochte einsehen, dass er die Produktionsmenge nicht aufrechterhalten konnte, wenn er den zweiten Gang eröffnen ließ, doch ob die Drahtzieher hinter der Unternehmung genauso einsichtig waren, stand auf einem anderen Blatt. Möglicherweise würden sie die Mine schließen wollen. Und alle Gefangenen töten lassen. Sobald ein Befehl in der Richtung ausgesprochen werden würde, würde Dubois nur mit den Schultern zucken und ihn ausführen – einen Appell an die Vernunft würde er ganz sicher nicht in Erwägung ziehen.

Irgendwann rührte sich Hillsythe. »Sie hatten mit Ihrem Eröffnungsplädoyer recht: Wir müssen noch heute Nacht eine Entscheidung treffen.« Er blickte jedem Einzelnen in die Augen. »Auch wenn es für uns alle um Leben und Tod geht.« Er blickte Dixon an. »Ich plädiere dafür, dass Sie Dubois sagen, dass Sie bereit sind, den zweiten Gang zu eröffnen, und dass Sie ihm Ihre Forderungen nennen. Meiner Meinung nach könnte es uns in noch größere Schwierigkeiten bringen, wenn wir weiterhin versuchen, die Sache hinauszuzögern. Dubois wird über kurz oder lang misstrauisch.«

Katherine presste die Lippen aufeinander. Dann sagte sie: »Ich stimme Ihnen zu.«

Fanshawe nickte. Er blickte ebenfalls in die Runde. »Ich stimme auch dafür, den zweiten Stollen zu eröffnen. Wir können nur hoffen, dass die Rettungsmannschaft uns erreicht, bevor auch dieser keinen Ertrag mehr bringt.«

Hopkins verzog das Gesicht. Doch auch er nickte. »Ich sehe das genauso.«

Harriet und Dixon stimmten ebenfalls für die Eröffnung des zweiten Stollens.

»Außerdem …«, stellte Dixon fest, »… wenn wir so tun, als würden wir die Arbeit vorantreiben und kooperieren, wird jede weitere Verzögerung durch den Mangel an Arbeitskräften oder Arbeitsmitteln nicht auf uns zurückfallen. Dubois wird seine Aufmerksamkeit vielmehr auf seine Versorgungslinie richten.«

Fanshawe knurrte zustimmend. »Er mag ja viele Fehler haben, aber er ist nicht so dumm, uns für Dinge verantwortlich zu machen, die sich unserer Kontrolle entziehen.«

»Also sind wir einer Meinung.« Hillsythe straffte die Schultern. Er sah Dixon an. »Wir überlassen es Ihnen, Dubois zu informieren.«

Dixon schnaubte. »Ich werde ihn morgen gleich als Erstes aufsuchen und Sie dann wissen lassen, wie er reagiert hat.«

Hillsythe sah Dixon an und blickte dann zu Katherine. »Genau genommen hat unsere Diskussion zwei Fragen aufgeworfen, die wir unbedingt beantworten müssen. Erstens«, wandte er sich an sie, »wie lange, glaubt Frobisher, wird die Rettungsmannschaft bis zum Lager brauchen?«

Sie sah ihn mit großen Augen an. »Er meinte, dass es mindestens vier, vielleicht sogar fünf Wochen dauern würde, und das auch nur, wenn nichts dazwischenkommt.«

»Gut. Die zweite Frage, die damit verbunden ist, lautet ...«, Hillsythe sah Dixon an, »... ob wir durchhalten, bis unsere Retter hier auftauchen.«

Dixon verzog das Gesicht. »Das ist *tatsächlich* die Frage aller Fragen. Ich werde sie jedoch nicht beantworten können, bis wir den zweiten Stollen angelegt haben. Wir müssen ihn auf die gesamte Länge der Diamantenader ausbauen. Ich vermute, dass wir auch noch tiefer gehen müssen, um die weit verzweigten Bereiche zu erreichen.«

Die anderen nickten.

Das kleine Feuer in der Mitte der kreisförmig angeordneten Baumstämme war längst heruntergebrannt. Die meisten der Gefangenen waren in ihren Hütten verschwunden, um sich zum Schlafen in die Hängematten zu legen.

Katherine wechselte noch einen Blick mit den anderen Anführern der Gruppe, doch keiner von ihnen schien noch etwas sagen zu wollen. Alle erhoben sich.

»Dann mal los«, murmelte Hillsythe. Mit einem Kopfnicken in Richtung Katherine und Harriet drehte er sich um.

Katherine ließ Harriet und Dixon allein, die sich im Flüsterton unterhielten, und ging zu der Hütte, in der die Frauen und Kinder untergebracht waren. Als sie durch die Schatten ging, in denen das Lager lag, spukten ihr plötzlich zwei unterschiedliche Tatsachen im Kopf herum und eine Frage, die sich daraus ergab. Dubois wollte mehr Leute für die Arbeit in der Mine. Caleb, Lascelle und ihre Leute hielten sich nur wenige Meter entfernt im Dschungel versteckt.

Was wäre, wenn …?

Sie glaubte kaum, dass schon jemand anderes daran gedacht hatte – und erst recht nicht an die möglichen entsetzlichen Folgen. Sie unterdrückte ein Schaudern und schob den Gedanken entschieden beiseite. Sie hatte das Gefühl, dass es schon ausreichte, zur gleichen Zeit an diese beiden Tatsachen zu denken, um ein böses Schicksal darauf aufmerksam zu machen. Und das böse Schicksal dazu einzuladen zuzuschlagen.

Obo Undoto, ein einheimischer Priester und Komplize der Sklavenhändler, erwartete das Klopfen an der Haustür bereits. Genau genommen hatte er es schon viel früher erwartet. Mit einem einstudierten Lächeln auf dem Gesicht öffnete er die Tür weit – und erstarrte.

Eine einzelne Person in Schwarz stand in den Schatten verborgen auf seiner Veranda.

Instinktiv ließ Undoto den Blick über die Gestalt wandern – Größe und Haltung ließen vermuten, dass es ein Mann war. Im schummrigen Licht konnte er die Pistole erkennen, die er in der Hand hielt, die Mündung war auf ihn gerichtet.

»Guten Abend, Mr. Undoto.« Die Stimme klang kultiviert. Es war die Stimme eines Engländers. »Wenn Sie vielleicht kurz vor die Tür kommen könnten? Ich müsste etwas mit Ihnen besprechen.«

Den Blick auf die Mündung der Pistole gerichtet, holte Undoto angespannt Luft. Ihm war bewusst, dass seine Söhne und Töchter gerade im vorderen Zimmer des schmalen Hauses schliefen. Äußerlich ruhig trat er aus dem Haus. Dann umfasste er mit klammen Fingern den Knauf und zog die Tür hinter sich ins Schloss.

»Sehr gut.« Der Mann hatte einen Schritt zurückgemacht.

Undoto starrte ins Halbdunkel und sah, dass der Unbekannte einen schwarzen Schal um die untere Hälfte seines Gesichts geschlungen hatte. Seinen dunklen Hut mit der breiten Krempe hatte er tief in die Stirn gezogen, er verdeckte seine Augen.

»Es tut mir leid, dass ich die Pistole auf Sie richten musste.« Der Mann steckte die Waffe in die Tasche seines Mantels. »Es war unumgänglich.«

Undoto entspannte sich nicht. »Sie wollten etwas mit mir besprechen?«

»In der Tat. Wir haben einen gemeinsamen Bekannten – Kale. Obwohl ich glaube, dass Sie eher etwas mit Rogers, seinem Stellvertreter in der Siedlung, zu tun haben.«

Undoto nickte zaudernd. »Ich kenne diese Männer.«

Das kalte Lächeln des Mannes war in seinen Worten zu spüren. »Lassen Sie uns keine Spielchen spielen. Sie arbeiten für sie. Sie wählen die Opfer aus, und die Männer schnappen sie sich. Was gut und schön ist. Am Ende arbeiten wir für dieselben Leute. Allerdings müssen wir Kale kontaktieren. Wissen Sie, wo er steckt?«

»Nein.« Undoto zwang sich, ein Stirnrunzeln zu unterdrücken. Nach einem kurzen Zögern sagte er: »Ich habe Rogers heute Abend erwartet. Ich dachte, *er* hätte an die

Tür geklopft. Er und seine Leute. Ich habe heute eine Predigt gehalten, und sie melden sich anschließend immer bei mir, um zu erfragen, ob ich Beute gemacht habe.«

»Und? Haben Sie?«

»Zwei Seeleute, die gerade von einem Handelsschiff kommen und Arbeit suchen.«

Der Mann nickte. »Stimmt. Das klingt nach zwei Leuten aus einer Gruppe, die uns auch aufgefallen ist. Wir haben versucht, Kale über das Armenviertel eine Nachricht zukommen zu lassen, aber in dem Haus dort ist niemand. Wissen Sie, wie man sonst noch Kontakt zu ihm aufnehmen kann?«

»Nein. Er ... oder vielmehr Rogers kommt immer zu mir.«

»Wissen Sie, wo sich Kales Lager befindet?«

Undoto zögerte. Er wusste es, aber ... »Es liegt im Osten. Aber mehr ...« Er schob die Hände in die Taschen seines Gewands und zuckte die Schultern.

Der Mann kniff die Augen zusammen. »Es scheint, als hätten wir beide Interesse daran, Kale zu finden«, sagte er. »Ich schlage vor, dass Sie alles versuchen, ihn zu finden. Wenn Sie ihn zufällig treffen, richten Sie ihm doch bitte aus, dass er sich bei denjenigen melden soll, die ihn vor Kurzem bezahlt haben.« Der Ton des Mannes klang mit einem Mal knapp. Er sah Undoto an. »Ich werde in zwei Tagen wiederkommen, um zu erfragen, was Sie herausgefunden haben. Ich glaube, uns beiden ist daran gelegen, unsere Beziehung möglichst geheim zu halten.«

»Vielleicht«, entgegnete Undoto. »Aber Sie haben mir gegenüber einen Vorteil. Sie kennen meinen Namen. Sie kennen mein Gesicht. Ich kenne das Ihre nicht.«

«Und zum Wohle aller sollte es auch so bleiben.« Mit

wehendem Mantel lief der Mann eilig die Treppe hinunter. »Gute Nacht, Mr. Undoto.«

Undoto sah, wie er den Gartenweg entlanghuschte, auf die Straße bog und verschwand. Er starrte ihm hinterher, während Minuten verstrichen. Eine unausgesprochene Drohung hing in der feuchten Nachtluft.

Irgendwann drehte Undoto sich um, öffnete die Tür und ging hinein.

Am späten Nachmittag des folgenden Tages trafen sich die drei Männer noch einmal in der Taverne.

Sobald sie sich mit ihren Bierkrügen an den Ecktisch gesetzt hatten, begann der Mann, der wie immer als Erster gekommen war, von seiner Begegnung mit Undoto zu erzählen. Er schloss: »Ich bin mir sicher, dass Undoto genau weiß, wo sich Kales Lager befindet. Er wird hingehen. Schon allein um seiner selbst willen, denn er muss wissen, was mit Kale los ist.« Er nahm einen Schluck von seinem Bier und sagte dann: »Ich werde ihm noch einen Tag Zeit lassen. Morgen Abend werde ich ihn noch einmal aufsuchen und schauen, was er herausgefunden hat.«

Muldoon und Winton wechselten Blicke.

Muldoon starrte in seinen Becher und drehte ihn dann in den Händen. »Also hat Undoto auch keinen Kontakt mehr zu Rogers. Ich hatte gehofft, dass das leere Nest im Armenviertel nur bedeuten würde, dass sie den Standort gewechselt haben, ohne uns davon zu berichten. Aber dass Rogers und seine Leute nicht einmal Undoto etwas davon erzählt haben, lässt etwas anderes vermuten.«

Winton schluckte. Mit der Zungenspitze fuhr er sich über die Lippen und murmelte: »Was machen wir, wenn Kale verschwunden ist und seine Leute mit ihm?«

Keiner der anderen bemühte sich, darauf eine Antwort zu geben.

Irgendwann leerte der erste Mann seinen Becher. »Es hat keinen Sinn zu spekulieren, bis wir nicht wissen, was mit Kale passiert ist. Undoto wird uns Nachricht bringen. Es ist zwecklos, hin und her zu überlegen, solange er uns nicht gesagt hat, was er herausgefunden hat.«

Kapitel 7

Katherine lief eilig durch das Tor des Lagers. Diccon hüpfte vor ihr her. Sie hatte das Gefühl, dass der Junge seine Aufregung besser als sie verbergen konnte. Es kostete sie Mühe, nicht zu offensichtlich nach Caleb Frobisher Ausschau zu halten – selbst als sie noch im Blickfeld der Wachen am Tor und auf dem Wachturm war.

Als der Dschungel sich um sie schloss und sie Diccon tiefer in die Schatten folgte, ermahnte sie sich selbst, ihre ungebärdigen Reaktionen zu unterdrücken. Warum der Kapitän so leicht solche Reaktionen heraufbeschwören konnte, wusste sie nicht genau. Kein anderer Mann hatte ihr Bewusstsein je so leicht gefangen genommen wie er. Und die Stärke ihrer Reaktionen – diese Impulse, die sie nie zuvor gespürt hatte, und von denen sie also auch nicht wusste, wie sie sie zurückdrängen sollte – machte es nur noch schwieriger, mit ihm umzugehen oder ihn auch nur zu sehen.

Diccon blieb bei einer Gruppe von Beerensträuchern stehen. An der Geduld des Jungen, der sich nun an die Arbeit machte, Beeren pflückte und sie in seinen Korb legte, konnte sie sich ein Beispiel nehmen. Sie entdeckte in der Nähe einen Nussbaum und machte sich auf die Suche nach heruntergefallenen Nüssen.

Während sie den Teppich von herabgefallenem Laub durchsuchte, kehrte ihr Verstand zu dem Problem zurück, mit dem sie am Vortag gekämpft hatte. Als die Mine erst kurz in Betrieb gewesen war, hatten die Männer festgestellt, dass einige der Kinder ein Talent dafür hatten herauszufinden, welche der frisch geschlagenen Erzbrocken Diamanten enthielten und welche nicht. Sie hatten mit diesen Kindern zusammengearbeitet und die Steine, in denen sich Diamanten befanden, schon in der Mine aussortiert. Und es war ihnen gelungen, ihre Beute in einer Vertiefung in einer der Felswände zu verstecken, ohne von den nachlässigen Wachen gesehen zu werden. Sie hatten genügend Erzbrocken gesammelt, um eine mögliche Durststrecke damit überbrücken zu können – und jetzt konnten sie damit die Zeit bis zur Eröffnung des zweiten Tunnelganges überstehen, ohne einen dramatischen Abfall der Produktionsmenge zu riskieren. Sobald die zweite Ader freilag, würden die Männer und Kinder zweifelsohne ihren geheimen Vorrat stetig wieder auffüllen.

Sie hatte überlegt, ob man nicht auch in der Reinigungsbaracke ein Versteck anlegen könnte. Draußen patrouillierten Wachen, und sie kamen ab und zu in die Hütte, blieben jedoch nie lange. Die Frauen ignorierten sie meistens. Katherine war mehr oder weniger verantwortlich für die anderen und wusste, dass sie sie unterstützen würden. Befreit von Gesteinsresten sahen die Rohdiamanten immer noch aus wie Steine, aber sie waren viel kleiner und leichter zu verstecken … Wenn ihr doch nur ein geeigneter Platz in der Reinigungsbaracke einfallen würde.

Die Hütte war ähnlich aufgebaut wie die anderen. Es gab schlichte Wände und einen Boden aus Holzbohlen. Das Dach war mit Palmblättern gedeckt. Der lange Tisch in der Mitte des Raumes, die Hocker, auf denen die Frauen saßen, und die einfache Bank an der hinteren Wand waren die einzigen Einrichtungsgegenstände.

Den Fußboden hatte sie schon auf ein mögliches Versteck hin geprüft. Doch zwischen Holzboden und Erde war ein Freiraum, der leicht eingesehen werden konnte. In den Wänden gab es keine Ritzen, keine Aushöhlungen oder Vertiefungen, die groß genug für ein Versteck gewesen wären. Das Dach, das aus Palmblättern bestand, wäre vielleicht eine Möglichkeit. Sie würde es allerdings noch näher untersuchen müssen.

Diccon rief nach ihr. Sie sah auf und bemerkte, dass er ihr zuwinkte. Sie richtete sich auf, nahm ihren Korb, der inzwischen zu einem Viertel gefüllt war, stemmte ihn auf die Hüfte und folgte dem Jungen in den Dschungel hinein.

Wo ist Caleb Frobisher?

Diccon hatte darauf bestanden, einfach ihre Beeren, Früchte und Nüsse zu sammeln, bis der Kapitän und seine Leute zu ihnen kommen würden. Das war gut und schön, aber sie durfte nur bis zum Mittag im Dschungel bleiben und musste dann ins Lager zurück. Und sie hatte Nachrichten von Dixon und Hillsythe, hatte Fragen, die sie Caleb Frobisher stellen sollte, und Informationen, die die Frauen mitbekommen hatten und die sie übermitteln sollte. Als Diccon bei einem Baum mit Früchten stehen blieb, suchte sie einen weiteren Nussbaum, den sie auch fand. Seufzend setzte sie ihre Suche fort.

Caleb und Phillipe waren von einem der Männer, die Wache hielten, benachrichtigt worden, dass Katherine und der Junge das Lager verlassen hatten und unterwegs in den Dschungel zwischen dem Lager und dem See waren. Der Mann hatte nicht abgewartet, um sicher sein zu können, dass die beiden nicht verfolgt wurden. Phillipe hatte deshalb darauf gedrängt, vorsichtig zu sein, und Caleb hatte ihm zugestimmt.

Sie hatten Katherine und Diccon schon vor einer Weile ausfindig gemacht und sie beobachtet. Doch sie hatten keinen eventuellen Verfolger feststellen können.

Endlich entspannte Caleb sich. »Sie sind allein«, flüsterte er Phillipe zu.

Sein Freund nickte. »Dieser Dubois ... er spielt sehr seltsame Spielchen.«

Caleb schnaubte und setzte sich in Bewegung. Er gab sich keine Mühe mehr, besonders leise zu sein. Miss Fortescue ... Katherine ... hörte ihn. Sie wandte sich in die Richtung, aus der sie kamen. Ihre erwartungsvolle Miene wich einem warmherzigen Lächeln.

Er spürte, wie sich in seinem Innersten Wärme ausbreitete. Er warf sich beinahe in die Brust und erwiderte ihr Lächeln. »Guten Morgen.«

»Den wünsche ich Ihnen auch.« Sie starrte ihn einen Moment lang an, blinzelte dann und wandte den Blick ab. »Ich ... habe einige Nachrichten für Sie.« Ihr Ton klang knapp und nüchtern. »Dixon und Hillsythe haben mich gebeten, kurz zu umreißen, wie die Arbeit in der Mine vorangeht. Das wird die Bedeutung einer Frage erklären, die Sie hoffentlich beantworten können.« Sie sah an ihm vorbei zu Phillipe und nickte ihm zur Begrüßung zu, ehe sie den Blick wieder auf Caleb richtete. »Und es gibt noch einige Dinge, die Sie vielleicht wissen sollten.«

»Natürlich. Aber zuerst, dachten wir, wäre es das Beste, wenn wir Sie zu unserem Übernachtungsplatz bringen. Diccon hat die Stelle für uns entdeckt, also kennt er den Weg.« Mit einer Handbewegung bedeutete Caleb ihr, dem Jungen und Phillipe zu folgen, die bereits losgegangen waren. Er bückte sich und nahm ihren Korb. »Wenn die anderen aus dem Lager je nach uns schicken lassen wollen, sollten noch weitere Personen wissen, wie sie uns erreichen können.«

Sie nickte. »Ja, das ist eine gute Idee.«

Während sie sich nun hinter Diccon und Phillipe zwischen den Bäumen hindurchschlängelten, fügte Caleb hinzu: »Von hier aus gehen wir anders, aber die Lichtung, auf der wir kampieren, kann man auch über den Weg, der praktisch nicht genutzt wird, erreichen. Wir können Ihren Korb mit den Früchten und Nüssen der Bäume füllen, die um die Lichtung herum wachsen, dann können Sie direkt von dort zurück zum Lager laufen.«

»Gut.« Sie steckte sich eine Haarsträhne hinter das Ohr. »So kann ich mir den Weg sicherlich gut merken.«

Sie erreichten den provisorischen Übernachtungsplatz, und sie blickte sich um. Auf seine Einladung hin nahm sie auf einem der Baumstämme Platz, die um die ungenutzte Feuerstelle herumlagen. Mit einem dankbaren Lächeln nahm sie von Ellis, einem Mitglied von Calebs Crew, einen Becher Wasser entgegen. Caleb gab einem seiner Männer Katherines Korb. Er war froh, etwas zu tun zu haben, um etwas Zeit totzuschlagen.

»Also.« Er ließ sich neben ihr auf einen Baumstamm sinken. »Was haben Sie uns zu sagen?«

Katherine sammelte sich. Sie setzte eine sachliche Miene auf – ihren »Gouvernanten-Blick«. Ernst und ein bisschen einschüchternd. Oder zumindest so einschüchternd, wie sie aussehen konnte. Sie bezweifelte allerdings, dass es eine Wirkung auf Caleb Frobisher oder Phillipe Lascelle haben würde.

»Zuerst muss ich Ihnen erklären, dass wir die Produktionsmenge weiter manipulieren.« Sie hatte die Finger um den kühlen Becher geschlungen und atmete tief durch.

»Und Dubois und seine Leute haben keine Ahnung?«, fragte Lascelle.

Sie schüttelte den Kopf. »Sie haben es nie bemerkt.« Nach einem kurzen Zögern sprach sie weiter: »Das Problem ist, dass viele Elemente im Spiel sind, die die Produktionsmenge, die aus der Mine gewonnen werden kann, beeinflussen. Einige dieser Dinge entziehen sich unserer Kontrolle. Letztere beinhalten zum Beispiel die Ausrüstung für die Arbeit – Holz, Nägel, Werkzeuge und so weiter – und auch die Anzahl der Männer. Diese beiden Komponenten waren über Kale unter Dubois' Kontrolle.« Sie sah Caleb Frobisher an. »Doch da Sie Kale eliminiert haben, haben Sie den Nachschub verhindert, und Dubois muss nun …«

»… seine Nachschublinien neu aufbauen?«

»Ganz genau. … Bis vor Kurzem sah unser Plan folgendermaßen aus: Wir haben angenommen, dass es das Beste für uns wäre, die Eröffnung des zweiten Stollens so lange hinauszuzögern, wie es möglich wäre, um uns einen Fluchtplan zurechtlegen zu können.« Sie hielt kurz inne, ehe sie fortfuhr. »Aber das sieht inzwischen anders aus. Die Menge an Diamanten, die wir aus dem ersten Gang gewinnen, nimmt stetig ab. Wir müssen den zweiten nun doch schon eröffnen.«

Sie verzog das Gesicht. »Wir können und werden das tun. Aber uns fehlen Ausrüstung und Arbeitskräfte.«

Lascelle lachte – ein bitterer, der Welt überdrüssiger Laut. »Also wünschen Sie sich eigentlich Kale zurück.«

Sie erwiderte Lascelles Blick. »Ich glaube, wir alle wissen, dass sich niemand Kale zurückwünscht.« Sie sah kurz zu Caleb Frobisher. »Ich habe Ihnen gesagt, dass Sie und Ihre Leute im Lager für die Ermordung Kales als Helden gefeiert werden. Und, glauben Sie mir, Sie sind Helden. Niemand bedauert seinen Tod.« Ihre Miene hellte sich auf. »Die gute Nachricht ist, dass Dixon glaubt, in der zweiten Ader mehr Diamanten zu finden als in der ersten. Zumindest eine Zeit lang werden wir also über die Runden kommen.«

Sie sah zuerst Lascelle an und richtete den Blick dann auf Caleb Frobisher. »Und das bringt mich zu der Frage, auf die wir im Lager dringend eine Antwort brauchen. Wann, denken Sie, wird die Rettungsmannschaft uns erreichen? Können Sie uns das vielleicht etwas genauer sagen?«

Caleb blinzelte. Sie hatte die Situation so klar erklärt, dass er wusste, wie wichtig die Antwort auf ihre Frage war. Den Blick auf ihre Augen gerichtet, nickte er bedächtig, während sein Verstand fieberhaft arbeitete. »Wir haben schon einmal eine ungefähre Vermutung geäußert. Mal sehen, ob wir noch exakter Auskunft geben können.« Er sah Phillipe an.

Phillipe nickte und sah Caleb an. »Deine Leute trödeln nicht, das Schiff müsste in der Nacht ablegen.«

»Das stimmt. Ich kann mir nicht vorstellen, dass Fitz *The Prince* in weniger als vierzehn Tagen nach Southampton bringt. Es geht nur, wenn die Winde extrem günstig stehen.«

Phillipe runzelte die Stirn. »Wie schnell werden die

Nachrichten von dort aus deinen Bruder in London erreichen? Und wie schnell werden sie diejenigen alarmieren können, die die Entsendung einer Rettungsmannschaft bewilligen können?«

Caleb dachte kurz nach »Mindestens vier Tage.«

Phillipe sah ihn an. »Vier Tage, bis sie in See stechen können?«

Caleb seufzte. »Die Rettungsmannschaft wird auf mehreren Schiffen reisen – angesichts der Brisanz und der Dringlichkeit.«

»Meinst du, sie benutzen die Flotte deiner Familie?«

»Alle Schiffe, die in Southampton oder London oder auch Bristol verfügbar sind.« Caleb spürte, wie seine Miene sich aufhellte, als er daran dachte, was wahrscheinlich passieren würde. »Ich würde wetten, dass das erste Schiff, das hier ist, Royds Segler sein wird.«

Phillipe schnaubte. »Ohne Frage.«

Caleb sah Katherine an. »Royd ist mein ältester Bruder und der Geschäftsführer unserer Reederei. Und nach allem, was ich über ihn weiß«, sagte er, »könnte Royd den Weg von Southampton nach Freetown in zwölf Tagen schaffen.«

»Das macht dann vierzehn plus vier und noch einmal zwölf.« Katherine hatte mitgezählt. »Das wären mindestens noch dreißig Tage, bis das erste Schiff Freetown erreicht.«

»Ich denke, man kann davon ausgehen«, sagte Caleb, »dass dem allem hier dann ein Ende gesetzt werden kann.« Er sah Phillipe an und blickte dann zu Katherine. »Mein Bruder wird Decker, den Vizeadmiral der Kompanie Westafrika, kontaktieren. Decker wird Royd zuhören, wenn auch ein bisschen widerwillig, und er wird alle Schiffe zurückhalten lassen, die in die Bucht hereinkommen oder hinauswollen. Nur unsere Schiffe, die die Rettungsmannschaft transportieren, werden durchkommen.«

»Also.« Katherine stieß den Atem aus. »Lassen Sie uns zur Vorsicht von fünfunddreißig Tagen ausgehen. So lange müssen wir die Mine auf einem akzeptablen Niveau weiterbetreiben.«

»Es sind eher noch ein paar Tage mehr, denn wir sollten der Rettungsmannschaft Zeit geben, um hierher zu gelangen«, gab Phillipe zu bedenken.

»Es könnte sich bis Anfang September hinziehen.«

»Danke.« Katherine nickte knapp. »Ein festes Datum zu haben wird hilfreich sein. Nicht nur für die Planung, sondern auch für die Moral. Da wir gerade davon sprechen ...« Sie sah von Caleb zu Phillipe. »Wir haben nun den Mitgefangenen erzählt, dass Sie hier sind und dass die Rettung bevorsteht. Ich kann Ihnen gar nicht sagen, wie zuversichtlich und hoffnungsvoll alle sind. Wir fühlen uns viel optimistischer, das alles zu überstehen.«

»Das ist das Richtige.« Caleb lächelte ermutigend. »Wir müssen uns darauf konzentrieren, alle lebend hier herauszubringen.« Er lächelte. »Gibt es noch etwas, das Sie uns erzählen können? Zum Beispiel über die Männer, die gestern aus der Siedlung zurückgekehrt sind, oder über die Gruppe, die heute Morgen aufgebrochen ist?«

»Das kann ich.« Katherine setzte sich auf und begann, davon zu erzählen, was die Gefangenen erfahren hatten, nachdem Dubois' erster Stellvertreter Arsene ins Lager zurückgekehrt war. »Die Wachen unterhalten sich miteinander und achten nicht darauf, ob wir es mit anhören können oder nicht. Nachdem Arsene die Diamanten abgeliefert hat, ist er weiter nach Freetown gegangen. Er hat – wie gewöhnlich – Nahrungsmittel und ähnliche Vorräte mitgebracht. Heute Morgen dann ist Dubois' anderer Stellvertreter, ein Mann namens Cripps, mit ein paar Leuten zu Kales Lager aufgebrochen. Offenbar sind sie geschickt worden, um herauszufinden, was los ist. Dubois nimmt nicht an, dass Kale das Problem ist. Cripps wird ungefähr drei Tage brauchen, um zum Lager zu gelangen und wieder zurückzukehren. Aber laut der Wachleute spielt Dubois bereits mit dem Gedanken, die Leute in der Siedlung direkt zu kontaktieren, damit sie weitere Ausrüstung für die Arbeit in der Mine schicken und auch mehr Leute heranschaffen.«

Caleb Frobisher verengte die Augen zu schmalen Schlitzen. »Also weiß Dubois, wer in der Siedlung in die Angelegenheit verstrickt ist.«

»Zumindest kennt er einige der Personen. Aber keiner von uns hat je Namen gehört. Es ist möglich, dass die Wachleute nicht einmal die Namen wissen. Vielleicht ist nur Dubois über die Namen informiert, eventuell Arsene und Cripps.«

Caleb Frobisher nickte. »Erzählen Sie uns mehr von den Wachleuten.« Er sah sie an. »Wie sieht ihr Dienstplan aus? Wie lange bleiben sie an einem Ort oder patrouillieren in einer bestimmten Gegend? Wie oft wechseln sie sich ab? Und so weiter …«

So klar und deutlich, wie sie konnte, berichtete Katherine ihm und Phillipe vom Verhalten der Wachleute.

Als sie zum Ende kam, verzog Lascelle das Gesicht. »Sie sind gut im Lager verteilt, und viele ihrer Wege scheinen unvorhersehbar zu sein.«

Caleb sah Katherine an. »Das macht es komplizierter,

einen Angriff zu planen.« Er hielt inne, erhob sich und reichte ihr die Hand.

Sie blickte die Hand an und legte vorsichtig ihre Finger hinein. Er umschloss sie behutsam und half ihr beim Aufstehen. Er musste sich geradezu selbst dazu zwingen, ihre schlanken Finger wieder loszulassen.

Sie schüttelte ihr Kleid aus und warf ihm ein Lächeln zu. »Danke. Es ist an der Zeit, ins Lager zurückzugehen.«

Phillipe lief los, um ihren Korb zu holen.

Caleb spürte, dass er nicht wollte, dass sie ging. »Wir werden unsere Zeit hier nutzen – unsere erzwungene Tatenlosigkeit –, um so viel über das Lager an sich und die Abläufe herauszufinden wie möglich. Dann können wir Angriffsmöglichkeiten planen. Vielleicht können wir sogar erste Schritte unternehmen und Vorbereitungen treffen.«

Er schwieg, als Phillipe mit dem Korb in der Hand zurückkam, und runzelte die Stirn. »Sie wird den Korb niemals tragen können.«

Phillipe grinste und nahm einige der Nüsse heraus. »Die Männer haben sich hinreißen lassen.«

«Übrigens«, sagte Caleb und zog Katherines Aufmerksamkeit damit wieder auf sich. »Bevor ich es vergesse … Wir haben alle Waffen, die wir Kales Leuten abgenommen haben, in einem Versteck nahe dem See hinterlegt. Die Waffen sind in einer abgedeckten Grube auf der anderen Seite des Hügels.«

Ihre Augen waren groß geworden. »Ich werde es Hillsythe und den anderen sagen. Das ist ein Segen.«

»Wir dachten, wenn es nötig wird, können die Männer, die geschickt werden, um Wasser für das Lager zu holen, die Wachleute überwältigen und die Waffen an sich nehmen.«

»Ich verstehe.« Sie nahm den nun etwas weniger schweren Korb von Phillipe entgegen.

Caleb nahm ihr den Korb wieder ab. Dann bedeutete er ihr, ihm voraus den schmalen Pfad zu nehmen, der zum Lager führte. »Diccon ist schon weitergelaufen. Ich werde Sie ein Stück begleiten.« Er tat so, als würde ihm Phillipes Grinsen gar nicht auffallen. Katherine winkte den Männern, die auf der Lichtung zusammengekommen waren, zum Abschied noch einmal zu und folgte ihm. Sie hatten den Weg fast erreicht, als er dem drängenden Wunsch in seinem Innern nachgab – dem Wunsch, ihr einen Grund zu geben, wieder in den Dschungel zu kommen und eine Stunde mit ihm zu verbringen. »Was unsere Planung betrifft, wäre es hilfreich, wenn Dixon und Hillsythe bestätigen könnten, dass Sie die Arbeit in der Mine bis zum September strecken können. Das wäre eine Sorge weniger für uns. Sie sollten auch fragen, ob es irgendetwas gibt, das wir tun können, um zu helfen – zum Beispiel weitere Vorratslieferungen abfangen oder Ähnliches. Oder würde das alles nur noch komplizierter machen?«

Sie drehte sich um, um ihn anzusehen. Ihr Blick war betrübt. »Ich kann keine Antwort auf Ihre Fragen geben, aber ich werde nachfragen.« Sie sah ihn an. »Ich traue mich nicht, Dubois zu bedrängen, indem ich versuche, die Erlaubnis zu bekommen, schon morgen wieder in den Dschungel zu gehen. Doch wenn Sie eine dringende Nachricht haben, die Sie uns schicken wollen, können Sie auch auf Diccon als Kurier vertrauen.« Auf ihrem Gesicht erstrahlte ein Lächeln. »Er ist ganz begeistert von seiner Rolle.«

Caleb erwiderte ihr Lächeln und nach ein paar Schritten reichte er ihr den Korb. Zu sprechen war hier schon zu gefährlich. Doch als sie den Griff des Korbes nahm, formte sie lautlos mit den Lippen ein »Danke!«

Ihre Finger streiften seine Hand. Eine Berührung, die ihn wie ein Blitz bis in die Zehenspitzen durchzuckte – und dabei auch durch alle Körperpartien dazwischen schoss.

Er nickte zum Abschied. Dann stand er im Schatten und sah zu, wie sie davonging.

Als Katherine Dubois' Büro erreichte, war sie mit den Gedanken ganz woanders. Ihr gingen die möglichen Hindernisse durch den Kopf, die auftreten konnten, wenn sie die Arbeit in der Mine bis September hinauszögerten. Außerdem dachte sie nicht zum ersten Mal über die noch beunruhigendere Aussicht nach, dass Caleb Frobisher und seine Leute etwas tun könnten, um ihnen zu helfen, und dass Dubois – Teufel, der er war – herausfinden würde, dass sie da waren, ganz in der Nähe im Dschungel …

Sie ging in Dubois' Büro und tat ihr Bestes, um die Gedanken beiseitezuschieben. Doch Dubois saß nicht an seinem Schreibtisch. Sie sah sich um und entdeckte ihn im Gemeinschaftsbereich, wo er sich mit Arsene unterhielt. Obwohl Dubois sie zweifelsohne bemerkt hatte, machte er keine Anstalten, mit ihr reden zu wollen, was ihr sehr gelegen kam.

Sie lief zum Schreibtisch, stellte den Korb darauf ab, schickte ein Stoßgebet zum Himmel, dass Dubois eines Tages an einer dieser Nüsse ersticken möge, drehte sich dann um und ging wieder hinaus. Wie immer spürte sie seinen Blick im Rücken und wappnete sich gegen das instinktive Erschaudern.

Dubois starrte Katherine Fortescue hinterher und fragte sich, warum seine Sinne erneut alarmiert waren. Sie hatte nie ein Zeichen von Uneinsichtigkeit oder Rebellion gezeigt, obwohl sie sich an ihre ach so englische, anständige und leicht arrogante Fassade klammerte. Das hatte ihn nie gestört, und doch war da jetzt etwas an ihr …

Was war es? Ihre Aura? Was auch immer es war, es rief seine Instinkte wach, die er niemals ignorierte.

»Also, wenn Cripps kein Glück hat, einige hilfreiche Antworten von Kale zu bekommen«, sagte Arsene, »dann möchten Sie also, dass ich Winton direkt aufsuche und ihm sozusagen mal ein bisschen auf die Füße trete.«

Den Blick noch immer auf die Tür gerichtet, ohne jedoch wirklich etwas zu sehen, nickte Dubois. Er machte sich auf den Weg zu seinem Schreibtisch und sah aus dem Fenster dahinter. Er wusste, dass Arsene ihm folgen würde.

»Wenn Sie sich Winton nicht nähern können, ohne seine Tarnung auffliegen zu lassen, sollten Sie es bei Muldoon versuchen. Ihn trifft man eher allein an.« Dubois blieb am Fenster stehen. Die Schatten, die die überhängenden Palmblätter warfen, schützten ihn vor den Blicken von draußen. »Vergessen Sie nur eines nicht: Wir dürfen nicht riskieren, einen von ihnen zu verraten. Nicht, solange wir sie noch brauchen. Nehmen Sie sich ein paar Leute zur Unterstützung mit.«

Katherine Fortescue war nicht in die Reinigungsbaracke zurückgekehrt und auch nicht zu den Kindern, die unter dem Sonnensegel hockten, wo sie frisches Erz sortierten. Sie stand gerade – ziemlich ungeduldig, wie er fand – am Eingang der Mine.

Arsene bemerkte Dubois' Abgelenktheit nicht und fragte: »Was ist mit dem anderen? Demjenigen, von dem wir eigentlich nichts wissen sollten? Wenn ich Muldoon nicht erreiche, soll ich es dann bei ihm versuchen?«

»Nein.« Dubois wusste, wer der Mann war, und war ebenfalls der Meinung, dass man ihn kontaktieren sollte, wenn ihr Unternehmen scheiterte. »Er ist zu wichtig für diese Operation, um das zu riskieren. Wenn Sie Winton nicht erreichen, dann werden Sie Muldoon schon finden. Bleiben Sie einfach so lange in Freetown, bis Sie ihn gefunden haben.« Arsene grunzte. Dubois fügte hinzu: »Trotzdem sind das alles nur Vermutungen. Wir werden warten, bis Cripps zurück ist und wir wissen, was mit Kale los ist.«

Aus den Augenwinkeln sah er, wie Arsene nickte. Er machte eine Handbewegung, und der Hüne trottete davon.

Dubois beobachtete weiterhin Katherine Fortescue.

Zwei Minuten später trat Dixon zu ihr, und kurz darauf tauchte Hillsythe auf. Katherine Fortescue fing an zu reden.

Er hätte denken können, dass es bei dem Gespräch nur um die Arbeit in der Mine ging – zum Beispiel um den Dienstplan der Kinder, die in der Mine herumwühlten und die Steinbrocken auf den Haufen im Lager karrten. Miss Fortescue hatte sich als eine Art Verteidigerin und Patin für die Kinder erwiesen. Aus dem Grund war sie überhaupt entführt worden. Sie wusste, wie man die Quälgeister unter Kontrolle hielt und sie dazu animierte zu arbeiten.

Er hätte also denken können, dass sie mit den anderen beiden über irgendetwas Organisatorisches sprach, wenn da nicht ihre lebhaften Bewegungen und Gesten gewesen wären und die Energie, die ihren schlanken Leib zu erfüllen schien.

Es dauerte einige Zeit, bis er benennen konnte, was bei ihm die Alarmglocken schrillen ließ. Doch schließlich kam er darauf.

Hoffnung. Irgendwie, von irgendwoher, aus ihm unbekannten Gründen hatte Katherine Fortescue plötzlich Hoffnung.

Das gefiel Dubois überhaupt nicht.

Es war Nachmittag, und die Hitze, die unter dem dichten Blätterwerk des Dschungels herrschte, war drückend. Undoto trat auf die Lichtung, die er zuvor nur ein einziges Mal betreten hatte. Er war in Kales Lager begleitet worden, um sich davon überzeugen zu können, dass die Entführten nicht fliehen und in der Siedlung erzählen konnten, wie niederträchtig er war.

Eigentlich hatte er nie mehr hierher zurückkehren wollen. Er hatte den brutalen Beweis dafür, welches Schicksal die Menschen durch seine Schuld erdulden mussten, nicht ertragen.

Aber heute …

Überrascht blieb er vor der Feuerstelle stehen und blickte sich um. Das Lager sah so aus, wie er es in Erinnerung hatte – *genau so,* wie er es in Erinnerung hatte. Bis auf eine Kleinigkeit: Es war niemand da.

Und es herrschte Totenstille.

Alles wirkte normal … allerdings verlassen.

Die Härchen in seinem Nacken stellten sich auf. Es

war nicht das Gefühl, als würde ihn jemand beobachten, als wäre jemand da. Es war vielmehr das Gefühl, dass an einem Ort, an dem er Menschen erwartet hätte, tatsächlich keine Menschenseele zu sehen war.

Er lauschte angestrengt. Er blickte sich aufmerksam um. Suchte nach einem Hinweis, einem Zeichen.

Doch da war nichts. Und es war auch nichts zu entdecken, das die Situation hätte erklären können.

Irgendetwas stimmte nicht. Ganz und gar nicht.

Vorsichtig, mit hellwachen Sinnen ging er an der Feuerstelle vorbei und stieg dann Schritt für Schritt die Stufen zur Veranda der Haupthütte hinauf.

Vor der Tür blieb er stehen. Und wartete. Und lauschte.

Nichts rührte sich.

Er holte tief Luft, hielt sie an und umschloss mit den Fingern den Türriegel. Behutsam hob er ihn an und stieß die Tür weit auf ...

Er starrte ins Dunkel. Selbst im schummrigen Licht war offensichtlich, dass die Hütte verlassen war. Sauber und aufgeräumt.

In ihm schrie etwas, dass es viel zu ordentlich war.

Er trat über die Schwelle und sah sich genauer um.

Er konnte keine persönlichen Gegenstände entdecken. Wohin er auch schaute, alles war blitzblank.

Abrupt drehte er sich um und ging zurück auf die Veranda. Er wandte sich von der offenen Tür ab und blickte ins Lager.

Niemand lebte mehr dort.

Niemand lebt mehr ...

Er verließ die Veranda und begab sich auf den Weg, der zurück in die Siedlung führte.

Undoto fluchte unterdrückt.

Was auch immer Kale zugestoßen war, er war nicht mehr in seinem Lager.

Undoto beeilte sich, zurück in die Siedlung zu kommen. Umgeben von Häusern, von Menschen, die auf engstem Raum Tür an Tür lebten. Er atmete tief durch und zwang sich, sich zu beruhigen. Doch egal, wie er die Sache auch drehte und wendete: Mit Kales Unternehmung war etwas ganz fürchterlich schiefgelaufen.

Doch das ging ihn nichts an.

Wenn der geheimnisvolle Mann sich wieder melden würde, würde er ihm erzählen, was er gesehen hatte. Mehr konnte er nicht tun.

Mehr *würde* er nicht tun.

Er war fertig mit der Sache.

Am folgenden Morgen machte Katherine es sich auf ihrem gewohnten Platz in der Reinigungsbaracke bequem, nahm ihren Lieblingshammer und den kleinen Meißel, wählte einen Erzbrocken aus dem Korb aus, der in der Mitte des Tisches stand, und machte sich an die Arbeit.

Sie war die Erste. Nach und nach kamen die anderen fünf Frauen herein. Sie begrüßten sich mit einem Lächeln und einem Nicken, aber nachdem sie ein paar Worte gewechselt hatten, konzentrierten sich alle auf ihre Aufgabe. Es herrschte ein angenehmes Schweigen.

Katherine bearbeitete einen faustgroßen Klumpen Gestein. Obwohl sie konzentriert die »Kruste« von dem darunter liegenden Diamanten löste, spürte sie deutlich die nagende Ungeduld in ihrem Inneren. Trotz ihres drängenden Wunsches, Caleb Frobisher wiederzusehen –

und sie war sich nicht sicher, ob sie dieser Ungeduld traute und ob es nicht nur ein Symptom einer albernen Verliebtheit oder Besessenheit war, für die sie sich später schämen würde –, war sie dankbar für die Atempause. Zumindest redete sie sich das ein.

Sie musste sich überlegen, wie sie ihr Interesse an ihm besser verbergen konnte. Jetzt war nicht der richtige Zeitpunkt für eine romantische Verstrickung.

Konnte es überhaupt einen Ort geben, der noch weniger dafür geeignet war, Zuneigung zu empfinden?

Bevor sie am Tag zuvor losgegangen war, um Nüsse zu suchen, hatte sie sich selbst dabei erwischt, wie sie innerlich bedauert hatte, ein so eintöniges Kleid tragen zu müssen und keine Spangen und Haarnadeln zu haben, um ihre Lockenpracht zu bändigen.

Solche dummen Gedanken, die eher zu einem jungen Mädchen gepasst hätten, waren hier vollkommen fehl am Platze. Zumindest, solange sie in diesem Lager gefangen waren.

Hier sollte der einzige Gedanke dem Überleben gelten.

Und nicht jeden Tag in den Dschungel zu gehen war sicherlich eine weise Entscheidung gewesen. Sie war überzeugt davon, dass sie nichts getan hatte, um Dubois auf die Anwesenheit der Kapitäne und ihrer Leute aufmerksam zu machen, doch sie wollte auf keinen Fall das Schicksal unnötig herausfordern, indem sie Caleb Frobisher zu oft aufsuchte.

Dixon, Hillsythe und die anderen Männer arbeiteten noch immer an den Antworten, die sie zu Frobisher zurückbringen sollte.

Zu Caleb.

Warum nicht? Er nannte sie auch Katherine.

Sie runzelte die Stirn, als sie über den Namen nachdachte, heimlich dem Klang lauschte, sich ihn auf der Zunge zergehen ließ.

Plötzlich wurde ihr klar, was sie tat, und sie versuchte, die Gedanken abzuschütteln. Aber irgendwie hatte sich der Name in ihrem Kopf festgesetzt. Festgesetzt mit dem Gefühl verbunden, dass sie behütet war, wenn sie an seiner Seite war, in seiner Gesellschaft.

Sicherheit. Unterstützung. Schutz.

Sie fühlte eine Fürsorge, die ihr noch nie zuvor ein Mann entgegengebracht hatte. Ein Schild und ein Schwert sorgten für ihr Leben.

Wenn er ein Ritter in glänzender Rüstung gewesen wäre und sie eine holde Maid, hätte sie sich vorstellen können, so zu empfinden.

Sie hatte den ersten Rohdiamanten gesäubert, legte ihn zur Seite und nahm sich den nächsten Erzbrocken.

Sie könnte versuchen, ihre Gefühle zu verstecken, könnte sich gegenüber behaupten, dass diese Empfindungen von selbst weggehen würden, dass sie eines Tages von allein schwinden würden. Und dennoch …

Irgendwie musste sie sich eingestehen, dass es dem Schicksal ähnlich sah, nach all den Jahren solche nervenaufreibenden und schwierigen Umstände zu wählen, um sich endlich an sie zu erinnern und ihr die Liebe zu schicken. Immerhin wurde sie gerade als Sklavin mitsamt den anderen Entführungsopfern zu harter Arbeit in den dunkelsten Tiefen eines afrikanischen Dschungels gezwungen.

Die Lippen aufeinandergepresst, drückte sie ihren Meißel in einen winzigen Spalt in dem Gesteinsbrocken und schlug mit ihrem Hammer fest zu.

Caleb saß auf dem Felsvorsprung hoch über dem Lager und starrte schlecht gelaunt die Wachen auf dem Turm an. Die Sonne stand im Westen, tauchte das Lager in goldenes Licht und machte es leicht, sie zu identifizieren. Er, Phillipe und ihre Leute konnten diejenigen, die wachsamer waren und auf einen möglichen Überfall vermutlich schneller reagieren würden, von denjenigen, die eher schläfrig und träge waren, gut unterscheiden.

Es war nur eine Kleinigkeit – eine winzige Schwäche –, aber angesichts dessen, was sie über Dubois und seinen Führungsstil erfahren hatten, war es vielleicht die einzige Schwäche, die sie und die Rettungsmannschaft ausnutzen konnten.

Denn Dubois entpuppte sich als unerwartet schlauer und beängstigend sachkundiger Anführer der Söldner. Seine Erfahrung zeigte sich auf viele Arten. Zum Beispiel in seiner Weigerung, voreilige Schlüsse über Kale zu ziehen. Oder in der Tatsache, dass er bereits andere Möglichkeiten gefunden hatte, nach Freetown zu gelangen und unabhängig von Kale die Ansprechpartner dort zu kontaktieren. Oder in der Umsicht, seine Ressourcen, also seine Leute, nicht so zu zerreiben – auch wenn er wusste, dass das Lager gerade nicht akut bedroht wurde.

Das war schon schlimm genug. Aber Dubois' Art, Menschen zu manipulieren – durch eine Mischung aus Einschüchterung und Angst, die an Terror grenzte und die nicht auf die Person selbst, sondern auf ihr nahestehende Menschen zielte –, machte ihn zu einem ganz besonders gefährlichen Feind.

Dubois war die Art von Söldner, dem man nicht begegnen wollte – und gegen den man erst recht nicht kämpfen wollte.

Caleb bewegte sich unruhig. Untätig herumzusitzen war ihm schon immer schwergefallen, und in der Vergangenheit hätte er schon längst versucht herauszufinden, wie er Dubois aus der Reserve locken und ob er irgendetwas tun konnte, um die Sache endlich voranzubringen. Doch indem er diese Mission übernommen hatte, hatte er sich geschworen, sich dieses Mal ganz anders zu verhalten – er hatte sich selbst geschworen, der Inbegriff von Verantwortungsbewusstsein zu sein und allen Leichtsinn zu vermeiden.

Leider stellte sich heraus, dass Langeweile, dic durch Verantwortungsbewusstsein gespeist wurde, auch nicht besser war als Langeweile an sich.

Er setzte sich auf, drückte den Rücken durch und entspannte sich dann wieder. Erneut konzentrierte er sich auf das Camp, auf die Menschen, die inzwischen zielstrebig ihre Aufgaben erledigten. Und er machte innerlich einen großen Schritt zurück – weit genug, um die gesamte Unternehmung unvoreingenommen betrachten zu können, deren Herz die Mine war.

Ein paar Minuten später kletterte Phillipe auf den Felsvorsprung. Er ließ sich neben Caleb nieder und konzentrierte sich ebenfalls auf das Treiben im Lager. »Gibt es irgendetwas Besonderes?«

»Im Lager passiert gerade nichts, aber ... Mir ist eben etwas eingefallen. Die Hintermänner ... Die geheimnisvollen Männer, die die Macht über Leben und Tod der Gefangenen haben ...« Caleb hielt inne, sortierte seine Gedanken und fuhr dann fort: »In Hillsythes Bericht steht, dass er aufgrund von Dubois' Bemerkungen glaubt, dass die Drahtzieher nicht aus der Siedlung sind.«

Phillipe nickte. »Wie du schon sagtest ... Angesichts der Kosten, die dafür anfallen, einen Söldner von Dubois' Kaliber plus seine Leute für eine Unternehmung wie diese …«, mit einem Kopfnicken wies er auf das Lager, »… anzuheuern, die monatelang andauert, müssen diese Hintermänner sehr viel Geld haben. Dubois hat mit Sicherheit eine beträchtliche Summe im Voraus und die Bezahlung sämtlicher laufender Kosten verlangt.«

«Genau. Und von den Personen aus der Siedlung, von denen wir wissen, dass sie in die Sache verstrickt sind – der Marineattaché Muldoon, ein Mann namens Winter, der Ausrüstung für die Minenarbeit besorgt, Lady Holbrook, die inzwischen verschwunden ist, der Priester Undoto und der noch immer geheimnisvolle unbekannte Mann, der in Holbrooks Büro arbeitet –, hat keiner Zugang zu den nötigen Mitteln.«

Phillipe starrte ins Lager hinunter. »Und was sagt uns das?«

»Ich bin mir nicht sicher«, gab Caleb zu, »aber Hillsythe hat auch geschrieben, dass die Art des Drucks, der auf Dubois ausgeübt wird, den Eindruck vermittelt, dass die Hintermänner kein direktes, persönliches Wissen über diese Region haben. Sie müssen tatsächlich ganz woanders leben.« Er bewegte sich und zog die Beine an. »Die Rohdiamanten werden, das sagte Katherine, vermutlich nach Amsterdam verschifft. Und von dort zu den Hintermännern … Oder, was noch wahrscheinlicher ist: Sie bekommen das Geld, wenn die geschliffenen Steine verkauft werden.«

»Das bedeutet, dass die Drahtzieher sich in Europa befinden. Und da Freetown eine britische Kolonie ist …«

»Wie stehen die Chancen, dass die Hintermänner Engländer sind?« Caleb schnaubte. »Gut, wahrscheinlich. Ich denke darüber nach, wie wir die Auftraggeber enttarnen können. Mir ist übrigens aufgefallen, dass alle Leute den Begriff nur im Plural verwenden. Also nehmen wir mal an, dass wir versuchen müssen, eine Gruppe von wohlhabenden ...«

»... und von daher sehr wahrscheinlich mächtigen und einflussreichen ...«

»... Engländern ausfindig zu machen.« Calebs Miene wurde ernst. »Ich kann nicht glauben, dass sie nicht wissen, was hier passiert. Dass sie nicht wissen, dass hier englische Männer, Frauen und Kinder zur Sklavenarbeit gezwungen werden. Und dass sie nicht wissen, dass all diese Menschen, wenn die Mine geschlossen wird, getötet werden.«

Einige Sekunden lang herrschte Schweigen. Dann murmelte Phillipe: »Es ist oft der Fall, dass wohlhabende und mächtige Menschen weit weniger moralisch sind als der durchschnittliche Mensch. Ich habe das schon beobachtet. Aber weil sie so wohlhabend und mächtig sind, werden diese Leute zweifelsohne ihre Spuren verwischen können ... Selbst wenn man die Spur der Diamanten und des Geldes zurückverfolgt, wird man mit Sicherheit ins Leere laufen.«

Phillipe hielt kurz inne, ehe er weitersprach. »Für den Augenblick müssen wir uns darauf konzentrieren, die Menschen dort unten zu beschützen, mein Freund.« Er wies mit einem Kopfnicken auf das Lager. »Und wir müssen alles tun, um ihnen die Rettung zu ermöglichen. Was die Hintermänner betrifft ... Wir werden es anderen überlassen müssen, sich auf die Jagd nach ihnen zu machen und sie ausfindig zu machen.«

Caleb schnaubte verächtlich. Er widersprach nicht, er konnte es nicht.

***

Muldoon war auch an diesem Tag der Letzte des Trios, der seinen Krug auf den Tisch in der Taverne stellte und Platz nahm.

Sobald er sich gesetzt hatte, sagte der erste Mann: »Ich habe gestern Abend Undoto aufgesucht. Er war in der Zwischenzeit in Kales Lager.« In unverblümten, ungeschönten Worten wiederholte er Undotos Beschreibung all dessen, was dieser dort vorgefunden hatte.

»Niemand?« Muldoon starrte den ersten Mann an. »Wo zum Teufel sind die Männer geblieben?«

Der erste Mann nahm einen Schluck Bier und stellte seinen Becher dann wieder ab. »Was noch wichtiger ist: Wo ist Kale, und was führt er im Schilde?«

»Was er im Schilde führt?« Winton blickte den ersten Mann an. »Was meinen Sie damit … im Schilde führen?«

Die Miene des ersten Mannes wurde hart. »Ich meine damit: Spielt er vielleicht ein Spielchen mit uns? Ist er wirklich gegangen? Oder will er einfach nur mehr Geld? Oder hat er sich aus anderen Gründen aus dem Staub gemacht?«

»Und wenn es so war«, sagte Muldoon, »was war der Grund? Und ist es etwas, das uns auch Sorgen bereiten sollte?«

»Genau.« Der erste Mann sah Muldoon an. »Ich habe nichts gehört und gesehen, das auf irgendwelche Nachwirkungen von dem Schnitzer hindeuten würde, den sich Kales Leute geleistet haben – die Entführung von Miss

Katherine Fortescue und der Frau, die sie in Ihrem Auftrag entführen sollten … Miss Hopkins. Und Sie?«

Muldoon schüttelte den Kopf. »Keinen Ton. Falls Kale irgendetwas zugestoßen ist, falls jemand ihn eingeschüchtert und so verjagt hat … Ich kann mir nicht vorstellen, dass es irgendetwas mit seiner Arbeit für uns zu tun haben könnte.« Er hielt kurz inne, ehe er weitersprach. »Moment … Kale hat immer für denjenigen gearbeitet, der ihn dafür bezahlt hat. Vielleicht hat jemand ihm einen anderen Job an einem anderen Ort angeboten, und er und seine Leute sind verschwunden, um den Auftrag zu übernehmen.«

Der erste Mann verzog das Gesicht. »Leider ist das durchaus möglich.« Nachdem er einen Moment lang die Tischplatte gemustert hatte, fuhr er fort: »Unabhängig davon, ob Kale nun von sich aus verschwunden ist oder in die Flucht geschlagen wurde – er ist ganz offensichtlich nicht mehr dabei. Und das heißt, dass wir keine Chance haben, Dubois zu kontaktieren, außer einer von uns begibt sich direkt zur Mine.« Er sah Winton an und richtete den Blick dann wieder auf Muldoon. »Etwas, von dem ich annehme, dass keiner von uns es tun möchte.«

Muldoon schnaubte. »Da liegen Sie richtig. Wie auch immer … Dubois weiß, wer wir sind und wo wir sind. Ich glaube, wir können ziemlich sicher sein, dass er in Kontakt mit uns bleiben wird.«

Der erste Mann nickte. »Das ist wahr. Dubois wird die Kommunikation wiederherstellen. Was allerdings eine noch viel wichtigere Frage ist, ist, wie wir ihn mit den Leuten versorgen, die er braucht, um weiterarbeiten zu können, und mit der Ausrüstung für die Arbeit in der Mine?«

Muldoon fluchte und stellte seinen Krug mit Nachdruck auf dem Tisch ab. »Das ist alles so frustrierend! Dubois braucht unbedingt neue Leute, und wir haben endlich einige Männer im Visier, die perfekt wären, und ausgerechnet jetzt ist Kale verschwunden und kann die Entführungen nicht übernehmen.«

»Was wirklich frustrierend ist …«, sagte der erste Mann knapp, »… ist, dass Dubois den zweiten Gang nicht eröffnen kann, wenn er die zusätzlichen Leute nicht bekommt. Er müsste Leute aus dem ersten Stollen abziehen, wodurch die Produktionsmenge abnehmen würde – und das ausgerechnet zum jetzigen Zeitpunkt … Immerhin haben wir den Hintermännern gerade versprochen, die Produktionsmenge zu erhöhen.«

Mit grimmiger Miene nickte Muldoon. »Wir sind gerade im Begriff, unsere Ziele zu erreichen – nämlich unsere letzten Zahlungen von den verdammten Hintermännern zu kassieren –, und jetzt passiert plötzlich *das hier.*«

Eine Minute verstrich in angespanntem Schweigen. Dann äußerte Winton: »Wir müssen die Leute doch jetzt nicht selbst entführen, oder?«

Der erste Mann schnaubte. »Ich bin mir sicher, dass Dubois die Aufgabe übernimmt – für noch mehr Geld. Am Anfang hat er es abgelehnt, weil er nicht riskieren wollte, in der Siedlung tätig zu werden. Aber nachdem nun der Erfolg des gesamten Plans davon abhängt, dass er mehr Arbeitskräfte heranschafft, bin ich mir sicher, dass er sich dazu durchringen wird, sein Widerstreben gegen diese Aufgabe zu überwinden.«

Muldoon brummte zustimmend. »Wir werden Dubois mehr zahlen müssen.« Muldoon drehte seinen Becher zwischen den Händen. »Es führt kein Weg daran vorbei.«

»Nicht, wenn wir die Ansprüche der verdammten Hintermänner befriedigen wollen.« Der erste Mann trank seinen Krug aus und knallte ihn unzufrieden auf den Tisch. »Was bedeutet: nicht, wenn wir einen Penny von dem Geld sehen wollen, das sie uns versprochen haben.«

»Zumindest werden die Steine im Moment noch außer Landes gebracht«, sagte Winton. »Darüber können die Hintermänner sich nicht beschweren.«

Wieder herrschte Schweigen. Dieses Schweigen dauerte länger und zeugte von deutlich mehr Unbehagen.

Irgendwann sagte der erste Mann: »Im Augenblick können wir nichts tun. Wir müssen darauf warten, dass Dubois Kontakt zu uns aufnimmt. Erst dann werden wir weitersehen und entsprechend handeln.«

»So gut es eben geht.« Muldoon starrte weiterhin in seinen Becher. Nachdem sie einen weiteren Moment gerade geschwiegen hatten, sagte er: »Ich würde trotzdem gern wissen, wohin Kale verschwunden ist. Und warum.«

Der erste Mann sagte nichts. Und auch Winton schwieg.

Doch die Unsicherheit schwebte über ihnen allen.

Kapitel 8

Unbehagen flackerte in Katherine auf, als sie zum Tor des Lagers ging. Der Korb, den sie gerade aus der Küche geholt hatte, baumelte an ihrem Arm.

Diccon war schon vorausgegangen. Alle waren der Meinung gewesen, dass er sich von Caleb Frobishers Übernachtungsplatz fernhalten sollte – zumindest für diesen Tag, denn Katherine sollte dem Kapitän die Antworten auf seine Fragen geben.

Als Reaktion auf die vagen Vorahnungen – die Art, die man spürte, weil man das Schicksal vielleicht einen Schritt zu weit herausgefordert hatte – merkte sie sich alle Wachleute, die sie sah, als sie sich nun dem Tor näherte.

Alle waren auf ihren Posten. Keiner von ihnen zeigte das geringste Interesse an ihr oder an ihrer Aufgabe, denn sie gingen davon aus, dass sie Nüsse sammeln ging.

Katherine trat durch das Tor und in die kühlen Schatten des Dschungels. Sie ermahnte sich, nicht albern zu sein. Es war nichts passiert, was Dubois auf Caleb Frobisher und seine Leute hätte aufmerksam machen können. Die Angst entsprang ziemlich sicher ihrer eigenen Sorge um den Mann und seine Freunde. Sie wollte unter keinen Umständen, dass ihnen etwas zustieß, weil sie den Gefangenen helfen wollten. Nichts, was sie oder die anderen Gefangenen taten, sollte ihren Helfern schaden.

Wenn sie nicht zugestimmt hätte, mit den Antworten, die Caleb Frobisher haben wollte, zurückzukehren, hätte sie es nicht riskiert, an diesem Tag hinauszugehen – zumindest nicht in seine Richtung. Leider würde es ihren Vorsatz, nichts zu tun, was ihm und seinen Männern schaden könnte, verletzen. Wenn sie zugestimmt hätte zu kommen, und dann nicht auftauchen würde, war sie sich nicht sicher, ob er sich keine Sorgen machen und etwas Unüberlegtes tun könnte. Zum Beispiel dem Lager zu nahe zu kommen, um nach ihr Ausschau zu halten, und dann entdeckt und gefangen genommen werden.

Sie ging noch einmal die Antworten durch, die sie übermitteln sollte. Erstens: Wenn es keine weitere Veränderung gab, außer dass irgendwann die Ausrüstung für die Arbeit geliefert werden würde, und wenn keine weiteren Leute zu ihrer Belegschaft hinzukommen würden, dann konnten sie die Produktion bis in den September hinein aufrechterhalten, hatte Dixon gesagt.

Sie lächelte und nahm die Abzweigung, die auf den überwucherten Pfad führte. Dass Caleb Frobisher und seine Leute da waren, hatte die Zuversicht aller Gefangenen geweckt und ihnen innere Kraft geschenkt. Sie waren entschlossen auszuhalten, bis die Rettungsmannschaft eintreffen würde, und sie wollten bei ihrer eigenen Befreiung helfen.

In einer Situation wie der, in der sich die Gefangenen befanden, war Hoffnung das Wichtigste.

Caleb und Phillipe liefen, so schnell sie es wagten, den Trampelpfad entlang und weiter zu ihrem provisorischen Übernachtungsplatz. Sie hatten den frühen Morgen wie immer auf dem Felsvorsprung verbracht.

Sie hatten gesehen, wie Diccon das Lager verlassen

hatte. Eine schlanke braunhaarige Frau hatte ihn jedoch nicht begleitet.

Caleb hatte die Stirn gerunzelt und Ellis losgeschickt, um sich mit Diccon zu treffen und herauszufinden, ob Miss Fortescue die Absicht hatte, sich an diesem Tag noch mit ihnen zu treffen. Diccon hatte sich in der Nähe des Sees aufgehalten, so war Ellis schon bald zurück gewesen und hatte erklärt, dass man entschieden habe, Miss Fortescue solle später allein das Lager verlassen und direkt zu ihrem Übernachtungsplatz kommen, Diccon solle sich von ihr fernhalten.

»Eine kluge Vorsichtsmaßnahme«, hatte Phillipe bemerkt. »Es gibt keinen Grund zu riskieren, beide Kuriere zu verlieren.«

Schließlich hatten sie beobachtet, wie Katherine Fortescue die Reinigungsbaracke verlassen hatte. Ohne Hast war sie am Wachturm vorbeigegangen, hatte die Baracken der Söldner passiert und war in die Küche gegangen.

Caleb hatte die Wachen in der Nähe im Blick behalten, doch keiner hatte ihr besondere Aufmerksamkeit geschenkt. Katherine war mit leicht eingezogenem Kopf unter dem Sonnensegel der Küche hervorgetreten und dann anscheinend unbekümmert zum Tor des Lagers gelaufen.

Caleb, Phillipe, Ellis und Norton hatten weiterhin das Lager beobachtet und darauf geachtet, ob ihr möglicherweise jemand gefolgt war, aber sie hatten niemanden entdecken können. Keiner der Wachleute hatte mehr getan, als gelangweilt zu gähnen.

Begierig, sich mit Katherine zu treffen, hatten Caleb und sein Freund Ellis und Norton zurückgelassen, damit sie das Lager weiter ausspähen konnten, und waren nach unten geklettert. Erwartungsvoll begaben sie sich auf direktem Weg zum Übernachtungsplatz.

Katherine lauschte angestrengt und ging bewusst langsam weiter, als sie sich nun dem Nebenweg zu Caleb Frobishers provisorischem Lager näherte. Sie rechnete fast damit, dass er und sein Freund Phillipe Lascelle jeden Augenblick aus dem Dschungel treten könnten, um sie zu begrüßen. Sie hatte neben dem ungenutzten Pfad an einem Baum haltgemacht, um die ersten Nüsse zu sammeln – nur für den Fall, dass eine der Wachen auf die Idee gekommen war, ihr doch zu folgen. Aber sie hatte niemanden gesehen. Irgendwann hatte sie ihren Korb genommen und war weitergegangen.

Unabhängig von ihren Sorgen und Ängsten – oder vielleicht auch gerade *wegen* ihrer Sorgen und Ängste – wollte sie Caleb wiedersehen. Allein ihn zu sehen, würde schon ausreichen. Sie musste nur sichergehen, dass er in Sicherheit war.

Sie blieb am Anfang des schmalen Weges stehen und sah zurück in die Richtung, aus der sie gekommen war. Alles lag still und ruhig in der Dunkelheit des Dschungels. Etwas beruhigter ging sie weiter. Selbst wenn Caleb und Lascelle noch nicht in ihrem provisorischen Lager sein sollten, wären bestimmt einige ihrer Männer dort. Sie könnte mit ihnen zusammen warten.

Der schmale Pfad schlängelte sich durch den Dschungel. Am Ende führte er über natürliche Stufen aus knorrigen Baumwurzeln und Steinen einen Hang hinunter zur Lichtung. Katherine erreichte besagten Hang und starrte hinunter. Vorsichtig nahm sie Stufe um Stufe.

Plötzlich hörte sie, wie sich Schritte näherten. Im nächsten Augenblick kam Caleb Frobisher mit seinem Freund von der gegenüberliegenden Seite der Lichtung ebenfalls ins Lager.

Sie lächelte und wusste, dass es viel zu strahlend war. Und dass es viel zu tief blicken ließ.

Als Caleb Frobisher ihr Lächeln sah, hellte sich seine Miene auf – doch im nächsten Moment erstarrten seine Züge.

Auch Lascelle stand mit einem Mal wie angewurzelt da und rührte sich nicht mehr.

Sie blickte in die Runde und bemerkte, dass alle Leute auf der Lichtung plötzlich wie versteinert wirkten. Einige hatten sogar mitten in der Bewegung verharrt.

»Danke, Miss Fortescue.«

Die Worte … diese Stimme … Ihr lief ein eisiger Schauer über den Rücken.

Bevor sie reagieren konnte, bevor sie herumwirbeln und das Ungeheuer ansehen konnte, das hinter ihr stand, wurde ein Arm um ihre Taille geschlungen, und sie wurde unsanft gegen einen stahlharten Körper gerissen.

Sie schrie innerlich auf.

Ihr panischer Blick fiel auf die Spitze eines Dolches, der ihr gegen die rechte Brust gedrückt wurde. Ihr Verstand informierte sie – rief ihr gellend zu –, dass Dubois die gefährlich aussehende Klinge in der Hand hielt. Dass er ihr gefolgt war und dass sie es nicht bemerkt hatte. Caleb hatte es auch nicht bemerkt.

Und nun hatte das Ungeheuer sie in der Hand …

Während ihr Verstand diese Erkenntnis zu verarbeiten versuchte, hob Dubois die andere Hand – die rechte – und zielte mit einer Pistole auf Calebs Brust. Das Geräusch des Abzugs, der gespannt wurde, hallte laut auf der Lichtung wider.

Schritte waren zu hören. Sie näherten sich aus derselben Richtung, aus der Caleb und Lascelle gekommen waren. Zwei Männer stürmten auf die Lichtung und stießen mit Lascelle und Caleb zusammen.

»Dubois und seine Leute ...« Die atemlose Warnung verhallte, als den Neuankömmlingen bewusst wurde, dass sie zu spät gekommen waren. Keuchend richteten sie wie alle anderen ihre Blicke auf Dubois.

Einen hysterischen Moment lang fühlte Katherine sich, als wäre sie unsichtbar. Dann wurde ihr klar, dass es so gewollt war. Keiner der Männer auf der Lichtung wollte, dass Dubois seine Aufmerksamkeit auf sie richtete.

Sie hätte ihnen sagen können, dass die Hoffnung vergeblich war.

Und tatsächlich sagte Dubois in dem Tonfall, den sie schon vor langer Zeit zu hassen gelernt hatte: »Ich werde Ihnen jetzt sagen, was passiert. Wenn Sie mir und meinen Leuten Schwierigkeiten bereiten oder auch nur den geringsten Widerstand leisten, werde ich Miss Fortescue das ach so hübsche Gesicht zerschneiden.«

Er bewegte sich, und der Dolch blitzte auf – nur ein winziges Stück von ihrer Wange entfernt.

Katherine schrie voller Angst auf und wollte instinktiv zurückweichen, doch da Dubois hinter ihr stand und ihr Kopf gegen seine Schulter gepresst wurde, erreichte sie durch diese Bewegung nichts. Ihr Herzschlag dröhnte in ihren Ohren. Ihr Atem ging schnell und flach. Ihre gesamte Aufmerksamkeit war auf die Klinge gerichtet – auf das grauenvolle Versprechen, das diese funkelnde Schneide gab.

O mein Gott ...

Wie aus weiter Ferne drang Dubois' hasserfüllte Stimme durch den Nebel, in den ihre Angst ihren Verstand gehüllt hatte. »Ein tiefer Schnitt, der eine hässliche Narbe hinterlassen wird. Denken Sie nur daran, wie sie aussehen wird, wenn Sie versuchen sollten, gegen uns zu kämpfen. Und wenn Sie fliehen sollten, gebe ich Ihnen dieses Versprechen: Sobald wir Sie wieder eingefangen haben – und das werden wir –, werde ich Sie fesseln, Miss Fortescue an einen Pfahl binden und ihr langsam die Haut vom Leibe ziehen ...«

»Das reicht!« Caleb hob kapitulierend die Hände. Er blickte in Dubois' seltsame Augen. »Sie haben Ihren Standpunkt mehr als deutlich gemacht. Was sollen wir tun?«

Einen Moment lang starrte ihn eine vollkommen verdorbene Seele an – ein Ungeheuer, dem die nächste Mahlzeit verwehrt wurde –, doch dann blinzelte Dubois, und der pragmatische Anführer der Söldner war wieder zurück.

»Entwaffnen. Jede einzelne Waffe will ich haben. Jede einzelne Klinge. Jede Waffe, die später noch gefunden wird, wird Miss Fortescue einen Schnitt einbringen – in die Brüste.«

Caleb presste die Lippen aufeinander. Langsam zog er sein Schwert hervor und ging in die Hocke, um es vor sich auf den Boden zu legen. Er zog die Messer aus seinem Gürtel und holte auch die Klingen hervor, die er in seinen Stiefeln versteckt hatte. Während er das alles tat, dachte er fieberhaft nach. Er schätzte die Situation ein, wägte seine Möglichkeiten ab, suchte nach dem besten Weg, jetzt zu reagieren.

Darin war er gut, dafür war er bekannt. Das Unerwartete zu besiegen – vor allem, wenn das Unerwartete unbesiegbar zu sein schien.

Das Problem bestand, wie sein unbesonnener Verstand ihn informierte, darin, dass er Dubois weiterhin glauben machen musste, dass dieser wirklich unbesiegbar war.

Mit einem unterdrückten Seufzen richtete Caleb sich wieder auf. Er blickte zu seinen und Phillipes Leuten. »Alle Waffen. Wie befohlen.«

Er glaubte nicht, dass einer von ihnen so dumm wäre zu versuchen, etwas zu verstecken. Aber Dubois genoss es vermutlich, Calebs Kapitulation noch einmal zu hören. Dem Mann alles zu geben, was sein verkommenes Herz sich wünschte, war im Augenblick der richtige Weg.

Abgesehen von Dubois zählte Caleb sechs weitere Söldner mit Musketen, die sie auf ihn und seine Männer richteten. Zwei standen auf dem Weg oberhalb von Dubois und zielten mit den Waffen über seine Schultern hinweg auf die Männer. Die anderen waren ausgeschwärmt und standen mit angelegten Waffen im Halbkreis. Sie bildeten die Feuerkraft, mit der Dubois seine Drohungen unterstrich.

Calebs Meinung nach brauchten Dubois und sein inneres Monster keine derartige Unterstützung.

Als die letzte Waffe auf die herabgefallenen Blätter, die auf dem Boden der Lichtung lagen, gelegt worden war, nickte Dubois einem seiner Männer zu.

Der Mann legte seine Muskete zur Seite und trat auf die Lichtung. Er schnappte sich eine Plane aus Segeltuch, breitete sie aus und sammelte die Waffen ein. Dabei prüfte er, ob die Pistolen gesichert waren, ehe er sie auf den Stapel legte. Schließlich nahm er die Ecken der Plane zusammen, machte ein Bündel daraus und schwang es sich über die Schulter.

Dubois sagte: »Bring sie in die Waffenkammer.«

Der Mann murmelte etwas und ging los. Er ging direkt in den Dschungel.

Einer weniger …

Trotzdem waren es noch zu viele Männer und viel zu viele Musketen. An einen Angriff war nicht zu denken. Selbst wenn es Caleb gelingen sollte, Dubois von Katherine zu trennen, wäre es zu riskant anzugreifen. Im Übrigen informierte ihn sein unbesonnenes Hirn, in dem es drunter und drüber ging, dass es vielleicht langfristig gesehen der bessere Weg wäre, sich scheinbar zu ergeben und den Gefangenen anzuschließen.

Bevor er die Gelegenheit hatte, diesen unerwarteten Gedanken weiterzuverfolgen, richtete Dubois seinen Blick wieder auf ihn.

»Sind das all Ihre Leute?«

»Ja.«

Dubois sah ihn einen langen Moment an. Er hatte die Augen leicht zusammengekniffen, als würde er durch das Starren eine mögliche Lüge aufdecken können.

Er konnte es natürlich nicht. Caleb hatte die Wahrheit gesagt. Das hier waren all seine Leute.

Leider war Dubois nicht davon überzeugt. »Wenn ich herausfinden sollte, dass Sie mich belogen haben, werde ich Sie dazu zwingen zuzusehen, wie sich meine Leute Miss Fortescue der Reihe nach vornehmen. Und anschließend werde ich ihr höchstpersönlich mit meinem Messer zu Leibe rücken …« Er machte eine Pause, ohne Zweifel, um die Wirkung zu verstärken. »Haben Sie je gesehen, wie jemand bei lebendigem Leibe gehäutet wird?«

Caleb biss die Zähne zusammen. Die Drohung zu hören war schon schlimm genug, aber die Art, wie Dubois es sagte – mit einer abschreckenden Begeisterung, als würde ein Teil von ihm Gefallen an der Aussicht finden –, machte das heraufbeschworene Bild noch schlimmer. Ohne sich etwas anmerken zu lassen, wiederholte Caleb: »Das hier sind alle Männer, die ich in diesem Dschungel habe.«

Dubois wartete einen Moment lang und fragte dann ganz ruhig: »Woher kommen Sie, und was hat Sie hierher geführt?«

Sehr gute Fragen, auf die Caleb sich schon die passenden Antworten zurechtgelegt hatte. Doch er hütete sich davor, sie einfach herunterzubeten. Stattdessen dachte er an Royd und versuchte Desinteresse an einem Gespräch in seinen Blick zu legen.

Er wusste, dass er eindeutig als Anführer dieser Gruppe galt – als derjenige, auf den alle Männer hörten. Er war nicht der schwerste oder stärkste Mann in ihrer Gruppe, aber er war der größte – abgesehen von Phillipe – und wirkte der Meinung der meisten seiner Männer nach körperlich am kräftigsten und somit am gefährlichsten.

Das war irreführend, denn Phillipe war viel gefährlicher.

Doch Caleb musste seinem Freund nur einen flüchtigen Blick zuwerfen, und Phillipe wusste, dass er sich zurückhalten sollte. Sie hatten diese List schon öfter genutzt, als sie zählen konnten, und wussten, wie wichtig und wertvoll es war, wenn sie Phillipes wahre Talente erst einmal geheim hielten.

Also schwieg Caleb, hielt den Blick, der nicht herausfordernd, sondern ganz ruhig war, auf Dubois gerichtet und wartete auf die Reaktion des Mannes. Ihm war klar, dass Dubois gerade sehr dringend kräftige Männer brauchte. Also würde er keinen von ihnen umbringen. Außer sie gaben ihm einen Grund dafür, und das würden sie nicht tun. Caleb freute sich schon darauf, zu den anderen im Lager zu stoßen.

Auf das, was als Nächstes kommen würde, freute er sich nicht. Aber er tröstete sich mit der Wahrheit: Es war nötig. Dubois würde sich niemals damit wohlfühlen, Caleb im Lager zu haben, wenn er nicht die Chance bekam, seine Autorität zu beweisen. Es wäre besser, dieses kleine Ritual gleich hier zu erledigen. Phillipe und ihre Leute würden wissen, was er tat. Katherine hingegen nicht, und es tat ihm leid, doch er könnte es ihr später erklären und sich bei ihr entschuldigen.

Sobald sie beide im Lager wären und die Chance hätten, frei miteinander zu reden.

Seine unbesonnene Seite hielt das für eine angemessene Belohnung dafür, dass er diesen Weg nahm.

Tatsächlich stieß Dubois, als Caleb weiterhin beharrlich schwieg, ein kleines – ziemlich zufriedenes – Knurren aus. Er nahm den Dolch von Katherines Brust, packte ihren Arm und schob sie zu dem Söldner, der am nächsten bei ihm stand.

»Halt sie fest.« Ohne den Blick von Caleb zu wenden, reichte Dubois ihm auch den Dolch.

Sobald der Mann die Waffe genommen hatte, trat Dubois auf die Lichtung und ging langsam auf Caleb zu.

Caleb beobachtete ihn.

Dubois blieb vor ihm stehen. Er war nur noch einen Meter von ihm entfernt. Er war ein wenig kleiner als Caleb, aber kräftiger gebaut.

Dubois nahm die Pistole in die linke Hand. Und blitzartig holte er aus und schlug Caleb ins Gesicht.

Caleb hatte den Schlag kommen sehen. Er hatte sich sehr zusammenreißen müssen, um sich nicht wegzuducken. Er drehte den Kopf in allerletzter Sekunde weg, sodass er nicht die volle Wucht abbekam. Doch Dubois trug einen schweren Ring. Damit verletzte er Calebs rechte Wange.

Katherine schrie auf.

Als er sich wieder aufrichtete, erhaschte Caleb einen flüchtigen Blick auf sie. Sie war bleich im Gesicht und wehrte sich vergeblich gegen den Griff des Söldners. Caleb musste sich zwingen, ihr nicht zuzuzwinkern.

Dann rammte Dubois Caleb eine stahlharte Faust in den Bauch, ehe er einen Schritt zur Seite machte und ihm mit beiden Fäusten in den Nacken schlug. Er holte ihn beinahe von den Beinen und zwang ihn in die Knie.

Mit hängendem Kopf rang Caleb hörbar nach Luft. Er ließ sich nach vorn fallen und fing sich mit dem linken Arm ab. Mit dem rechten Arm hielt er sich den schmerzenden Bauch – und das nicht nur, um einen besonderen Effekt zu erzielen. Er war lächerlicherweise stolz auf sich. Innerlich immer wieder das Wort »Verantwortung« zu singen hatte funktioniert. Es hatte ihn davon abgehalten, seinem Instinkt nachzugeben, die Schläge abzuwehren und zurückzuschlagen.

Er war der jüngste von vier Brüdern. Was die anderen drei und seine und ihre Freunde ihn gelehrt hatten, war zu kämpfen – vor allem jenseits der Regeln. Sie hatten ihm auch unbewusst beigebracht, wie er Verletzungen und Schwächen vortäuschen konnte. Es hatte durchaus sein Gutes, der jüngste Bruder zu sein, er hatte es ausgenutzt.

Jeder seiner Männer hatte inzwischen erraten, was er nun vorhatte, auch wenn sie seine Gründe dafür vielleicht nicht verstanden. Phillipe hatte gezuckt, aber inzwischen war er ganz ruhig. Gefährlich ruhig. Er hielt sich zurück und kämpfte gegen den Impuls an einzugreifen. Oder zurückzuschlagen.

Aus den Augenwinkeln beobachtete Caleb, wie Dubois' schwere Stiefel sich bewegten, als der Söldner, der sich erstaunlich leichtfüßig bewegte, um ihn herumging und nach einem Anzeichen des Widerstands Ausschau hielt.

Als Caleb jedoch keine Anstalten machte, sich zu wehren, sondern schwer weiteratmete, blieb Dubois rechts neben ihm stehen, schob die Finger in Calebs Haar und riss seinen Kopf hoch.

Dubois durchbohrte ihn mit seinem Blick. »Ich werde noch einmal fragen: Woher kommen Sie?«

Caleb atmete scharf ein und kam auf die Knie, um die Schmerzen an seinem Kopf zu lindern. »Wir kommen von der Küste nördlich von hier. Wir wurden in Freetown von einem Handelsschiff entlassen. Wir haben ein Fischerboot gemietet und sind am Ufer der Bucht entlang in Richtung Osten gefahren, um zu sehen, was wir finden können.« Er machte eine kleine Pause, um dramatisch Luft zu holen, ehe er weitersprach. »Nördlich von hier gibt es ein Dorf. Die Einheimischen haben uns von einem Lager von Sklavenhändlern erzählt, das hier versteckt sein soll. Also dachten wir, wir kommen her und sehen uns die Sache mal an – vielleicht gibt es ja etwas, das sich mitzunehmen lohnt.« Eine geschönte Version der Wahrheit. Er sah zu Katherine. Der Rest des erfundenen Märchens war ein kalkuliertes Risiko. »Wir haben sie vor zwei Tagen getroffen. Sie meinte, sie müsste mit jemandem sprechen, aber es könnte durchaus etwas Geld für uns drin sein, wenn wir eine Nachricht für sie in die Siedlung bringen würden.« Er zuckte leicht mit den Achseln. »Es war uns egal, was sie zu sagen hatte. Wir haben Ihre Verteidigung, Ihre Wachleute gesehen, und hatten deshalb nicht vor, eine noble Rettungsaktion zu starten.«

Dubois lachte leise. Es war ein beängstigender Laut. Er ließ Caleb los. »Wie hieß das Schiff, das Sie in Freetown verlassen haben?« Caleb öffnete den Mund, um zu antworten … »Nicht Sie.« Dubois' Blick ging zu Phillipe. »Sie.«

Phillipe zögerte nicht. *»The Aberdeen Rose.«*

»Und was war das für ein Schiff?« Dubois drehte sich um und zeigte auf Quilley.

»Ein dreimastiges Frachtschiff.«

»Wie viele Ruder hatte das Fischerboot, das Sie gemietet haben?« Dubois wies auf Norton.

»Es hatte keine Ruder, sondern einen Mast und einen Klüver.«

Glücklicherweise hatten sie ihre Geschichte vorher geprobt. Dass Dubois klug genug war, um die Richtigkeit der Angaben zu prüfen, indem er sie alle nach unterschiedlichen Details fragte, war erstaunlich … Wieder ermahnte sich Caleb, wie schlau dieser Mann war und wie gefährlich es war, ihn zu unterschätzen.

Dubois fragte Ellis: »Wie viel hat die Anmietung des Fischerbootes gekostet?«

Ellis blinzelte und sah dann Caleb an. »Ich weiß es nicht. Der Käpt'n hat sich darum gekümmert.«

Was natürlich die richtige – und überzeugende – Antwort war.

Dubois wandte sich ab und befahl zwei Männern aus seiner Mannschaft, die Bündel und Seesäcke nach Waffen, nach Geld und Schießpulver zu durchsuchen. Und auch nach Dokumenten. Caleb wechselte einen schnellen Blick mit Phillipe und war unglaublich erleichtert, dass er nach einer langen Diskussion Roberts Tagebuch mit nach London geschickt hatte.

Es wurden keine vergessenen Waffen entdeckt.

Dubois, der endlich zufrieden war, sah auf Caleb herunter und trat ihm dann gegen das Schienbein. »Stehen Sie auf.«

Ganz langsam, als würde ihm alles wehtun, kam Caleb auf die Beine. Phillipe packte seinen Ellbogen und half ihm.

Caleb sah den Anführer der Söldner zögerlich an. »Und jetzt?«

Dubois' Lächeln glich dem eines Schakals. »Das Schicksal, mein Freund, hat mir zugelächelt. Sie und Ihre Leute sind die Antwort auf meine Gebete. Sie sind genau das, was ich brauche, um meinen Vertrag zu erfüllen.«

Kapitel 9

Katherine stolperte vorwärts. Arsene hielt sie noch immer mit eisernem Griff fest. Sie konnte nicht nachdenken, konnte ihren Verstand noch immer nicht zum Funktionieren bringen. Das Gefühl, nicht denken zu können, das Gefühl, neben sich zu stehen, war genau dasselbe wie das, das sie gespürt hatte, als sie Kale in die Finger gefallen war.

Das Tor zum Lager ragte vor ihnen auf. Sie und Arsene führten die Gruppe an. Calebs Männer folgten ihnen jeweils zu zweit und mit ihrem Gepäck auf dem Rücken. Die Söldner, die ihre Musketen im Anschlag hatten, liefen neben ihnen her.

Caleb und Lascelle gingen hinter ihren Leuten her. Dubois bildete die Nachhut – zweifelsohne voller Schadenfreude. Sie hatte überhaupt nicht bemerkt, dass er ihr gefolgt war. Erst als er gesprochen hatte, war es ihr aufgefallen.

War er ihr gefolgt?

Oder war er schon im Dschungel gewesen, als sie das Lager verlassen hatte? Sie hatte ihn an diesem Morgen nicht gesehen. Das war jedoch nicht ungewöhnlich.

Aber warum hatte Dubois sie verfolgt? Wieso war er misstrauisch geworden? Was hatte sie getan?

Sie gingen durch das offene Tor. Die Wachen, die an der Seite standen, grinsten breit, grüßten ihre Freunde und machten einige unflätige Bemerkungen über die neuen Gefangenen.

Im Lager blieb Arsene abrupt neben einem Torpfosten stehen. Er brüllte den Söldnern Befehle zu, die gefangenen Männer zur Feuerstelle zu bringen und sie dort auf den Baumstämmen Platz nehmen zu lassen.

Zu ihrer Überraschung funkelten Caleb Frobishers Männer sie nicht wütend oder missmutig an, sondern lächelten, als sie an ihr vorbeigingen. Es sollte sie offensichtlich ermutigen.

Da stand sie nun, von Schuld geplagt, weil sie Dubois zu ihnen geführt hatte, und die Männer lächelten?

Noch immer fassungslos und nicht in der Lage, einen klaren Gedanken zu fassen, hob sie den Blick und sah an Calebs Leuten vorbei zu ihren Mitgefangenen. Viele hatten die unerwartete Gruppe gehört. Die Kinder, die die Körbe mit den Erzbrocken hin und her trugen, waren langsamer geworden und schließlich stehen geblieben, um zu gucken. Einige der Frauen waren aus der Reinigungsbaracke getreten, um ebenfalls zu schauen, was los war. Ein paar der Kinder, die ihre Gedanken beisammen hatten, waren in die Mine gerannt und hatten Bescheid gegeben, und die Männer sammelten sich am Eingang der Mine. Katherine sah Dixon, dann Hillsythe und Hopkins.

Ihre Mienen wirkten ungerührt. Katherine war vielleicht nicht in der Lage zu denken, doch mit ihrem Gefühl war alles in Ordnung. Niemand ließ sich anmerken, dass er von der Anwesenheit Calebs und seiner Leute im Dschungel gewusst hatte, und sie konnte spüren, wie die neu gewonnene Hoffnung wich.

In ihrem Inneren breitete sich diese Ernüchterung aus

und dämpfte ihre Empfindungen. Die Hoffnung wiedergewonnen zu haben, um sie dann gleich wieder zu verlieren …

Nein. So dürfen wir nicht denken.

Wenn sie so denken würden, würden sie sterben. Hier. In dieser Hölle. Sie durften nicht aufgeben. Nicht jetzt und niemals.

Sie holte tief Luft, straffte die Schultern und hob das Kinn leicht an.

Harriet, die auf der anderen Seite des Platzes stand, die Arme vor der Brust verschränkt, als wolle sie sich gegen einen Schlag schützen, sah diese winzige Geste. Eine Sekunde verstrich, dann richtete auch die Freundin sich auf. Sie ließ die Hände sinken und stand nun ebenfalls aufrecht da.

Die Veränderung war beinahe unmerklich, doch sie erfasste die umstehenden Gefangenen, ging durch ihre Reihen. Die Atmosphäre änderte sich – hin zu einen stummem, aber festen Zusammenhalt und Unterstützung.

Alle warteten darauf, was als Nächstes passieren würde.

Caleb Frobisher, dessen Wange durch den langen Schnitt gezeichnet war, den Dubois ihm verpasst hatte, kam jetzt an ihr vorbei. Phillipe Lascelle folgte ihm. Flüchtig trafen sich Calebs und ihr Blick. Sie erstarrte und bereitete sich innerlich darauf vor, seine Verachtung gezeigt zu bekommen … Doch stattdessen wirkte sein Blick … *entschuldigend?*

Sie blinzelte verwirrt. Offensichtlich musste sich ihr Verstand erst wieder erholen.

Dubois blieb neben Arsene stehen. Er beobachtete mit erkennbarer Genugtuung die Kapitäne und ihre Leute.

»Starke Männer, die harte Arbeit gewöhnt sind.« Dubois drehte sich um und sah ihr in die Augen. »Wie sollte ich Sie bestrafen, Miss Fortescue, wenn Ihnen ganz allein gelungen ist, was Kale und so viele andere nicht geschafft haben? Nämlich mir die Männer zu bringen, die ich brauche, um meine Aufgabe hier zu erledigen?«

O ja.

Dubois war voller Schadenfreude. Sie hatte noch genug Verstand, die Lippen aufeinanderzupressen und sich nichts anmerken zu lassen.

Dubois grinste. Er warf einen Blick zurück zu den Männern an der Feuerstelle. »Ich frage mich, wie unsere neuen Mitarbeiter und vor allem diejenigen, die schon hier sind, damit umgehen, dass Sie meine Rettung sind?« Dubois' kaltes Lächeln wurde noch breiter. »Das wird sicher sehr amüsant.«

Einen Moment lang blickte er noch in die Runde und sagte dann: »In der Zwischenzeit …«, er wies Arsene mit einem Kopfnicken an, sie loszulassen, »… kommen Sie bitte mit mir, Miss Fortescue.«

Er lief in Richtung Feuerstelle. Sie ließ sich so lange Zeit, wie sie sich zu nehmen traute, reichte Arsene den Korb, strich ihr Kleid glatt und folgte Dubois schließlich. Sie wusste, was Dubois beabsichtigte – er wollte, dass sie ihm wie ein Schoßhündchen folgte, als er sich nun den neuen Gefangenen näherte. Das waren die kleinen Spielchen, die er so gern spielte. Doch zusammen mit den anderen tat sie ihr Bestes, um da nicht mitzumachen – oder ihm zumindest das Spiel zu verderben.

Dubois blieb am Rande des Kreises aus Holzstämmen stehen – direkt hinter Caleb. Diese Position sollte ganz klar zeigen, dass er hier die Kontrolle hatte. Wortlos machte er so klar, dass Caleb nun unter seinem Befehl stand und sein Untergebener war.

Als sie zwei Schritte von Dubois entfernt stehen blieb, sah sie, dass Calebs Schultern sich anspannten, aber er drehte sich nicht um, um Dubois anzusehen. Die anderen Männer schauten Caleb an und hoben den Blick dann zu Dubois.

Kalt und gefühllos betrachtete Dubois sie und sagte: »Sie sind hier, um zu arbeiten, um uns bei der Arbeit in der Mine zu unterstützen.« Gebieterisch winkte er Dixon zu sich heran. »Captain Dixon wird Sie in Ihre Unterkunft begleiten.« Er sah Dixon an. »Ich glaube, dort ist noch Platz genug.«

Mit angespannter Miene nickte Dixon.

»Sehr schön.« Dubois verschränkte die Hände hinter dem Rücken und sprach scheinbar zu den Neuankömmlingen. Doch in Wirklichkeit unterstrich er seine Regeln für alle noch einmal. »Sie werden morgen früh zusammen mit Ihren Landsleuten mit der Arbeit beginnen. Heute noch wird Captain Dixon Sie in geeignete Gruppen aufteilen. Ich schlage vor, dass Sie den restlichen Tag nutzen, sich mit der Arbeit vertraut zu machen, die Sie machen werden, sowie mit den Abläufen im Lager. Ich für meinen Teil verlange nur eines von Ihnen: dass Sie die Aufgaben, die Ihnen zugeteilt werden, konsequent und gründlich erledigen. Alles andere interessiert mich nicht. Und wie diejenigen, die schon länger hier sind, Ihnen bestätigen können, lasse ich viel Milde walten, solange Sie meine Anforderungen erfüllen.« Er hielt kurz inne. Als er weitersprach, schlich sich ein drohender Unterton in seine Stimme. »Sie haben schon gehört, was ich tun werde, wenn jemand mich verärgern sollte, und ich bin mir sicher, dass diejenigen, die schon länger hier sind, bestätigen können, dass ich mein Wort halte. Solange Sie mit diesen Folgen nicht Ihr Gewissen belasten wollen, würde ich Ihnen empfehlen, meine Warnungen ernst zu nehmen.« Dubois ließ einige Sekunden verstreichen, in denen niemand ein Wort sagte. So konnten seine Worte sacken und in das Bewusstsein der Menschen vordringen. Er sah auf Caleb hinunter und wandte sich dann Katherine zu. »Miss Fortescue, als Willkommensgeste begleiten Sie den stattlichen Kapitän doch zur Krankenstation und kümmern sich um seine Wunden.« Schließlich drehte Caleb Frobisher sich doch um, um Dubois anzusehen. Mit einem kalten berechnenden Ausdruck auf dem Gesicht lächelte dieser den Kapitän an, trat dann einen Schritt zurück und machte eine einladende Geste. »Wir wollen doch keine Infektion riskieren. Ich brauche Sie gesund, damit Sie arbeiten können, und es ist nicht möglich, eine Wange zu amputieren.«

Mit ungerührter Miene erwiderte Caleb Dubois' Blick für einen Moment, ehe er aufstand. Er rief sich in Erinnerung, was er nicht wissen sollte, und sah Katherine an. Sie hielt sich, wie er feststellte, sehr gut.

»Wo geht es lang?«

Sie warf Dubois einen Blick zu, bevor sie an der Hauptbaracke vorbeiwies. »Dort.« Sie machte sich auf den Weg.

Caleb stieg über den Stamm hinweg, auf dem er gesessen hatte, und würdigte Dubois keines Blickes mehr. Mit drei langen Schritten war er an Katherines Seite. Hinter sich hörte er, wie Dubois Phillipe und ihren Leuten befahl, Dixon zu folgen. Bisher ging alles glatt. Sie waren im Lager, und niemand war zu Schaden gekommen. Nun ja, bis auf ihn selbst. Doch eine Schnittverletzung, ein schmerzender Bauch und ein wunder Nacken waren wohl nichts, über das man klagen sollte. Sein Blick traf den Katherines. Sie war ihm nahe genug, dass er ein flüchtiges ermutigendes Lächeln riskieren konnte.

»Gehen Sie voran.«

Sie bemerkte das Lächeln. Ein überraschter Ausdruck trat in ihre Augen, doch sie wandte den Blick nach vorn und lief weiter.

Die Miene wieder undurchdringlich, passte er sich ihrer Geschwindigkeit an und sah sich um. Er merkte sich den Abstand zwischen den Gebäuden, schaute sich an, wie die Hütten gebaut waren, und prägte sich noch weitere kleine, möglicherweise hilfreiche Details ein. So konnte er alles, was er von dem Felsvorsprung beobachtet hatte, mit dem neuen Eindruck verbinden.

Der Söldner, der seine und Phillipes Waffen und die ihrer Leute trug, lief in die große Hauptbaracke. Vermutlich befand sich Dubois' Waffenlager ganz in der Nähe ihres Nachtlagers.

Katherine führte ihn nun um die Reinigungsbaracke herum zur Krankenstation. Es handelte sich dabei um eine große, frei stehende Hütte, die sich im hinteren Teil des Lagers in der Nähe des Felsvorsprungs befand. Er und Phillipe hatten von ihrem Aussichtspunkt aus lediglich das Dach und einen Teil der linken Wand sehen können. Wie alle anderen Baracken im Lager bestanden die Wände aus grob behauenen Holzpfählen. Das Dach war mit Palmblättern gedeckt, es wurde von Balken aus Baumstämmen gestützt. Vor dem Gebäude war eine breite Veranda, auf beiden Seiten der Tür befand sich jeweils ein recht großes Fenster. Drei Holzstufen führten zu der Veranda hinauf. Ähnlich wie die anderen Baracken stand die Krankenstation auf Holzböcken und somit ein gutes Stück über dem Boden.

Nachdem Katherine ihm einen kurzen Blick zugeworfen hatte, ging sie die Treppe voran auf die Veranda, öffnete die Tür und betrat die Baracke.

Caleb folgte ihr. Er sah sich im Inneren der Hütte um, ehe er die Tür hinter sich zuzog. In der Hütte war es dunkel und kühl. Der schmale Flur hatte drei Türen. Katherine wies auf die Tür am Ende des Ganges. »Das ist der Lagerraum und …«, sie deutete nach links und rechts, »… wir haben zwei Behandlungszimmer.«

Sie gingen in eines davon.

Caleb sah sich aufmerksam um. »Ich habe gar keine Wachen gesehen.«

»Es gibt hier auch keine. Sie kommen nur selten hierher.«

Er warf einen Blick zurück zur Eingangstür. »Ob uns jemand verfolgt hat? Jemand, der vielleicht draußen wartet, um uns zu belauschen?«

Während sie das Zimmer durchquerte, schüttelte sie den Kopf. »Dubois lässt uns absichtlich nicht engmaschig überwachen, um uns zu zeigen, wie sinnlos und unbedeutend irgendwelche Pläne sind, die wir schmieden könnten.« Sie sah ihn an. »Und bisher hatte er auch recht damit. Er erlaubt es uns, frei zu sprechen und zu planen. Er weiß, dass nichts dabei herauskommt – außer unserer eigenen Enttäuschung.«

»Hm. Ein Mann mit seltsamen, aber anscheinend wirkungsvollen Methoden.« Er musterte die Ausstattung und stieß einen leisen Pfiff aus. »In Freetown kann man von diesem Standard der medizinischen Versorgung nur träumen.«

Sie war zu einem Schrank getreten, neben dem ein schlichter Untersuchungstisch stand, und schnaubte nicht sehr damenhaft. »Das ist nur ein weiteres Beispiel für Dubois' kleine Spielchen. Er kommt uns entgegen – manchmal auf ganz erstaunliche Art wie hier. Allerdings nur in Dingen, die sich nicht auf sein Ziel auswirken. Oder in Dingen, die, wie in diesem Fall, ihm helfen, sein Ziel sicher zu erreichen. Er wünscht sich, dass wir alle bei der Arbeit volle Leistung erbringen können.« Sie wies auf die gut ausgestatteten Medizinschränke und eine Liege mit einem Moskitonetz. »Wir können uns nicht beklagen, aber es gibt immer einen Haken.«

»Ich werde es mir merken.« Er ging auf sie zu. »Ich kann seinen Kurs verstehen, aber es ist ein Kurs, den ein Anführer von Söldnern nur selten einschlägt.«

Sie zog Schubladen auf und nahm Salbe, Verbandmull und Tupfer heraus, legte alles auf den Untersuchungstisch. »Sie werden viele Beispiele für Dubois' seltsame Methoden finden, wenn Sie durch das Lager gehen.« Zwei Schritte von ihr entfernt blieb er stehen. Sie legte die Hände auf den Tisch. Er sah, wie ihr Brustkorb sich hob, als sie tief einatmete. Dann drehte sie sich um und sah ihn an. »Es tut mir so schrecklich leid, dass Sie und Ihre Leute gefangen genommen worden sind. Ich kann mir nicht einmal ansatzweise vorstellen, was Sie jetzt von mir halten, und ich kann mich nicht oft genug entschuldigen.«

Er musterte ihr Gesicht. »Sie haben Dubois nicht gesagt, dass wir da draußen sind.« Es war eine Feststellung und keine Frage. Er konnte sich nicht vorstellen, dass es anders gewesen sein könnte.

Sie riss die Augen auf. »Selbstverständlich nicht! Ich hätte Sie niemals derart verraten.«

»Tja, dann ist doch alles gut.«

»Nein, das ist es nicht!« Sie starrte ihn verständnislos an. »Ich trage die Schuld daran, dass Sie alle in Gefangenschaft geraten sind. Das ist furchtbar und noch einmal …« Sie rang die Hände. »Es tut mir leid.«

Er presste die Lippen aufeinander und sagte dann: »Wenn wir unbedingt einen Schuldigen finden müssen, werden Sie sich bestimmt besser fühlen, wenn Sie hören, dass wir selbst auch nicht ganz unschuldig sind. Wir haben das Lager von einem Felsvorsprung am Berg beobachtet.« Mit einem Kopfnicken wies er auf den Hügel hinter der Hütte. »Aber wir haben nicht bemerkt, dass Dubois und seine Leute es verlassen haben, um Ihnen zu folgen. Sie müssen schon im Morgengrauen aufgebrochen sein, bevor wir auf dem Beobachtungsposten waren.«

Einige Sekunden lang starrte sie ihn an. »Das ist keine Entschuldigung für meinen Fehler. Ich habe offenbar irgendwie sein Misstrauen geweckt.« Sie hielt kurz inne. Den Blick auf sein Gesicht, seine Augen gerichtet und die Hände vor dem Bauch verschränkt, sagte sie: »Ich will nicht, dass Sie oder Ihre Männer glauben, dass ich aktiv an Ihrer Gefangennahme beteiligt bin. Und ich entschuldige mich von ganzem Herzen, weil ich unbeabsichtigt etwas gesagt oder getan haben muss, das Dubois auf Ihre Spur geführt hat.«

Sie war so ernst, ihre Miene so offen, ihr Blick so reizend, der Ausdruck in ihren Augen im schummrigen Licht so flehend.

Schließlich entspannte Calebs Miene sich, und ein

Lächeln breitete sich auf seinem Gesicht aus. Sie hatte gesagt, dass sie allein wären, dass keine Wachen anwesend wären, die sie hören könnten.

»Ärgern Sie sich nicht. Keiner von uns denkt irgendetwas Schlechtes über Sie.« Er neigte den Kopf und sprach ermunternd weiter. »Dubois hat ganz offensichtlich einen stark ausgeprägten Instinkt. Er hat etwas geahnt. Sie können einen Mann wie ihn nicht daran hindern, auch winzige Dinge wahrzunehmen, alle Puzzleteile zusammenzusetzen und sich ein eigenes Bild daraus zu machen.«

»Meinen Sie?« Unsicher betrachtete sie ihn und nagte an ihrer Unterlippe.

Pure Lust schoss durch seinen Körper – er wollte diese Lippe mit seinen Zähnen befreien. Er lehnte sich gegen den Untersuchungstisch, stellte sich so lässig hin, dass sein Gesicht mit ihrem auf einer Höhe war. Dann versuchte er, seine Sinne zu sammeln. »Ja. Sie müssen diesen Gedanken abschütteln. Sie dürfen sich nicht länger schuldig fühlen …« Als er das Funkeln in ihren braunen Augen sah, wusste er, dass es tatsächlich Schuld war, die sie empfand. Ihm kam eine Eingebung. »Sich der Schuld hinzugeben bedeutet, dass Dubois gewonnen hat.« Er fixierte sie mit seinem Blick. »Wir wollen doch nicht, dass Dubois gewinnt, oder?«

Eine Weile sah sie ihn ganz ruhig an und sagte: »Warum habe ich das Gefühl, dass ich hier … beeinflusst und manipuliert werde?«

Er grinste ehrlich entzückt. »Weil Dubois sich, wenn es darum geht, Menschen zu manipulieren, eine Scheibe von mir abschneiden kann. Glauben Sie mir … Ich bin in einer großen Familie aufgewachsen und der jüngste

Sohn. Unter solchen Umständen sichert die Fähigkeit, Einfluss auf andere zu nehmen und sie gezielt zu lenken, das Überleben.«

Sie hätte sich beinahe an dem Lachen verschluckt, das sie zu unterdrücken versuchte. Sie wollte ihn finster anblicken, aber es war ein schwacher Versuch, den er gleich enttarnte.

»Sind Sie immer so … unerschütterlich optimistisch?«

Er lächelte fröhlich. »Mehr oder weniger.« Dann wurde er wieder ernst. »Aber jetzt müssen wir uns konzentrieren.« Denn wenn sie es nicht taten, würden seine niederen Instinkte bei dieser Unterhaltung die Kontrolle übernehmen und sie verführen. Da sie ihm plötzlich so nahe war, übte sie eine noch größere, eine unglaubliche Anziehung auf ihn aus. »Ich habe kein verräterisches Zeichen bemerkt, aber meinen Sie, Dubois ahnt, dass die Gefangenen wussten, dass wir da draußen waren?«

Sie wandte sich wieder dem Verbandsmaterial zu. »Wenn man weiß, wie Dubois' Verstand arbeitet, ist das irrelevant. Er hat Sie gefangen genommen und so zugleich sein größtes Problem gelöst. Und Sie hier ins Lager zu führen, wie er es getan hat, lässt ihn in den Augen all derer, die schon hier sind, noch allmächtiger erscheinen. Ich bin mir ziemlich sicher, dass er das gerade feiert. Mit ein bisschen Glück – und wenn die Erfahrung ein Wegweiser ist – wird er sich darauf konzentrieren und sich nicht allzu viele Gedanken über die Umstände machen, warum Sie überhaupt da waren und ob alle es wussten.«

»Gut.«

Tapfer das lustvolle Gefühl, diese gedankenlose Empfindung ignorierend, griff Katherine unter den Tisch und zog einen Hocker hervor. Sie stellte ihn zwischen sich und ihn und klopfte auf die Sitzfläche.

»Wenn Sie hier Platz nehmen, kann ich die Wunden säubern.«

Gehorsam setzte er sich hin. Um sein Gesicht erreichen zu können, musste sie sich zwischen seine langen, starken Beine stellen. Sie hielt beinahe den Atem an, als sie versuchte, die beeindruckende Wirkung seiner Schultern und seines muskulösen Oberkörpers aus ihrem Kopf zu verbannen. Vorsichtig tupfte sie den langen Schnitt mit einer Kräutertinktur, die eine der Frauen gebraut hatte, ab. Wenigstens berührten ihre Finger seinen Körper nicht direkt, weil sie den Tupfer benutzte.

Er sog scharf die Luft ein, schien jedoch den Impuls zurückzuweichen niederzuringen.

»Es tut mir leid – das kann etwas brennen. Aber wir wenden in diesem Klima dieses Mittel bei Schnittverletzungen an. Man bekommt hier sonst leicht schwere Infektionen.«

Er stieß ein unverständliches Brummen aus. Dann wurde er still.

Das Schweigen, das Fehlen einer Ablenkung, erlaubte es ihren Gedanken abzuschweifen …

Und das war nicht gut.

Katherine runzelte die Stirn, legte den Tupfer mit der Tinktur, der von seinem Blut rosa gefärbt war, zur Seite. Sie nahm einen weiteren Tupfer, um die Wunde zu desinfizieren, und sie versuchte, sich nicht zu sehr auf seine dunklen, dichten Wimpern zu konzentrieren. Versuchte, nicht auf den aristokratischen Schwung seiner Nase zu achten und seine fesselnden, aufreizenden Lippen …

Sie biss die Zähne zusammen und nahm einen Tiegel mit der Salbe in die Hand. »Sie haben gerade ›gut‹ gesagt. Aber Sie und Ihre Männer mussten die Waffen abgeben und sind nun mit uns zusammen Gefangene, die gezwungen sind, in der Mine zu schuften ... Was soll daran gut sein?«

Sie sah gerade rechtzeitig in sein Gesicht, um mitzubekommen, wie er die Lippen zu einem Lächeln verzog.

»Weil wir nun innerhalb des Lagers sind und Ihnen allen beistehen können.« Behutsam strich sie die Salbe auf die Wunde. Ihre Fingerspitzen kribbelten. Sie beachtete die verwirrende Empfindung nicht weiter und schickte ein stummes Stoßgebet gen Himmel, dass er keine Narben zurückbehielt. In einem Gesicht wie diesem wäre eine Narbe ein Verbrechen an der Frauenwelt. Glücklicherweise nicht ahnend, in welche Richtung ihre Gedanken gingen, fuhr er fort: »Das war eines der Probleme, die ich bei einem Angriff der Rettungsmannschaft auf das Lager vorhersehen konnte. Es sind zu viele Söldner und zu wenige kräftige Männer im Lager. Jetzt stehen die Chancen sehr viel besser. Und Dubois ist nicht misstrauisch geworden.« Er verzog die Lippen zu einem Lächeln. »Natürlich glaubt Dubois, dass wir nichts weiter als umherziehende, opportunistische Seeleute sind. Deshalb musste ich mich von ihm schlagen lassen.«

Sie blinzelte verwirrt. »Sie haben sich absichtlich von ihm schlagen lassen?«

»Sicher.« Er sah leicht gekränkt aus, weil sie etwas anderes angenommen hatte. Als sie ihn weiterhin verständnislos anstarrte, erklärte er es ihr. »Dubois ist langsam. Er ist stark, aber – verglichen mit Phillipe oder mir – eben nicht schnell. Es ist schon lange her, dass er trainiert hat, also ist ihm nicht bewusst, dass er langsam ist. Ich habe jeden seiner Schläge kommen sehen und hatte sehr viel Zeit, um zu reagieren. Wenn die Umstände andere gewesen wären, hätte ich mich ein bisschen amüsiert und ihn dann schließlich niedergestreckt. Aber er sollte das Gefühl bekommen, der Chef zu sein. Er konnte sehen, dass ich der Anführer unserer Gruppe war, also musste er mich unterwerfen. Jetzt glaubt er, dass *ich* langsam bin, und natürlich hält er die anderen für noch langsamer. So funktioniert der Verstand eines Söldners, wenn er seine Gegner einschätzt.«

Er sah sie an, als wäre sein Gedankengang vollkommen logisch und nachvollziehbar. Er wäre in der Lage gewesen, den Schlägen auszuweichen, doch stattdessen hatte er Prügel bezogen und sich mit seinen Leuten zusammen ins Lager bringen lassen?

Sie öffnete den Mund, brachte jedoch nur ein »Oh!« heraus.

Sein unbekümmertes Lächeln erstrahlte wieder. »Sehen Sie? Es ist also alles in Ordnung.«

Sie sah ihn kopfschüttelnd an. »Ich kann nicht glauben, dass Sie so ... unerschütterlich *fröhlich* sind. Ich habe damit gerechnet, dass Sie, wenn nicht außer sich vor Wut, so doch zumindest verärgert sein würden ... oder wenigstens *verstimmt.*«

Sein Lächeln wurde noch breiter. »Das bin ich. Unerschütterlich fröhlich.«

»Seien Sie bitte mal ernst.« Sie konnte kaum glauben, dass sie diese Unterhaltung führte. Sie ertappte sich dabei, dass sie ihren Gouvernantentonfall benutzte. »Warum akzeptieren Sie diese Situation einfach so? Sagen Sie mir nicht, dass Sie das alles so geplant hätten – für den Fall, dass Dubois Ihnen über den Weg laufen würde …«

Er hielt inne und sagte dann sachlich: »Also dann ernsthaft … Ich sehe Menschen wie Dubois und Situationen wie diese … als Herausforderung. Ich kann meinen Verstand daran messen.« Er setzte sich anders hin. Es wirkte beinahe so, als würde es ihm schwerfallen, ernst zu sein. »Leute wie Dubois sind würdige Gegner. Oder zumindest würdige Ziele. Der Mann muss von dieser Erde verschwinden.«

»An Dubois ist nichts würdig. Aber ihn und sein Unternehmen zu Fall zu bringen wäre mit Sicherheit eine rühmliche Tat.«

»Also, wenn wir von guten Taten und rühmlichem Handeln sprechen, dann sind die Stufen, die zum Erfolg führen …«

Sie musste lächeln. Sie konnte gar nicht anders. Wieder sah sie ihn kopfschüttelnd an. »Wie können Sie für alle Probleme nur so leicht … Lösungen finden? Wie können Sie die Schwierigkeiten abtun, einfach Ihre Richtung ändern und weiter voranstürmen?«

Er zuckte die Achseln. »Ich kann es einfach. Was soll ich sagen. Es ist ein angeborenes Talent.« Er erwiderte ihren Blick. Und obwohl seine Augen klar waren, hatte sie den Eindruck, dass er mindestens zwei Persönlichkeiten hatte – den unerschütterlichen Abenteurer, der er nach außen hin zu sein schien, und den Mann, der tiefgründiger war und von dem sie bisher nur einen flüchtigen Blick erhaschen konnte. Beide waren real. Doch er wechselte von einer Persönlichkeit zur anderen, nutzte die erste als Schild, um die Aufmerksamkeit von den Tiefen der anderen zu lenken. Bevor sie noch mehr über ihn herausfand, blinzelte er, und der Moment war vorbei. »Wir müssen uns jetzt auf das Endspiel konzentrieren«, erklärte er, »und dürfen uns dabei nicht in Kleinigkeiten verstricken lassen.«

Wahre Worte … Sie sah ihn von oben bis unten an. »Sie haben nicht noch weitere offene Wunden, oder?«

»Nein.« Er tastete vorsichtig nach seinem Gesicht und massierte dann behutsam seine unteren Rippen. »Aber wenn Sie etwas haben, das bei Blutergüssen Linderung verschafft, würde ich nicht Nein sagen.«

Sie nickte und redete sich ein, dass sie es schon schaffen und die Situation meistern würde. »Er hat Sie auch auf den Rücken geschlagen. Am besten ziehen Sie mal Ihr Hemd aus.«

Und lassen mich einen Blick auf Ihren Körper werfen.

Sie schluckte die Worte hinunter und drehte sich um, um im Schrank nach dem Mittel für Blutergüsse zu suchen. Als sie sich mit dem Tiegel in der Hand wieder umwandte, konnte sie nicht verhindern, dass ihre Augen groß wurden. Sie konzentrierte sich rasch darauf, den Deckel des kleinen Töpfchens zu öffnen. Schließlich sammelte sie all ihren Mut zusammen, holte tief Luft, hielt sie an und erlaubte es sich, mit der braunen Salbe auf den Fingern einen zweiten Blick zu riskieren – auf den wundervoll muskulösen Bauch, der nun vollkommen entblößt war.

Das Einzige, was sie davon abhielt, ihn zu offensichtlich fasziniert anzustarren, war das große Hämatom, das sich zu verfärben begann. Sie verteilte die Salbe behutsam darauf. Er zuckte zusammen. War er so empfindlich? Wieder kribbelten ihre Fingerspitzen. Sie erhöhte den Druck, rieb die Salbe leicht in die Haut ein.

Caleb presste die schmerzenden Kiefer zusammen und ließ den Blick durch den Raum wandern. Er sah überall hin, nur nicht auf diese reizende Frau, die ihn mit todernster Miene behandelte. Als sie ihre Fingerspitzen erneut in den Tiegel tunkte, setzte er sich ein wenig anders hin. Warum hatte er das hier für eine gute Idee gehalten? Es kam einer Folterung gleich. Er hatte ja nicht ahnen können, dass ihre Anziehungskraft so stark war. Er war ernsthaft an ihr interessiert. Jeder Mann mit gutem Augenlicht wäre an einer reizenden und hübschen Frau wie dieser interessiert, aber es kam ihm nicht wie normales Interesse vor, sondern eher wie ein brüllender Hunger, eine unbändige Gier.

Er versuchte, seine Gedanken auf etwas anderes zu richten, um seinen Verstand, seine Sinne weg von ihren kreisenden Fingerspitzen auf seiner Haut und dem Druck zu lenken, der die Muskeln darunter – und noch viel tiefer – erreichte. Er dachte an seine Mutter. Oder an seine Tante Gertrude.

Dann war sie fertig und machte einen Schritt zurück. Sie berührte ihn nicht mehr. Bevor er sich damit lächerlich machen konnte zu sagen, sie solle doch bitte nicht aufhören, ging sie um ihn herum. Hinter ihm blieb sie stehen. »Dieser Bluterguss ist noch viel schlimmer.«

Langsam strich sie die Salbe auf das Hämatom an seinem Rücken und rieb sie ein. Er schloss die Augen. Es kostete ihn viel Mühe, den Kopf hochzuhalten und nicht in den Nacken fallen zu lassen. Ihm war nicht bewusst gewesen, wie angespannt die Muskeln zwischen seinen Schulterblättern gewesen waren, bis sie mit ihrer sanften Massage begonnen hatte … Er klammerte sich an den Hocker und drängte ein lustvolles Stöhnen zurück.

Der Moment war ein kleines Stückchen unerwarteten Glücks an einem Tag, an dem sich alles geändert hatte und ab dem sie noch vorsichtiger vorgehen mussten. Solange er und seine Leute in Dubois' Kopf als Mitglieder der Gruppe angesehen wurden, die er schon seit Monaten erfolgreich gefangen hielt, mussten sie behutsam sein.

Nachdem Katherine seinen Rücken behandelt hatte, trat sie an seine Seite und strich mit zarten Bewegungen die Salbe auf sein verletztes Kinn. Er wagte es nicht, sie anzusehen, sondern hielt die Augen geschlossen.

Schließlich klopfte sie ihm auf die Schulter. »Wir sind fertig. Das sollte die Schmerzen lindern. Die Blutergüsse werden sich auch schneller zurückbilden.«

Er öffnete die Augen und sah, dass sie zum Schrank ging.

Hastig nahm er sein Hemd und zog es über, steckte es in den Bund seiner Hose. Er zwang sich, sich nur auf die aktuelle Aufgabe zu konzentrieren. »Wenn ich es richtig verstanden habe, stellt Dubois nur selten Wachen vor den Gebäuden auf. Uns ist das schon beim Beobachten des Lagers aufgefallen, aber wir wussten nicht, ob vielleicht Wachleute in den Baracken postiert sind. Wir haben nur selten einen Wachmann mal in die Reinigungsbaracke oder die Mine hinein- oder hinausgehen sehen.«

Sie schloss den Schrank und drehte sich zu ihm um. »Ja. Das stimmt. Wie ich schon sagte, gehört das zu Dubois' Methode, uns zu manipulieren.«

«Also sind die Wachen meist am Tor postiert, patrouillieren über das Gelände, befinden sich auf dem Wachturm oder ruhen sich in ihren Hütten aus.« Mit hochgezogenen Augenbrauen sah er sie an.

Sie nickte. »Ab und zu kontrollieren zwei der Wachen

uns Gefangene, aber nie länger als eine Stunde täglich.« Sie hielt kurz inne und fragte dann: »Warum?«

»Es ist nützlich zu wissen, wo die Kerle sich gemeinhin aufhalten. Taktisch gesehen ist es tatsächlich eine Schwäche, dass die Wachleute sich fast nie in der Nähe der Gefangenen befinden.« Er lächelte sie an. »Das muss ich mir merken, denn es ist wichtig für die Rettungsmannschaft.«

»Aha. Ich verstehe.« Sie faltete die Hände vor dem Bauch, holte Luft und öffnete die Lippen …

Er ergriff ihre Rechte, hob sie an seine Lippen und hauchte einen Kuss auf ihre Fingerknöchel. »Katherine … Ich darf Sie doch so nennen?« Als sie ziemlich steif … oder eher verwirrt … nickte, lächelte er. »Wir müssen akzeptieren, was geschehen ist, und nach vorn schauen. In Ordnung? Niemand muss sich bei irgendjemandem entschuldigen. Das ist nicht nötig.«

Katherine ertappte sich dabei, wie sie erneut nickte. Dann ließ er ihre Hand los, und der Schraubstock, in den ihr Brustkorb eingespannt zu sein schien, löste sich. Es gelang ihr, Luft zu holen und ihren Verstand einigermaßen zu kontrollieren. Einen Moment lang blickte sie ihn an.

»Bekommen Sie immer das, was Sie wollen?«

In seinem Lächeln war keine Spur von Reue zu erkennen. »Für gewöhnlich, ja.«

Die Überzeugung, dass alles gut werden würde, schwang dabei in seinem Ton mit. Sie bemerkte, dass sein Blick in die Ferne schweifte. Ihr wurde klar, dass er schon tat, was er gefordert hatte: Er schaute nach vorn.

»Kommen Sie.« Sie wandte sich zur Tür. »Ich bringe Sie in die Unterkunft der Männer. Ihre Freunde sind wahrscheinlich schon dort.«

»Wissen Sie«, sagte er, »genau genommen freue ich mich schon darauf, mir zu überlegen, wie ich es anstelle, dass Dubois es bereuen wird, je die Augen auf mich gerichtet zu haben. Ganz zu schweigen davon, dass er so anmaßend war, mich und meine Leute in sein Lager zu bringen.«

Wieder war der tiefgründigere Mensch in ihm zu erkennen, der den Worten, die ganz leicht hätten sein können, Stärke verlieh, Entschlossenheit und eine tief sitzende, emotionale Schärfe.

Als sie die Krankenstation verließen und er wach und aufmerksam neben ihr herging, spürte sie eine Lebenskraft, eine Leichtigkeit, die sie seit Monaten nicht mehr empfunden hatte. Das war ihm zu verdanken. Er war ein so positiver Mensch – und genau der Mann, auf den sie alle hier im Lager gewartet hatten.

Dubois hatte sich geirrt. Das Schicksal hatte ihm nicht zugelächelt.

Es hatte den Gefangenen zugelächelt und ihnen Caleb Frobisher geschickt, der sie zusammenführen und ihre Kräfte wachrufen würde.

Kapitel 10

Am frühen Abend versammelte sich die nun viel größere Gruppe von Gefangenen um die Feuerstelle herum. Katherine fragte sich, ob Calebs Leute die Gefangenschaft genauso entspannt hinnehmen würden wie er. Soweit sie es beurteilen konnte, schienen sie tatsächlich aus dem gleichen Holz geschnitzt zu sein. Als ob es im Leben nur wenig gäbe, was sie aus der Bahn werfen könnte.

Einige seiner Männer hatten sich freiwillig gemeldet, ein paar zusätzliche Baumstämme zurechtzusägen, damit sie alle Platz fanden. Nachdem sie nun alle saßen und einen wässrigen Eintopf mit Ziegenfleisch aßen, beobachtete sie weiter, wie Calebs Leute und seine Freunde auf seine unerschütterlich positive Führung reagierten.

Er schien wie eine Katze zu sein. Es war egal, wie er fiel, er landete immer auf den Füßen und suchte sofort nach Möglichkeiten, die Situation für seine Leute und sich selbst zu verbessern. Die ruhige, wachsame Haltung seiner Leute zeigte, dass sie damit gerechnet hatten, dass er so reagieren würde, wie er reagiert hatte. Offenbar fanden sie es ganz normal, dass er sich von Dubois hatte schlagen lassen.

Sie sah in die Runde und betrachtete die Gesichter, die durch das Licht des Feuers erhellt wurden. In den Mienen derjenigen, die sich wie sie schon seit Monaten in Dubois' Gefangenschaft befanden, bemerkte sie Neugier auf den Kapitän und sein Handeln, aber auch Traurigkeit. Sie blickte auf ihren Teller. Die Gefangennahme von Caleb und seinen Leuten hatte die Hoffnung schwinden lassen, die sein Auftauchen im Dschungel geweckt hatte. Aber vielleicht stimmte es ja, dass es gut war, dass er und seine Männer im Lager waren. Und vielleicht war die Hoffnung ja auch noch nicht dabei zu sterben, sondern veränderte sich nur.

Caleb, der zwischen Hillsythe und Phillipe saß, freute sich über den Eintopf. Die Ereignisse des Tages hatten ihn sehr hungrig gemacht. Während er aß, dachte er über all das nach, was er seit seiner Ankunft über das Lager erfahren hatte – über die Krankenstation, die Unterkunft der Männer und die Mine, die er und Phillipe kurz besichtigt hatten. All das brachte er mit dem Wissen zusammen, das er bereits gesammelt hatte.

Als sein Teller leer war, stellte er ihn, wie die anderen es auch taten, zu seinen Füßen ab. Er sah sich flüchtig um. Er konnte keine Wache in der Nähe entdecken. Zwei Söldner patrouillierten durch das Lager, zwei saßen auf der Veranda der Baracke und drei auf dem Wachturm. Doch keiner von ihnen war nahe genug, um die Gespräche an der Feuerstelle mit anhören zu können.

Caleb sah Hillsythe an. Dixon, Fanshawe und Hopkins saßen auf Hillsythes anderer Seite. »Ich finde es interessant, dass Dubois erlaubt, dass die Leute sich zusammenfinden und unterhalten können, ohne es irgendwie zu überwachen.«

Hillsythe lächelte schief. »Er tut es aus denselben Gründen, aus denen er fast alles tut: weil es am Ende zu seinem Vorteil ist.« Als Caleb mit einem fragenden Blick bedeutete, dass er mehr hören wollte, fuhr Hillsythe fort: »Es gibt keinen leichten Weg aus diesem Lager. Der Zaun ist sicher, die Wachen patrouillieren zu unberechenbaren Zeiten, der Wachturm ist ständig besetzt. Wir haben keine Waffen. Spitzhacken und ein paar Schaufeln taugen nichts gegen unzählige Messer, Schwerter und erst recht nicht gegen die Musketen. Und außerdem gelingt es Dubois noch durch etwas anderes, uns dazu zu bringen, das zu tun, was er will – zu arbeiten, wie er es will, und unter keinen Umständen zu versuchen zu fliehen. Und zwar durch eine Drohung, die ständig spürbar ist.«

»Ich habe ihnen von Daisy erzählt.« Katherine, die mit den anderen Frauen zusammen ein Stück entfernt saß, hatte leise gesprochen.

Hillsythes Miene wurde ernst. »Also kennen Sie den Kern dieser Drohung. Indem er uns erlaubt, uns zu ... na ja, zu verbrüdern, ermutigt Dubois uns, Beziehungen aufzubauen, eine Gemeinschaft zu werden, sodass wir einander mögen. Das ist für ihn entscheidend, denn so hat er uns in der Hand. Er kann uns nach Belieben kontrollieren. Wenn ein Mann sich als unbeugsam erweist, bedroht er die Frau oder die Frauen, die zu ihm gehören und ihm viel bedeuten. Wenn die Frauen schwierig sind, bedroht er die Männer oder die Kinder. Wenn die Kinder querschießen, bedroht er die Erwachsenen. Also, je enger wir zusammenwachsen, desto besser und leichter wird es für ihn.«

»Aber das heißt doch«, sagte Phillipe, »dass sie ... dass *wir* auch ganz ungestört Pläne schmieden können.«

»Das ist wahr, und ich bin mir sicher, dass er sich dessen bewusst ist. Aber bisher ...«, Hillsythe sah auf die Männer, »... bisher hatten wir nicht die Möglichkeit, einen wirkungsvollen Plan zu entwickeln. Und selbst jetzt hat sich nach Dubois' Meinung nichts daran geändert. Solange *wir* keinen Zugang zu Waffen haben und solange *er* Zugriff auf so viele brauchbare Geiseln hat, weiß er, dass wir es nicht wagen werden, etwas zu unternehmen.«

»Mehr noch«, warf Dixon ein. »Er *erfreut* sich daran, uns die Freiheit zu geben, zu reden und Pläne zu schmieden, denn es unterstreicht noch einmal, wie hoffnungslos unsere Situation ist und wie wenig er uns fürchtet.«

Phillipe nickte. »Er tritt Ihre potenzielle Macht, ihn zu stürzen, mit Füßen.«

»Genau.« Fanshawe beugte sich vor. »Es ist nur ein weiteres Element seiner Strategie, eine weitere Art, unmissverständlich klarzumachen, dass wir von ihm beherrscht werden und dass es kein Entkommen gibt.«

Caleb zog die Augenbrauen hoch. »So eine Arroganz, so eine Selbstgefälligkeit.«

»Die sich«, bemerkte Hillsythe, »bisher als wohlbegründet erwiesen hat. Aber ich verstehe, was Sie meinen. Wenn die Situation sich grundlegend ändert, wird eine solche Selbstgefälligkeit zu einer Schwäche.«

Caleb lächelte. »Von Größenwahn bedingte Blindheit – das könnte sehr nützlich werden.« Nachdem er einen Moment lang nachgedacht hatte, sah er zu Hillsythe, Dixon, Fanshawe und Hopkins. »Gehe ich recht in der Annahme, dass sich Dubois' Aufmerksamkeit, wenn es um die Verteidigung des Lagers geht, eher nach außerhalb richtet? Dass er glaubt, wenn es zu einem Angriff kommt, dann von außen und nicht von innerhalb der Umzäunung?«

Hillsythe nickte, ehe er antwortete. »Vorausgesetzt,

dass nichts seine derzeitige Meinung über uns stört, stimmt das so.« Er sah Caleb an. »Wir sind bestrebt sicherzustellen, dass nichts, was wir tun, ihn misstrauisch macht oder seine Aufmerksamkeit auf uns lenkt – für den Fall, dass es zum Äußersten kommt und wir gezwungen sind, einen Fluchtversuch zu wagen.«

Caleb blickte in die Runde. Irgendwann sah er wieder zu Hillsythe und sagte mit gedämpfter Stimme: »Es gibt nur einen Aspekt, den ich noch immer nicht ganz glauben kann. Sind Sie sicher, dass es keine Kollaborateure unter Ihnen gibt? An Dubois' Stelle würde ich mindestens einen Informanten in Ihren Reihen haben wollen.«

Hillsythes Lächeln wirkte gefährlich, bestimmt. »Zu dem Schluss sind wir auch gekommen.« Er sah Dixon an. »Also haben wir ihm diesen Wunsch sozusagen erfüllt.« Hillsythe erklärte mit Dixons verlegener Hilfe, welche Rolle sie für Dixon entwickelt hatten. Dixon spielte den Ingenieur, der sich von der Herausforderung hatte verleiten lassen, unter so schwierigen Umständen eine Diamantenmine zu führen.

»Ich bin kein guter Schauspieler, und es ist auch keine Rolle, die mir besonders gefällt«, sagte Dixon, »aber da ich derjenige war, durch dessen Mitarbeit die Mine überhaupt erst eröffnet werden konnte …« Er verzog das Gesicht. »Ich habe mein Bestes gegeben.«

»Er fühlt sich schuldig«, murmelte die Frau, von der Caleb inzwischen wusste, dass sie Harriet Frazier hieß. Ein liebevoller Blick zu Dixon machte die Bemerkung ein bisschen weicher. »Also tut er alles, was er kann, um es wiedergutzumachen. Falls sich allerdings irgendjemand schuldig fühlen sollte, sollte ich es sein. Ich habe Dubois als Druckmittel gedient, um John zu zwingen, die Mine zu eröffnen. Aber es hilft nicht, sich in Selbstmitleid zu suhlen, also tun wir alle, was wir können, um am Leben zu bleiben.«

»Das stimmt. Niemand hier hat irgendetwas wiedergutzumachen«, sagte Hillsythe. »Und unsere List funktioniert.« Er wandte sich Caleb zu. »Dubois weiß nicht mehr über die Arbeit in einer Mine als der durchschnittliche Bürger. Er nimmt an, dass es nicht wirklich viel darüber zu wissen gibt und dass eigentlich alles unkompliziert ist.«

Caleb nickte. »Da zeigt sich wieder seine angeborene Arroganz.«

»Wie wahr. Deshalb habe ich Dixon erklärt, dass Dubois ihm, wenn er die Rolle des Ingenieurs, der davon besessen ist, die Mine zu betreiben, richtig spielt, sich irgendwann auf seinen Rat verlassen und ihm vertrauen würde. Irgendwann würde er alles glauben, was Dixon ihm über die Mine erzählt, und Dubois würde davon ausgehen, dass Dixon sich beschweren würde, wenn der Rest von uns der Mine schaden wolle oder die Arbeit stören würde.«

»Und so hat es sich bestätigt.« Dixons Ton ließ vermuten, dass er genauso überrascht war wie jeder andere, dass seine List funktioniert hatte. »Allerdings bemühe ich mich, nichts zu tun, was zu weit gehen würde. Nichts, was Dubois irritieren und sein Misstrauen wecken könnte.«

Fanshawe fügte hinzu: »Wir vollführen einen Drahtseilakt und wissen, dass wir vorsichtig sein müssen, aber Dixons ›Leitung‹ der Mine hat es uns erlaubt, die Kontrolle darüber zu haben, wie schnell die Vorräte sich erschöpfen.«

Caleb nickte bedächtig. Er fügte die Informationen,

die er jetzt bekommen hatte, zu dem Bild hinzu, das sich langsam in seinem Kopf zu einem großen Ganzen formte.

Hillsythe fing seinen Blick auf. »Ich hoffe, dass alles, was wir gesagt haben, Sie davon überzeugt hat, dass es unbedenklich ist, zu reden und die Informationen zu teilen, die Sie bisher zurückgehalten haben. Niemand hier wird eine falsche, unpassende Bemerkung machen – nicht einmal die Kinder. Wir sitzen alle im selben Boot. Wir werden entweder zusammen überleben oder gemeinsam sterben. Jeder hier ist sich dessen bewusst.« Seine Miene wurde ernst. »Und niemand von uns wird Dubois vertrauen.«

Caleb sah kurz in die Runde. Viele der Kinder redeten miteinander, doch die Aufmerksamkeit der Erwachsenen war auf ihn gerichtet.

Er wandte sich wieder Hillsythe zu. »Was möchten Sie wissen?«

Hillsythe hatte seine Frage wohl schon vorbereitet. »Erzählen Sie uns von dieser Rettungsaktion ... Erzählen Sie uns alles, was bisher passiert ist.«

Caleb atmete tief durch und kam dann der Bitte nach. Da jeder der Anwesenden die Siedlung kannte, musste er zumindest die geografischen Gegebenheiten nicht weiter erläutern. Als er Declans und seiner Frau Edwinas und dann Roberts und Aileens Erlebnisse zusammenfasste und die Schlussfolgerungen erklärte, die sie aus ihren Entdeckungen gezogen hatten, wurden selbst die Kinder still und lauschten ihm. Caleb wusste, dass Phillipe, der neben ihm saß, ein Auge auf die Wachen hatte. Er beobachtete die Wachposten, um zu schauen, ob einer von den Männern nah genug kam, um etwas mitzubekommen. Doch das war nicht der Fall. Dumpfes Gemurmel erklang, als er die Namen der bekannten Komplizen nannte: Es waren Undoto, Lady Holbrook, Muldoon und der Lieferant Winter.

Als Caleb zum Ende kam, hatte er auch von der Ermordung Kales und seiner Leute erzählt und das Waffenversteck am See nicht unerwähnt gelassen. Alle, die an der Feuerstelle saßen, verstanden nun, warum keine Hilfe aus der Siedlung gekommen war. Und sie begriffen, dass sie, wenn sie gerettet werden wollten, die Mine weiterhin betreiben und genügend Ausbeute machen mussten. Sie mussten so viele Diamanten liefern, dass die geheimnisvollen Hintermänner zufrieden waren und die Mine nicht schließen würden. Und das alles mussten sie bis in den September hinein schaffen – bis die Rettung da sein würde.

Es herrschte Stille. Caleb gab den Leuten einen Moment, um alles zu verarbeiten. Dann sagte er: »Jetzt wissen alle, wo wir nun gemeinsam stehen. In der nächsten Phase müssen wir uns überlegen, was wir zu unserer Rettung beitragen können, damit der Angriff auf das Lager auch sicher ein Erfolg wird.«

Es erklang erneut dumpfes Gemurmel, als einige der Leute anfingen, laut nachzudenken, und andere ihnen Vorschläge machten.

Katherine sah, dass Caleb selbst die Kinder ermutigte, ihre Gedanken mit ihnen zu teilen. Dann lenkte er fast unmerklich die Spekulation auf seine genannten Ziele.

Ihr fiel auf, dass sie nicht die Einzige war, die sein Auftreten in der Runde zu schätzen wusste. Hillsythe und auch Dixon beobachteten ihn mit stiller Anerkennung. Indem Caleb alle dazu eingeladen hatte, sich an der Diskussion zu beteiligen, hatte er sie zu aktiven Teilnehmern gemacht, die ins Ganze eingebunden waren. Er hatte den

Zusammenhalt, den sie sich so hart erarbeitet hatten, gewürdigt und ihn gestärkt.

Irgendwann übernahm er wieder die Führung. »Wenn ich es richtig verstanden habe, trägt die Gefangennahme von mir und meinen Leuten dazu bei, dass wir schneller mit der Arbeit vorankommen, aber die Betriebsdauer der Mine wird gleichzeitig minimiert. Richtig?«

Dixon dachte kurz nach und verzog das Gesicht. »Mein Vorschlag sieht so aus: Wir nutzen Sie und Ihre Männer dazu, den zweiten Stollen vollständig auszuheben und abzustützen, das muss gemacht werden, bevor wir mit dem Abbau des Gesteins darin beginnen können. Das wird Sie alle, mich und noch drei Zimmerleute erst einmal eine Weile beschäftigen.« Er sah Hillsythe an und blickte dann zu Fanshawe und Hopkins. »Wie geplant, werden wir aus dem ersten Gang herausholen, was herauszuholen ist, und stocken die Produktionsmenge mit Material aus unserem geheimen Vorrat bis zu einem annehmbaren Niveau auf.« Dixon wandte den Blick wieder Caleb zu. »Wir können nicht riskieren, dass die Hintermänner kalte Füße bekommen. Und soweit ich es beurteilen kann, ist das Diamantenvorkommen in der zweiten Ader größer als in der ersten.«

»Lassen Sie uns auf Nummer sicher gehen und vom schlechtesten Fall ausgehen«, sagte Caleb.

Alle schwiegen, als Dixon nun noch einmal nachdachte und schließlich Caleb ansah. »Angesichts der zusätzlichen Männer wird es sehr, sehr eng. Vielleicht sogar *zu* eng. Was noch hinzukommt, ist: Die Hintermänner erwarten, dass wir die Produktionsmenge steigern. Und nachdem Dubois nun die Leute hat, die dafür gebraucht werden, wird er das ebenfalls erwarten.«

Caleb nickte unverzagt. »Bis Sie alle nötigen Informationen haben, um die Menge der Diamanten in der Ader einschätzen und möglicherweise nach oben korrigieren zu können, sollten wir davon ausgehen, dass wir die Produktionsmenge drosseln müssen – auf glaubwürdige Art. Sie darf nicht so sehr reduziert werden, dass die Gefahr besteht, dass die Mine geschlossen wird, muss aber gleichzeitig so niedrig sein, dass wir die Arbeit so lange wie möglich weiterführen können.« Er blickte in die Runde. »Kurz gesagt: Wir müssen uns glaubhafte Ausreden überlegen, warum die Produktionsmenge *nicht* steigt, auch wenn der zweite Stollen eröffnet wird.«

»Also«, sagte Lascelle, »von morgen an wird eine Gruppe den Ausbau des zweiten Ganges in Angriff nehmen, und die andere baut weiterhin Diamanten im ersten Stollen ab. Genau wie Dubois es erwarten würde.« Er hob einen Finger. »Aber während wir das tun, überlegen wir uns Wege, unerwartete und unvorhersehbare Unfälle, Brüche oder was auch immer sich da anbietet, um Zeit zu schinden.«

Caleb blickte in die Runde. »Irgendwelche Vorschläge, wie wir unsere Arbeit glaubhaft verlangsamen können? Möglichkeiten, die Dubois schlucken wird?«

Die Leute sahen einander an.

Katherine sagte schließlich: »Es betrifft jetzt nicht direkt die Arbeit in der Mine, aber es könnte eine ähnliche Wirkung haben. Wie wäre es mit unseren Hämmern und Meißeln?« Sie sah die anderen fünf Frauen an. »Wir benutzen seit unserer Ankunft hier dieselben Werkzeuge. Sicherlich sind inzwischen einige der Meißel stumpf geworden, oder? Und die Hämmer ... Die Köpfe könnten sich doch mittlerweile von den Stielen gelöst haben, oder?«

Caleb lächelte ihr zu. »Das sind genau die Ideen, die wir brauchen. Es muss nichts sein, was die Arbeit in der Mine selbst betrifft. Es muss uns nur dabei helfen, die Menge an Diamanten, die aus dem Lager gebracht wird, auf einem Niveau zu halten, das gerade so akzeptabel ist.«

Einige der Mädchen, die die Erzbrocken vorsortierten, erklärten, dass sie leicht den geheimen Vorrat vergrößern könnten, sie hätten da ihre eigenen Verstecke. Jemand anderes schlug vor, ein paar der Laternen zu manipulieren, die benutzt wurden, um die Tunnel zu erhellen. Ein weiterer wies darauf hin, dass die zusätzlichen Arbeitskräfte ja auch Spitzhacken und Schaufeln brauchen würden. Und bis weitere Werkzeuge geliefert werden könnten, könnte die Arbeit in der Mine eben nur so schnell vorangehen, wie es mit den begrenzten Mitteln möglich war.

»Das sind alles hervorragende Vorschläge.« Caleb sah an Hillsythe vorbei zu Dixon. »Captain Dixon weiß mehr über die Vorgänge in einer Mine als jeder andere.« Caleb blickte Dixon an. »Ich würde vorschlagen, Dixon, dass Sie die Produktion von jetzt an leiten. Koordinieren Sie die Arbeit. Und falls jemandem noch weitere Vorschläge einfallen, sollte derjenige sie mit Ihnen besprechen.« Er blickte in die Gesichter der anderen und lud alle ein, ihm zuzustimmen. »Wir wollen nicht, dass zu viel auf einmal passiert, aber zugleich muss alles, was wir tun, die größte und beste Wirkung haben.« Er wandte den Blick wieder zu Dixon und zog eine Augenbraue hoch.

Dixon wirkte dankbar. Er nickte. »Ich freue mich,

die Verantwortung zu übernehmen und mich darum zu kümmern.«

Hillsythe warf Caleb einen durchdringenden und anerkennenden Blick zu. Caleb spürte Hillsythes Blick. Er drehte den Kopf und erwiderte ihn.

Hillsythe zögerte, ehe er murmelte: »Das war gut. Ein weiser, vernünftiger Rat.«

Caleb lächelte. »Anders als mein Bruder Royd habe ich keine Schwierigkeiten damit, die Führungsposition mit jemand anderem zu teilen.« Hillsythe schnaubte im Bemühen, ein Lachen zu verbergen. Lächelnd sah Caleb zurück in die Runde. »Ich bin zunehmend beeindruckt davon, wie stark der Zusammenhalt in Ihrer Gruppe ist. Das macht es viel einfacher zusammenzuarbeiten.«

Hillsythe wirkte ernüchtert. »Geteilte Last, geteilte Feinde. Beides verbindet Männer, Frauen und sogar Kinder.«

Caleb nickte. »Es gibt noch eine Sache, über die wir alle nachdenken sollten.« Das Gemurmel verstummte. Als alle ihn erwartungsvoll anblickten, fuhr er fort: »Phillipe Lascelle und mir ist vor einigen Tagen aufgefallen, als wir das Lager von einem Felsvorsprung am Hang des Berges hinter uns beobachtet haben, dass es keinen strategischen Schwachpunkt im Lager gibt. Der Palisadenzaun und das Tor sind sehr solide.« Er sah die anderen an. »Wenn eine Rettungsaktion eine Chance auf Erfolg haben soll, ohne dass es im Lager zu massiven Verlusten kommt, werden wir im Lager selbst eine Ablenkung brauchen. Etwas Großes, Wirkungsvolles ... Es muss ausreichen, um die Aufmerksamkeit von Dubois und allen Wachen zu fesseln.«

«Und es wäre am besten«, fügte Phillipe hinzu, »wenn

diese Ablenkung nicht als Teil eines Angriffs wahrgenommen wird. Es sollte vielmehr nach einem Unfall aussehen.«

Caleb nickte ernst. »Wir wissen, was diese Ablenkung bewirken soll, aber wir brauchen noch eine Idee, wie das Manöver aussehen könnte.«

Die Ansage hatte alle zurück auf den Boden der Tatsachen geholt.

Plötzlich rief einer der Wachmänner auf dem Turm denen auf der Veranda etwas zu. Was genau er sagte, war nicht zu verstehen. Auf der schattigen Veranda bewegten sich zwei Männer, gingen die Treppe hinunter und zum Tor. Als sie es erreichten, sagten die Wachen etwas – vermutlich zu demjenigen, der vor dem Tor stand. Offenbar zufrieden mit der Antwort, die sie bekommen hatten, entriegelten die Männer das Tor und öffneten es.

Vier ihrer Kameraden kamen ins Lager.

Hillsythe beugte sich zu Caleb herüber. »An der Spitze der Gruppe ist Cripps – Dubois' zweiter Stellvertreter. Dubois hat ihn losgeschickt, um herauszufinden, was mit Kale los ist.«

Den Blick auf den bulligen Söldner gerichtet, nickte Caleb.

Die Wachmänner am Tor schlossen es wieder und sperrten es ab. Dann folgten sie Cripps und den drei anderen.

Die Gefangenen sahen der Gruppe schweigend hinterher, bis sie in die Baracke gegangen waren und die Wachleute ihre Position auf der Veranda wieder eingenommen hatten. Caleb bemerkte, dass hinter einem Fenster der Hütte, in der die Söldner untergebracht waren, eine Lampe angezündet wurde. Nach allem, was er von

Katherine erfahren hatte, stand diese Lampe auf Dubois' Schreibtisch.

Nach und nach drehten sich die Gefangenen wieder zur Feuerstelle um. Die Flammen erloschen allmählich, das Holz wurde zu rot glühender Asche. Wenn man die Gesichter der Leute betrachtete, ahnte man, dass sie über die vorangegangene Unterhaltung nachdachten – umso mehr, da Cripps zurückgekehrt war.

Irgendwann sah Hopkins Caleb an. »Uns bleibt ein Monat, um uns etwas Wirkungsvolles zu überlegen, bis uns eine Rettungsmannschaft erreicht.«

Caleb nickte. »Das stimmt.« Seine Stimme bekam einen stahlharten Unterton. »Aber wir müssen unser Ablenkungsmanöver gut vorbereitet haben, bevor sie kommt.«

Dubois hatte in der Dunkelheit an seinem Schreibtisch gelehnt, um die Gefangenen an der Feuerstelle besser beobachten zu können. Nicht, dass er etwas gesehen hätte, was ihn alarmiert hätte. Er hatte schon damit gerechnet, dass der junge Kapitän im Mittelpunkt des Interesses stehen würde. Zweifelsohne beantwortete der Mann gerade Fragen und beschrieb die Welt außerhalb des Dschungels. Dubois hätte es lieber gesehen, wenn die Neuankömmlinge in den Köpfen der anderen Gefangenen nicht die Gedanken an das Leben außerhalb des Lagers wiedererweckt hätten. Allerdings betrachtete er es als unvermeidbar, und er war sich sehr sicher, die Leute so gut im Griff zu haben, dass er diesen Punkt einfach beiseiteschieben konnte.

Vor allem, weil der junge Kapitän ein paar kerngesunde Männer mitgebracht hatte.

Mit einem Lächeln über die Güte des Schicksals auf dem Gesicht hatte Dubois, als Cripps hereingekommen war, das Fenster und den Ausblick hinter sich gelassen und war zum Schreibtisch gegangen, um die Lampe anzuzünden.

Er hatte Licht haben wollen, um in Cripps' Miene lesen und um alles über Kales seltsames Verhalten herausfinden zu können. Er ließ sich nun auf den Stuhl hinter dem Schreibtisch sinken und richtete den Blick auf seinen Stellvertreter, der die Schultern straffte und sich vor ihm aufbaute.

»Was haben Sie herausgefunden?«

Arsene kam ebenfalls zu ihnen. Auch er sah Cripps erwartungsvoll an.

Cripps erwiderte Dubois' Blick respektvoll. »Soweit wir es sehen konnten, sind Kale und seine Männer verschwunden.«

Dubois beschränkte seine Reaktion auf seine Augen. »Definieren Sie das näher.«

»In ihrem Lager war nichts mehr. Der Ort sah aus, als hätten sie aufgeräumt und wären dann abgehauen. Es scheint seit Tagen niemand mehr dort gewesen zu sein.«

Dubois wechselte einen Blick mit Arsene und sah wieder zu Cripps. »Sind sie überstürzt aufgebrochen?«

Cripps schüttelte den Kopf. »Es sah nicht danach aus. Alles war sauber und ordentlich.«

»Keine Kampfspuren?«, fragte Arsene.

»Nein.« Cripps hielt kurz inne. »Es wirkte auf uns so, als hätten Kale und seine Leute die Taschen gepackt und wären gegangen. Wahrscheinlich zurück in die Siedlung.«

Dubois trommelte mit den Fingerspitzen auf den

Schreibtisch. »Warum sollte Kale verschwinden? Was würde einen Mann wie ihn dazu bringen, einen sicheren Job wie diesen einfach hinzuschmeißen?«

»Noch mehr Geld«, schlug Arsene vor.

Cripps nickte. »Das habe ich auch gedacht.«

Arsene schnaubte. »Kale war schon immer ein unzuverlässiger Mistkerl. Und seine Leute wurden schon ungeduldig, weil diejenigen, die das Sagen haben, ihnen in den vergangenen Wochen keine Aufträge mehr gegeben haben.«

Dubois nickte. »Kale wurde pro Person bezahlt, die er uns hergeliefert hat, also kann ich sein Dilemma nachvollziehen.«

Arsene zuckte mit den Achseln. »Dann hat ihm wohl jemand ein besseres Angebot unterbreitet …«

Cripps schüttelte den Kopf. »Also ist er auf und davon.«

Langsam nickte Dubois. »Ich stimme zu, dass es das Wahrscheinlichste ist.« Doch war es wirklich so? Sein Instinkt rührte sich, ein unbehagliches Gefühl überkam ihn. Seltsam, dass innerhalb von einigen Tagen Kale verschwand und der junge Kapitän mit seiner Mannschaft in der Nähe des Lagers aufgetaucht war.

Dubois unterdrückte den Impuls, sich umzudrehen und aus dem Fenster nach den Gefangenen zu sehen, die mit Sicherheit noch immer an der Feuerstelle versammelt waren. Das *musste* ein Zufall sein. Kale hätte sich nicht von dem Kapitän und seinen Leuten vertreiben lassen. Wenn Kale sie im Dschungel getroffen hätte, dann hätte er sie gefangen genommen und sie in die Mine geschafft.

Die Reaktionen des jungen Kapitäns und wahrscheinlich auch die seiner Leute, die vermutlich nicht besser waren als er, waren viel zu langsam, als dass sie hätten gegen Kale antreten und gewinnen können. Selbst Dubois hatte einen Heidenrespekt vor Kales Geschick mit dem Schwert.

Nein. Es gab keinen triftigen Grund anzunehmen, dass eine Verbindung zwischen dem Auftauchen der Seeleute und Kales Verschwinden bestand. Es war Kales Entscheidung gewesen zu gehen.

Dubois konzentrierte sich darauf, was als Nächstes kam. »Nachdem es uns gelungen ist, ohne Kales Hilfe genügend Männer zu bekommen, brauchen wir seine Fachkenntnisse nicht mehr. Die einzige Schwierigkeit, vor die sein Verschwinden uns nun stellt, ist die Beschaffung von Ausrüstung für die Arbeit in der Mine.«

Dubois sah Arsene an und dann Cripps. Er lehnte sich auf seinem Stuhl zurück. »Wir werden nicht warten. Kale hat sich mit seinem Verhalten selbst für das Unternehmen disqualifiziert. Wir gehen ab jetzt einfach davon aus, dass er nicht mehr zurückkommen wird. Ich hoffe, dass es kein Problem wird, mehr Spitzhacken, Schaufeln, Nägel und was Dixon sonst noch auf seiner Liste hat, ohne Kale zu besorgen.« Er machte eine kleine Pause, ehe er fortfuhr: »Und zusätzliches Geld. Die Vermittler in der Siedlung werden mit Sicherheit schnell reagieren, wenn wir ihnen alles erklären.« Er sah Arsene an. »Suchen Sie sich vier Männer und nehmen Sie die kürzeste Route in die Siedlung. Es gibt keinen Grund, den Weg an Kales Lager entlang zu nehmen – wir sollten nicht noch mehr Zeit verlieren.«

Arsene ergriff das Wort. »Und sobald wir in der Siedlung sind?«

Mit leicht zusammengekniffenen Augen dachte Dubois

nach. Dann sagte er: »Wie wir es besprochen haben: Nehmen Sie Kontakt zu Winton im Fort auf, aber nur, wenn Sie es diskret tun können. Wenn Sie ihn nicht erreichen sollten, sprechen Sie mit Muldoon. Sie wissen ja, wo Sie ihn finden können. Mit wem auch immer Sie sprechen, bringen Sie denjenigen dazu, die Ausrüstung zu organisieren, die Dixon braucht ...« Dubois unterbrach sich und durchsuchte einen Stapel Papiere. Er zog ein Blatt hervor, warf einen Blick darauf und reichte es dann Arsene. »Das ist Dixons neueste Liste. Sagen Sie Winton oder Muldoon, dass sie alles auf der Liste so schnell wie nur irgend möglich in den Unterschlupf bringen sollen, wenn sie mehr Diamanten für ihre geschätzten Auftraggeber haben wollen. Außerdem sollen sie noch eine zusätzliche Zahlung leisten. Den üblichen Satz. Für unseren Ärger. Sobald Sie alles haben, kommen Sie hierher zurück.«

Arsene zögerte kurz. »Ich weiß, dass ich die Frage schon einmal gestellt habe, aber nachdem nun alles anders ist, soll ich unseren Mann im Büro des Gouverneurs vielleicht doch kontaktieren, falls ich weder Winton noch Muldoon erwischen sollte?«

Dubois dachte kurz darüber nach und schüttelte dann den Kopf. »Nein. Nicht zu diesem Zeitpunkt. Es bleibt am schwierigsten, ihn unbemerkt aufzusuchen und ...« Dubois verzog das Gesicht. »Angesichts des wachsenden Drucks der Hintermänner und angesichts der Tatsache, dass das Schicksal uns die Leute zugeführt hat, die wir brauchen, um die Forderungen zu erfüllen, sagt mir die Erfahrung eines: Wenn es einen Zeitpunkt gibt, an dem etwas schiefgehen kann, dann jetzt. Und falls irgendetwas Unvorhergesehenes passiert, brauchen wir den Herrn im Büro des Gouverneurs, damit er uns auf drohende Gefahren hinweist. Außerdem ist er in der besten Position, um Bedrohungen abzuwenden – zumindest, bis wir davon erfahren und unsere Spuren verwischen können.« Dubois sah Arsene an. »Also, nein. Riskieren Sie es nicht, ihm auf die Schulter zu klopfen.«

Arsene nickte und akzeptierte damit die Anordnung. »Wenn wir die Ausrüstung und das Geld schnell bekommen, sollten wir in fünf Tagen zurück sein.«

Am nächsten Morgen versammelten sich Caleb, Phillipe und ihre Männer mit den anderen Gefangenen an der Feuerstelle und genossen ein Frühstück, das anscheinend aus Schiffszwieback und Tee bestand. Die Kinder bekamen Schalen mit wässrigem Haferschleim, den sie mit unangemessener Hast verschlangen.

Caleb nahm einen Schluck Tee aus seinem Blechbecher und beobachtete Katherine Fortescue und die anderen Frauen. Sie hatten sich wie am Abend zuvor zusammengesetzt und die Köpfe zusammengesteckt. Angeregt tauschten sie sich aus.

Er betrachtete die anderen Männer, von denen viele ebenfalls die Köpfe zusammengesteckt hatten und sich leise unterhielten. Caleb dachte noch einmal über die Gespräche nach, die er in der vergangenen Nacht mitbekommen hatte, als sie überraschend bequem in Hängematten gelegen hatten, die zwischen den Pfählen aufgehängt worden waren, die das Dach der Hütte für die Männer stützten.

»Es scheint so, als hätten alle den gestrigen Rückschlag gut bewältigt. Sie konzentrieren sich darauf, was als Nächstes kommt«, murmelte er Phillipe zu.

Sein Freund verzog die Lippen zu einem Lächeln. Er

nippte an seinem Tee, dann ließ er den Becher sinken und erwiderte genauso leise: »Ich habe nie daran gezweifelt, dass es so kommen würde. Das ist dein besonderes Talent.«

Caleb blinzelte verwirrt. »Tatsächlich?«

Seine Frage war ernst gemeint. Doch noch ehe er auf eine Antwort drängen konnte, kamen Dixon, Fanshawe, Hopkins und Hillsythe zu ihnen. Sie setzten sich zu ihm und Phillipe auf die Holzstämme und tranken aus ihren Bechern.

Irgendwann sagte Dixon: »Ich habe Dubois gesagt, dass die Zimmerleute schon mit dem Rahmenbau für den Eingang des neuen Ganges begonnen haben, aber wir werden bald kein Arbeitsmaterial mehr haben.«

Dixon sah zur Baracke. »Normalerweise berate ich mich jeden Morgen mit Dubois. Wie ich gestern schon vorschlug, werde ich ihm sagen, dass ich Sie und Ihre Leute am besten für die Arbeit am zweiten Stollen gebrauchen kann. Aber solange er keine weiteren Spitzhacken und Schaufeln zur Verfügung stellt, muss er sich entscheiden: Benutzen wir das Werkzeug, um die Diamanten im ersten Stollen abzubauen oder um den zweiten zu schlagen?«

Caleb nickte. »Es gibt eine wichtige Sache, die wir noch nicht besprochen haben. Wissen Sie, wie Dubois bezahlt wird? Liegt es in seinem und im Interesse seiner Leute, dass die Mine länger betrieben wird, oder spielt es keine Rolle für sie?«

Die anderen Männer blickten Hopkins an, der erwiderte: »Offenbar hat Dubois zu Beginn der Operation eine große Zahlung erhalten, und er bekommt nach erfolgreicher Beendigung eine Zahlung. Erfolgreich bedeutet, dass er uns alle am Ende umgebracht hat. Darüber hinaus bekommen er und seine Männer noch wöchentliche Zahlungen.«

»Sehr gut.« Caleb sah Dixon an. »Also hat Dubois einen finanziellen Anreiz, die Mine so lange zu betreiben, wie die Produktionsmenge stimmt und die Auftraggeber dem Projekt kein Ende setzen. Deshalb wird er uns das Werkzeug so schnell wie möglich besorgen, damit die Chance minimiert wird, dass die Mine vorzeitig geschlossen wird.«

»So würde ich es auch sehen«, erwiderte Dixon. »Er weiß bereits, was wir brauchen. Ich habe ihm gestern nach Ihrer Ankunft hier eine detaillierte Liste gegeben. Aber wenn es darum geht, was wir in der Zwischenzeit tun können ... Ich werde ihm vorschlagen, Sie und Ihre Männer als separates Team in die Arbeit mit einzubeziehen. Wegen der fehlenden Werkzeuge werden wir in Schichten arbeiten. So sind alle weniger erschöpft und viel produktiver.«

Alle anderen Männer und auch Caleb nickten.

»Das klingt vernünftig. Aus unserer genauso wie aus Dubois' Sicht ...« Hillsythe richtete den Blick auf die schattige Veranda der Baracke. »Wohin will Arsene denn?« Sie sahen, wie Arsene mit vier Männern durch das Tor ging.

»Ich werde es herausfinden.« Die Hände in die Hosentaschen geschoben, schlenderte Hopkins zu den Wachen am Tor und sprach kurz mit ihnen. Er kehrte zurück und nahm wieder Platz. »Anscheinend will Arsene in die Siedlung, um die Werkzeuge für die Mine zu holen, die Dixon angefordert hat.«

Bevor sie etwas erwidern konnten, erschien Dubois auf

der Veranda. Er sah zur Feuerstelle und winkte Dixon gebieterisch zu sich heran.

Dixon erhob sich. »Wünschen Sie mir Glück«, sagte er und ging.

Hillsythe zuckte die Schultern. »Wir können genauso gut hier warten, um zu hören, was Dubois entschieden hat.«

Caleb nickte. Er sah in die Runde. Immer wieder blieb sein Blick an Katherine Fortescue hängen und verharrte dort. Er gab der Versuchung nach, stand auf und ging zu dem Baumstamm, auf dem sie inmitten der fünf anderen Frauen saß. Sie schaute auf, als er sich näherte, und die anderen Frauen taten es ihr gleich.

Er lächelte gefällig. Zu seiner Überraschung bemerkte er, dass Phillipe ihm gefolgt war. Caleb fing Katherines Blick auf. »Ich frage mich, Miss Fortescue, ob es Ihnen etwas ausmachen würde, uns vorzustellen?«

Das brachte ihm und Phillipe ein Lächeln von jeder der Ladys ein.

Katherine kam der Bitte nach und stellte die Frauen vor – Harriet Frazier, Ellen Mackenzie, Gemma Halliday, Annie Mellows und Mary Wilson. Caleb nickte jeder von ihnen lächelnd zu. Dann sah er Mary Wilson, eine reizende junge Frau mit braunen Haaren, an. »Sie sind Charles Babingtons Verlobte, nicht?«

Mary errötete. Einen Moment lang wirkte sie sprachlos. Aber dann sagte sie atemlos: »Danke, dass Sie gestern Abend Charles und seine Suche nach mir erwähnt haben. Bis zu dem Zeitpunkt dachte ich …« Sie unterbrach sich und atmete angespannt ein. Im nächsten Moment leuchteten ihre Augen, und ein sanftes Lächeln erstrahlte auf ihrem Gesicht. »Ich dachte, er hätte mich vergessen.«

Calebs Lächeln war aufrichtig. »Das hat er ganz bestimmt nicht. Er tut alles, was er kann, um bei der Rettung zu helfen, und das nur Ihretwegen.« Er wandte den Blick zu Katherine und Harriet, auch wenn er die Frage an die gesamte Gruppe richtete. »Was genau machen Sie in der Reinigungsbaracke? Sie haben Meißel und Hammer erwähnt?«

Katherine überließ es Harriet und den anderen zu erklären, wie sie den Großteil ihres Tages verbrachten. Sie erzählten, wie sie die erzverkrusteten Diamanten freilegten und so viel von den Mineralien um den wertvollen Stein herum abklopften, wie sie konnten. So gewannen sie aus den Steinen schließlich die Rohdiamanten.

Caleb bemerkte Katherines Schweigen. Als die anderen mit ihrem Bericht fertig waren, sah er sie an. »Sie kümmern sich also auch um die Kinder, richtig?«

Es freute sie sichtlich, dass er sich daran erinnerte. »Ja. Sie wissen, dass sie mich holen können, falls es ein Problem gibt. Vor allem mit ihrem eigenen kleinen Geheimvorrat.«

Caleb blickte sich um, doch es waren keine Wachleute in der Nähe. »Davon sprachen die Kinder gestern Abend, nicht?«

Sie nickte. »Die Kinder sind allerdings schutzlos, und ihre Arbeit ist für Dubois' Leute ganz leicht und schneller einsehbar. Ich würde vorschlagen, dass wir sie nicht in irgendwelche … verdeckten Operationen mit hineinziehen.«

Caleb fing ihren Blick auf und sah die Entschlossenheit – den Beschützerinstinkt – darin. Er nickte zustimmend. Dann sah er die anderen Frauen an. »Wäre es möglich, dass Lascelle und ich uns Ihre Arbeit in der Reinigungsbaracke einmal ansehen? Wir müssen verstehen, was genau Sie tun. Und auch, was die Kinder tun. Bei der Gelegenheit könnten wir vielleicht einen Blick auf Ihr Werkzeug werfen.« Die Frauen stimmten bereitwillig zu. Er sah Katherine an. »Ist es wahrscheinlich, dass einer der Wachmänner uns daran hindern wird? Wird unser Erscheinen in der Reinigungsbaracke Aufsehen erregen?«

Sie schüttelte den Kopf. »Die Männer kommen, wie ich schon sagte, immer mal wieder in der Baracke vorbei, um dieses oder jenes zu prüfen. Oder einfach nur, um zu reden. Kein Wachmann wird Sie daran hindern, zu uns hereinzukommen.«

Caleb nickte. »Zur Kenntnis genommen.«

Das Geräusch von Schritten, die sich von der Baracke aus näherten, ließ sie aufhorchen. Dixon kam zurück zur Feuerstelle. Seine Haltung und seine Miene verhießen nichts Gutes.

Caleb erhob sich. »Entschuldigen Sie uns.«

Nachdem er den Frauen höflich zugenickt hatte, folgte Phillipe ihm. Sie gingen zu den anderen Männern, die Dixon ebenfalls gesehen hatten und nun auf Neuigkeiten warteten.

Dixon stieß frustriert die Luft aus. »Der verfluchte Kerl lernt dazu. Er besteht darauf, dass die Männer, die im ersten Tunnel arbeiten, so weitermachen wie bisher und die Produktionsmenge wenigstens auf dem derzeitigen Niveau halten.« Dixon sah Hillsythe an. »Um das zu leisten, müssen wir an unseren Geheimvorrat.«

Hillsythe nickte. »Und?«

»Und er hat zugestimmt, dass ich Caleb Frobisher und alle Neuankömmlinge dazu nutze, mit den Zimmerleuten zusammenzuarbeiten. Wir sollen mit dem Holz und der Ausrüstung, die wir haben, den Bau des zweiten Stollens so weit vorantreiben, wie es geht. Er hat eingesehen, dass wir mehr Material brauchen werden, aber er sagt, dass die neuen Vorräte in fünf Tagen hier sein sollten.«

Hopkins nickte. »Sobald Arsene und seine Leute zurück sind.«

»Genau.« Die Hände in die Hüften gestemmt und mit grimmiger Miene holte Dixon tief Luft. »Allerdings will Dubois keine kürzeren Schichten akzeptieren. Vielmehr will er, dass wir von frühmorgens bis um Mitternacht im Einsatz sind.«

Fanshawe fluchte unterdrückt.

Hillsythes Blick wurde düster. »Er erhöht die Stundenzahl. Das bedeutet, dass unser beiseitegeschaffter Vorrat viel schneller schmilzt als gedacht.«

Caleb runzelte die Stirn. »Nicht unbedingt.« Er fing Dixons Blick auf. »Hat Dubois explizit gesagt, dass alle Spitzhacken und Schaufeln von den Arbeitern im ersten Gang benutzt werden sollen, oder will er, dass wir auch Werkzeug benutzen, um den zweiten zu bauen?«

Dixon blickte in die Ferne, als er das Gespräch mit Dubois im Geiste noch einmal Revue passieren ließ. Dann sah er Caleb an. »Er hat es nicht explizit gesagt … nicht in so vielen Worten … Ich könnte es also leicht so auslegen, als würde er Letzteres meinen.«

Caleb grinste. »Na bitte.« Er sah Hillsythe an. »Wir müssen nur sicherstellen, dass die Mannschaft, die den zweiten Stollen anlegt, genügend Hacken und Schaufeln benutzt, sodass die Produktionsmenge aus dem ersten Gang gar nicht gesteigert werden kann.« Er sah in die Runde.

Alle Leute murmelten zustimmend.

Dann sagte Hopkins: »Das löst das augenblickliche Problem, aber demnächst wird sich durch die geänderte Anzahl an Arbeitsstunden ein noch größeres Problem auftun.« Er sah die anderen an. »Was passiert, wenn Arsene mit weiteren Hacken und Schaufeln zurückkehrt? Wir alle wissen, dass Dubois die Stundenzahl nicht wieder verringern wird. Also, wie erklären wir, dass die Produktionsmenge dann nicht drastisch ansteigt?«

Caleb spürte die Sorgen, die sich breitmachten. Er rührte sich, lenkte die Aufmerksamkeit aller, die ihm lauschten, auf sich und sagte ganz ruhig: »An der Stelle kommen die Vorschläge zum Tragen, über die wir gestern Abend gesprochen haben.« Er fing Dixons Blick auf und erwiderte ihn. »Zum Beispiel findet die Arbeit in der Mine ja bei Laternenlicht statt. Was wäre also, wenn das Öl knapp werden oder sogar ausgehen würde?«

Einen Moment lang starrten die Männer ihn an, dann schlug Hillsythe ihm auf die Schulter. »Sie haben recht. Sie müssen uns entschuldigen – wir haben uns wohl daran gewöhnt, Rückschläge einfach so hinzunehmen. Das ist der Unterschied, den ein neues Paar Augen und eine andere Einstellung machen. Wir werden uns von irgendwelchen Hindernissen jetzt nicht vom Ziel abbringen lassen und einfach einen Weg um die Steine herum finden, die uns Dubois in den Weg legt.« Hillsythe sah Caleb an. »Als Antwort auf Ihre Frage: Das Lampenöl wird uns nicht zusammen mit der Ausrüstung für die Mine gebracht, sondern zusammen mit den Nahrungsvorräten, also ist es unwahrscheinlich, dass Arsene etwas mitbringen wird – zumindest nicht von dieser

Tour. Und es dauert mindestens drei Tage zur Siedlung und zurück.«

Caleb rechnete schnell und nickte. »Also ist es kein echtes Problem für uns zu tun, was Dubois will. Wenn die zusätzlichen Spitzhacken und Schaufeln kommen, ist das der Zeitpunkt zu behaupten, dass das Öl ausgegangen ist. Das ist auch durchaus nachvollziehbar, wenn man bedenkt, dass wir die Lampen ab jetzt viel länger und in zwei Stollen brennen lassen müssen.«

«Das stimmt.« Dixon hatte seine Fassung wiedergewonnen. »Sie haben recht. Wir können das schaffen.«

Caleb grinste. »Und wir werden weiter den Kurs anpassen, wenn es notwendig ist.«

Als die Männer sich zerstreuten und zum Eingang der Mine gingen, war die Atmosphäre schon um einiges ruhiger und gelassener, zuversichtlicher, als zu dem Zeitpunkt, als Dixon von den Neuigkeiten berichtet hatte. Zusammen mit den anderen Frauen und einigen der Kinder hatte Katherine gewartet, um zu hören, was besprochen wurde. Sie war froh, dass sie sich dazu entschieden hatte.

Nun stand sie auf, schüttelte ihr tristes Kleid aus und ging in Richtung Reinigungsbaracke. Die Wirkung, die Caleb Frobisher auf die Moral der Gefangenen hatte, war – um es einfach auszudrücken – von entscheidender Bedeutung. Hillsythe hatte das ebenfalls bemerkt und war bereit, den Einfluss des Kapitäns zu unterstützen und aktiv zu fördern. Dixon, Fanshawe, Hopkins und die restlichen Männer mussten noch die Bedeutung dieser »Triebfeder« erkennen, die in ihrer Mitte aufgetaucht war, doch selbst sie bewegten sich voran.

Unter Caleb Frobishers Führung wurden sie Schritt für Schritt zu einer Kraft, die es vielleicht – ganz vielleicht – schaffen könnte, bis in den September hinein zu überleben und dann auch den Kampf zu überstehen, der ihr Schicksal besiegeln würde.

Kapitel 11

Am späteren Nachmittag konnten Caleb und Phillipe, die den ganzen Tag über den Zimmerleuten dabei geholfen hatten, die schweren Balken zu fixieren, mit denen der Eingang zum zweiten Stollen abgestützt werden sollte, eine Pause machen. Die Zimmerleute mussten erst weitere Stützen zurechtsägen.

Caleb, der neben Phillipe im Schatten des Eingangs zur Mine stand, wischte sich mit einem Taschentuch den Schweiß und den Staub vom Gesicht. Mit einem Kopfnicken wies er in Richtung Reinigungsbaracke.

»Ich möchte mir ansehen, was die Frauen machen. Kommst du mit?«

Phillipe knurrte zustimmend.

Während sie das Gelände überquerten, sahen sie sich instinktiv sehr aufmerksam um und erfassten die Position der beiden Söldner, die durch das Lager patrouillierten.

Phillipe sagte leise: »Sie sehen vielleicht gelangweilt aus ... Und ich habe keinen Zweifel daran, dass sie es sind. Aber sie sind zu gut trainiert, um das hier auf die leichte Schulter zu nehmen.«

Caleb warf einen flüchtigen Blick zum Wachturm – und sah einen Söldner, der sie träge beobachtete. Er hielt eine Muskete in den Händen. »Dubois ist ein Anführer, der nur die Besten in seine Mannschaft aufnimmt. Und alles, was wir von ihm und seinen Männern erlebt und gesehen haben, sagt uns, dass es erfahrene Leute sind. Es wird nicht leicht werden, sie zu überwältigen.«

Einige Schritte später murmelte Phillipe: »Aber wir lieben ja die Herausforderung.«

Caleb lachte leise.

Sie erreichten die Reinigungsbaracke. Caleb ging die drei Holzstufen hinauf, öffnete die Tür und ging hinein.

Nach zwei Schritten blieb er stehen und blinzelte. Phillipe schloss die Tür hinter ihnen und trat dann zu Caleb. Ihre Blicke wanderten zu den schmalen Glasscheiben, die in das Dach eingelassen waren – zu beiden Seiten des Dachfirstes. Ihnen waren die langen Fenster schon vom Felsvorsprung aus aufgefallen, aber die Bedeutung war ihnen bis zu diesem Moment entgangen.

Durch die Scheiben fiel natürliches Licht auf den hohen Tisch, der in der Mitte der Hütte stand. Um den Tisch herum saßen die sechs Frauen auf Hockern. Sie hatten alle aufgesehen, als Caleb und Phillipe hereingekommen waren, hatten kurz gelächelt und sich dann wieder ihrer Aufgabe gewidmet.

Der sehr sorgfältigen, gründlichen Bearbeitung der Erzbrocken mit Hammer und Meißel, um die Rohdiamanten herauszuarbeiten.

Caleb und Phillipe näherten sich dem Tisch. Phillipe ging langsam darum herum und sah sich die Arbeit der Frauen an. Caleb blieb neben Katherine stehen.

Katherine sah ihn an und bemerkte, dass er den Stein fixierte, den sie in den Händen hielt.

Er spürte ihren Blick, wandte die Augen jedoch nicht von dem Stein. Mit einem Kopfnicken wies er darauf. »Bitte. Zeigen Sie es mir.«

Sie wandte sich wieder ihrer Aufgabe zu und drehte

den Stein langsam hin und her, bis das Licht die Linie erhellte, an der die Erzschicht auf den Diamanten traf. Sie hielt den Stein in diesem Winkel fest, spannte ihn dann in einen Schraubstock, der am Tisch befestigt war, und kurbelte diesen fest. Sobald der Erzbrocken gesichert war, nahm sie ihren Meißel, setzte die Spitze ganz präzise an, hob den kleinen Hammer mit dem schweren Kopf und klopfte damit auf den Meißel.

Stein splitterte ab. Darunter kam die Schicht eines dunklen, seltsam aussehenden Steins zum Vorschein.

Sie hörte, wie Caleb die Luft, die er angehalten hatte, langsam ausstieß.

»Das ist der Rohdiamant?« Er deutete auf die dunkle Schicht. Sie nickte. Er sah zu den anderen Frauen, die alle das Gleiche machten. Als er zu ihr zurückblickte, löste sie gerade den Schraubstock und nahm den Stein in die Hand. Er deutete auf den Schraubstock, den Meißel und den Hammer. »Sind das alle Werkzeuge, die Sie benutzen?«

Sie sah ihn an. Sein Körper war voller Staub aus der Mine. Wie eine feine Schicht lag er auf seiner Haut. Schweiß rann in kleinen Rinnsalen aus seinem Haar seine Wangen hinunter. Dennoch sah er für sie einfach wie ein Gott aus. Ein Gott mit zerzaustem Haar und lebhaften blauen Augen. Er strahlte eine Lebendigkeit aus, der sie kaum widerstehen konnte.

»Ja«, sagte sie. »Wir brauchen nichts anderes.«

Er verzog das Gesicht, sah sich um und murmelte: »Das macht es etwas komplizierter, Ausfälle oder Störungen zu inszenieren.« Er streckte den Arm aus. »Lassen Sie mich mal den Meißel betrachten.«

Sie reichte ihm das Werkzeug. Lascelle trat zu Caleb. Zusammen sahen sie sich die feine Metallspitze des Meißels an.

Lascelle sagte: »Das Metall ist von vernünftiger Qualität. Aber es sollte möglich sein, es abzustumpfen oder zu beschädigen.« Er sah die Steinbrocken an, die sie bearbeiteten. »Was hier abgeschlagen wird, sieht relativ spröde aus. Ich werde mal schauen, ob ich etwas dichteren Granit unter den Steinen in der Mine finde – das sollten wir benutzen können, um die Meißel stumpf zu machen oder sogar Teile der Spitze abzuschlagen.«

»Ein paar der Männer haben vor der Gefangenschaft mit Schmieden zusammengearbeitet«, sagte Gemma. »Vielleicht haben sie eine Idee, wie man es anstellt, damit es ... nun ja, natürlich aussieht.«

»Und nicht wie Sabotage ... Eine exzellente Idee.« Caleb gab Katherine den Meißel zurück und nahm ihren Hammer. Er hielt ihn hoch und lächelte. »Das hier ist leichter. Wir sollten keine Schwierigkeiten haben, den Kopf vom Schaft zu lösen.« Über den Tisch hinweg warf er Harriet einen Blick zu. »Wenn ich mal Ihren Hammer ausleihen dürfte?«

Neugierig zu sehen, was er vorhatte, gab Harriet ihm ihren Hammer. Alle Frauen sahen zu, als Caleb sich über den Hammer beugte. Er und Lascelle unterhielten sich leise, wiesen auf eine Stelle. Dann hielt Lascelle Harriets Hammer mit dem Stiel nach oben. Caleb schlug kurz und heftig mit Katherines Hammer darauf. Er traf den Kopf.

Lascelle hielt Harriets Hammer hoch, damit alle ihn sehen konnten, und bewegte den Kopf des Werkzeugs – er war nur leicht gelockert. Er sah Caleb an. »Nur noch ein paar Schläge und der Kopf ist zu locker, um noch damit arbeiten zu können.«

Caleb nickte. »Das ist also eine Möglichkeit. Allerdings müssen wir darauf achten, dass es so aussieht, als würden die Werkzeuge allein durch die Beanspruchung bei der Arbeit kaputtgehen.« Er sah zuerst Katherine an und blickte dann in die Runde. »Wohin legen Sie die Steine, nachdem Sie sie von den Mineralien gereinigt haben?«

»Die Schatulle ist hier.« Sie wies auf eine Holzkiste, die mit Blech ausgekleidet war. Sie stand offen an der hinteren Wand der Baracke.

»Sie schließen sie nicht ab?« Caleb ging hinüber, um sich die kleine Kiste näher anzusehen.

»Warum sollten wir uns die Mühe machen?«, erwiderte Harriet. »Es ist nicht so, als wären die Rohdiamanten für uns von Wert.«

Durch das sanfte Licht, das von oben herunter in den Raum fiel, warf Katherine ihm einen Blick zu. »Außer wir wollen welche zurückhalten.« Sie sah zur Tür und dann zu den anderen Frauen. »Ich habe mir überlegt, dass es hilfreich wäre, wenn es hier auch ein kleines Versteck gäbe.« Sofort blickten sich die Frauen suchend um – zum Boden, zu den Wänden, zum Dach. Caleb und Lascelle untersuchten die Bank. Katherine verzog das Gesicht. »Ich habe geschaut, aber ich konnte keinen Platz finden, an dem man hier etwas verstecken könnte.«

Caleb musterte den Tisch. Er ging zurück zu Katherine. Zu ihrer Überraschung legte er die Hände auf ihre Taille und packte sie. Dann hob er sie hoch, als würde sie nichts wiegen, und stellte sie behutsam auf die Beine.

»Wenn ich mal dürfte?«

Sie blinzelte verwirrt. Sie wäre schockiert gewesen, wenn sie nicht so überrascht gewesen wäre. So abgelenkt. Ihre Sinne wirbelten herum, trieben hilflos umher. Es waren seine Wärme – die erstaunliche Hitze seiner Berührung – und die Art, wie ihre Haut, ihr Körper reagierten.

Ohne auf eine Antwort zu warten – wofür sie unendlich dankbar war, da sie kaum atmen geschweige denn reden konnte –, schob er ihren Hocker zur Seite, bückte sich und betrachtete die Unterseite des Tisches.

Lascelle hockte neben ihm und blickte ebenfalls unter den Tisch. »Bei der Bank ist es genauso … Die Konstruktion ist zu einfach, um dort irgendetwas verstecken zu können.«

Caleb kam wieder unter dem Tisch hervor. Dann zog er Katherines Hocker an einem der Beine zu sich heran und sah darunter. Ein breites Grinsen erschien auf seinem Gesicht. Er deutete auf die Unterseite der Sitzfläche.

»Da!«

Caleb kam auf die Beine, auch sein Freund erhob sich. Er fuhr mit der Fingerspitze um den Bereich zwischen den Stuhlbeinen herum. »Ein Stück Segeltuch würde reichen.«

Caleb sah die Werkzeuge der Frauen an. »Sie haben Meißel und Hammer. Es wäre ein Leichtes, einen Reißnagel zu lösen, Steine ins Versteck zu legen und den Nagel dann wieder festzuhämmern.«

»Wenn wir es an jedem Hocker ganz ordentlich anbringen«, sagte Lascelle, »als wäre es Teil der Konstruktion, würde es nicht einmal besonders auffallen, wenn jemand den Stoff entdecken würde.«

Caleb nickte und sah Katherine an. »Überlassen Sie

das uns. Wir besorgen das Segeltuch und befestigen es unter den Hockern.«

Das Geräusch von Schritten auf der Treppe vor der Hütte kündigte die Ankunft von zwei schmutzigen Bengeln an. Sie kamen herein, blieben stehen und grinsten alle an.

»Wir sind bereit für die Kontrolle, Miss Katherine!«

Katherine lächelte die zwei an. Sie achtete darauf, die Kinder jedes Mal ermunternd anzulächeln. Manchmal war es nicht einfach, aber heute ... Dank Caleb, seiner positiven Einstellung und der Ideen war ihre freudige Miene echt, als sie nun ihr Werkzeug zur Seite legte.

»Dann lasst uns mal schauen, ja?«

Annie schob ihren Hocker zurück und stand auf. Für gewöhnlich half sie Katherine dabei, die aussortierten Steinbrocken des Tages noch einmal zu prüfen.

»Ich kann eine Pause vertragen.« Harriet legte ihr Werkzeug weg und drückte den Rücken durch. »Ich komme mit und helfe euch.«

»Ich bin ebenfalls dabei«, sagte Gemma. Sie lächelte die Kinder an. »Viele Hände, schnelles Ende, wie man so schön sagt.«

Die Kinder erwiderten das Lächeln. Ihre Blicke waren neugierig, als sie Caleb und Lascelle ansahen, doch als Annie, Harriet und Gemma näher kamen, verließen sie die Hütte.

Caleb ging schnell zur Tür und hielt sie auf. »Wäre es in Ordnung, wenn wir mitkämen?« Mit einem Kopfnicken wies er auf Lascelle, der neben ihn getreten war. »Wir versuchen, uns ein Bild davon zu machen, wie genau die Arbeitsschritte aussehen, bevor die Steine aus dem Lager gebracht werden.«

»Natürlich.« Katherine gelang es, nicht zu überschwänglich zu lächeln. Sie ging die Stufen hinunter und langsam weiter. Als Caleb und Lascelle sie einholten und neben ihr herliefen, fuhr sie fort: »Die Erwachsenen neigen dazu zu vergessen, wie sensibel die meisten Kinder sind. Sie verbergen es zwar oft, aber sie machen sich häufig Sorgen, die sie belasten. Wir versuchen, sie abzulenken.«

Caleb nickte. »Ich kenne mich mit Kindern aus.«

Sie hätte die Bemerkung anzweifeln können – aus eigener Erfahrung wusste sie, dass die meisten Männer sich überhaupt nicht mit Kindern auskannten. Doch Caleb erwies sich als Naturtalent. Beinahe so, als hätte er die eigene Kindheit noch nicht lange hinter sich gebracht. Oder vielleicht hatte er einfach die Erinnerungen an glückliche, sorglose Zeiten bewahrt.

Nachdem so viele Hände und erfahrene Augen bereitwillig halfen, dauerte es nicht lange, die Erzbrocken zu prüfen. Caleb fragte nach, und einige der Mädchen zeigten ihm, wie sie die Brocken, die vermutlich Diamanten enthielten, von den anderen unterschieden. Ehrlich fasziniert versuchten er und Lascelle, die Arbeit der Mädchen einmal selbst zu verrichten. Es war ein Unterfangen, das die Kinder zum Kichern brachte. Sie wirkten entspannter, als Katherine sie je erlebt hatte.

Als Caleb und Lascelle, die selbst über ihre linkischen Versuche lachen mussten, das Werkzeug wieder abgaben und sich zu ihrer vollen Größe aufrichteten, lenkte einer der Jungs, die gekommen waren, um einen weiteren Korb mit Steinen auf den zu sortierenden Haufen zu werfen, seinen fragenden Blick auf Caleb.

»Wie geht es mit dem zweiten Gang voran? Werden

dort genug Steine sein, damit wir weitermachen können, bis ...«, er sah sich um, doch es war kein Wachmann in der Nähe, »... sie kommen, um uns zu befreien?«

Katherine betrachtete Calebs Gesicht. Sie erwartete die typischen Floskeln zur Beruhigung, die Erwachsene Kindern in schwierigen Situationen gegenüber anwendeten. Aber er überraschte sie.

Er ging in die Hocke, damit er mit dem Jungen auf Augenhöhe war, und sah den Kleinen mit festem Blick an. Als er sprach, redete er so laut, dass er alle erreichte – die Frauen und auch die Kinder. »Wir werden es nicht wissen, bis Captain Dixon die Möglichkeit hat, das zweite Vorkommen genauer zu untersuchen. Im Moment sieht es allerdings gut aus. Was den zweiten Stollen angeht, so haben wir mit den Zimmerleuten alle Stützbalken verarbeitet, die für heute vorbereitet waren. Die Zimmerleute sind jetzt dabei, neue Balken zuzuschneiden. Das bedeutet, dass wir schneller vorankommen, als wir gedacht hätten. Und wie es aussieht, ist das gut.«

Er erhob sich und legte dem Jungen ermutigend die Hand auf die magere Schulter. »Im Augenblick läuft also alles sehr gut, und du und die anderen ...«, mit einem Blick schloss er die Frauen und die Kinder ein, die ihm an den Lippen gehangen hatten, »... ihr könnt alle sicher sein, dass wir gut zusammenarbeiten, um sicherzustellen, dass am Ende alles so ist, wie wir es brauchen.«

Der Junge nickte. Die Kinder, die zuschauten, schienen das als Zeichen zu verstehen. Erleichterung machte sich unterschwellig breit.

Ein anderer Junge sagte: »Ich habe gehört, dass Sie ein Kapitän sind und er ...«, mit einem Kopfnicken deutete der Knirps auf Lascelle, »... auch einer ist. Und dann gibt es noch Captain Dixon. Also, wer hat denn nun das Sagen?«

Caleb nickte ermunternd, als wäre die Frage besonders scharfsinnig. »Eine Armee hat nur einen Oberbefehlshaber, aber mehrere Anführer – und viele Generäle, Oberste und Majore. Die Armeen, die siegreich sind, sind die, in denen alle zusammenarbeiten. In diesem Fall haben wir vier Kapitäne – Hillsythe hat ebenfalls den Rang eines Captains – und mehrere Lieutenants.« Mit einer Handbewegung schloss er Katherine und die Frauen ein. »Und natürlich diese Ladys hier. Also hat unsere kleine Streitmacht eine ganz schöne Anzahl von Anführern. Eine gute Anzahl, wenn es darum geht, die Dinge zu regeln, damit es vorangeht. Wir haben eine starke Struktur in der Truppe. Und wie in einer Armee, die siegreich ist, gibt es bei uns einen entscheidenden Punkt: Wir arbeiten alle zusammen. Wir erledigen unsere Aufgaben, um am Ende unser gemeinsames Ziel zu erreichen.«

Katherine betrachtete die Gesichter der Kinder. Es schien, als hätte er genau das Richtige gesagt. Die Kinder wirkten ermutigt, zuversichtlicher – als fühlten sie sich sicherer, am Ende zu überleben.

Jed Mathers kam mit zwei weiteren Männern zu ihnen. Er trennte sich von ihnen und trat strahlend zu Annie. Sie begrüßte ihn mit einem warmherzigen Lächeln und warf Katherine einen schnellen Blick zu, die nickte schmunzelnd.

Annie ging mit Jed zusammen davon.

»Also.« Gemma rührte sich und ließ zwei leere Körbe – die geflochtenen Körbe, die die Kinder benutzten, um das Erz aus der Mine herauszuschleppen – neben den kleinen Haufen Erzbrocken fallen, die die Frauen wieder zurücksortiert hatten, weil sie sich die Steine doch noch genauer ansehen wollten. »Wir müssen das hier in die Reinigungsbaracke bringen.«

Einige der Mädchen halfen, die Körbe zu füllen.

«Erlauben Sie?« Lascelle nahm einen Korb.

Caleb schnappte sich den zweiten, als Katherine und Gemma den Kindern sagten, dass sie ihr Werkzeug aufräumen und sich dann zurückziehen sollten. Obwohl es noch immer hell war, war der Tag für die Kinder offenbar vorbei.

»Sie können nicht länger arbeiten, da dann die Gefahr wächst, dass sie Fehler machen«, erklärte Katherine. »Dubois hat eingesehen, dass es nur einen Sinn hat, sie so lange arbeiten zu lassen, wie sie sich auch konzentrieren können. Wenn er sie weiter drängen würde, würden wir, die Frauen, die Sortierarbeit wiederholen müssen, und das würde uns von unserer eigentlichen Arbeit, dem Reinigen der Steine, abhalten.«

Caleb nickte. Er hievte den Korb hoch und ging zusammen mit Lascelle und den anderen Frauen zurück in die Reinigungsbaracke. Sie stellten die Körbe auf Harriets Anweisung hin am Ende des langen Tisches ab.

Harriet setzte sich auf ihren Hocker, fing Katherines Blick auf und machte eine Handbewegung, um ihr zu bedeuten, dass sie gehen konnte. »Du warst den ganzen Tag lang hier, jetzt kannst du dich erholen. Mach einen Spaziergang. Wir kümmern uns um die Steine hier.«

Katherine zögerte, aber die anderen Frauen ermunterten sie ebenfalls zu gehen. Sie achteten darauf, sich gegenseitig abzulösen – ein Zugeständnis, für das sie bestimmt lange gekämpft hatten.

»Also gut. Ich werde eine Runde durch das Lager spazieren.«

Lascelle salutierte gegenüber den Frauen. »Ladys.« Er wandte sich zur Tür um.

Caleb warf ein Lächeln in die Runde am Tisch, verbeugte sich und folgte Katherine, die zur Tür ging. Er musste den Kopf einziehen, um hindurchzupassen. Als er sich wieder aufrichtete, sah er, wie Lascelle Katherine zunickte und dann in Richtung Männerunterkunft schlenderte. Caleb grinste. Er stieg die Stufen hinunter und blieb neben Katherine stehen. Es sah so aus, als müsste sie erst noch darüber nachdenken, in welche Richtung sie gehen wollte. Nun blickte sie auf und sah ihm ins Gesicht.

Er lächelte und versuchte, seine Freude ein wenig zu bremsen. »Macht es Ihnen etwas aus, wenn ich mich Ihnen anschließe?«

Sie errötete zart, erwiderte aber: »Nein, natürlich nicht.« Nach einem kurzen Zögern fügte sie hinzu: »Ich würde mich über Ihre Gesellschaft freuen, Käpt'n.«

Sein Lächeln wurde zu einer Grimasse. »Caleb ... Bitte nennen Sie mich Caleb. Ich würde Ihnen ja meinen Arm anbieten, aber ich bin richtig dreckig.« Er hob den Blick und sah Männer, die zu zweit oder zu dritt beieinanderstanden, sowie Jed und Annie. Andere schlenderten gemütlich über das Gelände, die Köpfe gesenkt, während sie sich unterhielten. Es sah so aus, als würden sie in einem Park frische Luft schnappen. »Jetzt ist also Zeit, um einen Spaziergang zu machen.«

Katherine lachte leise. »Ja.«

Er sah sie an. »Wo geht es lang? Folgen wir widerspruchslos dem bewährten Muster?« Alle anderen gingen im Uhrzeigersinn. »Oder fallen wir mutig auf, indem wir unseren eigenen Weg gehen?«

Dieses Mal war ihr Lachen bestimmter. »Warum nicht? Wir könnten ja eine neue Mode ins Leben rufen.« Damit ging sie gegen den Uhrzeigersinn los in Richtung Mineneingang. Als er neben ihr herlief, murmelte sie: »Es gibt einen Grund für unsere Spaziergänge. Wir prüfen den Zaun, während wir hier herumgehen. Uns sind ein paar Stellen aufgefallen, an denen die Schlingpflanzen, mit denen die Pfähle zusammengebunden sind, ausfransen.«

Caleb nickte. »Ich verstehe.« Sie näherten sich dem Eingang der Mine und gingen zwischen der Feuerstelle und der Unterkunft der Männer hindurch. »Eine Sache, die ich weiter interessant finde, ist Dubois' … mir fällt kein besserer Begriff ein … Nachsicht.« Er fing ihren Blick auf, als sie ihn ansah. »Ist er wirklich der Meinung, dass Erwachsene Pausen von der Arbeit brauchen, um gut weiterarbeiten zu können?«

Sie richtete den Blick geradeaus. »Unsere Gesundheit ist nur Dubois' Ausrede … die Ausrede, die er jedem auftischt, der danach fragt.«

»Und der wahre Grund?«

»Es hat eher damit zu tun, die Leute zu ermuntern, Bindungen einzugehen – wie zum Beispiel Annie und Jed. Sie haben vor ein paar Tagen ihre Verlobung bekannt gegeben. Für Dubois ist das nur eine weitere Schwäche, die er ausnutzen kann.«

»Aha.« Caleb spürte, wie seine Miene ernst und hart wurde. »Das ist schon eher das, was ich von ihm erwartet habe – niederträchtige Hintergedanken. Seines Erachtens festigt es seine Macht über uns, wenn wir anfangen, Bindungen zueinander aufzubauen. Wie Hillsythe schon sagte.« In stummer Zustimmung nickte sie. Langsam spazierten sie zur Unterkunft für die Frauen und Kinder. Caleb richtete den Blick auf die Küche und die Lagerräume vor ihnen. Schließlich beschloss er, den Stier bei den Hörnern zu packen. »Hätten Sie es lieber, wenn ich Abstand hielte?« Er spürte ihren überraschten Blick und erwiderte ihn – offen, ohne Hinterlist. »Ich werde meine Gefühle nicht verbergen. Ich bin an Ihnen interessiert, und ich hoffe, dass Sie irgendwann auch an mir interessiert sein werden. Aber wird das die Gefahr für Sie erhöhen?« Verloren in ihren braunen Augen, hielt er inne. Dann zwang er sich dazu zu sagen: »Zum Beispiel wie neulich im Dschungel?«

Sie betrachtete forschend sein Gesicht. Dann richtete sie den Blick nach vorn. Einige Minuten lang gingen sie schweigend nebeneinanderher.

Katherine hatte das Gefühl, von einer Woge der Emotionen mitgerissen zu werden. Sie musste es einfach glauben, konnte die Wahrhaftigkeit in seinem Blick, den ehrlichen Ausdruck, den sie in seinen lebhaften Augen hatte lesen dürfen, nicht anzweifeln. Sein Interesse war echt. Die Erkenntnis hatte ihr Herz schneller schlagen lassen. Sie konnte nicht mehr richtig durchatmen, als würde sie ein viel zu fest gebundenes Mieder tragen.

Doch seine Frage war ernst gemeint und aufrichtig. Und so schluckte sie den Impuls hinunter, ihm frech zu versichern, dass sie sein Interesse und seine Aufmerksamkeit erwidern würde.

Seine Frage war durchaus angemessen – die Gefahr, auf die er hinwies, war eindeutig und präsent.

Und dennoch …

Das war keine Situation, in die sie je hatte geraten wollen. Wieder einmal hatte sie das Gefühl, dass das Schicksal sie herausforderte, um ihren wahren Wert zu prüfen.

Als sie in gebührendem Abstand den Wachturm umrundeten, damit niemand ihnen zuhören konnte, holte sie tief Luft und sagte: »Wir können die Zukunft nicht vorhersagen.« Sie warf ihm einen Seitenblick zu und bemerkte, dass er den Kopf gesenkt hatte und die Hände hinter dem Rücken verschränkt. Sie spürte, dass er ihr aufmerksam lauschte. »Ich kann Dubois' Gedankengang, dass er Zuneigung, Bindungen und Beziehungen als Schwäche ansieht, einerseits verstehen. Andererseits habe ich die Erfahrung gemacht, dass Beziehungen einem helfen können, die schwersten Zeiten zu überstehen.« Sie hob das Kinn leicht an. »Meiner Meinung nach machen Beziehungen einen Menschen nicht schwach.« Sie rang die Hände, suchte nach den richtigen Worten, um ihren Standpunkt zu erklären. »Sie mögen eine ... Verletzbarkeit schaffen, die man sonst nicht hätte, aber wenn es um gemeinsame Ziele geht, dann geben sie einem so viel mehr.« Plötzlich wusste sie die richtigen Worte. »Beziehungen geben einem einen Grund zu leben. Einen Grund und eine Zukunft, für die zu kämpfen es sich lohnt.«

»Das stimmt.« Aus den Augenwinkeln sah sie, wie er nickte. In seiner tiefen Stimme schwang eine Überzeugung mit, mit der sie nicht gerechnet hätte, als er nun fortfuhr: »Das sehe ich auch so. Beziehungen sind wie eine innerliche Rüstung – sie verleihen einem Menschen Stärke, eine innere Kraft und Mut. Einen unter Umständen grenzenlosen Mut.«

Er sah sie an und fing ihren vermutlich verwunderten Blick auf. Einen Moment lang fühlte sie sich schwerelos, als wäre sie in ein emotionales Loch gestürzt. Doch seine leuchtend blauen Augen und die Sicherheit, die aus ihnen sprach, fingen sie auf und hielten sie.

Sie war atemlos. Sie löste den Blick von ihm und sah nach vorn. Wie konnte das passieren? Und das auch noch so schnell? Sie war nicht so dumm, so zu tun, als wüsste sie nicht, was »das« war. Kein langes, vorsichtiges Werben umeinander mit verstohlenen Blicken, die man sich in einem Salon zuwarf – mit einer langwierigen Phase, in der man sich in Gesellschaft traf. Keine vorbereitenden Maßnahmen. Sie waren einfach hier und sprachen schon über eine Beziehung.

Und es war Tatsache, dass sie zwischen ihnen schon Gestalt annahm.

Kein Wunder, dass sie sich schwindlig fühlte.

Was sprach sie nur so an?

Seine Ehrlichkeit. Die Tatsache, dass er ganz direkt, ganz klar, ganz offen nach dem griff, was er haben wollte. Dass er nicht heuchelte, dass er seine Gefühle nicht versteckte und dass er nicht die typischen gesellschaftlichen Spielchen spielte.

»Ich glaube …«, begann sie und fragte sich, woher die Worte, die ihr auf der Zunge lagen, kamen … Sie kamen von ihrem inneren Selbst, dessen sie sich schon lange bewusst war, das aber erst jetzt zum Vorschein gekommen war. »Ich glaube, wenn das Schicksal einem eine Chance bietet, die man gern ergreifen würde, dann sollte man diese Gelegenheit beim Schopf packen und sie sich nicht entgehen lassen, weil man der Meinung ist, dass sich diese Gelegenheit irgendwann noch einmal ergeben wird. Das Schicksal als selbstverständlich zu betrachten ist nie eine kluge Idee. Es könnte einem diese eine, besondere Chance nämlich nie wieder bieten.« Sie sah ihn an und fragte dann vorwitzig: »Und? Was denken Sie?«

Das Lächeln, das seine Mundwinkel umspielte, das seine Augen funkeln ließ, war der Inbegriff von sonnig. »Wie jeder, der mich kennt, bestätigen wird, bin ich der Letzte, der allzu vorsichtig ist.«

Sie las in seiner Miene, dass es die Wahrheit war, dennoch zog sie die Augenbrauen hoch. »Nicht einmal in dieser Angelegenheit? Viele Männer würden nicht damit einverstanden sein.«

»*Vor allem* in dieser Angelegenheit.« Er presste die Kiefer aufeinander. »Und ich bin nicht so wie andere Männer.«

Das war mit Sicherheit wahr. Kapitän Frobisher verströmte eine Offenherzigkeit, eine Bereitschaft, dem Leben und allem, was es für ihn bereithielt, mit einem Lächeln und der Zuversicht zu begegnen, dass alles gut werden würde. Diese Einstellung war vielleicht nicht einzigartig, aber dennoch sehr selten.

Ungeachtet ihrer Umgebung, trotz der ungewissen Zukunft und mit dem Gefühl, vom Schicksal gesegnet zu sein, nahm Katherine die Herausforderung an, wagte den Schritt, sich bei ihm unterzuhaken, auch wenn seine Kleidung schmutzig war. Sie spürte, wie seine Muskeln sich unter ihrer Hand anspannten.

»Also«, sagte sie und schob die Haarsträhnen zurück, die sich aus ihrem Knoten gelöst hatten. »Verraten Sie mir, wer Caleb Frobisher ist.«

Einen Moment lang betrachtete er ihr Gesicht, dann legte er seine rechte Hand auf die ihre, die auf seinem linken Arm lag. »Habe ich schon erwähnt, dass ich der jüngste von vier Brüdern bin?«

»Wie viel jünger sind Sie? Und was machen die anderen drei?«

Sie spazierten weiter und umkreisten das Gelände ein zweites Mal, während er ihr Frage um Frage beantwortete.

Kapitel 12

In den folgenden Tagen änderte sich im Lager kaum. Die Männer schufteten in der Mine. Diejenigen, die im ersten Stollen arbeiteten, förderten gewohnt viele Diamanten zutage – dass die Menge nicht anstieg, erklärte man damit, dass sie nur eine begrenzte Anzahl von Arbeitswerkzeug zur Verfügung hatten. In der Zwischenzeit arbeiteten Caleb, Lascelle und ihre Männer mit den Zimmerleuten daran, den zweiten Gang zu erweitern und abzustützen. Und auch sie schafften nicht so viel wie erwartet, weil sie eine noch begrenztere Anzahl von Werkzeug hatten.

Mehr noch – das Holz für die Stützbalken wurde knapp. Sie konnten irgendwann nicht weitermachen, weil sie keine Balken zum Abstützen mehr hatten. So beschäftigten sie sich damit, auf den ersten paar Metern weitere Streben und Verstärkungen einzusetzen, während Dixon mit den Hufen scharrte und frustriert war, weil er gern weitergekommen wäre, um das Vorankommen einschätzen und sie alle beruhigen zu können.

Angesichts der Einschränkungen durch die fehlenden Gerätschaften und das Holz sahen die Gefangenen keinen Grund, eine der Verzögerungstaktiken anzuwenden, die sie sich zurechtgelegt hatten. Dixon hatte mithilfe von Hillsythe, Fanshawe und Hopkins die vorgeschlagenen Möglichkeiten ausgewertet und eine Auswahl der Aktionen getroffen, die für ihre Sache hilfreich wären. Auf Calebs Vorschlag hin nutzten sie die Tage, bis Arsene zurückkehren würde, um die nötigen Vorkehrungen zu treffen, damit sie ihre Verzögerungstaktiken verwirklichen konnten.

Alles dafür zu tun, dass das Lampenöl ausging, stand ganz oben auf ihrer Liste. Sie brauchten einen Platz, um das Öl zu verstecken – außerhalb des Blickfelds der Wachen. Der dunkle hintere Bereich des ersten Stollens, jenseits des Bereichs, in dem noch Diamanten abgebaut wurden, war dafür geeignet. Die Männer, die die Schaufeln schwangen und Steinbrocken in die Körbe der Kinder beförderten, zogen sich – mit Unterstützung der Kleineren, die nach Wachen Ausschau hielten – ab und zu in die Schatten am hinteren Ende des Tunnels zurück und gruben dort ein Loch. Schaufel um Schaufel. Sobald es tief genug war, legten sie große, flache Steine hinein, die sie abstützten, sodass dazwischen Hohlräume entstanden. Die füllten sie mit faustgroßen Steinen auf. Das Öl konnte sich, wenn es oben in das Loch gegossen wurde, in den Tiefen sammeln.

Am dritten Tag, als die Anführer das Loch besichtigt und allen Beteiligten zu ihrer guten Arbeit gratuliert hatten, war die Gruppe bereit, sich der Herausforderung zu stellen. Allein die einfache Tatsache, dass sie etwas zu ihrer Befreiung beigetragen hatten, munterte die Gefangenen auf.

Caleb, Phillipe, Jed und zwei weitere Männer, die in ihrer Jugend eine Lehre bei einem Schmied gemacht hatten, kamen sooft es ging in der Reinigungsbaracke vorbei. Solange keine Wache in der Nähe patrouillierte, widmeten sie sich den Meißeln und Hämmern der Frauen. Sie achteten darauf, dass sie nur ein paar der Werkzeuge an verschiedenen Stellen manipulierten. Außerdem sollten die Geräte nicht zu schnell kaputtgehen. Sie tüftelten die beste Möglichkeit aus und taten, was sie konnten, ohne jedoch zu weit zu gehen.

Caleb und Phillipe, Hillsythe, Fanshawe, Hopkins und Dixon berieten sich noch einmal ohne das Wissen der anderen untereinander und kamen zu dem Schluss, dass sie möglicherweise etwas wie eine kleine Katastrophe brauchen würden, um die Produktion zu verlangsamen oder anzuhalten. Sie spielten mit dem Gedanken, einen teilweisen Einsturz des zweiten Ganges herbeizuführen. Doch das war ein so gefährlicher Vorschlag, der nur für den absoluten Notfall infrage kam, dass sie beschlossen, das erst einmal für sich zu behalten.

»Das Problem«, sagte Caleb, als er im sanften Licht des Spätnachmittags über das Gelände spazierte – wie er es nun jeden Tag machte –, »ist Folgendes: Dixon ist mittlerweile überzeugt davon, dass der zweite Gang viel mehr und viel größere und damit wertvollere Diamanten hervorbringen wird.«

Katherine, die sich bei ihm untergehakt hatte, runzelte die Stirn. »Ist das nicht gut? Für uns, meine ich?«

»So weit ganz gut, ja. Alle, die hinter diesem Unternehmen stecken, sind, wie die Auftraggeber auch, hinter dem Geld her. Der zweite Stollen scheint ihnen das und noch mehr zu bieten. Der sicherste Weg, um zu erreichen, dass die Mine weiterhin betrieben wird, ist es also zu beweisen, dass es dort im zweiten Gang unermessliche Reichtümer gibt, die nur darauf warten, herausgeholt zu werden. Wenn wir es richtig anstellen, werden sie verhandeln und darum kämpfen, dass die Mine betriebsbereit bleibt und alle hier weiterarbeiten.«

»Damit wir viele Diamanten abbauen können.«

»Ganz genau. Dubois mag ein kaltblütiger Mörder sein, aber er hat bewiesen, dass er durch und durch pragmatisch ist – solange er uns als Arbeitskräfte in der Mine braucht, wird er tun, was nötig ist, damit seine Belegschaft unversehrt bleibt.« Er machte eine kurze Pause, ehe er zugab: »Um ehrlich zu sein, macht es Dubois noch gefährlicher, dass er eher auf kurzfristige Gewinne aus zu sein scheint als auf langfristigen Reichtum. Zweifelsohne konnte er durch dieses kompromisslose Kalkül lange in diesem Geschäft erfolgreich sein. Das ist auch der Grund, warum seine Leute ihm ohne jede Nachfrage gehorchen.«

Sie schnaubte ärgerlich. »Das nennt man Ironie, oder? Ohne Dubois wären wir nicht hier, doch seinetwegen sind wir hier relativ sicher.«

Caleb lachte auf.

Arm in Arm spazierten sie weiter.

»Im Idealfall nimmt der Abbau der zweiten Ader mehr Zeit als genug in Anspruch.«

Katherine sah ihn an. »Und Sie sind nicht geneigt, an den Idealfall zu glauben?«

Er verzog das Gesicht. »Sagen wir einfach, dass ich mich wohler damit fühle, alle Eventualitäten in Betracht zu ziehen und dementsprechende Pläne zu machen.«

Sie lächelte, doch alle Ungezwungenheit schwand, als sie sich vorstellte, wie das Ganze ausgehen mochte, wenn nicht der Idealfall eintrat. »Solange die Hintermänner mit der Menge der gelieferten Rohdiamanten zufrieden sind, wird Dubois sich über mögliche vorübergehende Störungen keine Gedanken machen.«

Caleb nickte. Einige Schritte weiter sagte er: »Ich bin

mir allerdings sicher, dass Dubois ahnt, dass wir Pläne schmieden. Aber solange wir ihn nicht auf die Probe stellen, solange wir nicht versuchen zu fliehen und weiterarbeiten, und solange die Diamanten, die geliefert werden, die Auftraggeber zufriedenstellen, spielt es für ihn keine Rolle. Seine Männer haben die Kontrolle über das Gelände, und solange das so ist, weiß er, dass es keinen Sinn hat, sich darüber Sorgen zu machen, was wir im Schilde führen könnten. Wir können hier nicht raus, und er hat potenzielle Geiseln, sollten wir versuchen, ihm eine Kampfansage zu machen. Soweit er es überblicken kann, stellen wir keine Gefahr dar, und daran wird sich seiner Meinung nach auch nie etwas ändern. Für uns gibt es kein Entkommen – es sei denn, eine Streitmacht von außerhalb würde uns helfen. Und selbst wenn die käme, würde Dubois glauben, dass er die Oberhand behalten kann.«

»Trotzdem«, murmelte sie. »Wir können es uns nicht leisten, dass er etwas ahnt.«

»Dass wir ihn manipulieren?« Calebs Lächeln war sarkastisch. »Nein. Wir müssen sicherstellen, dass er niemals einen Beweis dafür bekommt. Er kann Vermutungen anstellen, aber auf eine bloße Vermutung hin wird er nichts unternehmen – er braucht uns immer noch, um die Mine zu betreiben. Solange es nichts Offensichtliches ist, solange wir nichts tun, das ihn dazu zwingt, der Wahrheit ins Gesicht zu sehen, dass wir ihn beherrschen, lässt er uns in Ruhe.«

»Aber wenn er es herausfindet …« Sie erschauderte.

Caleb löste seinen Arm von ihrem und legte ihn um sie. Die Krankenstation war ganz in der Nähe. Er lenkte ihre Schritte in diese Richtung. Er sah sie an. »Es gibt keinen Grund, sich Sorgen zu machen. Wir alle wissen, dass wir unsere Aktivitäten geheim halten müssen.«

Er führte sie in die dunklen Schatten seitlich der Hütte. Dort blieb er stehen, lehnte sich mit der Schulter an die Holzwand und zog Katherine an sich. Sie legte die Hände auf seine Brust – eine unschuldige, fast geistesabwesende Berührung, die er bis ins Mark spürte. Sie musterte sein Gesicht.

In einem ziemlich durchschaubaren Versuch, ihre Stimmung wieder etwas aufzulockern, sagte sie: »Erzählen Sie mir von Ihrem Zuhause. Lebt Ihre Familie in Aberdeen?«

»Nein.« Er erwiderte ihren Blick. »Unser Unternehmen, die Reederei, ist in Aberdeen ansässig, aber unser Zuhause ist ein Herrenhaus in Banchory-Devenick. Das ist ein Ort, gut ein paar Meilen westlich von ...« Er hielt inne. Ihre Augen waren groß geworden. »Was ist?«

»Ich kenne den Ort ...« Sie sah ihn an. »Ich bin nicht weit davon entfernt geboren.«

»Ach? Wo denn?«

Katherine betrachtete ihn, nahm das unkomplizierte Interesse, das selbst in den Schatten in seinen Augen zu lesen war, in sich auf. Sie neigte dazu, ihre Geschichte, ihren Hintergrund für sich zu behalten, aber es war ja kein Geheimnis, und sie schämte sich auch nicht dafür. »Fortescue Hall. Das liegt ein Stückchen außerhalb von Stonehaven ... an der Küste, ungefähr fünfzehn Meilen südlich von Aberdeen.«

Seine Augen weiteten sich. »Sie sind eine Einheimische!«

Sie konnte nicht anders und musste angesichts seiner

Freude lächeln. Dennoch fühlte sie sich gezwungen fortzufahren: »Obwohl ich in Fortescue Hall geboren wurde, lebten wir in einem Haus in der Stadt. In der Arbuthnott Street. Und später, nach dem Tod meines Vaters, zogen meine Mutter und ich in ein kleineres Häuschen.«

Caleb Frobisher verstand. Seine Miene wurde ernst, er wirkte angespannt. »Ihr Vater hat Ihnen Schulden hinterlassen?«

In seiner Stimme schwang kein Mitleid mit. Er wollte es einfach nur wissen.

Sie nickte. »Meine Mutter hat mit ihrer Familie gebrochen, um ihn heiraten zu können. Meine Großmutter väterlicherseits war immer bereit auszuhelfen, doch meine Mutter weigerte sich, von Almosen zu leben. Sie war eine begabte Schneiderin und spezialisierte sich auf feine Stickarbeiten. Sie arbeitete größtenteils für die ortsansässige Oberschicht.« Was dazu geführt hatte, dass sie selbst als die Tochter der Schneiderin für immer aus den gesellschaftlichen Kreisen ausgeschlossen wurde, in die sie eigentlich geboren worden war.

Katherine holte tief Luft und hob das Kinn. »Als meine Mutter starb, hatte ich die Option, als arme Verwandte bei einer der vielen uns verbundenen Familien zu leben, aber ich war viel zu sehr die Tochter meiner Mutter.« Sie lächelte, als sie sich erinnerte. »Ich fand eine Anzeige für eine Stelle als Gouvernante bei einer Familie in Freetown in der *Times*. Also begab ich mich nach London und bewarb mich. So bin ich schließlich hierhergekommen. Dubois beschloss, dass er jemanden bräuchte, der sich um die Kinder kümmerte, also bat er Kale, ihm ein Kindermädchen zu bringen.«

Einen Moment lang war seine Miene schwer zu deuten – ungewöhnlich für ihn. Dann verzog er das Gesicht. »Einerseits hätte ich mir gewünscht, dass Kale sich jemand anderen gesucht hätte. Aber andererseits … hätte ich Sie dann niemals kennengelernt.«

Und ich hätte Sie nicht getroffen.

Sie konnte die Anziehungskraft zwischen ihnen spüren – neu, wachsend, noch immer zerbrechlich und doch beinahe mit Händen greifbar …

«Um ehrlich zu sein, tut es mir nicht leid, dass Kale mich entführt hat … Es hat Momente gegeben, in denen ich froh, ja sogar dankbar war, dass ich für die Kinder da sein konnte.«

»Wie zum Beispiel für Diccon.«

Sie nickte. »Obwohl ich keine Geschwister hatte, wuchs ich mit Kindern auf, mit meinen Cousinen und Cousins. Deshalb entschloss ich mich auch, Gouvernante zu werden. Ich liebe Kinder, und ich weiß, wie man mit ihnen umgehen muss.«

Sie senkte den Blick und starrte auf ihre Hände, die noch immer auf seiner Brust lagen. Durch den dünnen Leinenstoff seines Hemds konnte sie die Wärme seines Körpers spüren. Sie verführte ihre Sinne. Wenn sie an einem normaleren Ort gewesen wären, hätte sie sich dazu genötigt gefühlt, den verbotenen Kontakt zu unterbrechen. Sie hätte sich aus seinen starken Armen befreien müssen, die er um ihre Taille geschlungen hatte.

Doch sie waren hier, jetzt, also blickte sie auf und sah ihm in die Augen. »Erzählen Sie mir mehr von Ihren Brüdern, von sich und Ihren Brüdern.«

Caleb lächelte und fing an, sie mit fast vergessenen Geschichten über die Heldentaten der Frobisher-Brüder zu unterhalten, um sich selbst abzulenken. »Royd war natürlich immer der Anführer. Und oft waren wir viel mehr Jungs als nur wir vier.«

Es gab so viele Geschichten, aus denen er wählen konnte, dass er immer weitersprach. Er brachte sie nicht nur einmal zum Lachen. Und doch waren seine Sinne so lebendig. Ein Netz, gewebt aus instinktivem Interesse und einem wesentlicheren Bedürfnis, hatte sich um sie geschlungen und hielt sie nun fest.

Als wären sie in genau diesem Moment gefangen, an einem Ort, der weit weg von ihrem Zuhause war und weit weg von der Geborgenheit und dem Trost der Familie. Da war dieses intuitive Verständnis füreinander …

Hier. Jetzt. Zusammen an diesem Ort.

Als er zum Ende kam, fühlte er sich, als hätte der Moment ein Gewicht bekommen, das ihn dazu zwang zu handeln.

Er sah sie an, und ihre Blicke verschmolzen miteinander. Sie hatten in den vergangenen Minuten nicht nur mit Worten, sondern auch mit den Augen gesprochen.

Und so erschien es ganz natürlich und beinahe unvermeidlich, dass er nun langsam den Kopf neigte …

Schließlich presste sie ihre Hände fester auf seinen Brustkorb und streckte sich, und ihre Lippen berührten sich.

Es war ein zarter Kuss, unschuldig und fast herzzerreißend behutsam …

Sie erwiderte seinen Kuss, und für einen Moment wurde ihm schwindlig.

Doch was sie vorhatte, war klar, und er kam ihrem Wunsch nur allzu gern nach. Er verzehrte ihre üppigen Lippen, erkundete die Konturen. Und als er spürte, dass sie ganz nachgiebig waren, bereit, geöffnet zu werden, flammte die Begierde in ihm auf, und er ergriff die Chance, kostete sie aus.

Und erinnerte sich gerade noch rechtzeitig daran, dass er nicht zu weit gehen sollte, dass er sich nicht zu schnell hineinstürzen, nicht einfach plündern, erobern durfte.

Er durfte sie nicht wie ein Barbar verführen. Sie schien so unwissend, so unschuldig …

Doch sie ermutigte ihn ganz eindeutig, bot sich ihm an, und das machte ihn demütig – als hätten sie und das Schicksal sich zusammengetan, um ihm etwas unbeschreiblich Wertvolles zu schenken.

Hier, in den Tiefen des westafrikanischen Dschungels, während sie von gewalttätigen Männern gefangen gehalten wurden und obwohl ihr Überleben nicht gesichert war …

Vielleicht konnte das Schicksal doch nicht aus seiner Haut.

Katherine fühlte sich schwindlig. Sie war sich nicht sicher, ob sie überhaupt Luft holte, doch sie konnte keinen Gedanken daran verschwenden – nicht, wenn ihre Sinne alles in sich aufnehmen, alles erfahren und sich an jedes winzige Detail erinnern wollten. An ihren ersten Kuss.

Es war ganz sicher nicht sein erster gewesen. Aber in diesem Augenblick, als sie sich diesen Zärtlichkeiten hingab, beinahe in dem Zwang, immer weiterzugehen, hatte sie ihre Entscheidung gefällt und war den Schritt ganz bewusst gegangen – genau wie er. In diesem Augenblick hatte sie eine Welle gespürt, einen Druck, den sie so zuvor noch nie empfunden hatte. Es kam ihr fast vor, als hätte dieser Kuss so sein sollen. Als hätte sie ihn gebraucht. Als wäre dieser Kuss für sie und auch für ihn ein lebensnotwendiger Schritt auf ihrem Weg nach vorn gewesen, in die Zukunft.

Lächerlich!, sagten die Zurückhaltung und die Vorsicht ihr. Wie kannst du dir so sicher sein, wenn du ihn erst vor ein paar Tagen kennengelernt hast?

Und doch empfand sie so.

Die Erfahrung hatte sie gelehrt, ihrem eigenen Urteil zu glauben – und das nicht erst, seit ihre Mutter gestorben war und sie allein war, sondern schon vorher. Die Erfahrung hatte sie gelehrt, dass sie sich auf ihr Gefühl verlassen konnte.

Also schmiegte sie sich an ihn, gab sich seiner Berührung hin und strich mit den Händen über seine starke Brust, über seine muskulösen Schultern. Dann fuhr sie höher, streichelte seinen Nacken, fuhr durch die zerzausten dunklen Locken.

Sie erschauerte.

Begierde … eine ihr unbekannte Flamme erglühte in ihr.

Sie bemerkte das aufkeimende Verlangen und spürte, dass auch er so empfand.

Zu ihrer Überraschung erschauerte auch er.

Und ohne nachzudenken oder zu zögern, kam sie seinen Wünschen nach, öffnete ihre Lippen. Ihr Atem vermischte sich mit seinem, ihr Herzschlag wurde eins mit seinem.

Und dann murmelte er: »Genug …«

Nicht hier.

Sie erwiderte seinen Blick. »… für jetzt.«

Später.

Der berittene Zug, der am folgenden Tag ins Lager marschierte, war beeindruckend.

Jeweils zwei Eingeborene liefen nebeneinanderher und trugen einen Stapel zusammengebundener, grob behauener Holzbalken auf den Schultern. Andere schleppten Paletten, auf denen alle möglichen Ausrüstungsgegenstände für die Arbeit in der Mine lagen. Arsene und seine Männer trugen schwere Pakete, in denen sich ohne Zweifel Nägel und Metallbandrollen befanden, die man benötigte, um die Abstützung zu befestigen.

Caleb stand mit den anderen Männern im Schein der Spätnachmittagssonne, die den Eingang der Mine flutete. Sie sahen, wie die Träger stehen blieben und die Holzpfähle von ihren Schultern auf den Boden fallen ließen. Unter der Führung von Arsene wurden die Paletten vor der Hütte mit den Vorräten abgestellt.

»Das ist wahnsinnig viel Material«, stellte Dixon fest.

Fanshawe murmelte: »Dubois geht offenbar kein Risiko ein.«

In diesem Moment kam Dubois aus der Baracke. Er blieb auf der Veranda stehen, um sich kurz einen Überblick zu verschaffen. Dann kam er herunter, um mit Arsene zu sprechen, kurz darauf bezahlte er die Träger. Die Gruppe, die aus mindestens zwanzig starken Männern bestand, drehte sich um und ging mit geradeaus gerichtetem Blick zum Tor. Erst als sie das Lager verließen, warfen einige verstohlene, besorgte Blicke auf die Gefangenen. Im nächsten Moment waren sie weg, im Dschungel verschwunden.

»Dixon!«, brüllte Arsene quer durchs Lager. Caleb und die anderen Männer sahen, wie Dubois sich in die Hütte zurückzog. Arsene gab ein Handzeichen. »Bringen

Sie die Männer her und tragen Sie die Sachen in die Vorratshütte.«

Als Caleb Dixon durchs Lager folgte, flüsterte er Hillsythe, der neben ihm lief, zu: »Zweifelsohne will Dubois, dass wir sehen, wie viel an Ausrüstung er hat besorgen lassen, damit wir weitermachen können.«

Hillsythe nickte. »Jetzt gibt es keine Entschuldigung mehr für uns, die Arbeit am zweiten Gang nicht fortzusetzen. Bei Dubois steht hinter allem, was er tut, eine Botschaft.«

Sie erreichten die Bündel, Pakete und Paletten. Die durcheinandergeworfenen Holzbalken lagen daneben.

Dixon stellte eine Gruppe zusammen, die die Holzpfähle sortieren und ordentlich zwischen dem Tor und der Unterkunft der Männer aufstapeln sollten. Dann hievten er und die restlichen Männer die schweren Pakete und Bündel von den Paletten und trugen sie in die Vorratshütte.

Während er die Packungen mit den langen Nägeln ordentlich auf eines der grob behauenen Regale legte, sah Caleb sich um. Er war erst ein Mal in der Hütte gewesen, um eine Lampe zu holen, und er hatte damals nicht die Gelegenheit gehabt abzuschätzen, welche Möglichkeiten sie bot.

Obwohl Arsene sie beobachtete, machte er sich nicht die Mühe, in die stickige Hütte zu gehen. Durch die geöffnete Tür konnte Caleb ihn und seine Leute sehen, sie hatten sich im Schatten der Baracken versammelt und warfen den arbeitenden Gefangenen nur ab und zu einen Blick zu.

Jed Mathers packte mit ein paar anderen das Arbeitsgerät aus. Er hielt kurz inne, um sich eine Schaufel mit kurzem Griff anzusehen. »Verdammt, wenn die nicht nagelneu ist!« Er hob den Kopf und sah Dixon an. »Waren die Werkzeuge, die wir schon haben, nicht gebraucht? Aus einem Laden, der Dinge weiterverkauft, die andere Leute nicht mehr haben wollen?« Jed hielt Dixon die Schaufel hin. »Hier. Schauen Sie mal. Sie sieht brandneu aus und die anderen Geräte auch! Das muss Dubois und seine Hintermänner ein kleines Vermögen gekostet haben.«

Dixon drehte die Schaufel um und fluchte.

»Was ist?«, fragte Hillsythe.

Dixon blickte der Reihe nach alle Männer in der Hütte an. »Die Schaufel hat einen Armeestempel. In einer Stadt wie Freetown ist das Fort natürlich der erste Lieferant von gebrauchten Werkzeugen. Aber ...«, Dixon hielt die Schaufel hoch und reichte sie Phillipe, »... es gibt keinen Grund, aus dem ein Fort eine riesige Anzahl Gerätschaften in neuem Zustand weggeben sollte. Es muss ja alles mit dem Schiff extra hierhertransportiert werden.«

»Warten Sie ... Winton ...« Caleb runzelte die Stirn. Nach einer Weile sagte er: »Major Winton ist der Kommissar, also der Proviantmeister im Fort, habe ich recht?« Dixon nickte. »Meine zukünftige Schwägerin«, sagte Caleb, »wurde in der Siedlung entführt. Sie hat die Gespräche ihrer Peiniger belauscht und gehört, dass die Vorräte und die Ausrüstungsgegenstände für die Mine von jemandem kommen, der Winter heißt, aber sie war geknebelt und hatte einen Sack über dem Kopf.«

»Sie meinen, sie hat fälschlicherweise Winter statt Winton verstanden?« Hillsythe wirkte betroffen.

Dixons Blick hatte sich verfinstert. »Nicht Major Winton.« Sein Ton war unnachgiebig. »Der Major ist noch von der alten Schule, einen zuverlässigeren Menschen werden Sie nicht finden.« Dixon holte tief Luft und fuhr dann fort: »Allerdings hat der Major einen Neffen, einen William Winton. Er ist ein charakterloser Schnösel und hinter Geld her. Ich kann mir gut vorstellen, dass er ein falsches Spiel spielt. Aber wichtiger noch: Er ist der Assistent des Major.« Dixon blickte in die Runde. »William Winton ist der stellvertretende Kommissar im Fort.«

Hillsythe setzte sich auf einen Stapel Kisten. »Also haben wir Winton im Fort und Muldoon im Marinebüro.«

»Und jemanden im Büro des Gouverneurs, den wir noch identifizieren müssen.« Caleb hatte Arsene und die Wachen im Auge behalten. »Wir müssen weiter auspacken. Lassen Sie uns das Gespräch später fortsetzen.«

Die anderen brummten zustimmend und widmeten sich wieder ihrer Arbeit.

Später kehrten sie zum Thema William Winton und der Tatsache zurück, dass die Werkzeuge und sämtliche Ausrüstungsgegenstände für die Mine direkt aus dem Proviantamt des Forts zu stammen schienen. Dixon vermutete, dass Winton zusätzliche Gerätschaften bestellt hatte, um die Mine zu unterstützen.

»Was bedeutet, dass er seinen Onkel hinters Licht führt. Und da der Major ihm den Posten verschafft hat – einen Posten, der auch von einem Zivilisten übernommen werden kann –, wird es den Major noch viel härter treffen.«

»Was für eine Art, jemandem zu danken, der einem etwas Gutes getan hat«, murmelte Phillipe.

Alle in der Runde schnaubten zustimmend.

Sie erreichten die Mine und gingen hinein, blieben

jedoch in dem Bereich direkt hinter dem Eingang stehen. »Nachdem wir nun all das Werkzeug und die Ausrüstung haben, die wir brauchen, müssen wir beginnen.« Dixon hielt inne und rechnete nach. »Wir können die Produktionsmenge ein bisschen steigern, aber bis ich abschätzen kann, wie weit die zweite Ader reicht, wäre es unklug, zu viele Diamanten abzubauen.«

Caleb sah Hillsythe an. »Es sieht so aus, als müssten wir eher früher als später anfangen, kreativ zu werden.«

Nachdem sich alle Gefangenen zum Abendessen versammelt und die neuesten Neuigkeiten ausgetauscht hatten, machten Caleb und Katherine erneut einen Spaziergang durch das Lager. Die abendliche Sitte hatten Dixon und Harriet ins Leben gerufen. Annie und Jed frönten ihr ebenfalls manchmal. Sie nutzten die ruhigen Momente in der kühlen Abendluft, um Erkenntnisse zu teilen, vor allem jedoch, um sich gegenseitig Mut zu machen.

An diesem Abend hatten alle drei Paare die Gelegenheit ergriffen. Arm in Arm spazierten sie zwischen den Hütten hindurch.

Dixons Entdeckung, was die Quelle der Ausrüstungsgegenstände betraf, war an der Feuerstelle nur kurz besprochen worden. »Angesichts der Mengen von Ausrüstungsgegenständen für die Arbeit in der Mine würde ich gern genauer wissen, wie sich das auf unser Vorhaben auswirkt, die Arbeit so lange hinauszuzögern, bis die Rettungsmannschaft uns erreichen kann.«

Caleb verzog das Gesicht. »Das können wir nicht genauer sagen.« Durch die Schatten hindurch trafen sich ihre Blicke. »Wie Sie gehört haben, bleibt uns nichts anderes übrig, als so gut wie möglich mit gesteigerter

Leistung zu arbeiten.« Er richtete den Blick in die Ferne. »Wie auch immer ... Bald haben wir die Vorarbeiten erledigt, und der Eingang und das erste Teilstück des zweiten Ganges sind abgestützt. Sobald es sicher ist, werden einige unserer Leute anfangen, das zweite Vorkommen abzubauen. Als Erstes wird dann unser Vorrat wieder aufgestockt.«

Sie schlenderten weiter. Katherine nickte. »Ich war noch nicht in der Mine, um mir den neuen Stollen anzusehen. Wo fängt er an?«

»Der Eingang ist ungefähr neun Meter den ersten Tunnel hinunter auf der rechten Seite. Der zweite Gang verläuft in einem Winkel von ungefähr neunzig Grad zum ersten – mehr oder weniger parallel zum Bergrücken.«

»Also befindet sich der Eingang zum zweiten Stollen vor dem Bereich, in dem die Männer die letzten Diamanten der ersten Ader abbauen?«

»Ja. Im Moment ist der zweite Tunnel noch nicht so lang. Sobald wir ihn fertig haben, wird Dixon einschätzen können, wie viel wir dort abbauen können. Er hat schon überlegt, ob man den Stollen auf einer tieferen Ebene erweitern kann. Aber wenn er wirklich reicher an Diamanten ist, sowohl quantitativ als auch qualitativ, wäre es durchaus möglich, dass wir gar nicht mehr erweitern müssen bis September.« Er sah sie an und lächelte.

»Wir werden es also bald wissen.«

»Ja.« Er senkte die Stimme. »Und dann müssen wir entscheiden, wann und wie wir die Sache verzögern können. Dubois hat kein Lampenöl mitbringen lassen, also ist die beste Möglichkeit, das Öl knapp werden zu lassen.«

Katherine hatte sich wieder bei Caleb untergehakt. Sie bemerkte seinen entspannten, selbstsicheren Gang. Ihm körperlich nah zu sein und seinen positiven Gedanken zu lauschen, machte ihr Mut. Es machte ihr sogar so viel Mut, dass sie es wagte, über die Zukunft nachzudenken. Über ihr Zuhause. Über Stonehaven. Über Banchory-Devenick. Über Aberdeen.

Sie fühlte, wie er ihr Gesicht mit seinem Blick berührte und streichelte.

»Einen Penny für Ihre Gedanken.« Als sie ihn ansah, grinste er reuevoll. »Und selbst den Penny muss ich mir borgen, denn ich habe keinen einzigen bei mir.«

Sie hatten die Rückseite der Reinigungsbaracke erreicht und waren außer Sichtweite der Söldner auf dem Wachturm und der Wachleute, die über das Gelände patrouillierten. Sie blieben im Sichtschatten stehen. »Ich habe an zu Hause gedacht.«

Und an Sie.

»Aha.« Er musterte ihr Gesicht, doch sie bezweifelte, dass er in der Dunkelheit besonders viel erkennen konnte. »Und?«

War es verrückt, Hoffnung zu haben? So schnell schon? War es verrückt, sich so weit vorzuwagen? Aber das Leben musste gelebt werden. Sie hob ihr Kinn an. »Wenn wir zurückkommen ...« Nicht *falls,* sondern *wenn.* Er hatte sie mit seiner Zuversicht angesteckt. »Wir wohnen so dicht beieinander, dass wir uns mit Sicherheit einmal begegnen werden. In Aberdeen, wenn nicht woanders ...«

Er sah sie an und sagte dann mit tiefer, heiserer Stimme: »Ich hoffe es.« Als sie ihn abwartend ansah, fuhr er fort: »Ich glaube, ich würde Sie gern richtig kennenlernen. Sie könnten mich besuchen, oder ich Sie. Meine Eltern würden Sie bestimmt auch gern treffen.«

Sie blinzelte ihn an. Was er sagte, war, was sie hören wollte ... »Wir können nicht darüber reden ... Noch nicht.«

Er presste die Lippen aufeinander und nickte. »Es fühlt sich zu sehr so an, als würde man das Schicksal herausfordern.«

Glücklicherweise verstand er. Sie starrte ihn noch einen Moment länger an. Dann streckte sie die Arme nach ihm aus. Und im selben Moment streckte auch er die Arme nach ihr aus.

Ihre Lippen trafen sich – dieses Mal nicht zögerlich, sondern in der Erwartung, willkommen zu sein. Er zog sie so nah an sich heran, bis ihre Hüften seine Beine berührten. Sie legte ihre Hände in seinen Nacken und schmiegte sich an ihn, als sie nun die Lippen öffnete. Er nahm ihre stumme Einladung an.

Und ihre Sinne begannen erneut zu taumeln.

Sie schienen auf einer ganz anderen Ebene der Realität zu sein – auf einer Ebene, auf der nur sie existierten. Nur er und sie, in den Armen des jeweils anderen, vertraut in der warmen Dunkelheit.

Sie mochte unerfahren auf diesem Gebiet sein, doch jeder lange Austausch hatte eine Bedeutung. Jeder Kuss, jede bedächtige und absolut fesselnde Berührung ihrer Zungen, jede Veränderung des Drucks entführte sie beide auf eine Entdeckungsreise. Seine Lippen waren fest und schienen kühler zu sein als ihre, andererseits kamen ihr die eigenen Lippen auch gerade sehr erhitzt vor. Als hätte die Erkenntnis dazu geführt, dass das Gefühl sich ganz in ihr ausbreitete, ein Fieber in ihr auslöste. Wie eine Welle strömten die Empfindungen durch ihren Körper. Bis hin zu ihren Zehenspitzen.

Katherine fühlte sich glücklich und wie auf einer Woge der Begierde. Der Lust.

Verlangen meldete sich in ihr, wie schon einmal, bei ihrem ersten Kuss. Es umschloss ihren Verstand wie mit Fingern und wand sich dann durch ihr Innerstes.

Seine Stärke, die in seiner großen Statur sichtbar wurde, in den straffen, stahlharten Muskeln, hätte sie vorsichtig machen sollen. Bei jedem anderen Mann wäre sie davor zurückgeschreckt, so viel Nähe zuzulassen. Sie hätte ihm nicht erlaubt, seinen Griff um ihre Taille noch zu verstärken und sie noch näher an sich heranzuziehen, wenn das denn überhaupt möglich war. Sie hätte niemals das Gefühl, wie ihre Brüste gegen seinen Oberkörper gepresst wurden, so sehr genossen. Sie hätte es niemals ausgekostet, seine Erektion zu spüren, die sich hart gegen ihren Bauch drängte.

Sie mochte noch Jungfrau sein, doch sie war keine welke Blume. Aber sie hatte ein solches Verlangen noch keinem anderen Mann gegenüber empfunden – bei keinem anderen Mann hatte sie den Wunsch verspürt, dass er mit seinen Händen jeden Zoll ihrer Haut liebkoste.

Und das alles durch einen Kuss.

Einen berauschenden, schamlosen und schockierend heißen Kuss.

Er konnte sich ihr nicht hingeben, sollte es nicht – noch nicht –, aber das Feuer war entfacht und flammte nun in ihr.

Caleb wusste es. Er wusste, dass sie ihm gehörte und dass er irgendwie ihr gehörte und immer gehören würde. Er hatte sich mit mehr Frauen vergnügt, als er zählen konnte. Seine unkomplizierte Art und seine körperliche Erscheinung hatten ihn für das andere Geschlecht immer anziehend gemacht. Doch das hier war etwas ganz anderes.

So anders, dass er das Gefühl hatte, er würde ohne Kompass auf eine Reise gehen, die für sein zukünftiges Leben entscheidend sein würde.

Er spürte, dass sie nur mit Mühe ein lustvolles Stöhnen unterdrückte. Die Art, wie sie sich an ihn schmiegte, so offen in ihrer aufkeimenden Leidenschaft, war gar nicht misszuverstehen. Ihre Erregung war offensichtlich.

Er wollte diese Frau für sich. Er wollte sich an ihr sattessen, wollte den Hunger stillen, den sie in ihm weckte. Einen Moment lang schien das Verlangen ihn zu überwältigen, es schien die Kontrolle zu übernehmen und ihn zu lenken. Doch dann erkannte er die Gefahr und zwang seine sexuelle Begierde zur Unterwerfung.

Nicht jetzt. Und ganz sicher nicht hier.

Wie lange küssten sie sich schon?

Zu lange, ließ der taktische Teil seines Gehirns ihn wissen.

Zu gefährlich.

Der Gedanke gab ihm die Kraft, sich zurückzuziehen. Er drosselte das Tempo für sie beide, was ihm nicht leichtfiel, denn ihr Mund war eine Oase köstlichen Glücks – honigsüß und verlockend. Es bedurfte all seiner Kraft, sich aus der Versunkenheit zu lösen, seine Sinne davon zu überzeugen, ihren berauschenden Geschmack aufzugeben.

Es bedurfte all seiner Kraft, den Draufgänger in ihm zu zähmen.

Der ihn für sich beanspruchte.

Der ihn unwiderruflich einfing.

Schließlich holte er tief Luft und hob den Kopf. Ihre Lippen trennten sich zögerlich. Durch die Dunkelheit hindurch, die Lippen geöffnet, die Atmung noch immer nicht ruhig, sahen sie sich in die Augen. Es war beinahe, als könnten sie einander trotz der Dunkelheit in die Seele blicken.

Er stellte sie behutsam wieder auf die Füße.

Er hielt sie fest.

Dann holte er noch einmal tief Luft und sagte leise: »Um eines klarzustellen: Mein Interesse an Ihnen ... an dir, Katherine, an dem hier ...«, er deutete auf sie beide, »... hat nichts mit der Tatsache zu tun, dass wir hier sind, dass wir hier gemeinsam gefangen gehalten werden. Meine Gefühle für dich sind nicht zufällig. Wäre ich dir woanders begegnet – in einem Ballsaal, in einem Salon –, wäre es nicht anders gewesen. Ich hätte dir den Hof gemacht. Ich hätte dich gewählt.«

Sie legte den Kopf leicht schräg, sah ihm in die Augen und erwiderte dann genauso leise: »Ich könnte das Gleiche sagen. Ich könnte sagen, dass ich schon seit Monaten hier bin, dass ich aber nicht das Bedürfnis verspürt habe, einen Mann zu küssen. Doch mit dir ... Von Anfang an war es mit dir für mich etwas anderes.« Sie machte eine kurze Pause, ehe sie fortfuhr: »Ich weiß nicht, wohin sie führen wird, diese Verbindung zwischen uns, aber ich weiß, dass ich es herausfinden will. Mit dir. *Zusammen* mit dir.«

Er hielt ihren Blick noch einen Moment lang gefangen, dann hielt er ihr seine Hand hin. Sie legte die ihre hinein, und ihre Finger verschlangen sich miteinander. So drehten sie sich um und gingen Seite an Seite weiter durch die Nacht.

Kapitel 13

Drei Tage später war klar, dass sie die Produktion tatsächlich würden verlangsamen müssen, wenn sie bis in den September hinein überleben wollten.

»Sie müssen zugeben …«, sagte Dixon, als die Gefangenen an diesem Abend um die Feuerstelle versammelt waren, »… dass es, wenn wir nicht so in der Klemme stecken würden … Nun ja, es ist ein erstaunlicher Anblick.«

Alle, die sich den zweiten Gang schon einmal angesehen hatten – und das hatten die meisten Gefangenen getan –, mussten ihm zustimmen. Jeder hatte gelernt, welches Gestein mit großer Wahrscheinlichkeit Rohdiamanten enthielt, doch die zweite Ader war einfach spektakulär. Hunderte, wenn nicht Tausende von Diamanten funkelten dort ganz leicht zu erkennen und luden zum Abbau ein.

Viel zu leicht.

Dixon hatte den Stollen perfekt angelegt, am Rand der Ader entlang. Er schätzte, dass sie den Großteil in zwei Wochen abgebaut hätten.

Und dann würde Dubois beginnen, die Männer zu exekutieren, die Kinder und …

Jed sah Annie an. »Wird Dubois nicht warten, bis alles fertig ist, bevor er … uns umbringt?«

Caleb tauschte einen Blick mit Lascelle und sah dann zu Hillsythe, der grimmig vor sich hin starrte. Als niemand sonst etwas sagte, erklärte er: »Kein intelligenter Anführer würde eine große Gruppe von gefangenen Männern einfach unbeschäftigt lassen. So eine Vorgehensweise öffnet einem Aufstand Tür und Tor, und nach allem, was wir über Dubois wissen, können wir davon ausgehen, dass er klug genug ist, das auch so zu sehen. Er wird die Frauen bis zum Schluss am Leben lassen ...« Caleb machte eine Pause, um Luft zu holen. Er wollte sich nicht ausmalen, was mit den Frauen passieren würde, wenn Dubois' Männer am Ende mit ihnen machen könnten, was sie wollten. »... aber die Männer und Kinder wird er umbringen lassen, sobald wir nicht mehr gebraucht werden.«

Alle schwiegen, sie schienen Calebs Worte erst einmal verarbeiten zu müssen. Niemand widersprach ihm.

«Wir«, sagte Katherine und wies auf die Frauen, »werden die Steinbrocken nicht so schnell bearbeiten können, aber das wird Dubois oder seine Hintermänner nicht davon abhalten ...«

»... die Probleme zu klären«, sprang Caleb ein. »Ihm ist es egal, was ihr, die noch übrig seid, denkt. In dem Moment, wenn er und seine Hintermänner beschließen, dass sie unsere Dienste nicht mehr benötigen, werden sie aktiv werden und uns eliminieren.«

»Denn wir stellen, auch wenn es vielleicht anders wirkt, durch unsere bloße Existenz eine Gefahr für sie dar«, sagte Phillipe. »Es wäre dumm, etwas anderes anzunehmen.«

Dixon verzog das Gesicht. »Ich hatte noch nicht die Gelegenheit, die untere Ebene näher zu prüfen. Es wäre möglich, dass wir den Gang erweitern und so noch etwas Zeit schinden können ...«

«Lange genug?«, fragte Hillsythe.

Dixon blickte zur Mine und schüttelte bedächtig den Kopf. »Das bezweifle ich. Eventuell eine Woche. Aber das wird trotzdem nicht reichen.«

Caleb blickte in die Runde, nahm die Mienen in sich auf und zuckte mit den Schultern. »Dann werden wir also, wie geplant, damit beginnen, die Sache ein bisschen zu verlangsamen.« Hillsythe, der ihm gegenübersaß, fing seinen Blick auf. »Und zwar von jetzt an. Es hat keinen Sinn zu warten – wir müssen so viele Diamanten im Gestein zurücklassen, wie wir können.«

Hillsythe nickte. »Wir haben hart gearbeitet, um Dubois zufriedenzustellen. Es gibt also keinen Grund, warum er bei einer kleinen Störung der Produktion auf die Idee kommen sollte, dass sie von uns initiiert wurde.«

Um ihn herum ertönte zustimmendes Gemurmel.

»Was soll es denn sein?«, fragte Fanshawe. »Das Öl?«

Alle, selbst die Kinder, die sich in Gruppen um die Feuerstelle herum zusammengedrängt hatten, lauschten erwartungsvoll. Dixon, Hillsythe, Caleb, Lascelle, Fanshawe und Hopkins wechselten fragende Blicke.

Caleb sah Katherine an. »Es wäre vielleicht besser, die Aktion mit einer Störung zu starten, die nicht unbedingt in der Mine selbst auftritt.« Mit hochgezogenen Augenbrauen sah er sie an und wandte dann den Blick zu Harriet, die neben ihr saß. »Was ist mit den Werkzeugen der Frauen?« Er sah in die Runde. »Schlechtes Werkzeug zum Bearbeiten der Erzbrocken sorgt dafür, dass die Steine für den Transport nicht ordentlich freigeschlagen werden können – und das sorgt für weitere Schwierigkeiten.« Caleb schaute Hillsythe an. »Und wenn Dubois sich auf die Reinigungsbaracke und die Behinderungen bei der Reinigung der Rohdiamanten konzentriert, heißt das, dass er nicht auf die Produktionsmenge achten wird. Und das bedeutet, dass wir so tun können, als würden wir hart arbeiten. In Wirklichkeit jedoch können wir genau kontrollieren, wie viel wir tun und wofür. Wir können so viele Erzbrocken wie möglich für uns zurückhalten, um unseren Geheimvorrat wieder aufzufüllen, der mächtig geschrumpft ist.«

Caleb sah jetzt mit hochgezogenen Augenbrauen in die Runde und forderte alle zu weiteren Beiträgen auf, doch anscheinend waren alle derselben Meinung. »Also gut«, sagte er. »Wie wir schon ein paarmal diskutiert haben, sollten die Probleme echt wirken und nicht gestellt. Dubois darf auf keinen Fall misstrauisch werden.«

Katherine und Harriet wechselten einen Blick. Dann richtete Katherine das Wort an die Runde. »Wir glauben, dass wir morgen am späten Vormittag bereit sein können.« Sie sah Caleb an. »Reicht das?«

Er erwiderte ihren Blick. »Ich glaube, ich spreche für uns alle, wenn ich sage: Nehmt euch Zeit. Es muss überzeugend wirken, überzeugend genug, um Dubois zu täuschen.«

Am folgenden Morgen sammelte Katherine Harriets Hammer, dessen Kopf inzwischen so locker war, dass er kaum noch hielt, und Marys und Ellens Meißel ein, deren Kanten spröde, gesprungen und angestoßen waren. Die Frauen hatten mit den beiden ehemaligen Lehrlingen eines Schmiedes zusammengearbeitet, damit die Beschädigungen möglichst echt aussahen. Es wirkte nun wie normaler Verschleiß. Mit dem Werkzeug in der Hand holte sie tief Luft, wappnete sich innerlich und verließ die Reinigungsbaracke. Sie setzte ein besorgtes Stirnrunzeln auf und ging eilig zur Hauptbaracke.

Dubois saß an seinem Schreibtisch, sah auf, als sie an den Türrahmen klopfte, und winkte sie herein. »Was gibt's?«

Sie hielt an der Fassade weiblicher Verärgerung fest, als hätte etwas Unvorhergesehenes sie sehr wütend gemacht, ging zum Schreibtisch und knallte das Werkzeug auf die Tischplatte. »Das hier.« Wütend wies sie auf die Gerätschaften. »Wir haben die Sachen so lange benutzt, wie es ging, aber jetzt sind sie kaum noch zu gebrauchen.« Sie sah auf und blickte ihn an. »Sie können nicht erwarten, dass wir damit die Steinbrocken bearbeiten. Wir haben Dixon um Ersatz gebeten, aber er meinte, dass in der Vorratshütte keine Ersatzwerkzeuge mehr sind.« Sie verschränkte die Arme vor der Brust. »Also, was sollen wir Ihrer Meinung nach tun?« Dubois betrachtete die Geräte, und ein Ausdruck der Verwirrung erschien auf seinem sonst so ungerührten Gesicht. Katherine holte Luft und sagte: »Wir können mit den Werkzeugen weitermachen, die wir haben, aber natürlich nicht in derselben Geschwindigkeit. Selbstverständlich zeigen auch die anderen Gerätschaften Gebrauchsspuren, aber sie sehen nicht so schlimm aus ... Noch nicht.«

Dubois sah sich zuerst den lockeren Kopf des Hammers und dann die Meißel an. »Es wäre hilfreich gewesen, wenn ich früher davon erfahren hätte.«

Katherine vermutete, dass er mit sich selbst sprach, doch trotzdem tat sie so, als wäre sie fassungslos. »Wann hätten wir was sagen sollen? Niemand hat sich nach dem

Werkzeug erkundigt. Wenn jemand gefragt hätte, dann hätten wir auch was gesagt.«

Den Blick noch immer auf die abgenutzten Geräte gerichtet, murmelte Dubois etwas Unverständliches. Er schob den Stuhl zurück. »Zeigen Sie es mir.«

Katherine rümpfte innerlich die Nase über den harschen Befehl. Doch sie nahm das kaputte Werkzeug, dann machte sie auf dem Absatz kehrt und ging in Richtung Reinigungsbaracke. Als sie eintrat, warf sie einen flüchtigen Blick in den Raum. Vier der anderen Frauen arbeiteten fleißig mit den Werkzeugen, die noch ihren Dienst taten, während Harriet daneben saß und zusah.

Katherine wechselte einen kurzen Blick mit ihr. Dann trat sie zur Seite und ließ Dubois hinein. »Bitte, sehen Sie selbst!«

Sofort ging er an den Tisch. Er blieb neben Annie stehen und streckte auffordernd die Hand aus. Als sie ihm ihr Werkzeug gab, prüfte er es genau. Kurz darauf legte er Annies Gerätschaften auf den Tisch zurück und ging zu Gemma, um ihr Werkzeug zu untersuchen. So umrundete er langsam den Tisch. Seine Miene wurde immer ernster und furchteinflößender. Einige Male knurrte er etwas, blieb jedoch ansonsten beunruhigend still.

Nachdem er sich jedes Teil ganz genau angesehen hatte, ging er zurück zu Katherine, die mit gefalteten Händen an der Tür gewartet hatte. Er sah sie an, drehte sich um und blickte in die Runde. Die Frauen schauten ihn erwartungsvoll an.

»Ich werde Ihnen neues Werkzeug besorgen. In der Zwischenzeit tun Sie mit den Geräten, die Ihnen zur Verfügung stehen, Ihr Bestes.«

Damit verschwand er aus der Hütte.

Katherine wechselte einen Blick voller aufkeimender Hoffnung mit den anderen Frauen und schloss die Tür.

Von draußen hörten sie Dubois bellen: »Arsene!«

Katherine und die anderen Frauen lächelten.

Die Frauen mussten bis zum Nachmittag warten, bis sie sicher sein konnten, erfolgreich gewesen zu sein.

Sie hatten in der kurzen Mittagspause, die den Gefangenen gewährt wurde, von Dubois' Reaktion erzählt. Als Caleb später aus der Vorratshütte Nägel holte, bemerkte er einige der Söldner, die Arsene in die Siedlung begleitet hatten, auf der Veranda der Hauptbaracke. Sie prüften ihre Waffen. Zu ihren Füßen standen schon die fertig gepackten Reisebündel. Nachdem Caleb die Nägel in der Mine abgeliefert hatte, beschloss er, eine kurze Runde durch das Lager zu drehen.

Zuerst ging er in die Reinigungsbaracke, um Katherine vorzuschlagen, ihn zu begleiten.

Mittlerweile waren sie ein gewohnter Anblick, wenn sie miteinander durchs Lager schlenderten. Dieses Mal nutzten sie es aus, dass gerade keine Wachen patrouillierten, und blieben auf der östlichen Seite der Hauptbaracke stehen. In der Nähe von Dubois' Fenster und außer Sichtweite von den Leuten in der Hütte oder auf dem Wachturm standen sie im Schatten.

Durch die Ritzen in der rauen Holzwand hörten sie, wie Arsene sagte: »Vielleicht haben sie die Werkzeuge selbst beschädigt.«

»Das glaube ich nicht.« Dubois' Stimme klang knapp, sein Tonfall war ungeduldig. »Wir hatten bisher keine Probleme mit den Frauen, und ich habe die Geräte persönlich untersucht. Die Beschädigungen unterscheiden sich in der Art und auch im Schweregrad. Wenn sie es vorsätzlich getan hätten, dann wären die Beschädigungen sicherlich bei allen Geräten ähnlich.« Caleb und Katherine wechselten einen selbstzufriedenen Blick. Sie hatten sich sehr viel Mühe gegeben, um sicherzustellen, dass die Beschädigungen an den Werkzeugen sich genug unterschieden, damit niemand Verdacht schöpfte. Dubois fuhr fort: »Außerdem hat die gute Miss Fortescue nicht gesagt, dass sie nicht weiterarbeiten könnten, sondern hat nur gemeint, dass sie wegen der kaputten Werkzeuge nicht in derselben Geschwindigkeit weitermachen könnten. Da wir alle gesehen haben, welche Mengen an Diamanten aus dem zweiten Tunnelgang abgebaut werden können, war es richtig von ihr, uns zu warnen, denn durch das kaputte Werkzeug könnte ein Lieferengpass entstehen.« Dubois machte eine dramatische Pause und sprach dann weiter. »Wenn man darüber nachdenkt, hat sie sich in dieser Sache so verhalten, wie ich es mir nur wünschen konnte. Sie und die Frauen hätten einfach weiterarbeiten können, wären immer langsamer geworden, bis die Werkzeuge irgendwann endgültig den Geist aufgegeben hätten, und das hätte noch eine viel schlimmere Auswirkung auf unsere Diamantenlieferung gehabt.«

Arsene grunzte. Offenbar war es eine missmutige Zustimmung. »Bei uns sind einige Spitzhacken und Schaufeln kaputtgegangen. Ich schätze, es ist durchaus nachvollziehbar, dass die Werkzeuge der Frauen, die ständig im Einsatz sind, ebenfalls kaputtgehen.«

»So ist es. Ich schlage vor, wir machen uns jetzt keine unnötigen Sorgen, indem wir an den Frauen zweifeln. Stattdessen …«, Dubois' Tonfall wurde berechnend, »… stattdessen sollten wir überlegen, ob wir die Tour in die Siedlung zu unserem Vorteil nutzen können. Sorgen Sie dafür, dass Sie die doppelte Anzahl von Gerätschaften beschaffen, die die Frauen brauchen. Und rufen Sie Dixon.«

Caleb und Katherine tauschten noch einen Blick und zogen sich dann zurück – Arsene oder wer auch immer geschickt werden würde, könnte sie entdecken. Sie spazierten zu den Mädchen, die die Erzbrocken vorsortierten.

Aus den Augenwinkeln beobachteten Caleb und Katherine den Wachmann, der kurz darauf in Richtung Mine ging, um Dixon zu holen. Katherine hockte sich zu den Mädchen und unterhielt sich mit ihnen.

Caleb stand daneben. Er hatte die Hände in die Hosentaschen geschoben und tat so, als würde er den Gesprächen lauschen, während er über den Besuch nachdachte, den Dubois und seine Stellvertreter der Mine am Tag zuvor abgestattet hatten. Sie betraten die Mine nicht sehr oft. Anscheinend hatten sie schon vor langer Zeit entschieden, dass ihnen allein daran gelegen war, was aus der Mine herauskam. Was darin vor sich ging, interessierte sie herzlich wenig. Dixons Bericht über das zweite Vorkommen, auf das der Tunnel einen Blick preisgegeben hatte, hatte ihr Interesse jedoch offenbar geweckt. Sie hatten es mit eigenen Augen sehen wollen.

Dixon hatte die Rolle des über alle Maßen begeisterten Ingenieurs überzeugend gespielt und stolz die Diamanten präsentiert. Die anderen Gefangenen hatten mit der Arbeit aufgehört und sich an eine Wand des Tunnels gestellt. Die Versuchung, Dubois die Spitzhacke über den Schädel zu ziehen, war groß gewesen – nicht nur für Caleb, sondern vermutlich auch für alle anderen Männer.

Doch die Anwesenheit einiger Wachen mit Musketen, die Duboies, Cripps und Arsene begleitet hatten, und die Sicherheit, dass noch weitere Männer draußen standen, die die Kinder im Blick und zweifelsohne den Befehl hatten zu schießen, falls es irgendeinen Hinweis auf einen Aufstand gegeben hätte, hatten den Impuls unterdrückt.

Caleb war nicht entgangen, dass Dubois mit einem Mal Schweißperlen auf der Stirn gehabt hatte. Er hatte genauer hingesehen und bemerkt, wie Dubois die Fäuste immer wieder langsam geballt und gelöst hatte und wie er allmählich blasser geworden war.

Caleb hatte Phillipe einen Blick zugeworfen und dann Hillsythe. Auch sie hatten Dubois beobachtet und beinahe unmerklich genickt.

Später hatten sie sich unterhalten und übereinstimmend gemeint, dass Dubois unter Klaustrophobie oder etwas Ähnlichem leiden musste. Es schien ihn in Panik zu versetzen, in der engen Mine zu sein. Seine Stellvertreter waren möglicherweise auch betroffen, was erklären würde, warum alle drei nur selten in die Mine kamen.

Welchen Nutzen dieses Wissen vielleicht einmal haben würde und ob überhaupt, konnte keiner wissen, doch es war eine Schwachstelle.

Caleb hörte schwere Schritte und sah hoch. Dixon ging gerade mit dem Wachmann zur Hauptbaracke. Katherine richtete sich auf. Mit dem Blick folgte sie den beiden. Sobald sie außer Sichtweite waren, sah sie Caleb an.

»Es ist noch immer keine Wache in der Nähe … Sollen wir noch einmal lauschen?«

Sie gingen in ihr Versteck und hörten, wie Dubois Dixon auftrug, Arsene eine Liste mit allen Dingen zu geben, die ihm einfielen – Nägel, Holz, Werkzeuge –, die für die Arbeit im zweiten Tunnelgang eventuell noch gebraucht werden könnten. »Da Arsene sowieso noch einmal in die Siedlung zurückkehren und unseren Lieferanten kontaktieren muss, um Gerätschaften für die Frauen zu ordern, kann er auch gleich mehr mitbringen. Ich will, dass die Tour sich lohnt.« Dubois' Ton wurde kälter und harscher, bedrohlicher. »Und ich möchte verhindern, dass es wieder zu Engpässen von Werkzeug oder anderen Ausrüstungsgegenständen kommt, deshalb sollte die Menge der Frauengerätschaften großzügig bemessen sein.«

Caleb und Katherine lauschten, als Dixon sich mit offensichtlicher Begeisterung daranmachte, die Bestellung vorzubereiten.

Caleb packte Katherines Hand ein bisschen fester. »Um die Hauptbaracke herum und dann zurück zur Reinigungsbaracke.«

Dixon und Arsene waren auf der Veranda stehen geblieben. Dixon spielte seine Rolle weiterhin sehr überzeugend. Keiner der Männer machte sich die Mühe, leiser zu sprechen, als Caleb und Katherine vorbeispazierten.

Sie gingen weiter um die Haupthütte herum. Caleb brachte Katherine in die Reinigungsbaracke und kehrte dann in die Mine zurück. Er erreichte den Eingang, als Dixon gerade ankam. Zusammen verschwanden sie in den Schatten der Mine.

Die anderen Anführer und einige der Männer warteten in einer Gruppe vor dem zweiten Gang. »Also?«, fragte Hillsythe.

»Es ging alles glatt.«

Dixon wies mit einem Kopfnicken in Richtung Hauptbaracke. Er drehte sich um, und sie sahen gemeinsam zu, wie Arsene seine Leute einsammelte und mit ihnen die Veranda verließ. Die Bündel geschultert und ihre Musketen einsatzbereit in den Händen, machten sich die Söldner auf den Weg in Richtung Tor und weiter in den Dschungel.

»Katherine und ich haben gelauscht«, sagte Caleb. »Dubois hat uns die Geschichte, dass die Gerätschaften ganz normale Verschleißerscheinungen zeigen, abgekauft. Arsenes Bedenken hat er beiseitegeschoben.«

Fanshawe nickte in Richtung der Männer, die gerade verschwanden. »Also, wie lange werden sie brauchen? Und wie lange werden die Ladys die Arbeit verlangsamen können?«

»Angesichts der Liste, die ich Arsene gegeben habe«, sagte Dixon, »kann ich mir vorstellen, dass sie die üblichen drei, höchstens fünf Tage brauchen werden.«

»Gut.« Hillsythe blickte die anderen Männer an. Alle nickten.

»Und«, schloss Dixon, »wie besprochen werde ich heute Abend zu Dubois gehen und ihm erklären, dass es keinen Sinn hat, die Männer länger arbeiten zu lassen, wenn die Frauen das Erz gar nicht weiterverarbeiten können – zumindest nicht so schnell, wie wir es zutage fördern. Ich werde vorschlagen, dass wir unsere Produktionsmenge der Arbeitsgeschwindigkeit der Frauen anpassen.«

»Meinen Sie, dass er zustimmen wird?« Phillipe löste sich von der Tunnelwand, an die er sich lässig gelehnt hatte, und straffte die Schultern. »Ich an seiner Stelle würde es nicht tun.«

Dixon verzog das Gesicht. »Es lohnt sich zu fragen. Es

wird die Menge, die das Lager verlässt, nicht beeinflussen, und bis jetzt ist das Dubois' vorrangige Sorge.«

»Ein möglicherweise wichtiger Punkt«, sagte Caleb. »Wir haben gehört, dass Dubois zu Arsene gesagt hat, er möge noch mehr Hämmer und Meißel für die Frauen besorgen, als zurzeit gebraucht würden. Besteht die Möglichkeit, dass Dubois, sobald Arsene zurück ist, auch die älteren Mädchen in die Reinigungsbaracke schickt, oder dass er die Frauen auffordert, wie die Männer länger zu arbeiten?«

Hillsythe, Dixon, Fanshawe und Hopkins schüttelten gleichzeitig den Kopf.

»Er hat es mit einigen älteren Mädchen probiert, doch es war nicht erfolgreich«, sagte Fanshawe.

»Man kann Diamanten zwar nicht kaputtschlagen«, sagte Dixon, »aber es ist durchaus möglich, sie unnötigerweise an inneren Bruchlinien zu zerbrechen. Die Frauen reinigen die Rohdiamanten von allen Mineralen, die nicht zu den Diamanten gehören. Dubois hat strikte Order, die Rohdiamanten unversehrt zu liefern, damit sie so groß wie möglich sind. Das Zerkleinern der Steine an den natürlichen Bruchlinien wird dann den Diamantschleifern überlassen. So können sie aus jedem Rohdiamanten das Beste herausholen.«

»Wenn die Frauen müde sind, nimmt ihre Konzentrationsfähigkeit ab. Dann rutscht schon mal der Meißel ab. Es kommt öfter zu Brüchen«, erklärte Hillsythe. »Also kann Dubois die Frauen nicht mit Arbeit überlasten. Darüber hinaus müssen sie bei natürlichem, bei Tageslicht arbeiten. Das künstliche Licht der Lampen ist für ihre Arbeit nicht geeignet.«

Dixon nickte. »Und die Mädchen sind nicht so vorsichtig wie die Frauen, nicht so erfahren darin, die Bruchlinien zu erkennen. Also zahlt es sich nicht aus, ihnen ebenfalls die Aufgabe der Reinigung zu übertragen.«

Sowohl Caleb als auch Phillipe nickten verständnisvoll.

»Für den Moment«, sagte Caleb und hob die schwere Spitzhacke an, »arbeiten wir also weiter wie bisher, halten so viele Erzbrocken zurück, wie wir können, und hoffen, dass Dubois uns erlaubt, wieder etwas weniger zu arbeiten.«

Leider erwies sich Dubois in dieser Hinsicht als sehr stur. Auf Dixons Überredungsversuche sprang er nicht an.

Wie Phillipe es schon vorausgesehen hatte, war Dubois darauf erpicht, alle Diamanten so schnell wie möglich aus der Mine zu holen. Er bestand darauf, dass die Männer weiterhin mit maximaler Geschwindigkeit arbeiteten, entweder Steine schlugen, sie wegschaufelten oder den nächsten Teil des zweiten Stollens abstützten. Jeder der Männer sollte vom Morgen bis um Mitternacht arbeiten.

Caleb ermutigte Dixon, das Beste aus der Situation zu machen. Folglich wurden die vier älteren Jungen, die mit den Männern in der Mine gearbeitet hatten, losgeschickt, um die letzten Diamanten aus den hintersten Ecken des ersten Tunnels zu holen. Die jüngeren Kinder sammelten weiterhin die Erzbrocken zwischen den Füßen der Männer ein. Sie krabbelten über den rauen Boden des Stollens und klaubten die Steine auf, dann schleppten sie ihre vollen Körbe zu den Männern, die ihnen dabei halfen, die Brocken zu sortieren und einige der Diamanten für ihren Geheimvorrat zurückzuhalten. Schließlich gingen sie weiter zu dem Haufen mit den Erzbrocken. Die älteren Mädchen sammelten davon die Brocken heraus, die Diamanten enthielten, wobei sie nun von den Frauen unterstützt wurden, die kein brauchbares Werkzeug mehr hatten, um weiterzuarbeiten.

Am Ende des ersten Tages war allen klar, dass es Dubois' Absicht war, die Arbeit in der Mine so schnell wie möglich zu einem Ende zu bringen. Und wenn der Mangel an Reinigungswerkzeug bedeutete, dass ein riesiger Berg von vorsortierten, aber noch zu reinigenden Steinbrocken entstand, dann war es eben so.

Am Abend waren die Gefangenen gedrückter Stimmung.

»Also«, begann Hillsythe, um die aktuelle Lage für die anderen zusammenzufassen, »wir haben einen Engpass geschaffen, der bald dazu führen wird, dass es eine große Menge Rohdiamanten gibt, die zuerst noch gereinigt werden muss, bevor sie verschifft werden kann. Aber Dubois hat uns nicht erlaubt, unsere Arbeitszeit in der Mine wieder zurückzufahren – *das* ist es jedoch, was wir dringend erreichen müssen.« Er sah in die Gesichter. »Wir müssen die Arbeit in der Mine verlangsamen.«

Dixon stocherte mit einem Zweig in der Erde zwischen seinen Füßen herum und verzog das Gesicht. »Ich habe versucht, darauf hinzuweisen, dass es sicherer wäre, die Diamanten erst einmal im Gestein zu belassen. Dass Dubois das Schicksal geradezu herausfordern würde, wenn er einen Haufen Rohdiamanten einfach im Lager herumliegen lassen würde. Er hat mich allerdings nur angestarrt und gemeint, dass er seinen Leuten vertraue und dass er etwaigen Plünderern das Handwerk legen würde.« Dixon seufzte und blickte hoch. Er ließ den Blick über die Gesichter schweifen, bevor er die anderen Anführer ansah. »Das ist also das Ergebnis – oder vielmehr das fehlende Ergebnis – unseres letzten Schachzugs. Ich würde dazu raten, zumindest ein paar Tage lang nichts weiter zu unternehmen.«

Caleb verzog das Gesicht. Er blickte in die Runde, bemerkte die niedergeschlagenen Mienen und sagte dann: »Wir haben vielleicht unser Teilziel nicht erreicht, aber wenigstens haben wir keinen Rückschritt gemacht.« Als Hillsythe, Fanshawe und die anderen ihn fragend ansahen, erklärte er: »Wir hätten trotzdem in derselben Geschwindigkeit, der erhöhten Geschwindigkeit weitergearbeitet. Und wir können wie geplant einen Teil der Ausbeute zur Seite schaffen.« Er zuckte die Achseln. »Unsere Situation hat sich nicht verschlechtert, tatsächlich hat sie sich sogar ein bisschen verbessert. Sie wird sich von jetzt an jeden Tag noch ein bisschen mehr verbessern – nämlich um die Menge von Erzbrocken, die wir in unseren Geheimvorrat schaffen werden.« Er sah die anderen an, sah die viel zu stillen Kinder, die Frauen und die Männer. »Wir haben vielleicht nicht genau das erreicht, was wir erreichen wollten, aber wir werden in ein paar Tagen«, sagte er und wies mit einem Kopfnicken auf Dixon, »in der Lage sein, die Arbeit in der Mine auf andere Art zu verlangsamen.«

Katherine hielt seinen Arm fest und drückte ihn, um ihre Unterstützung und ihre Zustimmung zu zeigen. Ermutigung brauchte er jedoch nicht.

Er sah, wie Hillsythe die Lippen zu einem leichten Lächeln verzog. »Außerdem«, sagte Hillsythe, »wissen wir jetzt, dass es nichts nützt, sich auf etwas anderes als die Arbeit in der Mine selbst zu konzentrieren.«

Caleb nickte. »Dann werden wir uns sofort darauf

konzentrieren – wir werden die Diamanten langsamer aus dem Gestein lösen.«

Später, als Caleb vorbeikam, um sie von der Veranda vor der Unterkunft der Frauen abzuholen, wo sie auf ihn wartete, verspürte Katherine nicht den Wunsch, über die Mine zu sprechen. An diesem Abend brauchte sie Zeit und Raum, und sie brauchte ihn, Caleb.

Er kam zu ihr, und sie legte ihre Hand in die seine, dann ließ sie sich von ihm die zwei Stufen von der Veranda herunterhelfen. Statt sie loszulassen, zog er sie an sich und hakte sich bei ihr unter. Seite an Seite spazierten sie durch die Dunkelheit.

Es war jedoch nicht vollkommen dunkel. Silbriges Mondlicht erhellte das Gelände, sodass die Wachen auf dem Turm sie noch sehen konnten.

Wenn sie tagsüber spazieren gingen und sich unterhielten, reichte die Geschäftigkeit im Lager aus, damit niemand hören konnte, was sie sagten. Doch in der Kühle der Nacht, wenn nur noch in der Mine gearbeitet wurde und die Geräusche durch die Erde am Eingang gedämpft wurden, war die Stille so beherrschend, dass sie gezwungen waren zu flüstern.

Ohne Caleb anzusehen, sagte Katherine ganz leise: »Du hast ein Talent dafür, Menschen dazu zu bewegen, nach vorn zu sehen und sich von kurzzeitigen Rückschlägen nicht herunterziehen zu lassen. Hab ich dir das schon einmal gesagt?«

Er lächelte. »Das hast du. Es gehört wohl dazu, wenn man Kapitän ist.«

Sie hätte ihm sagen können, dass das nicht stimmte, dass es viele Männer in Führungspositionen gab, die nicht die unermüdlich positive Einstellung hatten, die er besaß. Diese Männer waren nicht bereit, sich dem Leben mit eiserner Entschlossenheit zu stellen, einer Entschlossenheit, die nicht einmal den Gedanken daran zuließ, einen Schritt zurückzuweichen. Er dagegen war etwas Besonderes. Für ihn war die Wirkung, die er auf andere hatte, jedoch ganz normal und nichts, was zu kommentieren wert gewesen wäre. Sie wusste es besser. Sein Erscheinen bei den Gefangenen im Lager war in ihren Augen nicht weniger gewesen als ein göttlicher Akt.

Und wegen der Bedrohung, die wie ein Damoklesschwert über ihnen schwebte, wollte sie diesen Spaziergang, diese Zeit, die nächsten Momente, nutzen, um zu untermauern, was sein könnte. Um zu erforschen und zu definieren, was zwischen ihnen war. Was es war, das sie miteinander verband und das für sie beide auf dem Spiel stand.

Welchen Wert sie in die Waagschale des Lebens warfen.

Überleben war das eine. Überleben, um einen größeren Gewinn für sich in Anspruch zu nehmen, war etwas anderes. Sie war felsenfest davon überzeugt, dass die Existenz eines solchen größeren Gewinns die Macht hatte, ihren Überlebenswillen zu stärken.

Die Macht, sie durch eine Zeit zu bringen, die mit Sicherheit eine Herausforderung werden würde. Eine schwere Zeit.

Sie hatte irgendwo gelesen, dass weise Mönche den Menschen rieten, im Moment zu leben – sich voll und ganz darauf zu konzentrieren, was dieser Moment für einen bereithielt und was man in diesem Moment erreichen konnte. Das sollte der wahre Weg zum Glück sein.

Sie war entschlossen, sich diese Philosophie einfach zu Herzen zu nehmen. Vor allem, weil auch Calebs Lebenseinstellung etwas von dieser unbeirrbaren Hingabe zum Hier und Jetzt enthielt.

Sie zog Caleb in Richtung Vorratshütte, wohin in dieser Nacht nicht einmal das Mondlicht fiel und wo die Wachen, die auf dem Turm standen, sie nicht sehen konnten.

Caleb sah sie an, doch er kam bereitwillig mit. Sie spürte seinen Blick auf ihrem Gesicht, aber sie sah ihn nicht an.

Mit wachsender Ruhe, mit wachsender Sicherheit führte sie ihn in die dunklen Schatten seitlich der Hütte. Dann ließ sie seinen Arm los und lehnte sich mit dem Rücken an die Holzwand. Sie griff nach dem zusammengeknoteten Tuch, das er um den Hals trug, und zog ihn frech zu sich heran.

Zu einem Kuss.

Wieder wehrte er sich nicht. Nicht im Geringsten. Er umfasste jedoch nicht ihre Taille und zog sie auch nicht an sich. Stattdessen stützte er sich mit beiden Händen neben ihrem Kopf an den rauen Brettern der Hütte ab. Und während seine Lippen mit ihrem Mund verschmolzen, ließ er zu, dass sie die Führung übernahm, indem sie das tat, was sie wollte. Er machte mit, kontrollierte oder lenkte nicht. Auf ihre Einladung hin kostete er ihren Mund, bevor sie seine Zärtlichkeiten mutig erwiderte.

Und der Kuss wurde leidenschaftlicher. Intensiver. Entschlossener.

Seine Lippen wollten sie verführen. Mit seiner Zunge lockte er sie, verzehrte sie. Und ihr Hunger wurde größer, bevor er zu einer Kraft wurde, die besänftigt werden wollte.

Sie ließ das Halstuch los und vergrub die Finger im Stoff seines Hemdes, klammerte sich an ihn, während der Kuss immer wilder wurde.

Und in ihr regte sich etwas – ein kraftvollerer Impuls, mehr von der verführerischen Hitze spüren zu wollen, die er zu verströmen schien.

Der Wunsch, voller Lust in dieser köstlichen Wärme zu baden.

Das Verlangen, den Moment zu ergreifen und die lustvollen Schauer zu erleben, die seine Berührung heraufbeschwören würde.

Dieses Etwas in ihr war alt, wissend. Da es sie erfüllte und durchströmte, wusste sie das einfach.

Sie wusste, was sie brauchte und auch, was er brauchte.

Dort, in jenem Moment.

Sie löste sich von der Wand, stellte sich auf die Zehenspitzen, öffnete das Tor zu ihrer Seele und ließ all die aufgestaute Sehnsucht frei, ließ sie in den Kuss einströmen.

Er straffte die Schultern, packte sie und zog sie an sich.

Seine Lippen standen genauso in Flammen wie die ihren. Die Leidenschaft, die in diesem Kuss lag, war brennend heiß.

Dann drehte er sich mit ihr in den Armen und lehnte sich an die Wand, hielt sie mit seinen starken Armen fest an sich gedrückt. Seine Lippen waren nun fordernder, fast schon gebieterisch. Sie kostete es aus und stürzte sich kopfüber in den Strudel der Empfindungen, der zwischen ihnen anschwoll.

In Calebs Kopf wirbelte alles durcheinander – ein ganz neues Gefühl für ihn, das er zuvor noch nicht erlebt hatte. Er hatte geduldig gewartet, um zu sehen, was sie wollte, wohin sie sie beide führen würde – niemals hätte er damit gerechnet, dass sie sich so öffnen würde, ihn mit sich ziehen würde in diesen Strudel des Verlangens.

Der sinnliche Wunsch, sie zu berühren und den nächsten Schritt zu gehen, brannte unter seiner Haut.

Dennoch gab es etwas, das ihm fehlte. Etwas, durch das er ihren Weg, ihren Kurs verstehen könnte.

Es kostete ihn mehr Kraft, als er erwartet hätte, doch es gelang ihm schließlich, den Kuss zu beenden – auch wenn er es nicht schaffte, ihre Lippen, die so erhitzt und sehnsüchtig waren, mehr als wenige Zentimeter voneinander zu trennen.

Mit geschlossenen Augen fragte er: »Warum?«

Er wartete. Er konnte beinahe spüren, wie sie darum kämpfte, ihre rasenden Gedanken zu sammeln.

Irgendwann murmelte sie: »Weil ich es wissen muss.«

Dann küsste sie ihn wieder, drängte ihm ihre Bedürfnisse, ihre Wünsche wieder auf.

Einige Sekunden verstrichen, bevor es ihm gelang, ihre Lippen erneut weit genug voneinander zu trennen, um fragen zu können: »Was?«

»*Das* hier.«

Sie beugte sich vor, nahm sein Gesicht in beide Hände und gab sich ihm ganz hin, um es ihm zu erklären …

Oh.

Während ihm die Erkenntnis dämmerte, bewegte er sich – der Mann in ihm –, um ihr entgegenzukommen. Um ihre Wünsche zu erfüllen, die nun sehr klar, eindringlich und unmissverständlich waren und die sie ihm sehr genau zeigte.

Ein ferner Teil seines Bewusstseins suchte instinktiv nach einer möglichen Gefahr, vor der er sie beschützen müsste. Doch sie waren von Dunkelheit umhüllt, und die patrouillierenden Wachen kamen kaum je bis zur Vorratshütte. Solange sie keine lauten Geräusche machten, solange er seine Lippen auf ihren Mund pressen würde, wären sie in Sicherheit.

Sie schmiegte sich wieder an ihn, presste sich an seinen Körper. Das Verlangen in ihrem Kuss brachte ihn beinahe um den Verstand.

Er lockerte seinen Griff um ihre Taille und streichelte mit einer Hand verführerisch leicht über ihre Brust.

Katherine hielt für einen Moment ganz still – nur kurz, gerade lange genug, um das überraschende Gefühl ihrer erwachenden Sinne zu genießen –, bevor sie ihn wieder küsste und ihn anspornte weiterzugehen.

Und er kam ihrem Wunsch nur allzu gern nach, schloss die Hand um den zarten Hügel ihrer Brust und reizte ihn.

Nur ein dünnes, beinahe transparentes Unterkleid und der leichte Stoff des tristen Kleides, das sie von den Söldnern bekommen hatte, trennte seine warme, starke Hand von ihrer Haut, von ihrem begierigen Körper.

Nerven, von denen sie gar nicht gewusst hatte, dass sie sie besaß, wurden lebendig.

Mit seinen starken Fingern streichelte er sie, ehe er mit dem Daumen über ihre Brustspitze fuhr. Sie hätte schwören können, dass unter ihrer Haut Flammen züngelten.

Ihre Brustspitzen schienen sich unter seiner Berührung aufzurichten, wurden fast unerträglich hart, als seine wandernden Finger sie liebkosten.

Geschickt und viel zu erfahren trieben seine bedächtigen Berührungen sie Schritt für Schritt weiter.

Sie machten sie – ihr leidenschaftliches Ich, das sie gerade erst entdeckt hatte – beinahe wild.

Bis sie mehr haben musste, auch wenn sie nicht genau wusste, was das bedeutete. Sie brauchte es jedenfalls jetzt, und sie hatte keine Angst, darum zu bitten.

Nur musste die Bitte, wie ihr klar wurde, nicht mit Worten, sondern auf einer ganz anderen Ebene der Kommunikation stattfinden.

Der Kuss war bedächtiger geworden. Trotz der Wirkung seiner liebevollen Berührung, trotz des drängenden Gefühls, das ihre Sinne einhüllte wie ein Nebel, spürte sie, dass sie ihm Gleiches entgegenzusetzen hatte. Eine Verlagerung des Schwerpunkts, des Drucks, eine Veränderung der Absicht ... Und so übernahm sie die Kontrolle.

Der Kuss wurde sinnlich.

Heißer, erfüllt von wachsender Leidenschaft.

Es war, als lerne sie eine neue Sprache. Sie suchte nach dem richtigen Ausdruck, um ihre Bedürfnisse zu vermitteln.

Und ihr wurde klar, dass der Spross ihrer Beziehung, zumindest in diesem Moment, in ihren Händen lag.

Sie löste die Hände von seinem stoppligen Gesicht und legte sie mutig auf seine Brust. Für einen Moment ließ sie sie dort liegen, bevor sie langsam begann, über seinen Oberkörper zu streicheln. Sofort spürte sie, wie sich seine Muskeln anspannten.

Mit einem leisen Summen begann sie, ihn zärtlich mit den Händen zu erkunden – und dadurch zeigte sie ihm, was sie sich wünschte. Unter dem dünnen Stoff seines Hemdes ertastete sie seine Brustwarzen und umkreiste sie. Sie fühlte, wie sein Herz schlug und wie ihr eigenes Herz schneller wurde, als sie mit ihm spielte ...

Er überließ ihr die Führung, überließ es ihr, ihm zu zeigen, was sie wollte, überließ es ihr, ihn in ihren Verstand, ihn mit ihren Sinnen aufzunehmen. Dann erwiderte er es. Er legte die andere Hand auf ihre andere Brust. Und er fing an, sie um den Verstand zu bringen. Er reizte ihre Brüste, massierte sie, zwickte in ihre Brustspitzen, streichelte, liebkoste sie, nahm sie in Besitz.

Instinktiv krümmte sie die Finger, vergrub sie in den Muskeln seines Oberkörpers.

Durch den Kuss spürte sie, wie er scharf einatmete – und unterdrückte ein Lächeln.

Sie wechselten sich damit ab, die Sinne des jeweils anderen zu reizen. Noch nie hatte sie so etwas erlebt, war nie Teil davon gewesen. Ein ferner, sehr ferner Teil ihres Verstandes flüsterte ihr ein, dass sie schockiert sein müsste, aber sie war es nicht. Sie war trunken vor Freude und zu ehrlich, um es abzustreiten.

Mehr noch: Etwas in ihr jubelte.

Das hier war echt. Das hier war richtig. Genau so sollte es sein.

Zumindest zwischen ihnen.

Doch allmählich, Schritt für Schritt, spürte sie, wie er sich zurückzog. Er löste sich von ihrem fesselnden Kuss. Zögerlich gab sie nach und wich zurück, ließ zu, dass ihre Lippen sich trennten.

Er rückte nicht sofort von ihr ab, allerdings genauso zögerlich wie sie. Dann hielt er sie wieder fest und sah ihr in die Augen.

Er schien jedoch nicht den Ausdruck zu betrachten, der darin stand, sondern vielmehr in ihre Seele zu blicken.

Seine Worte waren nicht mehr als ein Flüstern in der

Nacht, als er nun fragte: »Warum? Warum musstest du es wissen?«

Zu ihrer eigenen Überraschung musste sie nicht darüber nachdenken. Ihre Antwort, ihre Worte kamen ihr leicht über die Lippen. »Weil wir irgendwann werden kämpfen müssen. Und ich muss wissen, dass wir das hier zwischen uns, falls wir überleben sollten, *wirklich* wollen …«

Sie sah in seinen Augen, dass er sie verstand.

Er hielt ihren Blick noch einen Moment gefangen und nickte dann. »Du hast recht.« In seinem Tonfall schwang Härte mit, als er nun sagte: »Das zu wissen macht es leichter zu tun, was wir tun müssen, um zu überleben.«

Er hielt kurz inne, ehe er ihre Hand nahm und sich von der Wand abstieß. »Komm. Ich werde dich zurück in eure Unterkunft bringen.«

Sie ging neben ihm her durch die Nacht und war zufrieden, dass sie herausgefunden hatte, was sie hatte wissen wollen … und noch mehr.

Kapitel 14

Den nächsten Tag verbrachten die Männer damit, unermüdlich im zweiten Tunnelgang Steine zu klopfen. Der Haufen von Rohdiamanten, der dabei entstand, und die Leichtigkeit, mit der sie abgebaut worden waren, unterstrich nur noch einmal, wie dringend sie einen wirkungsvollen Weg brauchten, um den Prozess zu verlangsamen.

Auf den Versammlungen an der Feuerstelle am Mittag und dann noch mal am Abend waren alle ungewöhnlich still und sehr ernst.

Als Caleb später am Abend zusammen mit Dixon prüfte, ob sie den zweiten Stollen auf einer tieferen Ebene erweitern könnten, riss er sich die linke Handfläche an einem frei liegenden Diamanten auf, der ein Stück aus dem Gestein hervorragte. Er fluchte und trat von der Steinwand zurück.

»Lass mich mal sehen.« Phillipe warf einen Blick auf die Verletzung und sagte: »Das muss nicht genäht werden, aber du solltest die Wunde reinigen lassen. Du kannst nicht riskieren, dass sie sich entzündet.«

Caleb brummte missmutig, doch er wusste, dass Phillipe recht hatte. Er drückte die Wunde mit den Fingern der anderen Hand zu, drehte sich um und verließ die Mine.

Er sah hinüber zur Unterkunft der Frauen und entdeckte Katherine, die auf einem Hocker auf der Veranda saß. Noch bevor er zu ihr gehen konnte, bemerkte sie, dass er sich die Hand hielt, kam die Treppe der Veranda herunter und eilte ihm entgegen.

»Was ist passiert?«, fragte sie, sobald sie ihn erreicht hatte.

»Das ist nur eine kleine Fleischwunde. Nicht tief.«

Sie ergriff seine Hand. Er ließ sie gewähren, damit sie die Wunde betrachten konnte. »Das ist schlimm genug. Gerade hier in diesem Klima.« Sie packte ihn am Ärmel, als hätte sie Angst, er könnte flüchten. »Komm mit zur Krankenstation, damit ich die Wunde versorgen kann.«

Er kam ihrem Wunsch sehr gern nach. Abgesehen von seiner Mutter hatte sich noch nie eine Frau um seine Verletzungen gekümmert. Er musste zugeben, dass es ihm gefiel.

Katherine entzündete den Docht in der Lampe, und goldenes Licht erfüllte den Raum. Sie durchsuchte eine Schublade und warf einen Blick zurück zu ihm. Stirnrunzelnd bedeutete sie ihm, sich zu der Liege zu begeben.

»Setz dich.« An einem Haken über ihnen hing das typische Moskitonetz. Selbst in ihrer Unterkunft waren solche Netze über den Hängematten angebracht. Er ging zu der Liege, schob das Netz zur Seite und setzte sich auf die Kante. Offenbar zufrieden, dass sie alles zusammengesucht hatte, was sie brauchen würde, gab Katherine Wasser in eine Schüssel, das in einem Krug bereitstand, ließ eine Flüssigkeit aus einer blauen Glasflasche in das Wasser tröpfeln und trug die Schüssel zu ihm. »Hier. Halte die mal bitte auf dem Schoß.« Er tat, um was sie ihn gebeten hatte. Sie ging vor ihm in die Hocke, nahm seine verletzte Hand in ihre Hände und tauchte sie behutsam in das Wasser. Er sog scharf die Luft ein, hätte beinahe die Hand weggezogen, doch sie hatte diese Reaktion offenbar erwartet, denn sie hielt sie fest. »Das Brennen wird gleich aufhören.«

Die Zähne zusammengebissen, sagte er nichts. Doch tatsächlich ließ das Brennen nach, nur noch der Wundschmerz war zu spüren. »Was zum Teufel ist das für ein Zeug?«, brachte er schließlich hervor.

»Ob du es glaubst oder nicht, die Tinktur hat Dubois uns gegeben. Die Kinder haben oft Schnitte oder Schürfwunden. Nachdem sich bei einem der Jungen die Hand furchtbar infiziert hat, meinte er, dass auch die Einheimischen sie verwenden.« Sie sah ihm in die Augen. »Was auch immer es ist, es ist sehr wirkungsvoll.«

Er brummte zustimmend. »Angesichts der Schmerzen ist es ein Wunder, dass das Zeug nicht ätzt.«

Sie lachte leise.

Nachdem sie die Wunde gereinigt und getrocknet hatte, gab sie eine Salbe darauf. Caleb erschauerte. Sie stellte den Tiegel weg, nahm dann ein Stück Mull und verband die Wunde.

»So.« Sie erhob sich. »Wenigstens warst du so klug, gleich zu kommen und die Wunde versorgen zu lassen. Wenn du es schaffst, den Verband einen Tag lang auf der Wunde zu lassen und nicht zu viel Druck auf die Verletzung ausübst, sollte es ganz gut abheilen.«

Wieder brummte er zustimmend. Er beobachtete, wie sie alles wieder zurück an seinen Platz stellte. Er hätte ihr angeboten zu helfen, aber er wusste nicht, wohin die Sachen gehörten, und vermutete, dass er nur stören würde.

Als alles wieder aufgeräumt war und sie ihn anlächelte, ergriff er ihre Hand, hob sie an seine Lippen und hauchte einen langen, bedächtigen Kuss darauf.

Prompt erschauerte sie.

Und er lächelte. »Danke.«

Immer noch ihre Hand haltend, ließ er sich auf die Liege fallen und zog Katherine mit sich. Sie stützte sich mit den Ellbogen auf seiner Brust ab und schob sich eine Haarsträhne aus dem Gesicht. Sie musterte seine Züge. Ihre Blicke verschmolzen miteinander, der Moment schien eine Ewigkeit zu dauern ... Dann neigte sie den Kopf, bis ihre Lippen nur noch einen Hauch von seinem Mund entfernt waren.

»Vielleicht«, flüsterte sie sinnlich, »kannst du dich ja erkenntlich zeigen.«

Bevor er lachen konnte, bevor er antworten konnte, gaben sich beide erneut einem Kuss hin.

Es fühlte sich fast so gut an, wie nach Hause zu kommen – voller Sicherheit und mit dem Versprechen, glücklich zu werden. Dem Versprechen, dass der Hunger eines Tages gestillt werden würde und sie gemeinsam die Freuden der Lust erleben konnten.

Die Freuden einer gesicherten Zukunft.

Die Zukunft, die sie sich wünschten und die sie wahr werden lassen würden. Die Zukunft, um die sie kämpfen würden.

Eine ganze Weile tauschten sie körperliche Lust auf einer Ebene und Hoffnungen und Träume auf einer anderen aus.

Berührungen, Liebkosungen und die Vereinigung ihrer Lippen hielten ihre Sinne gefangen.

Zusammen erforschten sie einander.

Katherine benutzte ihren Körper, Arme und Beine, um ihn zu berühren, zu liebkosen. Sie freute sich über die Spannung, die seine Muskeln erfasste und hart werden ließ. Mit wachsender Selbstsicherheit testete sie seine Selbstbeherrschung und fand heraus, dass sie solide war, unerschütterlich – etwas, auf das sie bauen und vertrauen konnte.

Er erwiderte die Zärtlichkeiten. Mit seinen starken Händen strich er über ihren Körper, über jede Stelle, die er erreichen konnte. Er reizte ihre Brüste, bis ihre Brustspitzen sich aufgerichtet hatten. Er streichelte über ihren Rückens, ihrer Taille, ihre Hüften und umfasste dann ihr wundervoll gerundetes Gesäß. Besitzergreifend drängte er gegen ihre Hüften. Die Selbstverständlichkeit, mit der er das tat, raubte ihr den Atem.

Dann hielt er sie fest und bewegte sich unter ihr. Seinen harten Schaft presste er gegen ihren Venushügel, und unzählige Empfindungen schossen durch ihren Körper – scharf, intensiv, herrlich. Und sie erhaschte den ersten Blick aufs Paradies.

Irgendwann akzeptierten sie, dass sie hier und jetzt einander nicht weiter erforschen konnten.

Sie lösten sich voneinander, und ihre Blicke trafen sich. Ihr schnelles Atmen, ihre pochenden Herzen wurden ihnen beiden bewusst. Katherine wollte sich hochstemmen, doch er hielt sie fest. Die stumme Botschaft war eindeutig.

Sie verzog die Lippen zu einem Lächeln, kapitulierte und schmiegte ihren Kopf unter sein Kinn. Entspannt lag sie in seinen Armen.

Er machte es sich bequem, und seine Umarmung war angenehm, fürsorglich. Sie genoss diesen Moment der Sicherheit.

An jedem anderen Ort, zu jeder anderen Zeit hätte das, was sie jetzt schon für ihn empfand – was ohne Zweifel zwischen ihnen war –, Monate gedauert, um sich so weit zu entwickeln. Es hätte Monate gedauert, bis sie beide ganz offen die Wahrheit erkannt hätten.

Doch ihre Situation ließ ihnen keine Zeit für Höflichkeiten. Keine Zeit für die üblichen Stufen des Kennenlernens, die man nach und nach erklomm. Keine Zeit für die normalen Fragen, das normale Zaudern.

Von dem Moment an, als sie sich begegnet waren, waren sie gezwungen gewesen, einander zu betrachten, den Charakter des anderen einzuschätzen. Und an diesem Ort hatte es keine Zeit gegeben, sich zu umwerben.

Da waren sie nun also, wussten, was sie wussten, und versuchten, einen Weg zu finden, wie es weitergehen sollte.

Katherine brach das Schweigen. »Sind wir verrückt, weil wir die Sache zwischen uns vorantreiben, auch wenn wir in ein paar Wochen vielleicht tot sind?«

«Nein.« Obwohl der Widerspruch augenblicklich kam, ließ sein Ton keinen Zweifel daran, dass seine Antwort wohldurchdacht war. »Wenn überhaupt, glaube ich, dass es ein Beweis für unsere geistige Gesundheit ist, wenn wir die Beziehung vertiefen wollen.« Sie hob den Kopf und sah ihm ins Gesicht. Er erwiderte ihren Blick. »Wir wissen beide, dass das hier zwischen uns es wert ist, dass wir es uns wünschen. Dass wir Anspruch darauf erheben. Wie hoch auch immer der Preis sein mag.«

»Du hast recht. Ich hoffe nur ...«

... dass wir überleben. Dass wir nicht dem Untergang geweiht sind.

Obwohl sie die Worte nicht laut aussprach, war sie sich sicher, dass er verstand.

Er hielt sie noch ein bisschen fester umschlungen. »Alles, was wir tun können, ist, nach vorn zu blicken, weiterzumachen, jede Herausforderung anzunehmen, die sich uns stellt. Solange wir niemals vergessen, was wir wollen, werden wir es überstehen.«

Sie konnte ein Lächeln nicht unterdrücken. Er schaffte es, dass sie an den Sieg glaubte.

Dann dachte sie weiter, und ihr Lächeln erstarb. »Was ist mit der Arbeit in der Mine?« Sie betrachtete sein Gesicht. »Es sieht schlimm aus, oder?«

Er verzog das Gesicht und schob sie von sich herunter.

Seite an Seite setzten sie sich auf die Liege. Mit beiden Händen rieb er sich übers Gesicht, bis ihm wieder einfiel, dass eine Hand verbunden war.

Er ließ diese Hand sinken. Mit der anderen ergriff er ihre und verschlang ihre Finger miteinander. »Ich muss zugeben, dass es schlimmer ist, als wir erwartet hätten. Wir schlagen die Spitzhacken in die Steinoberfläche, und die Diamanten fallen uns praktisch vor die Füße. An einigen Stellen gibt es so viele, dass die Steinwand schon ganz bröckelig ist.« Er machte eine Pause, bevor er fortfuhr: »Wir schaffen, was wir können, beiseite, aber es lässt sich nur eine gewisse Menge in der Mine verstecken. Und außerdem zeigt Dubois größeres Interesse daran, wie viel wir abbauen.« Er atmete aus. »Wir sind übereingekommen, dass wir nicht auf Arsenes Rückkehr und die neuen Werkzeuge warten können, ehe wir den nächsten Schachzug unternehmen. Wir müssen den Abbau in Grenzen halten, verlangsamen. Das hat oberste Priorität.«

Sie runzelte die Stirn. »Was ist mit der tiefer liegenden Ebene, von der Dixon sprach?«

»Im Augenblick ist das, was die Mine betrifft, der einzige Silberstreif am Horizont. Falls eine tiefer liegende

Ebene uns Zugang zu einem Vorkommen wie auf der oberen Ebene verschafft, und falls wir dann für eine Weile die Arbeit einschränken können, schaffen wir es vielleicht, den Abbau lange genug zu strecken, dass wir uns keine weiteren Taktiken einfallen lassen müssen.«

»Dixon kann noch immer nicht sagen, wie die tiefer liegende Ebene aussieht?«

Caleb schüttelte den Kopf. »Es ist schwierig, die Steinstruktur am Ende des Stollens zu durchbrechen und dann abzustützen. Er meint, er könne es erst sagen, wenn wir einen Erkundungsschacht gegraben hätten, damit er das Ausmaß der Ader überblicken könne.«

Sie nickte. »Wie sieht unser nächster taktischer Schritt aus? Ist es das Lampenöl?«

»Ja.« Er sah ihr ins Gesicht. »Und wir werden morgen früh gleich damit beginnen. Wir können es uns nicht leisten, noch länger zu warten.«

Sie erwiderte seinen Blick und drückte seine Hand ein bisschen fester. »Ich werde die anderen Frauen und Kinder warnen, bevor wir zum Frühstück erscheinen.«

»Tu das.« Er dachte kurz nach. »So früh wird es nicht werden. Aber das Beste wäre es, wenn alle Bescheid wüssten, damit sie uns nicht unbeabsichtigt in die Quere kommen und damit sie einfach so tun, als wäre nichts. Dixon, Hillsythe und ich arbeiten gerade an einer Finte – einem Weg, Dubois die Sache zu erklären, damit er akzeptiert, dass uns das Öl tatsächlich ausgeht und dass es nicht von uns fingiert ist.«

Caleb fügte nicht hinzu, dass der einzige andere glaubhafte Weg, die Arbeit in der Mine zu verzögern, darin bestehen würde, zumindest einen Teil des Stollens zum

Einsturz zu bringen. Die männlichen Anführer der Gruppe der Gefangenen fühlten sich gezwungen, auch dieses Mittel in Betracht zu ziehen. Sie sprachen jedoch nicht mit den restlichen Mitgliedern der Gruppe über diese Möglichkeit, sondern behielten die Idee erst einmal für sich. Bei dieser Option konnte einfach so vieles schiefgehen. Der Stollen konnte ganz einstürzen und sie alle darunter begraben. Also sahen sie diesen Plan als den letzten Ausweg.

Er sah Katherine an, doch alle Männer, die Bescheid wussten, waren der Meinung, dass sie den anderen nicht erzählen sollten, dass sie überhaupt mit diesem Gedanken spielten.

Seufzend erhob er sich von der Liege und zog Katherine, deren Hand er noch immer hielt, mit sich hoch. Dann sah er sie an und brachte ein liebevolles Lächeln zustande. »Danke für deine Sorge, deine Pflege. Danke für deine Aufmerksamkeit.« Er neigte den Kopf und hauchte einen Kuss auf ihre Lippen.

Schließlich straffte er die Schultern und sagte: »Komm. Ich bringe dich zu eurer Unterkunft. Und dann muss ich zurück.«

In die Mine. Zurück zu ihrer Planung.

Die Männer warteten bis zum späteren Vormittag, bevor sie ihren Plan in die Tat umsetzten – bevor sie mit dem Schauspiel begannen, das Dubois hoffentlich davon überzeugen würde, dass es ein harmloser und nachvollziehbarer Zufall war, dass das Lampenöl im Lager knapp wurde.

Was auch immer sie taten – sie konnten es sich nicht leisten, Dubois misstrauisch zu machen. Keiner von ihnen wollte sich vorstellen, wie seine Reaktion darauf wäre.

Mit einer leeren Lampe in der Hand stand Caleb im Eingang der Mine. Er befand sich geschützt in den Schatten und sah hinaus. Und er wartete.

Das Loch, in dem sie das Öl verschwinden lassen wollten, hatten sie schon gegraben. Sie hatten jeden Tag etwas Öl aus den Laternen hineingegossen. Dass die Lampen während der ganzen verlängerten Arbeitszeit brennen mussten, wurde ihnen zum Vorteil. Es ließ den Ölvorrat glaubhaft schmelzen.

Sie hatten sich Ausreden zurechtgelegt, die Gründe für die Lampenölknappheit. Dixon würde sie vorbringen. Nur er hatte Zugriff auf den Vorrat und durfte das Öl auffüllen – für die Mine und für die Hütten, für die Reinigungsbaracke und die Krankenstation. Die anderen Lampen im Lager, die die Söldner benutzten und die in der Küche verwendet wurden, wurden von den Söldnern selbst befüllt.

Viele hatten Zugang zum Depot für das Lampenöl. Irgendjemandem hätte längst auffallen müssen, dass der Vorrat knapp wurde. Und es Dubois melden müssen. Doch niemand hatte es getan.

Das bedeutete, dass Dixon diese Rolle übernehmen musste, denn die Öllampen in der Mine waren inzwischen fast leer.

Und obwohl es sehr verlockend war, im Dunkeln in der Mine zu sitzen, würde Dubois schon bald auffallen, dass keine Erzbrocken mehr herausgeschafft wurden, und dann würden sie ihm erklären müssen, warum sie nicht schon lange etwas gesagt hatten … Das war ein Weg, den sie auf keinen Fall einschlagen wollten.

Das scharrende Geräusch von Stiefeln ließ Caleb aufhorchen, und er sah sich um. Er beobachtete, wie Dixon, der sich die Hände an seiner Hose abwischte, zu ihm kam.

Caleb musterte den Ingenieur kurz. Anders als er selbst, Phillipe oder Hillsythe war Dixon kein Mensch, dem Lügengeschichten leicht von der Hand gingen. Eine Rolle zu spielen war etwas, das ihm schwerfiel.

Caleb gab Dixon einen Moment und fragte dann leise: »Fertig?«

Den Blick auf die Unterkunft der Söldner gerichtet, nickte Dixon. Aus seiner Hosentasche zog er ein Bündel Papiere. »Ich mache mich auf den Weg in die Vorratshütte. Wenn ich auf Höhe der Treppe zur Hauptbaracke bin, rufen Sie mich zurück.«

Cripps und zwei weitere Männer lungerten auf Hockern auf der Veranda der Hauptbaracke herum.

Caleb nickte. »Viel Glück.«

Dixon holte tief Luft und verließ dann forschen Schrittes die Mine. Er ging zielstrebig an der Feuerstelle vorbei und, den Blick auf die Listen in seiner Hand gerichtet, weiter zur Vorratshütte.

Caleb trat aus der Mine. Mit der Lampe in der Hand lief er los. »Dixon!«

Dixon blieb stehen – auf Höhe der Stufen zur Veranda der Haupthütte und vor den Augen von Cripps und den beiden anderen Söldnern, die dort saßen. Dixon drehte sich um. Er erblickte die Lampe in Calebs Hand und runzelte die Stirn.

»Noch eine?«

Caleb blieb vor ihm stehen und zuckte die Schultern. »Das liegt vermutlich an den langen Arbeitszeiten.«

Resigniert nahm Dixon die Laterne entgegen. »Ich werde sie auffüllen. Warten Sie hier.«

Caleb warf einen Blick auf die Männer auf der Veranda. »Ich warte bei der Mine.«

Dixon nickte. Er wandte seine Aufmerksamkeit wieder den Listen zu und ging weiter zur Vorratshütte.

Caleb riskierte nicht, ihm hinterherzublicken, sondern machte auf dem Absatz kehrt und zog sich in den Eingang der Mine zurück. Er lehnte sich an die Holzbalken, die den Eingang abstützten, und starrte auf seine Stiefelspitzen.

Geräusche in den Schatten hinter ihm ließen ihn aufhorchen. Als er einen flüchtigen Blick hinter sich warf, sah er Hillsythe und Phillipe, die ebenfalls die Szene beobachten wollten. Offenbar hatten sie alle das Gefühl, Dixon mental unterstützen zu müssen – nur für den Fall. Doch was sie genau tun würden, wenn Dixon auffliegen würde, war ein Teil des Schauspiels, den sie nicht hatten proben können.

Wie geplant kam Dixon nach einigen Minuten aus der Vorratshütte. Er hielt die Laterne, die nun zur Hälfte mit Öl gefüllt war, in einer Hand. Er stopfte seine Listen in seine Hosentasche und marschierte mit einem deutlich sichtbaren Stirnrunzeln in Richtung Hauptbaracke.

Dixon stieg die Stufen hinauf. Er ignorierte Cripps und seine Leute und ging direkt zur offenen Tür. Von Anfang an hatte Dubois klargemacht, dass er von Dixon erwartete, ihm umgehend Bericht zu erstatten. Dixon klopfte an den Türrahmen.

Caleb und die anderen, die vom Eingang der Mine aus zusahen, konnten zwar nicht in die Haupthütte blicken, aber Dixon blieb auf der Veranda stehen. Sie wussten, dass Dubois in der Hütte war und wahrscheinlich an seinem Schreibtisch saß. Als Antwort auf eine Frage, die vermutlich Dubois gestellt hatte, hielt Dixon die Lampe in die Höhe.

»Ich habe sie aufgefüllt.« Dixons Worte waren durch die Distanz kaum zu verstehen. »Weil wir länger arbeiten, verbrauchen wir das Lampenöl deutlich schneller, aber darum geht es mir nicht. Hat jemand Bescheid gegeben, dass der Vorrat an Lampenöl bald aufgebraucht ist?«

Selbst von der Mine aus konnten sie Dubois brüllen hören. »*Was?*«

Eine Sekunde später machte Dixon einen Schritt zurück, und Dubois erschien im Türrahmen. Als er auf die Veranda trat, waren Cripps und die beiden anderen Söldner bereits aufgesprungen. Wie angewurzelt standen sie da.

Dubois warf einen einzelnen finsteren Blick auf die Lampe in Dixons Hand und griff dann Cripps an. »*Was zum Teufel haben Sie sich dabei gedacht zuzulassen, dass der Vorrat an Lampenöl so schrumpft?*« Dubois fuchtelte aufgebracht mit den Händen herum. »Bin ich denn nur von Vollidioten umgeben? Nein, nicht nur Vollidioten. Ich muss mich auch noch mit inkompetenten Auftraggebern herumärgern.« Dubois kochte vor Wut. »Ich habe Ihnen von dem Brief erzählt, den Arsene wieder mitgebracht hat. Sie wollen noch mehr Diamanten! Die Forderung kommt von denjenigen, die uns bezahlen. Lassen Sie mich kurz noch mal betonen, dass sie nicht schlecht zahlen. Und jetzt, da wir ihnen endlich die Menge an Diamanten liefern könnten, die sie sich wünschen, höre ich, dass wir *kein Lampenöl mehr haben!*« Dubois' Stimme überschlug sich.

Er ballte die Fäuste, löste sie wieder, um sie im nächsten Moment wieder zu ballen. Und er presste immer wieder die Kiefer aufeinander.

Dixon räusperte sich. »Genau genommen ist niemand schuld, es ist eher eine Fehlplanung.« Er betrachtete die Lampe in seiner Hand, denn ohne Zweifel wollte er nicht Dubois' wütendes Gesicht sehen. Dixon klang ganz ruhig und sachlich. Er war der Experte, der anderen einen Sachverhalt erklärte. »Es ist eine Kombination einiger Dinge. Zum einen die zusätzlichen Arbeitskräfte in der Mine, die ebenfalls Licht benötigen. Dann die längeren Arbeitszeiten. Die Lampen brennen jeden Tag einige Stunden länger.« Er zuckte die Achseln. »Es ist kein Wunder, dass das Öl zur Neige geht. Eigentlich hätte die bestellte Menge verdoppelt werden müssen, als klar war, dass wir länger arbeiten würden und mit mehr Leuten.«

Caleb stieß sich von dem Balken im Eingang der Mine ab und schlenderte gelassen in Richtung Haupthütte. Dixon hatte es zwar nicht ausdrücklich gesagt, doch angesichts der Tatsache, dass Dubois sich um alle Bestellungen kümmerte, war klar, dass er selbst den größeren Bedarf an Lampenöl hätte voraussehen und sich darum kümmern müssen. In Dixons Worten schwang also Folgendes mit: Wenn es einen Schuldigen gab, dann war es Dubois.

Cripps verstand das sehr wohl. Die Erleichterung in seinem Gesicht war eindeutig. Und auch die Mienen seiner Leute wirkten entspannt.

Caleb erreichte die Veranda. Den Blick auf Dixon gerichtet, wies er mit seinem Kopf auf die Lampe in dessen Hand. »Kann ich die haben?« Mit einem Nicken in

Richtung Mine lenkte er die Aufmerksamkeit auf Phillipe und Hillsythe, die gerade herausgekommen waren. »Wir müssen weitermachen.«

»Hier.« Dixon reichte Caleb die Lampe.

Caleb nahm sie entgegen. Die Störung hatte Dubois Gelegenheit gegeben, durchzuatmen und seinen Zorn hinunterzuschlucken.

Und in diesem Moment mitzubekommen, dass das Interesse der Gefangenen darauf gerichtet war, in der Mine weiterzuarbeiten – sonst nichts.

Caleb hatte Dubois nicht unterschätzt. Der Blick des Mannes wanderte von Dixon zu ihm und dann zu den Männern, die vor der Mine standen. »Wie viel Öl ist noch übrig?«, fragte er.

Dixon verzog das Gesicht. »Nicht viel.«

»Wie weit kommen wir noch mit dem Vorrat, den wir haben, während Cripps losgeht, um neues Öl zu besorgen?«

Dixon dachte kurz nach und erwiderte: »Die Frauen können bei Lampenlicht nicht arbeiten, also können wir die zwei Lampen aus der Reinigungsbaracke in der Mine nutzen. Ich werde auch in den anderen Baracken nachschauen, was wir dort an Öl abzweigen können, aber ich bezweifle, dass es lange reichen wird.« Er sah Dubois an. »Wir können es nicht riskieren, bei schlechten Lichtverhältnissen in der Mine zu arbeiten – das würde nur zu unnötig vielen zerbrochenen Steinen führen, was Ihren Auftraggebern bestimmt nicht gefallen würde. Auch für den Ausbau der unteren Ebene brauchen wir genug Licht, sonst laufen wir Gefahr, dass der Berg über uns und der Mine zusammenstürzt.« Er machte eine Pause, als würde er nachdenken und kalkulieren. Dann sagte er:

»Wir können weitermachen, allerdings mit verminderter Geschwindigkeit. Die volle Abbaumenge erreichen wir in der Mine jedenfalls momentan nicht. Aber glücklicherweise wird die Produktionsmenge aus der Reinigungsbaracke sich erhöhen, sobald Arsene zurückkehrt. Die Menge an Rohdiamanten, die Sie abliefern können, bleibt also gleich. Trotzdem werde ich sicherstellen, dass wir so viel wie möglich herausholen, während wir auf den Ölnachschub warten.«

Dass Dubois dieses Versprechen mit einem knappen Nicken akzeptierte, bewies, wie überzeugend Dixon seine Rolle im Laufe der vergangenen Monate gespielt hatte. Dubois gefiel die Situation zwar nicht, aber er nahm sie so hin.

Jetzt drehte er sich um, um Cripps anzusehen. Ein Muskel in seinem Kiefer zuckte. »Begeben Sie sich in die Siedlung und holen Sie mehr Lampenöl. *Viel* mehr«, presste er zwischen zusammengebissenen Zähnen hervor.

»Mehr Lampen wären auch …« Caleb verstummte und wirkte zerknirscht.

Dubois sah ihn an. Er begann, böse zu lächeln, und wandte sich wieder Cripps zu. »Und wie der gute Kapitän vorschlägt, sollten Sie auch noch zusätzliche Lampen mitbringen.« Er hielt inne und fuhr fort: »Und Lebensmittel.« Dubois drehte sich um und hielt Calebs Blick gefangen, bevor er den Kopf neigte. »Danke für den Vorschlag, Käpt'n Frobisher. Und die Lebensmittel sollen sicherstellen, dass Sie und Ihre Leute, sobald Cripps mit der Ausrüstung zurück ist, in so guter körperlicher Verfassung sind, dass Sie die Arbeit in der Mine mit maximaler Geschwindigkeit wiederaufnehmen können.«

Keine Entschuldigungen und Ausflüchte mehr.

Er sprach die Worte zwar nicht aus, aber sie schwangen deutlich in seiner Stimme mit.

Caleb zuckte mit den Schultern. Mit der Laterne in der Hand drehte er sich um und ging zur Mine zurück. Ihm war klar geworden, dass mehr Lampen für die Arbeit in der Mine keinen Unterschied machen würden – tatsächlich würde dadurch der Vorrat an Öl nur schneller schrumpfen. Und mehr Lebensmittel waren nichts, worüber man sich diebisch freuen sollte.

Das Beste war, dass sein kleiner Trick Dubois' Überzeugung gestärkt hatte, dass der schwindende Vorrat an Lampenöl gut nachvollziehbar war.

Als er sich dem Eingang der Mine näherte, wo Phillipe und Hillsythe warteten, lächelte Caleb – und dieses Lächeln war genauso böse wie das von Dubois.

Es gab eine unausgesprochene Übereinkunft, die Chance auf den Trost und die Geborgenheit des anderen zu ergreifen, wenn sie sich ergab, und so nutzten Caleb und Katherine diese und spazierten auch an jenem Abend wieder zur Krankenstation.

»Hat Dixon eine Einschätzung abgegeben, wie langsam genau wir arbeiten können?«, fragte Katherine. »Also, ob es uns gelingen wird, die Arbeit in der Mine so lange weiterzuführen, bis die Rettung da ist?«

Caleb schüttelte den Kopf. »Wir haben den Nachmittag damit verbracht, uns mögliche Wege zurechtzulegen, wie wir nun weitermachen können. Und im Hinterkopf haben wir uns die beste Behauptung überlegt, die wir Dubois vortragen können. Diese Behauptung muss die Geschichte untermauern, dass die Arbeit in der Mine angesichts des Mangels an Lampenöl so schnell wie möglich vorangeht, dass aber nicht so viele Diamanten abgebaut werden können. Wir haben beschlossen, dass wir ein wenig vom restlichen Öl nutzen sollten, damit der Teil des zweiten Stollens, der sich gleich hinter dem Eingang befindet und der somit auch von den Wachen eingesehen werden kann, so gut beleuchtet ist, dass darin weitergearbeitet werden kann. Das wird Dixon Dubois empfehlen. Allerdings werden wir darüber hinaus und ohne das Wissen von Dubois eine Gruppe mit Lampen, die nur ganz schwach brennen, tief in den ersten Stollen schicken – dort werden sie außer Sicht- und außer Hörweite der Wachen sein. Dort gibt es keine Diamanten im Gestein, doch wir werden die Erzbrocken von dort benutzen, um die Diamanten aus dem zweiten Stollen zu strecken. Wir haben vor, so viele der Diamanten wie möglich in unseren geheimen Vorrat zu schaffen, während wir gleichzeitig eine vernünftige Menge von Steinen für Dubois zutage fördern – genug, um ihn zufriedenzustellen.«

Sie nickte.

»Und ihr müsst die Eröffnung der unteren Ebene so lange aufschieben, bis ihr euch sicher seid, dass ihr bis September durchhalten könnt.«

Caleb verzog das Gesicht. »Ja. Aber wir haben noch keinen Zugang zur unteren Ebene, der weit genug führen würde, damit Dixon hinuntersteigen und sich ein Bild machen könnte. Sobald er das kann, werden wir wissen, wo wir stehen. Und dann haben wir hoffentlich allen Grund, uns sicherer zu fühlen.«

Sie seufzte und blickte geradeaus. »Es wird eine große Erleichterung sein, sich endlich sicherer zu fühlen.«

»Das stimmt.«

Sie hatten die Reinigungsbaracke einmal umrundet. Die Wachen, die um die Haufen mit den Erzbrocken herumgelaufen waren, waren weitergegangen. Caleb sah sich um, doch es war niemand zu sehen, und er und Katherine waren im Moment auch nicht im Blickfeld der Wachen auf dem Wachturm.

Katherine blickte ihm ins Gesicht, doch er lächelte nur. Sie erreichten die Treppe, und sie hob ihren Rocksaum an und folgte Caleb die Stufen hinauf.

Caleb fragte sich, ob schon eines der anderen Paare ihnen zuvorgekommen sein mochte, und öffnete ganz vorsichtig die Tür, um einen Blick in die Baracke zu werfen. Mondschein, der durch die schmalen Glasscheiben und die geflochtenen Palmblätter fiel, aus denen das Dach bestand, erhellte den menschenleeren Raum. Caleb stieß die Tür noch weiter auf, zog Katherine hinein, schloss dann die Tür wieder und verriegelte sie.

Er drehte sich um – und sie schlang die Arme um seine Taille und stellte sich auf die Zehenspitzen. Als er instinktiv den Kopf neigte und ebenso instinktiv die Hände auf ihre Taille legte, bot sie ihm ihren Mund dar, und er verschloss ihn mit seinen Lippen.

Sie kannten einander erst seit wenigen Tagen, und doch fühlte es sich so vertraut an, in ihren Mund einzutauchen und ihren Kuss zu genießen. Es war schon ein Teil von ihm, die natürliche Befriedigung seiner Wünsche und Bedürfnisse.

Als er diese Mission als seine eigene an sich gerissen hatte, hätte er etwas wie das hier nicht erwartet. Er war erst Ende zwanzig. Er hatte noch einige Jahre Zeit, bevor er damit rechnete, sich niederzulassen. Declan mochte jung geheiratet haben, und angesichts seines Tagebuchs sah es so aus, als würde Robert auch schon bald in den Hafen der Ehe einlaufen. Doch Royd war einige Jahre älter als er und hatte bisher noch nicht geheiratet. Warum also sollte er ihm zuvorkommen?

Weil sie hier war, in seinen Armen.

Weil sie ihn küsste und weil er sie küsste und weil in diesen Momenten nichts anderes zählte als sie und er und das, was zwischen ihnen in so wenigen Tagen gewachsen war.

Und weil man dem Schicksal nicht entfliehen konnte, war er tief in seinem Innersten davon überzeugt, dass sie zu ihm gehörte.

Er hatte es von Anfang an gewusst, und wie es für ihn typisch war, hatte er sich dazu entschieden, nicht zu kämpfen, sondern den Mantel nach dem Wind zu hängen und mit der Strömung zu schwimmen.

Und nun zogen sie und diese Strömung ihn mit sich.

Hinein in das Meer der Leidenschaft.

Katherine wollte ... Was genau sie wollte, hätte sie nicht in Worte fassen können, doch ein unfassbar großes Verlangen erfüllte ihr Innerstes und trieb sie an. Sie hatte ihre Lippen geöffnet und ihn willkommen geheißen und ihr mutiges Selbstvertrauen ausgekostet – und auch sein Selbstvertrauen, als er alles genommen hatte, was sie ihm angeboten hatte. Der sinnliche Hunger wuchs, sowohl ihrer als auch seiner.

Die Arme um seine Schultern gelegt ging sie rückwärts und zog ihn mit sich. Und er gehorchte nur allzu gern. Schritt für Schritt führte sie sie beide weiter, bis sie mit dem Rücken gegen die Kante des hohen Tisches stieß.

Keiner von ihnen unterbrach den alles verzehrenden Kuss, doch Caleb löste eine Hand von ihrer Taille, packte sie und hob sie auf den Tisch. Sie strich mit den Händen über seinen Hals, über seinen Kiefer, umfasste sein Gesicht und hielt ihn fest, um ihn weiter küssen zu können. Sie fühlte, wie er die Lippen zu einem Lächeln verzog.

Im nächsten Moment schob er ihren Rock über ihre Knie, drückte ihre Beine auseinander und stellte sich zwischen ihre Schenkel.

Ihr stockte der Atem. Das unerwartete Gefühl der kühlen Luft auf ihren nackten Beinen ließ ihre Haut vor Aufregung kribbeln. Ihre Sinne waren mit einem Mal hellwach. Sie konnte nicht anders, als sein Gesicht zu halten und ihn dann mit einer Inbrunst zu küssen, von der sie nicht gewusst hatte, dass sie sie besaß.

Oder vielleicht war sie auch der aufflammenden Erregung ausgeliefert. Sie schien sie jedenfalls voranzutreiben, übte Macht über sie aus. Mit einem gedämpften Aufstöhnen vertiefte er – gefangen zwischen ihren Lippen – den Kuss und begegnete ihrem Feuer mit seinem eigenen. Er ließ sie spielen, ließ sie genießen, die Kontrolle zu übernehmen und ihre Begegnung einige berauschende Momente lang zu führen. Doch dann übernahm er wieder das Ruder.

Er beugte sich vor und drückte sie sanft nach hinten, bis ihr Rücken den Tisch berührte. Dann löste er die Hände von ihrer Taille und ließ sie an ihr hinaufwandern, um damit ihre Brüste zu umschließen.

Sie hörte auf zu denken. Ihr Verstand, ihre Vernunft waren von ihren Gefühlen überwältigt worden. Von den Empfindungen, die er so geschickt entfachte und dann durch ihr Innerstes sandte.

Es mochte ein bisschen liederlich sein, seine Berührung so einfach anzunehmen, und doch jagte ihr das Gefühl seiner Hände, die ihre Haut streichelten, liebkosten, sie zu seinem Eigen machten, Lust und Freude durch den Körper. Auch wenn diese Berührung durch zwei Lagen Stoff gedämpft wurde. Und als seine Finger sich um ihre Brustspitzen schlossen, empfand sie eine wundervolle Erregung, die sich warm in ihrem Bauch ausbreitete.

Caleb ließ sich in den Moment fallen, gab sich der Lust dieser Begegnung hin. Es war ein Vorstoß ins Glück, ins Vergnügen. Es war ein Vorgeschmack auf die zahllosen Wege, wie sie einander genießen, Freude spenden und für wenige Momente von dieser Welt fliehen konnten.

Fort von der Realität, die keiner kontrollieren konnte.

Er streichelte sie, liebkoste sie, erfreute sich an ihrer aufflackernden Hitze, die immer stärker wurde. Er neigte den Kopf und erkundete, eroberte ihren Mund. Und ihre Reaktion – so glühend heiß und fordernd – hätte ihm beinahe einen Schock versetzt. Bevor er darüber nachdenken konnte, hatten seine Finger die Schnürung ihres Kleides gefunden. Er zog kurz daran und hatte im nächsten Moment das Mieder so weit gelöst, dass er es ihr abstreifen konnte. Er konnte fühlen, dass ihr feines Unterkleid durch eine Kordel gehalten wurde – ein kurzes Ziehen, ein kleines Schieben, und er strich mit den Fingern über ihre zarte Haut und umschloss mit einer Hand eine ihrer Brüste.

Sie wurden beide ganz still.

Katherine war erstaunt über den sinnlichen Schock, den die bloße Intensität der Berührung in ihr hervorrief.

Für einen Moment waren sie beide gefangen, waren in ein Meer aus körperlichen Gefühlen geschleudert worden.

Ein leises Stöhnen entrang sich ihrer Kehle, und sie presste ihre Brust in seine Handfläche.

Er tauchte seine Zunge wieder in ihren Mund ein, küsste sie, und sie erwiderte die Zärtlichkeit. Sie vergrub ihre Finger in seinen Haaren, packte zu, hielt ihn fest und drängte ihn weiterzumachen.

Diese Aufforderung war überflüssig.

Katherine war schwindlig – sie fühlte sich berauscht, trunken vor Lust. Sie spürte, dass sie errötete, dass sie erhitzt war, dass ihre Brustspitzen sich unter seinen Fingern begierig aufrichteten. Unter seiner Hand – oder jetzt seinen Händen.

O mein Gott.

Sie war sich nicht sicher, ob sie mit all diesen Empfindungen umgehen könnte. Die Gefühle schienen jeden Nerv zu erfassen. Doch jeder Pulsschlag trieb sie voran.

Seine Hände waren so heiß, brannten auf ihrer Haut. Aber das Feuer selbst schien aus ihrem Inneren zu kommen. Wie Flammen, die über ihre Haut leckten, breitete sich diese Empfindung von ihren Brüsten über ihre Gliedmaßen in ihrem ganzen Körper aus.

Sie hätte sich ganz leicht darin verlieren können. Mit ihm zusammen. Ein ferner Teil ihres Gehirns war überrascht, dass sie keine Scham empfand, ja, nicht einmal Unsicherheit. Diese Nähe, dieses Teilen fühlte sich für sie einfach nur neu an. Es bot all den Reiz des Neuen. Sie war zögerlich, jedoch nur, weil sie nicht wusste, was als Nächstes kommen würde, was angemessen war. Sie musste sich vollkommen auf ihren Instinkt verlassen.

Doch diese Nähe, dieses Teilen mit ihm, fühlte sich richtig an.

Hier, mit ihm, war sie genau da, wo sie sein sollte.

Also ließ sie los, gab sich hin. Sie ließ ihren Sinnen freien Lauf, damit sie wirbeln und tanzen und genießen konnten.

Caleb spürte, in welche Richtung sie wollte. Und er folgte ihr nur allzu gern. Das Gefühl ihrer Haut, so seidig und warm unter seinen rauen Händen, verhieß Glück und wundervolle Befriedigung.

Er ergriff ihre Brust, ihre Brustspitzen, ein wenig fester – gerade genug, um ihre Aufmerksamkeit darauf zu lenken. Dann löste er die Lippen von ihrem Mund und ging damit auf Wanderschaft. Über ihr wunderbar geschwungenes Kinn und an ihrem schlanken Hals hinunter. Er hauchte einen Kuss auf die Stelle, an der ihr Pulsschlag sichtbar wurde. Dann strich er mit seinen Lippen über die leichte Erhebung ihrer Brust. Und schließlich fuhr er hinunter bis zu seinen Fingern, die mit ihrem aufgerichteten Knospen spielten.

Mit der Zungenspitze umkreiste er eine Knospe. Er hörte, wie ihr der Atem stockte, fühlte, wie sie ihre Finger in seinem Haar vergrub. Er umschloss sie mit den Lippen und sog sacht daran. Katherine bog den Rücken durch, und ihr Keuchen erfüllte die Stille.

Mit einem innerlichen Lächeln, mit diebischer Freude machte er sich daran, sich um ihre Sinne zu kümmern, um ihre Bedürfnisse und Wünsche. Es war ganz leicht, diese Wünsche und Bedürfnisse zu erkennen, denn sie gab die Richtung mit ihren Fingerspitzen an seinem Kopf und mit ihrem atemlosen Stöhnen vor.

Seine eigene Begierde wallte auf, sprang über, heraufbeschworen durch diese Laute. Er war erregt. Seine Erektion drängte gegen den Stoff seiner Hose. Er verlagerte ruhelos das Gewicht von einem Bein auf das andere. Seine niederen Instinkte waren wach, lebendig, begierig, doch er ermahnte sich, die Versuchung zu verdrängen, die ihre gespreizten Schenkel darstellten.

Leichter gesagt als getan. Denn trotz ihrer leidenschaftlichen Reaktion, trotz ihrer offenen Ermutigung wusste er, dass die wenigen Tage ihrer Bekanntschaft noch lange nicht ausreichten, um auch nur daran zu denken, mit ihr intim zu werden, sie zu nehmen.

Und vor allem nicht hier, an diesem Ort.

Mannhaft schob er all diese Gedanken beiseite, hob den Kopf, fand ihre Lippen erneut und tauchte in den Kuss ein. Er legte seine Hände wieder auf ihre Brüste, um sie zu liebkosen, und sagte sich noch einmal, dass es im Augenblick das höchste der Gefühle sein musste.

Er hätte nicht damit gerechnet, dass sie es vollkommen anders sah. Denn als hätte sie seinen inneren Konflikt mitbekommen, stieß sie einen Laut aus. Selbst gedämpft durch den Kuss war klar, dass es ein Protestlaut war.

Dann kam sie ihm näher und spreizte ihre Schenkel noch ein bisschen weiter. Sie löste ihre Finger aus seinen Haaren und griff nach seinem Hemd. Bevor er etwas tun konnte – bevor ihm überhaupt bewusst war, was sie vorhatte –, packte sie es und schob es hoch. Dann wanderten ihre Hände unter sein Hemd, und ihre Finger waren auf seiner Haut – hungrig, zupackend, fordernd, besitzergreifend …

In ihrer Berührung brannte die silbrige Flamme der sexuellen Begierde. Er spürte das Feuer, hatte das Gefühl, plötzlich unerwartet viel Kraft zu haben – mit einem Mal auf eine höhere Ebene der Leidenschaft katapultiert worden zu sein. Unbewusst umschlossen seine Finger ihre Brustspitzen noch ein bisschen fester. Sie keuchte an seinen Lippen auf, und mit ihren streichelnden, neugierigen Händen drängte sie ihn weiterzumachen.

Wer nimmt hier wen?

Dann ließ sie ihre Finger tiefer wandern.

O nein, nein, nein.

Sie strich über seinen Bauch. Ihre Berührung war seltsam unschuldig, zaghaft und doch entschlossen. Mit schamloser Absicht fuhr sie noch weiter hinunter.

Er ließ ihre Brüste los und ergriff ihre wandernden Hände, verschlang seine Finger mit ihren und hielt sie so gefangen, drückte sie auf den Tisch. Dann küsste er sie mit all der brennenden Leidenschaft, die sie in ihm entfacht hatte.

In dem Moment verstand er, dass das Schicksal ihn hierher geführt hatte – zu ihr, zu diesem Augenblick.

Zu dieser Sekunde, in der er schließlich begriff, was es bedeutete, eine besondere Frau zu begehren.

Zu der Erkenntnis, dass sein Schicksal untrennbar mit ihrem verbunden war.

Und dass es keine Einschränkung für das geben würde, was er zu tun bereit war, um sie zu beschützen. Damit sie irgendwann dieses Schicksal gemeinsam bestimmen würden.

Er beendete den Kuss.

Sein Atem ging kurz, stoßweise, keuchend.

Ihre Lippen waren geschwollen. Die wundervoll geschwungenen Kurven üppig, reif.

Als sie die Lider hob und ihn anblickte, sah er, dass

ihre Pupillen geweitet waren und dass sie ihn fragend ansah.

Er stöhnte, schloss die Augen und lehnte seine Stirn an ihre. »Katherine … Kate …«

»Caleb …«

Er konnte es kaum ertragen, und dennoch … Es kostete ihn unglaubliche Kraft, aber es gelang ihm schließlich, sich aufzurichten und zu sagen: »Nicht hier. Nicht jetzt.«

Die Worte klangen rau, doch zumindest waren sie deutlich.

Erst in diesem Moment schien sie sich in Erinnerung zu rufen, wo sie waren. Sie blinzelte und sah sich um. »Oh.« Dann schaute sie ihm wieder ins Gesicht.

Er erwiderte ihren Blick ganz ruhig. »Später.« Und nur für den Fall, dass sie auch nach dem aufreizenden Kuss noch an ihm zweifelte, erklärte er: »Ich will dich. Und ich werde dich fragen, ob du mich heiraten willst, nachdem wir das alles hier überlebt haben. Aber noch ist es nicht so weit.«

Kate.

Nur er hatte sie je so genannt – nur er kannte die Frau, die sie tief in ihrem Innersten war. Kate war die Frau, die sie glaubte, sein zu können und zu sollen. Doch alle anderen hatten sie immer nur Katherine gerufen. Sie hatte sie nie korrigiert. Und seit ihre Mutter gestorben war, hatte sie sich gezwungen, sogar in ihrem Kopf Katherine zu sein. Förmlicher. Schicklicher und korrekt.

Und ich werde dich fragen, ob du mich heiraten willst …

Sie erkannte die unerschütterliche Verbindlichkeit hinter den Worten. Einfache, schlichte Worte – kein Heiratsantrag, aber das Versprechen eines Antrags.

Danach ...

Er hätte ihre Begeisterung ausnutzen können, aber er hatte es nicht getan. Nicht er.

Nicht der Mann, in den sie, Kate, sich schon verliebt hatte.

»Ja.« Sie sah ihm in die Augen und sprach dieses eine Wort aus. Das einzige Wort, das sie als Antwort darauf hatte. Er blinzelte. Seine Miene entspannte sich, und das unbekümmerte Lächeln, das sie bei ihrer ersten Begegnung schon gesehen hatte, erschien wieder auf seinem Gesicht. »Und du hast recht.« Sie löste sich von ihm, er machte einen Schritt zurück. Im nächsten Moment stand sie vor ihm. Sie strich ihren Rock glatt und band eilig die Schnürung wieder zu, während er sein Hemd in seine Hose stopfte. Dann lächelte sie, stellte sich auf die Zehenspitzen und hauchte ihm einen Kuss auf die Lippen, blickte ihn eindringlich an. »Wir werden an diesem Punkt weitermachen, sobald wir frei sind.«

Kapitel 15

Arsene kehrte nach nur viereinhalb Tagen mit den Ersatzwerkzeugen für die Frauen zurück. Sofort danach brach Cripps mit vier Männern auf, um Lampenöl und Lebensmittelvorräte zu besorgen.

Kate – sie nannte sich inzwischen selbst so – war nicht überrascht, als Dubois die neuen Werkzeuge höchstpersönlich in die Reinigungsbaracke brachte. Er legte die Gerätschaften auf dem Tisch ab und blickte jeder einzelnen Frau berechnend in die Augen. Schließlich lenkte er den Blick auf sie selbst. »Sie werden alle von Sonnenaufgang bis Sonnenuntergang arbeiten – solange das Licht ausreicht. Nur Sie und …« Er sah Annie an.

»Miss Mellows«, half Kate ihm aus.

»Nur Sie beide sind jeden Nachmittag für eine Stunde entschuldigt, damit Sie die Arbeit der Kinder überprüfen können. Sobald die Aufgabe erledigt ist, werden Sie wieder an Ihren Arbeitsplatz hier zurückkehren. Solange es hell genug ist, um zu arbeiten, sind keine Spaziergänge erlaubt.« Er sah die sechs Frauen an. »Sind die Anweisungen klar?«

Keine sagte ein Wort, aber alle nickten.

Kate wartete, bis er sie wieder ansah, und nickte dann auch. »Ziemlich klar.«

Sie war nicht da gewesen, als Dubois seinen Leuten erlaubt hatte, sich so brutal an Daisy zu vergehen, aber sie hatte die Schatten in Harriets Augen gesehen. Weder sie noch eine der anderen würde Dubois aus freien Stücken reizen. Und sie alle hatten von dem Brief gehört, den er kürzlich von den rätselhaften Hintermännern erhalten hatte.

Dubois erwiderte ihren Blick einen Moment lang. Als hätte er ihre Unterwerfung akzeptiert, nickte er. »Sehr gut.« Er wandte sich zur Tür um. »Solange noch Diamanten gefördert werden, die gereinigt werden müssen, werden Sie so lange und so schnell arbeiten, wie es möglich ist.«

Die Frauen warteten, bis er die Hütte verlassen hatte, und geduldeten sich einen weiteren Augenblick, bis Gemma zur offenen Tür gegangen war und hinausgeblickt hatte. Erst als sie bestätigt hatte, dass Dubois zur Hauptbaracke zurückgekehrt war und dass keine Wachen in der Nähe herumlungerten, ließ ihre Wachsamkeit wieder nach.

Sie setzten sich auf ihre Hocker. Einige verzogen die Gesichter, andere murmelten etwas. Mit finsterer Miene ergriff Kate die neuen Hämmer und Meißel und verteilte sie unter den Frauen am Tisch.

Harriet, die ihr gegenübersaß, nahm die Gerätschaften entgegen. »Also, was machen wir jetzt?«, fragte sie.

Kate zog die Augenbrauen hoch. Sie griff in den Korb, der neben ihr stand, nahm ein großes Stück Erz heraus und fing an, es in den Händen zu drehen. Sie suchte die Stelle, an der das Mineral und der Diamant aufeinandertrafen. Kurz darauf sagte sie: »Wir gehorchen Dubois und arbeiten. Wir arbeiten in der derselben Geschwindigkeit wie sonst auch. Wir arbeiten so lange, wie er es angeordnet hat. Und in der Zwischenzeit … Ich werde mit Caleb Frobisher und Phillipe Lascelle über ihre Idee sprechen.« Sie sah hoch und suchte Harriets Blick.

Harriets Miene erhellte sich, und die junge Frau murmelte: »Die Segeltuchstücke?«

Kate nickte. »Solange Dubois und seine Leute die Brocken nicht zählen, die hier abgegeben werden, wüsste ich nicht, wie sie zu einer speziellen Erwartungshaltung kommen sollten, was die Anzahl der gereinigten Diamanten betrifft, die die Hütte wieder verlassen.«

»Bis Cripps mit dem Nachschub von Lampenöl zurückkommt«, sagte Caleb, »arbeiten die Männer in kürzeren Schichten. Phillipe und ich werden also mal schauen, was wir wegen der Taschen unter den Hockern tun können.«

Er und Kate – sie war nun Kate für ihn, weil der Name einfach besser zu ihr passte als Katherine, der seiner Meinung nach eher eine zugeknöpfte Frau beschrieb – saßen mit den anderen Gefangenen am Feuer. Sie hatten gerade ihr mageres Mahl beendet, das aus irgendeiner Sorte Fleisch und etwas bestand, das angeblich Brot sein sollte. Zumindest Wasser gab es, so viel sie wollten. Er hob seinen Blechbecher und nahm einen Schluck.

»Wenigstens können wir nur arbeiten, solange es hell genug ist.«

Er ließ den Becher sinken. »Das stimmt. Aber ihr müsst darauf achten, dass der Haufen Erzbrocken vor der Hütte sichtbar kleiner wird.«

»Die neuen Werkzeuge werden uns dabei helfen, das Ziel zu erreichen.« Kate sah ihn an. »Wir werden ab sofort nicht nur mehr produzieren, sondern gleichzeitig auch eine ganz anständige Menge gereinigter Steine zurückhalten, die wir später vielleicht brauchen werden.«

Dixon, der mit Harriet zusammen auf Kates anderer Seite saß, hatte zugehört. Er beugte sich herüber. »Harriet hat Ihre Idee erwähnt, Segeltuch für die Taschen zu benutzen. Es gibt in der Vorratshütte einige alte Segel. Wenn Sie mir sagen, was Sie brauchen, kann ich Stücke herausschneiden. Das ist einfacher, als ein ganzes Segel herauszuschmuggeln.«

Caleb rief Phillipe zu sich. Mit den Frauen zusammen überlegten sie, wie groß die Segeltuchvierecke sein mussten, die sie brauchen würden.

Dixon nickte. »Ich werde mir morgen früh die Zeit nehmen, die Stücke zurechtzuschneiden.«

Caleb sah Kate an. »Phillipe und ich werden am Nachmittag in der Reinigungsbaracke vorbeikommen und die Taschen anbringen. Das wird nicht lange dauern.«

Sie nagte an ihrer Unterlippe. »Es wäre am besten, wenn ihr kommen würdet, während Annie und ich uns um die Kinder kümmern.« Sie sah ihn an. »Dann ist die Gefahr geringer, dass eine der Wachen denkt, dass irgendetwas im Gange ist, und in die Hütte kommt, um nachzuschauen.«

»Wir werden sowieso Wache stehen«, sagte Harriet. »Aber ich sehe es genauso wie Katherine … Es ist besser, wenn Sie kommen, wenn sie und Annie nicht hier sind.«

Caleb stimmte dem auch zu und nickte. Alles, was die Gefahr, Dubois' Misstrauen zu wecken, verringerte, war gut. Vor allem, wenn es Kate betraf.

Kate zählte die Tage. Sie mussten noch mehr als drei Wochen beständig und hart in der Mine arbeiten und durchhalten. Laut Dixon und den anderen, die daran arbeiteten, die untere Ebene zu eröffnen, den Kriechstollen, würde man die Qualität der Ader am kommenden Tag beurteilen können.

Dann würden sie also Gewissheit haben.

Sie würden wissen, ob sie die Arbeit in der Mine so lange fortsetzen konnten, bis die Rettungsmannschaft auftauchte, oder ob sie noch einen schweren Kampf würden austragen müssen, um zu überleben.

Kate schickte ein Stoßgebet gen Himmel. Und sie war sich sicher, dass sie nicht die Einzige war, die den Allmächtigen um Hilfe anflehte.

Dann war es an der Zeit, dass die Männer in die Mine zurückkehrten. Es war Teil von Dixons Rolle, die anderen anzutreiben, wieder an die Arbeit zu gehen. Die anderen grummelten und warfen ihm finstere Blicke zu, was natürlich nur gespielt war.

Kate erhob sich, als Caleb aufstand. Er sah sie an und schob ihr eine Haarsträhne hinter das Ohr.

»Es wäre vielleicht besser, wenn du dich ausschlafen und Kraft sammeln würdest. Du wirst von jetzt an unter erhöhtem Druck arbeiten, und meine Truppe wird heute Abend so hart schuften, wie es geht, damit die untere Ebene möglichst bald abgestützt ist.«

Sie runzelte die Stirn. »Müsst ihr euch wegen des Lampenöls nicht beschränken?« Dubois hatte Dixon aufgetragen, das Öl zu rationieren, um sicherzustellen, dass die Gruppen, die in der Mine arbeiteten, genug Öl hatten, um die Produktion trotz des Engpasses aufrechterhalten zu können. Dubois hatte Arsene eingesetzt, die Verteilung der Ölrationen zu überwachen, damit die Arbeiten, die in Dubois' Augen nicht so wichtig waren, eingeschränkt wurden.

Er verzog das Gesicht. »Ja, aber wir machen so lange weiter, wie es geht.«

»Also gut.« Sie berührte seinen Arm und ließ ihre Hand dann sinken. »Wir sehen uns morgen.«

Mit einem Nicken drehte er sich um und stieß zu den anderen Männern, die auf Dixons Aufforderung zur Mine liefen.

Sie sah Caleb hinterher, bis er in der Mine verschwunden war, und setzte sich wieder zu Harriet und den anderen Frauen. Sie unterhielten sich und passten auf die Kinder auf, die ebenfalls in kleinen Grüppchen zusammen waren und über dieses und jenes sprachen. Wie viel die jüngeren von ihnen tatsächlich verstanden, wusste Kate nicht, aber die älteren … Der Ausdruck in ihren Augen ließ keinen Zweifel daran, dass sie die Situation nur allzu gut begriffen.

Diccon kam herbeigelaufen und setzte sich zu ihren Füßen auf den Boden. Vertrauensvoll lehnte er sich an ihre Beine. Kate lächelte, obwohl er es nicht sehen konnte, und streichelte ihm über das weiche helle Haar.

Irgendwann beschlossen die Frauen, dass Schlafenszeit war. Es gab kaum Protest. Die Arbeit, die die Kinder verrichteten, war anstrengend, ermüdend und langweilig. Schlaf war für sie die Flucht vor dem Wachzustand – ihre Träume waren zweifellos besser als die Wirklichkeit.

Mit den anderen Frauen zusammen brachte Kate die Kinder in ihre Unterkunft. Sie kümmerte sich darum, dass über jeder Hängematte ein Moskitonetz hing. Viele der Kinder waren auf der Stelle eingeschlafen.

Dann begaben sich die Frauen in ihre eigenen Hängematten. Unter den gegebenen Umständen verzichteten sie darauf, ihre Kleider auszuziehen, sondern schliefen darin.

Allmählich wurde es in der Hütte still, nur die Atemgeräusche waren zu hören und ab und zu der raue Ruf eines nachtaktiven Tieres, das außerhalb des Lagers auf die Jagd ging.

Eingehüllt in die inzwischen vertraute Dunkelheit, lag Kate in ihrer Hängematte und starrte durch das Netz. Sie konnte die Decke nicht sehen, doch sie sah auch gar nicht hin. In ihrem Kopf nahmen ihre Gedanken Wege, die sie seit Jahren nicht mehr genommen hatten. Seit ihre Mutter krank geworden war, hatte sie, Kate, jegliche Kontakte zu anderen Menschen abgebrochen, um sich um sie zu kümmern. Das war auch der Zeitpunkt gewesen, an dem sie eine Ehe für sich ausgeschlossen hatte. Aber in Wirklichkeit hatte sie schon früher an einem Bund fürs Leben gezweifelt. Eigentlich von dem Tag an, als ihr nichtsnutziger Vater, der stets ein Dauergrinsen im Gesicht getragen hatte, gestorben war und ihr und ihrer Mutter nichts als Schulden hinterlassen hatte.

Sie waren vollkommen allein gewesen und hatten sich einer feindlichen Welt stellen müssen.

Doch etwas, das sie nie wirklich verstanden hatte, war die Liebe, die ihre Mutter für diesen schäbigen Verschwender in sich getragen hatte. Und diese Liebe war nie weniger geworden – egal, was er getan hatte. Schon als sie noch ganz jung gewesen war, hatte sie diese beinahe greifbare Kraft zwischen ihren Eltern gespürt, diese Macht, die die Menschen Liebe nannten.

Ihre Mutter hatte ihren Vater geliebt, und trotz all seiner Fehler und Schwächen hatte er sie auch geliebt. Und in dieser Liebe war er nie wankelmütig gewesen.

Er war einfach er selbst gewesen, nur leider nicht in der Lage, mit den praktischen Dingen des Lebens angemessen umzugehen.

Und dann hatte er sie verlassen.

Tief in ihrem Herzen hatte sie ihm das nie verziehen.

Tief in ihrer Seele gab sie ihm noch immer die Schuld an dem viel zu frühen Tod ihrer Mutter.

Sie hatte geglaubt, dass alle Männer nur Variationen ihres Vaters waren – liebenswert, aber am Ende doch unzuverlässig.

Und dann war sie Caleb begegnet.

Nun hatte sie eine Ahnung davon, was der Grund für die Hingabe ihrer Mutter für ihren Vater gewesen war. Jetzt hatte sie eine klarere Vorstellung davon, was es bedeutete, einen Menschen zu lieben.

Aber trotzdem ... Irgendwo tief in ihrem Innersten erklang eine kleine Stimme, die sie fragte, wie das sein konnte. Wie hatte sie sich innerhalb weniger Tage so unsterblich verlieben können? War es überhaupt Liebe? War es die Art von Liebe, die nicht sterben würde, egal, was der andere auch tat? Und wenn es so war, wollte sie das?

Hatte sie eigentlich eine Wahl?

Oder war sie wie ihre arme Mutter dazu verdammt, von einem hübschen Gesicht, einem fröhlichen Lächeln und den Umständen fortgerissen zu werden?

Wie viel dieser Anziehungskraft war nur der Situation geschuldet?

Und wie sah es bei ihm aus?

Das alles waren Fragen, die nicht beantwortet werden konnten. Dennoch wusste Kate, dass sie nicht wie ihre Mutter war. Und sie wusste instinktiv auch, dass Caleb nicht wie ihr Vater war.

Sie konnte Caleb vertrauen. Sie konnte sich auf ihn verlassen.

War sie bereit, ihm für immer zu vertrauen? Wollte sie ihm ihre Zukunft, ihr Leben, und zwar auf immer anvertrauen?

Was sagte es über sie und ihn, dass Caleb nur so kurze Zeit gebraucht hatte, um sie wieder zu ihrem alten Ich zurückzuführen, dem Ich, das sie Kate nannte?

Sie starrte in die Dunkelheit und fand dort herzlich wenige Antworten.

Vor allem nicht auf die wichtigste Frage: Traute sie sich selbst, wenn es um Caleb ging? Oder klammerte sie sich nur an ihn und die Sicherheit, die er ausstrahlte, weil ihnen Entsetzliches drohte?

All diese Fragen, aber vor allem die letzte, machten sie nervös, wühlten sie auf. So bald würde sie keinen Schlaf finden.

Als ihr das bewusst wurde, kletterte sie aus ihrer Hängematte, kämpfte sich aus dem Moskitonetz und schlich sich dann leise zwischen den schlafenden Kindern hindurch zur Tür, die nicht ganz geschlossen war. Sie ließen sie immer ein Stückchen offen, damit die Kinder, falls sie nachts einmal aufwachten, ein bisschen Licht sahen und keine Angst bekamen.

Sie schlüpfte aus der Hütte in die kühle Nachtluft hinaus und sank auf den einzelnen Hocker, den sie auf der kleinen ungeschützten Veranda – die eher ein größerer Treppenabsatz mit zwei Stufen war – hatten stehen lassen. Mit der Schulter lehnte sie sich an die Wand der Hütte und ließ die Stille der Nacht auf sich wirken.

Sie ließ die Fragen los, ließ sie aus ihrem Kopf verschwinden. Versonnen blickte sie zu den Sternen hinauf, die wie Diamanten am schwarzen Nachthimmel strahlten, und ließ sich von den Sternbildern, die so weit entfernt waren, daran erinnern, wie unendlich und zeitlos sie waren – und wie endlich und belanglos sie selbst im Vergleich dazu war.

In Gedanken damit beschäftigt, sich die Sternbilder am Nachthimmel über Aberdeen in Erinnerung zu rufen, drangen plötzlich Männerstimmen an ihr Ohr. Kate blickte hoch und sah, wie die Männer, die die letzte Schicht gehabt hatten, die Mine verließen. Sie gingen in ihre Unterkunft. Da ihre Augen sich an die Dunkelheit gewöhnt hatten, konnte sie sehr gut erkennen, dass Caleb nicht unter ihnen war.

Und auch Dixon und Lascelle waren nicht dabei.

Nachdem die Männer in der Hütte verschwunden waren und es im Lager wieder still geworden war, drang noch der Schein einer Laterne aus dem Eingang der Mine. Zwar schwach, aber nicht zu übersehen.

Kate wartete.

Langsam wurde das Licht der Laterne schwächer.

Einige Minuten später kam eine Gruppe von Männern aus der Mine. Sie hatten die letzte Lampe dabei, die kaum noch leuchtete. Unter diesen Männern war Caleb.

Die Männer machten sich auf den Weg in die Unterkunft. Obwohl sie sich nicht rührte und nichts tat, was seine Aufmerksamkeit erregt hätte, hob Caleb den Kopf, sah herüber und erblickte sie.

Er sagte etwas zu den anderen und kam zu ihr. Jeder seiner Schritte wirkte zielstrebig und bestimmt.

Sie lief ihm entgegen und wartete am Fuß der Stufen auf ihn.

Mit entschlossener Miene griff er nach ihrer Hand und

zog sie mit sich an der Hütte der Frauen und Kinder entlang und tiefer in die Schatten hinein.

Unvermittelt blieb er stehen, neigte den Kopf und presste seine Lippen auf ihren Mund.

Sein Kuss war eine Explosion von Feuer und Leidenschaft.

Sie öffnete die Lippen und versank in den Flammen, in diesem rauen Sturm der Begierde, den er über ihr entfesselte.

Und im nächsten Moment, beim nächsten Herzschlag, erwiderte sie diese Hingabe.

Sie nahm sein Gesicht in beide Hände und gab all das, was er in ihr heraufbeschwor, zurück. Sie klammerte sich an ihn, als hinge ihr Leben davon ab.

Wie ein Funke, der auf trockenen Zunder sprang, entzündete der Kuss eine Feuersbrunst des Begehrens. Und dieses Feuer wütete in ihnen beiden.

Mit einem Aufstöhnen richtete er sich auf. Er schlang die Arme um sie und zog sie an sich.

Ohne zu zögern, gab sie ihm alles, was sie hatte. Ihre Lippen verschmolzen mit den seinen, sie legte die Arme um seinen Hals, schmiegte sich dicht an ihn, und zusammen schwammen sie auf der Welle des unverfälschten, beinahe verzweifelten Verlangens.

Hunger trieb ihn und eine tiefe Sehnsucht. Beides drang in ihren schwirrenden Verstand ein, regte ihre berauschten Sinne an.

Und ihr wurde klar, dass sie in diesem Sturm sein Anker war. Eine Flut hatte ihn mitgerissen, und er brauchte sie, damit sie ihm Halt gab.

Sie brachte ihn ins Gleichgewicht. Sie war der Fels in der Brandung ihrer Leidenschaft.

Langsam nahm die Feuersbrunst ab.

Und irgendwann wurde aus dem Kuss eine Verbindung.

Eine Botschaft, auch wenn sie noch immer keine Ahnung hatte, was ihn so bewegt hatte.

Schließlich hob er den Kopf und löste sich von ihrem Mund. Sein Brustkorb schwoll an, als er mit geschlossenen Augen einen tiefen, beruhigenden Atemzug nahm.

Sie hielt seine Arme und sah ihm ins Gesicht. »Caleb? Was ist passiert?«

Er hatte die Augen noch immer geschlossen. Seine langen schwarzen Wimpern warfen Schatten auf seine Wangen. Er legte die Stirn an ihre und atmete aus.

»Es sieht schlimm aus, Kate.« Er holte noch einmal Luft und fuhr fort: »Es ist uns gelungen, Dixon auf die untere Ebene zu bringen. Bisher ist der Stollen noch nicht vollends abgestützt, und es ist verflucht gefährlich, aber er war so entschlossen, sich ein Bild zu machen, dass er einfach hineingegangen ist, und ... Na ja, er kann es nicht mit hundertprozentiger Sicherheit sagen, aber er will nicht glauben, was er gesehen hat.«

»Das ist nicht gut.«

Er straffte die Schultern und schlug die Augen auf. »Wir wissen noch nicht, wie schlecht es ist, aber es ist wohl anders, als wir es erwartet haben – ganz anders, als gut für uns ist.« Er hielt kurz inne. »Morgen wissen wir es genau. Wir müssen den Stollen noch weiter abstützen, dann kann er sich die Felswand genauer ansehen.«

«Also wäre es möglich, dass er etwas übersehen hat?«

«Das ist unwahrscheinlich. Dixon begeht keine Fehler.«

Es war das erste Mal, dass Caleb bedrückt klang.

Die Erkenntnis traf Kate wie ein Schlag ins Gesicht. Sie starrte ihn an, versuchte, sein Gesicht und seine Augen zu erkennen, über denen Schatten lagen.

»Wir werden schon einen Ausweg finden«, sagte sie. »Normalerweise bist du derjenige, der alle Leute aufmuntert und ihnen Mut macht.«

Und alle Gefangenen würden Angst bekommen, wenn er es nicht mehr könnte.

Er verzog die Lippen zu einem selbstironischen Lächeln. »Keine Sorge. Morgen werde ich den Kurs wieder geändert haben und mein nicht kleinzukriegendes positives Ich sein.«

Doch im Augenblick war er nicht dieser für gewöhnlich so unermüdlich selbstsichere Mensch, und er war zu ihr gekommen, um Trost und Unterstützung zu finden.

Sie spürte, wie ihr Herz sich zusammenzog. Sie ließ seine Arme los und ergriff seine Hände. »Wir werden den Kurs gemeinsam ändern.«

Er seufzte. »Ich weiß, Liebste, ich weiß.« Etwas leiser sagte er: »Aber manchmal ertappe ich mich dabei, wie ich das Schicksal frage: Was ist der Preis?«

Die schlechte Nachricht verbreitete sich am Nachmittag unter den Gefangenen.

Während ihrer kurzen Mittagspause fielen Dixon, Caleb, Lascelle, Hillsythe, Fanshawe und Hopkins zusammen mit den Zimmerleuten und einigen der Männer, die ihnen bei der Arbeit im hinteren Teil des zweiten Stollens halfen, durch ihre Abwesenheit auf. Die restlichen Gefangenen warfen besorgte Blicke in Richtung Mine, und als Kate mit Annie losging, um das Tagwerk der Kinder zu prüfen, waren schon allerlei Gerüchte im Umlauf.

Eines der Mädchen namens Heather richtete den Blick auf Kates Gesicht. »Wissen Sie, ob es stimmt, Miss?«

Kate zögerte, doch sie konnte nicht einfach nichts dazu sagen. »Ich bin mir nicht sicher ... Ich habe nichts Genaues gehört. Bis Captain Dixon uns sagt, was er gesehen hat, weiß keiner von uns Genaues.« Es gelang ihr, ein Lächeln aufzusetzen. »Es ist am besten, sich nicht jetzt schon unnötig Sorgen zu machen.«

Isoliert in der Reinigungsbaracke hatte bisher keine der Frauen die Gerüchte gehört. Während sie und Annie bei den Kindern waren, bemerkte Kate, wie Caleb und sein Freund in die Reinigungsbaracke gingen. Die Männer hatten offenbar nicht vergessen, dass sie noch die Hocker der Frauen präparieren mussten.

Später, als sie und Annie zur Reinigungsbaracke zurückspazierten, murmelte Annie: »Das war ein guter Ratschlag ... Also, sich keine unnötigen Sorgen zu machen. Nicht, dass es irgendjemanden davon abhalten würde, sich trotzdem zu sorgen.« Sie blickte zur Mine. »Ich hoffe nur, dass sie uns sofort Bescheid sagen, wenn sie Neuigkeiten haben.«

Dem konnte Kate nur zustimmen.

Als der Abend hereinbrach, und alle Gefangenen sich um die Feuerstelle versammelten, war die Stimmung gedrückt. Und das schon, bevor Dixon überhaupt berichtet hatte. Ein Blick in die Gesichter der Männer, die grimmig und angespannt wirkten, reichte aus, damit allen klar wurde, dass die Situation sich dramatisch verschlimmert hatte.

Nachdem das Essen aufgegessen war, die Teller zur Küche gebracht, abgewaschen und gestapelt worden waren und nachdem alle sich wieder an die Feuerstelle gesetzt hatten, war Caleb und nicht Dixon schließlich derjenige, der sich rührte und damit sofort die Aufmerksamkeit aller auf sich zog.

Sobald Caleb sich sicher sein konnte, dass alle ihm zuhörten, sagte er: »Wir haben es endlich geschafft, die untere Ebene komplett abzustützen, und Captain Dixon und einige andere von uns sind hinuntergeklettert und haben sich die Felswände angesehen. Es handelt sich dabei im Grunde genommen um die Weiterführung der Diamantenader, die wir schon auf der oberen Ebene bearbeiten.« Er sprach ruhig und sachlich. In seiner Stimme schwang keine Spur von Betroffenheit oder Verzweiflung mit. »Wie ihr alle wisst, sind die Felswände auf der oberen Ebene voller Diamanten. Wir hatten gehofft, dass es auf der unteren Ebene genauso aussieht.« Er sah in die Runde und betrachtete die Gesichter. »Leider hat sich diese Hoffnung nicht erfüllt. Aus irgendeinem geologischen Grund hat sich das Diamantgestein in dieser Ader in die obere Ebene geschoben.« Er machte eine Pause, damit seine Worte ins Bewusstsein aller vordringen konnten. Dann fuhr er fort: »Auf der unteren Ebene des zweiten Stollens gibt es kaum Diamanten.« Wieder hielt er inne. Kate saß an diesem Abend bei den anderen Frauen. Über die Feuerstelle hinweg warf sie ihm einen Blick zu. Einen Moment lang erwiderte er diesen Blick, dann schaute er weg. »Das Entscheidende ist, dass wir alle nicht vergessen dürfen, dass *wir* die Wahrheit zwar kennen, aber Dubois und seine Männer nicht.«

Kate hörte, dass sein Tonfall sich geändert hatte – er klang nicht mehr sachlich, sondern gebieterisch. Caleb sprach leise. Dennoch gelang es ihm, die Aufmerksamkeit jedes Mannes, jeder Frau und jedes Kindes in der Runde zu erringen.

»Werden wir aufgeben?«, fragte einer der Männer.

Caleb schüttelte den Kopf. »Wir haben den Punkt, an dem wir aufgeben, noch nicht erreicht – den Punkt, an dem es keine Hoffnung mehr gibt. Noch nicht. Wir können den Kurs noch immer ändern. Und das werden wir auch. Aber das Wichtigste ist, dass jetzt niemand von uns irgendetwas sagt oder tut, das dazu führt, dass Dubois die Mine inspiziert.« Caleb hielt inne, damit alle begreifen konnten, was er da sagte. »Er taucht nicht oft in der Mine auf. Wir werden die Zeit nutzen, um unser weiteres Vorgehen zu planen. In der Zwischenzeit wächst der geheime Vorrat in der Mine an, und auch in der Reinigungsbaracke zweigen wir ein paar Diamanten ab.« Er sah die Kinder an. »Morgen werden Mr. Hillsythe, Lieutenant Hopkins und Miss Katherine kommen und mit euch Kindern reden. Es geht darum, einen dritten Vorrat zwischen den Haufen von Steinen, die ihr aus der Mine holt, anzulegen. Ihr müsst besonders vorsichtig sein, aber wir brauchen jetzt auch eure Hilfe. Wir werden alle unsere Rollen haben, die wir spielen müssen.« Mühelos zog Caleb alle in seinen Bann. »Und wenn wir alle an einem Strang ziehen, werden wir durchhalten, bis die Rettungsmannschaft auftaucht.« Er machte erneut eine Pause und sprach dann leiser, ruhiger weiter. »Wir dürfen unser Ziel nicht aus den Augen verlieren.« Er sah in die Runde und blickte jedem der Gefangenen kurz, aber eindringlich in die Augen. »Wir können es schaffen, und wir werden es schaffen. Vergesst das nicht.«

Kate spürte, wie die Emotionen in ihr aufwallten – Stolz und eine weitere zartere Empfindung. Caleb hatte seine Gabe genutzt und die Verzweiflung in Entschlossenheit umgewandelt.

Er hatte ihnen gegeben, was sie brauchten.

Die Frauen erhoben sich, sammelten die Kinder ein und führten sie in die Unterkunft. Kate ging um das Feuer herum zu Caleb. Er sprach gerade mit Hillsythe. Sie legte die Hand auf Calebs Schulter. Ohne sie anzusehen, hob er seine Hand und legte sie auf ihre.

Dann nickte Hillsythe und wandte sich um, um mit Fanshawe zu reden. Caleb erhob sich.

Sie sah ihn an. »Vielen Dank im Namen aller Gefangenen.«

Sein selbstironisches Lächeln erschien wieder auf seinem Gesicht. »Nicht nötig. Das ist meine Rolle …«

»Nein. Das ist, was du bist. Wer du bist.«

Ohne ihn hätten sie sich längst aufgegeben. Wenn er nicht gekommen wäre, wenn er nicht gefangen genommen worden wäre, wo wären sie dann?

Um ihn herum standen die Männer auf und begaben sich für die Abendschicht zur Mine. Er sah zu ihnen und wandte den Blick wieder Kate zu. »Ich muss los.«

»Ich weiß.« Sie hielt seinen Blick gefangen. »Komm später zu mir. Ich werde aufbleiben und auf dich warten.«

Das für ihn so typische charmante Lächeln erschien auf seinem Gesicht. Er hob ihre Hand an seine Lippen und hauchte einen Kuss darauf. »Also gut. Dann bis später.«

Sie wies mit einem Kopfnicken zur Mine. »Jetzt geh.«

Er ließ ihre Hand wieder los und ging.

Kate drehte sich um und ging langsam durch das dunkle Lager zur Unterkunft der Frauen.

Um Mitternacht verließ Caleb zusammen mit den Männern, die die letzte Schicht übernommen hatten, die Mine – eine Gruppe baute das mit Diamanten durchsetzte

Erz im zweiten Stollen ab, während eine andere Gruppe am hinteren Ende des ersten Tunnelganges unbrauchbares Gestein aus der Felswand schlug.

Er ging nicht mit den anderen zur Hütte der Männer, sondern lief durchs Lager. Seinen Blick hatte er auf die schlanke Gestalt gerichtet, die auf der Veranda vor der Baracke für die Frauen und Kinder saß.

Kate erhob sich, als er sich näherte, und erwartete ihn wie schon in den Nächten zuvor am Fuß der Treppe zur Veranda. In dieser Nacht jedoch lief sie ihm in die Arme, und sie küssten sich zärtlich.

Dann löste sie sich von ihm, hakte sich bei ihm unter und ging, ohne ein Wort zu sagen, gegen den Uhrzeigersinn durchs Lager. So hatten sie es schon oft gemacht.

Verwirrt schüttelte er den Kopf. Wie hatte sie wissen können, dass er genau das hier gebraucht hatte? Diese schlichte Erinnerung daran, dass sie da war und dass sie darauf wartete, mit ihm in eine gemeinsame Zukunft zu segeln. Das Versprechen von Zärtlichkeit, von Hoffnung und Beistand – die Art von Beistand, die ein Mann wie er brauchte.

Diese Nacht …

Die Situation war so angespannt, die Aufregung so groß, dass er sich auf nichts anderes konzentrieren konnte und sich nicht zutraute, auf irgendetwas angemessen reagieren zu können.

Doch das hier hatte er gebraucht.

Ihre stille Begleitung, ihre wortlose Unterstützung und die beruhigende Kraft ihrer Liebe.

Ob sie ihn liebte?

Er wollte glauben, dass es so war. Er hoffte, dass sie es tat, denn er liebte sie auf jeden Fall.

Aber all das waren Fragen, um die sie sich später kümmern würden, so hatten sie es beschlossen.

Er seufzte. Leise sagte er: »Ich muss zurück.«

Sie sah nicht auf. »In die Mine?«

»Ja. Wir treffen uns noch einmal. Wir müssen unser weiteres Vorgehen besprechen.«

Sie hatten die Baracken umrundet und kamen langsam zum Eingang der Mine.

»Ich sehe kein Licht.«

»Wir haben die Lampen gelöscht. Die anderen warten gleich hinter dem Eingang auf mich.«

Sie wollte ihm ihren Arm entziehen, doch er hielt sie fest. »Ich bringe dich zurück in eure Unterkunft.«

Er hörte den ironischen Unterton in ihrer Stimme, als sie daraufhin fragte: »Bist du galant, oder willst du nicht, dass die Wachen bemerken, dass du mich allein zurückgehen lässt?«

Er dachte einen Moment lang nach und antwortete dann: »Könnte es nicht beides sein?«

Sie lachte.

Der Klang ihres Lachens hallte in seinem Herzen wider, als er, nachdem er sie zur Unterkunft der Frauen gebracht hatte, so tat, als ob er in die Hütte der Männer ginge. Im nächsten Moment schlüpfte er jedoch in die Schatten und schlich sich in die Mine.

Ein paar Meter hinter dem Eingang stieß er auf Jed Mathers und einen der anderen Männer.

»Wir passen auf«, murmelte Jed. »Nur für den Fall, dass eine der Wachen auf die Idee kommt, sich in die Mine zu verirren.«

Caleb nickte. Er schlug Jed auf die Schulter und ging weiter. Vorsichtig tastete er sich in der Dunkelheit voran.

Er war es gewohnt, mit allen Konsequenzen das Kommando zu übernehmen. Aber eine so schwere Last hatte er zuvor noch nie auf sich nehmen müssen. Die Verantwortung für seine Leute zu schultern war ihm vertraut – dass jetzt auch Frauen und Kinder dabei waren, war noch mal etwas ganz anderes. Es war eine neue Dimension der Verantwortung, die viel schwerer wog.

Hillsythe hatte darauf bestanden, dass er derjenige sein sollte, der mit den Gefangenen sprach, und Phillipe, der ihn und seine Fähigkeiten besser als jeder andere kannte, hatte zugestimmt. Doch um Menschen Zuversicht zu geben und sie mitzureißen, war es unerlässlich, ihnen versichern zu können, dass auch wieder bessere Zeiten kommen würden. Menschen konnten Not und Unglück überstehen, solange sie nur einen Silberstreif am Horizont sehen konnten. Jetzt lag es an ihm, diesen Horizont zu finden und sie zu dem Silberstreif zu führen.

Er erreichte die anderen, die ein paar Meter hinter dem Eingang zur Mine im Stollen warteten. Es war nicht komplett dunkel, aber die Lampe, die sie auf den felsigen Boden gestellt hatten, brannte nur sehr schwach. Der blasse Lichtschein verwandelte ihre Gesichter in ausgezehrte Masken.

Hillsythe murmelte: »Wir haben noch einen kurzen Blick auf die untere Ebene geworfen, bevor wir die Lampe runtergedreht haben.«

Dixon fuhr sich mit gespreizten Fingern durchs Haar. »Angesichts der Tatsache, dass die Steine uns hier fast entgegenfallen …«, er wies auf die Felswand auf der gegenüberliegenden Seite des Stollens, »… glaube ich, dass uns noch ungefähr eine Woche bleibt. Vielleicht zehn Tage. Das hängt davon ab, wie weit wir die Arbeiten hinauszögern können.«

Caleb sah zu Phillipe, dessen Miene undurchdringlich war, aber als ihre Blicke sich trafen, konnte Caleb seine Anspannung spüren. Er und sein Freund waren schon vorher mit schwierigen, ja sogar lebensbedrohlichen Situationen konfrontiert worden. In diesem Fall erkannte Phillipe die Gefahr, doch er wusste auch, dass es noch nicht das Ende für sie und dass noch nicht alle Hoffnung verloren war.

Fanshawe machte den Eindruck, als wäre er kurz davor aufzugeben – aber eben nur kurz davor. Es wirkte, als würde er der Niederlage ins Auge blicken und kaum einen Ausweg sehen. Hopkins sah etwas zuversichtlicher aus. Er war jünger und wollte nicht so leicht aufgeben. Hinter einer Fassade der Gelassenheit verbargen sich Stärke und Entschlossenheit.

Caleb blickte zu Dixon. Er sah in das angespannte Gesicht des Ingenieurs und fand, dass er sich besser hielt, als er gedacht hätte. Was gut war, denn Dixon und seine Erfahrung und Kompetenz spielten in Calebs Plan eine entscheidende Rolle.

Was Hillsythe betraf … Er war Wolverstones Mann, und das sagte Caleb schon alles, was er wissen musste. Er konnte sich darauf verlassen, dass Hillsythe alles tat, was getan werden musste, und das effizient.

»Wir müssen Schritt für Schritt vorgehen«, begann Caleb. In dieser Gruppe gab es keinen Zweifel daran, dass er der Anführer war, wie auch immer es dazu gekommen sein mochte. »Wie ich schon einmal sagte, ist die größte Gefahr im Augenblick, dass Dubois auf die Idee kommt, die untere Ebene zu inspizieren oder dass er sonst irgendwie davon erfährt, dass es dort unten nicht so viele Diamanten gibt, wie angenommen. Er hat das hier gesehen«, sagte er und wies mit einer Handbewegung auf die gegenüberliegende Felswand, »und wir mussten die Produktionsmenge erhöhen, um sein Misstrauen nicht zu wecken. Wenn er die untere Ebene sieht, wird er alle Männer in diesen Teil des Stollens schicken, um die Diamanten abzubauen. Sobald er das tut, können wir nichts mehr tun, um die Arbeit zu verlangsamen und die Produktion zu mindern. Wir können es uns nicht leisten herauszufinden, was für fürchterliche Bestrafungen er sich ausdenkt.« Er blickte in die Runde. »Wenn es uns allerdings gelingt, die untere Ebene zu blockieren, bevor Dubois oder einer seiner Handlanger sie zu Gesicht bekommt, können Sie, Dixon, ihn glauben machen, dass das Diamantenvorkommen da unten genauso groß ist wie auf der oberen Ebene.« Caleb hielt Dixons Blick gefangen. »Sie waren ja auch der Meinung, dass es so sein würde. Jedes Signal, das Dubois von Ihnen empfangen hat, hat ihn das annehmen lassen. Falls die untere Ebene des Stollens einstürzt, was wird er dann glauben?«

»Und was noch wichtiger ist«, warf Hillsythe ein, »was wird er tun?«

»Er wird uns dazu zwingen, auf dieser Ebene so weiterzuarbeiten wie bisher, vorausgesetzt, diese Ebene bricht nicht ebenfalls ein.« Dixons Miene ließ erkennen, dass er bereits über die Möglichkeiten nachdachte.

»Aber«, sagte Hopkins, »wenn er glaubt, dass auf der unteren Ebene noch mehr Diamanten sind, wird er eine entsprechend große Gruppe von Arbeitskräften einsetzen, um die Ebene wieder zu eröffnen.«

»Und«, wandte Caleb ein, »da der Stollen ja bereits

einmal eingebrochen ist, werden wir allen Grund haben, besonders vorsichtig, also besonders langsam zu arbeiten.«

»Na ja«, sagte Dixon, »wir werden nicht so weit gehen, die untere Ebene tatsächlich wiederzueröffnen, aber ja: Nach einem Einsturz ist es durchaus nachvollziehbar, dass man vorsichtig vorgeht.«

Phillipe rührte sich. »Noch ein Gedanke ... Söldner neigen dazu, abergläubisch zu sein. Wenn es einen Einsturz gegeben hat, werden nicht viele von ihnen es wagen, noch einmal in die Mine zu gehen, egal, welche Befehle Dubois oder seine Stellvertreter geben.«

»Und Dubois' eigene Aversion gegen enge Räume wird sich noch verstärken«, sagte Hopkins. »Also werden er, Arsene und auch Cripps höchstwahrscheinlich keine Routineinspektionen mehr vornehmen.«

Hillsythe nickte. »Das ist ein äußerst nützlicher Vorteil.«

Caleb starrte in die Dunkelheit, die im zweiten Tunnelgang herrschte, bevor er den Blick erneut auf Dixon richtete. »Also ... Wie werden wir die untere Ebene blockieren?«

Dixon seufzte schwer, sah zuerst Hillsythe, dann Caleb und schließlich die anderen drei Männer an. »Es ist möglich, aber es ist gefährlich. Und ich meine damit nicht gefährlich im eigentlichen Sinn, sondern *verflucht* gefährlich.«

»Erklären Sie es uns.« Caleb hockte sich auf den Boden und lehnte sich mit dem Rücken an die Felswand. Die anderen taten es ihm gleich.

»Wir müssen die Stützen am Eingang zur unteren Ebene manipulieren«, erklärte Dixon. »Wenn wir den

Rahmen dort zum Einsturz bringen, wird der Rest ebenfalls zusammenbrechen. Das bedeutet, dass die untere Ebene wieder ausgegraben werden muss. Das ist heikel, und wir müssen sehr, sehr langsam und behutsam vorgehen. Wenn wir den unteren Gang in den nächsten Tagen zum Einsturz bringen, werden wir ihn bestimmt nicht vor Mitte September freigelegt haben.«

Caleb grinste. »Das ist genau das, was wir brauchen.«

»Das ist die gute Nachricht«, sagte Dixon. »Die schlechte Nachricht ist: Beide Tunnelgänge grenzen aneinander. Wenn wir die untere Ebene zum Einsturz bringen, indem wir das Rahmentragwerk an der Stelle manipulieren, an der die beiden Ebenen aufeinandertreffen, wird unweigerlich auch ein Stück der oberen Ebene einstürzen.« Dixon sah Caleb an. »Und Fakt ist, dass ich nicht genau vorhersagen kann, wie viel von der oberen Ebene betroffen sein wird. Ein Meter? Drei? Oder der gesamte verdammte Tunnel?«

Hillsythe sog scharf die Luft ein und blickte zu Caleb. »Wir können es nicht riskieren, die gesamte obere Ebene zu verlieren. Wenn wir das Risiko eingehen und es schiefgeht, müssen wir damit rechnen, dass die Hintermänner der Sache umgehend ein Ende machen, um ihre Verluste zu begrenzen.«

Caleb verzog das Gesicht. Einen Moment lang starrte er auf die Öllampe. Dann hob er den Blick und sah Dixon an. »Die einzige realistische Einschätzung kommt von Ihnen.« Er hielt kurz inne, ehe er weitersprach. »Ist es nicht irgendwie möglich, die untere Ebene einstürzen zu lassen, ohne dass ein großer Teil der oberen Ebene mit einstürzt?«

Dixon wandte den Blick ab. Er starrte auf die Felswand oberhalb der Köpfe der anderen. Dann holte er tief Luft, hielt den Atem einige Sekunden lang an und atmete wieder aus. Und er nickte. »Vielleicht.« Er sah Caleb an. »Wenn wir handeln, solange die untere Ebene nicht mehr als ein Kriechstollen ist, würde es eventuell gehen. Wir müssen bedenken, dass der Raum jetzt leer ist. Wenn die Stützen zusammenbrechen, wird das, was sich darüber befindet, in das Loch rutschen. Dadurch kommt es zu einer Destabilisation. Es wäre möglich, dass das außer an der gewollten Stelle keine Auswirkung hat, aber wir können auf keinen Fall vorhersagen, was genau passieren wird.«

Es herrschte Schweigen, als alle diese Worte in sich aufnahmen und verarbeiteten.

»Also wollen Sie damit sagen, dass wir, wenn wir die untere Ebene zum Einsturz bringen, blind agieren? Dass wir nicht wissen, wie viel von dem Berg einstürzen wird, bis es so weit ist?«, fragte Fanshawe.

Dixon nickte grimmig.

»Meiner Meinung nach ist das ein Risiko, das wir eingehen müssen.« Caleb blickte in die Runde. »Ein Risiko, dem wir uns stellen müssen. Wir müssen die untere Ebene blockieren, bevor Dubois oder einer seiner Männer die Chance hat, einen Blick hineinzuwerfen. *Alles*«, sagte er eindringlich, »jede Möglichkeit, zu überleben und diesen Dschungel zu verlassen, hängt davon ab. Wenn wir das Risiko nicht eingehen, gibt es keine Hoffnung mehr.« Er gab den anderen einen Moment, um das zu verdauen. »Meiner Meinung nach bleibt uns keine andere Wahl.«

Phillipe, Hillsythe und Hopkins waren ganz bei ihm. Dixon und Fanshawe zögerten noch, doch auch sie sahen keinen anderen Ausweg.

Es war Dixon, der fragte: »Sagen wir es den anderen – den anderen Männern, Frauen und den Kindern?«

Sie diskutierten über diesen Punkt. Schnell waren sie einer Meinung, dass sie es den anderen Männern sagen mussten. Alle arbeiteten in der Mine und würden auf die eine oder andere Art und Weise in die Operation involviert sein.

Sie waren aber auch der Meinung, dass die Kinder nichts wissen sollten. Wenn sie Bescheid wüssten, wäre es wahrscheinlich, dass man ihnen ihre Aufregung anmerken würde. Und einige von ihnen hätten vielleicht sogar so viel Angst, dass sie die Mine nicht mehr betreten würden. Das würde Dubois und seinen Leuten natürlich auffallen.

»Wir werden es so arrangieren«, sagte Dixon, »dass es für diejenigen, die in der Mine arbeiten, nicht gefährlicher ist als ohnehin schon. Zumindest, bis wir den Einsturz auslösen.« Er versicherte ihnen, dass erst anschließend Gefahr drohen würde.

Caleb wechselte einen Blick mit Phillipe. Dixon stellte sich mit weit mehr Eifer der Herausforderung, die untere Ebene zum Einsturz zu bringen, als er in die Eröffnung des Stollens investiert hatte. Es war kaum überraschend, dass Dixon in der Truppe einen so guten Ruf hatte.

Schließlich besprachen sie die weitaus schwierigere Frage, ob sie die Frauen einweihen sollten.

Caleb war dafür, alle anderen waren dagegen.

Tatsächlich waren die anderen entsetzt über die Idee.

Ihre Äußerungen zeigten Caleb, dass sie die sechs Frauen als das schwache Geschlecht betrachteten, das sie beschützen mussten – auch wenn die Männer die Frauen durchaus anders, nämlich stark und zupackend erlebt hatten. Er konnte diesen Beschützerinstinkt verstehen, doch er hatte ein Problem damit, es mit »Fürsorge« gleichzusetzen, die Frauen wissentlich im Dunkeln zu lassen. Er wusste ohne jeden Zweifel, wie seine Mutter darauf reagiert hätte, nicht eingeweiht zu werden. Sie hätte es als mangelndes Vertrauen aufgefasst, nicht über die Pläne der Männer informiert zu werden. Was seine Schwägerin Edwina und auch seine zukünftige Schwägerin Aileen Hopkins betraf, so wären sie mit Sicherheit explodiert. Bei dem Gedanken fragte er sich, wie gut Will Hopkins seine Schwester kannte. Da Will sehr unnachgiebig darauf bestand, die Frauen im Unklaren zu lassen und ihnen nichts zu sagen, kannte er sie offenbar *nicht* besonders gut.

Auf Calebs Vorschlag hin riefen sie Jed zu sich und fragten ihn nach seiner Meinung.

Jed runzelte die Stirn und dachte lange intensiv über die Frage nach, aber irgendwann sagte er, dass er Annie lieber nicht beunruhigen würde, denn sie solle sich keine Sorgen machen.

Caleb unterdrückte ein Seufzen. »Ich bin immer noch überzeugt davon, dass es falsch ist, die Frauen nicht einzuweihen.«

Vor allem Kate.

Phillipe fing seinen Blick auf. »Willst du wirklich, dass Katherine sich Sorgen macht, dass sie sich mit dem Gedanken quält, ob der Tunnel plötzlich einstürzen wird und du unter Geröll begraben wirst? Und alle anderen auch? Kinder und Männer?«

Caleb zog die Stirn in Falten und korrigierte ihn abwesend: »Kate.«

Phillipe warf ihm einen verärgerten Blick zu. »Genau.

Denk mal nach, Mann! Sie wäre aufgeregt, und das würde Dubois nicht verborgen bleiben. Wir denken vielleicht, dass er uns nicht beobachtet, aber das tut er. Er weiß verdammt genau, dass wir Pläne schmieden. Es sind allein seine Arroganz und seine besondere Art der Heimtücke und Boshaftigkeit, die dafür sorgen, dass er nur zusieht und über unsere Hilflosigkeit lacht. Und da er davon überzeugt ist, dass wir vollkommen hilflos sind, lässt er uns zu seiner persönlichen Belustigung weitermachen. Vergiss nicht, dass er die Veränderung an ihr bemerkt hat und ihr daraufhin gefolgt ist und uns erwischt hat – und diese Veränderung war ganz bestimmt nicht offensichtlich. Und was diesen Plan angeht, werden sie und die anderen Frauen noch viel aufgewühlter und beunruhigter sein, sodass er es auf jeden Fall mitbekommt. Wenn der Tunnel dann zusammenbricht, weiß er, was dahintersteckt.«

»Und das können wir nicht riskieren.« Fanshawe wirkte entschlossen.

Hillsythe meldete sich ebenfalls zu Wort. »Wenn es darum geht, die Aufgabe zu erledigen und dabei sicherzustellen, dass Dubois nicht misstrauisch wird, ist im Augenblick einer der günstigsten Aspekte des Plans, dass er eben so verflucht gefährlich ist. Dass es so eine verrückte, verzweifelte, waghalsige und in seinen Augen so törichte, unvernünftige Aktion ist.« Hillsythe fuhr sich durchs Haar. »Warum sollten wir den Berg über unseren Köpfen zum Einsturz bringen? Seiner Meinung nach wird ein solcher Plan überhaupt keinen Sinn ergeben. Er wird niemals auf die Idee kommen, dass wir es absichtlich getan haben könnten. Allerdings nur, wenn nichts passiert, das ihn warnen und misstrauisch machen könnte.« Hillsythe sah Caleb an. »Wir können es nicht riskieren, es den Frauen zu sagen, denn wir können es nicht riskieren, Dubois zu warnen.«

Phillipe beugte sich vor. »Wir können es nicht riskieren, dass er die Verbindung herstellt, denn er wird sich garantiert rächen.« Er machte eine kurze Pause und hielt Calebs Blick gefangen. Dann sagte er etwas ruhiger: »Und du weißt, wen er sich in dem Fall als Erstes vornehmen wird.«

Nicht dich. Kate.

Caleb hörte die Worte, die Phillipe nicht aussprach, mehr als deutlich. Er ließ den Kopf in den Nacken fallen und nickte dann. »Also gut. Ich bin einverstanden. Wir weihen lediglich die Männer ein.«

Nachdem sie diese Entscheidung gefällt hatten, beschlossen sie, zumindest ein paar Stunden zu schlafen, bevor sie anfangen würden, ihren Plan – ihren verflucht gefährlichen, verrückten, verzweifelten, waghalsigen und gänzlich vernünftigen Plan – in die Tat umzusetzen.

Kapitel 16

Am nächsten Morgen weihten Caleb, Phillipe, Hillsythe, Dixon, Fanshawe und Hopkins getrennt voneinander die Männer ein, mit denen sie für gewöhnlich zusammenarbeiteten. Obwohl der neue Plan zuerst mit ernsten Mienen aufgenommen wurde, drang die Tatsache, dass sie einen echten Plan hatten, an den die Anführer glaubten und den sie verfolgten, im Laufe des Tages ins Bewusstsein der Männer vor, und die Atmosphäre veränderte sich.

Die Männer sahen die Gefahr, doch sie verstanden nicht nur die Notwendigkeit, dass etwas getan werden musste, sondern auch, dass sie dieses besondere Risiko eingehen mussten. Und einer nach dem anderen verpflichtete sich zu dem Schritt.

Caleb verbrachte zusammen mit Dixon und den drei Zimmerleuten den Tag damit, die Holzbalken zu untersuchen, die den Eingang zur unteren Ebene abstützten, und diskutierte dann über verschiedene Wege, die Balken zu manipulieren.

»Der entscheidende Punkt ist«, wiederholte Caleb zum dritten Mal mit anderen Worten, »dass wir nicht unendlich viele Versuche haben, den Einsturz in die Wege zu leiten. Es muss beim ersten und einzigen Versuch genau so sein, wie wir es wollen.«

Dixon warf ihm einen frustrierten Blick zu, widersprach ihm jedoch nicht.

Die Hände in die Hüften gestemmt, sah Caleb zu, wie Dixon und die Zimmerleute die Balken prüften, ihre Meinung sagten und darüber disputierten. Das alles im Licht von nur einer einzigen Lampe zu tun war nicht gerade einfach.

Nachdem die vier sich schließlich auf eine Vorgehensweise geeinigt hatten, rief Caleb ihnen in Erinnerung: »Die provisorische Abstützung muss so eingerichtet werden, dass ein Mann allein oder höchstens zwei Männer den Einsturz herbeiführen und trotzdem die Mine noch rechtzeitig verlassen können.«

Dixon verzog das Gesicht, nickte jedoch. Er blickte die Zimmerleute an. »Wir haben die Balken, die wir bearbeiten müssen, um die Konstruktion zu schwächen. Da es inzwischen dunkel ist, hat es keinen Sinn, jetzt damit zu beginnen.« Er sah Caleb an und erklärte: »Es muss sehr genau gearbeitet werden, und es muss, wie Sie schon sagten, beim ersten Versuch perfekt sein. Wir haben keine Möglichkeit, etwas zu korrigieren. Ein Ausrutscher, ein Schnitt, der zu tief angesetzt wird, und der ganze Stollen bricht ein.«

Caleb presste die Kiefer aufeinander und nickte. Er hätte am liebsten sofort mit der Arbeit begonnen, doch Dixon hatte recht. Sie konnten es sich nicht leisten, überstürzt zu handeln. Dubois würde nicht ausgerechnet jetzt jemanden schicken, der sich die untere Ebene einmal genauer ansehen sollte. Sie hatten ihm noch nicht einmal gesagt, dass es möglich war hineinzukriechen.

Unter den Umständen und da so viel auf dem Spiel stand, wäre es dumm gewesen, die Sache jetzt zu überstürzen.

»Morgen könnte Cripps mit dem Öl zurückkommen«, sagte Dixon und sah Caleb an.

Caleb seufzte und sah zu den Balken, von denen die Hälfte im Dunkeln lag. »Also wäre es das Beste, auf ihn zu warten, damit wir bei vollem Licht arbeiten können.« Er sprach eher zu sich selbst als zu den anderen.

»Was wir allerdings schon tun können ...«, sagte Dixon wieder etwas ermutigter, »... ist, eine Strategie zu erarbeiten, den Zusammenbruch des Tunnels so lange aufzuhalten, bis die Initiation erfolgt, und den Einsturz *nach* dieser dann so lange hinauszuzögern, dass derjenige, der den Vorgang eingeleitet hat, noch aus der Mine fliehen kann.«

Caleb nickte. »Gute Idee.«

Dixon und die Zimmerleute sahen sich die Balken noch einmal an. Offenbar wollten sie sich die Konstruktion einprägen.

Caleb gingen Gedanken durch den Kopf, was man mit der Zwangspause machen konnte. »Für die Verzögerung des Einsturzes sollten wir uns bei Lascelle Ideen holen. Und bei Hillsythe. Sie könnten Erfahrungen haben, die hilfreich sind.«

Dixon, der zumindest eine Ahnung von Hillsythes Hintergrund haben musste, nickte. »Sehr gute Idee.« Er wies mit einer Handbewegung auf den Ausgang. »Sollen wir?«

Caleb ertappte sich dabei, dass er geradezu erleichtert darüber war, dass Dubois immer noch darauf bestand, die Männer länger arbeiten zu lassen, denn so konnte er spät am Abend eine Schicht in der Mine übernehmen und musste nicht zu viel Zeit mit Kate verbringen.

Obwohl er akzeptiert hatte, dass es keine gute Idee war, die Frauen einzuweihen, fühlte er sich immer noch ... unwohl damit.

Dennoch trugen ihn seine Füße direkt zu Kate, als er kurz vor Mitternacht aus der Mine trat und sie auf der Veranda vor der Unterkunft der Frauen sitzen sah.

Sie empfing ihn mit einem Kuss – einem süßen, verheißungsvollen Kuss. Doch dann zog sie sich zurück.

»Ich kann heute Abend keinen Spaziergang machen«, erklärte sie. »Die Kinder sind so aufgeregt, weil sie in die Pläne eingebunden sind, indem sie einen eigenen Geheimvorrat anlegen sollen. Sie kommen kaum zur Ruhe.« Sie verzog das Gesicht. »Die anderen Frauen schlafen, aber da die Kleinen sich unruhig hin- und herwälzen, befiehlt mir mein Verantwortungsbewusstsein als Kindermädchen, sie nicht allein zu lassen.«

Sein aufmunterndes Lächeln war echt. »Dann setzen wir uns eine Weile zusammen auf die Veranda.« Mit einer eleganten Verbeugung geleitete er sie zurück zu ihrem Hocker und setzte sich dann auf den Boden zu ihren Füßen. Er lehnte sich gegen ihre Beine und fühlte, wie sie ihn sacht berührte und über sein zerzaustes Haar streichelte. »Erzähl mir, was für die Kinder entschieden wurde.«

Mit klarer, sanfter Stimme erklärte sie ihm, was sie, Hillsythe und Hopkins mit den Kindern vereinbart hatten, um zwischen den Haufen mit aussortierten Steinbrocken einen weiteren Vorrat von mit Diamanten durchsetzten Erzbrocken anzulegen, den sie beiseiteschaffen würden. »Wir haben den Kindern aufgetragen, das Verhältnis von vier zu eins einzuhalten. Vier Steine mit Diamanten in den Haufen für die Reinigungsbaracke und dann einen in ihren Spezialhaufen.« Obwohl er sie nicht ansah, bemerkte er ihre Zufriedenheit, als sie sagte: »Und da Dubois sich darauf verlässt, dass wir Frauen die

Arbeit der Kinder überwachen, wird der Spezialhaufen dort bleiben, wo er ist – verborgen zwischen den aussortierten Steinen.«

»Hm.« Caleb lehnte sich zurück und genoss das Gefühl ihrer Finger, mit denen sie gedankenversunken durch sein Haar strich. »Und nachdem Dubois veranlasst hat, dass ein so riesiger Haufen von mit Diamanten durchsetzten Erzklumpen vor der Reinigungsbaracke angelegt wird, wird es nicht auffallen, wenn ein paar Steine weniger auf dem Haufen landen.«

»Der Vorrat in der Mine, der Vorrat zwischen den aussortierten Steinen und der Vorrat von gereinigten Steinen, den wir in der Reinigungsbaracke angelegt haben ...« Sie verstummte und fragte dann ganz leise: »Meinst du, dass es reichen wird?«

Er ergriff ihre Hand. Dann erhob er sich. »Ich sagte schon, dass wir es schaffen werden. Und das werden wir.« Er setzte ein übermütiges, lebensfrohes Lächeln auf. »Vergiss das nicht. Glaub daran.«

Sie lächelte zurück. »Das werde ich ...«

Er presste seine Lippen auf ihren Mund und küsste sie – es war ein langer, ermutigender Kuss, der vor Zuversicht übersprudelte.

Caleb hob den Kopf, drückte ihre Hand noch einmal. »Jetzt geh hinein und schlaf. Wir werden sehen, was der morgige Tag bringt.«

Sie lachte leise und erhob sich.

Er salutierte und sah ihr hinterher, bis sie in der Unterkunft der Frauen verschwunden war. Dann drehte er sich um und ging durchs Lager in seine eigene Unterkunft.

Er wusste nicht, warum es so war, doch jedes Mal, wenn er sie ermutigte, ermutigte er auch sich selbst.

Was der folgende Tag brachte, waren Cripps, ein Nachschub an Lampenöl, ein beachtlicher Vorrat an Trockenfleisch, Wurzelgemüse und Mehl, eine riesige Menge an Ausrüstungsgegenständen für die Arbeit in der Mine und ein vollkommen unerwarteter Besucher.

»Ich kann es nicht glauben!« Fanshawe stand mit Hopkins zusammen und starrte aufgebracht auf die andere Seite des Lagers. »Das ist der verfluchte Muldoon!«

Hopkins sah mit zusammengekniffenen Augen auf die geschniegelte Gestalt. »Sieht aus, als hätten meine Schwester und Frobishers Bruder recht gehabt. Muldoon ist einer derjenigen, die in der Sache mit drinstecken.«

»Interessant«, stellte Hillsythe lakonisch fest. »Ich frage mich, was ihn hierher getrieben hat.«

Dixon schnaubte. »Ich sehe die ganzen zusätzlichen Vorräte. Es sieht beinahe so aus, als hätten sie das Proviantamt des Forts geräumt!«

»Entweder das«, sagte Caleb und dachte bereits darüber nach, welche Folgen die zusätzlichen Vorräte auf ihren Plan und auf Dubois' Erwartungen haben würden, »oder Muldoon und seine Kumpane haben ebenfalls einen Vorrat angelegt und beschlossen, dass es an der Zeit ist, ihr Warenlager zu räumen.«

Die Hände in die Hüften gestemmt, stand er mit den anderen Anführern der Gefangenen am Eingang zur Mine und beobachtete die Prozession der einheimischen Träger, die ins Lager marschierten.

Phillipe stieß ihm gegen den Arm. Als Caleb in seine Richtung sah, wies Phillipe mit einem Kopfnicken zur Hauptbaracke. »Sieht aus, als würden die Damen uns die wichtigen Informationen besorgen.«

Caleb folgte Phillipes Blick. Harriet und Kate schlenderten am Fenster der Baracke vorbei und blieben dann stehen. Mit vor der Brust verschränkten Armen beobachteten sie unschuldig wirkend die Schar der Männer.

Dubois kam heraus und blieb auf der Veranda stehen. Er schien die beiden Frauen nicht zu bemerken. Sein Blick war auf den Marineattaché gerichtet.

«Was machen Sie denn hier?«

Kate betrachtete den Mann, dem Dubois die nicht gerade freundliche Frage gestellt hatte. Er war Europäer, vielleicht Ire, wenn seine außergewöhnliche äußere Gestalt ein Hinweis war. Er hatte schwarzes Haar und scharf geschnittene Züge und war durchschnittlich groß. Über der Schulter trug er eine Tasche und in einer Hand eine prall gefüllte Reisetasche. Irgendwie kam er ihr bekannt vor.

»Weißt du, wer er ist?«, flüsterte Harriet.

»Nein. Aber ich glaube, ich habe ihn schon mal in der Siedlung gesehen.« Kate beobachtete, wie der Mann die Stufen zur Veranda hinaufstieg.

Er blieb vor Dubois stehen. »Wir haben beschlossen, dass es für mich an der Zeit ist, die Siedlung zu verlassen.« Der Mann drehte sich um. Von der Veranda aus betrachtete er das Lager. »Es sieht viel ordentlicher und ruhiger aus als beim letzten Mal, wie der Außenposten der Zivilisation.«

«Freut mich, dass es Ihnen zusagt«, erwiderte Dubois. »Ist was passiert?«

»Ja.« Der Mann sah Dubois an. »Allerdings nichts, was Ihnen Sorgen bereiten müsste.« Er ließ den Blick noch einmal über das Lager schweifen. »Es ist nur so, dass Decker wieder zurück im Hafen ist und dass deshalb die Lage ein wenig angespannt ist. Und nach der Nachricht, dass die Produktionsmenge gesteigert werden soll, haben wir entschieden, dass ich Verbindung zu Ihnen hier aufnehmen soll.«

Dubois hatte die Aufmerksamkeit auf den kleinen Berg von Kisten und Holzbalken gerichtet, den die einheimischen Träger gerade vor der Vorratshütte abluden.

»Wieso die plötzliche Großzügigkeit?«

Der Mann lächelte. »Winton hat für den Tag, an dem in der Mine voll produziert wird, einen Vorrat angelegt. Da wir den Punkt nun erreicht haben, haben wir beschlossen, dass das Zeug hier sicherer sein würde als in einem baufälligen Lagerhaus.« Der Mann wandte sich Dubois zu. »Wahrscheinlich wird Winton bald zu uns stoßen. Ich nehme an, dass Sie uns eine angemessene Unterkunft bieten können?«

Dubois schnaubte verächtlich. »Ich bin mir sicher, dass wir eine Hängematte für Sie aufhängen können.« Mit einem Kopfnicken wies er auf die Hauptbaracke. »Dort. Bei meinen Männern.« Er sah durch das Lager zu den Männern, die am Eingang der Mine zusammenstanden. »Ich würde Ihnen nicht raten, auch nur mit dem Gedanken zu spielen, irgendwo anders zu schlafen.«

Der Neuankömmling grunzte. »Ich verstehe.«

Dubois drehte sich zu ihm um. »Was ist mit Ihrem Freund im Büro des Gouverneurs? Kommt er auch hierher?«

»Im Augenblick gehört das nicht zu unserem Plan. Er ist sicherer, als Winton oder ich es je waren. Und er ist uns dort, wo er gerade ist, auch viel nützlicher. Weder Holbrook noch sonst irgendjemand werden ihn je verdächtigen.«

Dubois schnaubte wieder. »Dann kommen Sie mal rein.«

Kate und Harriet gingen eilig an Dubois' Fenster vorbei und kehrten in die Reinigungsbaracke zurück.

Später am Abend wiederholten sie vor einer ergriffen lauschenden und größtenteils schweigenden Zuschauerschar, die sich um die Feuerstelle versammelt hatte, alles, was sie gehört hatten. Da Dubois und Muldoon relativ leise gesprochen hatten, waren die Männer nicht in der Lage gewesen, den Wortwechsel zu verfolgen.

Als Kate zum Ende ihres Berichts kam, nickte Hillsythe grimmig. »Also handelt es sich um Muldoon, Winton – wahrscheinlich den Neffen, was wir jedoch erst mit Sicherheit wissen, wenn er hierherkommt – und noch jemanden, der im Büro des Gouverneurs sitzt.« Er verengte die Augen zu schmalen Schlitzen und sprach leise weiter. »Ich frage mich, wer das sein könnte.«

»Keine Vermutung?«, wollte Caleb wissen.

Langsam schüttelte Hillsythe den Kopf. »Holbrook hat drei Mitarbeiter. Ich bin entführt worden, bevor ich die Gelegenheit hatte, einen von ihnen kennenzulernen. Nach allem, was Sie uns über die Taten Ihres Bruders erzählt haben, und nach allem, was wir gerade gehört haben, könnte es jeder der drei sein.« Seine Miene wurde ernst. »Und jeder der drei könnte erfahren haben, was der wahre Grund dafür war, dass ich nach Freetown geschickt worden bin.«

»Schon gut«, sagte Dixon. »Mit all den Vorräten und dem Nachschub an Lampenöl, den Cripps mitgebracht hat, werden wir nicht glaubhaft machen können, dass uns irgendetwas ausgegangen ist.«

«Das stimmt. Aber das macht nichts. Nicht mehr.« Caleb zog die Augenbrauen hoch. »Tatsächlich könnten die Vorräte uns am Ende sogar nützlich sein.«

Dixon, Fanshawe und einige andere Männer starrten ihn an. »Wie um alles in der Welt kommen Sie denn auf den Gedanken?«, fragte Fanshawe.

Caleb lächelte flüchtig, wurde im nächsten Moment jedoch wieder ernst. Er wollte es gerade erklären, doch in letzter Sekunde fiel ihm ein, dass er es nicht tun konnte, weil er sonst ihren Plan verraten hätte – den Plan, von dem die Frauen und Kinder nichts wussten. Jetzt musste er etwas sagen.

»Unsere erste Sorge muss sein, Dubois und Muldoon davon abzuhalten, die Wahrheit über die Beschaffenheit der Felswand auf der unteren Ebene herauszufinden.« Als hätte das Fanshawes Frage beantwortet, sah Caleb zu Kate und den anderen Frauen. »Es ist möglich, dass Muldoon zuerst die Reinigungsbaracke besucht, um sich die Rohdiamanten anzuschauen. Wenn er das tut, wäre es hilfreich, wenn Sie ihn dort so lange wie möglich festhalten könnten. Zeigen Sie ihm, wie Sie die Steine säubern und so weiter. Dehnen Sie den Besuch aus, indem Sie ihm die Arbeit der Kinder demonstrieren.« Er sah die Kinder an. »Und ihr alle müsst die Augen offen halten, falls Muldoon anfängt umherzuwandern. Seid wachsam. Wenn er in der Nähe ist, müsst ihr darauf achten, keine Erzbrocken auf euren Vorratshaufen zu legen – es muss ein Geheimnis bleiben.«

Die Kinder nickten.

Als Caleb nichts weiter sagte, öffnete Fanshawe verwirrt den Mund. Caleb fing seinen Blick gerade noch rechtzeitig auf. Fanshawe bemerkte den stummen Ausdruck in Calebs Augen und schluckte seine Frage hinunter.

Caleb holte wieder Luft. Geheimnisse zu bewahren war nie seine Stärke gewesen. »Da wir bisher erst einen schmalen Kriechstollen gegraben haben, hoffe ich einfach«, sagte er, »dass Muldoon, selbst wenn er in die Mine kommt, nicht darauf besteht, sich die untere Ebene anzusehen.«

»Falls er in die Mine kommt«, sagte Fanshawe, und sein Ton klang bedrohlich, »werden wir …«

»… die Füße still halten und ihn zornig anstarren«, unterbrach Caleb ihn. »Das sollten wir auf jeden Fall tun. Wenn wir es nicht tun, könnte Dubois misstrauisch werden.« Caleb sah die Männer an. »Aber was wir nicht tun werden – noch nicht –, ist, dem Gentleman auch nur ein Haar zu krümmen. Ich bin mir sicher, dass ihm später die gerechte Strafe widerfahren wird, aber uns im Augenblick an Muldoon zu rächen wäre keine gute Idee.« Er machte eine kurze Pause und fügte dann hinzu: »Vergesst nicht: Auch wenn ihr euch provoziert fühlt und auch wenn die Situation noch so verlockend ist, verliert nie unser Ziel aus den Augen.«

Hillsythe kam ihm zu Hilfe, stellte den Kindern eine Frage, und die Gespräche in der Runde drehten sich wieder um andere Dinge.

Trotz der beinahe greifbaren Spannung unter den Erwachsenen, die das Erscheinen Muldoons nur noch verstärkt hatte, taten alle ihr Bestes, um für die Kinder gute Miene zum bösen Spiel zu machen.

Wie immer erhob Caleb sich als Erster, um mit den Männern in die Mine zurückzukehren. Nachdem nun genügend Öl vorhanden war, hatte Dubois angeordnet, alle Lampen aufzufüllen. Und er hatte befohlen, dass die Arbeit auf der oberen Ebene so schnell wie möglich vorangetrieben werden sollte, indem so viele Männer, wie gleichzeitig an der Felswand arbeiten konnten, dort täglich so lange, wie es ging, Steine klopften.

Bevor Caleb in der Mine verschwand, hockte er sich neben Kate. »Ich werde später nicht da sein können. Wir versuchen, uns eine Strategie zurechtzulegen, wie wir mit der unteren Ebene weiterverfahren. Muldoons Ankunft im Lager hat eine Lösung dieses Problems noch dringender gemacht.« Zumindest war das die Wahrheit.

»Ja, natürlich.« Sie hielt seinen Blick einen Moment lang gefangen und strich mit den Fingerspitzen zärtlich über sein stoppeliges Kinn. »Wir sehen uns dann morgen.«

Er ergriff ihre Hand und presste einen Kuss auf ihre Finger, ehe er sie wieder losließ, aufstand und zur Mine ging.

Als er die obere Ebene des zweiten Stollens betrat, ging er um die Männer herum, die die Spitzhacken und Schaufeln schwangen, und lief weiter ans hintere Ende des Tunnels, wo Hillsythe und Phillipe sich gerade mit Dixon unterhielten. Im hellen Licht von vier Lampen, die auf die Stützbalken am Eingang zur unteren Ebene gerichtet waren, diskutierten die drei Zimmerleute untereinander und malten Kreidestriche auf verschiedene Balken und Stützen. Caleb blieb neben Dixon stehen.

Der Ingenieur wandte sich ihm mit einem Blatt Papier in der Hand zu. »Ich glaube, wir haben genau den Plan entwickelt, den wir brauchen.«

Die drei erklärten Caleb, wie verschiedene Gewichte, Balken und Beschläge so manipuliert werden konnten, damit ein Auslöser mit einer ausreichenden Zeitverzögerung entstand.

Als sie fertig waren, sah Caleb die drei Männer an. »Von wie viel Zeitverzögerung sprechen wir?«

Dixon sah Hillsythe an, der einen Blick mit Phillipe wechselte. Dann sah Hillsythe Caleb an. »Unserer Einschätzung nach fünfzehn Minuten. Es könnte aber auch eine halbe Stunde sein.«

Caleb lächelte. »Perfekt.« Er sah die Zimmerleute an. »Können wir es so einrichten, dass der Stollen morgen während der Mittagspause einstürzt?«

Alle drei Zimmerleute blickten ihn an und brummelten in sich hinein.

»Lassen Sie mich mal sehen.« Jed bat um die Zeichnung, Dixon reichte sie ihm. Die anderen beiden Zimmerleute sahen Jed über die Schultern.

Jed blickte hoch und sah Caleb an. »Nicht bis zur Mittagspause. Aber mit etwas Glück sollten wir es bis zum Abend schaffen.«

Caleb verzog das Gesicht, aber er nickte. »Dann also am Abend.« Er sah Hillsythe, Phillipe und Dixon an und senkte die Stimme. »Ich wage zu behaupten, dass Muldoons Erscheinen hier die Bestätigung dafür ist, dass die Hintermänner – wer auch immer sie sind – ein Ende im Sinn haben. Und dieses Ende bedeutet unseren Tod.«

Hillsythe schnaubte. »Falls wir zuvor noch irgendeinen Zweifel daran gehegt haben, so hat die Tatsache, dass Muldoon sein Gesicht ganz offen hier zeigt, diesen Zweifel komplett ausgeräumt.«

«Wir können nicht davon ausgehen, dass Muldoon an der gleichen Angst leidet, die Dubois und die anderen davon abhält, die untere Ebene zu prüfen«, sagte Phillipe.

»Genau.« Caleb sah Dixon an. »Ich habe noch nicht mit Fanshawe und Hopkins gesprochen, aber ich denke, sie sehen die Situation genau wie wir.« Er blickte zu Hillsythe und Phillipe. »Also sind wir uns einig: Wenn diese Männer …«, mit einem Kopfnicken wies er auf die drei Zimmerleute, »… die Balken angesägt und alles vorbereitet haben, lösen wir den Einsturz aus?«

Die drei anderen nickten.

»Je eher, desto besser«, sagte Dixon.

»Und das«, entgegnete Caleb, »bedeutet morgen Abend.«

Die vier blieben für den Rest der Schicht in der Nähe und halfen den Zimmerleuten, wenn es nötig war. Um Mitternacht verließen sie die Mine und hofften, dass die Stützen, mit denen sie die teilweise angesägten Balken stabilisiert hatten, lange genug halten würden, damit sie den Plan am nächsten Tag in die Tat umsetzen konnten.

»Das Letzte, was wir gebrauchen können«, murmelte Caleb Hillsythe und Phillipe zu, als er ein letztes Mal zum dunklen Eingang der Mine blickte, »ist, morgen aufzuwachen und zu bemerken, dass der Stollen schon eingebrochen ist.«

Ihre Gebete wurden erhört. Am nächsten Morgen kamen sie in die Mine und fanden alles so vor, wie sie es hinterlassen hatten.

Dixon musterte die Balken und atmete erleichtert aus. »Gott sei Dank.«

Nachdem er Dixon und die Zimmerleute mit der heiklen Aufgabe, die Abstützung des Stollens zu dekonstruieren, zurückgelassen hatte, ging Caleb los, um mithilfe von Phillipe und Hillsythe allen Männern Bescheid zu geben, was sie vorhatten. Die Männer sollten informiert sein, bevor die Kinder in die Mine kamen, um ihre Körbe mit den Steinen zu füllen, die in der vergangenen Nacht aus der Felswand geschlagen worden waren. Statt noch weiter Erzbrocken abzubauen, sahen die Männer zu, wie die Kinder sich Zeit nahmen, um den Boden des Tunnels aufzuräumen. Erst als einer der Bengel, die am Eingang der Mine postiert worden waren, um aufzupassen, hereingerannt kam und zischte: »Wache kommt!«, nahmen die Männer ihre Werkzeuge in die Hand und fingen an zu arbeiten.

Doch selbst dann arbeiteten sie so langsam, wie sie konnten. Jeder wusste, wie wichtig es war, so viele Diamanten wie möglich in der Felswand zu belassen. Sie taten alles, was sie konnten, um Zeit zu schinden, ohne dass Dubois und seine Männer etwas merkten.

Im Laufe des Vormittags übernahmen Fanshawe und Hopkins die Aufgabe, die Arbeit in der Mine zu überwachen und sicherzustellen, dass die Art, wie die Männer arbeiteten, und die Menge der Erzbrocken, die aus der Mine getragen wurden, Dubois' Erwartungen erfüllten und sein Misstrauen nicht weckten. Die beiden führten die unterschiedlichen Gruppen und überwachten auch die Kinder, die hereinkamen, um die Erzbrocken einzusammeln. Während auf der oberen Ebene viele Männer angeblich schwer schufteten, gingen andere tiefer in den ersten Stollen und schlugen wertlose Steine ohne Diamanten aus der Wand, um sie dann unter die Brocken aus dem zweiten Tunnel zu mischen. Einige andere Männer arbeiteten mit den Kindern zusammen, um den Geheimvorrat von mit Diamanten durchsetzten Erzbrocken in dem Versteck im ersten Stollen wieder aufzustocken.

Caleb, Hillsythe und Phillipe assistierten Dixon und den Zimmerleuten. Da sie daran arbeiten sollten, die untere Ebene zu eröffnen, machte es niemanden stutzig, als Caleb und vier seiner Leute Dixon zur Vorratshütte begleiteten, um Holz, Nägel und sonst noch so einiges zu holen, das sie brauchten, um den Auslösemechanismus für den Einsturz einzurichten.

Wahrscheinlich war Muldoons Anwesenheit im Lager der Grund dafür, dass die Wachen – auf Arsenes und Cripps' Befehl hin – vermehrt in die Mine kamen, um nach dem Rechten zu sehen. Doch ihre Inspektionen waren genauso flüchtig wie sonst. Obwohl sie die Gruppe bemerkten, die am Eingang zur unteren Ebene arbeitete, bekundete keiner der Wachmänner auch nur das geringste Interesse an dem, was die Männer dort taten.

Wie sich herausstellte, war die Konstruktion am Eingang zur unteren Ebene dank Dixons Ingenieurskunst so stabil gebaut, dass es keine leichte Aufgabe war, die Abstützung zu schwächen, damit sie auf jeden Fall nachgeben würde. Hinzu kam, dass sie keine Möglichkeit hatten, ihre Idee zu testen.

Zwar waren sie sich ziemlich sicher, dass sie die umliegenden Balken ausreichend angesägt hatten, sodass sie fallen würden, wenn die Abstützung am Eingang zum Stollen einstürzen würde. Aber herauszufinden, wie genau sie den Rahmen manipulieren mussten, damit er so zusammenbrach, wie sie es brauchten, war eine Aufgabe, bei der Dixon sich nun die Haare raufte und die drei Zimmerleute viel murrten und unentwegt die Köpfe schüttelten.

Caleb, Hillsythe und Phillipe unterdrückten ihre Ungeduld, um die vier nicht zur Eile zu drängen oder sie an die Wahrscheinlichkeit zu erinnern, dass Muldoon schon bald in die Mine kommen könnte. Auch wenn sie sich beeilen mussten, konnten sie es sich nicht leisten, einen Fehler zu machen.

Dixon und die drei Zimmerleute glaubten jedoch, dass sie gut vorbereitet waren. Allerdings war es unmöglich vorherzusagen, wie lange es nach dem Auslösen dauern würde, bevor die Konstruktion tatsächlich nachgeben würde. Der Auslösemechanismus war ein kompliziertes System aus Hebeln, Flaschenzügen, Gelenken, Gewichten und Gegengewichten, an dem sie alle gemeinsam arbeiteten. Als zur Mittagspause gerufen wurde, war die Konstruktion fast fertig.

Caleb nahm seine Portion Brot und Hartkäse entgegen und setzte sich zwischen Kate und Gemma. Er sah Gemma an, dann Harriet und schließlich Kate. »Hat Muldoon euch schon einen Besuch abgestattet?«, fragte er.

Kate nickte. »Aber den Großteil des Vormittags hat er mit Dubois verbracht und sich die Anlage angesehen.«

Harriet schnaubte nicht sehr damenhaft. »Man hätte denken können, das hier wäre ein Sanatorium, wenn man seine Fragen gehört hat. Trotzdem schien er alle Arrangements und Annehmlichkeiten, für die Dubois gesorgt hat, gutzuheißen.«

»Er hat sich für die Idee verwendet, die Krankenstation für sich und diesen Winton als Unterkunft zu beanspruchen.« Kate lächelte zynisch. »Bei Dubois' Antwort hätte ich beinahe Beifall geklatscht. Er sagte, dass er keinen Hinderungsgrund sehe, wenn Muldoon die Verantwortung für seine eigene Sicherheit übernehmen wolle.

Doch er, Dubois, könne es sich nicht leisten, Wachen vor der Krankenstation aufzustellen, während er gleichzeitig für die nötigen Patrouillengänge durch das Lager sorgen müsse.« Sie lächelte, als Dixon und Hillsythe, die gekommen waren und ihre Bemerkung gehört hatten, über die Baumstämme stiegen und sich setzten. »Muldoon antwortete daraufhin, dass die Hauptbaracke, auch wenn sie recht primitiv sei, für den Moment angemessen genug sei.«

»Es ist wie immer«, sagte Gemma. »Dubois und nun dieser Muldoon scheren sich nicht darum, dass wir ihre Gespräche hören können.«

Kate blickte in die Gesichter der Gefangenen, die um sie herumsaßen. Sie alle begriffen, was das bedeutete.

»Was ist passiert, als Muldoon in die Reinigungsbaracke gekommen ist?«, wollte Caleb wissen.

»Er kam, kurz bevor zur Pause gerufen wurde.« Kate sah Caleb an. »Und wenn die Art, wie seine Augen zu leuchten begannen, ein Hinweis war, dann muss er von dem, was wir tun, absolut fasziniert sein. Das heißt natürlich, vom Ergebnis unserer Arbeit, den vom Gestein befreiten Diamanten.«

»Gut.« Caleb wechselte einen bedeutungsvollen Blick mit Dixon und Hillsythe. Kate konnte diesen Blick nicht deuten. Im nächsten Moment richtete Caleb seine Aufmerksamkeit wieder auf sie. »Meint ihr, ihr könntet ihn dazu bringen, den Nachmittag über bei euch zu bleiben? In der Reinigungsbaracke und mit den Kindern?«

Kate sah Gemma und Harriet an. »Wir können es versuchen«, erwiderte sie. »Er hat schon darum gebeten, ihm zu zeigen, wie wir die Steine reinigen.«

»Wir können das *sehr lange* hinausziehen«, sagte Harriet. »Wenn wir gleich zurückgehen, können wir uns aus dem Haufen einige der schwieriger zu reinigenden Brocken heraussuchen – das sollte ihn erst mal einige Zeit beschäftigen.«

»Ich werde vorschlagen, dass er einmal versuchen soll, selbst einen Stein zu reinigen.« Kate sah Gemma an. »Einer der kleineren Steine, die mit viel Erz ummantelt sind, könnte für ihn eine Herausforderung darstellen, für die er viel Zeit benötigt.«

Gemma nickte. »Mir ist im Korb schon ein Brocken aufgefallen, der perfekt wäre. Ich werde ihn herausnehmen und zur Seite legen, wenn wir zurückkommen.«

»Wir versuchen, ihn bis zum Abend zu beschäftigen.«

Hillsythe beugte sich vor. »Wenn Sie das schaffen, wäre das eine große Hilfe. Falls es möglich ist, wollen wir Muldoon für den Rest des Tages von der Mine fernhalten.«

«Kannst du eines der Kinder anweisen«, fragte Caleb, »zu uns zu laufen und uns zu warnen, wenn Muldoon ankündigt, die Mine ansehen zu wollen?«

»Selbstverständlich.« Kate sah von einem Mann zum anderen. »Ist es wirklich so wichtig, Muldoon von der Mine fernzuhalten?«

Calebs Miene wurde ernst, hart. »Wenn wir die Wahrheit über die untere Ebene verbergen wollen, dann ist es das.«

Zeit, um noch mehr zu besprechen, blieb ihnen nicht. Sie hatten die Mahlzeit beendet, und die plötzliche Betriebsamkeit auf der Veranda der Hauptbaracke kündigte an, dass Muldoon und Dubois zurückkehrten. Die Frauen erhoben sich. Mit einem letzten Blick zu Caleb ging Kate mit den anderen Frauen zurück zur Reinigungsbaracke.

Caleb lief neben Phillipe zur Mine. »Wir müssen es heute tun«, sagte er.

»Ich werde dir nicht widersprechen. Muldoon ... Bei ihm läuft es mir eiskalt den Rücken herunter. Dubois ist schon schlimm genug, aber mir ist bewusst geworden, dass Muldoon jederzeit befehlen könnte, dass irgendwer aus unserer Gruppe getötet werden soll. Dubois würde gehorchen.«

Caleb nickte knapp. »Ohne mit der Wimper zu zucken.«

Ihre Männer begaben sich auf ihre Posten in den Gruppen, die vorgaben zu arbeiten. Caleb und Phillipe gingen an den Minenarbeitern vorbei zum Ende der oberen Ebene und stießen zu der kleinen Gruppe von Männern, auf deren Schultern die Zukunft der Gefangenen nun lag.

Nach eineinhalb Stunden hatten sie den Auslösemechanismus fertiggestellt. Ohne ihn an dem Balken zu befestigen, den er aus dem Weg räumen sollte, testeten sie ihn – und atmeten erleichtert auf, als sie feststellten, dass ihre Konstruktion perfekt funktionierte. Ihnen würden zwanzig Minuten bleiben, um aus der Mine zu fliehen. Hillsythe, Caleb und Phillipe freuten sich über ihr Erfolgserlebnis und lächelten einander an.

Ihr Lächeln erstarb allerdings wieder, als sie sich daranmachten, die heikle Aufgabe zu erledigen, die letzten Einschnitte zu setzen. Das war der wirklich gefährliche und beängstigende Schritt der Operation, denn sie würden buchstäblich unter Tonnen von Gestein stehen und die Stützen entfernen, die dieses Gewicht hielten, um provisorische Stützen anzubringen. Sie mussten Quilley, Ducasse und noch ein paar andere der größeren, stärkeren Männer bitten, die Decke des Stollens abzustützen, während Dixon und die Zimmerleute eilig einige provisorische Keile, Stützen und Verankerungen anbrachten.

Der Fels über ihren Köpfen begann zu knacken. Die Geräusche lösten in den Männern den Impuls aus zu fliehen, doch sie wichen nicht von der Stelle, vertrauten auf Dixon und arbeiteten ruhig weiter. Sie konnten es sich nicht leisten, jetzt in Panik zu verfallen.

Als am späten Nachmittag zwei Wachen einen Blick in die Mine warfen, fing Hopkins sie am Eingang zum zweiten Tunnelgang scheinbar unbekümmert ab.

Die Männer, die dort waren, taten so, als würden sie arbeiten, doch in Wahrheit bewegten sie keinen der Balken, die sie ausrichteten, auch nur einen Zentimeter.

Die Wachen scherzten mit Hopkins.

Plötzlich fuhr ein tiefes Ächzen durch die Mine.

Die Wachmänner erschraken. »Was war das?«, wollte einer von ihnen wissen.

Die Männer, die in der Mine arbeiteten, reagierten nicht. Hopkins wirkte verblüfft. Dann sagte er: »Ach, Sie meinen das Geräusch?«

»Ja.«

Hopkins zuckte die Achseln. »Nur ein Geräusch. Das kommt hin und wieder vor.« Gemächlich blickte er zur Tunneldecke hoch und grinste. »Vielleicht ist das der Gott des Berges, der sein Missfallen äußert.«

Am Ende des Stollens fing Caleb Hillsythes Blick auf. Hopkins hatte die Beinahekatastrophe mit ein paar Worten in einen Vorteil verwandelt. Es war unnötig zu sagen, dass die Wachen nach einem entsetzten Blick in den Gang nicht schnell genug aus der Mine flüchten konnten.

Phillipe lachte leise. »Sie werden es sofort den anderen erzählen. Mit etwas Glück wird das hier die letzte Unterbrechung durch die Wachen gewesen sein.«

So war es auch, und das war gut. Es bedurfte der Anstrengung aller, um sämtliche Vorbereitungen zur Zufriedenheit von Dixon und den Zimmerleuten zu Ende zu bringen. Bevor der Ruf zum Abendessen durch die Mine hallte, schlossen sie den Einsturzauslösemechanismus an.

Dixon sah auf die Balken, die die Decke abstützten. »Wir müssen es tun, oder?«

Der Eingang würde zusammenbrechen und mit ziemlicher Sicherheit auch die Decke der oberen Ebene zum Einsturz bringen, doch wie viel von der oberen Ebene tatsächlich übrig bleiben würde, konnte niemand von ihnen vorhersagen.

»Wir haben keine andere Wahl. Wir müssen das Risiko eingehen«, sagte Caleb knapp und unmissverständlich.

Wenn sie mit ihrer Aktion den gesamten Berg zum Einsturz bringen würden, würden sie vom Regen in die Traufe kommen. Sie mussten ihre Hoffnung und ihr Vertrauen in Dixons Fähigkeiten setzen. Caleb nickte den anderen zu. Hillsythe und Phillipe drehten sich um und gingen hinaus. Sie schlossen sich der Gruppe Männer an, die zum Essen gingen. Die drei Zimmerleute warfen noch einen letzten Blick auf das Rahmengerüst und folgten den anderen.

Zurück blieben Caleb und Dixon.

Während die Schritte der anderen Männer verhallten, sah Dixon zu Caleb und wies auf den Hebel des Zeitauslösers. »Es ist Ihr Plan.«

Caleb erwiderte seinen Blick. »Es ist Ihr Stollen.«

Unwillkürlich musste Dixon lachen. »Also gut. Dann gehen Sie.«

»Nein. Ich werde warten.«

Dixon schüttelte den Kopf. Er zögerte, wischte sich dann die Hände an seiner staubigen Hose ab und legte den Hebel um.

Die beiden Männer hielten den Atem an.

Das Pendel des Mechanismus setzte sich in Bewegung. Genau, wie sie es geplant hatten.

Ein kleines Ächzen erklang, doch es stürzte nichts in sich zusammen.

Caleb tippte Dixon auf die Schulter und wies zum Ausgang. Seite an Seite verließen sie gemessenen Schrittes die Mine.

Kapitel 17

Sie stießen zu den anderen Gefangenen, die sich an der Feuerstelle zum Essen versammelt hatten. Viele der Männer sahen sie kurz an, als sie ihre Teller entgegennahmen und ihre Plätze neben ihren Frauen einnahmen. Doch das machte weder die besagten Frauen noch sonst jemanden misstrauisch.

Caleb dankte den beiden Frauen dafür, dass sie Muldoon den gesamten Nachmittag über beschäftigt hatten. Dann fragte er sie, welchen Eindruck sie von dem Marineattaché gewonnen hatten.

»Er ist unglaublich oberflächlich«, sagte Kate. »Und einfältiger als so manches Kind.«

»Alles, was ihn interessierte, waren die Diamanten.« Harriet stocherte in den Fleischstücken auf ihrem Teller herum. »Das andere ist praktisch gar nicht zu ihm durchgedrungen.«

»Ich stamme aus armen Verhältnissen.« Annie, die neben Kate saß, meldete sich zu Wort. »Also kann ich verstehen, dass ihm die Diamanten viel bedeuten. Aber ich hätte nie gedacht, dass die Gier jemanden *so* blind machen kann. Ihm ist nicht einmal aufgefallen, wie dünn und erschöpft einige der Kinder sind. Es schien, als wäre es für ihn in Ordnung, dass sie für ihn und seine Freunde schuften müssen.«

Die restlichen Frauen murmelten zustimmend, und

ein paar der Kinder äußerten sich ebenfalls nicht gerade lobend über Muldoon.

Caleb blickte in die Runde. Er musste den Männern zugutehalten, dass sie sich Mühe gaben, unbesorgt und unwissend zu wirken und nicht so alarmiert und angespannt, als würden sie auf etwas warten.

Während der Diskussion, ob sie die Frauen einweihen sollten oder nicht, hatte es vor allem ein überzeugendes Argument dagegen gegeben: Wenn der Tunnel einstürzen würde, dann wären die Frauen und Kinder *ehrlich* schockiert. Dubois und seine Leute würden das bemerken und den Gedanken, dass eine der Frauen oder eines der Kinder in die Katastrophe involviert sein könnten, sofort beiseiteschieben.

Natürlich war ihre größte Hoffnung, dass die herabfallenden Steine den Auslösemechanismus zerstören und unter sich begraben würden, sodass alle Hinweise darauf, dass jemand den Einsturz herbeigeführt hatte, verschwunden wären.

Unabhängig davon kannten die Männer ihre Rollen. Wenn die Mine zusammenbrechen würde, würden sie sicherstellen, dass die Frauen und Kinder – egal, was passierte – in Sicherheit wären. Niemand wusste, wie weit der Berg einstürzen würde, also waren sie vom schlimmsten Fall ausgegangen, als sie ihren Plan geschmiedet hatten.

Caleb sah Dixon an, als der Ingenieur gerade seine Uhr aus der Hosentasche zog. Da er derjenige war, der die Pausenzeiten beaufsichtigte, hatte er eine Uhr. Caleb schätzte, dass nicht mehr als zehn Minuten vergangen waren, seit Dixon den Hebel umgelegt hatte. Er beobachtete, wie dieser die Uhr wieder in seine Tasche steckte, und sah dann hoch, um auf etwas zu antworten, das Hillsythe gesagt hatte.

Caleb aß seinen Eintopf, nahm mit einer Brotkante die dünne Brühe auf und stellte den Teller schließlich auf den Boden neben seine Füße. Mit entspannter Miene blickte er in die Runde. Er saß der Mine am nächsten. Von seinem Platz konnte er die Veranda der Hauptbaracke sehr gut überblicken. Dubois war dort, lehnte mit dem Rücken zur Feuerstelle an einem Pfosten und unterhielt sich mit Muldoon. Der Marineattaché saß lässig auf einem Sessel, den man für ihn herausgetragen hatte.

Als Caleb die beiden beobachtete, hob Muldoon als Reaktion auf eine Bemerkung gerade die Hand, und das Licht spiegelte sich in einem Glas. Ohne Zweifel genoss der Mistkerl gerade seinen Verdauungsbrandy.

Caleb dachte fast nie über Selbstjustiz nach. Für gewöhnlich überließ er die Aufgabe, Recht zu sprechen, denjenigen, deren Beruf es war. Doch was Muldoon, Winton und ihren Komplizen betraf, der im Büro des Gouverneurs saß, so war er gewillt, eine Ausnahme zu machen. Er konnte sich sehr gut einen langen, langsamen und unerträglich schmerzvollen Tod für alle drei vorstellen.

Schlimm genug, dass sie die Männer und Frauen entführt und versklavt hatten. Doch dass sie das auch Kindern angetan hatten ... Kindern wie Amy, einem kleinen Mädchen, das gerade um die Leute herumging, die auf den Baumstämmen am Feuer saßen. Das blonde Haar der Kleinen war Caleb sofort ins Auge gesprungen. Noch kannte er nicht die Namen aller Kinder, doch Amy war eines der kleineren, flinkeren Mädchen, die in der Mine eingesetzt wurden, um zwischen den Füßen der Männer die Erzbrocken einzusammeln. Caleb schätzte die Kleine auf ungefähr sieben Jahre. Amy war ein fröhliches Ding. Trotz der Situation hatte sie immer ein Lächeln auf den Lippen. Sie sprach mit einer hellen, piepsigen Stimme, die wiederum die Männer zum Lächeln brachte.

Caleb hielt es für eine Gabe, andere Menschen selbst in den entsetzlichsten Situationen zum Lächeln zu bringen.

Er beobachtete, wie Amy bei einigen Kindern stehen blieb, die in der Runde saßen. Lächelnd redete sie mit ihnen, bevor sie schließlich weiterhüpfte.

Er sah Kate an, die gerade aufstand. Sie lächelte ermutigend und legte eine Hand auf seine Schulter. »Ich sehe mal kurz nach Amy.«

Caleb erwiderte ihr Lächeln, ergriff ihre Hand und drückte sie sacht, bevor er sie losließ.

Hopkins stellte ihm eine Frage über seine Schwester. Indirekt war es eine Frage über Calebs Bruder Robert und über ihre Familie. Caleb hatte das Gefühl, dem Frobisher-Clan etwas schuldig zu sein, und ergriff die Gelegenheit, sich abzulenken. Es würde ihn davon abhalten, sich umzudrehen und zur Mine zu blicken.

Sie musste jede Minute zusammenbrechen.

Nachdem er Hopkins ausführlich geantwortet hatte, lehnte Caleb sich zurück. Er spürte, wie er allmählich ungeduldig wurde.

Plötzlich fiel ihm auf, dass Kate nicht auf ihren Platz an seiner Seite zurückgekehrt war.

Er hob den Blick und sah sich um …

Er konnte sie nirgends entdecken.

Mit einem Mal lief ihm ein kalter Schauer über den Rücken.

Er drehte sich um und sah, wie Kate auf die Mine zuging.

Er durfte jetzt nicht rennen.

Caleb zwang sich, langsam aufzustehen. Als er sich aufrichtete, folgte er ihrem Blick und bemerkte den Schein einer Lampe, der schaukelnd in der Dunkelheit vor der Mine verschwand. Mit großen Schritten schloss er zu Kate auf.

Kurz vor der Mine berührte er ihren Arm. Er schob sich vor sie, um eventuellen Zuschauern den Blick zu versperren, zwang sie dazu, stehen zu bleiben, und sah ihr in das überraschte Gesicht.

»War das Amy, die in die Mine gegangen ist?«

Kates Augen weiteten sich. Offenbar hatte sie die Angst in seiner Stimme gehört. »J ... ja. Sie sucht ihr Haarband. Es ist das Letzte, was ihr von ihren Habseligkeiten noch geblieben ist, und sie glaubt, es im Stollen verloren zu haben.«

Er starrte auf den dunklen Eingang zur Mine.

Er wusste nicht, wie viele Minuten noch übrig waren, bevor der Zeitschaltmechanismus das Ende erreicht haben würde, bevor der wichtigste Stützpfeiler herausgerissen und der Tunnel in sich zusammenstürzen würde.

»Du musst jetzt zurückgehen und dich wieder hinsetzen, als wäre nichts passiert.« Er sah ihr eindringlich in die Augen. »Bitte ... Vertrau mir.« Er bemühte sich, möglichst unmissverständlich zu klingen. Es sollte kein Zweifel daran bestehen, dass es keine freundliche Bitte, sondern eine Aufforderung war. »Geh zurück. Setz dich hin. Und ich werde Amy holen.«

Kate starrte ihn für den Bruchteil einer Sekunde an. Dann schluckte sie und nickte. »Also gut.«

Er ließ sie los. »Geh. Bitte.«

Er sah nicht zurück, um sich zu vergewissern, ob sie seiner Aufforderung nachkam, sondern ging langsam weiter in die Mine hinein.

Als die Dunkelheit ihn umschloss, begann er zu rennen. Geleitet vom schwachen Lichtschein der Laterne, jagte er den Stollen entlang und bog in den zweiten Tunnelgang ab.

Amy war dort. Sie leuchtete mit der Lampe auf einen Haufen Steine. Als Caleb auf sie zukam, lächelte sie, bückte sich, griff in den Steinhaufen und zog eine rote Haarschleife heraus.

Sie drehte sich um, hielt das Haarband hoch und strahlte Caleb an. »Es ist alles gut. Ich habe es gefunden!«

Keine vier Meter hinter der Kleinen ragte der entscheidende Balken bereits schräg heraus. Das Rahmengerüst begann, sich gefährlich zu neigen.

Caleb schnappte sich Amy. Die Lampe fiel herunter, erlosch jedoch nicht.

Caleb drückte Amys Kopf an seine Brust, hielt sie fest an sich gepresst, zog schützend die Schultern hoch und stürmte in Richtung Tunnelausgang.

Er fühlte sich, als würde er sich unter Wasser bewegen. Mit einem Mal ging ein Beben durch die Luft, dann durch das Gestein um sie herum.

Ein abscheuliches Grollen folgte.

Die Luft rauschte an ihnen vorbei, und ein Dröhnen erfüllte Calebs Ohren, als die Tunneldecke hinter ihnen einstürzte. Die Kleine schrie.

Finsternis umgab sie.

Felsbrocken rollten durch den Gang, trafen seine Beine, seine Schultern, prallten gegen seine Hüften, seinen Rücken. Caleb konnte nichts sehen, wurde langsamer. Er hatte keine Ahnung, wie weit er noch laufen musste, um sie beide aus dem Tunnel zu bringen. Er geriet ins Stolpern, kämpfte sich jedoch wieder auf die Beine. Mit einem Arm drückte er die verängstigte Amy an sich, den anderen streckte er aus und versuchte, sich vorzutasten.

Als Erstes hatte der Eingang zur unteren Ebene nachgegeben. Nun begann die Decke der oberen Ebene einzustürzen. Steine regneten auf sie herunter. Instinktiv versuchte er, den Kopf und die Schultern so einzuziehen, dass er Amy schützen konnte.

Ein Holzbalken traf ihn am Rücken, und er spürte, wie er fiel. Dann krachte irgendetwas auf seinen Kopf, und ihm schwanden die Sinne.

Dunkelheit umhüllte ihn.

Kate hatte gerade die Feuerstelle erreicht, als ein entsetzliches Donnern aus der Mine drang. Sie wirbelte herum – gerade rechtzeitig, um die gigantische Staubwolke zu sehen, die aus dem Eingang quoll.

Der Schock ließ sie erstarren. Sie und alle anderen blickten reglos in Richtung Mine.

Im nächsten Moment wurde Kate klar, was gerade geschah. »Nein! *Caleb!*«, schrie sie, raffte ihr Kleid und rannte los. »Amy!«

Die Staubwolke umschloss sie, und sie musste anhalten. Sie konnte nichts sehen, konnte kaum atmen.

Sie würgte, hustete.

Dann war Lascelle an ihrer Seite.

Er packte ihren Arm und riss sie zurück. »Ist Caleb da drin?«, wollte er wissen.

»Ja! *Ja!* Er hat mir gesagt, dass ich zurückgehen und mich hinsetzen soll. Er wollte Amy holen …« Ein Hustenanfall schüttelte sie, und sie krümmte sich.

»Hier.« Lascelle drückte ihr sein Halstuch in die Hand. »Versuchen Sie, nicht zu tief zu atmen.«

Kate hielt sich das Halstuch vor Nase und Mund. So schockiert und in Panik, wie sie war, gelang es ihr nicht, ihre keuchende Atmung zu beruhigen. Sie wollte weiterlaufen, doch Lascelle ließ sie nicht.

»Warten Sie hier!«, befahl er.

Warten?

Caleb. Ihr Caleb befand sich irgendwo in dieser Mine.

Hillsythe tauchte neben ihr auf. Er hatte sich ein Halstuch über Nase und Mund gebunden. »Warten wir einen kurzen Moment, um zu sehen, ob er herauskommt.«

Die Staubwolke war noch immer so dicht, dass sie kaum den Eingang zur Mine erkennen konnten.

Auch Dixon, die anderen Männer, die Frauen und die meisten Kinder kamen ebenfalls angerannt.

Langsam verklangen das Rumpeln vom Berg, das Poltern der herabfallenden Steine und das Klappern von Holzbalken, die zu Boden stürzten.

Alle starrten auf den Eingang der Mine, doch niemand erschien. Niemand kam heraus. Niemand kämpfte sich durch die Dunkelheit.

Kate presste die Kiefer aufeinander und wehrte sich gegen Lascelles Griff. »Lassen Sie mich los!«

»Der ganze Berg könnte instabil sein.«

Dixon klang, als würde es ihm schwerfallen, die Worte über die Lippen zu bringen. Es wirkte, als wolle er es nicht sagen, müsse aber.

Kate blickte ihn an. Dann riss sie sich los und rannte

zur Mine. Im nächsten Moment merkte sie, dass Lascelle und Hillsythe ihr hinterherkamen.

»Seien Sie vorsichtig«, warnte Lascelle. »Wir werden ihn finden, aber es hat keinen Sinn, das Risiko einzugehen, dass wir alle verschüttet werden.«

Trotz seiner Worte war Dixon ihnen offenbar gefolgt. Als sie sich dem dunklen Eingang der Mine näherten, hörte Kate ihn sagen: »Lampen ... Geht los und holt so viele, wie ihr finden könnt. Die anderen gehen hintereinander weiter. Wir brauchen freie Bahn, um Frobisher und Amy rauszubringen, sobald wir sie gefunden haben. Wir müssen die größeren Steinbrocken und Holzbalken aus der Mine schaffen. Fanshawe und Hopkins, kümmern Sie sich darum.«

Wie in Trance wartete Kate kurz hinter dem Eingang der Mine. Dann wurden die ersten Lampen gebracht. Mit grimmigen Mienen hielten die Männer sie hoch und richteten den Lichtschein in die Finsternis.

Kate spürte, wie sich ihr Herz zusammenzog. Sie hätte alles dafür getan, Caleb jetzt unversehrt aus der Mine kommen zu sehen. Doch es gab keine Spur von den beiden. Bis auf den Staub, der noch immer durch die Luft schwebte, schien der erste Teil des Tunnels unbeschädigt zu sein. Die zehn Meter vor dem Übergang zum zweiten Stollen wirkten vollkommen intakt.

»Caleb!«, rief sie. »Amy?«

Die einzigen Geräusche, die an ihre Ohren drangen, war das Murmeln des Gesteins, das sich immer noch setzte.

Dixon leuchtete mit der Laterne auf die Balken, die die Tunneldecke abstützten. Dann betrachtete er die Wände des Stollens und schließlich den unebenen Boden.

Kate spürte Lascelles Hand auf ihrem Arm, mit der er sie zurückhielt. Sie konnte die Anspannung in ihm, in Hillsythe und auch in Dixon spüren – sie rangen den Impuls nieder, hineinzustürmen und ihren Freund zu suchen. Also atmete sie einmal durch und wartete darauf, dass Dixon eine Einschätzung der Situation abgab.

Einige Steine waren aus dem zweiten Stollen gerollt. Dixons Lampe blieb ein paar Sekunden lang auf sie gerichtet. Dann sagte er: »Dieser Bereich sieht stabil aus. Es hat sich offenbar nichts verschoben. Ich würde sagen, hier ist es so sicher wie vorher.«

Sobald er die Worte ausgesprochen hatte, liefen Kate, Lascelle und Hillsythe los. Die anderen folgten ihnen. Angst und Beklommenheit darüber, was sie vorfinden würden, ließen sie schweigen.

Dixon rief ruhig: »Jed?«

»Aye?«

»Nehmen Sie einige Leute und ein paar Lampen mit und schauen Sie sich den Rest des ersten Tunnels an. Wenn alles dort fest ist, gibt es keinen Grund, einen weiteren Einsturz fürchten zu müssen.«

Jed rief einige der Männer zu sich.

Am Eingang zum zweiten Stollen ließen die Männer die Lichtstrahlen der Lampen über die Szenerie gleiten.

Auch hier hing der Staub noch in der Luft.

Hier war der Schaden deutlich größer.

Steine und Trümmer bedeckten den Boden. Zu ihrer Linken lag die mit Diamanten durchsetzte Felswand, die gebrochenen Diamanten funkelten, als sie das Licht einfingen.

Mit jedem Meter in den Gang hinein nahm die Menge des Schutts, der Trümmer zu. Zersplitterte Holzbalken ragten zwischen den Steinen heraus. Die Männer leuchteten mit den Lampen an der Decke entlang und versuchten einzuschätzen, wie weit der Tunnel beschädigt war. Zumindest bis zur Hälfte des Stollens schien die Decke noch fest und unbeschädigt zu sein.

Das missmutige Murren des Felsens und der Erde war jetzt gänzlich verhallt, es wurde durch eine unheimliche Stille verdrängt. Jeder, der ihnen gefolgt war, schien den Atem anzuhalten.

Dixon starrte auf die Szenerie, die die Lampen erhellten. Dann stieß er einen Laut der Ungläubigkeit aus. »Es sieht so aus, als hätten wir das letzte Drittel der oberen Ebene verloren – das Beste, was uns passieren konnte. Bis dorthin ist die Decke eingestürzt, ansonsten hat sie gehalten.« Er hielt seine Lampe hoch, und sie nahmen den Anblick, der sich ihnen bot, in sich auf: Es war ein Trümmerfeld aus Felsbrocken und schweren Stützbalken, die durch die Wucht der Implosion wie Mikadostäbchen hingeworfen worden zu sein schienen. »All das hier ist nach vorn geschoben worden«, erklärte er. »Es wird loses Gestein sein. Wenn wir uns vorsichtig und schrittweise bewegen, sollten wir es gefahrlos zur Seite räumen können. Caleb und Amy …«

Dixons Stimme erstarb.

Während die Männer sich die Decke des Tunnels angesehen hatten, hatte Kate verzweifelt den Boden abgesucht. Ihre Augen hatten sich schließlich an das schummrige Licht gewöhnt, das die Lampen spendeten und das durch den Staub, der in der Luft hing, noch diffuser wirkte. Es hatte ein paar Sekunden gedauert, bis ihr klar geworden war, was sie dort entdeckt hatte, aber dann …

Ein Kopf und Schultern, die von einer dicken Staubschicht bedeckt waren, waren unter einem geborstenen Holzbalken zu erkennen. Und daneben waren blondes Haar und ein magerer ausgestreckter Arm zu sehen.

Als hätten Dixons Worte sie von einer unsichtbaren Leine gelassen, wollten Lascelle und Hillsythe losgehen, doch Kate packte Lascelle am Arm.

»*Da!*« Sie wies in die Richtung der Körper. »Caleb!« Ihr Herz zog sich schmerzhaft zusammen. Ihre Stimme gewann wieder an Stärke. »Er ist da. Zusammen mit Amy.«

Sie kletterte, so schnell sie konnte, über die Steine. Sie war leichter als die Männer – und wahrscheinlich auch verzweifelter. Sie erreichte den zersplitterten Holzbalken als Erste, und ihre Augen wurden groß, als ihr klar wurde, was passiert war.

Sie hob die Hand. »Warten Sie!« Eilig machte sie sich ein Bild von dem, was sie sah. Caleb und Amy lagen in einem Hohlraum. Drei der schwereren Balken – der, den sie als ersten entdeckt hatte, und noch zwei weitere hatten sich verkeilt. Etliche kleinere Holzbalken, die zerbrochen und zersplittert waren, und unzählige kleinere und größere Steine waren daraufgestürzt.

Kate wandte sich zu Lascelle um. »Geben Sie mir die Lampe.« Ihr Herz pochte wild, als sie in die Höhle leuchtete und auf die beiden Körper, die Seite an Seite darin lagen. Caleb hatte den Arm um Amy gelegt, ihre Wange war an seine Schulter gepresst. Keiner der beiden rührte sich, doch Kate glaubte, erkennen zu können, dass ihre Rücken sich hoben und senkten. »Caleb?«

Keine Antwort.

Doch Amy regte sich und fing an zu wimmern.

Kate drückte Lascelle die Lampe in die Hand und ließ

sich auf die Knie fallen. Ungeachtet der scharfkantigen Steine, die sich durch den Stoff ihres Kleides drückten, kroch sie weiter, wand sich unter dem dicken Balken hindurch, bis sie endlich in dem Hohlraum war. Lascelle leuchtete ihr mit der Lampe und fluchte leise.

Amy und Caleb waren auf herabgefallene Steine gestürzt – einige waren klein, einige faustgroß oder noch größer. Andere Steine waren auf sie gefallen. Was für Verletzungen sie davongetragen hatten, konnte man noch nicht feststellen.

Kate reckte sich und streichelte über Calebs staubigen Kopf. »Ich kann keine offenen Wunden erkennen.«

»Prüfen Sie seinen Puls«, stieß Lascelle mit rauer Stimme hervor.

Kate versuchte, das Handgelenk des Armes zu erreichen, den er schützend um Amy gelegt hatte, doch in dem beengten Hohlraum konnte sie Calebs Hand nicht heben. Sie wollte den Puls an Calebs Hals ertasten, aber auch das ging nicht. Sie schnaubte verzweifelt.

»Ich komme nicht dran.« Nicht, wenn sie Amy nicht mit ihrem Gewicht erdrücken würde.

Kate richtete ihre Aufmerksamkeit auf das Mädchen. Sie schob ihm das seidige Haar aus dem Gesicht und tastete an seinem schmalen Hals nach dem Puls. Sie fand ihn. Das Herz der Kleinen schlug überraschend kräftig.

Wieder wimmerte Amy und zog ihren ausgestreckten Arm zurück.

»Ganz ruhig, meine Süße.« Kate beugte sich über das Kind. »Ich bin es, Miss Katherine. Wir werden euch hier rausholen.«

Sie hob einen Stein hoch, der auf Amys Beinen lag.

Sie wollte ihn gerade tiefer in den Hohlraum werfen, als Lascelle sie zurückhielt. »Nein!«

Als sie ihn anblickte, machte er eine Handbewegung und sagte: »Reichen Sie die Steine heraus. Sie wollen doch nicht riskieren, dass sich irgendetwas verschiebt und ins Rutschen gerät.« Mit einem grimmigen Blick wies er auf das Durcheinander von Balken, das den Schutt hielt.

Kate sah hoch, schluckte und nickte. Über ihrem Kopf und dem von Amy befanden sich ebenfalls Balken, auf denen bedrohlich viele Steine lagen.

So schnell sie konnte, befreite Kate Amys Oberkörper, ihre Arme und die Beine von Steinen und Schutt.

Das kleine Mädchen schluchzte auf.

»Bevor wir sie bewegen«, sagte Lascelle, als er den letzten Stein entgegennahm, »müssen Sie versuchen, sie zu fragen, ob sie ihre Finger und Zehen bewegen kann.«

Trotz des beinahe überwältigenden Drangs, zu Caleb zu gelangen, beugte Kate den Kopf zu Amy herunter und bemühte sich in den folgenden Minuten, die Kleine anzusprechen.

Als Amys große blaue Augen endlich offen blieben, bat Kate: »Sag mir, wo es dir wehtut, Süße.«

Amys Unterlippe zitterte, doch sie bemühte sich, die Frage zu beantworten. »An den Knien«, sagte sie. »Ich hab mir die Knie aufgeschlagen.«

Kate nickte. »Gut. Kannst du mal mit den Zehen wackeln?«

Amy sah sie an, als wäre sie eine Fremde. »Ja, aber warum?«

Erleichterung ergriff Kate, und es gelang ihr zu lächeln. »Egal. Was ist mit deinen Fingern?«

»Die sind in Ordnung.« Amy zog ihren Arm heran,

stützte sich auf dem Ellbogen ab und wackelte mit den Fingern. »Er ist …«, sie sah Caleb an, »… er ist gekommen, um mich zu suchen. Er hat mich gerettet, als die Decke eingestürzt ist.« Ihre Stimme war nicht mehr als ein leises Flüstern. »Geht es ihm gut?«

»Ich hoffe es, Amy. Aber ich muss dich hier rausbringen, damit ich näher an ihn herankomme und sehen kann, wo er verletzt ist.« Kate sah zu Caleb. »Es könnte sein, dass es nur sein Kopf ist.«

»Ich kann mich daran erinnern, dass ein Stück Holz auf ihn heruntergestürzt ist«, sagte Amy, »und dann sind wir hingefallen.« Sie sah sich um und zeigte dann auf eine Stütze, die im Schutt unter dem großen Holzbalken lag. »Es war das da, glaube ich.« Dann hielt sie das schmuddlige Haarband hoch, das sie in der anderen Hand hielt. »Aber ich habe meine Haarschleife wiedergefunden, sehen Sie?«

Kate gelang es, ein Lächeln aufzusetzen. »Ja, meine Kleine. Das sehe ich. Du musst es gut festhalten, während wir dich hier rausholen. Annie und Harriet kümmern sich um deine aufgeschürften Knie, und wir werden in der Zwischenzeit Käpt'n Caleb herausholen.«

Lascelle, Hillsythe und die anderen waren schon damit beschäftigt, Steine und Holzbalken aus dem Weg zu räumen und über eine Kette aus Helfern aus der Mine zu befördern. Durch ein Gespräch mit Dixon bekam Kate mit, dass Mary und Gemma bemerkt hatten, dass sich im Schutt viele Brocken befanden, in denen Diamanten funkelten. Also hatten die Frauen und die älteren Mädchen einen Kontrollpunkt am Eingang zum zweiten Stollen eingerichtet, wo sie sich die Erzbrocken, die die Mine verließen, genau ansahen. Hillsythe und Dixon entschieden, dass alle Brocken, die mit Diamanten durchsetzt waren, in den Vorratshaufen geschafft werden sollten, der noch immer sicher versteckt in einer Nische in den Tiefen des ersten Tunnelganges lag.

Kate war auch bewusst geworden, was die Bemerkung »Ich hatte Angst, dass wir den Vorrat durch den Einsturz verlieren könnten, doch die Götter waren uns gnädig« bedeutete. Aber sie hatte im Augenblick keine Zeit, länger darüber nachzudenken.

Als die meisten Steine, die den Weg aus dem Hohlraum blockiert hatten, fortgeräumt worden waren, half Kate Amy, sich hinzuhocken. Dann kletterte die Kleine unter dem dicken Holzbalken hindurch. Amy fiel Lascelle in die ausgestreckten Arme.

Er stand mit Amy auf dem Arm auf und drehte sich um. »Amy ist frei!«

Lauter Jubel erklang. Viele der Gefangenen hatten sich in die Mine gedrängt, um bei der Befreiung der beiden Eingeschlossenen zu helfen.

Sobald sie Amy in Lascelles Hände übergeben hatte, galt Kates Aufmerksamkeit Caleb. Sie versuchte, sich so zu drehen, dass sie ihm ins Gesicht blicken konnte. »Caleb?«

War das ein Zucken seines Mundes? Sie war sich nicht sicher.

Vorsichtig ließ sie ihre Finger zu seinem Hals hinabwandern, tastete, hoffte … Es fühlte sich an, als wären ihre ganze Welt, ihr Verstand, ihre Sinne mit einem Mal eingefroren, als würde alles mit einem Mal stillstehen. Abwartend …

Unter ihren Fingerspitzen spürte Kate im nächsten Augenblick die Wärme … und einen kräftigen Puls.

Einen Moment lang schloss sie die Augen, nahm das Pochen seines Herzens in sich auf, ließ sich davon beruhigen. Sie holte Luft und schlug die Augen wieder auf.

Und mit einem Schlag war sie wieder in der Realität angekommen.

Sie blickte aus dem Hohlraum hinaus in Lascelles Augen. Es kam ihr so vor, als hätte er Mühe, seine Emotionen im Zaum zu halten.

Sie lächelte. »Er lebt.«

Lascelle schnaubte, aber er konnte sich ein Grinsen nicht verkneifen. »Er hatte schon immer verflucht viel Glück.« Er drehte sich um, um den anderen die Neuigkeiten zuzurufen. Und nun erklang ein noch lauterer Jubel.

»Vorsicht! Nicht so laut!«, warnte Dixon.

Augenblicklich verstummten alle und warteten angespannt, doch es war kein verräterisches Ächzen des Gesteins mehr zu hören. Der Berg, so schien es, hatte sich ausgetobt und würde, zumindest im Moment, nicht weiter einstürzen.

Kate sah wieder zu Caleb. Steinbrocken lagen auf seinem Rücken, seinen Hüften, seinen Beinen. Sie konnte seine Füße nicht sehen und glaubte auch nicht, dass sie Platz genug hatte, um sie zu erreichen. Der Hohlraum verjüngte sich nach hinten. Außerdem lag ein weiterer Holzbalken horizontal in Höhe seiner Stiefel. Sie konnte noch immer keine Verletzung sehen, aber natürlich verbarg seine Kleidung Oberkörper, Beine und Arme. Wenigstens sickerte kein Blut hindurch.

Lascelle hatte Amy weggebracht, die anderen Frauen würden sich um sie kümmern, jetzt kam er zurück. »Die Männer schaffen Steine und Schutt weg und räumen den

Tunnel vor dem Hohlraum frei«, sagte er. »Selbst wenn Caleb gesund und munter wäre, wäre es keine leichte Aufgabe, ihn hier rauszuholen. Wir müssen zumindest so viele Steinbrocken aus dem Stollen bringen, bis wir den Holzbalken anheben können, um dann zu versuchen, ihn herauszuziehen.« Sein Blick fiel auf den Schutt, der auf den Holzbalken lag. »Das wird Zeit kosten.«

Kate nickte. »Ich werde so lange bei ihm bleiben.«

Lascelle musterte sie, doch zu ihrer Erleichterung widersprach er nicht. »Rufen Sie, wenn Sie rauswollen.«

Damit erhob er sich und wandte sich zu den anderen Männern um. Mit Hillsythe und Dixon diskutierte er darüber, wie sie am klügsten verfahren sollten.

Sie überließ die Lösung des Problems den Männern, drehte sich mühsam wieder um und nahm eine halb sitzende, halb liegende Position ein, in der es ihr möglich war, ganz vorsichtig ihre Finger in Calebs dichtes Haar zu schieben und seinen Kopf abzutasten. Er hatte eine Verdickung in der Größe eines Gänseeis hinter seinem rechten Ohr.

In diesem Moment regte er sich. Kate blickte ihn wie gebannt an und erstarrte.

Er hustete und verzog das Gesicht. »Mein Kopf tut weh«, brummte er, als hätte sie es wissen müssen.

Sie zog ihre Hand zurück und beugte sich mit dem Gesicht näher zu ihm. »Caleb?«

Seine Lider flatterten. Dann schlug er die Augen auf und blinzelte. »Amy?«

»Es geht ihr gut. Wir haben sie schon rausgeholt. Sie hat sich nur die Knie aufgeschlagen und ein paar Schürfwunden.« Sie hatte das Gefühl, viel zu viel zu plappern. Doch als sie in seine klaren blauen Augen schaute, war sie mit einem Mal so erleichtert, dass sie glaubte, jeden Moment ohnmächtig zu werden. »Gott sei Dank!« Vorsichtig berührte sie seine Wange. »Geht es dir gut?«

Er schnaubte. »Kommt darauf an, wie du ›gut‹ definierst.« Er schien sich hochstemmen zu wollen.

»Nein.« Sie hielt ihn an der Schulter fest und drückte ihn sanft zurück. »Du kannst jetzt nicht hochkommen.«

So, wie er dort lag, konnte er ihre Lage kaum einschätzen. Doch er sah sie an und dann versuchte er, sich umblickend einen Eindruck von der Situation zu bekommen.

»Aha. Ich verstehe.« Er legte sich wieder zurück auf den Boden.

Lascelle hatte offenbar ihre Stimmen gehört. Er kehrte zurück zur Öffnung des kleinen Hohlraums, kniete sich davor und sah hinein.

Kate strahlte. »Er ist wach.«

Lascelle brummte. Er musste seinen Kopf schräg legen, um Caleb ansehen zu können. »Was hat der Spaß dich gekostet?«

Caleb verzog das Gesicht. Er probierte nach und nach seine Muskeln aus und erwiderte dann: »Ich kann meinen Körper nur allzu genau spüren. Und auch das Gewicht auf meinen Füßen – was immer da sein mag. Aber alles scheint noch zu funktionieren.«

«Gut. In dem Fall bleib einfach liegen und lass uns das da …«, Lascelle wies mit einem Kopfnicken auf die Decke ihres kleinen Gefängnisses, »… wegräumen.«

»Können Sie jemanden schicken, dem ich die Steine rausreichen kann? Damit er sich wieder bewegen kann?«, wollte Kate wissen.

Lascelle nickte. »Ich werde einen der älteren Jungen mit einem Korb schicken.«

»Hol mir Dixon her, bitte», bat Caleb. »Wenn ich hier schon eingeklemmt liegen muss, will ich wenigstens wissen, was wir mit der Aktion erreicht haben.«

Lascelle brummte und erhob sich.

Caleb schaute seinem Freund hinterher. Er sah Kate an und dachte daran, wie richtig es sich angefühlt hatte, als er wieder zu sich gekommen war und sie neben sich erblickt hatte. Er fand ihre Hand und ergriff sie.

Eine Minute später hockte Dixon vor dem herabgestürzten Balken am Eingang zum Hohlraum. Caleb bemerkte erleichtert, dass der Ingenieur lächelte.

»Es ging besser, als erwartet, um ehrlich zu sein«, antwortete Dixon ihm auf seine Frage. »Soweit ich es sehen kann, ist die untere Ebene komplett blockiert. Auf der oberen Ebene haben wir ein Drittel der Felswand verloren, an der wir gearbeitet haben.« Dixon warf einen Blick über seine Schulter. »Und wir können die Aufräumarbeiten zumindest noch den ganzen morgigen Tag über ausdehnen.« Caleb dachte darüber nach, was es hieß, ein Drittel der Felswand, an der sie die Diamanten abbauten, verloren zu haben. Reichte diese Verzögerung aus oder …? »Ich muss mich wieder darum kümmern, dass die Entfernung des Schutts hier gut vorangeht«, fuhr Dixon fort. »Ruhen Sie sich einfach aus. Sie haben Ihren Teil erfüllt. Lassen Sie uns jetzt unseren Part erfüllen.«

Er zog sich zurück. Als Nächstes erschien Gerry, einer der älteren Jungen, am Eingang zum Hohlraum.

Kate reichte ihm die Steine heraus, die Caleb einzwängten. Sie arbeitete sich langsam immer weiter vor, während Gerry eifrig die Steine entgegennahm.

Irgendwann sagte Gerry: »Ich muss den Korb ausleeren.« Er packte die Griffe des Korbes. »Bin sofort wieder da.«

»Kannst du auf dem Weg bitte Hillsythe fragen, ob er herkommen kann?«, fragte Caleb.

»Natürlich, Käpt'n.« Gerry grinste. Im nächsten Moment war er verschwunden.

Kurze Zeit später hockte Hillsythe an der Öffnung. »Wie geht es Ihnen?«

»Verletzt und ein bisschen angeschlagen, aber es war schon schlimmer.« Caleb sah Hillsythe an. »Dubois? Die Wachen?«

Hillsythe grinste. »Draußen. Und sie machen keine Anstalten, in die Mine zu kommen. Sie wollen sich anscheinend kein Bild vom Stand der Dinge machen.« Er wurde ernst. »Aber Sie sollten sich darauf einstellen, Dubois Rede und Antwort zu stehen, wenn wir Sie hier rausgeholt haben. Er hat Amy gesehen, also weiß er, warum Sie in den Tunnel gerannt sind, aber wir sind uns nicht sicher, was er genau darüber denkt.«

»Muldoon?«, fragte Caleb.

Abscheu trat in Hillsythes Miene. »Alles, was ihn interessiert, ist, was das alles für den weiteren Abbau der Diamanten bedeutet. Dixon hat die Situation hier beschrieben.« Hillsythes Blick schloss den Haufen Schutt, unter dem Caleb lag, mit ein. »Und er hat Muldoon und Dubois erzählt, dass wir erst wissen werden, was genau los ist, wenn der Tunnel geräumt ist – was wahrscheinlich morgen am späten Nachmittag oder gegen Abend der Fall sein wird.«

»Und der Auslösemechanismus?«

Wieder erschien ein Grinsen auf Hillsythes Gesicht. »Ist sehr wahrscheinlich in unzählige Einzelteile zerschmettert. Aber abgesehen davon werden wir es sein, die ihn ausgraben, also können wir sicher sein, dass Dubois, Muldoon und die Wachen niemals irgendetwas entdecken werden, das ihr Misstrauen wecken könnte.«

Kate ahnte längst, dass die Männer den Einsturz des Stollens selbst herbeigeführt hatten, die Bemerkungen bestätigten ihre Vermutung schließlich. Aber sie schwieg, und als Hillsythe Platz machte, damit Gerry weitere Steine von ihr entgegennehmen konnte, nahm sie ihre Arbeit wieder auf. Sie und Caleb mussten sich nach dem Einsturz, den die Männer arrangiert hatten, erst mal aus den Trümmern befreien. Für Vorwürfe war später noch Zeit genug.

Während sie arbeitete und Calebs Oberkörper, seine Hüften und seine Beine bis zu den Knien hinunter befreite – weiter konnte sie ihn nicht erreichen –, überlegte sie, warum die Männer den Frauen ihren Plan verschwiegen hatten. Sicherlich erforderten außergewöhnliche Zeiten außergewöhnliche Maßnahmen. Und sie hatten es offensichtlich so arrangiert, dass niemand verletzt worden wäre. Dass Amy in die Mine zurückrennen würde, hatte niemand ahnen können …

Dennoch …

Warum hatte Caleb sie nicht eingeweiht?

Nachdem alle größeren Steine entfernt worden waren, gab sie Gerry ein Zeichen, dass er gehen durfte. »Das wäre es für den Moment. Es muss schon spät sein.« Sie hatte jegliches Zeitgefühl verloren. »Ihr Kinder solltet längst im Bett sein.«

Gerry grinste. »Miss Harriet und Miss Annie sammeln uns gerade ein.« Er sah zu Caleb und wurde ernst. »Ich und die anderen, Käpt'n, wir wollten fragen, ob es Ihnen auch wirklich gut geht.«

Caleb musste tatsächlich lachen. »Verletzt und angeschlagen bin ich, aber ansonsten mehr oder weniger ganz. Ich danke dir und allen anderen für die Hilfe, aber du solltest jetzt besser gehen, bevor die Frauen sauer werden.«

Gerry salutierte. »Aye, aye, Käpt'n.« Dann erhob er sich und zerrte den letzten Korb hinter sich her.

Caleb legte seinen Kopf auf einen Unterarm. So konnte er Kate anblicken.

Als ihre Blicke sich trafen, zog sie die Augenbrauen hoch. »Kannst du deine Beine und Füße bewegen?«

Er bewegte sich, versuchte auf unterschiedliche Arten, sich herauszuwinden, doch schließlich knurrte er missmutig und gab auf. Zerknirscht verzog er das Gesicht. »Sie werden die Balken anheben müssen.« Er wollte über seine Schulter blicken, aber es gelang ihm nicht. »Wie viele liegen da?«

»Mindestens drei von den dicken, großen und noch einige kleinere. Aber ich glaube, sie werden versuchen, diesen ersten Balken hochzuhieven, und dann schauen, ob sie dich herausziehen können.«

Wieder knurrte er mürrisch. Im nächsten Moment sah er sie an. »Du musst erschöpft sein. Du musst nicht bleiben.«

Sie erwiderte seinen Blick. »Doch, das muss ich.« Für den Fall, dass er vorhatte, ihr zu widersprechen, fügte sie energisch hinzu: »Mehr noch: Ich *werde* bleiben.«

Er verzog die Lippen zu seinem so charmanten Lächeln und ergriff wieder ihre Hand.

Es dauerte noch eine weitere halbe Stunde, bevor die

Männer den Schutt so weit weggeräumt hatten, dass sie den ersten dicken Balken gefahrlos anheben konnten. Caleb konnte sich auch jetzt noch nicht bewegen. Dann kam Fanshawe ihm zu Hilfe. Er half Kate heraus, kletterte in den Hohlraum und zog Calebs Beine ganz langsam und behutsam unter den Balken hervor.

Endlich!

Caleb bedankte sich bei Fanshawe und setzte sich dann vorsichtig auf – aus eigener Kraft. Er beugte die Knie, was schmerzte, aber möglich war, dann kroch er heraus und lehnte sich mit dem Rücken an die Tunnelwand. Allein die Bewegung bereitete ihm Kopfschmerzen und Schwindel. Er war dankbar, dass Kate ihre Hand auf seine Schulter legte.

Dutzende von Männern waren im Stollen. Erneut jubelten sie. Caleb hob eine Hand und winkte ihnen zu.

Dixon sprach die Männer an. »Nachdem er nun befreit ist, können wir den Rest bis morgen liegen lassen. Es hat keinen Sinn, hier weiterzumachen. Es könnten neuen Einstürzen kommen.«

Alle stimmten ihm zu. Die Männer verließen nach und nach die Mine.

Phillipe hockte sich auf den Boden und blickte ihm forschend in die Augen. »Wie geht es dir?«

Caleb wünschte sich, er könnte lächeln, wie er es sonst tat, doch als er nun saß und das Blut durch seine Arme und Beine schoss, spürte er jede seiner Verletzungen. »Ich glaube nicht, dass ich offene Wunden habe«, sagte er.

Phillipe hob ein paar Finger. »Wie viele?«

Caleb war sich ziemlich sicher, dass die Antwort »Zwei« lauten musste, und sagte es auch.

Phillipe brummte zustimmend. »Du rätst. Du hast eine Gehirnerschütterung. Noch kein Schlaf für dich.«

»Genau genommen«, bemerkte Hillsythe, »würde ich versuchen, nicht zu munter zu wirken. Dubois wartet draußen. Ihre Blässe ist überzeugend. Geben Sie sich keine Mühe, Ihre Schwäche herunterzuspielen.«

»Aha.« Caleb wollte nicken, doch er überlegte es sich anders. »Ich verstehe, was Sie sagen wollen.«

Phillipe trat an seine Seite, ergriff Calebs Arm und legte ihn sich über die Schultern. Hillsythe schob Kate sanft aus dem Weg und trat an Calebs andere Seite. So halfen die beiden Männer ihm auf die Beine.

Als er schwankte, hielten sie ihn fest.

Caleb schloss die Augen und atmete scharf ein. »Verdammter Kopf.«

»Gut, dass er noch auf Ihren Schultern sitzt«, bemerkte Hillsythe trocken. »Denn wir werden ihn und Sie noch brauchen, damit Sie uns bis in den September bringen.«

Caleb öffnete die Augen gerade weit genug, um Kates Gesicht betrachten zu können. Sie lächelte, obwohl das Lächeln die Sorge und Angst in ihren Augen nicht verdrängen konnte.

»Bringen Sie ihn auf die Krankenstation«, ordnete sie an. »Ich muss mich um seine Verletzungen kümmern, ihn waschen und ihm etwas gegen die Schmerzen geben.«

Caleb fand, dass er mit diesem Plan leben konnte. »Wie geht es Amy? Ist wirklich alles in Ordnung mit ihr?«

Ihr Weg aus der Mine war dank der anderen Männer, die ihre Laternen hochhielten, erleuchtet. Kate ging neben Hillsythe, Phillipe und Caleb her und versicherte Caleb, dass es Amy besser ging als ihm und dass die

Kleine sogar ihre Haarschleife noch hatte. Amy war schon wieder auf dem besten Wege, zu ihrem sonnigen Selbst zurückzufinden.

Vor der Krankenstation sah er Dubois und Muldoon, die sie bereits erwarteten. Die beiden hatten eine Gruppe von Wachen hinter sich versammelt, die Musketen im Anschlag. Instinktiv versuchte Caleb, sich aufzurichten, doch seine Beine sackten weg.

Hillsythe und Phillipe ächzten und hielten Caleb noch etwas fester, um ihn wieder auf die Beine zu bringen.

Hillsythe murmelte: »Kein Grund für schauspielerische Einlagen.«

Caleb murmelte: »Das war nicht gespielt.«

Kate biss die Zähne zusammen. Sie war sich nicht sicher, was nun der Wahrheit entsprach. Nicht, dass es eine Rolle spielte. Seine Verletzungen mussten versorgt werden, und er musste wach bleiben.

»Direkt auf die Krankenstation!«, ordnete sie an.

Dubois trat ihnen natürlich in den Weg. Seine Männer bauten sich hinter ihm auf.

Hillsythe und Phillipe hielten mit Caleb, der zwischen ihnen torkelte, an. Ihm fiel auf, dass Muldoon sich nicht von der Stelle gerührt hatte, er blieb am Rande.

Mit kühler Distanziertheit betrachtete Dubois Caleb. »Captain Dixon hat mich informiert, dass der Grund für den Einsturz des Tunnels wahrscheinlich ein kleineres Erdbeben war, das den neu gebauten Eingang zur unteren Ebene verschoben und schließlich zum Zusammenbruch gebracht hat.«

Caleb versuchte tapfer, den Kopf so weit anzuheben, dass er nicken konnte, doch es gelang ihm nicht. »Ich … ich bin kein Experte«, brachte er gerade so hervor, »aber das kann sein. Die Erde hat … sie hat gebebt, und im hinteren Teil stürzte die Decke ein.«

Er wollte den Moment nicht noch einmal durchleben – die fürchterlichen Sekunden, in denen er gedacht hatte, dass er es dieses Mal zu weit getrieben hatte. Wenn etwas von diesem Widerstreben in seiner Stimme mitschwang, dann war es ihm egal.

Dubois sagte ein paar Sekunden lang gar nichts. Doch Caleb hatte eine starke Mutter und drei selbstbewusste Brüder: Er konnte ein solches Schweigen durchaus ertragen, fühlte sich nicht gezwungen, es schnellstmöglich zu beenden.

Kate allerdings war nicht so abgebrüht. »Ich saß ganz nah bei der Mine. Ich … ich habe gespürt, wie die Erde gebebt hat, bevor … bevor alles zusammengestürzt ist.« Sie sprach zögerlich, als hätte sie das Gefühl, gezwungen zu sein, etwas zu sagen.

Dubois nickte. »Tatsächlich haben die Wachen auf dem Turm die Erschütterung auch gespürt.« Er wandte den Blick wieder Caleb zu. »Was mich zu dem Schluss kommen lässt, dass der Grund wirklich natürlichen Ursprungs war.« Dubois' Lächeln war so kalt wie sein Tonfall, als er nun fortfuhr: »Das sind gute Nachrichten für Sie, Kapitän Frobisher. Wenn ein Teil der Mine aus unerklärlichen Gründen eingestürzt wäre, sähe die Sache anders aus. Denn auch wenn Sie ein kleines Mädchen in die Mine geschickt haben, um einen Grund zu haben, ebenfalls hineinzugehen, wäre ich doch geneigt gewesen, Ihnen die Schuld dafür zu geben.«

Caleb schaffte es mit letzter Kraft, den Kopf hoch genug zu heben, um Dubois in die Augen blicken zu können. »Glauben Sie ernsthaft, dass ich so dumm wäre, die

Mine über mir einstürzen zu lassen? Ganz zu schweigen davon, dass Amy da war?«

Dubois erwiderte seinen Blick ganz ruhig. »Glaube ich, dass Sie leichtsinnig genug wären, um ein solches Szenario zu arrangieren, dann jedoch die Lage falsch einschätzen und selbst verschüttet werden würden? Ja, Kapitän Frobisher, das glaube ich.«

»Tja, so war es nicht.« Ausnahmsweise war sein Plan einmal alles andere als leichtsinnig oder unbesonnen gewesen, und ganz gewiss war es nicht Teil seines Plans gewesen, Amy als eine Art Köder in die Mine zu schicken. Er hatte das Gefühl, das Recht zu haben, empört zu sein, war sich jedoch nicht sicher, ob es nicht seine Gehirnerschütterung war, die da aus ihm sprach. »Es war ein Erdstoß.«

»Da Captain Dixon und meine Leute Ihnen da recht geben, akzeptiere ich es.« Mit einem herablassenden Nicken trat Dubois zurück. Seine Männer folgten ihm und machten den Weg zur Krankenstation frei. »Man hat mir gesagt«, erklärte Dubois, »dass Sie nicht so schlimm verletzt sind, dass Sie nicht in der Lage wären, wie gewohnt weiterzuarbeiten.«

»Er hat eine Gehirnerschütterung«, entgegnete Kate unmissverständlich, »aber das scheint alles zu sein. Er sollte sich bis morgen erholt haben.«

»Sehr gut.« Mit einem kalten Lächeln bedeutete Dubois ihnen weiterzugehen. »Laut Captain Dixon wird es nicht lange dauern, den Schutt aus dem Stollen zu schaffen. Ich erwarte, dass Sie morgen am späten Nachmittag, wenn Mr. Muldoon und ich uns die Mine einmal genau ansehen werden, wieder auf den Beinen sind.«

Caleb machte sich nicht die Mühe, darauf eine Antwort zu geben.

Mit hocherhobenem Kopf rauschte Kate an Dubois und seinen Leuten vorbei in Richtung Krankenstation. In Calebs Kopf überschlugen sich die Fragen über den Zustand der Mine und ihre Pläne wegen der Inspektion. Doch dann musste er die Stufen zur Krankenstation hinaufgehen.

Kate war vorausgegangen und hielt die Tür auf.

Er holte tief Luft und stieg mit Phillipes und Hillsythes Hilfe eine Stufe hinauf. Prompt kam er aus dem Gleichgewicht.

Mit einem Schlag wurde das Brummen in seinem Schädel schlimmer – und der Schwindel zog ihn in eine gefühllose Dunkelheit hinab …

Als Caleb wieder zu sich kam, lag er unter dem Moskitonetz auf einer Liege der Krankenstation. Irgendwo stand eine Lampe, die den Raum in goldenes Licht tauchte.

Er blinzelte.

War er nackt?

Und sauber?

Jemand musste den Staub von seinem Körper gewaschen, seine zahlreichen Wunden gereinigt und auch alles gesäubert haben, was sich dazwischen befand …

Ohne den Kopf zu bewegen, blickte er zur Seite und sah, wie Kate eine große Waschschüssel zur Truhe an der Wand trug.

Wieder blinzelte er.

Sicher nicht, oder?

Er wusste, dass sein Verstand derzeit nicht richtig

arbeitete. Als sie ihm den Rücken zuwandte, hob er das Laken, unter dem er lag, und blickte an sich herunter.

Ja, er war nackt.

Und ja, er war sauber.

Irgendjemand hatte ihn von Kopf bis Fuß gewaschen.

Kapitel 18

Caleb ließ das Laken wieder sinken und sah zur Tür.

Kate drehte sich um und bemerkte seinen Blick. »Du bist wieder bei uns?«

Er sah sie an. »Ist hier noch jemand anders?«

Wann sind Phillipe und Hillsythe gegangen?

Sie runzelte die Stirn. »Nicht, dass ich wüsste.« Mit einem Tiegel Salbe in der Hand ging sie zur Tür und sah auf den Korridor hinaus. »Nein. Hier ist niemand.« Sie schloss die Tür zu und schob den Riegel vor. Dann drehte sie sich zu ihm um und sagte: »Für den Fall, dass jemand anderes hereingebracht werden soll.«

Sein Verstand zeigte sich wenig kooperationsbereit, wie ihm klar wurde. »Wie spät ist es? Wie lange war ich nicht bei Bewusstsein?«

»Es muss fast Mitternacht sein.« Sie näherte sich der Liege.

Er sah, wie sie näher kam, und ermahnte sich, dass er Distanz zu ihr halten musste ... Oder? Auch darüber war er sich nicht klar, sein Verstand war zu umnebelt. Als sie das Moskitonetz hob, hindurchschlüpfte, es wieder fallen ließ und sich neben ihn auf die Liege setzte, räusperte er sich geräuschvoll.

»Wie bin ich hierhergekommen?« Er machte eine ausholende Handbewegung. »Auf die Liege?«

In diesem Zustand?

Sie öffnete den Deckel des Tiegels, dann sah sie auf und traf seinen Blick. »Hillsythe und Lascelle haben dich hereingetragen. Dann musste Hillsythe zurück. Philipe Lascelle hat mir geholfen, dich auszuziehen und zu waschen.« Sie schlug die Augen nieder, aber ihre Lippen zuckten. »Falls es das ist, was du wissen möchtest.«

Er war sich nicht sicher, was er davon hielt – ob er gequält oder entsetzt war. Aber … »Ich kann meine Wunden selbst versorgen.«

»Genau genommen kannst du das nicht.« Sie sah auf, und er bemerkte Entschlossenheit in ihrem Blick. Bevor er für sich entscheiden konnte, was das bedeutete, fuhr sie fort: »Die meisten Schürfwunden befinden sich auf deinem Rücken – du kannst sie weder sehen noch erreichen.« Sie gab ihm ein Handzeichen und sagte: »Dreh dich um, damit ich ein bisschen Salbe daraufgeben kann. Du weißt, dass du dir in dieser Gegend keine Infektion leisten kannst.«

Es brauchte nicht länger als eine Sekunde, um ihn davon zu überzeugen, dass er eigentlich keine Lust hatte, sich mit ihr zu streiten.

Er schnaubte und packte das Laken, dann drehte er sich weg von ihr auf seine linke Seite und anschließend vorsichtig auf den Bauch.

Natürlich zog sie das Laken sofort herunter, aber nur bis zu seinen Hüften.

Dann spürte er ihre zarten Fingerspitzen auf seiner Haut, mit denen sie die Salbe sacht auf einer Wunde auf seinem Schulterblatt verteilte. Im nächsten Moment folgte der festere und sehr beruhigende Druck ihrer Finger, als sie die Salbe verrieb.

Nachdem sie sich auf diese Weise um einige der Wunden gekümmert hatte, hatte er das Gefühl zu schweben, entspannt und seltsam zufrieden.

Mit allen Wunden auf seinem Rücken verfuhr sie so. Er spürte ihren Blick auf seinem Gesicht, doch er öffnete die Augen nicht.

»Du sollst wach bleiben«, sagte sie mit leiser, ruhiger Stimme, »zumindest soll ich dafür sorgen, dass du nicht zu lange schläfst.«

»Hm.«

»Also, warum erklärst du mir nicht mal, warum ihr Männer euch entschieden habt, die Frauen nicht in eure Pläne einzuweihen?«

Obwohl er die Augen nicht aufschlug, war er mit einem Schlag hellwach. Und erstaunlicherweise schien sein Verstand ihm zu sagen, dass er sich jetzt sammeln und seine Gedanken beisammenhalten musste. »Ich wollte es dir sagen, dir und den anderen Frauen, doch der Rest der Männer hatte schlagende Argumente und hat mich vom Gegenteil überzeugt.«

»So hat dein Freund Lascelle es mir auch berichtet. Er meinte, dass die Gründe, die die anderen Männer vorgebracht hätten, absolut nachvollziehbar gewesen wären, und dass du, wenn du wieder in eine solche Situation kämest, noch mal genauso reagieren würdest.«

Caleb nahm sich vor, Phillipe angemessen für seine Hilfe zu danken. Zuerst hatte er zugestimmt, dass Kate ihn dabei unterstützte, ihn auszuziehen und zu waschen, und dann hatte er ihr so viel erzählt, dass er, Caleb, in Erklärungsnot geriet. Frauen verstanden eben nicht alles.

»Phillipe ist ein toller Freund.«

»Das stimmt«, sagte sie knapp, was zeigte, dass sie genug verstand, um Phillipes Motive zu erahnen. »Aber, um den Frieden unter uns zu wahren ... Warum erklärst du mir nicht, welche so nachvollziehbaren Argumente das waren?«

Innerlich seufzte er. »Der Punkt, dass eure Reaktion beim Einsturz euch sofort von Dubois' Liste der Verdächtigen streichen würde, hat mich überzeugt. Außerdem sind wir uns ja alle ziemlich sicher, dass Dubois es genießt, uns beim Planen zu beobachten. Er weiß also, dass die Frauen und Kinder für gewöhnlich in diese Planungen mit einbezogen werden. Dass ihr in diesem Fall so offensichtlich schockiert und überrascht reagiert habt, hat sicherlich dabei geholfen, Dubois gar nicht erst auf die Idee kommen zu lassen, dass wir Männer für den Einsturz verantwortlich sein könnten.« Ihm war bewusst, dass der nächste Teil der springende Punkt an der Sache war – zumindest für ihn und sie. Er drehte den Kopf, damit er ihr in die Augen sehen konnte. »Wir konnten nicht riskieren, dass Dubois vermuten könnte, dass wir etwas mit dem Einsturz des Stollens zu tun haben könnten, weil er sich sonst sicher gerächt hätte.« Er hielt ihren Blick gefangen. »Und die Person, der er vor allem die Verantwortung dafür gegeben hätte, wäre ich gewesen. Also wäre das erste Opfer für seine Gräueltaten die Person gewesen, die mir am nächsten steht. Du.«

Kate verlor sich im lebhaften Blau seiner Augen, in der unerschütterlichen Hingabe, die ein Teil von ihm war, und sie wusste, dass diese Hingabe nun ihr galt. Dieser Mann würde für sie durchs Feuer gehen. Sie konnte es mit eigenen Augen sehen. Sie würde niemals an ihm zweifeln müssen, würde sein Ziel niemals hinterfragen müssen.

Dieses Ziel war ein gemeinsames Leben mit ihr.

Er würde es nicht aus den Augen verlieren.

Und nach der heutigen Nacht wusste sie, dass sie, auch wenn ihr Verstand noch zögerte, tief in ihrem Inneren beschlossen hatte, dass sie ihr Schicksal mit ihm teilen sollte.

In dieser Nacht hatte sie erlebt, was es hieß, sich um einen anderen Menschen zu sorgen, ohne auf sich selbst zu achten.

In dieser Nacht hatte sie gespürt, wie sich etwas in ihr erhoben und sich befreit hatte, wie es sie erfüllt und angetrieben hatte, ihn zu finden, ihn zu retten, sich um ihn zu kümmern.

Ohne seinen Blick loszulassen, legte sie den Kopf leicht schräg. »Also hast du mir nichts gesagt, um mich zu schützen?«

Er sah ihr forschend in die Augen. Dann presste er die Lippen aufeinander und hob das Kinn, ehe er sagte: »Genau. Und Phillipe hat die Wahrheit gesagt: Unter ähnlichen Umständen würde ich immer wieder so handeln.«

Was Lascelle noch gesagt hatte, war, dass Caleb nun einmal so wäre und dass sie sich daran würde gewöhnen müssen. Sie löste den Blick von ihm, wusste jedoch, dass ihm nicht entgehen würde, dass sie lächelte. Aber sie war noch nicht bereit, sich ihm zu erklären. Zu erklären, warum sie, nachdem sie gerade noch sehr verärgert darüber gewesen war, im Unklaren gelassen worden zu sein, seinen Gedankengang nun … liebenswert fand.

Wenn das ein Vorzeichen ihres gemeinsamen zukünftigen Lebens war, dann war sie auf jeden Fall bereit, sich daran zu gewöhnen.

Sie holte tief Luft und machte sich daran, eine weitere Schürfwunde einzureiben.

Er hob den Kopf und betrachtete ganz genau ihr Gesicht. »Und?«, drängte er.

Sie hatte noch immer nicht die richtigen Worte gefunden. »Und ... Wenn ihr vernünftige und triftige Gründe hattet, dann ist es, glaube ich, in Ordnung.« Sie bemerkte, dass er sie anstarrte, als wäre sie ein Puzzle, für das ihm einige Teile fehlten. Lächelnd wandte sie den Blick ab. »Und zumindest in diesem Fall hat der Plan ja auch funktioniert. Als der Stollen in sich zusammenbrach, habe ich geschrien und versucht hineinzurennen. Lascelle musste mich einfangen und festhalten. Dubois hat meinen Auftritt und den der anderen Frauen und Kinder auf jeden Fall geglaubt.« Sie sah ihn kurz an. »Und du hast recht damit, dass unsere Überraschung viel überzeugender ist als zum Beispiel die Reaktion von Männern in der gleichen Situation. Ihr Männer setzt nur eine versteinerte Miene auf, wenn etwas Schreckliches passiert – ihr wirkt nur noch beherrschter und stiller. Man sieht euch nicht an, was ihr wirklich fühlt, und erst recht nicht, warum. Ihr zeigt eure Emotionen so selten.«

Er nickte knapp. »Vor allem keinem Feind. Das ist in den Verhaltensregeln festgeschrieben.«

Sie lächelte und tätschelte seine Seite. »Auch an deinen Beinen hast du einige schlimme Schürfwunden. Ich werde mich darum kümmern. Und du wirst einfach daliegen und es ertragen müssen.«

Seine Augen weiteten sich, doch als sie das Laken hochschob, entspannte er sich. Er ließ den Kopf auf das Kissen sinken.

»Wie geht es deinem Kopf?« Sie begann mit einer langen Schürfwunde am Unterschenkel.

Er runzelte leicht die Stirn, als würde er nachdenken

und sich darüber klar werden, was gerade passierte. Irgendwann erwiderte er: »Nicht so schlimm, wie ich gedacht hätte.«

»Hillsythe und Lascelle haben gesagt, du müsstest bis morgen liegen bleiben – je länger du liegen bleibst, desto schneller wird es dir besser gehen, wenn du irgendwann wieder auf die Beine kommst.«

Er stieß einen Laut aus, den sie so deutete, dass er den ärztlichen Anweisungen seiner Freunde zustimmen würde.

Was dazu führte, dass sie ihre Gedanken den Weg gehen ließ, auf den ihre Gefühle sie schon seit einer Stunde zerren wollten. Sie ließ sie vor sich hin köcheln, während sie sich um den Rest seiner Verletzungen kümmerte. Als sie fertig war, machte sie einen Schritt zurück und schaute sich alles an, was sie von seinem Rücken sehen konnte – das Laken bedeckte nun nur noch sein Gesäß. »Lascelle hatte recht. Er meinte, du hättest höllisches Glück gehabt.« Sein Freund hatte auch gesagt, dass die Götter ein besonderes Auge auf Menschen wie ihn hätten.

Caleb schnaubte. »Er hat gut reden. Ich habe miterlebt, wie er offene Feldschlachten ohne auch nur den geringsten Kratzer überlebt hat.« Er hob den Kopf und versuchte, über seine Schulter auf seinen Rücken zu blicken. »Ich habe auf jeden Fall Verletzungen davongetragen.«

»Kratzer, Schrammen, tiefe Schürfwunden und schlimme Blutergüsse. Immerhin wärst du fast beim Zusammenbruch eines Stollens begraben worden.« Kopfschüttelnd blickte sie ihn an, duckte sich dann, um unter dem Moskitonetz hindurchzugehen, lief zur Anrichte und stellte den Tiegel mit der Salbe dort ab. »Nebenbei bemerkt hast du auf deiner Vorderseite auch einige schlimme Blutergüsse. Aber darum habe ich mich schon vorhin gekümmert.«

Sie hatte die Blutergüsse mit einer Salbe eingerieben, bevor er aufgewacht war. Sie war sich ziemlich sicher gewesen, dass er noch weniger offen für ihre Behandlung dieser Verletzungen gewesen wäre wie für die Behandlung der Schürfwunden auf seinem Rücken und den Hinterbeinen. Sie lächelte in sich hinein, drehte sich jedoch nicht um. Sie konnte sich seine Miene sehr gut vorstellen. Trotz seiner sehr selbstsicheren Art steckte in ihm doch ein Gentleman.

Von der Liege her erklang ein Rascheln. Sie drehte sich um und sah, dass er wieder auf dem Rücken lag, das Laken züchtig über sich gebreitet, den Blick auf das Moskitonetz gerichtet.

Ein paar Sekunden später sagte er in sachlichem, ernstem Ton: »Es wäre viel schlimmer gekommen, wenn die Holzbalken nicht so gefallen wären, wie sie gefallen sind.«

«Das stimmt.« Und diese Erkenntnis war der Wendepunkt für sie gewesen. Zu begreifen, dass er dem Tod nur um Haaresbreite entkommen war – und sich einzugestehen, was sein Tod für sie bedeuten würde –, hatte sie dazu gebracht, sich darüber klar zu werden, dass es für sie nur einen Weg gab. Nur einen Weg in die Zukunft, den sie gehen wollte.

Einen Weg, den sie sich wünschte.

Sie ging ganz langsam zurück zur Liege.

Er beobachtete, wie sie näher kam.

Sie blieb neben der Liege stehen und griff nach dem Schnürband ihres graubraunen Kleides.

Er blinzelte. Seine Augen wurden groß. »Kate? Was machst du da?«

Statt ihm zu antworten, zog sie die Arme aus ihrem Mieder, schob den Stoff dann herunter, bis das Kleid schließlich von allein auf den Boden fiel. Sie fand wohl, dass Worte überflüssig wären und dass ihre Taten für sich sprechen würden.

Alles, was sie unter dem armseligen Kleid trug, war das Unterkleid, das sie angehabt hatte, als sie entführt worden war. Ihr Straßenkleid hatte unter den Bedingungen, die im Lager herrschten, nicht allzu lange gehalten. Alle Frauen trugen diese sackartigen Kleider.

Sie hatte erwartet, sich unsicher zu fühlen, verlegen zu sein, doch das verhasste Kleidungsstück abzustreifen war wie eine Befreiung, und sie fühlte sich mehr wie sie selbst.

Und den ungläubigen und offensichtlich erregten Ausdruck in Calebs leuchtend blauen Augen zu sehen ... fühlte sich an, als wäre sie ... Kate, die Frau, die sie wirklich war.

Sie zögerte nicht, sondern duckte sich unter dem Moskitonetz hindurch und kniete sich auf die Liege.

Dann beugte sie sich über ihn, und er umfasste instinktiv ihre Taille. Seine Finger berührten sich beinahe, als er ihren Leib umschloss. Sie schloss kurz die Augen, versuchte gar nicht erst, den lustvollen Schauer zu unterdrücken, der über ihren Rücken rieselte und ihre Sinne ergriff. Durch den Stoff ihres Unterkleids hindurch spürte sie die Hitze seiner Haut, die sie beinahe versengte.

Dann bemerkte sie, wie er tief einatmete, wie sein Brustkorb sich hob und senkte. Bevor er etwas sagen konnte, schlug sie die Augen auf, sah ihn an, neigte den Kopf und drückte behutsam ihre Lippen auf seinen Mund.

Dieses Mal war sie es, die ihn küsste. Sie war diejenige, die ihn drängte. Sie war diejenige, die sein Gesicht in beide Hände nahm, die in seinen Mund eintauchte und ihn in Besitz nahm.

Und er ließ es geschehen. Er öffnete die Lippen und überließ Kate die Führung. Er ließ sich von ihr leiten, ließ sie bestimmen, was passieren sollte. Auch wenn er ihr dicht auf den Fersen war, jedem ihrer Schritte folgte und ihn erwiderte. Mit Kraft, mit Elan, mit offener Begeisterung.

So, wie sie es sich wünschte.

So, wie sie es wollte.

Weil sie *ihn* wollte. Weil sie die Zukunft wollte, die er heraufbeschworen hatte. Er hatte sich bereits dazu verpflichtet – in Worten und Taten. Sie … Sie hatte gezaudert, hatte ihren eigenen Impulsen, ihren eigenen Gefühlen nicht genug vertraut, um den Sprung zu wagen.

In dieser Nacht hatte sich das geändert.

Er und sein Plan und der Einsturz der Mine – ganz zu schweigen von seiner Selbstlosigkeit, Amy hinterherzurennen – hatten jede Ausflucht zunichtegemacht, hatten jede Unsicherheit verjagt.

Worauf wartete sie noch?

Dass sie ihn beinahe verloren hätte, hatte sie dazu gebracht, sich das zu fragen.

Es hatte überhaupt keinen Sinn zu warten, sich zurückzuhalten. Es hatte keinen Sinn, sich nicht zu binden, sich nicht zu dem hier zu bekennen.

Zu diesem Hunger, diesem Verlangen. Diesem brennenden Begehren, ihn in Besitz zu nehmen und sich von ihm in Besitz nehmen zu lassen.

Sie ließ sein Gesicht los und fuhr mit einer Hand forschend über seinen starken Hals, packte das Laken, zog es herunter und legte die gespreizten Hände auf seine Brust – sie ertastete ihn, verzehrte ihn, während sie mit dem Kuss unbekanntes Terrain betrat. Zumindest war es für sie unbekanntes Terrain.

Er umschloss ihre Brüste, streichelte, massierte, reizte sie. Der feine Baumwollstoff rieb über ihre empfindliche Haut. Seine Finger fanden ihre Brustspitzen, umkreisten sie und kniffen dann hinein, bis die Knospen sich aufrichteten und Kate nach Luft rang.

Sie löste sich von seinen Lippen, bog den Rücken durch und hob den Kopf, um die so dringend benötigte Luft einzusaugen. In diesem Moment wurde ihr bewusst, dass sie mit gespreizten Beinen auf ihm saß.

Gut.

Die Sirene in ihrem Innersten schnurrte anerkennend. Nachdem sie nun den Sprung gewagt und ihre Entscheidung getroffen hatte, fühlte sie sich mit der Seite von sich, auf die sie kaum je einen Blick erhascht und die nur er je wachgerufen hatte, bemerkenswert eins.

Sie löste die Hände zögerlich von seiner wundervollen Brust, packte seine muskulösen Unterarme und strich langsam hinauf.

Sie spürte, wie seine Muskeln und Sehnen sich anspannten, als er ihre Brüste weiter streichelte und reizte. Sie fuhr über seine Handgelenke und legte ihre Hände schließlich auf seine Handrücken. Einen Moment lang genoss sie das Gefühl, wie er ihr mit seinen Händen Lust bereitete.

Im nächsten Augenblick ertappte sie sich dabei, dass sie zu einem besonderen Rhythmus wechselte, damit ihre

Brüste gegen seine Hände gepresst wurden. Sie genoss die Berührung.

Sie hatte die Augen geschlossen. Als sie sie nun wieder öffnete, sah sie ihn an. Sie beobachtete ihn dabei, wie er sie beobachtete, sah, wie er ihre Lust und ihre Freude in sich aufnahm.

Sie wusste, dass er nicht fragen und erst recht nicht damit beginnen würde. Sie musste es selbst tun.

Sie ließ seine Hände los, fand den Saum ihres Unterkleides und zog es dann mit einer fließenden Bewegung über den Kopf. Nachdem sie ihre Arme aus dem Kleid befreit hatte, warf sie es beiseite. Sie hätte damit gerechnet, dass sie seine Hände, die er kurz weggenommen hatte, sofort wieder auf ihrer nackten Haut spüren würde. Sie hatte sich innerlich auf den Schock vorbereitet. Doch der Schock trat nicht ein.

Sie sah ihm ins Gesicht und bemerkte etwas wie Ehrfurcht in seiner Miene. Etwas, das an Verehrung grenzte, war in seinem Blick, als er ihn nun über sie gleiten ließ – von ihren nackten Schultern über ihre Brüste, die erhitzt und deren Spitzen rosig und aufgerichtet waren, bis zu den sanft geschwungenen Kurven ihrer Taille und schließlich über den leicht gewölbten Bauch und ihre Hüften hinunter zu dem Dreieck dunkler Löckchen, unter denen sich ihr Venushügel verbarg.

Seine Hände lagen auf ihren Knien. Jetzt packten sie sacht zu. Dann strich er ihre zarten Schenkel hinauf bis zu ihren Hüften. Er umfasste sie, spreizte die Finger und streichelte weiter, um ihr wohlgeformtes Gesäß zu liebkosen.

Sie schloss die Augen und legte den Kopf in den Nacken, als Hitze und Verlangen, Liebe und Leidenschaft sich in ihrem Innersten ausbreiteten und dort immer höher und höher wirbelten.

Die Stärke der Emotionen raubte ihr den Atem.

Caleb starrte sie an. Er hatte noch nie in seinem Leben etwas so Schönes gesehen. Etwas so Bezauberndes.

Etwas so Erregendes.

Er spürte nicht nur die Lust in sich wachsen. Er war hart wie Eisen und voller Sehnsucht.

Doch er hatte noch immer Zeit für das hier. Für sie.

Er hatte Zeit, in sich aufzunehmen, was auch immer hier geschah, und ihr zu folgen, wohin auch immer sie die Sache zwischen ihnen gerade führen wollte.

Er gehörte ihr, und das hatte er vom ersten Moment an gewusst – als er sie im Dschungel bei der Suche nach Früchten mit Diccon zusammen gesehen hatte.

Und sie hatte von dem Moment an auch zu ihm gehört, selbst wenn sie sich dessen nicht bewusst gewesen war.

Er musste sich fragen, ob sie es inzwischen wusste. Ob sie es akzeptiert hatte. Wollte sie ihm das in diesem Augenblick ohne Worte sagen?

Wenn er durch seine zahlreichen Begegnungen mit dem anderen Geschlecht etwas gelernt hatte, dann, dass er nur sehr selten verstand, was die Frauen dachten – auch wenn er oft vom Gegenteil überzeugt war.

Sie und das hier und vor allem das, was er von der Zukunft erwartete, waren zu wichtig, um es durch sein nicht immer ganz so sensibles Einfühlungsvermögen aufs Spiel zu setzen.

Als sie Luft holte und ihn ansah, zwang er sich, sie trotz der heißen Lust, die ihn schon fest im Griff hatte, anzusehen und zu fragen: »Was hast du vor? Und was noch wichtiger ist: Warum?«

Es überraschte ihn nicht, dass sie nicht lange nachdenken musste, dass die Antwort wie aus der Pistole geschossen kam. Sie hatten gerade eine Situation durchlebt, in der es um Leben und Tod gegangen war, und beide hatten den Schrecken überlebt. Er wusste, was so etwas mit einem Menschen machte, wie es einen Menschen zwang, sich wieder auf die Dinge zu besinnen, die wirklich zählten. Und wie das, was sich dabei offenbarte, einen Menschen antreiben konnte.

Also war er nicht erstaunt, als sie mit der Zungenspitze über ihre Lippen fuhr und atemlos sagte: »Man muss sein Leben leben. Es ist kurz genug. Wir müssen, wir sollten jeden Moment nutzen und es auskosten.«

Er legte den Kopf schräg. »Das ist meine Philosophie.«

Sie nickte. »Und ich begrüße sie.« Sie legte die Hände auf seine Brust. Unbewusst vergrub sie ihre Finger in seinem Oberkörper, als wolle sie ihn festhalten. Doch sie wandte den Blick nicht ab, löste ihren Kontakt nicht. »Du hast mir gesagt, was du willst, was du anbieten und geben willst. Du hast es ganz klar gesagt, während ich … Ich war nicht so deutlich, klar und überzeugt.«

Eine Spur von Selbstironie trat in ihre Augen. »Ich war nicht so klar, so deutlich, weil ich mir nicht sicher war. Zumindest nicht vom Kopf her. Meine Gefühle, mein Herz wussten es aber besser. Also habe ich damals nicht auf deine Erklärung reagiert. Jetzt reagiere ich.«

Sie sah ihn noch immer an, doch ihre braunen Augen wurden dunkel, und ein entschlossener Ausdruck trat hinein, als sie sagte: »Das hier? Das hier ist meine Vereinigung mit dir. Die Zusammenführung unserer Leben –

unwiederbringlich und für immer. Denn ich will, dass wir, du und ich, jeden Grund dafür haben, um das zu kämpfen, was wir haben können. Denn wie du glaube ich fest daran, dass die Zukunft, die wir beide uns vorstellen können, es wert sein wird.« Er hatte nicht vor, ihr zu widersprechen. Sein Herz schwoll an. Er musste tief durchatmen, um dieses Gefühl auszuhalten. Doch sie war noch nicht fertig. Sie beugte sich näher zu ihm herunter und sah ihm in die Augen. »Also greife ich deine Philosphie auf und umarme dich. Von ganzem Herzen. Und mit allem, was in mir ist.« Sie legte den Kopf schräg. »Weil ich keine Angst mehr habe. Weil ich gelernt habe, dass es viel schlimmere Dinge gibt, vor denen man Angst haben könnte, als das Risiko, sich zu verlieben. Jetzt weiß ich, dass ich die Kraft habe, dem Tod ins Auge zu sehen und trotzdem zu kämpfen. Ich weiß, dass ich den Mut habe, dich zu umarmen, die Liebe zu umarmen. Dass ich den Mut habe, *deine* Liebe zu umarmen und sie zu *meiner* zu machen.« Sie neigte den Kopf, bis ihre Lippen, erhitzt, hungrig, sehnsüchtig, nur noch Zentimeter voneinander entfernt waren. »Und dass ich den Mut habe, dir meine Liebe ganz großmütig zu schenken.«

Er wartete nicht länger. Er hob den Kopf, presste seine Lippen auf ihren Mund und eroberte sie.

Sie hieß ihn willkommen und drängte ihn weiterzumachen. Ihre Zungen tanzten miteinander. Mit ihrem ganzen Körper kam sie ihm näher, bewegte sich sinnlich auf ihm. Das Gefühl ihrer Brüste, die sich heiß und seidig anfühlten und verlockend über seinen Oberkörper strichen, jagte Feuer durch sein Innerstes.

Wann immer sie sich berührten, wirkte die Hitze wie ein Glutofen. Er bekam nicht genug von dem Gefühl ihrer zarten Haut auf seiner rauen. Mit den Händen streichelte er über ihren Rücken, erkundete hungrig die sanften Wölbungen. Unvermittelt wanderten sie, als hätten sie einen eigenen Willen, zu ihren Hüften und weiter zu ihrem Gesäß. Er umschloss ihre Pobacken.

Er liebkoste, reizte sie, und die Flammen schlugen höher.

Als sie sich aufreizend bewegte und ihre Hüften an seine presste, begann das Feuer in ihnen zu lodern.

Die Leidenschaft strömte durch sie, ein Brandsatz, der sie beide in Flammen setzte.

Ihre Hände waren genauso gierig wie seine – erkundeten, liebkosten, erregten. Als er seine Finger zwischen ihre Schenkel schob, rang sie nach Luft und drückte sich auf seine Hand. Er reagierte, tauchte zuerst einen, dann einen zweiten Finger in ihre enge Feuchte. Er erforschte sie, streichelte sie, und sie fand schnell ihren Rhythmus. Sie kostete jeden Stoß aus, während sie sich auf ihm wand. Es war wie ein sinnlicher Tanz. Und durch ihren Kuss, durch die Anspannung, die ihren Körper ergriff, durch den Druck, den sie mit ihren Schenkeln auf seine Hüften ausübte, bat sie ihn wortlos um mehr.

Sie wollte mehr. Sie schloss ihre Hand um seine Erektion, drückte sie, streichelte sie.

Sein Verstand schaltete sich aus.

Bevor er wieder einen klaren Gedanken fassen konnte, beendete sie den Kuss, bäumte sich auf, führte seinen harten Schaft zwischen ihre Schenkel und ließ sich dann auf ihn sinken.

Zumindest versuchte sie es.

Trotz der heißen Feuchte war sie noch unerfahren, und er …

Langsam schüttelte er den Kopf. Dann wurde ihm klar, dass sie es nicht sehen konnte, weil sie die Augen geschlossen hatte. Sie biss sich auf die Unterlippe.

«Süße, ich weiß es zu schätzen, was du da tust.« Seine Stimme klang so ernst, so tief, so atemlos, dass er sich nicht sicher war, ob sie ihn verstehen könnte. Doch er sprach mutig weiter, auch wenn er nicht genau wusste, woher die Worte kamen. »Aber ich kenne einen anderen Weg.« Er packte ihre Hüften, hob sie an und drehte sie auf die Seite, dann auf den Rücken.

Erst jetzt fiel ihm seine Kopfverletzung wieder ein, aber zu seiner grenzenlosen Erleichterung passierte nichts Schlimmes.

Sein Instinkt meldete sich, getrieben von der neuen Stellung, von dem Gefühl, dass ihr wundervoller Körper sich an ihn schmiegte und dass sie ihn bis jetzt mit ihren Schenkeln umschlungen hatte. Er legte sich auf sie und stützte sich mit beiden Händen neben ihrem Kopf auf den Kissen ab. Er sah in ihr Gesicht, das aussah wie das einer Madonna, die in Lust versunken schien.

Engelsgleich und doch so voller Leidenschaft, dass es ihm schier den Atem raubte.

Dann schlug sie die Augen auf, und Verlangen stand in ihnen. Ihre Blicke verschmolzen miteinander, erneut fing sie an, sich zu bewegen, um ihn in sich hineinzuziehen. Um ihn in ihren Körper einzuladen, in ihre feuchte Wärme.

Wie sie gesagt hatte, in ihre Umarmung.

Den Bruchteil einer Sekunde lang nahm er einfach nur ihren Anblick in sich auf. Gefangen im Erstaunen und gefesselt vom Hunger und der flammenden Erkenntnis, dass sie am Scheitelpunkt zu einer Zukunft standen, auf die er gerade erst einen Blick erhascht hatte. Er atmete schwer, genauso verzweifelt wie sie. Der heiße Honig ihrer Lust benetzte die Spitze seines harten Schaftes. Er wünschte sich nichts mehr, als in ihr zu sein. Dennoch musste er sie etwas fragen.

»Bist du dir wirklich sicher?« Er schloss die Augen, biss die Zähne zusammen und presste hervor: »Bitte sag ja.«

»Ja. Ich will dich. Jetzt.«

Das war alles, was er hören wollte, was er hatte hören müssen. Er riss sich innerlich zusammen, hielt die Augen geschlossen und sank langsam – so langsam, dass er glaubte, den Verstand zu verlieren – in sie.

Brennend heiße Zartheit umschloss ihn. Er drang tiefer, spürte, wie ihr Jungfernhäutchen riss und wie sie scharf Luft holte, als sie den Schmerz verspürte.

Er erstarrte und hielt inne. Wartete. Wartete ... Dann fühlte er, wie sie sich wieder entspannte, spürte die ersten schwachen Regungen ihrer wieder auflebenden Lust, ihres Verlangens. Und er gab sich den Empfindungen hin. Nur ein wenig ...

Nur so viel, um ganz in sie zu gleiten, sich dann zurückzuziehen und erneut zuzustoßen.

Fünf Stöße, und sie waren in einem Rhythmus.

Zehn, und sie drängte ihn weiterzumachen. Ihre Atmung ging immer schneller und trieb ihn voran.

Kate packte die starken Muskeln seiner Arme. Sie vergrub ihre Finger in ihnen und hielt sich fest. Sie nutzte den Kontakt als Anker, während die Leidenschaft und er sie mit sich rissen. Sie nahmen sie mit in eine Landschaft, die von Ekstase gemalt, von Verlangen geformt war – nie hätte sie sich etwas Ähnliches erträumen lassen. Überbordende Empfindungen jagten durch ihren Körper. Doch das alles war nichts im Vergleich zu dem bisher unvorstellbaren Gefühl, ihn in sich zu spüren, zu fühlen, wie er sie ausfüllte, dehnte. Er war so groß, so hart – und so erstaunlich willkommen.

Ihr Körper hatte sich nach alldem hier gesehnt. Nach der Nähe, nach der Intimität, nach der Vertrautheit. Jetzt verstand sie. Jetzt begriff sie endlich, wohin Leidenschaft und Verlangen führen konnten: zu einer ganz neuen Ebene der Bindung, der Erfüllung.

Aber während die Hitze und die Sehnsucht wuchsen, während die Flammen, die sie beide eingeschlossen zu haben schienen, immer höher schlugen, wusste sie, dass sie – und er – mehr brauchen würden. Noch mehr. Sie holte beinahe schmerzhaft tief Luft, gab sich dann ihrem Instinkt hin, schlang die Arme um ihn und zog ihn herunter. Zu sich.

Er folgte ihrer stummen Aufforderung.

Das Gefühl, das sofort mächtig wurde, als sein starker Körper nun auf ihr lag, die Muskeln seines Oberkörpers ihre Brüste berührten, seine Löckchen über ihren Venushügel strichen, er noch härter und tiefer in sie stoßen konnte, sorgte dafür, dass ihre Erregung wuchs, sich immer weiter steigerte.

Getrieben von einem Verlangen, das sie nicht leugnen konnte, nahm sie sein Gesicht in beide Hände und zog ihn zu einem Kuss zu sich heran. Schamlos lockte sie ihn zurück in einen Austausch der Gefühle, der noch fieberhafter war als zuvor.

Er tauchte in ihren Mund ein und in ihren Körper. Wieder und wieder, in ihrem eigenen treibenden Rhythmus.

Während sie einander küssten, keuchte sie, klammerte sich an ihn und gab alles, was sie war, um ihn weiterzudrängen.

Plötzlich wurde sie von einer Welle intensivster Gefühle ergriffen und mitgerissen.

Weiter und immer weiter, höher und immer höher. Bis sie nur noch die funkelnde Wonne einer intensiven Lust wahrnahm, die immer stärker und stärker wurde.

Und dann schien diese Empfindung zu explodieren und zu einem Strahlenkranz wundervoller Sinnesreize zu werden, die jeden Nerv ergriffen, die durch ihren Körper strömten und sich dann in ihr auflösten.

Sie trieb in einem von Glückseligkeit erfüllten Raum.

Ein, zwei weitere tiefe Stöße, und er schloss sich ihr an. Sie hörte sein tiefes, kehliges Stöhnen, fühlte, wie er sich in sie ergoss.

Dann sank er auf sie, presste sie mit seinem Gewicht auf die Liege.

Und sie schwebte noch immer.

Caleb spürte den wortlosen Segen bis ins Mark.

Es kostete ihn viel Kraft, doch es gelang ihm, den Kopf genug anzuheben, um ihr ins Gesicht zu blicken.

Die Madonna war noch da, sie wirkte verzückt und vollkommen befriedigt.

Jetzt schlug sie die Augen auf, und er ertappte sich dabei, wie er in die braunen Weiten blickte, in denen ein Schimmer stand, der kaum misszuverstehen war. Er ließ sich fallen, ließ sich hineinsinken, ließ zu, dass er darin ertrank.

Sie verzog die Lippen, die rosig und ein bisschen geschwollen waren, zu einem leichten Lächeln. »Das hier«, murmelte sie, »war alles, was ich wollte. Alles, was ich brauchte.« In ihrer Stimme schwang Glück mit. Ihre Lider schlossen sich langsam. Mit dem Finger streichelte sie noch einmal über seine Wange. Er konnte ihr Flüstern gerade noch verstehen. »Ich musste und wollte das Wunder teilen, die Freude ... Ich wollte die Kraft dieses Aktes mit dir erleben.«

Er spürte, wie sie in den Schlaf glitt – gesättigt und zufrieden.

Die gleiche Mattigkeit überfiel nun auch ihn, und er versuchte, ein Gentleman zu sein und sie von seinem Gewicht zu befreien. Doch sie packte ihn, als er sich bewegte, hielt ihn mit den Armen, mit den Beinen, mit allem fest.

Er sank in ihre Arme und gab sich dem Schlaf hin.

Sie wachten alle paar Stunden auf und gaben sich bis in den Morgen hinein immer wieder dem Liebesakt hin.

Als sie schließlich zum Mittagessen aus der Krankenstation kamen, hatte keiner von beiden besonders viel geschlafen, aber Caleb bewegte sich mit sicherem Gang, seine Augen waren wach, und er wirkte aufgeräumt.

Was sie betraf, so fühlte sie sich wie eine neue Frau. Als wäre sie über Nacht reifer geworden. Und vielleicht war es auch so.

Sie hatte einen Schritt gewagt, der nicht mehr rückgängig zu machen war. Sie hatte auf die Liebe vertraut und ihre Hand in seine gelegt.

Von nun an bis zu ihrem Tod würden sie und er sich dem Leben gemeinsam stellen.

Sie musste nicht fragen, um zu wissen, was er dachte und was er wollte.

Zusammen würden sie kämpfen, um zu überleben und damit es ihnen gut ging. Sie wollten die Zukunft herausfordern, die sie sich wünschten. Jetzt waren sie noch mehr als zuvor dazu entschlossen, ihr Schicksal selbst in die Hand zu nehmen.

Kapitel 19

Am späten Nachmittag mussten sie ihre erste Hürde nehmen.

Nachdem Kate und Caleb zu den anderen Gefangenen an die Feuerstelle gekommen waren, war die kurze Mittagspause im Handumdrehen vorbei gewesen. Die Leute hatten alles über Calebs Genesung wissen wollen, und die Befragung war immer wieder durch Neckereien unterbrochen worden. Die spöttischen, doch zustimmenden Bemerkungen der Frauen hatten Kate erröten lassen. Sie spürte ein Wiederaufleben der Hoffnung, getragen von einer frischen Welle der Kameradschaft, die der Gruppe Auftrieb gab.

Die Männer hatten eingegriffen und einen verzweifelten Schritt gewagt, aber ihr Plan hatte funktioniert, und alle hatten jetzt die große Hoffnung, dass die Arbeit in der Mine noch bis in den September ausgedehnt werden konnte.

Nach der Mittagspause zog Caleb sich ein frisches Hemd an und ging in der Reinigungsbaracke vorbei. Dort saßen die Frauen zusammen an dem langen Tisch und taten so, als würden sie arbeiten, in Wirklichkeit schwätzten sie miteinander. Nach den glänzenden Augen zu schließen, die auf ihn gerichtet waren, und nach der Röte auf Kates Wangen war er sich ziemlich sicher, das Objekt des Klatsches zu sein. Nachdem er sich nach

Muldoon und Dubois erkundigt hatte und man ihm versichert hatte, dass keiner von beiden in der Reinigungsbaracke gewesen war, trat er den Rückzug an.

Er blieb bei den Kindern stehen, um sich kurz mit ihnen zu unterhalten. Als er sich neben sie hockte und sie ermutigend anblickte, flüsterte eines der älteren Mädchen ihm zu, dass sie die meisten Rohdiamanten in ihr Versteck schafften und nur ganz wenige auf den Haufen legten, der vor der Reinigungsbaracke lag, um bearbeitet zu werden.

»Unser Vorrat ist schon fast so groß wie der in der Mine«, verkündete einer der Jungen stolz.

»Sehr gut.« Caleb grinste. »Weiter so! Aber achtet darauf, dass keine der Wachen etwas mitbekommt.« Er stand wieder auf und sah, wie Amy mit einer Gruppe anderer Kinder aus der Mine kam. Sie schleppten ihre Körbe.

Das kleine Mädchen lächelte fröhlich. Amys rotes Haarband war fest in ihr Haar eingebunden. Als sie den Haufen mit den Erzbrocken erreichte, ließ sie ihren Korb fallen und rannte auf Caleb zu. Sie umfasste seine Hand mit ihren kleinen Händen, drückte sie und blickte ihn ernst an.

»Geht es Ihnen wirklich gut, Käpt'n Caleb? Ihr Kopf muss noch immer wehtun.«

Caleb versicherte ihr, dass er fast wieder der Alte war. Da sie den Unfall unbeschadet überstanden hatte, lächelte er, befreite seine Hand aus ihrem Griff und zupfte ihr Haarband zurecht. Als sie fröhlich quietschte, lachte er und ging dann zur Mine.

Er trat in die Dunkelheit und traf die Männer, die in Grüppchen zusammenstanden. Ihr Werkzeug lag neben ihnen, keiner von ihnen tat auch nur so, als würde er arbeiten.

»Die Wachen haben zu viel Angst, um die Mine zu betreten«, informierte Quilley ihn. »Nachdem der Tunnel freigeräumt ist, laufen die Kinder hin und her und tun so, als ob ... Wir warten derweil darauf, dass Ihre Majestät den Stollen inspizieren kommt.«

»Ihre Majestät« war Dubois. Caleb konnte sich vage daran erinnern, dass Dubois sich die Mine genau am Nachmittag ansehen wollte. Mit einem Nicken ging er weiter in den zweiten Tunnelgang.

Dort standen weitere Männer an die Felswände gelehnt. Sie wirkten entspannt und unbekümmert. Caleb ging lächelnd an ihnen vorbei und nickte ihnen zu. Auch Dixon, Hillsythe, Fanshawe, Hopkins und Phillipe standen in der Nähe der Männer.

Als Caleb sich ihnen näherte, musterte er ihre Gesichter. Er hätte mit einem zufriedenen Ausdruck gerechnet, vielleicht sogar mit Triumph. Doch angesichts ihrer Mienen hatte er den Eindruck, dass sich die Sache zum Schlechteren gewendet hatte.

Da er nicht vorschnell irgendwelche Schlüsse ziehen wollte, fragte er: »Was ist passiert?«

Die anderen tauschten Blicke, bevor sie Dixon ansahen.

Der Ingenieur seufzte. »Wir hätten erwartet, dass das Aufräumen der oberen Ebene länger dauern würde, aber ...« Er wies auf den jetzt schon viel zu aufgeräumten Tunnel.

»Sobald wir Sie befreit hatten«, sagte Hillsythe, »stellte sich heraus, dass der Rest des Schutts nicht so dicht gepackt war, wie wir es uns gewünscht hätten. Wir müssen noch immer das letzte Drittel des Stollens wieder ausgraben und neu abstützen, aber das wird nur ein paar Tage dauern. Und was noch wichtiger ist: Es wird die Arbeiten auf dieser Ebene nicht weiter beeinträchtigen.«

Caleb sah sich um und zuckte mit den Achseln. »Wenigstens ist die untere Ebene komplett blockiert. Das war unser oberstes Ziel. Alles andere wäre sowieso nur ein Bonus gewesen.«

Dixon schnaubte. »Leider gibt es ein neues und möglicherweise schlimmeres Problem.« Mit einer Handbewegung wies er auf die Felswand, die noch intakt war und an der die Männer eigentlich hätten arbeiten sollen. »Sehen Sie sich das an.«

Caleb kam der Aufforderung nach. Doch er war sich nicht sicher, wie er das, was er dort sah, verstehen sollte. Als er in den Tunnel gekommen war, hatte er gewusst, dass sich etwas verändert hatte. Aber er hatte sich noch kein Urteil darüber gebildet, ob die Veränderungen praktische Auswirkungen haben könnten.

Er betrachtete die lang gezogene Felswand. Seiner Meinung nach schienen dort viel mehr gebrochene Diamanten zu sein, die im Gestein eingebettet waren …

Ist das schlecht?

Er sah Dixon an. »Sie werden es mir erklären müssen. Ich kann noch immer keinen klaren Gedanken fassen.«

Dixon holte Luft und legte dann die Hand auf den zerklüfteten Fels. »Durch den Einsturz ist ein Teil dieser Felswand abgeplatzt. Es fand sozusagen eine Abscherung statt. Zusammen mit dem Schutt haben wir unzählige Erzbrocken, die mit Diamanten durchsetzt waren, aus dem Tunnel geholt. Und ja, wir haben die meisten davon versteckt, aber trotzdem …« Er hielt inne und richtete den Blick auf die Felswand, als könnte er irgendwie hinein- und hindurchsehen. Seine Miene wurde noch ernster. »Ich befürchte, dass die Ader ein ganzes Stück ausgedünnt worden ist durch die Absplitterung. Also haben wir bereits mehr als die Hälfte der Gesamttiefe abgebaut. Bald – vermutlich schon in weniger als einer Woche – wird nicht mehr viel davon übrig sein.« Dixon sah Caleb an. »Ich weiß, dass wir Steine zurückgehalten haben, die uns zumindest eine Zeit lang über die Runden bringen werden. Allerdings habe ich Zweifel, dass der Vorrat lange genug vorhalten wird. Außerdem hängt die Taktik entschieden davon ab, ob Dubois uns glaubt, dass wir noch immer in der Mine arbeiten und Diamanten abbauen.«

Caleb wurde klar, dass er hinsichtlich seiner Schwierigkeiten, klar zu denken, nicht gelogen hatte. Dixons Worte in sich aufzunehmen und zu begreifen war schon schwer genug. Die Folgen davon zu akzeptieren … Er konnte es nicht glauben.

Er sah zu den anderen. Wenigstens verstand er jetzt, warum sie so niedergeschlagen, ja beinahe desillusioniert wirkten.

Bevor er darüber nachdenken konnte, was er sagen sollte – welchen Kurs sie nun einschlagen sollten und ob es überhaupt eine Möglichkeit gab weiterzumachen –, erklang vom Eingang der Mine aus ein Warnsignal. Alle Männer schnappten sich ihre Spitzhacken und Schaufeln und taten so, als würden sie arbeiten.

»Verdammt.« Hillsythe sah Caleb an. »Wir hatten gehofft, dass Dubois trotz seiner gestrigen Ankündigung noch mindestens einen Tag brauchen würde, ehe er sich in die Mine wagt.« Er warf einen Blick auf die Felswand.

»Zumindest lange genug, damit wir uns eine Lösung für dieses Problem überlegen können.«

Sie bemerkten eine Bewegung am Eingang zum zweiten Tunnelgang. Dubois und und vier schwer bewaffnete, schwitzende Wachen kamen herein.

»Raus!« Dubois gab allen Männern, die im Stollen arbeiteten, ein Zeichen. Die Offiziere sahen einander an und reihten sich hinter den Männern ein, die die Mine verließen. Doch als sie an Dubois vorbeikamen, winkte dieser sie zurück. »Sie nicht.«

Der Anführer der Söldner sah sehr angespannt aus. Aber es schien, als wäre er entschlossen, seine Angst davor, in der Mine zu sein – ganz zu schweigen davon, dass diese Mine gerade erst teilweise zusammengebrochen war –, zu besiegen. Oder sie zumindest zu ignorieren.

Zusammen mit den Anführern der Gefangenen blieb Caleb stehen und stellte sich an die Felswand. Sobald die Arbeiter den Tunnel verlassen hatten, kam Muldoon herein. Seine Schritte hallten hohl von den Felswänden wider.

Niemandem blieb verborgen, dass Dubois am Eingang des Stollens stehen blieb. Die Hände hinter dem Rücken verschränkt, sah er zu, wie Muldoon den Tunnel erkundete.

Mit großen Augen, geradezu gefesselt, sah der Marineattaché sich um. Dann bemerkte er: »Ich muss sagen, dass ich mir einen Stollen viel beengter vorgestellt habe.«

Dubois sah Dixon auffordernd an, und der Ingenieur trat an Muldoons Seite.

»Das kommt daher«, erklärte Dixon, »dass Diamanten zerbrechen, wenn man beim Abbau etwas falsch macht.

Es ist unerlässlich, dass die Männer, die hier arbeiten, genug Platz haben, um ihre Spitzhacken zu schwingen, nicht nur mit genug Wucht, sondern auch sehr präzise.«

»Aha, ich verstehe.« Muldoon nickte. »Mein Gott!« Muldoons Tonfall war beinahe ehrfürchtig. »Sind das ...«, er streichelte die funkelnden Steine beinahe zärtlich, dann schluckte er und sah Dubois an, »... sind das alles Diamanten?«

Dubois nickte.

Dixon sagte: »Das sind Rohdiamanten.«

Muldoon machte einen Schritt zurück und ließ den Blick über die Felswand gleiten, zwei Drittel der Ader lagen frei. »Aber ... Das ist eine unfassbare Menge. Verdammt, das ist ein Vermögen wert! Ach, was sag ich ... das ist unbeschreiblich!«

Dixon beeilte sich zu erklären: »Durch den Einsturz wurde ein Teil der Wand abgesprengt, und nun ist viel mehr von der eigentlichen Ader zu sehen. Darum sind im Moment so viele Diamanten zu erkennen.«

»Aber ... das ist großartig!« In seinen Augen stand eine offenkundige Gier, als Muldoon nun zu Dubois herumwirbelte. »Das Schicksal meint es ganz offensichtlich gut mit uns. Wenn ich es richtig sehe, kann uns nichts davon abhalten, die Steine so schnell wie möglich aus der Mine zu holen und nach Amsterdam zu unseren Auftraggebern zu transportieren.« Er hielt inne und fragte dann herausfordernd: »Oder gibt es einen Hinderungsgrund?«

Einen Moment lang reagierte Dubois nicht. Dann sagte er: »Ich glaube, Sie haben recht. Aber was ist mit der unteren Ebene?«

Bevor Dixon sich mit Vorhersagen und Vorschlägen zu Wort melden konnte, die die Anzahl der Männer in der Mine drastisch reduziert hätten, winkte Muldoon ab. »Vergessen Sie die untere Ebene. Hier gibt es genug. Und wir haben nicht mehr so viel Zeit.«

Muldoons letzter Satz jagte Caleb ein Schaudern über den Rücken – und den anderen Männern ging es gewiss nicht anders. Schnell ergriff er das Wort. Es wirkte, als wolle er Dixon mahnen, doch genau genommen sollten alle es hören.

»Ich dachte, Sie hätten gemeint, dass wir den hinteren Teil des Stollens zuerst fachgemäß abstützen müssen, weil sonst die Arbeit an der Felswand im letzten Drittel einen weiteren Einsturz auslösen könnte.«

Dixon packte die Rettungsleine, die Caleb ausgeworfen hatte, ohne sich irgendetwas anmerken zu lassen. »Ja, das stimmt.« Er wandte sich Dubois zu.

Dubois bemerkte kühl: »Mit all den Ausrüstungsgegenständen und dem Holz, das uns zur Verfügung steht, sollten Sie keine Schwierigkeiten haben, den Tunnel ohne weitere Verzögerungen wieder ordnungsgemäß abzustützen.« Dubois blickte Muldoon an. »Also kann die Arbeit trotz dieser Warnung zügig weitergehen.«

»Hervorragend!« Muldoon betrachtete wieder die Felswand mit den eingeschlossenen Diamanten, die wie Sterne funkelten. »Ich muss sagen«, murmelte er ehrfürchtig, »dass es eine große Erleichterung ist, das alles hier zu sehen. Wie Sie wissen, sind unsere Auftraggeber langsam unruhig geworden, sie wollten immer mehr. Sie haben ziemlich klare Andeutungen darüber gemacht, dass sie Beweise sehen müssten, die sie davon überzeugen, dass das Risiko, das sie eingehen, am Ende auch großzügig belohnt wird – so, wie wir es versprochen hatten.«

Muldoon lächelte und sah Dubois an. »Ein stetiger Nachschub von Kisten voller Diamanten, die nach Amsterdam geliefert werden, wird sie beschwichtigen. Und mehr noch: Es wird sie zum Schweigen bringen.« Muldoons Miene war nun so zynisch und kalt wie die von Dubois. »Es geht doch nichts über einen festen Ertrag, um Geschäftsleute wie unsere Hintermänner davon zu überzeugen, weiterhin zu investieren.«

Und wenn die Diamantenader erschöpft ist?

Muldoon schien nicht zu wissen, welche Auswirkung die folgerichtige Fortsetzung seiner Äußerungen auf die Gefangenen haben würde.

Dubois jedoch sah die Dinge klarer. »Und sobald die Diamanten auf dieser Ebene abgebaut sind? Was dann? Werden die Auftraggeber wünschen, dass die untere Ebene wieder geöffnet wird?«

Muldoon runzelte die Stirn. Er ließ seinen Blick den Tunnel entlang über die Haufen von Schutt und Felsbrocken gleiten, die nun die untere Ebene blockierten. »Ich kann es nicht sagen. Ich vermute, dass es davon abhängen wird, wie sie zu dem Zeitpunkt gestellt sind. Aber angesichts ihrer Sprunghaftigkeit in letzter Zeit ...«

Muldoon holte Luft, drehte sich um und kam langsam zurück. Er strahlte Dubois an. »Ganz unabhängig davon sieht es im Moment so aus, als würde sich alles zum Guten wenden.«

»›Zum Guten wenden‹ ist relativ«, knurrte Fanshawe. »Für ihn und seine verfluchten Hintermänner trifft das zu, aber für uns ist eher das Gegenteil der Fall.«

Die Sonne war gesunken, und die Gefangenen hatten sich an der Feuerstelle versammelt, um ihre Abendmahlzeit einzunehmen. Was die Sicherung ihres Überlebens betraf, waren ihre Aussichten im Laufe der vergangenen Stunden nur noch trostloser geworden.

Kate, Harriet und die anderen Frauen hatten berichtet, dass Muldoon nach seiner erhellenden Erfahrung in der Mine sofort in die Reinigungsbaracke gekommen war, wo er die gereinigten Steine in der Schatulle betrachtet hatte. Am Ende des Arbeitstages der Frauen hatte er darauf bestanden, die Schatulle mit in die Hauptbaracke zu nehmen – zweifellos, um sich jeden einzelnen Stein noch einmal genau anzusehen. »Wenn er so weitermacht«, hatte Harriet gesagt, »werden wir jeden Tag neue Steine in glaubhafter Menge abliefern müssen. Wir werden dann längst nicht mehr so viele zurückhalten können.«

«Und es gibt noch ein Problem mit Muldoon.« Philipe sah Caleb an. »Er hat nicht die geringste Angst, in die Mine zu gehen. Selbst nach dem Einsturz war er sich der Gefahr nicht bewusst. Er wird sich von nun an regelmäßig die Felswände ansehen. Und das heißt, dass wir die Diamanten in akzeptabler Geschwindigkeit und Menge abbauen müssen. Am Ende wird es ihm auffallen, wenn der Vorrat zur Neige geht.«

»Die Wahrheit ist«, meldete Fanshawe sich zu Wort, »dass es uns überhaupt nur gelungen ist, die Sache so lange hinauszuzögern, weil die Wachen keine Lust haben, in die Mine zu kommen. Das und Dubois', Arsenes und Cripps' Angst davor, die Mine zu betreten. Die drei kommen nur, wenn es unbedingt nötig ist. Wenn sie diese Angst nicht hätten, dann hätten wir die Verzögerungstaktiken gar nicht so durchziehen können.«

Der letzte Schlag wurde ihnen versetzt, als Dixon, Hillsythe und Hopkins schließlich zu ihnen stießen. Die drei hatten mit den Zimmerleuten besprochen, welches Holz gebraucht wurde, um das letzte Drittel des Tunnels erneut abzustützen. Bei der Gelegenheit hatten sie sich gleich angesehen, wie groß ihr geheimer Vorrat an Erzbrocken noch war.

Caleb betrachtete Dixons Gesicht und ahnte, dass ihm das Ergebnis nicht gefallen würde. Ein Blick in die Runde zeigte, dass hier alle mit dem Schlimmsten rechneten. Wie schnell das Hochgefühl, das der erfolgreich ausgeführte Stolleneinsturz in ihnen ausgelöst hatte, doch wieder verschwunden war. Ihre Zuversicht war zu einer sehr zerbrechlichen Sache geworden.

Da offenbar kein anderer etwas sagen wollte, fragte Caleb geradeheraus: »Wie lange haben wir noch?«

Hillsythe sah ihn an. »Wir haben versucht, anhand der Diamanten, die noch abzubauen sind, und anhand der Steine, die sich in unseren Geheimvorräten befinden, eine möglichst genaue Einschätzung der Lage abzugeben. Wenn Muldoon die Produktionsmenge überwacht, wie er es anscheinend vorhat … Wir denken, dass wir noch zehn bis fünfzehn Tage durchhalten können.«

Caleb nickte. Zehn oder fünfzehn Tage reichten nicht – so würden sie es nicht bis in den September schaffen. Er wollte etwas sagen, wollte die anderen aufmuntern. Doch zum ersten Mal fiel ihm nichts ein.

Dann fühlte er Kates Hand auf seinem Oberschenkel. Sie drückte ihn leicht. Es war nur die Erinnerung daran, dass sie da war und dass sie alles zusammen durchstehen würden – egal, was noch kommen mochte …

Und dass sie niemals aufgeben würden.

Er holte tief Luft, hob den Kopf und blickte in die Gesichter der anderen Gefangenen an der Feuerstelle.

»Das sind eindeutig schlechte Nachrichten. Heute sind einige Dinge passiert, die uns in eine anscheinend hoffnungslose Situation manövriert haben.« Er richtete den Blick wieder auf die anderen. »Allerdings würde ich Sie gern daran erinnern, dass wir noch nicht tot sind.« Diese Bemerkung erntete Schnauben und flüchtiges Lächeln. Doch Caleb war noch nicht fertig. »Ich weiß, dass es leichter gesagt ist als getan, aber wir dürfen die Hoffnung nicht aufgeben. Das ist das Einzige, das wir uns nicht nehmen lassen dürfen.« Er hielt kurz inne und fuhr dann fort: »In dieser Runde sitzen einige, die seit mehr als zehn Jahren mit mir über die Meere segeln. Wir haben schon in schlimmeren Schwierigkeiten gesteckt, und wir haben es immer überstanden – wir haben überlebt. Weil wir nie die Hoffnung aufgegeben haben.« In seinem Innersten regte sich etwas, und er sprach weiter: »Oft, auch wenn manche glauben, dass es ein Hirngespinst ist, oft greift gerade in den dunkelsten Stunden das Schicksal ein, und man sieht ein Licht in finstrer Nacht. Wie ein Leuchtfeuer, das die Dunkelheit vertreibt, um ein Schiff sicher in den Hafen zu lenken. Und wie die Matrosen im Ausguck müssen wir wachsam bleiben und die Augen offen halten, damit wir bemerken, wenn das Schicksal uns leuchtet, und dann den richtigen Kurs einschlagen.« Er blickte in die Gesichter und sah in alle Augen, die nun auf ihn gerichtet waren. »Wir sind noch nicht tot, und wir haben noch Hoffnung. Und an dieser Hoffnung festzuhalten ist der einzige Weg.«

***

Eines Abends im August bestellte Lord Peter Ross-Courtney die fünf Gentlemen, die er für sein letztes Unternehmen angeworben hatte, zu einem Treffen im Separee des *The Albion* ein, einem höchst exklusiven Herrenklub, der gern von den engsten Vertrauten des Königs besucht wurde. Als ein Intimus des Königs spielte Lord Peter in dieser Gruppe ganz gewiss eine Rolle.

Zu seiner Überraschung war der erste seiner fünf Gäste Mr. Frederick Neill, der einen niedrigeren Rang in der Aristokratie einnahm. Neill hatte durch zwei vorteilhafte Ehen seine Abstammung durch erheblichen Wohlstand wettgemacht. Besagter Wohlstand hatte es ihm ermöglicht, bedeutenden politischen Einfluss zu nehmen. Deshalb hatte Lord Peter ihn kontaktiert. Lord Peter war der Meinung, dass man nie zu viel politisches Kapital besitzen konnte.

Neill war Mitte fünfzig und drei Jahre jünger als Lord Peter. Er war ein untersetzter Mann, der nicht viel für gesellschaftliche Plaudereien übrighatte. Er nahm ein Glas Brandy entgegen, ließ sich in einen der Ledersessel sinken, nahm einen Schluck und fragte dann: »Was gibt es Neues?«

Lord Peter lächelte nur. »Lassen Sie uns warten, bis die anderen hier sind. Es gibt Neuigkeiten, aber es ist einfacher, alles nur einmal zu erzählen.«

Lord Hugh Deveny wählte genau diesen Moment, um einzutreten. Lord Peter begrüßte ihn. Noch ein Sprössling einer alten ehrwürdigen Familie mit guten Verbindungen und vermutlich wohlhabend. In gewissen Kreisen war bekannt, dass Lord Hugh ein Spieler war. Viele vermuteten, dass er bis zum Hals in Schulden steckte. Natürlich bedeutete das nicht, dass er nicht eine erhebliche Menge Geld in die Finger bekommen konnte.

Nach Lord Hugh kam der Marquis of Risdale, ein Adliger, der weithin dafür bekannt war, dass er nicht viel im Kopf hatte außer dem Gedanken an die nächste Modeerscheinung, der er folgen und für die er Geld verjubeln konnte. Durch Risdale bekam das Wort »verschwenderisch« eine ganz neue Dimension. Er war ebenfalls ein guter Bekannter des Königs. Diese Verbindung ermutigte Risdale nur in dem Glauben, dass was auch immer er haben wollte, seins sein würde.

Da Deveny und Risdale nun da waren, fühlte Lord Peter sich wohler. Obwohl auch diese Männer einige Jahre jünger waren als er, waren sie Menschen, die er sehr gut verstehen konnte. Sie waren Menschen, von denen Lord Peter glaubte, sie kontrollieren zu können.

Bei den letzten beiden Gentlemen, die erschienen, war das anders. Frederick Clunes-Forsythe war ganz einfach ein politischer Drahtzieher. Er war ein extrem reicher Mann von exzellenter Herkunft und ohne jegliche Moral. Zwar war Clunes-Forsythe der offensichtliche Kandidat, um bei der geplanten Unternehmung mitzumachen, doch Lord Peter hütete sich davor, ihm zu vertrauen. Nicht, wenn es um seine Position, seine Interessen ging. Lord Peter hatte Schritte unternommen, damit Letztere immer gewahrt bleiben würden.

Der letzte Mann, der sich zu ihnen gesellte, war ein raubeiniger, cholerischer Gentleman von beeindruckender Statur – Sir Reginald Cummins, ein enger Freund von Neill. Er hatte wie Neill einen adligen Hintergrund und ein beachtliches Vermögen angehäuft. Trotz seiner nach außen hin freundlichen Fassade war Cummins genauso durchtrieben wie sein Freund.

Durchtrieben und skrupellos. Lord Peter hatte beschlossen, dass diese Kombination ihm zum Vorteil geraten würde.

Sobald alle Platz genommen hatten und mit Getränken versorgt worden waren, bedeutete Lord Peter dem zurückhaltenden Diener mit einer Handbewegung, sich zurückzuziehen. Nachdem die Tür hinter dem Mann ins Schloss gefallen war, blickte er seine Mitverschwörer an.

»Offenbar gibt es Neuigkeiten. Einige gute Nachrichten, andere sind eher … potenziell beunruhigend.« Er nahm einen Schluck, ehe er fortfuhr: »Zuerst die guten Nachrichten. Wir haben gerade einen Bericht von unserem Mann in Amsterdam bekommen.« Lord Peter griff in die Brusttasche seines Jacketts und zog ein zusammengefaltetes Blatt Papier heraus. Er reichte es Neill. »Er hat uns die Preise für die letzten Lieferungen genannt, und der Gewinn entwickelt sich positiv – so positiv, wie wir es uns nur wünschen können.«

Neill hatte den Zettel überflogen. Er schnaubte und gab ihn Cummins, ehe er Lord Peter ansah. »Der Gewinn errechnet sich für gewöhnlich aus der Produktionsmenge und der Zeit. Die Menge ist gut, aber die Zeit? Ich dachte, wir hätten uns darauf geeinigt, dass sie die Sache beschleunigen müssen.«

»Das stimmt.« Lord Peter neigte den Kopf. »Und wir haben diesbezüglich einige Briefe abgeschickt.« Er machte eine Pause, als Cummins das Schreiben an Clunes-Forsythe weitergab. »Wir haben von Anfang an klargemacht, dass diese Unternehmung zeitlich begrenzt ist für uns.«

»Es ist Monate her, seit wir unsere Investitionen getätigt haben.« Clunes-Forsythe reichte das Blatt Risdale und sah dann Lord Peter an. »Wir haben in den vergangenen Monaten Dividenden erhalten, aber in einer Höhe, die uns nur gelockt und lediglich unser Interesse geweckt hat. Sie waren mit dem Versprechen verbunden, dass die Produktionsmenge gesteigert werden würde.«

»Wir haben unsere Vertreter in der Siedlung daran erinnert, dass die Steigerung bald erfolgen muss. Allerdings …« Lord Peter wies mit einem Kopfnicken auf das Schreiben, das Risdale gerade Lord Hugh in die Hand drückte. »Sie haben bestimmt Grendels Nachtrag gesehen, in dem es darum geht, dass die letzten drei Lieferungen schneller hintereinander gekommen sind. Das weist auf eine Steigerung der Produktionsmenge hin. Aber noch ermutigender ist seine Bemerkung, dass die Qualität der Steine sich beträchtlich gesteigert hat. So sehr, dass er ziemlich aufgeregt zu sein scheint.«

»Also wollen Sie damit sagen«, sagte Lord Hugh und gab Lord Peter das Schreiben zurück, »dass jetzt ein guter Zeitpunkt wäre auszusteigen.«

»Kurz und knapp auf den Punkt gebracht.« Lord Peter steckte das zusammengefaltete Blatt Papier wieder zurück in seine Rocktasche.

»Sie meinten, es gäbe noch beunruhigende Nachrichten.« Neill zog die Augenbrauen hoch. »Welche wären das?«

Lord Peter runzelte die Stirn. »Es sind *möglicherweise* beunruhigende Nachrichten. Ich bin nicht sicher, ob es überhaupt etwas ist, worüber man sich Gedanken machen muss. Aber … einer der Kapitäne, der für uns die Steine von Freetown nach Amsterdam bringt, berichtete, dass sein Schiff durchsucht worden sei. Ein Befehl von Macauley und Babington.«

»Haben sie nach Diamanten gesucht?« Risdales Augen wurden groß.

»Nein. Wenn ich es richtig verstanden habe, war es eine allgemeine Suche nach Waren, die für England bestimmt sein könnten. Macauley und Babington haben die exklusive Lizenz, von Westafrika aus mit England Handel zu treiben. Daher ihr Interesse.«

»Also war es eine ganz unspezifische Suche?«, wollte Neill wissen. »Etwas, das Macauley und Babington üblicherweise regelmäßig tun?«

Lord Peter wiegte den Kopf. »Offenbar ordnen sie von Zeit zu Zeit solche Durchsuchungen an. Aber unser Kapitän hat erzählt, dass Babington höchstpersönlich im Hafen war, und das ist etwas, das für gewöhnlich nicht passiert. Der Kapitän war sich nicht sicher, wie dieses Vorkommnis zu bewerten ist, aber er hatte das Gefühl, es uns mitteilen zu müssen.«

»Die Diamanten haben sie nicht gefunden, oder?«, fragte Cummins.

»Nein.« Lord Peter lächelte selbstgefällig. »Unsere Vertreter vor Ort haben ihre fünf Sinne beisammen. Die Schiffe nehmen die Diamanten erst auf, wenn sie den Hafen schon verlassen haben.«

»Also ...« Neill drehte sein Glas zwischen seinen Händen. »Das ist eine – wie Sie es korrekt benannt haben – *möglicherweise* beunruhigende Situation. Es könnte nichts bedeuten, oder es könnte der Vorbote von ernsteren Schwierigkeiten sein.«

Clunes-Forsythe nickte. »Einerseits haben wir endlich gesehen, dass wir mit dieser Unternehmung Gewinn machen.« Er sah Neill an. »Andererseits gibt es einen Bericht, der verheerende Auswirkungen auf unsere Unternehmungen haben könnte.« Clunes-Forsythe blickte in die Runde. »Wir dürfen also niemals vergessen, dass unsere Beteiligung auffliegen könnte.« Er sah Neill an. Sein Blick war wie immer kalt. »Keiner von uns muss daran erinnert werden, dass wir einen so hohen Rang und Status haben, dass ein unschöner Zwischenfall unser Ende bedeuten würde.«

Neill schnaubte. »Ganz zu schweigen davon, dass Engländer als Sklaven missbraucht werden und dass wir jede Menge anderer Gesetze brechen, wird die Krone von unseren illegal erworbenen Gewinnen nicht gerade erbaut sein.«

Risdale schnaubte ebenfalls. »Das könnte sein, aber ein Bericht von einem nervösen Kapitän über etwas, das vielleicht gar nichts mit unserer Unternehmung zu tun hat, scheint kein ausreichender Grund dafür zu sein, die Flucht zu ergreifen und besagte Gewinne einfach liegen zu lassen.«

»Und«, fügte Lord Hugh hinzu, »wenn wir uns nun zurückziehen, werden wir nichts von unseren Investitionen wieder hereinholen – abgesehen von dem, was wir jetzt schon bekommen haben.«

»Ein sehr guter Punkt.« Lord Peter setzte sich aufrecht hin. »Gentlemen, ich glaube, dass wir in diesem Projekt einen Punkt erreicht haben, an dem wir bessere und zuverlässigere Informationen brauchen, um unsere Interessen zu wahren – sowohl finanziell als auch persönlich. Informationen von vor Ort sozusagen.«

Die Männer murmelten zustimmend.

»Also, was schlagen Sie vor?«, wollte Cummins wissen.

»Ich schlage vor«, sagte Lord Peter, »dass ich nach Freetown reise und mich zur Mine begebe.« Er lächelte. »So könnte ich die Stellung unserer Vertreter in der Siedlung beurteilen. Obwohl ihre Leistung bisher recht zufriedenstellend war, würde es nicht schaden, einmal eine Überprüfung vorzunehmen. Aber es ist die Mine und ihr Potenzial, die ich vor allem einschätzen lassen möchte. Von jemandem, dem wir vertrauen können.« Lord Peters Lächeln wurde berechnend. »Und niemand außerhalb dieses Raumes hat das gleiche Maß an eigennützigem Interesse an dem Projekt wie wir.« Niemand schien ihm widersprechen zu wollen. Lord Peter gratulierte sich gerade im Stillen zu seiner List, als Neill unvermittelt sein Glas abstellte.

»Wenn ich einen Vorschlag machen dürfte ...«, sagte er. Alle Blicke richteten sich auf Neill. Er sah in die Runde. »Vier Augen sehen mehr als zwei.« Er blickte Lord Peter an. »Also, geschätzter Lord, schlage ich vor, dass wir gemeinsam nach Freetown und dann zur Mine reisen, wenn Sie damit einverstanden sind.«

Lord Peter dankte seinem Schöpfer, dass er die Fähigkeit besaß, sich zu beherrschen. Er setzte ein Pokerface auf, während sich in seinem Kopf die Gedanken überschlugen und er die Lage neu berechnete, neu bewertete.

Die anderen waren keine Hilfe. Cummins und Clunes-Forsythe waren dafür, dass Neill mitfuhr – ohne Zweifel spürten sie, dass er so handeln und reagieren würde, wie es ihren Interessen und Bedürfnissen entsprach. Und Risdale und Lord Hugh hatten keinen Grund, sich Neill zu widersetzen.

Also lächelte Lord Peter und nickte. »Es würde mich freuen, wenn Sie mich begleiten würden, Sir.« Lord Peter hob sein Glas und blickte in die Runde. »Auf Freetown. Auf unsere Mine.«

»Auf die Diamanten«, fügte Neill hinzu und trank sein Glas aus.

Für die Gefangenen gab es noch mehr schlechte Nachrichten – so wie es immer noch mehr Rohdiamanten gab, die fast von allein aus der Felswand fielen, sobald man sich ihr mit der Spitzhacke auch nur näherte.

»Es ist zerborsten.« Dixon trat von der Felswand zurück, die er mit einer Juwelierlupe begutachtet hatte, die er sich geliehen hatte – ausgerechnet von Muldoon. Beinahe verzweifelt fuhr Dixon sich mit gespreizten Fingern durchs Haar, ehe er auf die Felswand wies. »Als hätte das Abscheren das Erz pulverisiert ... Als wäre das Erz durch die Erschütterung in unzählige Teile zersprungen. Es ist nicht mehr so, als würden die Diamanten im Fels sitzen – die Diamanten scheinen vielmehr den Fels gerade noch so zusammenzuhalten.«

Angesichts dieser Katastrophe fiel es zunehmend schwer, die Hoffnung nicht aufzugeben. Überhaupt noch irgendetwas zu finden, das Hoffnung machte, an die man sich klammern konnte.

Sie wirkten alle sehr verhalten, als sie sich an diesem Abend an der Feuerstelle versammelten. Jemand hatte angefangen, die Tage zu zählen.

Caleb sah in die Runde. Als sein Blick auf Kate fiel, die neben ihm saß und ihn ebenfalls anschaute, erkannte er die gleiche Gewissheit, die er empfand.

Es war der Urglaube, der über jede Logik erhaben war. Alle Gefangenen hier mussten ihn wieder in sich spüren.

Er hatte sich den ganzen Tag über das Hirn zermartert, doch ihm war noch nicht eingefallen, wie es weitergehen sollte.

Er konnte nur hoffen, dass ihm noch etwas einfallen würde.

Und da war sie wieder – die Hoffnung. Er und mit ihm alle anderen mussten einfach weiter hoffen.

Sie aßen schweigend, als sie plötzlich von der Veranda der Hauptbaracke her Schritte vernahmen.

Die meisten Gefangenen sahen hin – und erblickten Muldoon, der eilig zu ihnen kam. Er wirkte beschwingt. Aufgeregt. Er schien vor Freude platzen zu wollen. Dubois folgte ihm etwas langsamer und sichtlich überrascht. Arsene und Cripps waren bei ihm.

Strahlend ging Muldoon auf Kate zu. Er blieb neben ihr stehen und hielt ihr die offene Hand entgegen. »Woher kommt dieser Stein?« Kate blickte ratlos zu ihm auf. Er bemühte sich ganz offensichtlich, seine Aufregung zu zügeln. »Aus dem ersten Stollen oder aus dem zweiten?«

Kate griff nach dem Stein. Einen Moment lang erstarrte Muldoon. Doch dann zwang er sich, ruhig zu bleiben. Caleb sah, wie sie den Diamanten zwischen ihren Fingern hin und her drehte.

»Harriet … Ich glaube, das ist ein Stein, den du bearbeitet hast«, sagte sie.

Jede der Frauen hatte ihre ganz persönliche Art, die Steine zu reinigen, und Harriet war zudem Linkshänderin, was es leicht machte, die von ihr gereinigten Steine zu erkennen.

Harriet sah argwöhnisch zu Muldoon. Als er knapp nickte, nahm sie den Stein und betrachtete ihn genau. »Ja. Diesen Stein habe ich heute gereinigt.«

»Also, aus dem ersten oder dem zweiten Tunnel?«, wollte Muldoon wissen.

»Na ja, wenn wir ihn heute bearbeitet haben«, erklärte Kate, »stammt er mit ziemlicher Sicherheit aus dem zweiten Stollen. Wegen des Rückstaus reinigen wir die Steine jetzt erst.«

Muldoon hatte plötzlich einen verzückten Ausdruck auf dem Gesicht. Er schnappte sich den Stein und zeigte ihn Dubois. »Sehen Sie sich das an.«

Dubois untersuchte ihn. »Ein gereinigter Rohdiamant.«

»Nicht einfach ein Rohdiamant. Das, mein Freund, ist ein *blauer* Diamant.« Muldoon riss ihm den Stein wieder aus der Hand. Er drehte ihn hin und her. »Sehen Sie? Sie können die Farbe sehen. Das blaue Feuer.«

Dubois sah genau hin und schnaubte. »Dann ist er eben ein bisschen blau. Was macht das für einen Unterschied?«

»Ungefähr einen zehnfachen«, informierte Muldoon ihn. Als würde er versuchen, seinen Überschwang zu zügeln, atmete er tief durch und sagte dann etwas ruhiger: »Ich habe meinen letzten Heimaturlaub in Amsterdam verbracht und die Juweliere getroffen, die unsere Diamanten bekommen. Sie haben mich über die unterschiedlichen Arten und Qualitäten der Steine informiert. Sie hatten ein paar Splitter – winzige Bruchstückchen – eines blauen Diamanten. Laut der Juweliere würde jeder Diamantensammler der Welt seinen rechten Arm für einen blauen Diamanten in ordentlicher Größe geben.« Mit diebischer Freude fuchtelte Muldoon mit dem Rohdiamanten vor Dubois' Nase herum. »Dieser blaue Diamant hier, mein Söldnerfreund, hat mehr als ein Karat. Er ist schon in ungeschliffenem Zustand ein kleines Vermögen wert, zehnmal so viel wie ein weißer der gleichen Größe.« Er wies mit einer ausholenden Armbewegung auf die Mine. »Und wir haben eine ganze Felswand voll von diesen verdammten Dingern!«

Kate räusperte sich geräuschvoll, um etwas zu sagen, doch Dixon kam ihr zuvor.

»Ich habe von blauen Diamanten gehört. Es ist unwahrscheinlich, dass *jeder* Diamant im zweiten Vorkommen ein blauer Diamant ist.«

Muldoon fixierte Dixon mit einem durchdringenden Blick. »Aber es wird noch weitere blaue Diamanten geben, oder?«

Dixon nickte. »Das glaube ich. Wie viele allerdings blau sind … Der einzige Weg, das herauszufinden, ist es nachzuschauen.«

Muldoon nickte. »Allein in der Kiste mit den Steinen, die heute gereinigt worden sind, habe ich schon zwei gefunden.« Er wies auf die Frauen. »Ich werde morgen in die Reinigungsbaracke kommen und Ihnen zeigen, worauf Sie achten müssen.« Sein Blick fiel auf die Kinder. »Und dann können Sie es den Rackern auch beibringen. Wir können direkt die weißen Diamanten zur Seite legen und zuerst die blauen Steine reinigen.«

Muldoon drehte sich um, sah Dubois an und stieß ihm den Finger beinahe gegen die Nase. »Und was Sie betrifft, so können Sie den Gedanken an die baldige Schließung der Mine bis auf Weiteres vergessen. Solange auch nur die geringste Chance besteht, dass wir blaue Diamanten abbauen können, bleibt die Mine offen. Und die Männer müssen aufhören, die Felswand mit verdammten Spitzhacken zu bearbeiten! Geben Sie ihnen Meißel und kleine Hämmer, wie die Frauen sie benutzen. Ich will, dass jeder Diamant im zweiten Tunnelgang herausgekitzelt wird. Sobald sie davon hören, wird allein der Gedanke, dass ein blauer Stein übersehen wurde oder zersplittern könnte, für unsere Auftraggeber ein Gräuel sein – das kann ich Ihnen versichern. Und glauben Sie mir, ich muss denen nicht erklären, was blaue Diamanten wert sind.«

Dubois starrte Muldoons Finger vor seiner Nase an. Caleb wollte darauf wetten, dass der Mann ernsthaft mit dem Gedanken spielte, Muldoon den Finger zu brechen.

Doch dann atmete Dubois durch und richtete den Blick auf Muldoons Gesicht. »Gut. Solange Sie die wöchentlichen Zahlungen nicht vergessen, werden wir bleiben und die Mine weiterbetreiben.«

»Sehr gut!« Muldoon ließ den Diamanten zurück in seine Tasche gleiten und rieb sich dann mit ausgelassener Freude die Hände. Strahlend blickte er die Gefangenen an. »Dieser Fund wird in die Geschichtsbücher eingehen.«

Damit drehte er sich um und ging zurück zur Hauptbaracke. Dubois sah ihm hinterher und schaute anschließend seine Stellvertreter an.

»Blaue Diamanten«, sagte Arsene. »Ich frage mich, ob es stimmt, dass sie zehnmal so viel wert sind wie die weißen.«

»Ich mich auch …« Dubois sprach zwar leise, doch die Gefangenen hörten seine Worte trotzdem. Dann zuckte Dubois mit den Achseln und folgte Muldoon. »Ich muss sagen, dass ich geneigt bin, Mr. Muldoons Auftauchen hier nun in einem besseren Licht zu sehen.«

Arsene lachte leise. Er und Cripps liefen Dubois hinterher.

Die Gefangenen wechselten Blicke. Erstaunt, beinahe ungläubig und fast zu ängstlich, um es zu glauben, blieben sie stumm, bis die Söldner die Hauptbaracke erreicht hatten und zu weit entfernt waren, um hören zu können, was an der Feuerstelle besprochen wurde.

Nachdem es ein hörbares Aufatmen gegeben hatte, weil so ziemlich jeder in der Runde unbewusst die Luft angehalten hatte, fingen alle an durcheinanderzureden.

Hillsythe fing Calebs Blick auf und erhob die Stimme, um sich über den Lärm hinweg Gehör zu verschaffen. »Es ist wahr, oder? Wir haben Zeit gewonnen.«

Grinsend nickte Caleb und rief zurück: »Dank Muldoon.«

»Das zeigt nur«, meldete sein Freund sich zu Wort, »dass manchmal aus unerwarteter Richtung Hilfe kommen kann …«

Fanshawe schnaubte. »Gut nur, dass ich den Mistkerl nicht umgebracht habe, als er hier aufgetaucht ist.«

Die anderen lachten und schlugen ihm auf den Rücken.

Kate sah die Erleichterung in den Gesichtern aller. Einige der Kinder, die nicht länger still sitzen konnten, fingen an zu tanzen. Und schon bald schlossen die Männer und Frauen sich ihnen an.

Was machte es aus, wenn die Wachen es sahen? Sie wussten nicht, dass Hilfe unterwegs war. Sie wussten nichts über die Gnadenfrist, die den Gefangenen gerade geschenkt worden war.

Dann wandte Caleb sich ihr zu, und sie sah ihm ins Gesicht. Sie lächelte und erlaubte es den unglaublichen Gefühlen, die sich in ihr ausbreiteten, sich in diesem Lächeln zu offenbaren. Behutsam legte sie die Hand auf seine Wange.

»Du darfst jetzt gern sagen: ›Das habe ich dir ja gleich gesagt.‹«

»O nein. Das würde ich nie tun«, flüsterte er, schlang

den Arm um ihre Taille und drückte sie fest an sich. »Die Schicksalsgöttin meint es gut mit uns, und das sollte man niemals als selbstverständlich betrachten.«

Kates herzliches Lachen war wie Musik in Calebs Ohren. Sie war die Frau, die er in Kürze heiraten würde, seine Zukunft. Er erhob sich, zog sie mit sich, und gemeinsam tanzten sie mit den anderen.

Später, als sie ihrer grenzenlosen Erleichterung so überschwänglich Ausdruck verliehen hatten, saß er, die Arme um Kate geschlungen, an der Feuerstelle und blickte in die Gesichter der anderen. Alle Gefangenen – selbst die jüngsten Kinder – waren noch da. Die Ruhe, die in ihren Mienen stand, zeugte von der wieder aufgelebten Hoffnung, vom Verschwinden des Kummers, von der Erlösung von der Anspannung, die sie alle in ihrem fürchterlichen Griff gehabt hatte. Auch ein stärkeres Gemeinschaftsgefühl war spürbar, der Glaube daran, dass diese Gemeinschaft überleben könnte.

Caleb sprach leise. Seine Worte fielen in die sanfte Dunkelheit. »Wir sind immer noch Gefangene. Wenn die Zeit kommt, werden wir kämpfen müssen, um unsere Freiheit wiederzuerlangen. Aber jetzt können wir ein wenig entspannen. Das fühlt sich gut an.« Er hielt kurz inne, bevor er fortfuhr: »Das Schicksal hat eingegriffen. Ich habe immer gesagt, dass es so kommen wird. Egal, welche Hindernisse sich auch auftun … wenn wir schauen, wenn wir glauben, werden wir einen Weg finden – einen Weg, um noch am Leben zu sein, wenn die Rettung kommt.« Wieder machte er eine Pause und gab dann seiner Überzeugung Ausdruck. »Wir werden im September noch hier sein.«

Sie jubelten nicht. Sie wagten es nicht. Das wäre vielleicht zu verräterisch gewesen.

Aber wenn sie gekonnt hätten, dann wären der Beifall und die Bravorufe ohrenbetäubend gewesen.

Kapitel 20

Die Flut trug *The Prince* um elf Uhr am Morgen in den Hafen von Southampton. Lieutenant Frederick Fitzpatrick, ein enger Freund Calebs aus Schulzeiten, wusste, wie wichtig der Faktor Zeit war. Obwohl er jedes Segel gesetzt hatte, hatten sie länger gebraucht als gedacht. Er wollte keine weitere Minute vergeuden, um die Dokumente, die Hornby aus dem Dschungel mitgebracht hatte, zu Calebs Brüdern nach London zu bringen – doch Fitz musste in Southampton bleiben, um die Reise abzuzeichnen und zu erklären, warum es nicht Caleb war, der vor dem Schreibtisch stand. Deshalb stand Hornby in seinem besten Anzug wartend an der Reling, eine schmale Umhängetasche an sich gedrückt.

Sobald die Seite des Schiffes die Kaimauer berührte, öffnete ein Kadett des Bootsmanns die Reling. Trotz seines Alters wartete Hornby nicht darauf, bis der Landungssteg bereitgestellt worden war. Er sprang auf den Anleger, landete in gekonnter Seemannshocke und rannte dann in Richtung Straße, wo sich die Herberge der Poststation befand, die das Unternehmen unterstützte.

»Viel Glück!«, rief Fitz, und er war nicht der Einzige.

Hornby salutierte und rannte weiter.

Um drei Uhr am selben Nachmittag entspannte Robert Frobisher sich in der Bibliothek seines Bruders Declan –

allerdings war er mit der Situation nicht ganz glücklich. Declan saß an seinem riesigen Schreibtisch und tat so, als würde er ein Nachrichtenblatt lesen. Robert hatte es aufgegeben. Er hatte die *Times* achtlos neben seinen Sessel gelegt. Zu warten war weder seine noch Declans Stärke. Vor allem nicht, wenn es eine gefühlte Ewigkeit dauerte. Sie hofften auf Neuigkeiten von der laufenden Mission, in die sie beide involviert gewesen waren. Von ihrem Bruder Caleb, der sie vorantrieb, hatten sie jedoch seit Wochen nichts gehört, und so waren Robert und Declan nicht gerade gut gelaunt.

Ohne von seiner Lektüre aufzublicken, murmelte Declan: »Was ich dafür gäbe, wenn mal *irgendetwas* passieren würde ...«

Die Worte hatten seine Lippen gerade verlassen, als es an der Haustür klopfte. Die Brüder sprangen auf.

Robert erreichte die Tür der Bibliothek als Erster. Er rannte voraus in die Eingangshalle. Dort beeilte sich gerade Humphrey, Declans äußerst korrekter Butler, die Haustür zu öffnen.

Zu spät fiel Robert wieder ein, dass es ja gar nicht sein Zuhause war, dass er in London war und eigentlich nicht wissen konnte, wer dort vor der Tür stand. Er wurde langsamer, doch Declan, der ihm auf dem Fuße folgte, drängte ihn weiterzugehen.

Als Humphrey die Tür öffnete, waren Robert und Declan schon so nah, dass sie den Seemann erkennen konnten, der auf der Treppe stand.

»Hornby?« Declan schob Robert vor sich her.

Hornbys Erleichterung, sie zu sehen, war beinahe mit Händen greifbar.

»Wo ist Caleb?«, wollte Robert sofort wissen.

Hornby straffte die Schultern und salutierte. Dann holte er die Umhängetasche hervor, die er über die Schulter gehängt hatte.

»Käpt'n Caleb beobachtet weiterhin das Lager im Dschungel. Falls den armen Seelen, die dort gefangen sind, etwas passieren sollte, bevor Sie und der Rest sie erreichen können.«

»Er hat das Lager … die Mine gefunden?«, fragte Declan, während Robert die Umhängetasche nahm und sie öffnete.

»Aye, das hat er. Oh …«

Hornbys Blick ging an ihnen vorbei, und er verstummte, um sich zu verbeugen. Robert wurde klar, dass die Schritte, die er hinter sich hörte, von Aileen Hopkins, seiner zukünftigen Frau, und Declans Ehefrau Edwina stammten. Da die beiden Ladys aktiv an den jeweiligen Missionen der Brüder teilgenommen hatten und auch Caleb kannten, waren sie genauso begierig darauf, Neuigkeiten zu erfahren wie Declan und Robert.

»Um Himmels willen, geht zur Seite!« Edwina ergriff Declans Arm. »Und lasst den armen Hornby … Ihr Name war doch Hornby, oder? Lasst den armen Hornby eintreten.«

Declan kam der Bitte nach, aber seine Aufmerksamkeit war auf die Dokumente gerichtet, die Robert aus der Umhängetasche nahm. »Was hat er geschickt?«

»Zum einen mein verdammtes Tagebuch.« Robert hielt das schmale Büchlein in die Höhe, ehe er es Aileen gab. »Und es scheint so, also ob er Karten angefertigt hätte. Sehr vernünftig.«

Declan sah Hornby an, der nun zwar in der Eingangshalle, aber immer noch vor der geöffneten Haustür stand. Ungeachtet der gesellschaftlichen Gepflogenheiten hatten weder Declan noch Robert vor, jetzt in den Salon zu gehen und sich hinzusetzen. Sie wollten zuerst herausfinden, was Caleb geschickt hatte. Edwina und Aileen sahen das genauso.

»Es war im Übrigen spielend leicht, die Mine zu finden«, sagte Hornby, »nachdem wir Kales Lager eingenommen hatten.«

Robert blickte auf. »Sie haben Kales Lager eingenommen?«, brachte er schließlich hervor. »Was meinen Sie genau damit?«

Hornby zuckte mit den Schultern. »Dieser Kale war ein echt übler Kerl, aber Käpt'n Caleb hat ihn besiegt.«

Robert und Declan wirkten sprachlos. Aileen dagegen sah Hornby an und lächelte ermutigend. »Sie sprechen von Kale in der Vergangenheitsform ... Ich nehme an, das bedeutet, dass er tot ist?«

»Mausetot, Ma'am. Entschuldigen Sie bitte die Wortwahl.«

»Ach, Sie müssen sich nicht bei mir entschuldigen.« Aileen strahlte Hornby an. »Kale war Abschaum, und ich bin froh darüber zu hören, dass Caleb ihn von dieser Erde gefegt hat.«

Edwina bekannte sich dazu, ebenfalls froh und erleichtert zu sein. »Wie sind Sie hierhergekommen, Hornby?«

Hornby erzählte pflichtschuldig, wie er die Umhängetasche nach England geschafft hatte.

Declan und Robert überließen Hornby den Damen, um die Informationen in Augenschein zu nehmen, die Caleb hatte schicken lassen. Edwina wies Humphrey an, es dem alten Seemann angenehm zu machen.

Hornby wirkte unsicher. »Ich könnte mir denken, dass

ich zum Schiff zurückkehren sollte, Ma'am. Lieutenant Fitzpatrick wird schon darauf warten zu hören, dass ich die Informationen sicher überbracht habe.«

»Wir werden einen Boten schicken.« Edwina packte Hornbys Ärmel und zog den Seemann unerbittlich in die Halle hinein. »Wir können Sie erst zu *The Prince* zurückkehren lassen, wenn diese beiden …«, mit einer Handbewegung wies sie auf Declan und Robert, »… keine Fragen mehr an Sie haben. Ich nehme an, dass Sie bei Caleb waren, als er die Mine fand?« Als Hornby das bestätigte, strahlte Edwina. »Ich bin mir sicher, dass wir alle noch viele Fragen an Sie haben werden, sobald wir Calebs Neuigkeiten verdaut haben.« Damit vertraute sie Hornby dem Butler Humphrey an, der ihm zu essen und zu trinken anbieten sollte. Robert und Declan waren mit den verschiedenen Dokumenten beschäftigt, und Aileen betrachtete eine der Karten. Edwina ging zur Tür, um sie zu schließen, und stutzte. Ein Vierspänner mit vier schwitzenden Pferden hielt vor ihrem Haus. »Wer um alles in der Welt …« Sie warf Declan einen Blick zu. »Erwarten wir Besuch?«

Alarmiert durch das Geräusch von stampfenden Hufen hatten auch Declan und Robert aufgesehen. Alle vier sahen sie nun gespannt hinaus. Die Kutsche schwankte, dann wurde die Tür geöffnet, und ein Mann stieg aus. Aileen bemerkte die Anspannung, die Robert ergriff, doch ihre Aufmerksamkeit war auf den Gentleman gerichtet, der, auf dem Gehweg angekommen, direkt zu Robert und Declan blickte.

Der Mann war hochgewachsen und schlank, sein Haar war schwarz wie die Nacht und gab ihm etwas Verwegenes. Er hatte Ähnlichkeit mit Robert und Declan, wirkte jedoch energischer. Sein Kinn war kantig, und in der Art, wie er sich bewegte, zeigte sich ganz unterschwellig eine Stärke, die faszinierend war. Er trug einen modischen Reitanzug, doch mit einer lässigen Entspanntheit – anscheinend war ihm Kleidung nicht so wichtig.

Aileen beobachtete, wie der Herr sich mit anmutiger Eleganz, die ihm wohl angeboren war, zur offenen Kutschentür umdrehte.

»Royd«, informierte Robert sie unnötigerweise halblaut.

Aileen schoss durch den Kopf, dass alles, was sie je über die Wirkung des ältesten Frobisher-Bruders gehört hatte, ganz augenscheinlich der Wahrheit entsprach.

Sie starrte Royd noch immer an, als er die Schultern straffte, einen Schritt zurück machte und einer Dame aus der Kutsche half.

Wenn Royds Erscheinen Robert und ohne Zweifel auch Declan schon nervös gemacht hatte, dann schockierte der Anblick dieser Lady die beiden so, dass sie erstarrten. Aileen musste zugeben, dass die Lady überwältigend war – äußerlich das passende Gegenstück zu Royd Frobisher. Sie war ebenfalls groß, und sie besaß die gleiche unbeschreibliche Anmut. Ihr Haar war mitternachtsschwarz und fiel ihr in glänzenden Locken über Schultern und Rücken. Sie trug ein streng geschnittenes, schlichtes Kutschenkleid, aber ihre wohlgeformte Figur machte aus dem einfachen Kleidungsstück etwas ganz Besonderes. Als sie den Kopf hob, fühlte Aileen sich an ein stolzes Vollblut erinnert.

Royd wandte sich ab, um dem Kutscher Anweisungen zu geben. Die Lady, die ihre Hand aus Royds Griff löste, drehte sich um, um mit dem jungen Gehilfen zu sprechen, und wies auf eine Hutschachtel, die auf dem Dach der Kutsche befestigt war.

Declan rührte sich. »Wolverstone sagte, er habe Royd geschrieben, ihm von Caleb erzählt und ihn gebeten, den letzten Teil der Mission zu übernehmen.«

In einem Ton, der das Ausmaß ihrer tiefen Verwirrung zeigte, flüsterte Edwina: »Aber wer ist *sie*?«

Aileen beugte sich an Roberts Schulter vorbei nach vorn, um Declan anzusehen. Und sie sah, dass Declan eine bewusst ungerührte Miene aufsetzte, ehe er Robert einen Blick zuwarf. Sie lehnte an Roberts Arm, schaute ihm ins Gesicht und bemerkte, dass er genauso unbeteiligt tat wie Declan. Entschlossen zwickte sie ihn in den Arm. Er zuckte nicht einmal zusammen.

»Wer ist das?«, wiederholte Aileen Edwinas Frage.

Leise entgegnete Robert: »Diese Dame bedeutet Ärger. Nichts als Ärger.«

»Stephanie Laurens weiß, wie sie ihre Buchseiten – und die Leserinnen – zum Glühen bringt.«

Romantic Times

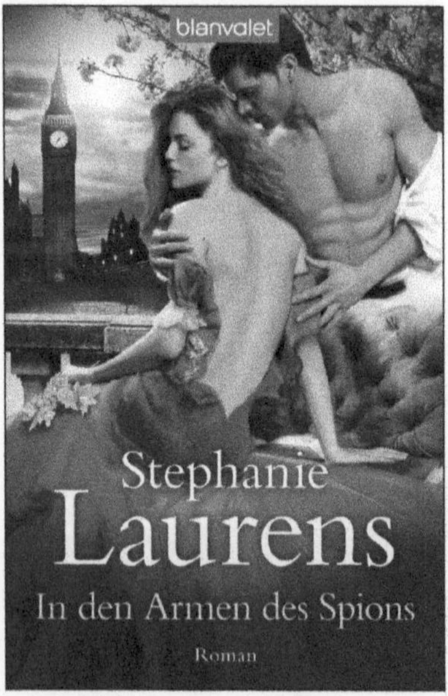

608 Seiten. ISBN 978-3-442-37767-1

Indien, 1822. Die ungestüme Emily Ensworth soll lediglich einen Brief überbringen. Sie ahnt nicht, in welche Gefahr sie sich dabei begibt: denn prompt heften sich die Häscher eines Geheimbundes an ihre Fersen. Als Major Gareth Hamilton von dem brisanten Schriftstück erfährt, nimmt er sich der bezaubernden jungen Frau an und gerät so unversehens in einen Mahlstrom aus Mord, Intrigen – und Leidenschaft …

Lesen Sie mehr unter: **www.blanvalet.de**